御製

佛光恩照　三千大千　隨緣徧滿
恒沙法界　普度衆生　悉證菩提
身心安泰　年時豐稔　風雨調順
日月升恒　乾坤清寧　百昌蕃熾
上下樂利　中外協和　庶物咸亨
萬善圓成　情與無情　同登正覺
大清雍正十三年四月初八日

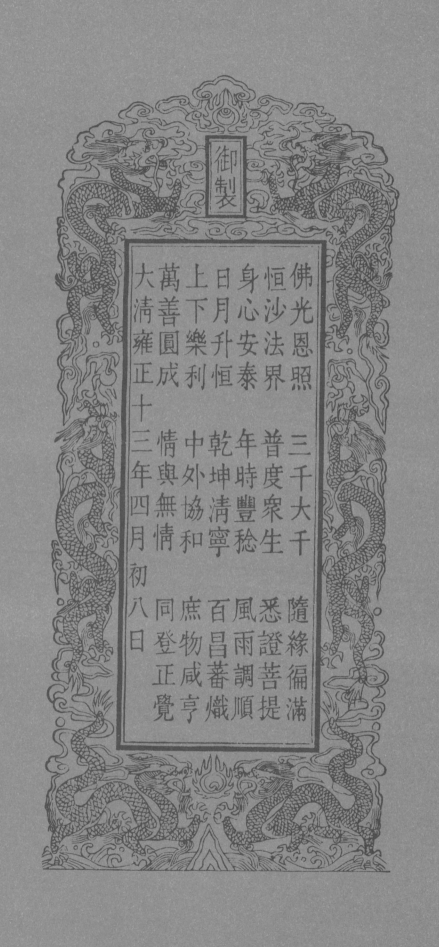

第四三册　大乘經　單譯經（二）

賢劫經

亦名颰陀劫三昧經晉曰賢劫定意

西晉三藏竺法護譯

清刻龍藏佛說法變相圖

賢劫經卷第一 亦名颰陀劫三昧經晉曰賢劫定意

西晉三藏竺法護譯

問三昧品第一

聞如是一時佛在舍衛國祇樹給孤獨園終竟三歲始初三年悉具衣服所化已周著衣執鉢遊維耶離與大聖衆無數百千諸比丘俱菩薩八十億爾時世尊處在閑居安然庠序從燕室興慧王菩薩喜王開士精專獨處亦尋起出奉迎如來嚴治場地布設衆座彼時四輩諸比丘比丘尼清信士清信女天龍鬼神阿須倫迦留羅真陀羅摩休勒及人非人咸來雲集一切諸會蒙衆菩薩光明所照皆得安和諸會菩薩一切大聖神智暢達逮得總持以成三昧具足五通目覩衆生一切心念悉分別知所思道俗不懷望想普布弘

訓布施和意自持戒忍精進一心智慧善權靡不開化逮不退轉班宣道法慈愍羣生不抱瞋害不慕利養所演經要不冀衣食無所著故逮深法忍無所從生度諸所生皆爲一切無請之友爲師子吼十方啓受濟諸終始使度彼岸勇猛無畏越衆魔事消諸陰蓋無罣礙業了本清淨不疑諸法積功累德不可稱載深入玄妙無極道元意和面悅先發問訊言談庠序除去慍色棄捐僞諂歌頌正眞無際心行逮致聖忍辯才不斷遊無限會强而有勢心如虛空功勲普流行如金剛無所不入所至到處未曾有難識無數劫周旋所歷所說方便一切諸法猶如幻化野馬影響如夢所見水中之月芭蕉泡沫衆變無數黎庶沒溺無所歸依往反五處而救濟之明達

衆生所趣善惡隨心所喜演眞功勲常懷愍傷無麤害心積無量德莊嚴佛土無限弘誓成就無際諸佛境界覺意常定未曾忽忘歸歎十方現在諸佛體解衆結塵積自大志樂聖慧神通自娛以善權業遊億百千恒沙佛土十方所講皆遥聞見明智所修悉能履之雨法甘露潤澤一切道意無量一切普備其名曰慈氏菩薩溥首菩薩光世音菩薩雨音菩薩善德百千菩薩華嚴菩薩自大菩薩明餤成菩薩暢音聲菩薩奉無數億劫行菩薩覺意雷音王菩薩見正邪菩薩淨紫金菩薩其心堅重菩薩威光王菩薩照四千里菩薩越所見菩薩辯積菩薩慧王菩薩不虛見菩薩颰陀和等八大正士又有衆香手菩薩無量眞寶菩薩智積菩薩大淨菩薩師子吼菩

薩音王菩薩淨珠嚴行菩薩師子步暢音菩薩無量辯無畏菩薩如是等菩薩八十億俱

於是三千大千世界天下正王四大天王釋梵自在天王大梵天王諸龍王諸鬼神王諸阿須倫王諸迦留羅王諸眞陀羅王諸摩休勒王諸揵沓和王皆往詣佛所各以華香供養散佛上退坐一面或坐或住爾時喜王菩薩覩衆集會即從坐起更整衣服長跪叉手白佛願有所問聽乃敢陳佛言恣所啓問佛當事事分別宣之喜王即問何謂菩薩常備道心斷除非法奉何等業消除衆結修三品一經行二住立三坐定化諸不調從是超越令其精進而無瑕穢何謂菩薩成就具足曉知衆生心性所行言常至誠入諸佛業不論諍訟隨其衆生音聲言辭入誠諦慧今現在世覩見十方一切諸佛而無罣礙見眞妙法乃致諸佛至聖誓願愍念俗法雖遊世俗永無所著修行禪定一切三昧不從此教而有所生從泥洹法不取滅度不以不具諸佛至願而中懈廢乃復現求緣覺之法不以此乘而退轉墮落取滅度也意修無量不可限慧心未曾亂入於若干諸種境界造無限業若有所問以辯才慧悉爲宣暢攝取無量清淨佛土逮得無餘智慧聖達開化衆生心無所著不有人想班宣經典不住顚倒顯示滅度不永寂滅修行得道亦無所倚如有所好慕於內行以棄有無今天中天唯見愍念性雖不敏不敢重啓垂哀宣布爾時喜王菩薩歎此頌曰

諮問殊妙月　救世演光明　諸菩薩所行

漸行至成就　入無量限衆　諸天人樂法
聞最道德行　無數人發意　信樂微妙勳
問普名聞度　無量稱智心　見勝無餘證
十方散說行　尊解勝功德　佛勳最無倫
大聖訓慧行　念俗結黒冥　速演道光曜
疾覩三千界　行道講如是　相好猶衆華
持道無量音　三昧等須彌　菩薩行如是
無等倫無諂　不我無三垢　最寂衆所歎
問人中尊行　意堅言和妙　所說不闕漏
聖正士燒塵　如佛道告我　歸命入佛道
晝夜勤無異　聞此順法最　常正如道訓
若持常定意　神足辯智慧　見十方諸佛
問聖致寂然　講慧無等倫　曉無數定門
所說不懈倦　故問十方行　不問入樂處
不諂境界限　妙勝大聖頂　惟宣十方行

佛告喜王菩薩善哉善哉所問甚深愍念一切有三昧名了諸法本菩薩若行此三昧定得是功勳輒逮此行威神巍巍具足成就二千一百諸度無極事致八萬四千諸三昧門八萬四千諸總持門體解衆生遍入諸行疾逮無上正眞之道成最正覺佛言喜王何謂了諸法本三昧若有菩薩行六堅法身口心慈言行相應不違三乘不失要誓知三乘行如所造業開示人民言亦如是身行清淨口言柔和猶如甘露心念解明猶如日光常行愍哀恒懷慈心無有害意不捨大悲無戀一切不慕貪婬身行清淨志樂法宜不失篤信言尚至誠不廢已願及一切分別寂滅不永寂滅度脫衆生隨其本行曉了罪福不亂世俗未曾貪身不務馳騁愍衆苦惱欲度脫之

勸衆施安不造危殆化諸自大自大消伏懈者使勤轉進道教法藏修無上慧不妄想人心無蔽礙不計所有拔諸根本斷除家業志定無為剖判諸想無所希望不捨正定常求智慧離俗言談志惟逮住講度世業無俗計念意不忽忘消除陰蔽常思經法心不荒入所應宜不失節立所行法曉知世無所犯負具諸業以六度行棄無信多懷誠信篤佛道常念佛法勤悔過樂助功德施衆生因勸諸佛轉法輪應嗟歎聖不諛諂積功累德常精進心不懈廢習勤修遵行道業菩薩法好布施衆念憐傷常抱弘意示正業不缺正度慎如教身口心淨無點汙如是至誠所依言教奉不違廢不住欲界不倚色界寂無色界從其所行可怙果報而信樂之堅住大乘而不退轉入愚冥處若在慳悋心不習此等心供養教化衆生令無諛諂不欺諸佛不抱害心向衆菩薩不亂聖業虛妄之言見諸精進若懈怠者而無二心不嫉他供具足弘誓棄捐憍慢瞋恚之想愚憨邪行以消無明常省已身不訟彼短慙愧自責不如佛法支身行道又知止足棄捨親族猒於衰耗不務利養若有所得以分與人戒無所犯不習衆人睡眠之尤適被麤言常含忍之恒慎口言常立道化歎詠精進常悅和心與諸解脫親近相習勤數諮問修學閑居不捨獨處常行節限功勳之德樂習空義不慕有為不倚陰身不樂諸種不受衰入不望財利不住境界去於顛倒心行堅強修聖賢行觀明心本得衆祐地休息衆行施無希望戒無所念忍無所想精

進不失禪無所生智慧無導奉正眞法諸度無極入平等住不稱已德不毀他功不依生死不得泥洹是爲解脫消雪情愛建立眞諦面常和悅捨其慍色而先問訊恭敬長幼中年之士心常諮講懷仁恩義無所嬈害不在言說常歎寂然憺怕之行所在和同合衆別離等心怨友無憎愛念求于總持哀愍衆生如父如母如身如子如師和尚尊長無異奉佛菩薩充滿順夙供事如來好樂嚴淨不挾怯弱敬重三寶所在遊居無所畜積度衣限食不貪身命性常清淨恒行乞食不捨止足棄於衆會不慕家業不樂俗居不在校飾無有虛僞言辭可愛聞莫不歡勸助衆人使發道意使無惑行所入順教數數諮歎諸佛至眞心習道法敬重聖衆尊順慧明習從智達護衆禪思開化精進常宣道德恒遵行法信功德本開化衆生好樂篤信講導衆苦威儀清淨常立弘仁而有慚愧畏難羞恥棄捐惡人不賢之黨習究竟業志行脫門求賢聖行奉四意止習平等斷興發諸根遵修諸力觀察覺意不捨道行度于寂滅照燿所觀心無望想忻樂法典不犯精舍無所羞無所慚不顛倒無慾想慕菩薩行佛道曠然而無邊際患猒邪行消滅往古無數劫時所習邪業修身自淨而無點汙志寂行律遵承重教而無瑕疵所行隨時捐捨非時曉了從宜往來周旋孝順二親又知節限衣食供具暢達神通鮮明定意不毀正行度脫衆生奉受如來所宣經典將護隨順淨衆瑕穢導諸佛子施衆菩薩諸佛遊居修衆明智從仁和行樂奉正

眞勸化一切使志好道多樂道義觀護三世惟好淨業國土報應嚴淨之樂常無痂疴如敬二親以逮總持用爲遊觀得致三昧則是浴池清白之法爲所生母以得堅住一切無爲專心定意雖有所度爲無所度無縛無脫無相不相所導道化亦無衆好建立佛土以得總持剖判諸覺所説清明度魔境界戰鬭勇猛殺害衆塵刈除不善志願淨光魔不能壞所宣道慧而無窮盡世莫能稱外衆邪業所不能知過聲聞法緣覺之等所可歸仰立一切智解衆生趣所導眞諦好喜樂法欲開衆生樂衆垢者令慕無爲以道法船度于彼岸載栰相濟愍傷諸天班宣一法所立之處無所侵欺欲布施淨其心化悅解諸好戲使務道徑若欲博聞恭敬謙順不爲放恣得三昧定志行高妙超須彌山樂于五根觀察衆無心好精進遊不退轉是則名曰無從生忍斯學菩薩所當奉行衆正士等執持慧幢務求尊聖以勇力士了無吾我住一切智普解衆生所當度脫諸天所諮嗟龍神所奉仰人民所承事疾得造立若干品業諸不學者咸共歸命諸菩薩等僉共讃歎一切法主悉共宣暢諸根寂定以爲城郭善權方便導利一切逮得精思決衆狐疑斷諸猶豫去於塵勞過度濟脫無數衆生若有病者爲設衆藥療治諸病消除瘡痛常好思惟通大精進造建無畏欲師子吼入分別辯敷演義理神足變化樂聞衆法淨其道眼照至泥洹棄衆惡趣度於欲界色界無色界建諸佛土興發如是如幻三昧坐師子牀具足成就至阿惟顔未

曾忘失衆德之本化悅懈廢拔諸欲僻建立勤修念濟懶憜將導衆生等化三乘棄捐居業一切所有具一切智得無量門御第一義其於法律解通空行則斷諍訟好信佛道無上誓願雖在衆念不懷望想等見三世不墮邪觀善權方便普入一切興顯大道不輕得度樂于法師猶如犢子不猒其母雖從法師不貪利養觀察說法不慢衆會不斷法施所問仁和敬三寶本決衆疑網奉行慇懃而不休廢終不違失聖明之業依攝脫門和悅調定消化塵垢心無所著思當所念興隆三事諸菩薩業以此三事顯示衆會甘美道味若欲變化班宣道業音如雷鳴訓誘生死十二緣起開通正門向泥洹門愍入弘路其身安隱心永無恚衆聖所愛未曾違失堅固平等如來功勳無能迴轉習思德本消滅無福示衆善元學于聖慧恃怙畢竟鮮明之業所行相好不自侵欺遵修佛道顯曜慧品講說佛土諮問答報所難無際生清白法不猒佛道不棄少智與勤學俱愛敬和同趣勇猛寶心存在行欲有所說將護都講好喜若干一切報應以示衆生使無所犯曉了諸法行善方便心念吉祥所見審諦常自省己可悅他人裂壞羅網消去無明離于諸行蠲除諸識刈於名色寂滅六入斷去衆更截于痛痒消化恩愛而捨所受盡於所有拔害所生度老病死永散苦惱無有衆難以離苦罪心無所著所行究暢長濟三厄所觀無穢宣布法典獨步男子洗浴衆垢消去貪身闓法執持攝御諸法學道不倦入衆德元未曾迴旋積不可

計功勳真義懷來佛道光顯法目諮嗟聖衆降伏外學歎詠法訓行菩薩業不戲樂月消化日利使遠罪福學行猶日恭敬國王開導衆聖積清白典致不死果所行威儀識其宿命所生之處常念不忘患猒愚法好諸如來功德眞正而建立之無量功勳所執法教歸一切智若以班宣致安住典書寫經文皆棄恐畏不墮邊際堅住不動有所講説一切世間咸共諷誦過去諸佛悉説是法常得親近現在諸佛當來諸佛所願具足無上功祚入於一切衆生所行曜聲聞乘現緣覺乘奉持佛法而不忘失一切行門則生佛子宣暢眞正速成正慧諮問佛德覆護三世開化寂然危害之難逮權方便分别地種入於水種火種三昧建立風種又以空種至脱道門淨空種慧導利三界不合衆患消除諸結令無有餘捐棄諸著没衆陰蓋令不憺怕曉修身行遊居永安亦了他人所行存没所立之處若演文字不倚言辭棄捐吾我心已離此諸所依欲雖在其中察如臭犬入於微妙稍稍開悟懈廢衆勞越度諸流不壞他黨善進道法而無所著恭恪善師捨於睡眠過諸礙岸斷狐疑散貪婬捨懈倦將護吾我先導衆生不立在命不貪求法所語不多言辭清和常諦思惟宜當速行仁明道業不用生心喜樂閑居行於衆中不懷怯弱不求他短自惟身行常奉佛道應遵平等不久遊居在一土地釋諸所貪所在准平滅身衆冥心不羸劣所修有便將養意念亦無所思不以識著求于解脱心常專惟興發梵行等遵慈心悲哀布恩

常以行喜和顏悅色以法樂之依蒙觀護救衆墮害常以戒禁因濟於人入三昧定以是智慧暢入諸法曉了文字思惟究暢解諸結縛令不恐畏入諸音聲獲致利義恒好敷演道法所施樂佛法衆不猒燕處志存於道無有上下不毀諸法顯揚隨順不欺衆生志願堅强以爲具足夙夜精進而不休懈是則名曰了諸法本三昧正定菩薩行是遍入一切衆生境界奉一切智佛爾時說是頌曰

行清淨大聖道　心信樂無惑業
曰覺意辯才要　是三昧安住施
降衆魔除諸垢　斷因緣生死欲
智名稱福德勲　護三界度無極
增慧聖道方便　賢明種消恩情
度衆患佛所歎　是三昧安住施
入微妙本際門　以覺了無瞋恨
斷苦惱入永安　是三昧諸佛行
心中解覺意華　受聖文攝善權
諸安住覺念鬘　說是勝三昧定
覺意華脫照門　猶月盛燿衆星
道所照遍三界　是法超歎踰月
三達療令清淨　在閑居靜樹下
棄利養及諛諂　積行求是三昧
捐他非不蔽善　不以利歎身德
被三衣常乞食　親求是行三昧
純行禁習賢聖　問明智常獨歎
以諂講奉行要　疾得是三昧定
衆生業勞諸味　遠衆會樂寂然
當求是妙三昧　勿諛諂慕斯藏
衣慚愧食解味　禪牀卧居觀寂

樂無我常歡悦　講明哲意求安
忍他罵猶空響　在眞業心不怨
欲逮得是三昧　當信知罪福報
勿習倒惡趣業　常修空賢聖元
夙夜勤精進力　逮三昧至慧門
俱捨斯無益路　志平等道眞實
立無生覩法義　行是者佛哀念

行品第二

佛言是喜王菩薩以逮得是了諸法本三昧解一切法無有顛倒諸法無動不可傾故所行志慕救脱五趣降化衆魔自然爲伏爲天下人衆生愛敬智者欽仰求暢諸法及與非法其得明慧猶月盛滿衆星中明在生死久衆生所知勸化一切志性清淨捨諸所受則爲三千大千世界之所救護成致道地分別無我覺無所歸見三界難而化導之爲衆生護逮得恭恪不以自大越諸陰蓋曉了諸佛其所班宣演説滅度應時之宜以復逮致三十二相有利無利若苦若樂有名無名歎毀之事以解是世所有八法悉無所著救諸衆生慰以甘露顯示滅度開悟一切去其惱熱斷斯罣礙未曾倚著迷惑六根入十六文字總持之門識其所至能班宣斯便逮總持何謂十六一曰無二曰度三曰行四曰不五曰持六曰礙七曰作八曰堅九曰勢十曰生十一曰攝十二曰盡十三曰蓋十四曰已十五曰住十六曰燒是十六事文字之教若解行是十六文字之教逮得無量總持門地解一切法而得自在擇求一切衆生慧意消衆塵勞悉宣佛道受大勢力暢達眞法度脱黎庶

開化導利其音和雅猶如哀鸞逮得普住平等之地爲師子吼致妙巍巍忍度無極具足大哀越魔境界備通哀音至眞之聲去自大得忍辱了深奧義禪定無非所至到處宣無上法攝取一切衆要經典力勢難及分別一切諸法道門知衆生行之所歸趣識念無數所更歷劫常以諸法滅一切病淨除結網逮斷狐疑速成正覺諮嗟光顯普入一切諸法聖慧能以方便擿去惱熱講說諸法已身奉行服甘露食裂衆猶豫捨所居土顯無蓋哀以覆衆生念於宿命所更生處志泥洹德曉衆愚騃諸行所趣獲至尊慧攝一切想建立諸住不失道地超若干變達諸言聲而却一切結解所在周滿佛土遠離五陰而不自大疾了言辭用是之故便降伏魔棄諸外學見不可計十方國土現在諸佛聞所說法受持不忘如其所願得是三昧而自娛樂若有菩薩得是三昧則當謂之逮一切智所以者何以致此定發意之頃一生補處成最正覺從一本起二二至三三至四從其發意趣得佛道所以者何又斯定者則一切智爾時世尊說此頌曰

無量無訓漏　而無有等倫　所出無所歸
以脫諸所趣　降化無所著　殊勝興無限
執持斯景模　十力之妙行　棄諍以娛樂
心患衆垢塵　人中上喜眞　言辭甚流利
勝尊無著訓　捐捨所生寘　總持是法目
建立在十方　曉了過解脫　勸樂度彼岸
天人所重敬　所施濟第一　諸行度無極
勇猛而宣德　所修奉章句　至於十方種

捐離難往來　乃能致本無　隨心之所好
而開化衆人　得行遊正路　所宿止無垢
以斯施明眼　所行遊無行　意强多愍愛
天人如赤子　人尊諸所至　勸教衆邪業
永無所破壞　而衆中暢吼　於是造立行
無有衆等倫　得護於十方　及他所不逮
勸樂人無底　長永修開定　仁捨其家業
興法如甘露　奉持是經典　歸於最勝德
積累多功勳　訓誨無數人　勸悅衆愚等
終不久戲逸　諦解於六趣　寂勝而覺善
好和安衆人　在此功德行　得殊特名勳
如月循無塵　度脫諸天人　居前無所畏
名稱普流勝　施殊妙甘露　遊此所當行
疾致得佛道　立於所應住　在十方佛所
班宣所當說　以化諸天人　所講甚微妙
亦宣至眞行　奉修是行業　常樂甘露法
以降伏魔力　仁和安立之　超度衆苦趣
歸至佛正路　所到極善處　棄捐周旋徑
行勇猛方便　成就執持德

佛言若有菩薩學斯定意十方諸佛皆擁護之以慧照心使得開明不爲陰蓋所見覆蔽逮得神通所覩無極諸菩薩衆悉共將養使得成就一生補處衆聲聞黨普來嗟歎欲早成佛十方蒙度上第七天梵具足王典諸梵天身自遥護遣諸天衆悉來將順忉利天上天帝釋王宿命有德識其至心學斯定者遣諸天人悉下宿衛使行安隱無妄犯者其四天王身自臨之亦遣官屬護于法師四千里外令無伺求得其便者令其正法安徐講誦開化一切生死五趣四輩宗之供養無厭聽

受無倦爲人說經得同學意靡不亘然各得其所無怨望者雖懷嫉心欲有所亂不能辦之又是菩薩常自忍辱心懷仁和若向瞋者不念其惡若有逆人欲來危害不與共諍唯避捨去不與相見既路相見如不相覩慈念十方皆降歸佛勿有惡心誹謗法師念法無惡難愍其人用懷毒心墮于惡趣三塗之難傷之愚惑橫生毒害還自危身猶如樹木風起相指忽然火生還自燒形毒蛇含毒日日增多還自害身鐵生衆垢自喪其形愚闇閉塞心不開解不念菩薩法師之恩反生害心逆其師父欲危滅之貪妬懷嫉一時自可放心自大不顧大難甚可憐傷諸天龍鬼神虛空天神阿須倫迦留羅真陀羅摩休勒悉往作禮稽首歸命欲見無厭數數奉迎聽受經典問義受解思惟奉行曾無懈廢諸神愛敬奉事供養尊重道德如孝子與父母別積年彌久飢虛無已諸天神明人與非人愛重至德無窮竟已皆是菩薩精進至心學是三昧慈愍所致故有是德佛告喜王若有菩薩積功累德開化無數百千衆生歡悅踊躍適等無異不以戲笑因斯逮得殊特功勳名德遠著十方咨嗟行如須彌安然不動明如日月普曜天下德重如地主生萬物道尊位高生諸道品六度無極菩薩法藏心如虛空而無所著獨步三界無所罣礙猶如飛鳥飛行虛空無有足跡猶如蓮華不著塵水十方諸佛悉念菩薩行斯定意念佛故宣汝等精進勿得疑惑若有比丘比丘尼優婆塞優婆夷及諸凡庶九十六術六十二見蜎飛蠕動蚑行

喘息人與非人學是三昧若聞歡喜各得如
願然後會當逮是三昧於是頌曰

常光顯佛正法　信根樂第一慧
行如犀無吾我　持是寂妙三昧
得自在覺忍辱　覆三世猶如蓋
化建立無數人　習是慧猶如海
消吾我塵勞厄　說佛道諸滅度
以斷穢化三世　疾修行是寂然
識身命及他人　志存念諸佛道
立重慧一切業　及逮是妙三昧
名開導御本際　常講安滅苦惱
化布施甘露味　奉行斯佛種性
妙至明顯耀辭　稱流布普功祚
在衆中甚巍巍　如月滿秋盛明
諸眷屬財名德　在生死佛所知
其辯才猶水王　習三昧逮斯功
法自然無無我　不久達敷演義
如是周三千世　眞諦行是三昧
思惟計三千世　衆生滿如江沙
若學歸甘露道　所獲慧過於此
毒不行及刀火　無蟲蛇無杖畏
王羅刹不能害　以和心精修是
不失財不亡家　無病憂無罪患
若持是四句法　目不盲不重聽
六十二億佛勸　設有學思惟是
若常奉斯總持　精進行此三昧
若有欲速成道　樂第一勝福田
當學是經典本　一切致寂然無

四事品第三

菩薩有四事疾逮斯定何謂四一曰布施不

懷望想福施一切二曰持戒不犯諸禁以志大道三曰常抱慈心怨憎親友無有二心四曰察於三界衆生之類悉我親族未曾外之是爲四菩薩復有四事疾逮斯定何謂爲四一曰常行大慈加於衆生二曰常行大悲見於三塗衆生苦惱之類爲之雨淚欲拔濟之三曰覩衆迷惑展轉五趣不能自勉顯示正路志德自然四曰察衆三流往反終始曾無斷絶身苦心惱故愍念之爲宣罪福生死之本無爲之限是爲四菩薩復有四事得斯定意何謂爲四一曰觀衆邪迷六十二見猶豫沉吟墮於羅網如鳥自投貪一小利不覺自害二曰九十六種迷惑之徑自造癡冥猶如飛蛾自投燈火已溺三塗五趣周旋輪轉無際不能脫身唯有諸佛衆菩薩乃能濟之三曰外衆蓋業符呪害人菩薩愍之如狂溺水然後乃悔當何所及四曰如射獵師彈射衆鳥羅網捕魚積其罪蓋無數億載墮三惡趣捨身之安而往救之爲宣罪福生死之患示無爲業或復顯之無上正眞各使得安是爲四菩薩復有四事疾逮斯定何謂爲四一曰作佛形像坐蓮華上若摸畫壁繒褻布上使端正好令衆歡喜由得道福二曰取是經典書著竹帛若長妙素令其文字上下齊整三曰諷誦是經晝夜精進不捨經文使其通利無一蹟礙聽者得解四曰持是三昧諸佛本末一一分別爲人暢義善開菩薩無上正眞使一切衆咸共諮受不生疑心各得開達是爲四佛於是頌曰

聞是經樂至德　若有人求此道

善哉學斯四句　故獲致十力種
八十億人中王　諸六十姟安住
常咸護斯學人　能諷誦是三昧
若聞是獲善利　以得聽能信樂
是等成不疑道　等皆見生死元
行佛道得聞是　樂功勳不懈怠
一切智如觀掌　書寫持是經典
識念往百千劫　辯才英得至佛
彼說斯最定意　王子月祥得聞
棄國土作沙門　晝夜勤聽受法
最後世命向終　便往生他佛國
若江沙復過是　諸天咸供養德
從其所聞三昧　三劫中成佛道
有佛名無厭寶　錠光佛所開化
彼聞是得德果　是故聞勿懈怠
為十方常所救　今我屬慇懃累
仁賢者言柔和　是增法道珍藏

賢劫經卷第一

音釋

泡沫 泡匹交切水漚也沫莫割切水沫也　揵沓和 梵語也此云香陰揵渠焉切　馳騁 馳直離切騁丑郢切馳騁奔走也　剖判 剖普后切剖析也判普半切分判也　諛諂 諛羊株切面從也諂丑琰切佞言也　顡 陟降切愚也　挾 胡頰切懷也　怯 乞業切畏懦也　數數 並所角切頻屢也　瑕疵 瑕胡加切玷也疵疾之切纇也　痂痟 痂古芽切瘡痂也痟相邀切渴病也　栰 房越切簰也　刈 牛例切割也　痒 與兩切欲搔也　膺　祚 昨誤切福也　擿 直炙切棄也　騃 五駭切癡也　亘然 亘古鄧切竟也　揩 苦皆切摩也　蜎 隳緣切小飛也　蠕 而兗切蟲動也　蚑 詰利切蟲行也　喘 昌兗切疾息也　犀 先稽切獸名　褺 達協切　躓 知義切跲也

賢刧經卷第二

西晉三藏竺法護譯

法師品第四

佛語喜王菩薩乃往過去無央數劫不可稱計爾時有佛號辯嚴淨雷音吼如來至眞等正覺彼佛世時有一法師名無量德辯幢英變音曾聞如來說是三昧定學是三昧而分別說用化衆生濟無數億百千諸天人民以度一切有王太子名淨福報衆音聞是三昧心中欣然則百千價妙好之衣以覆法師口發是言普使三界厄一切衆生皆悉興立得是三昧以是德本見八十億江沙諸佛造立衆行奉平等法在諸佛所聞是三昧皆以班宣悉能堪任奉是定意所生之處常識宿命在於無量德淨佛刹成最正覺淨福報衆音王太子者則今現在西方阿彌陀佛是也其法師教化度脫衆生者則大月如來是也其王太子供養自歸無量德辯幢英變音法師乃能終竟至七萬劫消衆罪蓋用聞說是三昧定故爲其太子除衆僧賓雪諸罣礙敷演道品在在所生逮無量門總持之行發意一時彈指之頃不離佛法佛言時復有佛號曰面悅離垢月首藏威如來至眞等正覺出現在世講是三昧有長者子名曜淨廣心聞說斯法以家之信不貪居業出爲沙門捨七萬婇女寶多若斯有四寶藏及衆珍琦若布積地各遍四十萬有千八百遊觀之處未曾興足妄蹈于地不用繫心棄國損王行作沙門以作沙門萬六千歲一心經行常修精進未曾廢息初不生心念爲懈怠也除其左右飲

食澡手洗口未常睡眠恒自覺悟亦不極坐竟萬六千歲即時悉受佛所說法諷誦通利音響和雅逮得總持名普入諸聲皆令稽首爲佛作禮六十六姟諸天之衆從其諮受爲之給使身心精進隨時之安不失所當奉事如來今現南方得成正覺名一切德嚴世界曰德淨於彼土地成最正覺爾時世尊說此頌曰

我憶宿命時　無數江沙劫　佛號辯嚴淨
雷音吼如來　有比丘持法　時在師子座
講說是三昧　王太子聞之　好究竟衣被
以供養法師　普見諸佛尊　得佛阿彌陀
其前世有罪　往宿之所犯　聞說斯慧味
皆盡無有餘　有佛離垢月　說是三昧定
長者子聞之　敬尊便出家　於萬六千歲
奉進是三昧　未曾有睡眠　亦不住懈怠
逮斯尊佛道　用聽受聞故　不復還樂家
亦不慕恩愛　見不可計佛　皆從講諮受
悉入諸道業　疾逮成佛道　諸願盡具足
其名悅人意　尋時得佛道　誰不勤是業
於將來之世　聞是慧印已　財業亦無安
出家無所貪　罵詈若撾打　誹謗來加之
各各聞知法　宣布佛所說　遭厄百千惱
能忍婬欲難　觀察塵勞患　自說成佛道
夢中見於佛　自喜我正覺　而樂斯及法
我不疑佛道　倚求音響利　以聞斯經典
自曉窬其心　不久成佛道　聽是至要理
聞若干事業　無復有罣礙　所止如虛空
於是已出家　得無數利養　以用親族穢
生心相誹謗　分厄除患業　依聞而存意

反輕易他人　我以成佛道　得逮見成光
供養大聖主　行步自驚喜　謂已得佛道
其有諛諂者　離道甚玄遠　數數懷愁憂
因輕他人故　若有聞此經　則知得佛道
不久成正覺　得見阿彌陀　依倚顛倒者
亦去道迴遠　若有不順本　佛不授彼決
觀斯長者子　施與財寶藏　然後行出家
家家而行乞　從錠光如來　曾聞如斯義
如是像三昧　精勤敬奉行

佛言菩薩行道以大慈悲護於十方及化他人諸不逮者以六度無極四等四恩六通善權化衆生類所度無底使長安隱各捨家業興隆道法爲雨甘露宣傳經典猶如良醫以藥療衆風寒熱病三合之病悉爲消除心有四病一曰貪婬二曰瞋恚三曰癡冥四曰吾我以慧正義刈斯四疾悉消無餘致十種力四無所畏譬如日出衆冥消滅不知所去以善權慧振大聖耀照于三界五陰六衰十二牽連自然爲消不知所趣猶月在冥消夜衆闇自然爲明菩薩如是以道慧明處生死界三垢之穢心無所著開化終始無窮之患逮得三昧無所從生度脱一切猶如大海出諸珍琦殊異之寶其入採者靡不充備各得盈滿菩薩如是入大乘海擇取開士玄妙之法嚴治道場三脱之門周旋三世救濟危厄猶轉輪王典主四域天下戴仰菩薩如是周流一切生老病死具四等心化此四病求使無餘終始朽亡忽然沒盡不知所處譬如船師度人往反而無窮極以菩薩藏總持之篋敷演深要道法之眞極無數劫不以爲勞猶如

二親生養其子至今長大成就爲人菩薩如是以法權智行大慈悲勸化愚冥使發道心五戒十善四等四恩六度無極行權方便普至十方具足十住一生補處無上正眞成最正覺度脫一切溺在生死使心坦然反流達源猶如種樹漸生根芽莖節枝葉華實結茂菩薩如是從初發心便得喜意身意休息無有五陰三塗之患八難之苦備悉六度施戒忍進禪思智慧無所從生永無所倚悉無衆計不復覩我人身壽命有無之元在所示現多所救濟生老病死經存在世六事法住善權隨時導利衆生不使迷惑爲愚癡冥罪蓋所覆淨如虛空不畏衆難殊勝之慧不死之藥以療一切往來之厄猶如長者生子衆多各爲興起十重高閣使諸太子遊戲閣上作衆妓樂以娛上下諸遊觀者世尊如是以無蓋慈無極大哀行權方便化導三界衆生之類開示正路十住本末從初發心見者喜悅莫不發意從一住起行菩薩道布施救窮三界之匱貧於道者施以七財以一切智正眞之戒堅住菩薩無極之慧不中取證學仁和意篤信三寶入無極慈立無蓋哀具四等心四等已具成就五通五通已成備悉六度六度已達得柔順忍以逮斯忍名曰第三第三音響忍解一切響本悉空寂三界之音皆虛無實無一眞諦已了是義因斯漸入無所從生法忍悉暢三界皆無根本五趣無原了斯慧者乃逮無所從生法忍入諸所生心無所生猶如虛空無憎無愛因便受決以得受決致現在定見十方佛猶如明人其目清徹虛

空無雲夜觀星宿東西南北仰瞻虚空星宿無限悉知其處菩薩如是得現在定覩於十方一切諸佛悉知處所名號教訓菩薩弟子眷屬多少說法所度悉知其數從三昧起爲人說法行衆空慧其聞所說皆發無上正眞道意從是積行正領國土教訓衆生見其根本應病與藥令得服行上中下心而開化之各使得所猶如聖王有子衆多隨才叙用或爲太子後立國主典四天下或爲大臣侍其左右以自衛身或爲使者宣帝王命菩薩如是教化一切隨上中下而開導之或顯菩薩無上正眞解眞本際一定之慧有佛無佛相住如故心不入深不了是教或示緣覺誘進前之至無窮慧乃達聖明本無二故猶水衆流會歸于海合爲一味見畏生死三界之患

地獄餓鬼畜生之厄畏苦厭身而求聲聞故爲宣示生死之難輪轉無際展轉五趣而無竟巳咨嗟讃歎泥洹之快不生不老不病不死不飢不渴不寒不熱無怨無結不閙不閑無憂無喜無尊無卑不連不斷無往無反無合無散長離衆難與道通同因詠難易苦安之路使學無爲稍稍牽前乃至大道猶如四瀆入海一味無若干别三乘如是至竟窮達會致一至無上正眞無際本淨逮至十住名曰勇伏所以名曰勇伏者何猶如猛將大軍之帥將諸兵衆降伏嚴敵靡不折伏菩薩如是逮勇伏定周旋三界有無之上以道照心莫不通徹各自歸之咸發道心坐佛樹下降伏衆魔度脫十方佛爾時頌曰

菩薩行大慈　常自調其心　亦化他衆生

所閑度常安　醫療風寒熱　菩薩消三毒
日出衆冥盡　道化消羣連　長者十重閣
十住轉進然　如樹漸長茂　初發成道如
愚出爲沙門　心存親里眷　利物負重擔
心樂在家中　不以聞深法　不出家無戒
成就至佛道　是覺無放逸　末世若學此
得聞斯經典　以供養利故　求名行誹謗
在前稽首禮　歎言甚善哉　與其別去後
便當說其惡　陽愁而雨淚　自歸念其身
因在衆會中　傳說其惡行　不欲敬奉師
不順長聖命　已身求其勝　亂寂常謂淨
欲毀他功德　自歎勳無限　知尊而懷嫉
妬他得供養　華香及衣被　妓樂幢旛蓋
供養佛舍利　自謂已得佛　若聞斯經典
乃爲眞供養　捐捨一切樂　常學是要行

用爲奉色身　能捨斯陰蓋　當恭敬於經
猶如須菩提　棄忽貪愛命　常習在閑居
勤修是道經　壽在世且盡　今告於喜王
聞斯所行業　自知伏其意　既信奉順行
常誹謗於佛　是言眞非眞　在於四部衆
還自謂眞諦　其貪利養業　不樂佛正道
是等謂見敬　去解脱甚遠　其吾大神足
於是現大勢　皆以護禁法　奉行故得道
總持遵戒法　行如愚不及　悉棄於貪利
習寂在閑居　今佛建立斯　佛所說不虛
後將來末世　是經在其所　值光明無量
復見無怒覺　六十二億佛　衆會咸共見
佛悉囑累是　然後護是法　以是經見印
然後共將護　時雨細微華　三千世天人
悉咸咨嗟之　周聞斯法故

爾時喜王菩薩三萬人俱聞佛所説目爲淚出恭恪竦慄衣毛爲竪偏出右臂從座而起叉手同音白佛我等世尊將來末俗五濁惡世不輕法師若有不敬欲壞普明一切智者臨法欲盡少於學識明不能多清白正法垂欲盡時畏法無常法欲亂時没其身壽護是如來一切智典使永弘安獨處專學一心如犀當受將護如是經像如來至道若干品藏其有學智諸辯才印曉了無量衆德之本當勸化之法印印之總持種性降魔官屬解一切智所行功勳受持是模書著竹帛若在地獄爲一切衆皆忍苦患不以爲厭用是三昧故周旋三界五趣之難不以爲倦行四等心慈悲喜護四恩勸導惠施仁愛利人等利救濟十方愚冥之輩皆發道意地獄休息餓鬼飽滿畜生得脱生天人間天人心開樂於道法五趣心解信敬三寶不貪世榮觀察三界猶如幻化影響野馬芭蕉見夢水泡水沫暢一切法悉知無眞皆發道意欲度十方危厄之難於是喜王菩薩心中悲喜即説頌曰

我以知是業　從意發道義　不輕如是明
咨嗟於世護　棄捐其身命　求是佛至道
於後恐懼世　持是三昧定　若無央數劫
在於地獄中　樂持是三昧　常當忍是苦
請一切衆生　説法無所冀　布施衆財物
行慜諸羣黎　假使身命肉　骨髓血脉斷
終不行懈怠　後世所生處　習在空閑居
棄一切所有　慈遍衆生類　疾者給醫藥
不當學此業　如反邪之行　當修是眞言
從斯經中教　常奉無放逸　隨佛之所誨

衆生故忍之　我等之伴類　獨處若衆中
所宿無所畏　不貪求利養　班宣尊佛道
佛說是經時七十江河沙等衆生從不可計諸佛國來者聞是經典皆得不退轉當成無上正真之道時萬菩薩皆悉逮得是三昧定其自要誓當來末世奉事法師以供養之三十姟諸天人咸已逮立不退轉地當成正覺六十姟諸天人得法眼淨十八億人及是四輩諸法眼生三塗之惡皆已滅盡佛演光明照於十方各江沙等諸佛世界遍無擇獄上至極界三十三天一切衆生皆得安隱無復衆患從其光明各自然化生無量寶淨億姟百千葉蓮華一一蓮華皆如來坐其眷屬衆諸來衆會亦復如是等無有異是諸佛邊各有喜王菩薩長跪叉手勸諸如來說是三昧定是一切佛化無央數不可計會衆生無底悉令衆人了無邊際無所罣礙至平等覺

法供養品第五

爾時佛告喜王菩薩勿以衣食之施奉事如來用爲第一也欲供養佛當以法供養而奉事之所以者何乃往過去無央數劫不可稱載有佛號金龍決光其壽不可限量國名無量淨衆會不可稱計有法師名無限量寶音行在末世最後窮俗學是三昧其餘一切諸比丘衆皆共擯之時彼法師不懷怯弱不貪身命故復勤精講斯三昧入於山中服衆果實時四天王天上諸天人上至二十四阿迦尼吒天人皆來聽經時無數衆咸共念之心悉戀慕愁思欲見之欲服聲名聞其法音時世有王名使衆無憂悅音爲轉輪聖王往詣

其所聽是三昧已得聞之歡悅法師王白比丘恣意宣傳勿懷恐畏吾自遣人共相宿衛遣三萬人在於左右今與仁此勿以畏難吾當護衛是佛所說甚難得聞時轉輪王遣其千子勇猛傑異一人當千而衛護之三萬衆人皆以甘饍而供養之一切施安從其所使常以和心無傷害意而授所當一切所乏其彼法師建立威神已之力勢於半劫中演是三昧以是德本則悉和同王諸太子及衆眷屬更八十劫見六十億三那術姟諸佛世尊皆從諸佛逮是三昧如心所願受取佛國喜王欲知彼時法師豈異人乎莫造斯觀則今現在阿彌陀佛是也其時國王名無憂悅音者阿閦佛是也其王千子颰陀劫中千佛興者是也佛言喜王爾時三萬人王使宿衛彼法師者今喜王等菩薩三萬人是也彼時種德於此如願獲其果報致安順恭是三昧定諸菩薩業是故喜王菩薩欲學逮是三昧當以恭敬受持書誦分別說之至意奉行佛爾時說是頌曰

欲施一切安衆生　具足諸藏滿億千
其有發心存尊道　斯功德福不可喻
假使十方衆生類　皆令成就緣覺道
一劫之中備供養　其福不比發道心
皆使衆生成佛道　隨其所安供一劫
其有發心在尊道　斯福甚多不可喻
若有志求諸佛法　而不發起興道意
不如取是四句頌　其福如順護道心
正使是世衆生類　皆建立之存佛道
若聞是句而稽受　心不恐畏其福超

億百千劫如江沙　一切珍寶滿諸剎
常以供施衆菩薩　護一頌偈是殊特
是三昧者不可議　若能受護四句頌
其以護道佛功德　一切盡歎不能竟
臨命終時無數佛　悉自然現在其前
十方佛土諸佛尊　將護四句之頌起
臨壽終時無數佛　來護其心不忽忘
隨其所欲受所生　用以書是三昧故
身常永安心以和　往至天上賢聖安
不知苦痛至佛道　而勸助之名勇猛
入億百千無量門　最勝光藏明無限
我住勢力班宣斯　當勤修是三昧定
諸佛於此能班宣　是故由斯奉精進
曼佛現在勤修行　無得後世復懷恨
便見是法執在手　清和奉行甚清淨
皆是我子化無際　承佛前後行慈仁

爾時世尊説是三昧已以是三昧而復正受喜王菩薩亦三昧定選擇因入七十正法適選擇竟是三昧威神於時維耶離城中八萬四千人城外亦復八萬四千人各心念言如來至眞甚難得值久遠世時乃有佛耳希可見聞多所哀念多所安隱愍傷諸天及十方人今在靜室而三昧定我等方便勸助如來從三昧起於時維耶離城中内外衆人各各八萬四千先詣舍利弗謂舍利弗佛興希有信者甚難人命難得平等正覺三昧正受唯爲我等能覺興乎使最正覺從三昧起惟見愍念施一切護時舍利弗聞維耶離衆人所説即從座起往詣佛所住於佛前謦揚其音極力彈指手拍兩膝欲使如來從三昧覺因

其正受不知如來三昧所如時舍利弗詣目連所以是本末語目連曰維耶離城內外衆人欲願如來從三昧起時目揵連以力神足動三千大千世界住於梵天暢其大音欲使如來從三昧覺不能使起時舍利弗及大目揵連共詣賢者阿若拘倫及波提披破大稱憍怛鉢羅云分耨須菩提迦旃延迦葉阿難分那餘大劫賓拏和利彌勒菩薩五千菩薩俱行詣佛所圍繞世尊各各就立已之常位四大天王天帝釋焰天兜術天化自在天其欲界中不可限計諸天人等各各嚴駕皆詣佛所稽首佛足退住一面各自叉手咸歸命佛愁感戀慕梵天光音天清淨天離界天乃至淨身天不可計數諸天子等一切同心稽首歸佛欲令尊興

諸度無極品第六

爾時喜王菩薩燕坐七日無他異念七日已後試自思惟從燕坐起往詣高座稽首禮佛及謁一切現諸化佛并衆菩薩則住佛前叉手禮座於時世尊寂然庠序從三昧起普觀衆會以觀衆會默然而住稽首自歸時喜王菩薩前白佛言道法玄妙不可攀逮無上正眞不可譬喻一切菩薩比丘聖衆諸尊神天皆來集會一切渴仰飢虛於法會來甚久時以欲過願有所問若見聽者乃敢發言佛告喜王恣所樂問狐疑衆結如來悉當分別說之令心解脱無餘罣礙喜王菩薩復白佛言唯然世尊我向在斯獨處燕坐心自念言斯諸菩薩積功累德習志調心好慕佛道諸度無極植衆善本以求至眞或有菩薩爲衆生

故行度無極以成佛道或以諸菩薩故行度無極或以生死衆漏之故行度無極或以無漏行度無極合集此已隨其所志行度無極長益菩薩而成正覺如是弘普以是因緣初中至竟習法典目諦受與發諸菩薩衆善權方便顯隆道法惟說其意時世尊倍加咨嗟喜王菩薩言善哉善哉喜王菩薩乃能發意諮問如來如是異義殊特之慧仁以昔曾供養過去百千億佛之所致佛言諦聽善思念之喜王菩薩與諸大衆受教而聽佛言菩薩有六事業習進行法修度無極有六事光曜度無極亦有六事世度無極亦有六事爲衆生故行度無極亦有六事住度無極亦有六事生死度無極亦有六事有所著度無極亦有六事益他人度無極亦有六事處所度無極亦有六事道度無極亦有六事慧度無極亦有六有已修立行度無極亦有六事有逮得度無極亦有六事有念度無極亦有六事有離三世度無極亦有六事造有所作業度無極亦有六事休息道度無極亦有六事有不置遠度無極亦有六事有應順度無極亦有六事有造作度無極亦有六事有無作度無極有意度無極有勤修度無極有正眞度無極有行捷疾度無極有深奧度無極有雜度無極有清淨度無極有無際度無極有信道度無極有爲衆生厄故行度無極有法故度無極有寂樂度無極有樂觀寂度無極有一切所入度無極有說處度無極有無害度無極有無敗度無極有貧度無極有不迴還度無極有迴轉度無極有嚴淨度無極有堅

彊度無極有興盛度無極有充滿度無極有爲世度無極有度世度無極有無上度無極有不亂度無極有無怨度無極有怨敵度無極有攝持度無極有無攝度無極有報應度無極有無報度無極有自然度無極有無所有度無極有廣普度無極有華度無極有無量度無極有慕求度無極有所猒度無極有妙樂度無極有無樂度無極有樂聞持度無極有生死長度無極有無斷度無極有樂純淑度無極有禪度無極有神通度無極有世巧便度無極有慈愍護度無極有行哀度無極有歡喜度無極有勸護度無極有勸邪見度無極有勸正見度無極有勸住見度無極有勸無住度無極有勸無倚度無極有勸意度無極有忍度無極有造業度無極有無造業度無極有有餘度無極有無餘度無極有佛興盛度無極有明度無極有持住明度無極有佛興成就度無極有意不忽度無極有佛興立家度無極有出家來度無極有愍哀博聞來度無極有出家不斷戒度無極有住神通度無極有神通意不斷度無極有入欲度無極有立度無極有應進度無極有衆報度無極有無報度無極有無樂度無極有時進度無極有光明度無極有無量光度無極有報安光度無極有不迴還度無極有娛樂度無極有鮮潔度無極有成世法度無極有淨世度無極有成種度無極有成眷屬度無極有不壞眷屬度無極有除塵來淨度無極有觀土度無極有宣誓度無極有無逸度無極有周旋度無極有滅度度無極有豪貴度

無極有理眷屬度無極有無所忘失度無極有三十二相度無極有順時度無極有知時度無極有分別度無極有順世度無極有邊際度無極有蠲除度無極有金剛度無極有造救度無極有自然度無極有伏魔度無極有無退度無極有一時度無極有無所著度無極有三昧度無極有訓誨度無極有佛道度無極有一切智度無極有無餘度無極有有餘度無極有可止度無極有諸佛度無極有方便度無極有愁慼度無極有真陀度無極有異度無極有四意斷度無極有四神足度無極有四禪度無極有四意止度無極有四諦度無極有信根精進根意根智慧根定根度無極有信力精進力意力定力智慧力度無極有七覺意度無極有八品道行度無極有寂然度無極有所觀度無極有樂明度無極有來解脱度無極有比丘聖衆度無極有八部會度無極有歸解度無極有分別度無極有別度無極有繫解法度無極有分別順理度無極有辯才度無極有無厭度無極有六度度無極有眼耳鼻口身心度無極有愍他勸助度無極有愍已度無極有法度無極有宜度無極有剖判度無極有勸樂度無極有三脱門度無極有異行度無極有解他度無極有勤用意度無極有十種力度無極有四無所畏度無極有大哀度無極有五眼肉眼天眼慧眼法眼佛眼度無極有自在度無極有娛樂度無極有難得自歸度無極有十八不共諸佛之法度無極有曉了方便度無極有純淑度無極有自然度無極有三界

行度無極有觀清白行度無極有法種度無極有八等度無極有道迹往來不還無著度無極有緣覺度無極有菩薩度無極有盡慧度無極有無所生慧度無極有建立慧度無極有天眼天耳心知自在見過世事知他心念神足漏盡六通度無極有威儀度無極有愍傷度無極有行空度無極有捐捨度無極有滅度無極有變化度無極有流布法教度無極有分舍利度無極是諸比丘菩薩所行二千一百寂然度無極菩薩大士若逮解是皆致得一切諸法殊特玄妙無際之行無等無倫懍來聖哲無所恃仰消一切塵無所至湊斷諸狐疑是二千一百其中別一百度無極主除四大去六衰令無有餘獨步三界往來周旋遍入三世猶如日月不畏衆冥成就萬物百穀草木仰天之茂皆因地生菩薩如是二千一百諸度無極及是百度無極其二千一百諸度無極貪婬怒癡等分四事各二千一百合八千四百八千四百各別有十事合八萬四千以能具足是度無極便已備悉八萬四千衆要上業八萬四千諸總持門自然達矣便通諸佛五百聖功品第各別以娛樂化一切衆生曉成一切所行境界隨時發起靡不濟安至無極慧本際法身

賢劫經卷第二

音釋

琦（渠羈切 瑋也） 蹈（徒到切 踐也） 撾（陟瓜切 擊也） 篋（苦協切 箱屬）

匱（求位切 乏也） 竦慄（竦息拱切 敬也 慄力質切 懼也） 擯（必刃切 斥也）

罄（詰定切 盡也） 蠲（古玄切 潔也） 湊（倉奏切 會聚也）

賢劫經卷第三

西晉三藏竺法護譯

習行品第七

時喜王菩薩復白佛言我聞世尊粗舉目要諸佛境界本性不斂不能尋了義之所歸唯願大聖垂意愍念善哉之德當廣歎演斯經要典使一切解多所哀念多所安隱愍傷諸天及十方人復爲重敷佛告喜王菩薩諦聽諦聽善思念之今當爲汝一切比丘諸菩薩等重解敷之喜王菩薩與諸大衆受教而聽

佛言何謂修習行法度無極有六事從古以來未曾發意則發平等至眞菩薩心在於過去平等覺所及於衆生布施持戒忍辱精進一心智慧志樂佛道心願至眞未曾忽忘是謂修治習行而度無極是爲六

何謂光曜度無極有六事發顯明智道心之法已自察戒發菩薩心始從施起戒忍精進一心智慧是謂光曜度無極

何謂世度無極有六事所供養佛興功立德皆爲衆生六度亦然拘制六情志慕六通達往業進大道是世度無極

何謂爲衆生故行度無極有六事若以布施攝於衆生心自念言使諸衆生常獲安隱亦復勸人入於佛道六度無極亦復如是以戒安之以若如空忍辱之法而度脫之精進濟之以一心攝護於衆生自投顛倒想逮智慧勸助於道欲安衆生求成正覺欲度衆生是謂爲衆生故行度無極有六事

何謂住度無極有六事若以堅固建立志願道心清和而無諍訟是施度無極所立遊土

勸無想戒志存道法不求望報是戒度無極
住於道法忍一切苦堅住道要是忍度無極
所立正行無央數劫不廢精進至一切智是
精進度無極修奉一心志求法想欲成佛道
是禪度無極住於道義暢一切法審如至眞
成最正覺心無有異不抱妄想是智度無極
是住度無極六事
何謂生死度無極有六事所施無量而不可
盡至德佛道周旋生死所在之處致大財富
是施度無極以勸終始諸惱之患悉蒙福慶
具足壽命不可限量在生死中而不中夭是
戒度無極若得他對而心不起是謂忍辱不
可計劫不厭禪定奉行善本是曰精進以所
生緣禪定正受是名曰禪若以不捨諸度無
極勸助佛道一切諸業建立技術從其智慧
皆令得所是爲智慧是在生死六度無極
何謂有所著六度無極有六事所欲立道衆
善德勳皆以勸化衆生之類是曰布施如師
子猶如聖王有八萬四千諸宫婇女婇女不
逮立佛道者終不與俱使歸三寶消除三百
衆塵勞如一疾致道術以是戒禁慈勸衆生
是曰持戒戒之所度爲去塵勞順從他心不
以穢塵是爲忍辱精進所著何謂精進所度
無極去所著故故行精進恐怖於人如明王
子度知施業因而安之用所著故而行精進
何謂爲禪有著之故行禪定耳以見吾我便
攝息之是謂禪定何謂所著之故行智度無
極若智度無極而不可盡愍傷光暉樂得聖
慧勸助道德是曰智慧是曰有所著六度無
極

何謂益他人度無極六事以樂德勸開化衆生是爲布施依倚慈心不懷傷害是曰持戒所治正法悉能忍之而不穢猒是曰忍辱若爲彼人勤修至行欲濟危厄悉得永安是曰精進若有以法心懷思惟積德清淨是曰禪定以斯因緣充滿飽足一切衆生顯揚道意是曰智慧是曰益他人六度無極

何謂處所度無極六事以棄顛倒布施所作不望其報是曰施與所有財業因依戒禁用衆生故習於忍辱精進一切已身所住思惟經典修行寂然而在憺怕住於其内是曰智慧是六處所度無極

何謂道度無極六事若能習行無所從生法忍靡不堪任是曰布施若以不得身口心際是曰戒矣而以於法眞諦修順悉無所諍是曰忍辱若身口心不住反逆不思雜碎勤修不懈是曰精進設奉行法心以精專志無所著好一切智所了如審是曰一心解三界空如幻化夢道無三世去來今也拔濟塵勞是曰智慧斯是佛道六度無極

佛告喜王何謂慧度無極若不毀斷善權方便開化衆生以慧濟之是曰布施若以造作五百頌偈棄捐九十六徑消衆苦惱奉遵正見超至善處永安之土是曰戒矣若除苦患慧室寂然猒於婬欲勤修精進展轉相教以道相度是曰忍辱奉行自制如是所有國土人民象馬車乘欲恬怕已識求苦元了無根本是曰精進念已愍彼則致弘安猶如筌筏然後會寂其心堅固亦如師子鹿獸之王復若導師度衆賈人是曰精進若與一心色無

所生發聲聞法起緣覺法在於其業而不滅
度是曰一心若以於法無有衆生無我無人
不有壽命猶如六事修道念法出家行學刈
去十惡是曰智慧是慧度無極六事
何謂爲已修立行智度無極有六事若有大
財勸於已身及愍衆生救助惠之是曰布施
設在天上及在人間來致安隱自然飲食是
曰持戒若逮忍辱忻豫寂然顔色第一猶如
蓮華至高豪貴無極之報是曰忍辱既行佛
道不仰他人雖奉遵修身自獨立是曰精進
若受禪定常若劫毀劫成之時來到此國是
曰一心雖處世間懷誠信行護身口心是曰
智慧是曰爲已勤修六度無極
何謂逮得度無極有六事若了布施致大財
富以是所施逮得佛道勸助一切是曰布施
心無所著寂靜恬怕而不起想以是持戒勸
濟衆生是曰持戒其不誹謗法無傷害心至
成佛道未曾有恨是曰忍辱設奉精進不抱
惱熱夙夜修行是曰精進身導至教一切無
犯逮得三昧是曰一心心若奉行一切諸法
靡所不了達一切無是曰智慧是曰逮得度
無極六事
何謂念度無極有六事若得奉修布施之德
以勸助道濟度衆生是曰布施其身口心所
獲功祚戒禁之報以施合道是曰持戒設受
諸法合集在會所顯審如是曰忍辱設無所
決方便奉行彼此有慧精進無礙是曰精進
若發禪思所斷瑞應諮受大德是曰一心智
越彼岸聖超在頂以授道決將養其意所將
養者守護心行班宣道法是曰智慧是曰善

薩念度無極

何謂離世度無極有六事若以方便斷諸有爲勸至無爲道果之德是曰布施若求禁戒慕道法義心不邪想是曰持戒若了無常苦空非身解内外法好斯法樂是曰忍辱其以精進無傷害意奉遵彼願往古之義心無所著是曰精進設以禪定不捨至觀以是之故滅除塵勞是曰一心假使不亂十二緣起攝權方便不遂塵勞從其衆人心懷所好隨時開化是曰智慧是爲六

何謂造有所作業度無極有六事以所施業四恩之祚加於衆生是曰布施若用禁戒爲無央數衆生之類皆令蒙恩而得濟度是曰持戒猶若飛鳥禽獸品類新生之時墮著火中菩薩見之滅火脱難彼適見安救施恩義因發道心是曰忍辱設復開化教訓無數國土黎庶隨時降衆若在八難造立忍辱假使截頭遭衆苦惱悉以忍之一切諸厄心不起恨是亦忍辱設有所見以四恩行有所加益隨時精進奉遵大慈無蓋大哀以化衆生不可稱計以爲元首勸助一切斯心所行可見所苦導利三界以蒙普覆是曰精進若未修行智慧之元而以精勤一切諸法無所違失有見解空了三脱門是曰一心若志一心衆善德法而不忽忘使無衆想悉入佛道從其所依因教訓之至於無相不願脱門是曰智慧是爲六

何謂休息道度無極有六事若斯吉祥意所好樂世俗之業以所布施入於正見合集功祚勸助衆生是曰布施其心休息志信道慧

以所施與正語正命正業正方便是曰持戒菩薩所作休息道者戒之所度其於無所從生法忍不望想報是曰忍辱心不可得身復精進而無所倚是曰精進捐去顛倒定意不亂專精攝意令無放逸是曰一心若攝無想執智慧聖度脱危厄衆惱之患是曰智慧奉行正見正意興發一道乃不退轉是曰智慧休息道度無極六事

何謂不置遠而度無極有六事若施一切以權方便而發道心是曰布施心無所害無倒爲道至長安隱所到無患若有菩薩從兜術天具足來下動大千世界得淨深土是曰持戒若以忍辱而爲懷來興建立道超世八法是曰忍辱精進勸慈加於衆生是曰精進若致一切正受禪定而無放逸受四等心是曰一心以智慧度無極願行勸助成一切法方便之宜靡不周濟是曰智慧是爲六

何謂應順度無極有六事若成明施與同心俱而無異念是曰布施若以禁戒勸令離欲無穢之行清淨猶水是曰持戒若以和心勸化衆生使無恨恚是曰忍辱設以勤修方便寂然是曰精進其用柔和醫藥法書能動天地若以禪思消滅諸見六十二疑遊於塵勞而無所畏是曰一心若以智度動於天地學問書疏慧通大哀曉解善惡苦樂所趣依仰恃怙於一切智開士由是見無所畏是曰智慧是爲六

何謂造作度無極有六事既自布施教他使施復勸他人以惠衆生愍哀護之是曰布施用衆生故常依慈心而不放逸斷衆惡業是

曰持戒其以將護柔和恩潤不起瞋恨是曰忍辱設令功德善本至要興隆道化濟諸不逮是曰精進其以禪思無常苦空非身之義悉解是事不墮四倒是曰一心若以智度令衆善本而不漏失建立現在消諸不善以權方便多所開化度脱一切是曰智慧是爲六

何謂無作度無極有六事若以五欲功勳之德教授衆生是曰布施設以將護無數衆人用斯品次奉佛法戒護所生處是曰持戒以是寂滅愛欲塵勞訓誨衆生使其殊特是曰忍辱在於世俗遊於無窮戲樂自在以斯眷屬開化衆生是曰精進設以禪定志護覺意無所不達是曰一心若信智慧覺無極明以斯智慧度脱一切是曰智慧是爲六

何謂爲意度無極有六事若離勸助而不相報是曰布施所奉禁戒無所毀犯勸助佛道是曰持戒所修平等而行柔輭是曰忍辱勸修不懈進退制已是曰精進若能奉行捨諸放逸不懷憒亂是曰一心若有所聞聖明之德以勸助道是曰智慧是爲六

何謂勤修度無極有六事一切所有無所愛惜而能放捨猶入大海致諸財寶以濟衆生是曰布施若護禁戒目離所瞻不著名色是曰持戒有懷毒意而欲加害乃至截頭節節支解心不懷恨是曰忍辱若能越度一切論議其心寬弘猶如大海一時枯竭恣意得過是曰精進若在中宮愛欲之中不失四禪是曰一心設能觀察一切萬物猶如幻化勤無所得深入微妙不失聖明是曰智慧是爲六

何謂正眞度無極有六事有所施與捨衆罣

礙無所希求是曰布施奉修微妙不違禁法不棄聖義既有所施釋衆放逸離諸惡趣能建立志是曰持戒能忍一切不諍善法常抱仁慈是曰忍辱普於精學而不怯弱是曰精進若於禪思能自勤修入於三昧殊特之業調護其心乃至所願如大善見轉輪聖王雖在國土消除貪想瞋恚害想慈念衆生是爲一心而於聖明普無所著盡覩大哀無傷害心是曰智慧是爲六

何謂行捷疾度無極有六事住無所逮而造福施其心坦然而無所歸是曰布施若奉禁戒不求產業無所想念是曰持戒遵一切法不墮顛倒隨時行仁是曰忍辱從其所樂終不迴轉日日勤修乃至成就是曰精進若執智慧禪思無極是曰一心若有菩薩在於聲聞行無餘慧於緣覺地慧至無餘不墮於欲及凡夫中亦無鈌漏欲有勸度故在其中悉無所著是曰智慧是爲六

何謂深奥度無極有六事若有所施不念我得施於一切是曰布施所持禁戒以順衆生不倚生死斯則聖明之所教法是曰持戒棄邪見法初發大意建立仁和以是深戒用忍無極遵解無我不懷妄想無所榮冀亦無不冀亦非不冀是曰無冀名曰忍辱在邪見法立勤修行而於三界悉無所著不念滅度是曰精進有在外學諸邪見業所行平等正眞之道是曰一心處於智慧修正眞法而不惑亂所在遊至而無罣礙其心寂然常無放逸是曰智慧是爲六

何謂雜度無極有六事設有所施若干種味

品品各異可受者意殖若干福不自貪身復爲班宣若干章句若取佛土具足所願是曰布施建立禁戒嚴淨佛土不違所誓是曰持戒若彼佛土所有衆生諸穢薄少心無瞋害以是勸助是曰忍辱若能獨步聲聞緣覺及菩薩衆是曰精進設諸衆會婬怒癡盛身處其中而心不亂是曰一心其以智慧執權方便在所遊入未曾虚妄無所依仰講深妙法是曰智慧是爲六

何謂清淨度無極有六事若以已心自淨佛土無有瑕穢是曰布施設能恭敬一切衆會不被輕慢是曰持戒設能平等成就佛土平如手掌細輭柔和猶如天衣若干種寶雜廁其地而無放逸是曰忍辱若以周旋不可計會一切國土莫不恭敬猶如渴仰是曰精進若以相好悉能成就光明遠照去心穢病消衆塵勞是曰一心若解衆生猶如幻化而爲説法下及禽獸而不忘捨是曰智慧是爲六

無際品第八

佛告喜王菩薩何謂無際度無極有六事若見衆人心懷陰蓋先布施已却爲説法而開化之是曰布施若抱塵勞訓誨消除令無有餘是曰持戒若世愚人迷起人想不懷怯弱心無所畏爲分別説令無邊際是曰忍辱若設方便去罣礙慧令無暗翳是曰精進住無我忍棄衆邪業禪定不亂是曰一心若以智慧成就辯才所入平等而説無邊一切禪定定意脱門正受無所毀害是曰智慧是爲六

何謂信道度無極有六事若能決了所可布施勸助道法是曰布施若察禁戒而無缺漏

所行具足是曰持戒住在四禪奉行空事消所著想是曰忍辱若住空法行等方便身口心行而無所犯是曰精進若修禪定於內於外而無所著是曰一心以智慧無極住十二緣不亂諸法順從聖明是曰智慧是爲六

何謂爲衆生厄故度無極有六事若行慈心以爲元首志懷悅豫淨三境界是曰布施若心專精清淨無垢是曰持戒若除地獄堪任衆苦能制其意是曰忍辱若攝四等惠施仁愛利人等利隨時方便救護危厄是曰精進現阿須倫修行清淨身自往現安護衆生奉無怒法救護他人是曰一心若意清淨所念具足住於安諦開化衆生微爲分别不猒說法消化塵勞是曰智慧是爲六

何謂法故度無極有六事若能逮得十八不共諸佛之法是曰布施樂於經典建立至願成就脫門護身口心是曰持戒若與大哀去於小慈爲衆生故常懷柔輭是曰忍辱若四神足輕舉能飛常行方便而爲元首是曰精進住四意止禪定爲本究暢備悉四分别辯是曰一心識試文字逮致總持所敷演法入一切音攝四無畏宣不退轉是曰智慧是爲六

何謂寂樂度無極有六事若布施時能攝其心已攝其心願在獨處必能勸助是曰布施以能拔去諸五陰蓋悉令清徹是曰持戒所生之處解無常苦空制衆想著慕樂仁和是曰忍辱若求於空無相無願至寂然法是曰精進若以禪思消滅衆塵受是定意不捨覺意是曰一心若以智慧樂於寂然恬怕光明

得八解門爲他人説不墮聲聞縁覺之地是曰智慧是爲六

何謂樂觀寂度無極有六事若無妄想不計有人是曰布施察於往古及當來事心自思惟常所周旋悉識念之獲無所得是曰持戒若心在罪等一切法觀往衆生壽命人想而悉分别是曰忍辱堪任所觀普興發禪永無所倚合集修行善權方便是曰一心若不見欲棄諸瑕疵於瑕疵法無所犯負不失道意無漏清淨棄捨無哀自調心意并化衆生在於本地而不動轉是曰智慧是爲六

何謂一切所入度無極有六事一切諸法無有與者而自遠得以是勸助救諸窮匱是曰布施若以大哀勸助衆生而安立之常具聖慧本無懷恨報應悦豫是曰持戒若能懷來不退轉法執持堅固而不舒緩是曰忍辱若信元首執持智慧設計方便是曰精進若以禪定究暢成就療治無數一切黎庶而無危害順從不雜是曰一心若以智慧住種性法篤信精進其念及定所住無疑不計有命執權方便其處世間學與不學及縁覺慧若成無上正眞道法成一切智是曰智慧是爲六

何謂説處度無極有六事若有所施無有二心常喜平等而無偏黨是曰布施若有文飾想於戒法諛諂犯禁解是妄想心無所著化諸犯者是曰持戒若倒住忍而不順從説是處所而有報應是曰忍辱精進求報所有方便棄於處所是曰精進若復棄捐一切所有在於所有而無所有是曰一心若以常觀諛諂諸報無益之業見其處所解無處所是曰

智慧是爲六
何謂無害度無極有六事若施衆祐及與凡夫等心無異是曰布施所奉禁法而無所著欲濟衆生是曰持戒不懷危害越世八法堪任本際是曰忍辱若能覺了魔所建立篤信勤修消諸罣礙是曰精進定無所毀入無罣礙道德之門逮平等果是曰一心若以智慧周旋往返一切世俗度世之法而無所損是曰智慧是爲六
何謂無敗度無極有六事志性專和不存在色而順其理若以法施及衣食施是曰布施雖奉禁戒其心質朴無有諛諂是曰持戒心如虛空含和而成是曰忍辱所修勤力一切所說不用財業所宣妄言是曰精進其所禪思亦無所著是曰一心其奉聖達順其文字以益他人是曰智慧是爲六
何謂貧度無極有六事若除色像所興立德以法布施若衣食施是曰布施性不雜碎所奉無諂順其禁法是曰持戒所遵仁和猶如虛空無增減心是曰忍辱若在窮厄志存衣食寂滅身心是曰精進若生梵天而爲講說禪定之業勸助道德是曰一心豐於智慧而在衆塵財業甚多放逸之中所在覺穢而不捨遠不患猒之是曰智慧是爲六
何謂不迴還度無極有六事若有所施不著聲聞及緣覺法道不退轉是曰布施雖不迴還不毀禁戒乃成佛道是曰持戒越諸聲聞及緣覺地不中墮落而取滅度是曰忍辱若以精進執權方便無所違失至一切智是曰精進菩薩若在一切五樂能以方便禪思一

心滅衆塵勞遵承智慧是曰一心若執智慧化諸凡夫沙門梵志上至聲聞及於緣覺度世正見建立大哀是曰智慧是爲六

何謂迴轉度無極有六事若有所施不志滅度不猒習俗是曰布施若學禁戒所聞尠少不能廣博是曰持戒若習仁慈不能遠離住於瑕穢瞋恨之地是曰忍辱若以勤修志在榮樂不能制限是曰精進若學禪思在外忍辱不計吾我是曰一心所志智慧度於世業不能自拔是曰智慧是爲六

何謂嚴淨度無極有六事而有所施不望其報福加一切是曰布施所遵禁法而無懈怠恒奉勤修是曰持戒又以仁和心無所倚精進合道是曰忍辱捨我及彼而無有異是曰精進若以禪定不計所有不造因緣强而有勢是曰一心若分別解一切陰蓋不以疲勞是曰智慧是爲六

何謂堅强度無極有六事魔所化現不能動搖毀其寂靜菩薩所施心無所生一切所有皆能放捨是曰布施若以禁戒有所羨樂不著吉良不擇時節唯勸助道是曰持戒所懷柔軟無能毀者消害衆結是曰忍辱若與精勤不以爲患不猒土地所周教化是曰精進若以禪思爲一切故而廣勸化正受自在遊居無礙是曰一心若聖明法思惟忍辱一切所行而不荒亂是曰智慧是爲六

何謂興盛度無極有六事若有所施不墮顛倒住中正法是曰布施所執禁法永無所思以是熾盛是曰持戒以仁和心而無所著棄諸危害因緣之業是曰忍辱若於吾我諍訟

家業斷諸苦患滅衆所著身之塵勞永以滅盡順從空教是曰精進設猒無常了於十二牽連之義心性堅住是曰一心若捨智慧及與無明永無有二是曰智慧是爲六

何謂充滿度無極有六事若有所興勸至解脱不慕生死是曰布施奉持謹慎不忘他人又菩薩心以念戒時終不建立聲聞縁覺怯弱之法是曰持戒若以仁和嚴淨成就無數佛國滅於三事志願教化是曰忍辱其用精進常不懈倦心進至義是曰精進反覆解義心寂不亂是曰一心設以聖明攝三脱門不中取證是曰智慧是爲六

何謂爲世度無極有六事其有所施心遊存俗不勸於道是曰布施若以放逸不能謹慎常猶豫行不能直進是曰持戒若合道力强欲自制堪任而耐是曰忍辱常以勤修習世俗法是曰精進其心有願所生之處而無二念是曰一心若以俗智開化教人不出于世是曰智慧是爲六

何謂度世度無極有六事若以教施及衣食施宣解道意用是道故坐於樹下而自宣曰快哉福之報　所願必如志　疾至最寂然乃歸趣滅度

是曰布施入於聲聞縁覺精進弘護消除諸罣礙處是曰持戒若無漏法常奉仁和是曰忍辱若以逮得無所從生法乃坐佛樹訓誨衆生是曰精進若有菩薩平等三昧諸根具足聖慧成就是曰一心若以專心行道正法無怨害心無聲聞意及縁覺行歸一切智是曰智慧是爲六

何謂無上度無極有六事若信無數清淨佛土慇念衆生而以不斷不可計劫而欲度脫是曰布施住於法想棄三惡趣取淨佛土是曰持戒若成佛道皆令衆會紫磨金色分別章句是曰忍辱若習等施猶如無怒佛爲菩薩時奉進至眞是曰精進若處家中奉於四禪不失定意若在中宮婇女之間佛土清淨少欲塵勞衆會報應是曰一心若攝佛國壽不可計嚴淨無限存在衆中辯才無量是曰智慧是爲六

何謂不亂度無極有六事若有所施勸助應法疾得神通是曰布施所奉禁戒而不毀斷賢聖之法成就至道備菩薩地是曰持戒若能蠲除一切非法奉功勳法是曰忍辱若能猒世奉具足典諸佛所説善惡之義而悉信念是曰精進若住禪定智度無極而住愛欲觀察經道覺而不捨亦無所著是曰一心曉了菩薩道法根源是非瑕疵而悉分別是曰智慧是爲六

何謂無怨度無極有六事有所住處常能將護令無有失是曰布施而不還墮聲聞緣覺不中取證是曰持戒若斷吾我不計有身是我所者除於結礙因緣之事是曰忍辱遠離世俗第一愚惑歸於智慧順從方便是曰精進其列諸見聞念諸法得志永寂是曰一心若消狐疑智慧平等遵無想行一心在道切智尊是曰智慧是爲六

何謂怨敵度無極有六事若有所施兾求望報而與衆生心懷怨恨至於法寶是曰布施若斷三惱勤苦之趣志願兜術乃至滅度是

曰持戒與諸菩薩眞正衆生而懷怨恨是曰忍辱若遵仁和多所開化非時勸助因其勤修積化無數如觀世音菩薩所願有所度脫倚於恩愛而自調習令成其道是曰精進若說無礙成三昧定菩薩正受使一切人普得安隱是曰一心若爲已身求於智慧道德根源究竟道義自在正覺不解若干所好義者是曰智慧是爲六

何謂攝持度無極有六事若勸所願攝持功德是曰布施若與發戒執取衆生療治至義是曰持戒若能建立攝取仁和是曰忍辱若以時節奉行勤修不中懈廢是曰精進隨時禪定勸化無數百千衆生是曰一心若以聖智消諸敝礙而無所著是曰智慧是爲六

何謂無所攝持度無極有六事若以所施逮得辯才所可遭遇不以增減已身建立若干品類是曰布施不樂家居慕菩薩法是曰持戒若能堪任深要之法而不疑結是曰忍辱專精究暢不依仰人是曰精進若以禪思了奉空事思惟人本遵承道法念無所生是曰一心若遭義理及更滅度所學經典入三昧定消滅罪福是曰智慧是爲六

何謂報應度無極有六事若能備悉所作布施不令缺漏究暢福慶是曰布施若能勤修重將其身具足所應是曰持戒其仁和行在所說事究竟成義是曰忍辱勤修所行一切吉利無所違失是曰精進其以禪定識於往古前世所處以慧證明是曰一心其成聖智班宣至誠靡所不通是曰智慧是爲六

何謂無報度無極有六事若有所施建立勤

若見諸患難輒能覺了不念獲致無所希望是曰布施若於中處致百千蓋建立滅度在於種性不住顛倒是曰持戒若有所修不得身口及心念行含和柔順是曰忍辱所行寂然無有妄想是曰精進若以禪思住寂滅地不生想念是曰一心慧眼所觀不以滅盡歸無所歸是曰智慧是爲六

何謂自然度無極有六事若有所與心無所念是曰布施若以其心不希望報是曰持戒其仁無我自然柔和是曰忍辱諸所勤修不行二法無有因緣是曰精進其在禪定不著內外亦無中間是曰一心有所觀察永不分別一切諸法是曰智慧是爲六

何謂無所有度無極有六事其心不念於當來事所建立福是曰布施解於一切周旋三界猶如幻化是曰持戒若衆善想若無善想常抱仁和心不懷恨是曰忍辱若修行道而無所行是曰精進在於三界無所希望其心所在普歸將護一切衆生是曰一心若不想有爲不想無爲造如是行是曰智慧是爲六

何謂廣普度無極有六事勸化無數百千衆生使捨慳悋而好施與是曰布施所禁順業普周一切是曰持戒所行方便靡不堪任是曰忍辱若能建立住四意止而不懈怠是曰精進若不慳貪將護六事存於道法而不迴還能懷來致八萬四千諸三昧行是曰一心若能覺了一切塵勞結滯之業誓願聖明是曰智慧是爲六

何謂華度無極有六事若有所施將順六情不迴道法是曰布施常行恭恪所施謙下而

不輕慢是曰持戒若能堪任決諸結縛裂衆羅網是曰忍辱其勤修行應病與藥不墮罪蓋是曰精進棄捐自大奉無蓋慈是曰一心若以聖慧有所班宣無能當者是曰智慧是爲六

何謂無量度無極有六事若有所惠常合智慧是曰布施以無量禁常行謹慎無所犯負是曰持戒所行仁和致三脫門勸助此已不墮色想是曰忍辱若以勤修致四意斷是曰精進若以禪思奉行慈愍致七覺意是曰一心若以聖慧修立悲哀致八道行是爲智慧是爲六

何謂慕求度無極有六事若能出家求鉢衣服輙而得之是曰布施其行止足功勳戒具是曰持戒致功德藏斷衆患難生死之厄若作國王夫人侍女有所施與聞知黙然不以懷恨是曰忍辱求衆利義積功累德方便勤苦從錠光佛來若有所施乃至於今而不懈倦是曰精進若勸歎人而順其意曉衆塵勞是曰一心若以隨時勸無上慧以是三昧致最正覺欲度衆生而隨順之是曰智慧是爲六

何謂有所猒度無極有六事若有所施致於貧匱逮長者寶是曰布施若以持戒遵修十善不以猒足乃勸化人是曰持戒若漸護禁啓受道力而獨寂爾是曰忍辱若不遠捨所想恩愛而犯妄想欲至勤修是曰精進若以禪思而至棄捐一切非法是曰一心若生苦惱在於三界説已身慧是曰智慧是爲六

何謂妙樂度無極有六事所施福報來生人

間一切所欲皆以豐富而不自大是曰布施所奉禁戒生於天上若於人間壽命常長是曰持戒所謂得仁若能逮致無所從生法忍是曰忍辱所進勤修不虛方便必如至行是曰精進所云禪思棄於內外因緣之報其所生處輒如眞諦所行如願是曰一心其智慧意無所妄想是曰智慧是爲六

何謂無樂度無極有六事有所救之無所妄施不捨衆見是曰布施雖家奉禁而有捨家不貪世榮是曰持禁其行柔輭而不懷恨是曰忍辱所奉修行勤苦捨樂是曰精進禪棄等分致於苦惱想衆縛著與難合會是曰一心若於聖慧有顛倒想雖爲諸苦不從法行是曰智慧是爲六

賢劫經卷第三

音釋

憒古對切心亂也　捷疾葉切敏疾也　讖楚譖切驗也又符讖也　朴匹角切教淳也　尠息淺切少也

賢劫經卷第四

西晉三藏竺法護譯

聞持品第九

佛告喜王菩薩何謂聞持度無極有六事見衆窮厄不能自濟若宣法施伏已致寶使衆人聞是曰布施常以德本衆善之行旣自身行復勸他人若聞所持致大財富是曰持戒若聞善説能忍衆若不以爲惱假使菩薩若爲梵志悉從愚人得有所聞修十二年興發建立無上大道覺了所生是曰忍辱若能精進棄損家業不以爲難是曰精進其解脱無常而聞因緣不以懈廢是曰一心學無有師方便平等於諸憎愛是曰智慧是爲六

何謂生死長度無極有六事若惠施主得無所從生法忍是曰布施其能依倚無極大哀是曰持戒設以柔和勸慕弘誓是曰忍辱若以博聞施於一切是曰精進假使寂然加於無我是曰一心若以諸下徒使僕從教誨忍和禪思弘聖是曰智慧是爲六

何謂無斷度無極有六事若以所施興立四恩救濟危厄是曰布施護身口心常謹愼三是曰持戒其以仁宜身心和同志逮法忍四事和業是曰忍辱若用勤修四意斷者無所中傷皆由學是逮立至眞是曰精進其用寂靜逮四意止者是曰一心若以聖明修四諦事無復虛僞是曰智慧是爲六

何謂欲樂純淑度無極有六事一切所有施而不悋是曰布施開化功勳見空脱門是曰持戒若以至德教訓周化戒禁在於行業心生其上開度衆生願以斯戒以忍順意而有

殊特仁和能受是曰忍辱其以用法隨時開化若干品訓是曰精進曉了時宜奉行慈心行四等意斷他苦樂是曰一心所欲訓誨衆生一切哀護應法其所至宜隨時不失是曰智慧是爲六

何謂禪定度無極有六事若建所施在在所欲不能違者是曰布施心懷謹慎棄衆不可是曰持戒人仁和忍諸法自然入於和同是曰忍辱一心勤修思惟建立處所悉散毀滅諸非是曰精進若以禪思閑所棄捐身口心安承諸智明是曰一心若蠲除欲以聖明德去衆穢行是曰智慧是爲六

何謂神通度無極有六事若以燈施因得其報天眼徹視是曰布施其奉禁戒專精聽經無所毀犯致天耳聽是曰持戒仁和無二以用勸助因發道意是曰忍辱成就逮得識念宿命過去世事神通自然爲衆生故處在世間積功累德每生自剋是曰精進懷來神通神足變化難逮無極捨諸識著受平等禪是曰一心以逮斯恩因緣之報以慧神通消滅衆垢因其三昧究暢聖明是曰智慧盡諸漏矣是爲六

何謂世之巧便度無極有六事不能勸學諸度無極唯慕世俗巧術之宜俱授他行巧術所施使人修德是曰布施後當得報使無數人愛樂務道是曰持戒能使一切技術巧便皆達無餘靡不通暢是曰忍辱其速奉行菩薩之法能令成就是曰精進若心以好是曰一心諮受道法是曰智慧是爲六

何謂慈愍護養一切度無極有六事若以心

護一切衆生以慈心施是曰布施用衆生故不貪己身以是持戒以時誓願因得自在所生之處訓化衆生因奉善事而建立道是曰持戒猶過去王名曰摩調所興精進愁思勤修遵承隨時是曰忍辱若作國王人求截頭心不發恚無央數人得生天上以是精進若能堪任復致財業以與開導是曰精進其不逸禪無所藏匿消滅六情是曰一心設用聖慧示無數衆人皆啓受報應大果衆德六事諸所塵垢勇猛所執爲不見侵不以過去而有增損是曰智慧是爲六

何謂行哀度無極有六事以能布施心自發念欲使衆生一切普安是曰布施若棄他人不自猒身悉散衆結是曰持戒若能忍已罵詈杖捶悉以能忍亦化他人使令行忍是曰忍辱心若以精進具衆德本不以恚猒度無數衆又以専精勸諸人衆使出家學是曰精進若猒惡趣愛樂禪思功勳究竟是曰一心愍哀滌除一切惡路而不懈廢所興法施訓化衆生是曰智慧是爲六

何謂歡喜度無極有六事若能行恩其心悅豫而不懷恨是曰布施篤信守禁而致善德是曰持戒若以柔和成就慚愧不執麤獷是曰忍辱若以勤修心無瞋恨自護安彼而善思惟不懷湯火是曰精進若樂寂然其心清淨建立成就斷衆貪欲是曰一心有所惠施心無所倚奉行道法休息望報觀於智慧而受覺意選覺意已遵修無願建立脫門不處顛倒無所傷害是曰智慧是爲六

何謂勸護度無極有六事若有所施心無所

著奉平等法不懷妄想是曰布施若以謹慎觀諸覺意心受精進不懷惱熱是曰持戒行無所想心志顯明其内外安棄諸貪著是曰忍辱曉了有爲觀於無爲心不處二是曰精進若以禪思觀察勢力寂然精進在所遊至爲一切首是曰一心若信聖明導修道義無極哀故開化餘人是曰智慧是爲六

何謂勸邪見度無極有六事若在雜碎諸外異學入其祠祀順從其意而開化之猶如隨藍梵志所興福德之業是曰布施覩顛倒戒衆賊集會爲賊所牽而顯其行縁斯化度是曰持戒若在衆雜若干惱行而來犯之不以恚猒是曰忍辱有所施與若入世俗不與同塵而爲班宣寂然之義是曰精進若興禪思遊在寘中而樂於此樂無所樂以法樂之是曰一心若梵志像欲化衆生隨其順行而訓誨之是曰智慧是爲六

何謂勸正見度無極有六事若入習俗爲設法教布施得福持戒生天所作善惡皆有果報以此濟之是曰布施若世無佛菩薩未曾隨惡友教是曰持戒菩薩清淨鮮白無瑕猶如雪山生好樹木未曾有諸天鬼神衆龍而遊樂中是曰忍辱所奉勤修除去彼我譬如賈客而遠遊行有所成辦是曰精進若以智慧修治四禪亦無所護是曰一心若以聖明多所愍傷一切衆生建立不逮猶如昔學本之所教以一頌偈訓誨八萬四千國邑是曰智慧是爲六

何謂勸住見度無極有六事菩薩假使在於夢中心不慳嫉雖佛不興無有異心況現在

乎是曰布施若遇惡罪及失身命未曾犯禁是曰持戒所生之處與光明俱適生輒聞本清淨忍乃得佛道是曰忍辱所生之處常見班宣闓化衆生以此道法訓誨他人是曰精進在在所生善思念道快建立業有所覩見本性自然故致如是是曰一心若以度世及覩世事無師主者其身獨立不從他受其慧如是常宣至誠其身口心未曾有欺是曰智慧是爲六

何謂勸無住度無極有六事若以權慧有所救濟窮厄之士是曰布施謹愼身心心無所犯而無放逸是曰持戒遠不退轉不起法忍是曰忍辱一切萬物思不可得勤修方便而無所住以是無住勸六度無極是曰精進若於内外悉無所著而衆生迷心塞不解計有我想不了無我爲分別說了一切空是曰一心若不棄捨聲聞緣覺以聖明法依一切智是曰智慧是爲六

何謂勸無倚度無極有六事若集加恩一切三界皆得悦豫猶如定光有所發起是曰布施若以禁行而無所依不有所求是曰持戒假使其心仁和柔輭未曾妄想一切諸法是曰忍辱勤修衆行而無所著是曰精進禪定所見入菩薩地不墮顛倒是曰一心若以聖慧消衆塵勞歸於大道是曰智慧是爲六

何謂勸意度無極有六事意自念言菩薩所濟欲成佛國因致究竟是曰布施其自守行斷三惡趣不爲罪業是曰持戒以慈仁和報得相好端正殊妙見莫不歡是曰忍辱以勤修行往入大海致如意珠消竭衆難得自在

法是曰精進若以禪思蠲除塵勞如其志願而致得之是曰一心若以聖明能壞衆魔所立訓化莫不從教是曰智慧是爲六

何謂勸忍度無極有六事所出施與心在佛道未曾忽忘是曰布施救護地獄以寂靜志魔不能犯法不迴轉是曰持戒順理所向奉行正法不懷妬嫉如王太子號曰德光布施自在一日悉捨一切所有施佛弟子欲得車乘象馬滿四十里旛蓋柯茂瓔珞衣寶無數華香捨八萬四千婇女棄國捐王手足耳鼻頭目肌肉支體妻子不逆人意出家作沙門奉是正法是曰忍辱所奉衆戒處於勤修而無所著是曰精進若於夢中見衆玉女不以爲貪具身相好顏貌清淨是曰一心若入城中心懷明智設見比丘篤心敬之無若干想是曰智慧是爲六

何謂造業度無極有六事若身自立淨修梵行所可勸助得利養多臨法滅盡衣裁覆形猶如錟華學志所行現毀佛身悉無所失五枚新華五枚故華示往上佛以是報應道法興隆正法得立至五百歲像法亦爾是曰布施若以衆戒消除他人諸惡行業隨其所乏以救濟之是曰持戒所導仁和若有罣礙而無吉利必得濟厄猶如賈客而入大海遇摩竭魚忽有浴池數二十五各有白象輒乘其上得出大難是曰忍辱假使遇值天上世間快樂安隱猶如往昔無開導主欲令精進有大梵天名曰英妙勸化天帝訓誨衆人令得生天是曰精進禪無所生諸佛菩薩之所講說假使菩薩勸諭衆生使生梵天從光音宮

至無想天是曰一心聖明之業爲諸世俗說現世事講度世業修十善行利益羣黎猶昔國主名曰得生王有好眼愛樂道法無數世中曉了此義諸王慈行諸佛菩薩之所開導以斯言教宣示一切是曰智慧是爲六何謂無所造業度無極有六事心中好喜所樂功勳一切無著心勸助施所可勸助則爲是著往昔菩薩見錠光佛以華五莖散供養佛所植德本皆使獲此功祚道德永無妄想至法沒盡皆共倚之是曰布施所學精進將身口心無權方便計有土地生死處所是曰持戒所修仁和有所慕樂求其善本是曰忍辱有所精進建立俗事化入道法是曰精進若修禪定覩於梵天壽命長短是曰一心所遵聖明未曾有言猶如菩薩號名如來曰隨其衆生宣一品法其餘有身宣若干品造立寂然而滅度之後正法住立若干歲後法乃沒盡是曰智慧是爲六何謂有餘度無極有六事往古菩薩錠光佛時供養所奉以誓道願是曰布施身口有餘依倚住禁多所不信而樂已身是曰持戒其性仁和而無麤獷歸燕坐力是曰忍辱假使勤修中間倚有所樂不至正眞是曰精進禪思慕樂恃行空無以斯爲樂是曰一心若闓聖明心有所著或無所著是曰智慧是爲六何謂住名有餘度無極不能順眞反向異門志空處所聲聞緣覺之所報應不長佛道入十地業而復退轉當知其意是曰菩薩有餘所行度無極何謂無餘菩薩所施度無極勸助生死衆生報應如所能忍聲聞緣覺寂然

而定不隨退轉是曰布施禁法之報離於智慧而能深入是曰持戒其以仁和畏生惡趣勤苦之處心無所犯是曰忍辱若以勤修求於魔業欲消其界使無邪見是曰精進正行禪思知壽命限究竟根元是曰一心若以智慧見知宿命斷衆苦患而好志願是曰智慧無餘度無極何以得名曰度無極謂是菩薩得從順化隨世所好然後名曰無餘六度無極

何謂明度無極有六事菩薩所施奉於尊長不望其報百千劫中服世飲食不以身故而意懷憂也是曰布施所修法義詣佛樹下於一切法不懷狐疑緣是乃至一切慇智是曰持戒其以禪思無所著法斯一切智由從此生是曰忍辱若奉勤修住于道慧化五陰蓋是曰精進若以禪定成最正覺逮得天眼識其宿命覩所更歷是曰一心其以聖明諸漏悉盡逮得佛眼普達諸法心不猶豫是曰智慧是爲六

何謂持住明度無極有六事住於正法供養佛教存立經典是曰布施行所止處入於如來身明口淨無有衆想是曰持戒其柔順行不近俗法無所動轉是曰忍辱曉了聲聞緣覺之業消衆塵勞乃至滅度是曰精進所以禪思求於衆生心念所行以慧音盡是曰一心以知得脫不失時節行聖明慈是曰智慧是爲六

何謂佛興成就度無極有六事佛興世時成大財業賢聖無量受於過去諸佛之教是曰布施以行勸助而得解脫佛興現世消衆塵

勞是曰持戒而以仁和受世尊教又知止足不懷懈倦乃至大行是曰忍辱若以勤修建立弘誓其人功德若在王位心不違法是曰精進若以禪思心常念佛不失至眞是曰一心若以聖明勸助滅度如佛開化五人身心是曰智慧是爲六

何謂意不忽度無極有六事行恩如意願誓奉道以化他人是曰布施遵其至行以護他人御身口意是曰持戒所修仁和是深妙忍正法沒時堅固其志是曰忍辱所立勤修懷來道慧心不迷惑是曰精進假使禪思執持空無不有相願心無希冀是曰一心以其聖明思惟愁感慈念一切欲救濟之是曰智慧是爲六

何謂佛興立在家居度無極有六事若以所施與發五事何謂爲五一曰成坐二曰說處三曰成眷屬四曰成就法樂五曰成其書疏是曰布施所施立行其禁具足而無所犯是曰持戒其以仁和棄捐人想不計壽命是曰忍辱若以勤修奉平等業顯示道義是曰精進以心禪思普修平等奉行至德意無所願是曰一心若以慧明歸諸聖諦靡所不通是曰智慧是爲六

何謂出家來度無極有六事若有所施與心俱合致無漏行是曰布施其以謹愼護身口心合於滅度是曰持戒若以仁和猒於三界而無所著是曰忍辱勤修正行歸四意止而生道慧是曰精進所以禪思遵四等心患猒周旋生死之難是曰一心若以聖明而放遠捨愁感之思遵修至眞是曰智慧是爲六

何謂慇哀博聞來度無極有六事若以班宣
訓精進教給衆窮匱是曰布施奉受道法捨
其身命無所貪愛是曰持戒所以仁和正法
欲没菩薩發心順其時宜自没其身愛護正
法是曰忍辱若以勤修逮得總持恒識不忘
是曰精進若以禪思其心體解十二緣起而
無所起是曰一心若以智慧諸所更歷遵修
寂靜是曰智慧是爲六
何謂出家不斷戒度無極有六事所濟他人
如意所願奉法師命是曰布施所行禁戒導
于大哀無有微恨是曰持戒所志仁和不懷
危害謙下恭順而不自大是曰忍辱所奉勤
修强而有勢不爲怯弱是曰精進所志禪思
行七覺意通於遠近靡所不達是曰一心所
志智慧因能具足不起法忍是曰智慧是爲
六

神通品第十

佛告喜王菩薩何謂住神通度無極有六事
若有所施至有重財不以貪悋奉於道法而
受眞教是曰布施行無所著不倚邪正志于
大道是曰持戒其以仁和不懷狐疑永無猶
豫是曰忍辱志在勤修建立弘誓不違本願
是曰精進所以禪思光明所照通於遠近是
曰一心聖明所導應於道地事事有緣牢堅
持受是曰智慧是爲六
何謂神通不斷度無極有六事若有所救建
立如來佛寺精舍以爲元首是曰布施求於
道業致智慧根拔無明源是曰持戒所志柔
和達於本際而興正眞是曰忍辱奉行勤修
通達色想而無所想是曰精進所以禪思寂

然定意乃至脫門是曰一心遵承聖明修治總持觀於正行住憺怕地是曰智慧是爲六

何謂入欲度無極有六事若有所濟合集勢力以給怨家是曰布施所行羸劣次第順力建立大勢是曰持戒其以柔和消諸陰蓋奉修道義是曰忍辱若斷怨心猶王太子樂於清白是曰精進若常禪思心不放逸專惟定意是曰一心所以聖明有所度脫惡趣地獄生死之難勤修精進猶如往古學之所行是曰智慧是爲六

何謂立度無極有六事有仁行者救於惡趣誘在生死使得超出如頂相報是曰布施所奉行者若世無佛開化衆人各令得所猶如往昔摩調聖王慈化天下是曰持戒所以仁和不起瞋恚如羼提和截其手足耳鼻不生恚心是曰忍辱其以精勤難可制持終不墮滯猶如海中如意明珠從其所求輒得所願是曰精進所修禪思如在中宮開化貴人使發道意超無等倫猶如師子太子自在有所教勑如風靡草是曰一心若入聖明衆智境界一切悉捨能惠與人不斷所倖猶如古王頭首布施是曰智慧是爲六

何謂應進度無極有六事所持衣物施與衆生猶如鼈王海中救厄是曰布施所奉持法猶如師子眷屬圍繞救濟賈客亦復如是是曰持戒所聞柔和猶如梵志欲來害王而取其頭即惠與之是曰忍辱所修精進如梵志子名曰思義棄五所欲救護他人而勸度之是曰精進其所禪思如阿離念彌在於異學救護弟子及與他人是曰一心以聖明事開

化無數百千衆人猶如象王救無反復是曰智慧是爲六

何謂衆報應度無極有六事若愍世人有所救濟猶如離垢化衆行淨是曰布施所奉至行住於梵天爲閻浮利人造立德本令得入法是曰持戒所行仁和加於衆生不惜身命猶如在海見其船壞自殺其身以度衆人是曰忍辱所行精進開化無數多所成就猶如導師名曰福事採海衆寶以濟窮匱是曰精進所以禪思愍傷他人而行勸助猶如童子名曰意義於八萬歲奉行慈心用安衆生是曰一心若以聖明解了現世度世智慧以是智慧覺了虛無如須菩提解空識喻衆塵樹葉悉能分別其勸助者報應過是是曰智慧是爲六

何謂無報度無極有六事其所救濟不受報應乃至滅度猶如大蓋有所覆護菩薩所濟如是無極如江河沙衆生得度是曰布施所奉法行諸漏已盡至不退轉攝受普護是曰持戒所志仁和未曾有恨逮致佛道是曰忍辱所以勤修捨棄身命一切萬物供養三寶是曰精進所修禪定在佛樹下宣歎頌偈導承法觀以此行護是曰一心所導聖明不論道慧猶如海中尸舍和樹華香美療病菩薩如是以道德香化於一切使發大道心是曰智慧是爲六

何謂無樂度無極有六事所濟衆生猶如滅度譬如賢者名曰漢林度衆迷惑故當曉知菩薩本行此宿所喻是曰布施其禁無量患猒衆難志願無爲猶如往古菩薩所行精進

入海致無量寶故引譬喻是曰持戒其仁和行若迦夷王而截其頭及鼻手足不懷瞋恚是曰忍辱若勤修行出迦維羅衛無有見者所以平等入山得佛是曰精進所以禪思四品具足淨修梵行慈悲喜護是曰一心猶以智慧度無極成其亦難致在世正受心常等定是曰智慧是爲六

何謂時進度無極有六事若得止處次第惠救衆窮厄者是曰布施所行謹慎猶如生鼈中其爲鼈王時將護已身又濟他人是曰持戒所志仁和親近衆行歸護身口猶如仁賢所行慈忍斷其諸節不抱傷害是曰忍辱所修精勤佛與世時所在見佛如來平等其三昧印於一切行三千歲未曾休懈是曰精進所曰禪思在於中宮妓婇女間常修清白而不放逸是曰一心順智慧時在於生死在在所生將護諸我使了無我是曰智慧是爲六

何謂光明度無極有六事若以華香拂飾貢上諸佛菩薩是曰布施所護慎行愍傷他人猶如飛鳥空身飛去無所慕樂是曰持戒所志仁和解一切空以逮法藏是曰忍辱勤力橋梁救濟危難是曰精進所思禪定如往古劫始初菩薩之所奉行深入道行是曰一心所修聖明興發法忍如雨童子執心如地是曰智慧是爲六

何謂無量光度無極有六事善權方便而有所濟因以報致佛大光明周遍無數諸佛國土是曰布施所奉勤修勸助逮得不起法忍是曰持戒其仁和者勸助法想而無所著是曰忍辱所可精修奉行空法勸助大道歸此

空無是曰精進所以禪定勸化衆生常不懈廢使不退轉是曰一心所修聖明住第八地在所勸化莫不蒙荷是曰智慧是爲六

何謂報安光度無極有六事若至魔徑臨壽終時其功報應猶兜術天忽沒來下開化餓鬼除其飢厄是曰布施降伏魔徑所奉慇哀放捨身縛亦脫罪厄猶如往古國王太子名曰須賴所脫苦患是曰持戒其行仁和在於魚中安諸黿鼉隱樂得食是曰忍辱所勤修行諸玉女等而在恐懼危厄艱難愍傷濟之是曰精進所修禪思在疾疫劫以藥療之猶如往古童子所作長益以五頭首救閻浮提諸非邪惡是曰一心以此聖明救濟一切猶往古踰五百賈客以五百玉女及諸玉女就爲導師護五億人一心宿衛是曰智慧是爲六

何謂不迴還度無極有六事既有所濟不樂聲聞緣覺之業願求無上正眞之道是曰布施所奉謹愼觀於至義而不懈廢是曰持戒所遵仁和能暢究竟不中懷恨是曰忍辱所行遵修執權方便有所救濟使不放逸是曰精進所修禪定顯明章句而不迷憒是曰一心所謂聖明得至七住不退轉地是曰智慧是爲六

何謂娛樂度無極有六事有所給與以開難化衆令發道意是曰布施以行將養佛興世時說其報應而度脫之猶如往古太子勢首救衆危厄是曰持戒所修仁和如功勳國王安和萬民如是安身亦安他人一切適安我身亦安是曰忍辱所進勤修逮得總持辯才

無量是曰精進所習禪定以用勸助是功福報令衆生安是曰一心其以聖明在六住地柔順法忍至不退轉是曰智慧是爲六

何謂鮮潔度無極有六事若有所與無所依倚亦不想報加於衆生是曰布施所修謹慎常抱篤信懷來七覺覺諸不覺是曰持戒所修仁和慈念衆生不貪其身亦不惜命是曰忍辱所志勤修選擇諸法合會至行致諸覺意是曰精進若以禪思無所想念而不放逸是曰一心所以聖明致得佛道而度一切是曰智慧是爲六

何謂成世法度無極有六事若以所濟報應無數致於永安無復衆難是曰布施所以謹慎慕求道法八正之業至平等慧是曰持戒所念仁和不疑道義決壞羅網是曰忍辱所行勤修於現在法長得安隱是曰精進所謂禪思精進本行滅寂正受是曰一心其導聖明所作以辦受四意止是曰智慧是爲六

何謂淨世度無極有六事其以所行救三千世界從始至終無有異心是曰布施從始生來普安一切周旋往來三界衆生是曰持戒發意以來教化羣黎至無所至便無處所是曰忍辱使三千世界一切衆生精進滅度猶初發意出家學故其心難當是曰精進所謂禪思令諸衆生攝其惡意專惟經法而不放逸是曰一心其以聖明至於地獄救濟危厄適生墮地口有所宣論講經道逮得法典是曰智慧是爲六

何謂成種度無極有六事其救護者致眷屬和無極大財是曰布施所謹慎行致眷屬和

而無罪殃是曰持戒所修仁和若干眷屬各各自安無能壞者是曰忍辱若有勤修所有眷屬不使自恣放逸之行各各辦業用意不廢是曰精進所導禪思若有瞋諍皆令和合致明眷屬是曰一心所修聖明一切眷屬皆有智明而無闇蔽是曰智慧是爲六

何謂來成眷屬度無極有六事於五百歲開化勸誨諸大衆會使發道心是曰布施所奉謹慎勸悅和同無數衆人不以爲煩如佛眷屬是曰持戒其所仁和爲無央數衆生之藏猶昔摩竭有一大魚海水能受所有究竟從始至終若有伴行如井中魚是曰忍辱所謂勤修多護衆人除婬怒癡猶如海中明月珠藏隨時消水是曰精進所行禪思如阿離念彌學外異術多愍衆生而勸化之生于梵天是曰一心導修聖明多所愍傷猶須菩提見有異人收捕鹿王五百衆眷閉在窮厄悉解脫之乃化天下一切衆生建立十善是曰智慧是爲六

何謂不壞眷屬度無極有六事若捨兩舌言常至誠不鬬亂福是曰布施常懷慈心不抱危害緣名遠聞靡不敬愛是曰持戒所云仁和常有等心慈愍衆生而不偏黨是曰忍辱所以精修不以衣食開化衆生唯以道法是曰精進其志禪思逮得總持辯才無量是曰一心所以聖明執持解脫解諸結縛令無罣礙是曰智慧是爲六

何謂除塵來淨度無極有六事若有損耗使增功德療諸疾疫普令安隱是曰布施若在蔽礙不能自濟爲作救護令心開解是曰持

戒若有師父尊長罵詈恭敬歸命不懷瞋恨是曰忍辱其所勤修在胎心正治衆療疾將護開化及諸比丘比丘尼清信士清信女是曰精進若毋疾病膽視給使與諸可乏醫藥飲食是曰一心若以聖明爲無數衆而決狐疑各得開達奉無上眞是曰智慧是爲六

何謂觀土度無極有六事常抱仁慈不以惡眼加視衆人是曰布施而無罣礙無陰蓋心謹愼心念是曰持戒志性仁和見諸怨家念如赤子不懷毒害是曰忍辱具足神通内外無蔽靚化十方不中懈廢是曰精進若淨修行嚴治天眼見於一切五趣生死是曰一心若無數世柔和其意言辭和雅分別聖慧是曰智慧是爲六

何謂宣誓度無極有六事以報應德勸助衆生得受功勳是曰布施所謹愼行消衆罣礙而無結滯是曰持戒如無所著不以爲聞了響悉空興發仁和是曰忍辱所志勤修日日增進至未曾有入無上道是曰精進若以四等慈悲喜護護於一切迷惑之衆是曰一心開明衆生患猒不可奉柔順法乃至賢和是曰智慧是爲六

何謂無放逸度無極有六事有所施與勸助於道不與俗業是曰布施若眷屬羸護奉行道業其有人來節節解之不生毒心慈勸道法如射獵師心懷怨結若有人來節節解之獵師心悦不以懷害是曰持戒若以仁和宣善義理投之於火欲危其身不以懷結是曰忍辱所以勤修竟至滅度觀於有爲如火然熾消之以法是曰精進所謂禪思除一切塵

獨樂一處若以戒法救衆人愚是曰一心慧無所樂而等其心猶國王子施得土地令其無罪而有勢力是曰智慧是爲六

何謂周旋度無極有六事多有財業所加以慈而不懷害是曰布施所可謹慎不抱諛諂而自顯已是曰持戒其性仁和所作功勲不以爲猒放捨宮殿無所貪愛隨時惠施是曰忍辱所以精勤奉平等法而不放逸是曰精進若以禪思而不迴還隨不可法嘿然憺怕是曰一心若以聖明立一切法堅住不動不落聲聞縁覺之法是曰智慧是爲六

何謂滅度度無極有六事若作餓鬼不行慳貪見苦衆生而愍傷之是曰布施心見衆生罣礙之業而慈哀之示以無蔽是曰持戒所行仁和聞地獄苦覩惡形色益用四等而哀愍之是曰忍辱所奉勤修斷諸邪見多懷慈哀猶昔阿育王子字鳩那羅棄諸婇女受辱不怨是曰精進若禪脫門樂此寂靜猶昔菩薩坐閻浮樹道德巍巍影覆其身是曰一心若以聖明滅婬怒癡如王棄國出家爲道衣毛爲竪衆黙啼哭不以顧戀是曰智慧是爲六

何謂豪貴度無極有六事其所聞者能以割情所珍愛寶惠與作福是曰布施奉修謹慎而不自大謙下恭順奉敬三寶佛法聖衆是曰持戒不求名稱不慕世榮唯法爲上是曰忍辱所導勤修奉事尊長父母師友是曰精進所以禪思開化衆生猶如往古拘修摩王有太子多所救濟往來周旋奉行至法本性清淨未曾懷害是曰一心以出家學求智度

無極精進聖明是曰智慧是爲六
何謂眷屬理度無極有六事若以所救勸化道法愛樂出家志存放捨是曰布施其以謹慎奉順愍哀所有子孫開示義理班宣至教是曰持戒其行仁和所至惱熱教訓開導不可計衆如是無猒是曰忍辱其勤修行志存聽法見不違者而爲敷演各令心解是曰精進所以禪思助合衆生示之罪福化不使亂猶如往古善目轉輪聖王是曰一心將護聖明二俱同黨若能自制不犯貪欲而以救護班宣說法建立衆人是曰智慧是爲六
何謂心無所忘度無極有六事自制伏心不隨邪見出于壍難不隨貪厄是曰布施報所可遵行衆禁具足不斷三寶興隆道教化衆不怠是曰持戒報所云仁和安柔心行身雖遭苦由博聞故能忍衆患猶如須賴人來加毒其心不恨是曰忍辱報若以勤修行自伏其心超出壍中將護他人使不危厄長致安隱是曰精進報其以禪思棄捨放恣奉不貪欲不限寂定是曰一心報其以聖明宿止威儀禮節之法心所依倚供養諸利加以法施度衆盲冥是曰智慧報是爲六

賢劫經卷第四

音釋

恚（於避切恨怒也）匿（昵力切隱也）獷（古猛切麤惡也）羼提（梵語此云忍辱）羼（初限切）曀（於計切翳也）鼈（并列切介蟲也）黿鼉（黿魚袁切鼉徒河切）黠（胡八切慧也）壍（七豔切坑也）

賢劫經卷第五

西晉三藏竺法護譯

三十二相品第十一

佛告喜王菩薩何謂諦住安平正度無極有六事適從平地舉足前行追慕三昧是曰布施報若建立安勸化衆人不更惱害終始無患是曰持戒報一切衆人不能動摇心不起恨意和顏悅色是曰忍辱報所立其意奉開士法不以有勞徑前不退是曰精進報顯發慕樂無上正眞令衆生安敷演禪思是曰一心報說其報應所生之處常見諸佛諮受大道是曰智慧報是爲六

何謂來千輪度無極有六事若以致來衆物所有若干種輪持用布施致千輻相報是曰布施報若以各各奇異殊特好妙顏色身在其中無所破壞是曰持戒報若生異品若干種香心不以著無增減意是曰忍辱報其勤修者堅持其志猶有術師執持大瓶若因桴筏徑泅度江及安眷屬是曰精進報若演光明普耀遠近通於十方由得自在是曰一心報若振大光一切蒙荷悉得聖明衆冥消索是曰智慧報是爲六

何謂肌軟細度無極有六事若書文字斯非恬怕以用開化一切衆生示以罪福是曰布施報其依言教奉仰眞正不爲虛僞而懷來義是曰持戒報其以具足衆德之本來妙神明心不起滅是曰忍辱報若諦超越衆惡之瑕致衆開士來相化導是曰精進報若無恚恨獲致功勳和顏悅色踊躍存法心無所著是曰一心報在於生死所生安和化衆愚冥

是曰智慧報是爲六
何謂足下平度無極有六事若足下平所至無難足下所蹈蟲蟻永安是曰布施報其舉足時心無瘡病行不犯法其心仁和是曰持戒報若舉足時庠序安隱性不卒慌亦不惶懅是曰精進報其舉足時福致曠然猶如虛空用救衆生是曰一心報其足底滿功德熾盛而無邊際是曰智慧報是爲六
何謂長指度無極有六事其指長好宿德所致無有惡穢是皆所施報應之功是曰布施報其指纖好漸稍相應而不邪亂宿命行安是曰持戒報應是功德指長順調晃妙柔輭是曰忍辱之報德行相應指長微妙漸稍細滑無麤文理是皆精進之報也指長吉祥見者恱然無不吉和此者皆是一心之所報其指光澤隨次和順正齊不亂是皆智慧之報是爲六
何謂手足縵中度無極有六事手足滿平而縵中者前世之時若有所施滿足與之是布施報其指平正建立安隱無有不正視之心恱是持戒報手足無瑕清淨極姝本行仁和是忍辱報諸佛手足紫金色者不受塵土往昔勤修不以懈怠是精進報手足柔輭而無麤惡光澤甚好是一心報其手足鮮赩赩明好與衆超異見莫不歡是智慧報是爲六
何謂膝平度無極有六事其膝與正稍漸轉上普具有異德行殊絶見莫不敬是布施報其膝安和不相切摩是持戒報手足膚好而不進退咸宜有常是忍辱報儀則仁慈行步舉足安和庠序亦不卒暴是精進報善修平

正亦無偏邪常行寂然是一心報覩者悉歡光像分明是智慧報是爲六

何謂寂藏度無極有六事其寂藏安光色赫燿而不現體是布施報其寂以清潤澤一切皆使蒙荷是持戒報其毛右旋各各齊正而不邪行是忍辱報其德巍巍在所至到化變度人是精進報其演光明無所不照多所安隱是一心報使他人見瑞應懷來無上聖明是智慧報是爲六

何謂臍深度無極有六事其行日進稍至玄深乃至大道是布施報其威神德淡然無畏心不懷難是持戒報其奉柔潤深至平和是忍辱報其行具足不以恐怖是精進報亦如好華柔輭和安精專不迷是一心報其臍無毀長益一切行不損減是智慧報是爲六

何謂毛一一生度無極有六事其毛上向右旋清正順理獨立是布施報其髮紺色光光明好見無不歡是持戒報毛柔輭細滑澤是然是忍辱報其色潤澤不受垢塵是精進報毛色柔好各各右旋是一心報各各跱立而不卒暴不相切摩各各齊正是智慧報是爲六

何謂紫金色度無極有六事其色光明如火中金是布施報其柔潤色不爲麤獷是持戒報清淨無瑕色踰日月是忍辱報其光晃曜照於遠近是精進報其無垢塵以爲清明是一心報其光柔妙色和曜好是智慧報是爲六

何謂師子胷臆度無極有六事其身漸滿而不缺減是布施報身盛妙好有巍巍德是持

戒報身以堅强無能犯者是忍辱報衆所觀仰視無猒足是精進報其身弘廣猶如難逮是一心報身無能壞堅如金剛是智慧報是爲六

何謂常善次度無極有六事其身所行具足充滿是布施報尊不可遠吉祥以滿是持戒報端正絶好有見樂喜是忍辱報其行德業平等滿者是精進報計其相好色若雜珍師工好畫是一心報柔潤光澤清淨無瑕是智慧報是爲六

何謂長臂報度無極有六事其身香熏而無斷絶普聞一切是布施報直住正安而不可動是持戒報和順庠序堅固不起其心和調是忍辱報若以自致其臂長姝與衆超異是精進報行步庠序臂長出膝天人所奉是一心報現身柔潤光明赫赫照於一切是智慧報是爲六

何謂傭髀度無極有六事若以身髀傭順雅好心慈志和是布施報獨立坦然無能牽掣常得自在是持戒報善能分別處所至安而無禍難是忍辱報身以齊正肢體漸傭是精進報威光巍巍無見頂相是一心報一切衆生目所觀仰莫不愛敬是智慧報是爲六

何謂腦合充滿度無極有六事以漸覺滿功德成就是布施報心諦堅住常懷和安是持戒報淨如明珠而無自大者是忍辱報若以平等而與治行無有懈廢是精進報身口柔和其心安隱是一心報和潤無毀莫能壞者是智慧報是爲六

何謂鉤鎖度無極有六事見衆求者常和悅

豫是布施報漸以覺悅消衆不達是持戒報其德各各若干普同善相依因道法成行是忍辱報若有所説咸共默然悉和等受適是奉行是精進報其光紺青煌煌照遠是一心報若令世間一切衆生所縛衆厄自得解脱見無猒足是智慧報是爲六

何謂牙齒白淨度無極有六事齒極白淨編合不踈是布施報柔潤白好而無點汙是持戒報以順次第猶白蓮華平等安隱是忍辱報齒堅白好而無雜累是精進報所施建立弘安無危是一心報身以潤澤柔輭光光覩其明燿未曾猒足是智慧報是爲六

何謂牙齒齊平度無極有六事下齒齊平不以邪傾是布施報上下柔澤悉以無麤是持戒報次第合緻間無所受是忍辱報其齒牖平亦無高下是精進報齒不毀損堅强妙好是一心報下齒正上上齒正下安隱牢固見莫不歡是智慧報是爲六

何謂四十齒度無極有六事其四十齒具足而悉平正不減是布施報齒不邪傾正齊如水是持戒報齒妙殊特與衆不同是忍辱報齒皆通利間無所礙等定不踈是精進報齒生吉祥見無不利是一心報齒甚堅固不可動揺可悅人意是智慧報是爲六

何謂廣長舌報度無極有六事爲菩薩時耳聽經典擇説至言是布施報去舌上垢乃傳佛語淨口宣義是持戒報口説平均不爲偏黨是忍辱報舌極廣長色如蓮華光明赫赫是精進報其相生妙各各別異是一心報舌如百葉光色奇好晃昱遠燿是智慧報是爲

六
何謂梵聲報度無極有六事行菩薩道班宣經典高舉唱音令衆人聞了了無疑是布施報音響可愛聞莫不喜是持戒報若干品音所宣各各得解是忍辱報未曾有音和不可逮是精進報音常和調言辭安隱而不斷絶是一心報一切音好哀合和雅動衆人心是智慧報是爲六
佛言復次喜王何謂如來身方正報度無極有六事將順身心常使和安是布施報其以身行身口心定寂然安和是持戒報若以十善興發所生志存天人使爲道業是忍辱報教告一切開化衆會無所犯負是精進報悲和之音柔潤響哀告於衆生是一心報音宣法化決衆狐疑莫不解悦是智慧報是爲六
何謂味中上味度無極有六事若以食饍一切所供其味殊特可衆人意是布施報其所惠與食者得安快而無患是持戒報受者和同與檀越心無諍訟意是忍辱報所施供具多少使平令身無疾是精進報食饍極妙於口甘美而無穢臭是一心報不熱不冷其味和適而好輕柔是智慧報是爲六
何謂師子頰車度無極有六事其背廣平如師子形獨步三界是布施報猶如蓮華光澤好色行如師子是持戒報若如師子轉進而前無所畏難是忍辱報所以顯現大神巍巍尊妙殊特是精進報其餘所宣歡悦一切衆生所敬是一心報其目見者莫不自歸面色喜悦覩德奉敬而無猒足是智慧報是爲六
何謂眼如牛如月懷來以度無極有六事其

眼細妙引長而好如月初生是布施報其目分明善諦巍巍無一短乏是持戒報其目晃明柔軟鮮好殊絶難比是忍辱報面無怯弱光澤益潤是精進報顔貌妙好身形平正如日初出是一心報光如日月照于八方上下闇冥無能逮明是智慧報是爲六

何謂目紺青色度無極有六事若有見佛心中悅喜以一心歸而敬眼視是布施報眼之所覩而目寂定無一不正是持戒報目微妙好無能訶者遠近皆伏是忍辱報眼之所視亦無傷害多所加益是精進報遠見玄逈解一切結是一心報所見無猒不可得底所覩平等是智慧報是爲六

何謂鼻如鸚䳇度無極有六事鼻如鸚䳇隆平正妙是布施報常以寂定無有邪非是持戒報鼻好潤澤燿如明珠是忍辱報柔軟諦忍仁和威儀莫不奉仰是精進報衆人所見敬愛無已而無猒足是一心報意捨所念受不可倚不存諸香以道爲香是智慧報是爲六

何謂頂髻相度無極有六事其髻團圓自然興起光明昱昱是布施報髻髮紺色煒煒難量而各各右旋是持戒報髻曜赫赫光明所照不可得際是忍辱報肉髻充滿無有邪非峙立而安是精進報滑澤迴旋安諦相斷不相雜錯是一心報振燿光光所照無限是智慧報是爲六

何謂如來肉髻度無極有六事髮生青色如無上紺滑澤燿燿踰瑠璃光是布施報髮毛右旋各順本根而不相倚是持戒報其身清

淨塵垢不著猶如蓮華不著塵水是忍辱報三十二上下諸天無能覩頂是精進報三界衆生莫不樂見威德遠顯是一心報言若天雨不能汙之淨如虛空音猶雷震是智慧報是爲六

何謂出遊步度無極有六事其獨步出而無罣礙是布施報若棄捐非能一心者志行弘安乃名佛子是持戒報無央數天往見奉敬伏地自歸是忍辱報能自護已目無所著是精進報勇高遊騰神足無極是一心報一切所有能惠不悋宣暢道訓是智慧報是爲六

順時品第十二

佛告喜王菩薩何謂順時度無極有六事消治衆瘡心無所著行如蓮華是布施報遵修春夏生百草木時節除寒是持戒報其身好妙巍巍殊妙如衆星明是忍辱報平等隨順無所違失是精進報皆已杜塞一切惡趣示其和安是一心報假使衆生在於惡路各以若干光明照之使得解脫是智慧報是爲六

何謂知時度無極有六事若於卧寐向曉後夜忽以明了思惟正法是布施報身能棄家捐其財業行作沙門是持戒報告其車匿歸解喻家父王及妻成佛還國當相度脫是忍辱報其身修行志性出家受著袈裟是精進報若慕解脫求無上道是一心報入於寂然分別頌音還入家居有所度脫是智慧報是爲六

何謂分別度無極有六事愍傷衆生入羅閱祇分衛福人是布施報上在天上爲諸天人宣布道化是持戒報入羅閱祇遊行以訖還

上天頂以寂化衆是忍辱報直身而立無所依倚三昧正定是精進報若禪思惟解念三界一無眞諦是一心報思惟察視十二緣起根源所由皆因緣對是智慧報是爲六

何謂順世度無極有六事行入分衛各各得利受者安隱是布施報順隨世意饑饉之時拔其虛乏猶如羅摩子所遊至處多所濟難是持戒報逆諸非法解難不疑受此道業是忍辱報若於六年超越衆礙無有一蔽是精進報堅固行禪解於一切所有悉無如聚泡沫是一心報不違犯法飲食自然聞名皆歸坐佛樹下降伏衆魔是智慧報是爲六

何謂邊際度無極有六事若降伏魔并及官屬因轉法輪度脫一切是布施報勸化一切三千世界衆生之類使得永安而無衆患是持戒報訓誨衆生其鬪亂者令和合之建立賢行使無所犯是忍辱報若三千界興亂令和同其道味是精進報行成四禪定意正受奉行十善不以放逸是一心報斷消無明衆冥盡索使永無餘逮致顯燿是智慧報是爲六

何謂蠲除度無極有六事往昔遊在迦夷羅衛國土止頓周流七年教化窮罪悉滅除其患難是布施報刈滅斯垢遊於三界而無所著是持戒報若能方便三毒消滅心無所生是忍辱報觀於衆生生死罪福等於慈哀是精進報其以患猒分別禪思逮致八品而不忘失是一心報永無所忘斷於貪欲消害無明興發道慧除一切法令不虛妄一心奉行智慧度無極是智慧報是爲六

何謂金剛度無極有六事若有逮致金剛三昧心不傾動是布施報若以方便棄捐無明奉行至德是持戒報趣于道義無所受焉悉捨衆穢是忍辱報一切將護三界衆生隨俗開化度脫一切是精進報巳身功勳止頓次第隨順發起盡其本元是一心報知於一切衆生心性成最正覺是智慧報是爲六

何謂造救度無極有六事以成正覺諸天所說一心棄捐衆惡之行寂以禪定思惟世法救護一切是布施報消滅惡趣地獄苦惱衆罪之患是持戒報曉了諸根德行成就諸不具足皆令備悉是忍辱報消化一切諸衆生類塵勞之厄永以無餘是曰精進報諸所妓樂不鼓自鳴悅一切意悉發道心是一心報三千世界衆藏財寶常造布施無央數億百千天人是智慧報是爲六

何謂自然度無極有六事三千世界樹生華實冬夏恒茂以用惠與諸所窮乏是布施報除一切惱諸不可計勤苦之痛使長安和是持戒報一切衆生諸根具足究竟自然是忍辱報所有自然三千世界平如手掌是精進報諸色形像入於垢穢實不虛妄諸大衆恩是一心報降伏四魔慧無等倫成最正覺是智慧報是爲六

何謂降伏魔力度無極有六事行菩薩道療治一切三千世界三毒之病成最正覺是布施報消衆塵勞滅一切魔諸諍訟業是持戒報化諸天子衆害惡鬼不和之難悉令永安是忍辱報其諸死魔宫屬自然降伏歸命奉佛聖教是精進報無有五陰身魔自解而無

縛結是一心報如其所願成最正覺爲一切智是智慧報是爲六

何謂無退轉度無極有六事坐佛樹下一心精思而不猒足是布施報若以見魔而無所畏自致正覺度于一切是持戒報其身不亂本末寂然心定永安是忍辱報其心忻然寂定安隱無有衆患是精進報用等惠施所行平正等無有異是一心報言行相副身口意定逮得佛道是智慧報是爲六

何謂一時度無極有六事一時之頃勤修智慧成無上正眞道爲最正覺心所奉行導御隨時是布施報從其伴黨消除衆塵常奉清淨是持戒報世尊意念永害三毒興隆三寶是忍辱報所度正受滅盡諸垢使無三毒是精進報撓了分別十二緣起斷諸牽連是一心報以能逮得無所忘失識於三世去來今現一切諸法是智慧報是爲六

何謂無所著度無極有六事以肉眼見一切衆生在苦惱患立于大安是布施報若以天眼見諸生死合散善惡化使度世是持戒報勸化他人聲所聞處令無所著是忍辱報若以神足變化所爲往來周旋濟三界厄是精進報若有所念以觀如是清淨之行所班宣法猶如梵天是一心報若以知時誓願聖慧講說經法通于十方是智慧報是爲六

何謂三昧度無極有六事坐禪思惟無衣食想在佛樹下處於道場是布施報其篤信法覺意順理不失精修是持戒報喜悅覺意樂於道義心不存俗是忍辱報分別經典十二部業正覺之行以化一切是精進報而棄憒

開無有邪心其三昧定而修正受是一心報其護覺意將養衆生令至大安是智慧報是爲六

何謂訓誨度無極有六事若得佛道觀察本末開化衆生是布施報正使無請無說縡法爲班宣慧是持戒報光燿解脱奉持不犯志性慜傷變化魏魏是忍辱報猶如優爲迦葉兄弟伴黨三人以自專以爲道眞佛所勸化皆使至道是精進報衆生問義不以疑礙講說宣傳各令得解是一心報分別發遣決了聖明靡不通達是智慧報是爲六

何謂佛道度無極有六事其以無明班宣經典示以聖慧是布施報佛所遣使安隱無明令至晃昱道德之光是持戒報滅一切穢順從不忘辯才無量是忍辱報其法平正致是不忘常念十方是精進報普入一切奉行至德强而有勢是一心報勇猛無畏曉了道元志無上眞是智慧報是爲六

何謂一切智度無極有六事在諸通慧目之所覩而無蔽礙是布施報知衆會心所念本末因爲說法令心坦然是持戒報能聞遠近所演至要平等坦然是忍辱報隨時說法從一切意各各得解是精進報其宣經典不失次叙各得其所方便有宜是一心報從其所樂講論正慧而無所受發起一切成其詩頌是智慧報是爲六

何謂無餘度無極有六事若心安隱奉行道法發起至義至無餘難是布施報若用道法以爲快樂速爲他人開化不逮是持戒報篤信諸佛所說經法等無有異是忍辱報等觀

三世去來今事永無罣礙是精進報若以禪思脫門三昧因斯正受隨其所樂恣其所爲思惟定意是一心報各爲講說若干品法皆得開解志無上法是智慧報是爲六

何謂有餘度無極有六事滅度之後舍利分布以福訓誨使得無爲是布施報思惟禁行親近無爲恣其所樂是持戒報其於如來精舍神寺諸天一切皆來自歸皆當作禮是忍辱報佛滅度後勤行訓誨精進不廢爲聲聞行不令罣礙是精進報稍漸進前三昧正受得至滅度是一心報以聖明根修度世慧普遊弘衍是智慧報是爲六

何謂可止度無極有六事在於佛世教化衆生受食利養行正不邪是布施報悅可福報猶如梵志字披羅陀罵詈誹謗佛時和顏不以瞋恨爾時三億天人悉發道心是持戒報須陀利者(此曰善妙)謗毀如來如來因是開化外學萬二千人令得解脫是忍辱報勢力堅强心常自視猶如菩薩行正慈心若墮獸中爲師子王假有侵尅默然受之用化畜生是精進報若離其意加之不可默不與諍靜然受之不抱在心是一心報若以禪思講宣道化答所問義靡不得解是智慧報是爲六

何謂諸佛度無極有六事若班宣法徧告佛國悉使聞音乃達上方一究竟天阿迦尼吒是布施報若演光明徧三千界開化衆生普令安隱是持戒報其以法雨弘寬曠至化諸編髮梵志之等使入大道是忍辱報變化神足顯其威神優爲迦葉等類悅豫伏爲弟子是精進報心念梵天其心觀察我不以虛妄

志存梵行欲度諸梵是一心報以時開導如師子吼莫不蒙慈慈如虛空普覆一切是智慧報是爲六

何謂方便度無極有六事昔有梵志名曰隨藍廣有所施各八萬四千皆以勸助建立佛道如比丘尼名大愛道佛勸喻曰以金織成上於聖衆說是語時八百比丘悉入法律是布施報諸滅度佛猶安隱學以開外士名曰須摩在於欲中則以六事調護其意使受道律是持戒報雖在仁和猶如往昔有一菩薩行忍辱時名羼提和加夷國王斷其手足及與耳鼻血化乳湩心不起瞋無有瘡病念懷大哀慜如赤子當時開度八十億天是忍辱報勉已勤修猶如五通菩薩大士勉出五百梵志童子令歡喜悅悉受道教是精進報若聞經典勢力轉增乃至無極定意正受是一心報恣意任力而班宣法隨其所好而度脫之是智慧報是爲六

何謂愁慼度無極有六事若有所施心懷憂思常如慧明供養大聖不以求利是曰布施招致道乘來於一切造立道業成就具足是曰持戒猶如申日(此曰首寂)因外異學興惡請佛緣是受教入於佛道是曰忍辱亦如往昔盧羅龍王心毒勇猛霜雹五穀及害萬民佛化開導是曰精進本成佛道爲最正覺時佛默然禪思不倦梵天來下請佛勸助唯垂說法救濟三界是曰一心猶如蛇虺懷毒甚盛佛來入火室開化入律降伏自歸是曰智慧是爲六

何謂開化眞陀度無極有六事夫自安身救

護他人一切所有施而不悋是曰布施猶如菩薩名蓮華藏以金剛行心大堅强無所貪悋一切衆生心計有身言有吾我用吾我故等奉行法爲彼衆生寧失身命終不毀戒是曰持戒猶如昔鼈度衆賈人令不溺死反懷惡心抱無反復而念還害殺於鼈身一心安慈無怨忿意是曰忍辱猶若有魚在於水中牽掣人噉食其身體及諸雜蟲來危个身在中救之令有慈心是曰精進假使諸獸來欲殺人悉能含耐而不加惡是曰一心若諷誦學億載經卷妓數譬喻以是聖明度脫他人是曰智慧是爲六

何謂爲異度無極有六事若有所見飢乏窮厄隨時與之是曰布施如號名聞梵志道士大祠祀施我在中食因開化之而發道心是曰持戒又其梵志勤設醫藥以治衆病加示法藥咨嗟至德悉使衆生得生天上是曰忍辱勤修身行解出家業雖未成佛勇悅如斯是曰精進其以禪思超在山頂無上正眞受以三達知去來今是曰一心若以體解十八不共諸佛妙法班宣道化十八獄縛是曰智慧是爲六

賢劫經卷第五

音釋

桴筏（桴芳無切筏房越切桴筏簰也小曰桴大曰筏） 泅（夕流切浮行水上也） 恬（徒蒹切安也） 卒慌（卒倉聿切倉卒也慌呼光切慌忙也） 懅（其據切懼也） 纖（息廉切細也） 縵（莫官切） 赫燿（赫呼格切燿弋照切赫燿光明也） 臍（前西切肚臍也） 跱（直里切獨立貌） 姝（昌朱切美好也） 臑髀（臑丑凶切圓直也髀部禮切股也） 掣（尺制切拽也） 緻（直利切密也） 頰（古協切面旁也） 羅閦祇（梵語也此云王舍城閦欲雪切） 湩（竹用切乳汁也）

賢劫經卷第六

西晉三藏竺法護譯

三十七品第十三

佛告喜王菩薩何謂四斷度無極有六事諸惡不善未有生矣護令不起是六度無極合集勢力消滅塵勞常使清淨是曰布施求不善報消除衆惡非宜事業是曰持戒解於自然非法之元化使入道是曰忍辱未生衆惡尋則盡滅興隆道法是曰精進勸化他人使入正眞宣傳道業是曰一心究竟自然諸惡不善使不復生因是心行長養道化是曰智慧是爲六

何謂適起尋滅度無極有六事若塵勞興親入其中覩見菩薩方便習眞是曰布施恚猒愛欲歎之不淨奉清淨業是曰持戒在彼斷穢遵修清白若盡惡習非法之元功德未生勤勸使興是曰忍辱若解了慧分别塵勞消衆愛欲是曰精進常在燕居專心禪思定意三昧是曰一心篤化他人六度無極興發善德度脱一切是曰智慧是爲六

何謂未興衆德因而興之度無極有六事若發諸善不捨虚乏積功累德每生自剋是曰布施若致善德益以好樂令使增長以惠一切是曰持戒遵空無事不盡德本以消衆惡不善之行是曰忍辱身心立行方便無緣因與道德是曰精進若奉法教攝衆倚想而不忘失定意正受是曰一心所造得與無不起發成就道明開化一切皆荷道慈是曰智慧是爲六

何謂以發立德度無極有六事以起衆善功

德之元不生惡行無益之義是曰布施以斯欣樂唯思至眞不念小業無益一切是曰持戒察諸應宜而不懷恨除衆不順是曰忍辱所可將護未曾虛妄皆入於道是曰精進奉遵道力不爲羸劣强而有勢是曰一心順從習俗一切不墮邪見六十二疑勸助一切不抱妄想是曰智慧是爲六

何謂神足度無極有六事斷衆貪穢思惟經典以成神足未曾忘失是曰布施云何菩薩而具足成就從意所樂無所好念若以法義而喜施與救濟危厄是曰持戒其樂堅固不可毀壞心不生恨是曰忍辱若慕出家棄世榮樂以法自娛是曰精進若以正觀一切如幻三界若化是曰一心設好決疑無餘結網深入微妙是曰智慧是爲六

何謂四神足勤修精進度無極有六事若獲神足飛到十方無所罣礙開化一切是曰布施若以慇懃志於大業心進願樂願樂輕舉遊行天下是曰持戒勤修發意日日增進而不懈廢并化衆生是曰忍辱逮得方便所當興爲出家學道不好邪行是曰精進決衆狐疑悉使開化可意欣豫因發道心是曰一心所可勸助普入一切諸闇蔽人使識正眞十方蒙恩是曰智慧是爲六

何謂心行神足度無極有六事其心平等盡衆垢塵常行清淨是曰布施若離愛欲不淨之行奉修清白是曰持戒曉了所生如是滅盡不得久存唯道可恃是曰忍辱逮得無想雖有所逮逮無所逮是曰精進心所建立除去所倚而無所住常遵正眞是曰一心斷衆

結著未曾有縛心等如空是曰智慧是爲六

何謂所試神足度無極有六事所謂造行使離愛欲無復貪塵是曰布施若逮眞正不爲危諂一切無犯是曰持戒勸助清淨而無瑕穢常順衆諍是曰忍辱所可越度普入一切衆生蒙荷是曰精進若能覺知諸所罣礙皆是損耗不爲放逸是曰一心以棄蔽塞脱無罣礙不失大辯開導不逮咸令深入是曰智慧是爲六

何謂第一禪度無極有六事所勤方便逮得功德不可限量是曰布施所觀察事善權隨時不失一切是曰持戒其第一禪受攝方便不失一心志存定慧常思仁和是曰忍辱若消五陰成就五通遍入五趣而往化之是曰精進以致一定專精心寂而無所生覩見十方是曰一心五人至願不能堅固而違本誓稽首歸命順從道教是曰智慧是爲六

何謂第二禪度無極有六事若以禪思斷衆妄想疾得堅固是曰布施曉了無限不可計處導利戒法因荷其恩是曰持戒覺悟衆生自能分別一切悉空心不復起是曰忍辱若靜燕居習自攝心而不放逸是曰精進若樂解脱存不退轉不志小節定意正受是曰一心所觀發明慇巳哀彼一切普等不爲偏黨是曰智慧是爲六

何謂第三禪度無極有六事行第三禪忻樂順安棄捐衆惡不善之業是曰布施方便勤修捨諸妓樂志存禁戒是曰持戒其心專精離於所好外衆邪欲不以歡喜是曰忍辱而於其内察無常苦空不淨非身無所忘失建

立其志是曰精進其意堅固靡所不達行不馳騁是曰一心以盡諸漏無復報應罪福之患有無之業是曰智慧是爲六

何謂第四禪度無極有六事若以四禪斷一切苦志於法樂永除衆惱無復諸難是曰布施悉棄衆苦三界終始長樂無患是曰持戒盡察一切周旋三界生死危厄究竟本無是曰忍辱以得燕寂未曾想求存念逮得而無所望是曰精進以致獲安禪思不慌定意正受是曰一心以成清淨勸助甘露不死之藥名曰法訓以療一切盲冥不達是曰智慧是爲六

何謂身意止度無極有六事云何身意止盡身不淨殺盜婬業奉身淨行不計有我是曰布施棄捐所有親親之宜無所戀慕是曰持戒若以好樂無吾我法不貪三界是曰忍辱一切所見放逸其心令得自在不從非法是曰精進若觀一切三世自然本無所有猶如幻化是曰一心見諸所非法自起滅本無所生悉亦無處緣對而興是曰智慧是爲六

何謂痛痒意止度無極有六事若使不顯心無所貪痛痒意止寂然休息不追衆緣是曰布施以覩苦痛不造禍福無復衆患是曰持戒篤信空義心無所生堪任一切諸所可行是曰忍辱不倚痛痒善惡苦樂亦無所著是曰精進其以樂痛在於三界消三毒苦永無有餘是曰一心若以善斷一切諸痛志慕道法未曾有患是曰智慧是爲六

何謂意止度無極有六事斷諸所樂五欲所思自見其心與發法念是曰布施覩彼瑕穢

自調其心柔順隨眞是曰持戒觀察諸法令意念止導奉六度是曰忍辱若能禁制心所馳逸使不邪行是曰精進若想他人心止愛欲解悉本無是曰一心所見篤信依於緣便奉空無相不願之法是曰智慧是爲六

何謂法意止度無極有六事觀諸法實爲示顯明各使心開是曰布施一切所觀皆悉本空盡察諸法猶如幻化覩衆本無是曰持戒導奉經典勤修報應以施一切無所增損是曰忍辱若見危他常抱慈心棄捐衆害志存道法是曰精進雖遊諸法了一切法無所倚著其志寂定是曰一心順其上下十二緣起曉斯元際本末悉寂是曰智慧是爲六

何謂見其苦諦度無極有六事自覩三世心解皆空捨衆苦患無所希求是曰布施見諸苦元無一可樂因致生死皆爲憂惱是曰持戒察衆苦事從巳緣對而有此難悉虛無本是曰忍辱觀諸苦惱悉從微起不能分別用無覺故是曰精進視其諸苦由因集生自救邪冥悉令清淨是曰一心如是觀者不爲邪行斷一切苦使無根元何有枝流是曰智慧是爲六

何謂集諦度無極有六事若以集行心捨衆業五陰六衰是曰布施若見衆生五陰六衰十二諸入除去諸集是曰持戒若以和同生度無極成諸法行無上道業是曰忍辱若捐愛欲具道品法觀一切法覩見其示所因由生是曰精進若斷衆結一切受處而無所受是曰一心其覩衆難無益之法消害苦惱虛僞之患是曰智慧是爲六

何謂盡諦度無極有六事逮得盡苦導修道義奉行無願是曰布施若以志樂滅盡之行盡無所盡爲以都盡是曰持戒除去衆想罣礙之本而復自然悉無所著是曰忍辱從本以來所更勤苦以滅衆惱長得安隱是曰精進志存精修燕坐獨處思惟三昧自伏其意是曰一心若不取證志盡衆塵無有愛欲正受定意心不懷亂是曰智慧是爲六

何謂道度無極有六事若獲至眞行與道俱和同不慌救濟衆厄是曰布施其覩道業順從經典不反邪教因而化之是曰持戒其念非法若不念道勸助入法存在正眞是曰忍辱其總持法攬三界無宣布經典遵承道教是曰精進假在道行不修世俗因其正眞而不虛妄是曰一心若能解道隨其形類一切悉了各開化之是曰智慧是爲六

何謂信根度無極有六事信斷衆惡悉爲本寂除不善行爲顯道元是曰布施奉行篤信樂一切法衆德之元悉無所生是曰持戒以懷至信得歡喜悅無有瞋恚是曰忍辱達無所有以妙眞有究竟執持一切諸法是曰精進以解脫根道德之原信勤精進衆根寂定是曰一心以能存信志在道品不慕邪念是曰智慧是爲六

何謂精進根度無極有六事所可勤修志御堅固奉行方便永無貪悋是曰布施不倚有爲不捨顯明寂於無爲是曰持戒身之所行一切形類都無犯害是曰忍辱志存玄逈慕大弘誓無極之哀是曰精進聽隨時節聞輒奉行而不懈廢是曰一心所學法普悉暢現

在後世之事度世之業是曰智慧是爲六
何謂意根度無極有六事若見眞諦覩家居業衆穢之患棄捨所處是曰布施觀有爲貪不念無爲消諸所著是曰持戒察其逆順不習衆苦無所貪念是曰忍辱若能總持一切諸法永不忘失至道德本是曰精進行寂然義入諸所生心無所生是曰一心從如審諦不隨虛妄思惟諸法無有根本是曰智慧是爲六
何謂定根度無極有六事以定意根消除塵勞難及玄虛無復衆患是曰布施棄捨諸亂得三昧定開示一切是曰持戒若心寂然未曾有亂得住定意正受之業是曰忍辱若志不樂諸因緣事甘樂法樂爲無上法是曰精進其心專一而無二念定意正受導利一切是曰一心强而有勢志不怯弱伏心自制行三昧定是曰智慧是爲六
何謂慧根度無極有六事志存聖明一切所有而悉消除衆塵之行是曰布施以致明達至遠玄妙心無所倚是曰持戒能爲衆生忍一切勞生死周旋世世不廢是曰忍辱曉了道義總攬至要解本清淨是曰精進以上聖明寂然憺怕爲衆生故宣其本原是曰一心以慧解脫奉無所行靡不通達三界蒙恩是曰智慧是爲六
何謂信力度無極有六事若有所信無所違失如師子王子與衆共約未曾失信是曰布施戒所立處而無所懈猶如往昔有象子食以長其身菩薩如是服柔順法能思惟此以成佛道是曰持戒正使人來破碎骨髓續習

慈心猶如蘇摩菩薩大士救諸蠕動雖有害者其心不變是曰忍辱勤修精進未曾退懈欲盡其原如竭大海所行如是消婬怒癡是曰精進若以禪思如法悅豫行轉增進消除衆想是曰一心所修聖慧而無所受所行如法不違道教是曰智慧是爲六

何謂精進力度無極有六事行其忍辱隨時方便度脫一切是曰布施若以勢力致於最勝然可所作猶如俱耶國王之子力伏怨敵是曰持戒若聞虛無隨順可之猶如須涅國王夫人所行殊特柔輭仁和莫不歸伏是曰忍辱所奉勤修能行至眞致大通達不樂懈廢是曰精進所行禪思普無不入救脫一切而無放逸是曰一心因明所生遂致成就隨時順義猶如往古鬱多童子誘衆伴黨是曰智慧是爲六

何謂意力度無極有六事若在天界而無斷除天上五樂心不犯欲亦無所顯是曰布施若觀諸天天上玉女見其患難而無所著是曰持戒雖在天宮不貪天上不樂寶殿自然百味是曰忍辱以作天人志在解脫離衆甘樂以法爲樂是曰精進若在諸天住在衆會其心不亂定意志法是曰一心爲諸天人班宣經典而志庠序不懷恐怖是曰智慧是爲六

何謂定力度無極有六事一切所有施而不悋寂然悅豫若摩調王棄國捐王行作沙門是曰布施愼護身行無有口過將養其意心不追世是曰持戒舉動作事隨順安隱不墮非義是曰忍辱觀察諸法覩如眞諦而無邪

念是曰精進其一切法衆學四輩志無上正眞觀覩諸法空無所有是曰一心不倚世法其心誓願猶如陶家成就衆器是曰智慧是爲六

何謂慧力度無極有六事有來索頭即以施與不逆其心若如往昔加夷國王敢有求者輒施與之是曰布施救護他人不貪己身猶如閱义斷絕王路菩薩爾時不惜軀命與鬼神鬪而降化之爲一切故開通王路使衆賈客安隱往來是曰持戒昔者菩薩三友入海欲脫諸難使衆人安將從歸家是曰忍辱所與施與得其處所越衆河源七反入海致衆財寶以救窮匱是曰精進以禪思度恣其心意欲生何所天上人間十方佛前是曰一心所導聖明解如野馬善將護已勸助聖尊使宣道法是曰智慧是爲六

何謂念覺意度無極有六事捨不善念專精道念因思功德發無上正眞是曰布施意所依念思惟法相而自檢己令不馳騁是曰持戒若志惟念合集諸法令不馳逸柔輭和調是曰忍辱志所勤修無所望捨懷抱道志以慇一切一心定意是曰精進强而有勢救攝諸力令不羸劣是曰一心已脫意念順從義力高德之義聖明難及是曰智慧是爲六

何謂法覺意度無極有六事選擇諸法奉清淨行棄衆瑕穢是曰布施順求解脫宣傳諸法以化一切三界之患是曰持戒棄捐吾我無所戀慕唯念道寶無上正眞是曰忍辱所行正義選求經典六度無極三乘之藏是曰精進普求諸法無有色像坦然玄虛無有處

所是曰一心推於一切諸所有處不可護持本原自然是曰智慧是爲六

何謂精進覺意度無極有六事若能覺了一切財業悉不可保心無所著棄世所有是曰布施所行勤修永無所樂慕于道法志無上眞是曰持戒所勤修行了於三界天上天下悉如幻化無所依倚是曰忍辱自調己心教化衆生靡不究暢各得其所是曰精進所念禪思斷諸結著求其本末不見根源是曰一心明無所依不從他受曉了一切諸術音響入第七地是曰智慧是爲六

何謂喜覺意度無極有六事和顏悅色愛法無猒是曰布施護身三事口四意三是曰持戒心柔輭好未曾起恚是曰忍辱念十方佛無有邪想是曰精進其心寂安悉無所生是曰一心聖明了了解一切空是曰智慧是爲六

何謂信覺意度無極有六事身行篤信表裏相應是曰布施心懷篤信無有邪想是曰持戒在於生死不廢貪嫉是曰忍辱所懷篤信未曾斷絕通達大理無所蔽礙是曰精進合集諸信而不散失無上正眞度脫一切是曰一心觀察諸盡使無所滅好樂正眞救濟三界是曰智慧是爲六

何謂定覺意度無極有六事所行精進而不懈廢若得定意見十方佛是曰布施遠得寂靜離衆愛欲不貪榮利常志大道是曰持戒所止定意受諸道品奉八正路菩薩之法亦無所取是曰忍辱其意平等了一切空本末自然無所破壞是曰精進使諸住見六十二

事羅網自纏陰衰蓋已以了本無自然消盡
是曰一心若得遠聞以諸法盡本無所生一
切寂靜解空無礙是曰智慧是爲六
何謂護覺意度無極有六事皆能放捨所可
愛重無所貪惜能救衆厄窮於道法是曰布
施護身口心不犯十事奉行十德是曰持戒
寂察衆生十二牽連用無覺故菩薩暢之無
所倚著是曰忍辱遠諸本末攀緣稱説而無
所習奉行六度是曰精進心思衆生由犯穢
行墮在惡趣爲之愁悒愍傷雨淚是曰一心
斷諸所生使無所生見衆患難一切諸法本
無所有是曰智慧是爲六
何謂正見度無極有六事若解正見捨衆邪
業無益之原是曰布施暢達以至終不虚妄
常行至信是曰持戒體了行已清淨伏意歸
於大道度脱一切是曰忍辱以能自制愍念
他人一切三界生死勤苦遵奉勤修是曰精
進志於無上棄捨三世而離自大早心自伏
是曰一心得眞諦報捨衆邪見行開士法靡
所不通是曰智慧是爲六
何謂正念度無極有六事等思斷除一切所
作而無所作功德善本是曰布施以正諦念
常思道法不捨愛欲猶如蓮華是曰持戒所
云地者謂其地主從其因緣而堪任之受佛
法教分別身空是曰忍辱以平等念棄捐衆
想在於一切諸所合會而無合會積功累德
是曰精進勸助一切諸善功德悉皆本空不
可分別是曰一心所修正見現世後世度世
之法眞諦清淨是曰智慧是爲六
何謂正方便度無極有六事舌無惡言善教

加人開示道法以救一切是曰布施所行清淨而無穢濁宣菩薩法是曰持戒宣至眞言不傳世俗無益之教是曰忍辱處在世間常護語言不樂俗談是曰精進常行專精其心無想寂然憺怕其行無二定意正受是曰一心所言至誠論道說義不演餘談是曰智慧是爲六

何謂正業度無極有六事所修正業無有罪殃以德自衛奉行三寶是曰布施逮得所願具足衆德而無非法無益之行是曰持戒所應隨順無有顚倒悉解無常苦空非身是曰忍辱一切所趣不御現在不可之業是曰精進所受奉行十善六度永無所著是曰一心所遵正業未曾妄想不志邪本是曰智慧是爲六

何謂正命度無極有六事又隨時宜方便化人以時行可意立正命矣是曰布施若已滅度所習住命不貪其身是曰持戒若見衆生本元純淑而興愍哀欲使入道是曰忍辱若以諸法知之歸盡道不可盡是曰精進在於衆生無所用命以道開化一切衆生是曰一心不以衣食而自立命唯志道法是曰智慧是爲六

何謂正意度無極有六事意普觀察有爲之事本悉無爲雖在無爲而不取證是曰布施若等善惡功勳穢濁而無有二一切諸法亦復如是是曰持戒德行不斷日日轉上至不退轉地是曰忍辱其善快報不可限量念施一切十方人民是曰精進等見一切諸法根源皆如是諦本無所有是曰一心若奉寂然

本末悉空無所忘失無能侵者是曰智慧是爲六

何謂正定度無極有六事若樂正見不隨邪疑斯行正見無有邪業是曰布施建立平等正眞之行奉菩薩法是曰持戒若以正定見安隱脫不爲邪業是曰忍辱其以等寧奉開士本夙夜不懈無所受倚是曰精進懷來安隱如心所願所作善業諮受泰然是曰一心以三昧行斷絶伴黨無是非心是曰智慧是爲六

寂度品第十四

佛告喜王菩薩何謂寂度無極有六事假使能斷諍訟之法性常和調是曰布施若身口心篤信悅豫不犯諸法與道合同是曰持戒以無陰蓋五陰六衰受正無礙是曰忍辱其三昧定無能動搖婬怒癡心不能染之是曰精進聖慧所行無能分別隨時方便度脫一切是曰一心所願普至周遍一切去來今法三世無礙是曰智慧是爲六

何謂所觀度無極有六事所未聞法而得聞之以用開化一切衆生是曰布施不得諸見本無邪疑以度一切瑕穢衆罪是曰持戒能得開化無數衆人使發道心慇念危厄是曰忍辱口所宣布佛正眞行常得成辦弁化他人是曰精進若能次第暢達諸法三十七品十二縁起是曰一心其在智慧了一切空不有相願解無所有是曰智慧是爲六

何謂樂明度無極有六事若能應時離老病死衆患之難宣示道法無上正眞是曰布施以明消滅愛欲之惱無上大道自然爲伏是

曰持戒若以聖慧一切普定等無邪業悉行菩薩是曰忍辱一切普安以晃昱明志存道地靡不周遍是曰精進若以明耀普受一切諸法根源了無處所是曰一心其用聖慧皆知一切諸法經典十二部藏是曰智慧是爲六

何謂來解脫度無極有六事志所解脫柔輭安隱常好救厄衆生苦患是曰布施除於一切所止罣礙使無闇蔽是曰持戒若有所受棄捐衆穢常修梵行因其行業恒奉行德是曰忍辱一切普愍十方世界歡悅憺怕心無所生是曰精進常能隨時堪任忍辱一切苦樂不以增減是曰一心常以法教不違道法所在一切至眞無虛是曰智慧是爲六

何謂入比丘聖衆度無極有六事若能化立一切諸願志存道願是曰布施隨其所樂建立一切化之以道是曰持戒其以寂然所願憺怕心不憒閙化之節限是曰忍辱所行殊特與衆超異不與俗同是曰精進心所受法常使眞正總持諸法而無放逸是曰一心寂然專行至于脫門空無相願不中取證是曰智慧是爲六

有八部衆會亦復如是等無有異何謂八部義度無極有六事若宣布義爲解非義不可用心了正眞義是曰布施可一切衆三界天人心之所好法誨宣布是曰持戒若敷演義無有瑕穢常修清淨慈仁心和是曰忍辱所講至誠具足廣布爲他人故班宣道教至于阿迦膩吒天宮悉荷道義是曰精進以義等意可悅一切是曰一心所住立處無瞋恚法

以法勸化是曰智慧是爲六
何謂繫解法度無極有六事若逮諸法而無所失順從道慧不違正法是曰布施除彼我想不計有身三界自然無所倚著是曰持戒言行相應不相違越身口心行常定相應是曰忍辱夙夜勤修而不斷絕戒定慧解度知見法是曰精進常住道法不順非義化以四恩加於衆生是曰一心常行至德不爲小節無益一切無有異意是曰智慧是爲六
何謂分別順理度無極有六事若宣化說十二隨順壞惡衆穢消於五濁是曰布施若以寂然化諸迷惑至于滅度及度一切是曰持戒其隨世俗言談說事因而教之普至一切是曰忍辱若以能捨婬怒癡行是一切非衆想邪心是曰精進靖思禪定三昧正受不發衆念無益之思是曰一心所以奉行聖達至慧以歸解脫無著無縛是曰智慧是爲六
何謂辯才順理度無極有六事若爲衆人宣若干品辯才之慧是曰布施言辭至妙和柔潤澤遠近無不歸之是曰持戒能可一切來聽者意以開著心是曰忍辱教言普遍無有邊際聲聞十方是曰精進名德遠著天上天下功德悉足未曾斷絕是曰一心其至法藏無所從生入於三界乃逹滅度是曰智慧是爲六
何謂無猒度無極有六事爲諸會者講說經道未曾懈倦念度一切衆貪嫉者是曰布施愍傷衆生而開導之示以三寶佛法聖衆初亦不猒是曰持戒自以精進不行瞋恨寧碎身骨建立周遍普等之心使法流布是曰忍

辱若以神足飛行遍至用心慇懃時化愚冥諸應度者是曰精進隨其所欲三昧正受而訓誨之令存道行是曰一心諸欲聞經從其人數願樂時聽尋爲說法是曰智慧是爲六

何謂施度無極有六事若有法教所可施與以用勸助普於一切各使得所是曰布施所可施與其身口心柔輭和悅以法化人是曰持戒好樂惠與不逆求者和顏悅色是曰忍辱所施調意念行方便去諸不善淨修功祚是曰精進其心清徹不懷穢濁清志定意慇於一切是曰一心所可施人以是功德勸助佛道亦化衆生使發大意是曰智慧是爲六

何謂戒度無極有六事所奉禁戒慈心爲本常以無畏加於一切是曰布施無畏不懷瞋恨護身口意三事無犯是曰持戒常抱慇傷心哀一切無傷害意猶如慈母育其赤子是曰忍辱設以方便擁護禁戒寤因慙恥無益一切是曰精進慈加衆生心學謹慎以爲元首常專其志不爲放逸是曰一心以是慈愍所奉禁戒常行精進發起一切諸不違者勸助佛道是曰智慧是爲六

何謂忍度無極有六事若柔和心志存悅豫普安一切是曰布施若爲衆生忍衆患難無數劫中不以爲勞是曰持戒求於生死長遠之難本末所在不見所湊是曰忍辱常抱和悅而求方便不以懈廢是曰精進慇傷衆生諸危厄者而降伏之是曰一心以是忍辱常行仁和心不懷害勸助佛道是曰智慧是爲六

何謂進度無極有六事慇傷於俗應病與藥

各令得所是曰布施志在方便無所加害常行慈心是曰持戒得諸限礙而致解脫如應惠施是曰忍辱在於異處不失應節一切如法是曰精進若以勤修晝夜不廢無所毀損是曰一心以是精進勸佛境界使發道心奉遵正業是曰智慧是爲六

何謂寂度無極有六事若以慈心向於諸人愍傷衆生是曰布施憐念一切三界衆生而降化之入於深法是曰持戒傷於世俗愚冥之衆示以道宜心導御之是曰忍辱若出家學無上正眞志存寂然不爲放逸是曰精進諦思法施以開化衆諸不達者而班宣法是曰一心志性清淨而無垢濁順從滅度不中寂滅是曰智慧是爲六

何謂智慧度無極有六事若以經典法施於人使發道心是曰布施若有所說離於衣食不貪利養是曰持戒若以法施不倚俗業不用懈倦是曰忍辱入於一切總持諸法無所不攝各令亘然是曰精進以諦思惟三世大難數演法施是曰一心若以本淨本無之義宣布道教有所導示不失其原是曰智慧是爲六

何謂眼報度無極有六事若以好眼愛敬衆人不以加害是曰布施若以其眼有所觀察悉了無益唯法可恃是曰持戒所見曠遠而無限量不得邊際元不可盡是曰忍辱其眼寂靜而無所著一切衆色悉空本無是曰精進所覩悅豫見者歡喜以法爲樂是曰一心諸來見者身心歸服普共踊躍能至究竟是曰智慧是爲六

何謂耳報度無極有六事耳有所聽無所違失常存在法不爲俗想是曰布施其耳清淨無有穢濁解一切音本悉寂然是曰持戒若有所聽其音清徹而無邪想是曰忍辱耳有所存覩其微細不可限量是曰精進察其懸遠耳悉逮聞知之皆空無益於人是曰一心聞無所有聽無堅固猶如呼響是曰智慧是爲六

何謂鼻報度無極有六事若鼻清徹了一切空不有所嗅是曰布施而其鼻根息無所念唯志道心無所損失是曰持戒寂然恬怕而知止足是曰忍辱所嗅順誼無所犯負不在情欲是曰精進鼻無所受不貪衆香而無放逸是曰一心鼻有所嗅知其瑕穢無益一切損耗學心是曰智慧是爲六

何謂舌報度無極有六事舌雖得味不以貪樂離於喜悅甘于戒誼是曰布施語言了了唯宣法教是曰持戒若無數衆及其言辭宣示問學是曰忍辱設使識念無限之慧爲人解說是曰精進滅其鹹酢舌之所習五味所利是曰一心舌有所說常傳道教廣有所曜是曰智慧是爲六

何謂身報度無極有六事身有所豐財業經典以惠世間是曰布施無數衆人咸瞻仰之以奉受言是曰持戒其身所以作人尊貴用供順佛而有威德是曰忍辱體强有勢靡不依之一切衆生悉共蒙荷是曰精進形柔輭好常以和悅顏貌光澤是曰一心清白潔白多所堪任開化衆生是曰智慧是爲六

何謂心報度無極有六事其心平等普順遍

入一切衆生是曰布施若意所念多所悅豫
莫不法行是曰持戒所可度脫樂現在義不
爲非義是曰忍辱其意覺疾僉然通達心無
所礙是曰精進所導奉行常導道法順從和
雅是曰一心其稱音響遍入諸法一切衆生
教之定法是曰智慧是爲六
何謂愍他勸助度無極有六事訓化他人有
所施與猶如過去有人其人名曰號是生子
救護天下閻浮利地一切衆生皆勸化之入
佛大道而開導之是曰布施以戒勸修咸安
他人以斯功勳致其報應猶如飛鳥衆輩集
會吐水滅熾火是曰持戒以和哀人用加生
死立如梵天愍念黎庶忍於衆勞是曰忍辱
精勤教人若如病者遭值兩命其壽未盡懷
愍傷心有醫親近念之靡已即越二萬八千
里野往詣其所致於醫藥療治其病菩薩療
治一切如是是曰精進若以禪思而愍他人
猶如加賓黄色仙人興立城郭哀衆生故是
曰一心若以智慧普安天下使諸念典壽在
天上若在十方受其天身皆消怨賊隨河流
逝乃至龍所是曰智慧是爲六
何謂愍已度無極有六事爲已所與有益之
業并安衆人能使成辦是曰布施身自隨應
積衆德本不爲禍害是曰持戒其體嚴莊若
上妙華其色猶然是曰忍辱其爲已身夙興
夜寐不以懈廢救衆危厄是曰精進身常精
修念已之故願生天上十方佛前是曰一心
七反劫燒成已復敗終已復始往反此世不
以迷惑如加賓王是曰智慧是爲六
何謂法度無極有六事以若干色莊嚴瓔珞

本施所致得是功報是曰布施不住顛倒無所倚著唯志經典是曰持戒設能消除婬怒癡垢衆生之想是曰忍辱以佛經道行度無極無有二行因其方便是曰精進行平等心永除所著心無所求是曰一心光耀振明照于十方一切諸法爲暢分別上中下法眞不有二是曰智慧是爲六

何謂宜度無極有六事所施之報果致大富因與經道是曰布施其所奉禁果致生天常思法行不慕天安是曰持戒其忍辱果無恐章句斯則其誼是曰忍辱常精專思欲度一切是曰精進所可禪思勸助所生斯則其誼名曰一心若合集智增益聖慧常不損耗斯則其誼是曰智慧是爲六

何謂剖判解度無極有六事所行精勤不壞其身是曰布施以斷衆想希望之業解脫而喜是曰持戒逮得法忍而無廢失是曰忍辱所行吉祥一切普備是曰精進所可禪思致滅度果是曰一心所修聖明致獲諮受逮得金剛三昧是曰智慧是爲六

何謂樂勸助度無極有六事假使布施不志睡眠不起我想如大名稱有九十六諸大叢林在於一切諸大藏處王以惠與開化衆人而受分衛猶如無罪國王之子離於所居終不妄語如身本時救衆危厄不作惡罪是曰布施若以供養父母師友尊敬其身究竟不懈及其經典及知至佛無諸疑網是曰持戒若以柔和護於他人如自棄身不利血脉龍王所護猶曽法師精進勤修三萬二千歲所習作行不以愁慼初未懈猒以化一切是曰

精進所以禪思愍傷衆生兼捐諸惡在閻浮利天下哀念衆生人民受五細滑慈念可愍故引古喻以明解之是曰一心其至聖明如大六通是曰智慧是爲六

何謂空度無極有六事若能逮得空行三昧不起想願是曰布施其意曠然猶如虛空不可限量是曰持戒以能獲致不退轉地得受佛決見十方佛是曰忍辱夙夜勤修而不懈廢力勢日進是曰精進其心常專定意不亂正一不忘是曰一心堅固無難一切所作永無衆患是曰智慧是爲六

何謂無相度無極有六事若常以時救濟危厄諸窮乏者一切無相是曰布施謹慎諸行護身口意三無所犯是曰持戒常修謙恪不懷輕慢是曰忍辱所作功德不以懈廢而用勸助諸不逮者是曰精進出家志法諸學追慕道意日進未曾斷絕是曰一心已無三毒復斷他人婬怒癡垢使歸命三尊是曰智慧是爲六

何謂無願度無極有六事若能疾逮無所願本唯垂愍念三界之患是曰布施其離於觀無所輕慢得無所得乃應道化是曰持戒在於三界而無所著誘化衆生生老病死是曰忍辱其內有行常護身口心無所犯負無所違失是曰精進所修方便去衆瑕穢無益之行至於解脫是曰一心若被德鎧所志弘廣濟於一切周旋之難是曰智慧是爲六

何謂行別異度無極有六事坐佛道場日日常服一麻一米尋求窮乏以欲惠濟不以爲勞是曰布施若在其身精氣靜定不爲放逸

是曰持戒逮得見佛以學諸法衆行備悉具曰忍辱其所懷來暢達諸法一切本無解無分別是曰精進與解脫俱并濟一切衆生危厄使存道意是曰一心其心靜然入於憺怕心無所生了其自然是曰智慧是爲六

何謂解他度無極有六事昔有賈客離於波利割身所食心清行淨上佛供養是曰布施文鄰龍王出見繞身心無所犯住立而待是曰持戒釋梵來下見佛寂然不演道法勸助說法是曰忍辱時以佛眼普觀十方進退隨時導利群黎是曰精進一心七日觀樹之恩欲使一切有反復心是曰一心以見勸助便轉法輪八音暢達周遍十方是曰智慧是爲六

何謂勸用意禪度無極有六事時見佛得道念勸勞者是曰布施往到教化度於五人覩現變化聞其所說尋輒啓受是曰持戒棄離自大順從法律以化不逮是曰忍辱而以甘露不死之藥而開化之是曰精進五人應時除異想念是曰一心以道甘露灌飲貪匱消婬怒癡度五億天人是曰智慧是爲六

賢劫經卷第六

音釋

攬 盧敢切與覽同　阿迦膩吒 梵語也此云質礙究竟即究竟天也膩女利切吒竹嫁切　嗅 許救切鼻擥氣也　鹹酢 鹹胡讒切酢倉故女　燒 失照切火也　鎧 苦亥切鉀也

賢劫經卷第七

西晋三藏竺法護譯

十種力品第十五

佛告喜王菩薩何謂有處無處深淺遠近度無極有六事從其處所逮得審諦了其本末是曰布施所可識知解三界空等無有異是曰持戒諸所曉了悉以分別而得普入仁和之地是曰忍辱其弘誓行至德之業强而有勢是曰精進毀壞衆穢十二緣起令無有異是曰一心所可遵奉而以知時不失聖教是曰智慧是爲六

何謂知去來今度無極有六事若能除盡所作衆業眼耳鼻口身心所犯是曰布施若能消滅諸緣報應生死禍福是曰持戒斷棄所因五陰六衰因緣之對無有事業是曰忍辱若離罪福自然消除三界生死是曰精進憺怕懼然斷色痛想行識了無所有是曰一心所導奉行使無所生其志亘然以道爲元是曰智慧是爲六

何謂知世若干種類度無極有六事假使衆生斷若干種衆雜之行不以恣意是曰布施斷若干種陰蓋諸入奉行導修六度無極是曰持戒雖在諸種不計有人了諸虛無是曰忍辱由在諸品應病與藥令三界衆生三毒消除是曰精進處於四大除貪不計導御衆迷消諸所有是曰一心在於諸種思惟識念解一切空是曰智慧是爲六

何謂知世諸根增減言各不同度無極有六事解知四大合成散壞不自計身是曰布施覺空其眼耳鼻口身心所行而無所犯是曰

持戒心自然解一切本無無所不通是曰忍辱若能解了男女壽命苦樂善惡觀此六根了無有本是曰精進其能分別信戒定慧此五根者習道之元是曰一心若能通暢在所分別是他人根諸殊異念一切解了衆生此根是曰智慧是爲六

何謂解世好不好若干行度無極有六事隨人所好尋爲開化應病與藥是曰布施所集勸誨慈心一切無所傷害是曰持戒從其所樂隨時消除一切衆罪所犯諸惡是曰忍辱決其疑網盡衆懈廢是曰精進消諸所生及無所生都使永盡是曰一心順其所好而令寂然以權方便而消化之是曰智慧是爲六

何謂智普入諸行欲縛解縛衆欲方便度無極有六事若能解了衆苦根元而燒盡之熾然道教是曰布施知諸惱源速棄衆患婬怒癡垢是曰持戒體解道誼施以安隱消除衆患是曰忍辱趣疾暢達至無上道長樂法樂是曰精進分別諸行罪福所歸五趣本末是曰一心以知行趣有無之處生死泥洹是曰智慧是爲六

何謂根力覺意一心脫門定意正受度無極有六事若以此法惠斯安隱不造衆惡以恩加人是曰布施若平等施貧貴無二而無偏黨是曰持戒愍傷他人以法勸助入於道義是曰忍辱自愍傷己神寄其中本非我有不計有身是曰精進解一切空消除名稱愛不自大是曰一心以解無常苦空非身無吾我人以此化衆是曰智慧是爲六

何謂識念過世度無極有六事若識往古宿

世所更無數劫事以用誨人是曰布施知在天上人間地獄餓鬼畜生五趣所歷是曰持戒分別罪福善惡所趣悉伏其心是曰忍辱曉了塵勞愛欲衆穢而無所著是曰精進其心體解一切皆空寂無有想是曰一心消滅一切諸所有業覩見一切衆生根源是曰智慧是爲六

何謂天眼度無極有六事天眼所覩見於禍福善惡所趣是曰布施所應奉行不犯殃釁常志道行是曰持戒所覩廣遠無有邊際見衆生根是曰忍辱若見一切不以惡猒開化盲冥是曰精進察衆闇蔽有路無路是非所趣是曰一心顯示光曜令得自歸緣是得度是曰智慧是爲六

何謂諸漏盡度無極有六事覩諸穿漏瑕疵無益棄之習道是曰布施不樂諸漏婬怒癡念志存道法是曰持戒不習諸垢常修清淨是曰忍辱開化衆心曉了諸想陰蓋諸入不爲放逸是曰精進體解諸漏習從道教多所通達是曰一心入於生死勤在諸漏開化衆生令發道意是曰智慧是爲六

四無所畏品第十六

佛告喜王菩薩何謂以成正覺解了斯法第一無畏度無極有六事逮得佛道清淨盡患生老病死是曰布施心存無爲志弘誓願無上正眞是曰持戒以眞諦觀一切皆空無有邪見是曰忍辱一切悉解三界所生悉以無根靡不通達是曰精進爲一切智暢化三界諸天人民及三惡路是曰一心遊八部衆宣布道化各令得所而無所畏所願已成是曰

智慧是爲六第一無畏

何謂平等了諸漏盡第二無畏度無極有六事佛者無漏諸漏巳盡一切無難是曰布施無有處所止處巳斷無有欲界色無色界是曰持戒所生無生俱無所起是曰忍辱所經名稱玄虛無際不可得元是曰精進志懷誓願以越度世諸有八法是曰一心存于解脫輒獲無失逮無上正眞是曰智慧是爲六第二無畏

何謂佛所說法眞要無比咸受奉行第三無畏度無極有六事所可導修了一切空知起則滅合會則散是曰布施以盡三毒諸行放逸而不馳騁是曰持戒所云滅者盡所生處永無所生是爲忍辱以消衆失眼耳鼻口身心所犯無能得便是曰精進以建立道欲度衆生除衆俗業無益之元是曰一心若至脫門生死以盡慧不可盡是曰智慧是爲六第三無畏

何謂內應等法無能廢意第四無畏度無極有六事其內正法得三昧定無能起心令不安者自然垢盡是曰布施其無所生亦莫能盡持智慧法是曰持戒消于無常一切法空解道爲常是曰忍辱所謂內事無能蔽者以盡有罪之元是曰精進無能罣礙盡不成就皆使成辦是曰一心所以聖明一切自然無能蔽礙佛道至深能一切決濡劣中容決了明達衆生根元是曰智慧是爲六第四無畏

何謂大哀度無極有六事以懷大悲愍傷一切衆生之類心不有恨是曰布施其心平等欲度衆生生老病死未曾偏黨是曰持戒若

於衆生常行守法以仁報之可悅得安是曰忍辱往來周旋每濟衆生勤苦之患是曰精進隨其所好上中下行而開化之是曰一心遊於三界終始無量度生死厄是曰智慧是爲六

何謂肉眼清淨度無極有六事若能清澄地種水種心如地種而不可動洗除心垢猶如水也是曰布施其能逮立火種風種燒盡衆惡是曰持戒設燒生死令無有餘瑕穢悉消不抱瞋恨是曰忍辱目之所覩無所不見光明遠照是曰精進所行慇懃見一切元心念是非是曰一心所觀十方亘然無邊所濟無猒是曰智慧是爲六

何謂天眼清淨度無極有六事其以天眼見諸色身端正好醜長短廣狹白黑肥瘦而往化之是曰布施知其身行名字心性身所生土見身往來周旋之處是曰持戒覩其身行分別是非合散成敗是曰忍辱察天地壞復還合成生天人物是曰精進若見報應罪福善惡道俗明冥是曰一心見諸次第遠近深淺空無相願度三脫門是曰智慧是爲六

何謂慧眼度無極有六事以成慧眼普見一切其諸衆生根本始源無所從生矣是曰布施以能成就逮獲解脫無有衆結是曰持戒既有所獲建立其心存於道義是曰忍辱所致堅強建立普遍觀於十方悉亦了了是曰精進其所覩者猶如真諦審不虛妄是曰一心志懷悅豫亦無所生不墮罪患道意無窮是曰智慧是爲六

何謂法眼清淨度無極有六事若能逮得諸

佛之法十八不共是曰布施自身致斯佛十八法往濟惡趣十八苦毒是曰持戒所覩因緣品第高下深淺微細是曰忍辱以觀一切三界所有本悉自然是曰精進憶識本末應病與藥以治三病是曰一心所見不虛不爲愚觀亘然開化一切衆人是曰智慧是爲六

何謂佛眼清淨度無極有六事以佛眼見無所罣礙悟不覺者是曰布施所察愍傷一切衆生三苦之惱是曰持戒度脫衆生不遭諸難永得久安是曰忍辱所視無量玄遠無底不可爲喻是曰精進觀其根本若枝葉果以熟欲落而就挽之是曰一心見本末然從緣而起以了本無則無所生是曰智慧是爲六

何謂自在度無極有六事若得由已作行究竟而不中止是曰布施所行到處輒得所願不違要誓是曰持戒自在立行逮得無想救諸所著是曰忍辱仁和柔順分別以解於一切慧是曰精進一切皆盡慧不可盡是曰一心解一切法明慧聖要化諸不逮是曰智慧是爲六

何謂娛樂度無極有六事所施與者離于希望猶如虛空化五百蓋覆比丘衆若梵志聚名曰頭那井中水泉自然甘美是曰布施若入城里人民普安箜篌樂器不鼓自鳴是曰持戒諸根不具盲聾瘖瘂跛蹇疾病蒙其光明悉除衆患是曰忍辱演其光曜照於十方無量佛土皆荷衆人是曰精進在維耶離城城中內外各各變化八萬四千諸佛身形是曰一心彼時因隨爲八部衆班宣經道各使得解是曰智慧是爲六

何謂難得自歸度無極有六事威儀禮節安然庠序功德甚廣能攝受空是曰布施以能曉了諸佛世尊至德玄遠難不可當是曰持戒所行堅强方便隨時不失其節志願無違應病與藥而開化之將護衆業能化毒蚖提在手中以至誠故永無所畏用神足呪故不以爲難是由忍辱如目揵連疾解化魔佛與其俱度彼土衆不自覺反還在祇樹棄鉢中水旦汗佛地是曰精進如佛弟子舍利弗言一時須臾有四十九心起爲生死業佛言不可計是曰一心如佛言曰時有一城其中衆人而有重罪不計道法誹謗高德如來至眞於一夜半爲說經典棄其重罪精進暢達得六神通是曰智慧是爲六

十八不共法品第十七

佛告喜王菩薩何謂十八不共諸佛之法事有十八何謂無毀滅度無極有六事應時開導具足德行令無缺失是曰布施若除伴黨不偏所爲爲無有失是曰持戒所說至要言無有失身口心寂是曰忍辱應其果報不違本旨從始發意至道無二是曰精進從其誓願各使得所不違本要是曰一心至心脱門長獲安隱無有衆難是曰智慧是爲六何謂無著無虚言度無極有六事所說開化皆宜純淑不爲雜碎是曰布施以得三達知見去來念常清淨所行無穢是曰持戒不懷害心向於他人恒抱仁慈是曰忍辱隨其人心欲有所好而爲解説便令喜悦是曰精進爲無等倫宣布微妙猶蜜甘露加之於人心使悦豫是曰一心若爲班宣消除衆結狐疑

羅網以自纏縛是曰智慧是爲六
何謂無脫忘度無極有六事其心放捨功德無斷自然定矣是曰布施以一切德勸助其意使發道心是曰持戒所行無邊遵修至義永無罪殃是曰忍辱逮得一切衆德之行正眞學法是曰精進常識三世去來今事未曾忽忘是曰一心因其樹生寂然長大諦念道法不以失本是曰智慧是爲六
何謂心定度無極有六事所云平等心無所生興隆道法是曰布施所可宣揚依因遊居不失道法是曰持戒其所依倚以法開化多所喜悅是曰忍辱其所遵奉六度無極正眞之道皆爲他人是曰精進自攝其心以恩濟人而開導之是曰一心一切隨時如其所願其行無底各令悅豫是曰智慧是爲六
何謂觀寂無爲度無極有六事所願已成吉如憺怕是曰布施依仰於人而寂然安是曰持戒行其愍哀察護諸業猶如道場是曰忍辱一切普護三界衆生示以道心所行無邊是曰精進所可將養而爲一切愚惑之衆宣暢正法是曰一心雖爲說法化身口意令無所犯不著三界是曰智慧是爲六
何謂無有若干度無極有六事若以不生若干品想存心在道是曰布施其如是想興顯道德不離正眞是曰持戒若以無意不爲思想常一定意是曰忍辱未曾毀犯彼已性行護身一切是曰精進勤修應行解知其時不失聖節是曰一心皆能達暢五趣生死往來周旋一切根源是曰智慧是爲六
何謂所樂度無極有六事若心念樂自護其

心愍傷他人是曰布施設使心思往古今世愍念已身以哀一切是曰持戒若復喜樂講說經典不爲俗業是曰忍辱常用隨時一切至樂無上正眞是曰精進假使好喜佛法聖衆斷衆愛欲不善之行是曰一心若除諸邪九十六種志甘露味是曰智慧是爲六

何謂不失精進度無極有六事所造勤修奉行道法德不損耗一切備悉是曰布施若以心悅哀念一切不以害心向於他人布施精進是曰持戒若訓誨時示以道法悉能堪受是曰忍辱若以法明所觀一切無所傷害是曰精進一切所講乃說其本識其宿命乃了無際是曰一心所解義理不可限量是曰智慧是爲六

何謂無有失意度無極有六事意所識念乃知前世無數億劫而無邊崖是曰布施所憶迥遠無央數劫積累功德是曰持戒若以察知如審清淨永無垢濁是曰忍辱識了所好從初發意古今所行是曰精進心入所念念一切法進退本末是曰一心斷一切想各各不同憶念宿世分别曾所更歷是曰智慧是爲六

何謂不失定意度無極衆行有六事受四等心慈悲喜護定意正受是曰布施設能啓受立四意止無身痛想法是曰持戒奉行至德修四意斷斷無所斷是曰忍辱以逮神足飛到十方教化一切是曰精進若行禪思受得成三昧定是曰一心若以聖明諮受道慧而不虚妄是曰智慧是爲六

何謂不失慧度無極有六事若受慧根智不

可量知衆生元是曰布施力勢堅强獲智慧力乃至佛十力是曰持戒逮得覺意寤化導示諸不覺者令得達明是曰忍辱以曉了心啓受道義行不可計是曰精進逮分别解十二緣起知因牽連由不覺故是曰一心以斯聖明致十種力四無所畏十八不共諸佛之法是曰智慧是爲六

何謂不失解脱度無極有六事身力堅固心若金剛不失至要是曰布施處在大衆若在獨處心常如一無所亡失是曰持戒遊于擾憒衆閙之中而不迷誤是曰忍辱解知他人衆生性行所念善惡是曰精進安諦建立無上大道不滅盡慧是曰一心以無生慧消去處所使無所存唯志經典是曰智慧是爲六

何謂解度知見度無極有六事所行至實不爲虛僞輒得如願是曰布施其所覩見唯見無爲度衆有爲生死之難是曰持戒察欲之穢覩其本末從因緣起是曰忍辱從地至地備具諸住建立果處十住之業是曰精進禪思行道心之所生以逮住處是曰一心若著衣被加之在臂方便副除一切衆惡無所亡失不違解脱是曰智慧是爲六

何謂知身行慧明所轉度無極有六事身行勤修一心正行守身口意不以爲猒是曰布施導化其體不殺盜婬而無所犯是曰持戒奉修十住不使所住有罣礙業是曰忍辱專精一心立衆德本以施一切是曰精進令無數人得其報應十方福報是曰一心以身告教而顯神足飛到十方見諸佛説法是曰智慧是爲六

何謂口行轉進聖慧度無極有六事口所班宣說無上法曾所更歷解決諸法未曾猒倦是曰布施其音普至入一切心令行清徹是曰持戒開化衆會悉令通暢無上正眞是曰忍辱所演法訓其聲周遍徹于十方是曰精進常憶至行不爲虛損至眞專精篤信思惟是曰一心所可班宣未曾虛妄多所安隱一切衆生是曰智慧是爲六

何謂意行轉進度無極有六事若意心正思下在邪心存行念本常清淨是曰布施其以聞法御導愚冥化諸所著是曰持戒其能導利有無之業立平等行是曰忍辱假使學法棄捐吾我不以自大是曰精進釋離愚癡志存大明無有暗蔽是曰一心其行深妙卓然有異而無限量是曰智慧是爲六

何謂知過去世所見無罣礙度無極有六事觀其諸果衆種四大了之本無是曰布施察諸陰入色痛想行識本無處所是曰持戒視諸六衰根元甚微緣對而生是曰忍辱觀其善惡罪福所由皆因貪身是曰精進斷衆塵勞常行清淨無有諸垢是曰一心察衆生盡十二牽連本無所生是曰智慧是爲六

何謂見於當來本末所有無罣礙慧度無極有六事其見過去五趣合散猶如春秋熾衰成敗是曰布施若能分別諸所邪見六十二事不墮顛倒是曰持戒觀于人元分別合散本無有本是曰忍辱察於衆生當以何藥而療治之是曰精進觀其所生剖判進退各有緣行是曰一心曉了報應自覩可化而往開度使發道意是曰智慧是爲六

何謂知現在不可限礙度無極有六事覩其所造因緣之對訓化群生興立功德是曰布施見其所由解三脫門奉六度無極而致成就是曰持戒所奉行訓悉離貪欲志慕道法以法爲樂是曰忍辱觀一切形微妙麤細皆悉滅盡無常存者是曰精進見於證明三界如幻一切本元無所違失是曰一心若覩生死無爲之元有數無數心不處二是曰智慧是爲六

方便品第十八

佛告喜王菩薩何謂曉了方便度無極有六事若能專精善權方便隨時而入是曰布施其於瑕穢因而開化使悉清淨是曰持戒所作功德則用勸助一切衆生是曰忍辱在所遊至無所傷害而無有失是曰精進志以好喜教誨衆生用四恩濟是曰一心入無量門宣總持要而導利之化于三界使入大道是曰智慧是爲六

何謂純淑度無極有六事若能方便平等誘進一切諸法是曰布施懷來法誨正心無緣玄微妙慧空無相願若覩八品除去八難志存八正覺了諸法本元是曰持戒觀于諸見分別迷惑不墮邪見是曰忍辱察于五趣應可開化因往救之是曰精進若見可御尋往方便而度脫之是曰一心若見有爲而入其中消諸所著令得滅度是曰智慧是爲六

何謂見自然度無極有六事所逮功德虛無所倚坦然弘曜猶如一心歸錠光佛是曰布施身不懈倦無所貪惜若如月光盛滿盛明照星宿時明眼仁人眞審了了是曰持戒若

能觀見一切諸法皆悉如空是曰忍辱所可禪思皆見諸法適生尋滅悉了别此是曰精進不見施者而有救濟自觀不及是曰一心觀身心行口宣法教有益一切而無有二是曰智慧是爲六

何謂欲行界業因緣罪福度無極有六事見所習欲爲瑕穢業本悉清淨已立罣礙是曰布施觀一切法自然寂寞用不違故自作殃福是曰持戒所觀玄遠極底無際是曰忍辱自視其緣罪福悉盡無久存者是曰精進緣對雖滅見所當行方便之宜輒居正眞是曰一心罪福既盡不復更造三界之難見無所生是曰智慧是爲六

何謂色行因緣業度無極有六事見諸色緣皆由身作思想不了而横起是報應之元是曰布施觀衆色者皆有因緣未必横來身心迷故是曰持戒察所生處天上人間若三惡趣罪福之應是曰忍辱若觀所生而念相處是曰精進常視報應歡喜悦豫是曰一心護高寂然下者憺怕悉無所著是曰智慧是爲六

何謂無色行業度無極有六事若等於色墮在欲地清淨之處不行妄想是曰布施見其所行五事之業戒定慧解度知見品是曰持戒假使能盡因緣之業不生禍福是曰忍辱勤修至行悉令平等而無偏邪是曰精進若以篤信其行精修而無垢濁是曰一心所見常明如晝日行不見闇冥無所破壞無所不濟是曰智慧是爲六

何謂觀清白行度無極有六事若以觀見住

立處所清白慈地欲逮斯住是曰布施其能獲致瑞應之業不起三事身口意行是曰持戒精進奉行四恩之法而無斷絕是曰忍辱所觀亘然道意巍巍而無邊際是曰精進積功累德日日增長聖明之行是曰一心察于清白消除衆生生死諸善惡想及諸法想是曰智慧是爲六

何謂法種度無極有六事觀諸法若用不達故而造禍福是曰布施於其中間心無所處不在有無是曰持戒若見愛欲疾而消之不令生長是曰忍辱其存正性未曾違失無上正眞是曰精進具足種性三十七品不斷佛種是曰一心心成八等逮致諸法而不取證是曰智慧是爲六

八等品第十九

佛告喜王菩薩何謂八等度無極有六事若信八等篤樂執御不墮八邪是曰布施於八等行執持道法不爲俗榮是曰持戒既在等行存平等業而得自在無侵欺者是曰忍辱一坐不興逮成羅漢行度三界無復生死是曰精進因從八等致於道迹往來不還無著眞人是曰一心以越衆流分别若干懷來斯義無上正眞是曰智慧是爲六

何謂道迹法度無極有六事因其道迹以次致明消盡陰蓋淫怒癡冥睡眠調戲是曰布施以盡愛欲無復衆穢不淨之行是曰持戒七反往來天上世間乃盡衆漏是曰忍辱家家行乞以福一切世間得安是曰精進其以一行守身口心捨一切業無益之元是曰一心其無所著解一切空三界本無是曰智慧

是爲六
何謂往來微塵度無極有六事雖在三界覩其色欲稍稍向減是曰布施其見塵勞愛欲之難心未曾犯是曰持戒察其罪疊轉欲薄尠究竟令無是曰忍辱以明通利觀衆罪業從其行成是曰精進以見燒盡一切愛欲令無有餘是曰一心解暢一切生死之元以去愛著無復衆患是曰智慧是爲六
何謂不還度無極有六事以能遠離欲界之著行四恩法四等無猒是曰布施其心無餘勞穢之難極盡其元不復還世是曰持戒生二十二善施諸天在上修行不捨道業是曰忍辱夙夜勤修存心在法若生二十三善施性天是曰精進若生二十四無結愛天在上亘然心無求天是曰一心若以親近六通至行正士之路致於慧藏是曰智慧是爲六
何謂無著度無極有六事以盡亡失忍悞之法至阿羅漢是曰布施不復須待無亡失法自然盡矣是曰持戒若以篤信而得解脫心不懷疑是曰忍辱其心慧解而至滅盡生老病死是曰精進消盡衆厄三塗之難身自證明是曰一心俱得解脫周旋生死永盡無餘是曰智慧是爲六
何謂緣覺度無極有六事觀於少事處山寂靜不貪身命不爲衆鬧是曰布施與正士業以選擇法正眞宜同能將時宜是曰持戒獨處守志不爲放逸是曰忍辱以逺解脫度三界去無復結縛是曰精進若修寂然至于憺怕心無所著是曰一心致一品業正眞之本恒然如法無有二業是曰智慧是爲六

何謂菩薩度無極有六事所行救濟常以等
心無有諛諂是曰布施得致和性常行安隱
用療治心如其所生而開化之是曰持戒若
以等心加於衆生不爲傷害是曰忍辱若以
奉行深要空法無上大道至眞之義致一切
智是曰精進不倚他意而不復還墮於小節
正受平等是曰一心不猒生死以慧開導一
切衆生是曰智慧是爲六
何謂盡慧度無極有六事其以盡慧修治所
應不墮短乏是曰布施若用善諦療治衆行
身口意淨是曰持戒所行除穢清淨光明而
無有相是曰忍辱以斷諸迷樂在正眞宣所
當宜順佛法教是曰精進無所悋惜一切所
有皆能濟厄勤修正眞是曰一心以能棄捐
諸不可業一切無明逮致巍巍聖達六通至
一切智是曰智慧是爲六
何謂無所生慧度無極有六事其愛欲本報
欲起者曉了悉空慧無所生是曰布施使無
往形亦無還反解無所生是曰持戒不與世
法而有縁雜唯純修法是曰忍辱專修脱門
空無相願無所亡失是曰精進所以能見無
所生慧用見一切悉無所有是曰一心以斷
衆念一切塵垢不懷妄想是曰智慧是爲六
何謂建立度無極有六事若正法住設正法
没心不捨道致衣食養及與名聞是曰布施
在于法訓無所倚求心等如空是曰持戒其
能歡悦四種姓人不倚於四是曰忍辱若以
勤修方便果實求于正眞無上道果是曰精
進在阿須倫時常學經典不捨三寶是曰一
心一切世間悉聞其法輒受奉行無有邪心

是曰智慧是爲六
何謂致天眼度無極有六事若以天眼見一
切色心無所著了虛無矣是曰布施設能明
了覩于無色用行善權不墮欲界是曰持戒
假使解達無像之色達之心等無有憎愛是
曰忍辱以察生死往來周旋衆難之患不以
拘畏是曰精進其觀無念等一切思内外無
礙無有所歸是曰一心若視寂然其心憺怕
猶如虛空不可限量是曰智慧是爲六
何謂天耳度無極有六事若能得聞一切衆
生言語音聲天上妓樂歌舞之聲地獄餓鬼
畜生啼哭之音慈心向之是曰布施使人得
聽細微之響了一切言悉空無辭是曰持戒
一切所行悉隨道業不隨外學六十二見是
曰忍辱若以班宣心念是行隨時之宜善權
方便化以智慧是曰精進聞一切空悉無萬
物諮受經道而執誦持是曰一心總一切音
知之盡滅歸於寂然無上正眞是曰智慧是
爲六
何謂心知自在他人心念度無極有六事若
心由已見諸處所三界之患欲救濟之是曰
布施其心普見善不善義斯心平等不存有
爲是曰持戒觀諸因緣報應之業本無緣對
是曰忍辱若覩過去當來世事悉豫了了見
其本末是曰精進以平等視現在之事皆如
幻化是曰一心普見一切衆行本元無有本
末何所爲要是曰智慧是爲六
何謂識念往古過去度無極有六事見識過
去所生更歷所行是非是曰布施所作成就
以用勸助無上正眞是曰持戒不用頻來而

皆滅盡令無所生是曰忍辱以是名號爲無所有有所觀見見一切本是曰一心以若干品班宣經道開化三界導利危厄是曰智慧是爲六

何謂神足飛行度無極有六事以得神足在所飛騰到於十方是曰布施所行方便常順法義解五陰空無所破壞是曰持戒興造大哀愍傷衆生欲度脫之是曰忍辱所行具足猶如月滿衆星中明而無漏失是曰精進若能自制五陰六入十二緣起抑伏其志是曰一心其不精進化令勤修入無極聖是曰智慧是爲六

何謂漏盡度無極有六事以見彼已不計彼我無有衆漏是曰布施以觀諸漏知習所生使無所起是曰持戒視一切漏本悉無根皆以滅盡是曰忍辱而身逮得察諸漏盡盡無所盡不見生死之所歸趣是曰精進其使衆漏根本自然永無有餘是曰一心以精進力拔斯衆漏而無處所見無所趣是曰智慧是爲六

何謂威儀度無極有六事以用威儀使無數人咸用禮節和心歡喜是曰布施普多所悅一切衆生無不喜歡諮受法訓是曰持戒所觀專精而不放逸唯存大道是曰忍辱行來安徐而不卒暴是曰精進威儀不缺禮節備具是曰一心見深遠業明曜無本德行具足是曰智慧是爲六

何謂愍傷度無極有六事若有惡人心懷邪毒以衣食養而救濟之是曰布施見凶害人若遭厄難而救護之因示經道是曰持戒若

外異學有所志願而自貢高悉能忍之是曰忍辱若爲衆人有所敷演宣其義理猶池蓮華是曰精進以賢善業而講其義令自調伏是曰一心若有祠祀因其所興往爲說法言如審諦化倮形子是曰智慧是爲六

何謂行空度無極有六事所施無猒不以爲倦化令入道不爲俗事是曰布施所作自在而得由已不從他教是曰持戒所行專精而不迴還隨于小節是曰忍辱以究竟行不中取證畢衆祐德是曰精進所應奉行常無所倚奉修純淑是曰一心隨其所好而造立行導利一切是曰智慧是爲六

何謂捐捨度無極有六事其以棄捐壽命之行不以貪身所行自由無所罣礙是曰布施若棄現在在身口心五趣生死心無所著是曰持戒以結境界安法奉行四等六度而無所越是曰忍辱所可放捨捨淫怒癡皆棄一切餘苦諸見六十二事是曰精進以令衆生所行純淑不以貢高以捨所行是曰一心以離衆生愁憂之慼心存至法而順律教是曰智慧是爲六

何謂滅度度無極有六事因曉了空不以妄想其至滅度致無所生是曰布施心所建立立於大道存無處所是曰持戒捨身之安不倚身命開化衆生是曰忍辱以神足力動三千界一切天人無驚怖者是曰精進其心禪思定意正受而無所著不爲放逸是曰一心滅度之後散其身骨遍布十方一切蒙恩是曰智慧是爲六

何謂變化度無極有六事分布舍利處處得

之流布天下是曰布施舍利現瑞威神光明見莫不悦是曰持戒衆生見變心抱喜歡因發道心是曰忍辱諸天見威功德巍巍勸之代喜是曰精進若見仙足舍利放光其衣毛起淚即出者是曰一心若覩舍利立至誠願現光威德五色晃曜是曰智慧是爲六

何謂流布法教度無極有六事若得衆人自歸供養給所衆乏是曰布施常守已心令無所生其無所生則無所滅是曰持戒若無所有見其三界佛法人物一切自然是曰忍辱能令經典道法訓教流在天上周遍天下是曰精進諸魔官屬見之驚縮無當威顔是曰一心假使法教與顯流布十方愛敬各懷悦豫稍稍漸得至滅度法是曰智慧是爲六

何謂分舍利度無極有六事爲舍利求衆供養具夙夜敬事是曰布施無數之衆悉共歡喜歸命作禮是曰持戒若復示現光明威神遠近來覲轉相化心是曰忍辱諸天人民咸共踊躍知其至尊緣發道意是曰精進若見舍利無有餘樂思念佛道莫能踰者是曰一心嗟歎舍利得妙辯才而無罣礙致入智慧是爲六

爾時世尊重復告語喜王菩薩是二千一百諸度無極其餘復有九十諸度無極消世九惱化九十六諸外邪學使入正眞佛告喜王菩薩是二千一百諸度無極說法宣教化諸貪婬種二千一百諸度無極說法開化諸瞋恚種二千一百諸度無極說法開覺諸愚癡種二千一百諸度無極說法訓誨化等分種是合八千四百諸度無極一變爲十合八萬

四千諸度無極佛則醫王法爲衆行一切三界無上良藥療治三毒陰蓋得消等分反逆無反復人因見化導靡不解脫不奉行斯八萬四千諸度無極欲爲百千種人除八萬四千衆垢塵勞逮八萬四千諸三昧門終不能成由是修立八萬四千空行法義以是化導百千種人消除八萬四千衆垢塵勞逮八萬四千諸三昧門是謂佛道深入無極致一切智佛言喜王吾以是法坐佛樹下降魔官屬成最正覺因是解法建立平等在於地分結加趺坐便致巍巍神妙梵王恭敬忽下稽首歸命求哀往古誓願爲一切衆生今悉集會咸欲聞經梵王垂淚而勤勸助唯濟一切未度迷惑佛成如斯微妙大聖逮最正覺寂然安坐而自靜默心惟此意五濁惡世九十六徑六十二見迷惑卒暴多無反復不受道教不如默然取般泥洹佛坐樹下光明巍巍普照十方淨居身天遙見威光顏貌功勳靡不晃晃道德灼灼吉祥之業應當流布諸天衆會皆共悅豫建立大光寂寞正眞聖達無際曜明煒煒威德普顯無上清淨三世最尊周遍一切十方佛界其心解徹動三千國道慧廣遠難得見聞超絶無底名稱通暢覩此威神妙光無量顏容盛德智如虛空殊特無喻於是梵王便重啓佛悚息一心恭恪自歸說此頌曰

道場演大光　降魔消塵勞　震動三千國
滅衆惡趣患　正身安隱坐　不傾猶須彌
振耀照佛土　處樹莫不蒙　平坐諸根寂
師子據無畏　自覩欲寂滅　勝林護演耀

在樹王顯威　廣布大道安　消世無益法
滅化三塗厄　觀光顏無猒　心念諦愍傷
審思說尊義　等演法平均　道選三世業
耀三品諸法　以時宣意行　見道猶月滿
色映三十二　世上大聖父　不捨無共樂
神無比梵來　觀世在三火　覺俗以法水
常護滅燒然　是時雨甘露　察精進無斷
迷惑得正路　明眼教無二　唯愍哀時誨
德猶海大山　衆故施覺船　斯度諸沉流
化外險邪學　人縛貪計身　邪見害愛僕
不得解久獄　導衆可化脫　生邪長睡眠
隨塵不樂道　得定戒願強　何不擊法鼓
人之匱墮獄　五趣世走求　常不逮無盡
何故不宣祠　無數衆懷信　在寂捨甘露
炎哀解法雨　執覺可降澤　知三世瘡病
不覺心塵疾　得了淨醫藥　何不濟久疹
消衆生闇昧　成大德馬藏　慧光照大千
何不耀佛國　唯愍天世人　墮在四駛瀆
何不濟此厄　護諸墮大壙　佛見諸雜想
天人住叉手　無諂棄非安　何不現道寶
佛眼觀三界　梵天勸人尊　唯哀衆邪見
轉法輪消熱　尊在師子座　諸天人集斯
立是求潤澤　唯爲轉法輪

賢劫經卷第七

音釋

戄（虛郭切）　赴（芳遇切急疾也）　釁（許覲切罪也）　濡（而兗切柔也）　挽（武遠切引也）　跛蹇（跛補火切蹇九演切跛蹇足偏廢也）　蚖（愚袁切蚖蛇類）　寤（五故切覺寤也）　疹（丑刃切病也）　駛（踈士切疾也）　壙（苦謗切壍穴也）

賢劫經卷第八

西晋三藏竺法護譯

千佛名號品第二十

喜王菩薩復白佛言唯然世尊今此會中寧有菩薩大士得此定意者乎入斯八千四百諸度無極耶及八萬四千度無極法入八萬四千諸三昧門乎佛告喜王菩薩今此會中有菩薩大士得此定意諸度無極復得入斯八萬四千諸三昧門不但此諸開士及當來學斯賢劫中成最正覺一千如來是也除四如來也前逮無上正真爲最正覺者也亦逮是三昧喜王菩薩復白佛言善哉世尊唯以加哀當宣此諸菩薩名字姓號多所哀念多所安隱愍傷諸天及十方人護於正典當令道法而得久存爲將來學諸菩薩施顯示光明行無上正真之道而因成就佛告喜王菩薩諦聽諦聽善思念之當爲汝說千佛名號喜王菩薩與諸大衆受教而聽爾時世尊便歎詠說諸佛號字

善思義諸佛音　惟念安離垢稱
大名聞明珠結　堅師子獨遊步
捨所念及智積　善意住無極像
無量覺言妙顏　慧光耀消强意
能擁護至誠英　蓮華男衆諸安
聖慧業將功勳　無思議淨梵施
寶事業處天華　善思惟無限法
名聞意以辯積　自在門十種力
有十方大聖愍　無所越遊寂然
在於彼無數天　須彌光極重藏
因越度而獨步　威神勝大部界

以止護將三世　有功勲宣名稱
日光明師子英　時節王師子藏
示現有光遠照　山師子有所施
莫能勝爲最幢　喜悅稱堅精進
無損滅有名稱　無恐怖無著天
大燈明世光耀　微妙音執功勲
除闇冥無等倫

佛告喜王菩薩當歎頌斯諸菩薩等於賢劫中當成佛者所有名號

拘留孫鋡牟尼　其迦葉釋迦文
慈氏佛師子燄　柔仁佛及妙華
善星宿及導師　大豐名大力佛
星宿王修藥氏　寂然英大光明
牟尼佛等過品　具足品等二事
而照明日藏佛　月光耀善明佛
無憂佛互舍耀　照執華功勲光
因現義錠光佛　興盛佛好導醫
頂光明威神首　難勝氏德幢佛
閑靜居梵音響　順次堅無本氏
興光佛大山氏　智金剛憶無畏
寶蓮華力仁將　華光氏與棄愛
大威梵無量佛　龍施佛堅固步
無虛見施精進　解縛佛不退沒
師子幢加法勝　喜王佛號妙御
愛名稱德豐多　衆香手離垢目
師子頰號寶稱　滅除穢無量佛
號總持雄人月　善見佛遠嚴佛
明珠光山頂英　號法事了義理
情性調寶品佛　念勝根樂欲度
住立覺了別黨　超越尊首最佛

雨音聲善思惟
十名聞明珠淨
捨思惟智慧頂
無量意妙顏色
吉祥善有妙英
慧造佛功勳布
寶事佛妙好華
治自在名聞意
光耀餤第十佛
無越樂遊寂靜
山幢佛餤重聖
不樂越勝大界
月餤光晃照明
所奉行而示現
紫金山師子施

有善意離垢稱
堅師子住長樹
善住立有志意
聖慧光誓堅固
人蓮華所在安
光輝佛梵天施
天神燈善思義
積辯才金剛幢
諸佛號各如是
有勢王閑天佛
光赫然寶藏佛
三世護號德稱
臨以時王首藏
餤照佛光明尊
莫能幢人中王

光餤稱堅精進
無著天大燈明
持德尊損於冥
師子誓名寶稱
意中月日無異
首英頂造法本
施所願寶品身
樂意住分別部
柔男子清和佛
龍忻豫香甚豪
功勳鬘饒益龍
至誠佛愍傷氏
顯明佛號至誠
無限佛顏貌像
決狐疑師子額

無損稱離於畏
饒益世微美香
第等倫得自在
消滅穢執甘露
以莊嚴意珠光
第一義決衆理
重根劫欲度濟
師子音號戲樂
龍光佛華山氏
名稱佛勢大天
嚴飾目善行道
了慧佛無量氏
日光耀以決意
照明佛寶英氏
至安隱號柔輭

善勝佛不虛覺　妙華英帝石根
號大威造作現　無量佛名稱寶
天隨氏解義矣　具足意稱高藏
無憂佛離垢氏　梵天佛總持豪
目華佛離行體　號法光無毀現
德喜悅三界奉　名聞華寶光氏
寶英佛上名聞　造光佛無量威
以隨時師子身　明意佛難勝氏
功德體名稱英　得力勢遊無限
離垢月普現義　勇猛佛功福富
月燈光至德耀　意離垢善寂然
號善天永捨垢　以無勝執殊供
無量氏最好耀　無卑藏無所住
以復覺自尊重　俗之光日善佛
福豐饒興威氏　號無量意吉祥

行帝王消畏勞　施無勢施名聞
施與華施齊士　金剛佛將大施
號意寂順香手　鉤鎖氏號善施
無所卑廉恪佛　月晃昱燄英佛
大吉祥寂然慧　號吉義甚山頂
甚調良蓮華氏　無著稱遊聖慧
離于寘充滿佛　所在安德無損
名稱天勤現行　月氏佛多功勳
寶月佛師子幢　樂於慧無所損
號不戲樂功德　無著佛名聞氏
蓮華葉辯大藏　稱明珠號金剛
無量壽淨明珠　大根本超衆惡
名稱月忻喜光　無所犯寶意月
號寂然明王施　妙導御猶自在
寶髻佛以離畏　寶藏佛若千月

離垢稱號寂滅　天供敬閑靜天
善滅佛寶愛敬　寶品佛寶遊步
師子黨勝不淨　善意佛光照世
寶威神賴樂氏　號憶智好清淨
化外業以香手　意餤佛山幢旛
善妙香堅固鎧　威神強號珠鐙
仁賢佛安住月　號梵音師子月
威神首號善生　莫能勝月氏佛
慈眾諸日大趣　山光輝至德頂
大名聞號法稱　施光佛餤輝施
作至誠修命業　以善時善甚重
決了意志念行　明珠香勝忻喜
師子光號照明　上名聞善山氏
晃昱珠號光勢　勢無畢勤修餤
明珠月在世尊　吉祥手寶忻樂

閑靜明好寂道　光嚴哀所到寂
世善樂號無憂　順十所忻樂力
勢力首勢威至　大勢至功勳藏
言至誠上安隱　餤明佛大光氏
德光明號寶首　光演香造鐙明
吉象手善華業　珍寶佛江海氏
執持地意義理　意清徹功德輪
寶舍宅行至義　於世月音柔和
梵英心面威重　意吉利堅固施
號福光大威耀　寶氏佛號名聞
至重願無量稱　光不虛消無嫉
勝根元眾金剛　英善品妙華群
意鐙明無清行　善思稱以照耀
神祇品寂功勳　超越義住無畏
建立慈至要藏　明珠行威解脫

善光明至味佛　善度脱等威神
聖慧勝梵以生　至誠音善覺佛
勢力施師子步　號華英慧事業
惠與華功德藏　布名聞除卑賤
無恐怖意光明　於斯梵自望天
愛事業眞誠天　明珠藏功德室
積聖慧莫能踰　喜悅喜堅固願
所施天梵柔仁　意所趣得消惡
火赫燄大威神　思夷華鳴吼佛
善計數根元幢　大愛敬善安意
光重耀弘微妙　主所生精所至
善決義有境界　善多佛加施願
救於世福光氏　寶音佛金剛將
號富有師子力　離垢目身解脱
覺清徹聖慧步　威堅固大光明

日晃耀體離垢　分別威無損耗
柔輭華月光氏　電施佛行寂然
號無怒多有鎧　晃耀田清淨國
超出上蓮華上　光首佛寶清淨
號極賢寶上氏　善安明江海施
梵天英善宿意　好妙燄隨時義
明達想功德輝　宣音佛盛滿月
蓮華光善專精　鎧明王電燄英
光明王號晃昱　稱無損蓮華藏
供養至四禪業　無所得強勢兵
功德藏獨遊步　無礙佛覺意靜
慧光明號天聖　御光明應所趣
華英佛羅云氏　大篤信星宿王
醫王佛功福手　所覆蓋宣暢王
日光明法藏氏　善意佛德根念

損兵刄號智積　善住立善了行
梵天音龍雷電　和音佛神通英
聖智品吉安祥　梵平等妙目療
號布龍至誠英　明了佛無怯弱
寶音聲柔輭響　號師子號琦薩
若干辯勇慧氏　蓮華積號華開
行步至積功福　顔貌貴主威耀
月鐙明威神王　覺王佛無盡氏
覺達自號悅豫　智郡土號最上
逮威施智慧氏　音柔響導師元
聲無礙施尊藏　豪慧佛獨遊步
大晃耀應根香　善光明布威稱
好顔王號吉利　師子兵所止宿
名聞伏和妙藏　福光明住良姓
燈明王積聖慧　尊天佛大主元

解了行號金髻　閑靜教號難勝
悅喜仁安明氏　紫金光號妙好
功勳根法饒益　功福多豐多氏
號虛空微妙慧　覺解微一切威
加藥佛解脫英　智藏佛積聖慧
可敬畏降伏流　稱無礙集至誠
善音響威重帝　應如念號稱法
解威神尊化身　言柔輭師子憂
捐重擔伏衆根　敬師子法伴侶
遊安隱無怒覺　顔色盛威神王
號諸覺善明佛　住立義覺光明
神妙音威悅衆　行不虛消壞瞋
顔貌尊善紫金　調和佛解脫結
住於法號徃歸　棄自大聖慧藏
梵天遊號栴檀　無愁感清淨身

號佛英蓮華佛　威無量天光耀
聖智華號作斯　功福慧梵天居
寶輦佛帝王氏　無損佛至尊教
水帝土星明氏　無所害瑠璃藏
號天華揚名稱　弓身光極善明
一切勲甚貴光　珍寶佛元首氏
妙丈夫號月所　無量光快意念
燄明佛覩無猒　師子佛好樂慧
山根本寂然德　積勢力宜善帝
暢善聲號快華　住於義威德王
慧無等號無限　音響佛名殊勝
善光明安隱斯　解說佛心思義
號極貴宣暢音　晃昱業等虛空
身名聞利寂然　無瑕穢號清淨
意習行蓮華佛　順品第善光耀

妙辯才號盡極　善周遍重根源
離怖畏慧清白　安住佛宣辯才
最明目覺名聞　常空佛月寂然
無恐懼大顯現　梵天氏好音響
大聖慧度邊際　普無際覺了意
樹根元行極親　清除音寂功福
有力勢號強首　敬聖佛以逮得
號明味雷震吼　雨音聲眼愛敬
仁賢氏明極快　極富有合集德
而寂然號悅豫　法幢旛至聖響
心虛空法詞音　功德佛分別音
德光明有威神　達根無有意念
有捷辯寂然輪　仁善生若干月
日遠聞無垢塵　德至誠殊妙華
德幢旛郡辯才　妙珍寶懷悅豫

敬愛月無卒暴　師子力自在王
悅無量平等業　無瞋恚滅垢穢
班宣宜慧無愚　玄妙佛善仁賢
而應住十慧寂　言談帝號大夫
有深意行無量　有法力至供養
華光明在三世　閑靜供日耀藏
天奉事幢旛佛　有解脫至眞髮
演甘露極殊異　堅雄心眞珍寶
光明品遊玄妙　言辭淨振光明
積功德演光耀　無損首師子步
超出難布施華　顏悅豫紅蓮華
好愛慧淨玄珠　清無虛慧聖明
謙卑行除幢旛　善思惟好脫門
曉了明聞如海　總持寶成知識
可悅意暢音聲　見無業好所樂

斷垢塵行極邊　多化異天布響
寶遊步紅蓮華　象香首伏怨敵
富名聞恨善郡　妙華光師子響
月遊往定壞冥　無所動忍細步
福燈度囑累音　而最上精進力
住術意發寂然　妙善月覺意華
吉祥善所言快　慧勢力威方便
燈大光行步強　天音聲順寂然
若干日以隨時　安樂佛戒光明
修建立無塵埃　安住和有聖慧
轉增益香光明　因順時音輝耀
柔輭華無罣礙　寂幢旛趣最道
行玄妙愛敬寶　法所遊而言天
無極慈善知友　步寂然無量土
明耀山賢所歎　興發道斯威神

所現光報善行　逮極善離憂感
寶光明所行道　功福行德如海
若干品降伏魔　除害非所宿止
入外學無壞意　能思遠因所誠
取重解斯愛敬　道幢旛聖慧響
號須彌斯梵天　樂隱佛神足英
勝根地所執持　日恭恪月宮生
加益華賢所施　持精明福所哀
好藥力善音說　法貴佛梵天響
甚快善無缺漏　覺舉號大弘廣
名聞稱英妙意　暢神音歸音樹
棄愚癡降甘露　仁善月辯無限
宣名稱應性行　供養度而懷憂
愛樂安戲俗志　樂所趣歸所行
破衆業青蓮華　調華佛永無底

宣辯才號光耀　斯逮致有功勳
御精進天境域　最上行諂好樂
功福意亘明耀　德無限集威神
師子步妙無動　行晃耀龍音響
執持輪尊勢象　樂哀世法音佛
樂無底號名稱　雨幢佛雨德行
美好香號虛空　音響辭天帝王
弘明珠善財業　燈火燄斷根王
閑寂靜主安隱　師子意流實名
建立義建示現　所有華眉間光
無邊際辯才王　剖判慧由自在
師子髦遊晃昱　德燈燄月輝耀
無所愁郡土地　心覺解殊勝法
安光教應美香　甚有力智慧華
其音强順安隱　義理氏好愛喜

得致勝執衣鉢　行寂然人師子
有名稱號樓至
是賢劫中有斯千佛興現出世度脫十方一切衆生是千佛等各有名號皆如是像若有人聞受持諷誦執學心懷專精了識行無放逸和同供養棄衆惡趣勤苦之患長得安隱住于禁戒諸所將順信喜經道應行清淨值具足果此深妙忍根元法忍護一切世若干億劫犯諸惡行不知罪福果之報應聞諸佛名除一切罪無復衆患假使有持是諸佛名一切尊號致得神足一心定意若有凡庶逮得見聞自在值此斯衆導師御行經典懷來億載無量功祚所解說義暢達音慧因得值見斯三昧定性行清淨心無猶豫所興發慧不著三界以逮總持存在心懷是等當行此三昧定

千佛興立品第二十一

爾時喜王菩薩復白佛言善哉世尊願說賢劫諸佛名號及佛父母佛子侍者上首聖尊諸弟子等舍利光明壽命短長比丘衆會法立年數種姓佛教經法流布所可度脫諸天人民使會者聞心開意解皆發道心多所哀念多所安隱愍傷諸天及十方人一切衆生又將來世諸菩薩等以得聽受是經法已益加樂學志願尊法爲顯大明唯垂大哀重爲散意令三界蒙度佛告喜王菩薩今當說之諦聽善思唯諾啓受喜王菩薩與諸大衆受教專精一心皆聽佛言拘留孫如來至眞等正覺所生土地城名仁賢王所治處姓曰迦葉父名祠祀施梵志種所生母字維耶妙勝

子曰上勝侍者名覺意智慧弟子名維頭神足曰杪見其佛身光照四十里一會說經四萬比丘二會七萬三會六萬皆成聲聞佛在世時人壽四萬歲正法得住八萬歲舍利并合作一大寺

拘那含牟尼如來至真所生土地城名占波梵志種父名施尊毋字上妙子曰澤明候侍者曰吉善智慧弟子曰最上神足曰不舍佛在世時人壽二萬歲一會說經七萬比丘衆二會六萬三會五萬皆得羅漢其佛光明照二十里正法存立千歲舍利并合與一大寺

迦葉如來所生土地城名神氏其佛光明照十里梵志種父名梵施毋字經業子曰導師侍者曰普友上首智慧弟子名開門神足曰坻舍佛在世時人壽二萬歲一會說經二萬比丘衆二會萬八千三會萬六千皆得道證正法存立七萬歲舍利并合與一大寺

喜王聽之今我能仁所生土地城名迦維羅衛君子種姓瞿曇其光正圓照周七尺父名白淨毋字極妙子曰羅云侍者曰阿難智慧上首弟子字舍利弗神足弟子曰目連今世人壽百歲或長或短一會說經千二百五十比丘衆皆得道證舍利普布八方上下正法存立至五百歲像法存立亦五百歲

慈氏如來所生土地城名妙意王者所處其佛威光照四十里梵志種父名梵平毋字梵經子曰德力侍者曰海氏智慧上首弟子號慧光神足曰堅精進佛在世時人壽八萬四千歲一會說經九十六億二會九十四億三會九十二億皆得阿羅漢舍利并合共與一

大寺正法存立八萬歲
師子如來所生土地城名曰華土王所治處其佛光明照四十里君子種父名勇師子母字江音子字大力侍者曰善樂上首神足弟子曰雨氏智慧弟子曰慧積佛在世時人壽七萬歲一會說法百億比丘二會九十億三會八十億聲聞集矣皆得道證正法存立億歲舍利普流八方上下
光談如來所生土地城名星宿主王所治處其佛光明照二千里君子種父名善意母字妙華子曰以時侍者曰長喜上首神足弟子名雷吼智慧弟子曰尊教其佛在世時人壽九萬歲一會百千億二會九十九億三會九十八億皆得道證正法存立八萬五千歲舍利普流八方上下

牟尼柔仁如來所生土地城名曰上華王所治處其佛光明照四十里父名大山母字須滿光子曰上實侍者曰尊上上首神足弟子曰超施智慧弟子曰快意佛在世時人壽六萬歲一會八十姟二會七十億三會五十億皆得羅漢正法存立一千歲舍利普流八方上下
華氏如來所生土地城名白蓮華王所治處其佛光明照三百二十里梵志種父名尊石母曰妙華子曰知根侍者曰樂道上首神足弟子名無害智慧弟子名法力佛在世時人壽五十萬歲一會說法弟子六百億二會三十五億三會三十四億皆得道證正法存立具足千歲舍利普流八方上下
次復有佛同號華氏如來所生土地城名甚

大廣王所治處其佛光明照四十里梵志種父名華髮母字法主子字曰鮮潔侍者曰心念上首神足弟子名忻樂智慧弟子曰善忻喜其佛在世時人壽九億歲一會說法十四億弟子共集二會十五億三會十六億皆得道證正法存立十億歲舍利普流八方上下善星如來所生土地城名造賢王所治處其佛光明照四百八十里梵志種父名珍寶母字言談子名宿王侍者曰世愛上首神足弟子曰師子步智慧弟子曰無量意佛在世時人壽七萬歲一會說法三十姟弟子共集二會說法二十八姟三會說法三十六姟皆得道證正法存立一億歲從是以來第一初興諸如來計斯十一佛隨其衆生所行純淑而開化之其餘諸佛皆各如是十一也廣布舍利八方上下

其導師如來所生土地城名最錦王所治處其佛光明照千三百六十里梵志種父字無難母字愍傷子曰愛光侍者名大汎流上首智慧弟子名曰上首神足弟子曰足愍佛在世時人壽千億歲一會說法弟子七十姟集二會六十姟三會五十姟皆得道證正法存立九萬二千歲舍利普流八方上下

大名如來所生土地城名俗人王所治處其佛光明照三千里君子種父名内進母字捨嫉子曰照明侍者曰善思上首智慧弟子名無難音神足弟子曰步無青佛在世時人壽四十億歲一會說經百千姟諸弟子集從是以後不可復計正法存立億歲舍利普流八方上下

大力如來所生土地城名寶威王所治處其佛光明照千二百里梵志種父名所選母字甚威子曰師子步侍者曰愛子上首神足弟子曰善住智慧弟子曰尊施佛在世時人壽四萬歲一會說經弟子一姟人來集二會一姟三會一姟皆得道證正法存立八萬四千歲舍利并合集立一大寺

宿王如來所生土地城名紫金王所治處梵志種其佛光明照四千里父名施光母字善意子曰供養侍者名慧力上首智慧弟子名熾盛音神足弟子曰建立一會說經弟子百億人集二會九十億三會八十億皆得道證正法存立千歲舍利普流八方上下

修藥如來所生土地城名談主王所治處其佛光明照四十里君子種父名善寂母字所樂子曰須彌幢侍者曰華氏上首智慧弟子曰尊法神足弟子曰福力佛在世時人壽七萬七千歲一會說法七十億弟子集二會六十九億三會六十八億皆得道證正法存立六萬歲舍利普流八方上下

名稱英如來所生土地城名清威王所治處君子種其佛光明照百二十里父名光餤母字談言子字上華侍者曰明愛上首智慧弟子字智力神足弟子曰師子力一會說經四十二姟弟子集二會三十二姟三會三十一姟弟子集皆得道證正法存立二億歲舍利并合與一大寺

大光如來所生土地城名安樂王所治處其佛光明照千六百里君子種父名金剛母字伏施子曰良田侍者曰寂意上首智慧弟子

名導衆神足弟子曰堅忍佛在世時人壽百千歲一會說經八十億三千萬弟子集二會復倍三會六姟皆得道證正法存立三萬歲舍利普流八方上下

照明如來所生土地城名安隱法王所治處其佛光明照三百六十里君子種父名名稱毋字善供子曰奉行侍者曰上善群上首智慧弟子曰善賢神足弟子曰流江佛在世時人壽五百歲一會說經六十二姟弟子集二會六十一姟三會六十姟弟子皆得道證正法存立四萬八千歲舍利普流八方上下

日藏如來所生土地城名華主王所治處其佛光明照八千里梵志種父名富有毋字妙華子曰錟光侍者曰慧上上首智慧弟子名智兵神足弟子曰剛兵佛在世時其人壽七十億歲一會說經百千比丘集二會百億三會如塵皆得道證正法存立三十億歲舍利并合與一大寺

月氏如來所生土地城名上寶王所治處其佛光明照三百二十里君子種父名清部毋字行藥子曰滿宿侍者曰供味上首智慧弟子曰智最神足弟子曰因法佛在世時人壽六千歲一會說經二千二百億弟子集二會千四百億三會千八百億四會一千四百億皆得道證正法存立萬一千歲舍利并合與一大寺

光照如來所生土地城名音乘王所治處其佛光明照二千六百四十里君子種父名福施毋字法主子曰聞上侍者曰善辯上首智慧弟子曰雨音神足曰慧上佛在世時人壽

百千歲一會說經七十萬弟子集二會八十萬三會九十萬皆得道證正法存立十萬歲舍利普流八方上下

善照如來所生土地城名光燄王所治處其佛光明照六百四十里梵志種父名日輝母字月氏子曰大神妙侍者名多堅上首智慧弟子名慧施神足弟子字所在吉佛在世時人壽八萬五千歲一會說經五百億弟子集二會四百億三會三百億皆得道證正法存立四萬五千歲舍利普流八方上下

無憂如來所生土地城名智慧王所治處其佛光明照四百里君子種父名執華母字法氏子曰執光侍者曰樂音上首智慧弟子曰雨積神足弟子曰勝施佛在世時人壽百千歲一會說經二姟弟子集二會一姟三會九十五億皆得道證正法存立十三萬歲舍利并合與一大寺

威神如來所生土地城名閻浮上王所治處其佛光明照三百二十里梵志種父名賢天母字愛施子曰明燄侍者曰見敬上首智慧弟子曰最英神足弟子曰度世佛在世時人壽三萬二千歲一會說經八十億弟子集二會七十八億三會七十六億皆得道證正法存立七十七億歲舍利并合與一大寺

燄光如來所生土地城名燈氏王所治處其佛光明照千佛土梵志種父名敬法母字蓮華氏子曰月行侍者曰通慕音上首智慧弟子曰德首神足弟子曰斯施佛在世時人壽萬四千歲一會說法十六億弟子集二會十七億三會十八億皆得道證正法存立二百

一十萬歲舍利普流八方上下
執華如來所生土地城名曰造福王所治處
其佛光明照三千二百里君子種父名白蓮
華母字施德子曰福首侍者曰好顏上首智
慧弟子名無量土神足弟子曰重王佛在世
時人壽七萬歲一會說經九十億弟子集二
會九十九億三會八十八億皆得道證正法
存立億歲舍利普流八方上下
功勳光如來所生土地城名蓮華王所治處
其佛光明照二千四百里君子種父名光照
母字德至子曰法辯侍者曰福供上首智慧
弟子曰瑠璃藏神足弟子曰極施佛在世時
人壽三百歲一會說經十六億弟子集二會
十二億三會十八億皆得道證正法存立億
歲舍利普流八方上下

賢劫經卷第八

音釋

鋡胡男切　鐙都滕切　髭即移切　唯諾唯以水切恭應之詞也諾奴各切承領之詞也　杪弭沼切　坻直尼切　汎孚梵切

賢劫經卷第九

西晉三藏竺法護譯

千佛興立品第二十一之餘

現義如來所生土地城名導御郡王所治處其佛光明照二千四百八十里梵志種父名柔郡母字敬天子曰德稱侍者曰梵音上首智慧弟子名訓戒意神足弟子曰勝施佛在世時人壽百歲一會說經六十二姟弟子集二會七十姟三會八十姟皆得道證正法存立億歲舍利普流八方上下

錠耀如來所生土地城名寶錦王所治處其佛光明照二千里君子種父名寶施母字睒味子曰寶藏侍者曰意悅上首智慧弟子曰無能當神足弟子曰大力佛在世時人壽五萬歲一會說經七十萬弟子集二會九十萬三會百萬弟子皆得道證正法存立二十萬歲舍利并合與一大寺

興盛如來所生土地城名威光王所治處其佛光明照四十里梵志種父名善與母字快意子曰勝友侍者曰師子力上首智慧弟子曰光優施神足弟子曰山積佛在世時人壽四萬歲一會說法一億弟子集二會二億三會三億皆得道證正法存立九萬歲舍利普流遍於十方

醫氏如來所生土地城名尊吉王所治處其佛光明照三千八十里梵志種父名旃陀母字闇上子曰雄施侍者曰月愛上首智慧弟子曰海氏神足弟子曰龍力佛在世時人壽七萬歲一會說經二百三十萬弟子集二會三百五十萬三會三百八十萬弟子皆得道

證正法存立二萬五千歲舍利并合興一大寺
善導如來所生土地城名善富王所治處其佛光明照四百里梵志種父名上尊毋字月辭子曰法自由侍者曰世愛上首智慧弟子曰雷音神足弟子曰施華佛在世時人壽三萬六千歲一會說經三十億弟子集二會二萬八千三會二萬七千弟子皆得道證正法存立百千歲舍利普流周遍十方
頂髻施如來所生土地城名清天王所治處其佛光明照四千里梵志種父名重王毋字施披其私子曰山施侍者曰月天上首智慧弟子曰樂慧神足弟子曰魔所供佛在世時人壽五千歲一會說經六十二億弟子集二會六十一億三會六十億弟子皆得道證正法存立七萬七千歲舍利并合興一大寺
眉間如來所生土地城名悅天王所治處其佛光明照四千里梵志種父名國重毋字謂施子曰正施侍者曰月天上首智慧弟子曰慧施神足弟子曰供柔佛在世時人壽五萬歲一會說經六十二億弟子集二會六十一億三會六十億皆得道證正法存立七萬歲舍利并合興一大寺
堅固如來所生土地城名福音王所治處其佛光明照四千里梵志種父名樹王毋字施珊瑚子曰施世侍者曰首力上首智慧弟子曰月英神足弟子曰動光佛在世時人壽萬二千歲一會說經百千弟子集二會九萬三會八萬弟子皆得道證正法存立二萬八千歲舍利普流遍布十方

首威如來所生土地城名寶氏王所治處其
佛光明照四百里君子種父名柔華毋字法
氏子曰愛英侍者曰堅進上首智慧弟子曰
施斷神足弟子曰仁力佛在世時人壽百歲
一會說經百億弟子集皆得道證正法存立
億歲舍利普流遍於十方
難勝如來所生土地城名療吉王所治處其
佛光明照四十億里君子種父名清天毋字
福氏子曰月寂侍者曰誠愛上首智慧弟子
曰寶上神足弟子曰雷音佛在世時人壽八
億歲一會說經三十姟弟子集二會五十姟
三會八十姟弟子皆得道證正法存立八十
億歲舍利普流八方上下
德幢如來所生土地城名善柔王所治處其
佛光明照二百里梵志種父名供友毋字居

施子曰金剛集侍者曰寶受上首智慧弟子
曰日藏神足弟子曰承御佛在世時人壽億
歲一會說經三十萬姟弟子集二會五十萬
姟三會六十萬姟弟子皆得道證正法存立
三億歲舍利并合興立一大寺
閑靜如來所生土地城名寶妙王所治處其
佛光明照三千四十里君子種父名越度步
毋字無所進子曰月訓侍者曰瑠璃藏上首
智慧弟子曰力天神足弟子曰喜愛佛在世
時人壽百千歲如前諸如來所現造業其餘
諸佛亦復如是所度等無有異是故斯會正
法存立五十萬歲其佛土地皆寶合成悉有
衆珍咸生寶樹有衣服樹周流遍國國土人
民所生無有衆難三惡之趣舍利普布周流
十方

堅重如來所生土地城名佳妙王所治處其佛光明照二十里梵志種父名寶上毋字寶光子曰持地侍者曰寂意上首智慧弟子曰音十里神足弟子曰吉利其佛在世時人壽三千歲一會說法百千弟子集皆得道證一會無二正法存立七萬七千歲舍利普流遍布十方

梵音如來所生土地城名光威王所治處其佛光明照三千三百二十里梵志種父名上最毋字至誠氏子曰福威侍者曰蓮目上首智慧弟子曰雪色神足弟子曰施餤佛在世時人壽九萬歲一會說經八十六億弟子集二會九十億三會百億皆得道證正法存立三千歲舍利并合與一大寺

次堅如來所生土地城名華茂其佛光明照二百四十里君子種父名福愛毋字安養子曰時節施侍者曰造義上首智慧弟子曰日月神足弟子曰上金其佛在世時人壽五十萬歲一會說經七十億弟子集二會七十八億三會八十億皆得道證正法存立四萬歲舍利并合與一大寺

無本如來所生土地城名俗所敬其佛光明照四百里梵志種父名海氏毋字棄妬子曰四眼侍者曰降根上首智慧弟子曰善思惟義神足弟子曰響審其佛在世時人壽八萬歲一會說經七萬二千五百人皆得羅漢二會七萬六千三百三會七萬五千人皆得道證正法存立八萬歲舍利普流遍布十方

與光如來所生土地城名金光其佛光明照二千剎土君子種父名光餤毋字寶施子曰

樂德侍者曰月華上首智慧弟子曰極音神
足弟子曰自在佛在世時人壽五億歲一會
說經五十億百千弟子集二會四十億百千
三會三十億百千皆得道證正法存立七億
百千歲舍利普流遍布十方
大明山如來所生土地城名寶淨其佛光明
照三千二百里梵志種父名月盛母字曰施
子曰善蓋侍者曰寶供上首智慧弟子曰若
干覺神足弟子曰知愛佛在世時人壽八千
歲一會說經七十億弟子集二會八十億三
會九十億皆得道證正法存立九萬二千歲
舍利并合與一大寺
金剛如來所生土地城名善行威其佛光明
照百四十里君子種父名明珠光母字青蓮
目子曰壽命侍者曰海氏上首智慧弟子曰
堅施神足弟子曰尊友佛在世時人壽百千
歲一會說經四十億弟子集二會三十億三
會三十二億皆得道證正法存立千歲舍利
普流遍布十方
憶識如來所生土地城名栴陀氏其佛光明
照三千三百六十里梵志種父名華氏母字
談光子曰寶捨侍者曰意樂上首智慧弟子
曰無畏神足弟子曰右王佛在世時人壽億
歲一會說經七十姟弟子集二會六十六姟
三會五十姟皆得道證正法存立二億歲舍
利普流遍布十方
無畏如來所生土地城名甚和柔其佛光明
照三千六百里君子種父名施光母字善目
子曰上思夷華侍者曰月氏上首智慧弟子
曰重王神足弟子曰天氏佛在世時人壽百

千歲一會說經八十姟弟子集二會七十八姟三會七十六姟皆得道證正法存立億歲舍利普流遍布十方

寶氏如來所生土地城名次堅其佛光明照百二十里梵志種父名棄姤毋字福施子曰施供養侍者曰進施上首智慧弟子曰無能當神足弟子曰强步佛在世時人壽萬八千歲一會說經四十億弟子集二會三十八億三會十六億皆得道證正法存立七萬歲舍利并合與一大寺

蓮華目如來所生土地城名華郡其佛光明照千二百八十里君子種父名上華毋字妙顏子曰天愛侍者曰無憂華上首智慧弟子名智光神足弟子曰重施佛在世時人壽萬八千歲一會說經七億弟子集二會三十四億三會四十億皆得道證正法存立五十六億歲舍利普流遍布十方

力將如來所生土地城名上賢其佛光明照二百一十里君子種父名力天毋字施安子曰滿明侍者曰護法上首智慧弟子曰勝王神足弟子曰善安佛在世時人壽萬六千歲一會說經六十萬弟子集二會五十萬八千三會七十五萬二千皆得道證正法存立千歲舍利并合與一大寺

華光如來所生土地城名善月華其佛光明照三千一百二十里梵志種父名愛見毋字星宿子曰堅鐙侍者曰覺氏上首智慧弟子曰義氏神足弟子曰祥幢佛在世時人壽二萬二千歲一會說經三十億弟子集二會三十二億三會亦三十二億皆得道證正法存

立五萬歲舍利普流遍布十方
伏愛如來所生土地城名上財其佛光明照
三百二十里君子種父名時氏母字賢首子
曰訓寂侍者曰愍傷上首智慧弟子曰善宿
神足弟子曰思夷華佛在世時人壽百千歲
一會說經九百億弟子集二會八十億三會
七十億皆得道證正法存立五十萬歲舍利
普流八方上下
大威如來所生土地城名富祠其佛光明照
二百里梵志種父名寶藏母字威氏子曰照
上侍者曰善多上首智慧弟子曰啖光神足
弟子曰紫藏佛在世時人壽五千歲一會說
經七萬弟子集二會七萬五千三會八萬人
皆得道證正法存立二萬一千歲舍利并合
與一大寺

梵氏如來所生土地城名上味其佛光明照
百二十里梵志種父名愛無憂母字旃陀氏
子曰勝兵侍者曰甚調上首智慧弟子曰進
土神足弟子曰金剛結佛在世時人壽萬二
千歲一會說經億弟子集止有是一會皆得
道證正法存立萬四千歲舍利并合與一大
寺
無量耀如來所生土地城名神氏其佛光明
照二千八百里君子種父名尊音母字月光
子曰欣喜侍者曰喜兵上首智慧弟子曰樂
響神足弟子曰啖光佛在世時人壽八萬歲
一會說經二百億弟子集二會四百億三會
六百億皆得道證正法存立亦八萬歲舍利
普流八方上下
龍施如來所生土地城名寶錦其佛光明照

二十里君子種父名持勝母字法氏子曰福力侍者曰寶城上首智慧弟子曰談最神足弟子曰雄天佛在世時人壽七萬六千歲一會說經八萬弟子集二會七萬八千三會七萬五千人皆得道證正法存立千歲舍利并合與一大寺

堅步如來所生土地城名上賢其佛光明照二百里君子種父名師子髮母字那羅施子曰法音侍者曰善應上首智慧弟子曰寶施神足弟子曰月施佛在世時人壽億歲一會說經百億弟子集二會九十九億三會九十八億皆得道證正法存立五萬歲舍利普流遍布十方

不虛見如來所生土地城名遠受其佛光明圓照七尺君子種父名清施母字柔甘目子曰談味侍者曰聞乳上首智慧弟子曰安明友神足弟子曰伊沙羅佛在世時人壽百歲一會說經九十六億弟子集二會九十八億三會百億皆得道證正法存立千歲舍利普流遍布十方

精進施如來所生土地城名沾波其佛光明照四十里梵志種父名賢乳母字首意子曰無憂天侍者曰大神便上首智慧弟子曰樂尊神足弟子曰月首佛在世時人壽千歲一會說經八十姟弟子集皆得道證正法存立三千歲舍利并合與一大寺

賢力如來所生土地城名得樂志其佛光明照四百里君子種父名寶威母字福意子曰常施侍者曰石樂上首智慧弟子曰慧殊神足弟子曰海意其佛在世時人壽六千歲一

會說經八百萬億弟子集皆得道證由得自在正法存立二萬一千歲舍利普流遍布十方
欣樂如來所生土地城名財富其佛光明照百六十里梵志種父名梵天母字供首子曰大威侍者曰行步安上首智慧弟子曰多福神足弟子曰樂目佛在世時人壽八萬四千歲一會說經七十三億弟子集二會七十二億三會七十一億皆得道證正法存立九千歲舍利普流遍布十方
不退沒如來所生土地城名長威其佛光明照二千八百里君子種父名醫王母字宿首子曰華天侍者曰力無勝上首智慧弟子曰稱無量神足弟子曰勇歩佛在世時人壽二萬一千歲一會說經六十億弟子集二會五十八億三會五十六億皆得道證正法存立九千歲舍利并合與一大寺
師子幢如來所生土地城名烏扇加其佛光明照三百六十里君子種父名法幢母字福友子曰貴施侍者曰大神上首智慧弟子曰愛施神足弟子曰勸涼佛在世時人壽二萬八千歲一會說經二十二億弟子集二會二十一億三會二十億皆得道證正法存立八千歲舍利普流遍布十方
勝智如來所生土地城名實餤其佛光明照四百里君子種父名曰藏母字華目子曰樂成侍者曰法氏上首智慧弟子曰修成神足弟子曰善法佛在世時人壽八萬歲一會說經三十六億弟子集二會三十七億三會三十八億皆得道證正法存立六百萬歲舍利

并合與一大寺

法氏如來所生土地城名愛天梵志種其佛光明照二百八十里父名莫勝母字聞氏子曰勝天根侍者曰日施上首智慧弟子曰大樂御足弟子曰施藥佛在世時人壽億歲一會說經八億弟子集二會七億三會六億皆得道證正法存立一億歲舍利普流遍布十方

喜王如來所生土地城號所在吉其佛光明照三千二百里君子種父名最上母字首歸悅子曰念聞孔侍者曰智和安上首智慧弟子曰寶上神足弟子曰執人天佛在世時人壽五千歲一會說經四十億弟子集二會三十八億三會三十七億皆得道證正法存立百千歲舍利并合與一大寺

妙御如來所生土地城名寶藏其佛光明照四十里君子種父名曰施母字寶氏子曰德光侍者曰海身上首智慧弟子曰行妙施神足弟子曰上施一會說經九十億弟子集二會九十八億三會百億皆得道證佛在世時人壽億歲正法存立三億歲舍利普流遍布十方

敬英如來所生土地城名世樂其佛光明照二十里梵志種父名豐世母字欣樂子曰外氏侍者曰尊燈上首智慧弟子曰安上神足弟子曰退施佛在世時人壽百千歲一會說經五十億弟子集二會四十八億三會四十六億皆得道證正法存立一億歲舍利并合與一大寺

妙天如來所生土地城名善意其佛光明照

千二百里梵志種父名眞味母名法意子曰月上侍者曰威英上首智慧弟子曰愛音神足弟子曰無憂一會說經七十億百千弟子集二會六十億百千三會五十億百千皆得道證正法存立二萬歲佛在世時人壽四萬歲舍利普流遍布十方

多勲如來所生土地城名香氏其佛光明照三百六十里君子種父名受施母字威首子曰威神侍者曰青蓮上首智慧弟子曰無垢施神足弟子曰施與忻樂一會說經十四億弟子集二會十六億三會十八億皆得道證佛在世時人壽二萬五千歲正法存立五萬歲舍利并合興一大寺

衆香手如來所生土地城名福香其佛光明照千二百八十里君子種父名首樂母字妙華子曰寶上光侍者曰誠英上首智慧弟子曰愛目神足弟子曰勝力一會說經六十六億弟子集二會六十四億三會六十二億皆得道證佛在世時人壽七萬歲正法存立亦七萬歲舍利普流遍布十方

順觀如來所生土地城名度門其佛光明照四十里梵志種父名施顔母字寶趣子曰所生侍者曰意悅上首智慧弟子曰施明神足弟子曰意錦一會說經七十億弟子集二會六十八億三會六十六億皆得道證佛在世時人壽九十億歲正法存立九十億歲舍利普流遍布十方

雨音如來所生土地城名宿愛其佛光明照千七百六十里梵志種父名明施母字威首子曰其法侍者曰甚諦上首智慧弟子曰月

藏神足弟子曰力步一會說經七十億弟子集二會七十五億三會八十億皆得道證佛在世時人壽九萬歲正法存立百千歲舍利并合與一大寺

善思如來所生土地城名無量寶其佛光明照二十里梵志種父名念堅母字福祇子曰華施侍者曰力施上首智慧弟子曰無踰神足弟子曰捨嫉一會說經百千萬弟子集二會八十萬三會七十萬皆得道證佛在世時人壽千歲正法存立八萬四千歲舍利普流遍布十方

快意如來所生土地城名快見其佛光明照五百六十里君子種父名宿天母字威氏子曰華氏侍者曰俱進上首智慧弟子曰普施神足弟子曰超步一會說經二十八億弟子集二會二十五億三會亦二十五億皆得道證佛在世時人壽三萬歲正法存立六萬歲舍利普流遍布十方

離垢如來所生土地城名地威其佛光明照四十里梵志種父名首藏母字華辯子曰智威侍者曰無限上首智慧弟子曰有志神足弟子曰郡氏一會說經八十萬弟子集二會九十萬三會百萬皆得道證佛在世時人壽六萬五千歲正法存立二萬歲舍利普流遍布十方

名聞如來所生土地城名無憂其佛光明照四千里君子種父名最上母字威施子曰上首侍者曰法住上首智慧弟子曰石氏神足弟子曰愛經一會說經百億弟子集二會九十億三會八十億皆得道證佛在世時人壽

七萬歲正法存立二十萬歲舍利普流遍布
十方
大稱如來所生土地城名好園其佛光明照
八百八十里梵志種父名首積毋字曰施子
曰勝離意侍者曰聞我思上首智慧弟子曰
名蜜郡神足弟子曰斷施一會說經五百億
弟子集二會三百億三會二百億皆得道證
佛在世時人壽八萬歲正法存立五萬歲舍
利普流遍布十方
明珠髻如來所生土地城名照郡其佛光明
照百二十里君子種父名覺喜毋字思夷氏
子曰思兵侍者曰無量寂上首智慧弟子曰
寶威神足弟子曰逮致一會說經九百億弟
子集二會千億三會千二百億皆得道證佛
在世時人壽九萬歲正法存立億歲舍利普
流遍布十方
堅彊如來所生土地城名安思其佛光明照
千國土君子種父名神氏毋字樹言子曰皴
樂侍者曰明珠味上首智慧弟子曰樂諸神
足弟子曰甚調一會說經三千億弟子集二
會三十八億三會五億皆得道證佛在世時
人壽三萬歲正法存立九萬歲舍利并合與
一大寺
師子步如來所生土地城名清白氏其佛光
明照千三百二十里君子種父名若干塵毋
字妙藥子曰不陀留侍者曰意行上首智慧
弟子曰多豐神足弟子曰與護一會說經百
七十八萬弟子集二會百二十萬三會百四
十萬皆得道證佛在世時人壽萬八千歲正
法存立七億歲舍利普流遍布十方

神樹如來所生土地城名上閻浮其佛光明照億里君子種父名樹王母字意英子曰愛俗侍者曰施耀上首智慧弟子名藥解神足弟子曰二財一會說經四十八億弟子集二會三百五十億三會三百三十億皆得道證佛在世時人壽萬八千歲正法存立七十萬歲舍利并合與一大寺

轉勝如來所生土地城名樂氏其佛光明照三百六十里君子種父名見敬母字財施子曰勇施侍者曰法與上首智慧弟子曰了想神足弟子曰大根名聞一會說經七十六億弟子集二會七十四億三會七十二億皆得道證佛在世時人壽八萬歲正法存立百千歲舍利普流遍布十方

智慧如來所生土地城名賢施其佛光明照四百四十里君子種父名釋施母字蜜威子曰梵天侍者曰法稱上首智慧弟子曰根意神足弟子曰尊氏一會說經四十億弟子集二會三十億三會二十億皆得道證佛在世時人壽三千歲正法存立一萬歲舍利并合與一大寺

善住如來所生土地城名閑威其佛光明照四百里梵志種父名護無害母字樂音子曰具戒侍者曰覺嫉上首智慧弟子曰上與神足弟子曰執鐙一會說經四萬六千弟子集二會二萬五千三會四萬三千皆得道證佛在世時人壽五百萬歲正法存立八萬歲舍利并合與一大寺

虛空如來所生土地城名愛居其佛光明照百二十里君子種父名根施母字天豪子曰

水天侍者曰智結上首智慧弟子曰上意神足弟子曰法首一會說經九十億弟子集二會八十億三會七十億皆得道證佛在世時人壽千歲正法存立萬二千歲舍利普流遍布十方

無量覺如來所生土地城名善蓋其佛光明照三百八十里梵志種父名生明眼母字龍施子曰妙好侍者曰賢天上首智慧弟子曰心音神足弟子曰大枝步一會說經七十億二會五十億三會四十億皆得道證佛在世時人壽億歲正法存立六十億歲舍利普流遍布十方

善顔如來所生土地城名威氏其佛光明照五百二十里君子種父名樂音母字樂氏子曰所在吉侍者曰上與上首智慧弟子曰福慧神足弟子曰無懼一會說經七億弟子集二會九億三會十億皆得道證佛在世時人壽三千歲正法存立萬六千歲舍利并合興一大寺

聖慧如來所生土地城名善清白其佛光明照五百六十里梵志種父名伊栴檀母字離塵子曰勇猛侍者曰阿難上首智慧弟子曰意行神足弟子曰須達一會說經二十二億弟子集二會二十一億三會二十億皆得道證佛在世時人壽二萬八千歲正法存立六萬歲舍利并合興一大寺

光明如來所生土地城名瑠璃光其佛光明照三千三百三十里君子種父名愛敬母字意樂子曰愛光侍者曰園觀上首智慧弟子曰樂愛神足弟子曰調友一會說經八十二

億弟子集二會八十七億三會八十六億皆得道證佛在世時人壽萬歲正法存立三千歲舍利普流遍布十方

堅誓如來所生土地城名曰遊其佛光明照四十里梵志種父名天愛母字善意音子曰尊寶侍者曰柔音上首智慧弟子曰言施神足弟子曰柔輭一會說經百億弟子集二會九十七億三會九十五億皆得道證佛在世時人壽一億歲正法存立四十億歲舍利并合與一大寺

吉祥如來所生土地城名母愛其佛光明照二百八十里梵志種父名錦王母字華元子曰無量手侍者曰養友上首智慧弟子曰法事神足弟子曰勝友一會說經五十億弟子集二會八十二億三會八十六億皆得道證佛在世時人壽五萬歲正法存立億歲舍利普流遍布十方

誠英如來所生土地城名愛響其佛光明照四十里梵志種父名福外母字賢氏子曰愛名稱侍者曰尊友上首智慧弟子曰月賢神足弟子曰樹目一會說經八十億弟子集二會七十億三會六十億皆得道證佛在世時人壽一億歲正法存立八億歲舍利并合與一大寺

青蓮如來所生土地城名甚華威其佛光明照四百八十里君子種父名總持母字忻施子曰功福侍者曰難勝上首智慧弟子曰樂法神足弟子曰藥氏一會說經十萬弟子集二會九萬九千三會九萬八千皆得道證佛在世時人壽五百歲正法存立萬五千歲舍

利并合興一大寺
鉤鎖如來所生土地城名集堅其佛光明照二百里君子種父名愛目母曰施善志子曰仁賢侍者曰明珠髻上首智慧弟子曰覺支神足弟子曰若干月一會說經六十億弟子集二會五十億三會九十億皆得道證佛在世時人壽一萬二千歲正法存立三萬歲舍利普流遍布十方
安氏如來所生土地城名意樂其佛光明照百二十里梵志種父名無量寶母字豐盛氏子曰地尊侍者曰堅强上首智慧弟子曰月耀神足弟子曰師子一會說經九十六億二會九十四億三會九十二億皆得道證佛在世時人壽八萬四千歲正法存立亦八萬四千歲舍利普流遍布十方

慧業如來所生土地城名福富其佛光明照四百里君子種父名無憂母字愛海子曰和善覺侍者曰善施上首智慧弟子曰現在聖神足弟子曰福愛一會聖衆不可計億二會八百億三會七百億皆得道證其佛在世時人壽八萬歲正法存立五倍佛散舍利如布醫藥爾時安住巍巍難逮若有聞名百一斯等不久成佛正覺況復奉供是千如來諸弟子學不足言耳諸菩薩等逮不退轉無所從生法忍一生補處度脫十方不可稱計

賢劫經卷第九

賢劫經卷第十

西晉三藏竺法護譯

千佛發意品第二十二

喜王菩薩復白佛言善哉世尊唯垂愍哀説此劫中千佛本末昔始作行得爲菩薩時在何佛所初發道意積功累德每生自剋供養諸佛自致正覺度脱一切佛告喜王菩薩諦聽諦聽善思念之當爲汝説發意本末喜王菩薩與諸大衆受教而聽

佛言拘留孫佛本宿命時見月意如來心中亘然如冥覩明知道無上三界最尊則求寳蓋貢上其佛初發道意精進不懈自致正覺度脱一切

拘那鋡佛本宿命時見師子如來貢上寳瓔及須曼華因發道意積功累德自致正覺度脱一切

其迦葉佛本宿命時生梵志家作幼童子見思夷最如來心中解悦脱身所著妙好寳帶貢上其佛初發道意行菩薩道不中懈廢自致正覺度脱一切

佛言今我成佛號釋迦文本宿命時作良醫師主治人病得醫功夫寳物衣具見往古佛與吾同號亦字能仁如來之至尊因持衣物貢上其佛初發道意行四等心四恩六度空無相願不中取證逮得無所從生法忍見錠光佛示現受決欲濟一切三界衆生自致正覺度脱一切

慈氏如來本宿命時作轉輪聖王見佛名逮無極因發道心請佛聖衆供以甘饍貢上光寳以施一切所在仁慈愍諸不逮周旋生死

如恒河沙劫不以爲劬自致至佛度脫一切
值其上壽人命八萬四千歲時
師子如來本宿命時從初發心佛名晃昱音
因其發心以五寸五納衣奉上其佛供事世
尊行菩薩法自致成佛
光餤如來本宿命時曾作賈客入海獲致琦
珍從無量光佛所初發道心時見世尊心中
忻喜以明月珠貢上其佛因其道心行菩薩
法自致成佛度脫一切
牟尼如來本宿命時從悅意如來初發道心
時作凡人財富無量見佛心開珠校飾蓋貢
上其佛因其道心行菩薩法心中願言以是
功德歸流十方皆見覆護精進不懈自致正
覺度脫一切
善目如來本宿命時從琦妙佛初發道心于
時見佛心中爟然貢上華香因其道意行菩
薩法奉四等心四恩四辯六度無極愍傷十
方致最正覺度脫一切危厄衆生蒙濟弘安
善宿如來本宿命時從安悅如來初發道心
時爲長者見佛歡悅貢上交露妙好重閣供
養其佛因其道意行菩薩法欲度十方自致
成佛度脫一切
華氏如來本宿命時見導御佛初發道心時
本貧厄因其發心知三界空便脫死人衣貢
上其佛奉菩薩法欲度衆生富以七財使諸
衆生莫致貧厄十方覆護自致成佛度脫一
切
第二華氏如來至眞等正覺本宿命時從超
越首佛初發道心持洗口柳枝一枚貢上其
佛因其道意行菩薩法度脫衆生自致正覺

救衆危厄三界之難
導師如來本宿命時見至誠佛初發道心時作凡人以身所有好牀坐具及赤栴檀貢上其佛因其道心行菩薩法欲濟十方自致得佛度脫一切
大名如來本宿命時從洪稱佛初發道心時欲入城見佛出城因爲稽首歸命供養貢上至心而奉好竹心自念言使諸衆生行直如竹莫有邪志由是之故常遇三寶自致正覺救濟十方
大力如來本宿命時從師意佛初發道心時生香家作子賣衆好香見佛入城心中大悅貢上其佛木蜜澡灌手執美香殊異雜熏隨尊侍衛願一切衆生悉入道門因是自致得成正覺度脫一切
星宿王如來本宿命時從施音佛初發道心時在其國貧無所有爲人客作牧牛使令見佛欣然以時節華貢上其佛行菩薩道精進不懈自致正覺度脫一切
修藥如來本宿命時從微妙香佛初發道心時作御師見佛世尊恭順歸命無上大聖以畢遜心與佛談言由是之故除三界難自致成佛一切蒙恩
名稱英如來本宿命時從燈電佛初發道心見佛說法則以幢旛上其如來旣夜然燈夙夜勤修自致成佛度脫三界之難五趣之患皆恃福慶靡不得安
英妙如來本宿命時從蓮華佛初發道心其身爾時適行犂種見佛歡喜捨犂牛去稽首佛足以解脫華供養上佛願使衆生犂道德

田自致得佛由是遵行四等四恩三脫六度
便成正覺度脫一切
大光如來本宿命時從大定光佛初發道心
時在其國最爲貧厄入行曠野見佛僧衆以
錢上佛供養至尊在曠野中燒香然燈願三
界衆生心空意淨猶如曠野三世普明無三
毒冥故自致得佛度脫一切
解陰如來本宿命時從梵音佛初發道心時
作皮師貢上其佛妙好履屣願使一切近致
車乘然後皆成五通之馳由是功德自致成
佛度脫一切
照明如來本宿命時從離慢意佛初發道心
時作轉輪聖王以八萬四千行樹貢上施佛
便造精舍經行其中精進不懈自致成佛度
脫一切

日藏如來本宿命時從無量威佛初發道心
時爲大姓梵志作子以拘翼華貢上其佛緣
是之故自致正覺度脫一切
月氏如來本宿命時從名稱華佛初發道心
時爲金師家作子以好寶杖貢上其佛由是
之故自致成正覺度脫一切
光曜如來本宿命時從無量明佛初發道心
時生其國最爲貧匱負薪草行欲於市賣見
佛欣然無以貢上以草奉佛願使功德歸流
十方自致成佛度脫一切
善照如來本宿命時從悅意威佛初發道心
時作園監見佛欣然以思夷華貢上至尊行
菩薩法心自念言使諸衆生心輭如華因從
精進自致成佛度脫一切
無憂如來本宿命時從離意稱佛初發道心

時生尊者家爲長者子取最上華以散佛上慕求大道無上正眞緣是之故自致正覺度脱一切
威神如來本宿命時從德鎧佛初發道心時作長者子以明月珠及紅蓮華貢上其佛精進不懈自致正覺度脱三界五趣之患
談光如來本宿命時從善見佛初發道心時作賈客數入大海以赤栴檀好牀卧具貢上其佛因行菩薩道自致成佛度脱三界生死之厄
執華如來本宿命時從悅意威佛初發道心生彼世時爲長者子以身好衣用乳浣之燒好名香貢上其佛欲令功德歸流十方一切蒙濟緣是之故自致正覺度脱一切
勲光佛如來本宿命時從不藏威佛初發道心時作凡人見佛悅豫稽首歸命則以明鏡衆珍琦寶貢上其佛行菩薩法緣是之故自致正覺度脱一切
現義如來本宿命時從無量音佛初發道心往昔世時作轉輪聖王見佛至尊無上大道以若干交露重閣精舍貢上其佛願使衆生德猶虚空緣致正覺度脱一切
錠燿如來本宿命時從明娛樂佛初發道心在彼世時香家作子採衆華香以上聖尊伏心制意與其家室六十億眷屬衆俱供養其佛諮受道法行菩薩法自致正覺度脱一切
光威如來本宿命時從普稱佛所初發道心時作仙人居在山中以好白氎布經行處貢上其佛知之甚尊行菩薩法自致正覺度脱一切

醫氏如來本宿命時從離憶佛初發道心時爲醫家作子見佛欣喜以持大藥衆香華物貢上其佛願一切衆生除三毒病緣是興意行菩薩法自致正覺度脱一切
善導如來本宿命時從其柔順佛初發道心時爲油家子以油然燈貢上其佛願令十方各蒙道明緣是之故自致正覺救濟一切
興盛如來本宿命時從廣普稱佛初發道心貢上其佛細好白氎布經行處勸助所施因是興意奉菩薩行愍念群生自致正覺度脱一切
醫所如來本宿命時從離垢佛初發道心生在醫家學醫弟子見佛欣喜貢上其佛若干九藥緣行開士自致正覺度脱一切
頂髻施如來本宿命時從普現佛所初發道心時作校飾瓔珞家子貢上其佛御乘將護及寳瓔珞供養奉事行菩薩法精進不懈自致正覺度脱一切
堅固如來本宿命時從莫能勝佛初發道心時作轉輪聖王見佛世尊八萬四千七寳牀席坐具机筵貢上其佛因興道意行菩薩法自致正覺度脱一切
首威如來本宿命時從威王光佛所初發道心曾爲賈客入大海中以明月珠貢上其佛斯珠光明照四十里緣是精進自致正覺無上大道度脱一切
難勝如來本宿命時從堅步越佛初發道心時主載材見佛欣然以楊柳枝貢上其佛洗口及齒緣是淨行自致正覺度脱一切
德幢如來本宿命時從柔稱佛所初發道心

貢上其佛水器大釜以用洗浴身垢消除令
體清淨道立光明普行施德自致正覺度脫
一切
閑靜如來本宿命時從無上佛所初發道心
其人時作寶瓔珞師家子莊嚴瓔珞貢上其
佛以紫金色履屣牀香布施奉上願一切衆
生皆得定意緣是之故自致正覺度脫一切
堅重如來本宿命時從大清悅佛初發道心
供施其佛清白細氎温其浴室洗浴聖衆及
奉雜香緣與道意行菩薩法自致正覺救濟
十方取要言之不能一一講說千佛本末
梵音如來本宿命時從柔音佛所初發道心
時爲國王監放牧羊時梵音佛始成正覺在
野澤中見其如來心懷悅豫分所服麨半奉
如來緣行菩薩無上大道精進不懈自致正
覺度脫一切
堅强如來本宿命時從無動步佛所以手撮
取雜寶琦珍供散其佛作大導師家子因施
發意緣斯功德自致正覺度脫一切
極上欣妙如來本宿命時從無量清淨佛所
初發道心時爲王太子名娛樂在沙竭國佛
成正覺振其光明普照十方緣行菩薩自致
正覺度脫一切
興光如來本宿命時從威首光佛初發道心
時作轉輪聖王以好衣服珍琦異寶貢上其
佛福施一切緣是精進自致正覺無上大道
度脫一切
大明山如來本宿命時從住道佛所初發道
心以無憂華貢上其佛積功累德每生自剋
以大慈悲愍念一切自致正覺度脫一切

金剛如來本宿命時從堅固佛所初發道心在忉利天作天帝釋以天意華緌陀勒華雨下紛紛貢散其佛緣是行道自致正覺度脱一切

憶識如來本宿命時從愛解脱佛所初發道心以妙紫金寶珠瓔珞盡用貢上其佛供散佛身而發道意自致正覺度脱一切

無畏如來本宿命時從不恐佛所初發道心作性慌悷而喜戲笑以作妓樂擊鼓歌歎供養樂佛自致正覺度脱一切

寶氏如來本宿命時從無量音佛所初發道心時作大臣以華好香貢上其佛緣行菩薩自致正覺度脱一切

蓮華目如來本宿命時從普觀佛所初發道心以自已身所著寶帶牀卧貢奉用上如來欲令一切衆生功德自致正覺度脱一切

力將如來本宿命時從大御佛所初發道心時作醫王持一阿摩勒果貢上其佛緣其成行自致正覺度脱一切

華光如來本宿命時從一切威佛所初發道心時作金師以寶華飾貢上其佛緣斯具行自致正覺度脱一切

伏愛如來本宿命時從誨供佛所初發道心曾作博戲家子以好香鑪貢上其佛緣斯積行自致正覺度脱一切

大威如來本自宿命時從照曜首佛所初發道心時作尊者子以好衣服貢上其佛緣斯積行自致正覺度脱一切

梵氏如來本宿命時從班宣尊佛所初發道心時作太官令以石蜜甘蔗餳貢上其佛緣

斯積德自致正覺度脱一切
無量耀如來本宿命時從淨光明佛所初發
道心爲他賈作以有好蓋貢上其佛緣斯積
德自致正覺度脱一切
龍施如來本宿命時從師子頻伸佛所初發
道心時爲華鬘師家作子以華寶器貢上其
佛緣斯積德自致正覺度脱一切
堅步如來本宿命時從離意勝佛所初發道
心時爲珠師家作子以寶珠瓔珞牀席坐具
貢上其佛緣斯積德自致正覺度脱一切
不虛見如來本宿命時從善見佛所初發道
心時家作醫師主療治病以好雜藥貢上聖
衆使治衆病緣斯積德自致正覺度脱一切
精進施如來本宿命時從度無量佛所初發
道心時作轉輪聖王興起精舍樓閣房室其
數百千以赤栴檀以爲衆牀布好坐具貢上
其佛緣斯積德自致正覺度脱一切
賢力如來本宿命時從名聞光佛所初發道
心時作凡人以百味供貢進其佛及與聖衆
而常飯食十姟弟子緣斯積德自致正覺度
脱一切
欣樂如來本宿命時從弘稱佛所初發道心
時爲豪貴長者梵志作子以眞珠校飾好妙
拂及奇異扇貢上其佛緣斯積德自致正覺
度脱一切
無退沒如來本宿命時從寂根佛所初發道
心時作使者以五比羅果貢上其佛緣斯積
德自致正覺度脱一切
師子幢如來本宿命時從清和音佛所初發
道心時作凡人將犂耕田以一阿摩勒果貢

上其佛緣斯積德自致正覺度脱一切
勝智如來本宿命時從無能毀轉法輪佛所
初發道心時作履屣師以訶棃勒果貢上其
佛緣斯積德自致正覺度脱一切
法氏如來本宿命時從無量響佛所初發道
心時作力士求以好幢貢上其佛緣斯積德
自致正覺度脱一切
喜王如來本宿命時從降念佛所初發道心
時作香師以好雜香貢上其佛緣斯積德自
致正覺度脱一切
妙御如來本宿命時從神足威佛所初發道
心時爲幼童以三品果貢上其佛緣斯積德
自致正覺度脱一切
愛英如來本宿命時從功勳王佛所初發道
心時爲國王明智太子以華貢佛緣斯積德
自致正覺度脱一切
妙天如來本宿命時從嘆度無極佛所初發
道心時作賈客貢上甘美蜜鉢緣斯積德自
致正覺度脱一切
多勳如來本宿命時從大力佛所初發道心
時爲國貧人貢上其佛一丈六尺經行之處
緣斯積德自致正覺度脱一切
衆香手如來本宿命時從曜妙淨佛所初發
道心時爲賣香家子因香水灑其世尊經行
之處緣斯積德自致正覺度脱一切
順觀如來本宿命時從見無罣礙佛所初發
道心時在山居以好繒氎作校飾蓋貢上其
佛緣斯積德自致正覺度脱一切
雨音如來本宿命時從師子步佛所初發道
心持作陶師而以澡罐貢上其佛緣斯積德

自致正覺度脫一切
善思如來本宿命時從普觀佛所初發道心時作採華家子以一蓮華貢上其佛緣斯積德自致正覺度脫一切
快意如來本宿命時從施超度佛所初發道心時作尊者子須曼華鬘貢上其佛緣斯積德自致正覺度脫一切
離垢如來本宿命時從善見佛所初發道心夜卧精舍貢上其佛拭手手巾緣斯積德自致正覺度脫一切
名聞如來本宿命時染家作子從善哉像佛所初發道心盛阿醯勒取滿手華供散佛上緣斯積德自致正覺度脫一切
大稱如來本宿命時從意稱佛所初發道心時在其國最爲窮匱以拘須摩好柔妙華貢上其佛緣斯積德自致正覺度脫一切
明珠髻如來本宿命時從寶淨佛所初發道心時作幼童以滿手雜香供散其佛緣斯積德自致正覺度脫一切
堅强如來本宿命時從熾盛光佛所初發道心時作天上神妙天子以天好扇貢上其佛緣斯積德自致正覺度脫一切
師子步如來本宿命時從度超越佛所初發道心曾爲蓋師盛陽暑時貢上其佛蓋及履屣緣斯積德自致正覺度脫一切
神樹如來本宿命時從寶淨佛所初發道心時作牧羊人於野牧羊在塗路見佛欣然即取樹皮貢上其佛緣斯積德自致正覺度脫一切
轉勝如來本宿命時從決了覺佛所初發道

心曾作牧羊人以取好鉢盛滿中乳貢上其
佛緣斯積德自致正覺度脱一切
智積如來本宿命時從慧英佛所初發道心
時作凡人布設法座一日供養佛比丘衆緣
斯積德自致正覺度脱一切
善住如來本宿命時從動覺佛所初發道心
曾爲治皮家作子貢上其佛滿一㲉毛緣斯
積德自致正覺度脱一切
虛空如來本宿命時從行意佛所初發道心
時作容作人以美水漿貢上其佛斷所作務
已所食具上佛供養緣斯積德自致正覺度
脱一切
承樂如來本宿命時從善根佛所初發道心
貢上其佛施服上尊下黒良衣所用細氎緣
斯積德自致正覺度脱一切

無量覺如來本宿命時從威音佛所初發道
心在其方面貢上其佛所可坐樹緣斯積德
自致正覺度脱一切
善顏如來本宿命時從光音佛所初發道心
時採衆果以青蓮華五莖貢上其佛緣斯積
德自致正覺度脱一切
聖慧如來本宿命時從善住佛所初發道心
時作比丘處在閑居淨除其佛所經行處緣
斯積德自致正覺度脱一切
光明如來本宿命時從無量威佛所初發道
心居在城市持百千價坐具牀机衆香貢上
其佛緣斯積德自致正覺度脱一切
堅誓如來本宿命時從緣思佛所初發道心
作華鬘師以華貢上其佛緣斯積德自致正
覺度脱一切

吉祥如來本宿命時從閑稱佛所初發道心其時負薪行道值風雨因入精舍見佛弟子以殊勝華貢上其佛緣斯積德自致正覺度脫一切
誠英如來本宿命時從勳華如來初發道心時適洗浴以巳發心貢上其佛好香手自施與緣斯積德自致正覺度脫一切
青蓮華如來本宿命時從妙華光如來所初發道心時生尊者家作子聰明勇慧以紅蓮華貢上其佛緣斯積德自致正覺度脫一切
鉤鎖如來本宿命時從難勝佛所初發道心時主香市衆事販賣以赤栴檀塗佛經行地緣斯積德自致正覺度脫一切
安氏如來本宿命時從輭嚮佛所初發道心時國王遣行出作使者以三法衣與衆眷屬貢上其佛緣斯積德自致正覺度脫一切
慧業如來本宿命時從善現佛所初發道心與大衆俱以大幢蓋和心同意貢上其佛緣斯積德自致正覺度脫一切
爾時世尊粗舉千佛都校本末使諸一切大集會衆知其至要欲嘆其德因而頌曰

在諸佛所建立福祚　所修行功少不足言
而獲報應果實如是　何所明知不發道心
虛空尚可盡度其際　其大海水亦可升量
少少信喜樂向佛所　其德之報無能限量
不墮八難不值蔽礙　緣斯乃致無爲安業
是故遇佛最勝福田　恭恪奉事行無放逸
今我現在若滅度後　取佛舍利猶如芥子
信尊懷喜若供養者　其福無底德不可思
空虛之界及衆生界　發一切智心施佛德

有斯四法誰敢底邊　唯佛獨知無能盡限
猶如貧匱虛乏窮厄　喜得大藏周四十里
若發道心其德如是　所住救濟一切衆生
其十力尊以八娛樂　斯以恩加五百佛護
曾見八萬上首諸佛　佛以班宣四可悅義
曉了分別八十四義　爾乃六萬諸法之門
敷演七十六慧道地　佛以解暢十八諸行
其十吉祥意五方便　斯十行本變百十億
諸緣覺等所不能逮　何況倚著衆聲聞黨
其餘諸相衆好八十　諸佛威儀功勳聖達
不可窮極無以爲喻　是故名佛不可思議
若有發心最尊佛道　雖處世間永安之業
既遊方俗爲大財富　所至無倚無所繫屬
降伏衆魔逮得甘露　以七寶業濟飽衆厄
願在世間必過度俗　猶如大雨普潤天下
雖復遭苦無數百千　不久當成功勳威德
一切世間皆歸斯無　是故行道勿以爲勞
皆能含忍衆苦之患　若以罪報墮於惡趣
若承功勳必生天上　何所明智與愚諍訟
無明迷惑慧智志安　智致道果癡不覺之
是故行道悉以忍之　愚喜諍亂智無所訟
由斯棄捐衆不應業　習其精修智明之行
以能捨斯不倚利養　常當勤修奉此三昧
一一思念諸佛道德　忍無央數億姟劫難
佛之功勳不可思議　雖更衆苦固習道慧
以忍爲鎧及行定意　立精進幢樂種禁戒
智慧爲藥力無等倫　降伏衆魔逮甘露果
慈心徒黨奉行道友　勸度無極無所毀壞
行空宅室憺怕爲食　所習行業一切智德
是故常志無放逸行　決解奉訓如上所教

猶如鷹鳴毁散雲雨　當得普智勢不得久
歎古品第二十三
於是佛復告喜王菩薩乃往過去久遠世時
有佛號無量精進如來至眞等正覺明行成
爲善逝世間解無上士道法御天人師號佛
世尊爲百千億諸弟子衆天龍鬼神說是定
意時有國王名德華聞佛所說是定意義告
其八萬四千諸后婇女及其千子是深要定
難可分別斯義所趣甚多巍巍而不可逮既
不可了雖不能行當求開解唯口誓願心思
本行當勸斯定佛之所演甚快無量一切等
心咸共勸助世尊所講甚善甚善以是勸助
超八十劫生死之難在於居家逮得總持名
曰事業無復疑結皆共篤信如佛所說以斯
德本值見三姟諸佛世尊皆從諸佛逮此三
昧不墮惡趣勤苦之路三惱之患不遭八難
無閑之厄因是行業逮成無上正眞之道爲
最正覺方當成佛道度脫十方莫不蒙濟於
喜王意所趣云何爾時德華王豈異人乎莫
造斯觀所以者何見今現在無量光如來是
也其王千子今賢劫中千佛興者是也勸助
斯定神足咸德巍巍如是何況諷誦奉行習
持如上法教佛復告喜王菩薩乃往過去無
央數劫時有佛號樂無量施與十姟衆眷屬
圍旋而爲說法其紫金光在所照曜斯光所
照入亦栴檀木欃美香展轉相熏普周十方
因已精勤慈愍一切奉清白行致是功報時
轉輪王名曰擇明以是比像供養之具奉行
平等正覺皆悉普周一切聖衆一一精舍皆
與給使彼亦咸聞是三昧定意因行斯業皆

悉普周一切正法佛所宣布亦共一心諮受要義時佛侍者名曰無損智博聞最上不失佛意隨時之宜不違繩墨其佛應時告彼侍者佛曉了解是三昧定如吾本學此三昧法不可居家能分別暢斯義甚遠時轉輪王聞此至教心自念言在國穢濁出乃清淨寧可棄國除去鬚髮捨家捐業服著袈裟行作沙門釋濁就清乃應佛教輒如所計棄國捨城不貪四方除去鬚髮被服袈裟行作沙門及與千子八萬大臣八萬四千諸后婇女皆從出家悉作沙門咸往詣佛稽首足下長跪叉手諮問世尊此三昧定時佛知心性以是三昧具足七日廣爲解說斯等聞之展轉相謂是三昧法甚難見聞我等寧可好諦書寫此三昧定持諷誦學爲人具說咸共書寫供養奉事各執經卷少能諷誦壽終之後皆共和同見六十姟諸佛正覺各從諸佛所聞是三昧皆棄捐出家作沙門普得斯定以是德本悉當得佛如本所誓不違正願佛言喜王欲知爾時普廣意轉輪聖王則錠光如來是也其佛侍者名曰無損智比丘者維衛佛是也其王千子是賢劫中過千佛已六十五劫當斷無佛然後有劫號名大稱皆同斯劫成最正覺其彼世時八萬大臣在大名稱劫而復學道過劫已中間斷絶竟八十劫都無佛興然後有劫名踰星宿其八萬大臣於斯劫中成最正覺過星宿劫中間斷絶竟三百劫中亦無佛興然後有劫名清淨光此轉輪聖王諸后婇女八萬四千當於其劫成最正覺各各異號佛言喜王斯三昧定果報無極巍巍

如是是故喜王今佛囑累一切菩薩若有菩薩志性仁和心無所慕不貪身命唯念當求是三昧定若有菩薩至欲速成無上正眞之道爲最正覺當勤精進學斯三昧定意受持諷誦一心奉行爲他人說廣解其義佛於是頌曰

欲求志道義　逮得佛正覺　當慕勤學此
天中天尊業　其餘諸學業　無有如斯利
唯當立正住　修至誠道行　若信樂此德
所生處不戀　所誓願若斯　得其福報應
是故奉和心　不懷諛諂意　勤修專精行
如中所言教
佛所咨嗟斯諸勝　若有欲覩此神聖
廣欲布教法之訓　當習斯教如前行
若能勸助德具足　若復執持諷誦讀
衆生不能盡其際　何況聞之能奉行
有分別說化他意　御行晃曜所志道
逮得相好諸佛法　則常逮得是三昧
消除罪釁因降魔　消滅諸見愛盡然
娛樂清淨諸佛土　行斯三昧不難致
輒獲解脫成具光　總持一切所治業
則成所願逮正覺　住斯定意皆能辯
佛已嘆此說其教　汝等造行是餘法
來世之時勿懷恨　言我違失一切智
今所咨嗟度無極　若有慕求慧印道
若遇不能行此義　倚著身者無聖明
將來末俗反逆人　消滅諸法長惡趣
大智之士以用憂　常畏衆度無放逸

佛復告喜王若有菩薩千劫之中奉六度無極捨善權方便不如一時聞是三昧正受以

用勸助古昔以來所立福慶此斯經典所建功祚百倍千倍萬倍巨億萬倍無以爲喻所以者何斯典至要去來今佛之所由生大目阿彌陀阿閦如來賢劫千佛三世無限皆由是定自致成佛猶如虛空含受一切萬種所有十方三界有無諸形斯定如是無上正眞包含大道開化黎庶皆入法身佛説是經時不可計菩薩聞之豆然皆立不退轉地無央數人悉發無上正眞道意十方會者皆感蒙恩八十億載諸天人民遠塵離垢諸法眼生是諸天人聞佛所説善心生焉道意明矣散華周遍三千大千世界以覆佛上此三千世界六反震動天住虛空鼓百千妓以娛樂佛及諸大衆喜王菩薩等三十億人普皆一時得是三昧時天帝釋前白佛言快哉法化其義至深妙哉難及從古至今未曾見聞如是眞義諸度無極種種別異品品所宣靡不盡暢内外表裏法教所開三毒五陰十二牽連四大六衰諸蔽睡眠靡不總除宣示四等四恩六度無極空無相願大慈大哀善權方便敷演道化以消衆生八萬四千衆結塵勞尋輒滅除四魔爲伏眞道法藥療三界病三達之船載度十方去來今佛之所由生歎諸過去無央數佛元始諸尊發意以來積行至眞自致成道化諸當來菩薩所行千佛本末發意成佛國土父母諸子侍者左右上首衆所學教弟子吾等聞之如㝠覩明若有學是賢劫三昧經典之要吾與官屬往營護之當令心安意定不忘在其左右而宿衛之勑衆邪鬼自然消除令諸學士恣意精修長得安隱

佛言善哉天帝吾代爾喜乃欲助衛無上大道去來今佛之所由生除權方便六度無極三十七品一切諸法所不能逮其學斯法超越生死疾成正覺爾時四天王前白佛言我等世尊放捨天上自然之樂往詣法師而擁護之百由旬外令無伺求得其便者使講法師廣布道化古大聖教永得久存令賢劫中千佛本末周流十方諸當來學聞之慕及從是得成使此三昧而不斷絕興隆三寶一切蒙濟

囑累品第二十四

爾時世尊告賢者阿難受斯本法古今諸佛之所由生也人命難得經道難值佛世難遇所以知難千佛過已六十五劫世無有佛中間迥絕過大稱劫八十劫中亦復無佛過星宿劫經三百劫懸斷法教佛不復興至淨光劫乃當有佛是故知之佛世難值世人可傷投在盲冥不識道教流墮生死輪轉無際若在地獄燒炙毒痛不可復計億載年歲餓鬼飢渴窮乏甚困生死不得苦惱焦然不可計數脫出無期畜生禽獸轉相食噉受斯毒害動有劫數從冥入冥從苦入苦出於地獄復入餓鬼出於餓鬼復入畜生地蟲屎蟲草蟲冥蟲一一說之不可終極痛不可言甚可憐傷佛出世間皆為斯類開示語言不肯信受放心蕩逸如盲投冥如狂溺水由迷趣谿不見衆難佛以大慈顯揚大道班宣諸度八萬四千以無量法以化衆生八萬四千衆結之患四魔之難皆為降伏不計吾我使發無上正真道意行菩薩法濟生死苦無三惡趣自

度脫彼無三界患然後來世諸學四輩聞菩薩法知之爲快不能諷讀抱著心懷喜雜句說不志深妙空法之義聞至深慧亘然無際又樂所習以爲第一有聞大道謂不可聽欲得易解說其罪福攀緣稱說倚俗神仙世典雜言謂之至妙咸共學聽歡喜無量以自忻慶荷宿功福聞講深法反復解義各言復重而不可知便睡眠寐或卧不聽正法沒盡皆由是矣佛言我往過去無數劫時喜雜句說妄想倚住六度無極不能自達通致大道至錠光佛乃了亘然捨衆妄想心無所著乃能逮得無所從生法忍爲錠光佛所見授決解三世空以無礙法尋觀於今五濁之世多逆少順罪不可計在於末世示現佛身度餘濁俗使行道法濟三界難悉令永安佛告阿難受是過去諸佛學業當來現在諸度無極八千四百變爲八萬四千及其賢劫千佛本末宿命所行從初發心至成佛道國土壽命父母妻子上尊弟子得度人數所當開化由如種樹下子在土視不可知人不見之又本其子稍稍生長因成大樹甚高巍巍然後大樹廣有所覆枝葉華實多所饒益遠近衆人菩薩如是從初發道心以來種少少福積功累德遂至無限諸度無極自致成佛度脫一切賢者阿難受持諷誦爲他人說將來菩薩所當奉行若於千劫行六度無極善權方便不如聞是經典之要福多於彼何況至心受持諷誦宣示同學四輩一心奉行福不可喻慇懃書寫勿失一字所以者何去來今佛之所由生宣示同學普流十方一切蒙慈乃報佛

恩阿難白佛唯當奉受宣布示語一切此名何經以何奉持佛告阿難是名賢劫三昧千佛本末決諸法本三昧正定當受奉行宣布八極上下無際佛說如是喜王菩薩一切開士諸聲聞等天龍鬼神阿須倫世間人民聞佛所說莫不歡喜作禮而去

賢劫經卷第十

賢劫經永康元年七月二十一日月支菩薩竺法護從罽賓沙門得是賢劫三昧手執口宣時竺法友從洛寄來筆受者趙文龍使其功德福流十方普遂蒙恩離於罪蓋其是經者次見千佛稽首道化受菩薩決致無生忍至一切法十方亦爾

音釋

屣所綺切草履也　白氎氎徒協切細毛布也　机居矣切案也　麨尺沼切乾粮也　撮倉括切兩指撮也　㦬悷㦬力董切悷郎計切㦬悷多惡不調也　餳徒郎切與餹同　訶梨勒梵語也果名此云天主持來勒歷德切　澡鑵澡子皓切洗也鑵古玩切瓶屬　一匊居六切屈掌曰匊　趣峪趣逡須切走也峪余蜀切水注溪曰峪

佛說佛名經

元魏北天竺三藏法師菩提留支譯

清刻龍藏佛說法變相圖

佛說佛名經卷第一

元魏北天竺三藏法師菩提留支譯

如是我聞一時佛在舍婆提城祇樹給孤獨園與大比丘衆千二百五十人俱爾時世尊四衆圍遶及天龍夜叉乾闥婆阿脩羅迦樓羅緊那羅摩睺羅伽人非人等爾時世尊告諸大衆汝當諦聽我爲汝說過去未來現在諸佛名字若善男子善女人受持讀誦諸佛名者是人現世安隱遠離諸難及消滅諸罪未來當得阿耨多羅三藐三菩提若善男子善女人欲消滅諸罪當淨洗浴著新淨衣長跪合掌而作是言

南無東方阿閦佛　南無火光佛　南無靈目佛　南無無畏佛　南無不可思議佛　南無燈王佛　南無放光佛　南無光明莊

嚴佛　南無大勝佛　南無成就大事佛
南無寶見佛　南無堅王華佛歸命東方如
是等無量無邊諸佛
南無南方普滿佛　南無威王佛　南無住
持疾行佛　南無黠慧佛　南無稱聲佛
南無不猒見身佛　南無師子聲佛　南無
不空見佛　南無起行佛　南無一切行清
淨佛　南無莊嚴王佛　南無大山王佛歸
命南方如是等無量無邊諸佛
南無西方無量壽佛　南無師子佛　南無
香積王佛　南無香手佛　南無奮迅佛
南無虛空藏佛　南無寶幢佛　南無清淨
眼佛　南無樂莊嚴佛　南無寶山佛　南
無光王佛　南無月出光佛歸命西方如是
等無量無邊諸佛

南無北方難勝佛　南無月光佛　南無栴
檀佛　南無自在佛　南無金色王佛　南
無月色栴檀佛　南無普眼見佛　南無普
照眼見佛　南無輪手佛　南無無垢佛歸
命北方如是等無量無邊諸佛
南無東南方治地佛　南無自在佛　南無
法自在佛　南無法慧佛　南無法思佛
南無常法慧佛　南無常樂佛　南無善思
惟佛　南無善住佛　南無善臂佛歸命東
南方如是等無量無邊諸佛
南無西南方那羅延佛　南無龍王德佛
南無寶聲佛　南無地自在佛　南無人王
佛　南無妙聲佛　南無黠慧佛　南無妙
香華佛　南無天王佛　南無常清淨眼佛
歸命西南方如是等無量無邊諸佛

南無西北方月光面佛　南無月光佛　南無月幢佛　南無勇猛佛　南無日光面佛　南無日藏佛　南無日光莊嚴佛　南無華身佛　南無波頭摩藏佛　南無波頭摩鬚佛　南無師子聲王佛　南無善住意佛
歸命西北方如是等無量無邊諸佛
南無東北方寂諸根佛　南無寂滅佛　南無大將佛　南無淨勝佛　南無淨妙聲佛　南無淨天供養佛　南無善化佛　南無化佛　南無善意佛　南無善意住持佛歸命東北方如是等無量無邊諸佛
南無下方實行佛　南無疾行佛　南無黠慧佛　南無堅固王佛　南無金剛齊佛　南無師子佛　南無奮迅佛　南無如實住佛　南無成功德佛　南無功德得佛　南無善安樂佛　南無天金剛佛歸命下方如是等無量無邊諸佛

巳上一百佛

南無上方無量勝佛　南無雲王佛　南無雲功德佛　南無無量名稱佛　南無聞身王佛　南無大功德佛　南無大須彌佛　南無降伏魔王佛歸命上方如是等無量無邊諸佛
南無未來普賢佛　南無彌勒佛　南無觀世自在佛　南無得大勢至佛　南無虛空藏佛　南無無垢稱佛　南無成就義佛　南無實聲佛　南無大海佛　南無無盡意佛歸命未來如是等無量無邊諸佛
若有善男子善女人受持讀誦是諸佛名現世安隱遠離諸難及消滅諸罪未來畢竟得

阿耨多羅三藐三菩提南無天金剛佛　南無無垢光佛　南無樂莊嚴思惟佛　南無無垢月幢稱佛　南無華光佛　南無火光佛　南無寶上佛　南無無畏觀佛　南無遠離諸畏驚怖佛　南無師子奮迅力佛　南無金光明王佛

若善男子善女人十日讀誦思惟是佛名必遠離一切業障南無一切同名佛　南無日龍奮迅王佛　南無一切同名日龍奮迅王佛　南無六十功德寶佛　南無一切同名功德寶佛　南無六十二毗留羅佛　南無一切同名毗留羅佛　南無八萬四千名自在幢佛　南無一切同名自在幢佛　南無三百大幢佛　南無一切同名大幢佛　南無五百淨聲王佛　南無一切同名淨聲王佛　南無五百波頭摩王佛　南無一切同名波頭摩王佛　南無五百日聲佛　南無一切同名日聲佛　南無五百樂自在聲佛　南無一切同名樂自在聲佛　南無五百日佛　南無一切同名日佛　南無五百普光佛　南無一切同名普光佛　南無五百波頭摩上王佛　南無一切同名波頭摩上王佛　南無七百法光莊嚴佛　南無一切同名法光莊嚴佛　南無千法莊嚴王佛　南無一切同名法莊嚴王佛　南無百億微塵金剛藏佛　南無一切同名金剛藏佛　南無千八百稱聲王佛　南無一切同名千八百稱聲王佛　南無三萬散華王佛　南無一切同名散華王佛　南無三萬三百稱聲王佛　南無一切同名稱聲王佛　南無

八萬四千阿難陀佛　南無一切同名阿難陀佛　南無千八百寂滅佛　南無一切同名寂滅佛　南無五百歡喜佛　南無一切同名歡喜佛　南無五百威德佛　南無一切同名威德佛　南無五百上威德佛　南無一切同名上威德佛　南無五百日王佛　南無一切同名日王佛　南無千雲雷聲王佛　南無一切同名雲雷聲王佛　南無千日熾自在聲佛　南無一切同名日熾自在聲佛　南無千離垢聲自在王佛　南無一切同名離垢聲自在王佛　南無千勢自在聲佛　南無一切同名勢自在聲佛　南無千功德蓋幢安隱自在王佛　南無一切同名功德蓋幢安隱自在王佛　南無千閻浮檀佛　南無一切同名閻浮檀佛　南無千無垢聲自在王佛　南無一切同名無垢聲自在王佛　南無千遠離諸怖聲自在王佛　南無一切同名遠離諸怖聲自在王佛

南無二千駒隣佛　南無一切同名駒隣佛　南無二千寶幢佛　南無一切同名寶幢佛　南無八千堅精進佛　南無一切同名堅精進佛

已上二百佛

南無八千威德佛　南無一切同名威德佛

南無八千然燈佛　南無一切同名然燈佛　南無十千迦葉佛　南無一切同名迦葉佛　南無十千清淨面蓮華香積佛　南無一切同名清淨面蓮華香積佛　南無二千萬億威音王佛　南無一切同名威音王佛　南無十千莊嚴王佛　南無一切同名

莊嚴王佛　南無十千星宿佛　南無一切同名星宿佛　南無萬八千娑羅王佛　南無一切同名娑羅王佛　南無一萬八千娑羅自在王佛　南無一切同名娑羅自在王佛　南無一萬八千普護佛　南無一切同名普護佛　南無四萬願莊嚴佛　南無一切同名願莊嚴佛　南無三千毗盧舍那佛　南無一切同名毗盧舍那佛　南無三千放光佛　南無一切同名放光佛　南無三千釋迦牟尼佛　南無一切同名釋迦牟尼佛　南無三萬日月太白佛　南無一切同名日月太白佛　南無六萬波頭摩上王佛　南無一切同名波頭摩上王佛　南無六萬能令衆生離諸見佛　南無一切同名能令衆生離諸見佛　南無六十百千萬成就義見佛　南無一切同名成就義見佛　南無無量百千萬不可勝佛　南無一切同名不可勝佛　南無二億拘隣佛　南無一切同名拘隣佛　南無三億弗沙佛　南無一切同名弗沙佛　南無六十億大莊嚴佛　南無一切同名大莊嚴佛　南無八十億實體法決定佛　南無一切同名實體法決定佛　南無六十億娑羅自在王佛　南無一切同名娑羅自在王佛　南無十八億實體法決定佛　南無一切同名實體法決定佛　南無十八億日月燈明佛　南無一切同名日月燈明佛　南無百億決定光明佛　南無一切同名決定光明佛　南無二十億日月燈明佛　南無一切同名日月燈明佛　南無二十億妙聲王佛　南無一切同名

妙聲王佛　南無二十百億雲自在王佛
南無一切同名雲自在王佛　南無三十億
釋迦牟尼佛　南無一切同名釋迦牟尼佛
南無二十億千怖畏聲王佛　南無一切
同名怖畏聲王佛　南無四十億那由他妙
聲佛　南無一切同名妙聲佛　南無億千
樂莊嚴佛　南無一切同名樂莊嚴佛　南
無億那由他百千覺華佛　南無一切同名
覺華佛　南無六十頻婆羅遠離諸怖畏佛
南無一切同名頻婆羅遠離諸怖畏佛
南無一切遠離諸怖畏佛　南無一切同名
遠離諸怖畏佛　南無須彌山微塵數一切
功德山王勝名佛　南無一切同名功德山
王勝名佛　南無十佛國土不可説億那由
他微塵數普賢佛　南無一切同名普賢佛

南無過去未來現在諸佛　南無栴檀遠
離諸煩惱藏佛　南無功德奮迅佛　南無
勝奮迅佛　南無修寂靜佛　南無上寂靜
佛　南無住虛空佛　南無降伏諸魔怨佛
南無百寶佛　南無難勝光佛　南無自
在作佛　南無日作佛　南無無垢光佛
南無自在觀佛　南無金光明師子奮迅佛
南無無垢威德佛　南無觀自在王佛
南無金光普曜佛　南無一切法無畏燈佛
南無無量光佛　南無釋迦牟尼佛　南
無善靜王佛　南無普光功德山王佛
已上三百佛（內多二位）
南無寂靜上佛　南無普光明積上功德王
佛　南無普現見佛　南無金剛功德佛
南無不動佛　南無普賢佛　南無普照佛

南無實法上決定佛　南無無畏王佛
南無無垢光佛　南無樂說莊嚴思惟佛
南無無垢月幢稱佛　南無拘蘇摩莊嚴光
明作佛　南無出火佛　南無寶上佛　南
無無畏觀佛　南無師子奮迅力佛　南無
遠離怖畏毛竪稱佛　南無金剛牟尼佛
南無飲甘露佛　南無金剛光王佛　南無
善見佛　南無尸棄佛　南無毗舍浮佛
南無拘留孫佛　南無難勝佛　南無阿閦
佛　南無盧舍那佛　南無阿彌陀佛　南
無尼彌佛　南無寶光炎佛　南無彌留佛
南無自在佛　南無寶精進月光莊嚴威
德聲自在王佛　南無遠離一切諸畏煩惱
上功德佛　南無初發心念斷疑發解斷煩
惱佛　南無斷諸煩惱闇三昧上王佛　南

無金剛堅強消伏壞散佛　南無寶炎佛
南無大燄積佛　南無栴檀佛　南無手上
王佛　南無寶上佛　南無善住智慧王無
障佛　南無火光慧滅昏闇佛　南無象增
上佛　南無截金剛佛　南無天王佛　南
無一切義上王佛　南無三昧喻佛　南無
念王佛　南無光明觀佛　南無一切所依
王佛　南無善護幢王佛　南無發趣速自
在王佛　南無寶焰佛　南無積大焰佛
南無栴檀香佛　南無手上王佛　南無寶
王佛　南無善住慧王無障佛　南無大智
意佛　南無寶藏佛　南無放焰佛　南無
迦葉佛　南無多羅住佛　南無智來佛
南無能聖佛　南無過一切憂惱王佛　南
無一切功德莊嚴佛　南無成就一切義佛

南無無畏王佛　南無一切衆生導師佛　南無月殿妙尊音王佛　南無不動光觀自在佛　南無無量命尼彌佛　南無火奮迅通佛　南無寶焰彌留金剛佛　南無善寂慧月佛　南無聲自在王佛　南無薩婆毗浮佛　南無清淨月輪佛　南無住阿僧祇精進功德佛　南無無盡意佛　南無寶幢佛　南無光明無垢藏佛　南無火奮迅通佛　南無雲普護佛　南無師子奮迅通佛　南無彌留上王佛　南無智慧來佛　南無護妙法幢佛　南無金光明師子奮迅王佛　南無無垢身佛　南無波頭摩華身佛　南無得無礙佛　南無得滿足佛　南無普照積上功德王佛　南無善住如意積王佛　南無普現佛

已上四百佛

南無釋迦牟尼佛　南無無量光佛　南無放焰佛　南無栴檀香佛　南無無垢慧深聲王佛　南無斷一切障佛　南無無量光明佛　南無作功德佛　南無普香上佛　南無不可勝奮迅聲王佛　南無降伏憍慢佛　南無毗婆尸佛　南無尸棄佛　南無毗舍浮佛　南無拘留孫佛　南無拘那含牟尼佛　南無迦葉佛　南無釋迦牟尼佛　南無成就一切義佛　南無能作無畏佛　南無寂靜王佛　南無阿閦佛　南無盧至佛　南無阿彌多佛　南無尼彌佛　南無住法佛　南無寶焰佛　南無彌留佛　南無金剛佛　南無持法佛　南無勇猛法佛　南無妙法光明佛　南無法月面佛

南無安住法佛　南無法幢佛　南無法威德佛　南無法自在佛　南無善住法佛　南無法寂佛　南無善智力佛　南無彌勒等無量佛　南無毗舍浮佛　南無毗婆尸佛　南無尸棄佛　南無拘留孫佛　南無拘那含牟尼佛　南無迦葉佛　南無釋迦牟尼佛　南無阿彌陀佛　南無光照王佛　南無勝色佛　南無樂意佛　南無大導師佛　南無大聖天佛　南無那羅延佛　南無樹提佛　南無慈地佛　南無毗盧遮那佛　南無栴檀佛　南無具足佛　南無化現佛　南無善化佛　南無世自在佛　南無人自在佛　南無摩醯那自在佛　南無毗無勝自在佛　南無十力自在佛　南無毗頭羅佛　南無離諸畏佛　南無離諸憂佛

南無能破諸邪佛　南無散諸邪佛　南無破異意佛　南無智慧嶽佛　南無寶嶽佛　南無彌留嶽佛　南無降魔佛　南無善才德佛　南無堅才佛　南無堅奮迅佛　南無堅精進佛　南無堅娑羅佛　南無堅淨心佛　南無堅勇猛破陣佛　南無破諍佛　南無實體佛　南無曇無竭佛　南無一切華香自在王佛　南無尼尸陀佛　南無波羅堅佛　南無普光佛　南無普賢佛　南無勝海佛　南無功德海佛　南無法海佛　南無虚空寂佛　南無虚空功德佛　南無虚空庫藏佛　南無虚空心佛　南無虚空多羅佛

已上五百佛

南無無垢心佛　南無功德林佛　南無放

光世界中現在説法虛空勝離塵無垢塵平等眼清淨功德幢光明華波頭摩瑠璃光寶香象身勝妙羅網莊嚴頂無量日月光明照莊嚴願上莊嚴法界善化無障礙王佛彼佛世界中有菩薩名無比彼佛授記不久得阿耨多羅三藐三菩提號種種光華寶波頭摩金色身普照莊嚴不住眼放光照十方世界幢王佛若有善男子善女人信心受持讀誦彼佛及菩薩名是善男子善女人超越閻浮提微塵數劫得陀羅尼一切諸惡病不及其身南無清淨寶光佛　南無無量功德佛　南無寶樂自在佛　南無金光明佛　南無師子奮迅王佛　南無月殿光佛　南無善樂光明王佛　南無無量功德寶集樂示現金光明師子奮迅王佛　南無師子奮迅心

雲聲王佛　南無無垢清淨光明覺寶華佛　南無不斷光莊嚴王佛　南無寶光月莊嚴智佛　南無功德聲自在王佛　南無寶波頭摩智清淨上王佛　南無摩善住山王佛　南無光華種種奮迅王佛　南無拘蘇摩奮迅王佛　南無波頭摩華佛　南無上彌留幢王佛　南無法幢空俱蘇摩王佛　南無莎羅華上光王佛　南無無垢眼上光王佛　南無無垢意山上王佛　南無種種樂説莊嚴王佛　南無無礙藥王成就勝王佛　南無千雲雷聲王佛　南無金光明師子奮迅王佛　南無善寂智慧月聲自在王佛　南無善住摩尼山王佛　南無歡喜藏勝山王佛　南無普光上勝功德山王佛　南無功德藏增上山王佛　南無動山嶽王

佛　南無善住諸禪藏王佛　南無法海潮功德王佛　南無稱功德山王佛　南無一切華香自在王佛　南無銀幢蓋王佛　南無雲燈幢王佛　南無月摩尼光王佛　南無波頭摩上星宿王佛　南無無量香上王佛　南無覺王佛　南無上彌留幢王佛　南無莎羅華上王佛　南無因陀羅幢王佛　南無師子奮迅王佛　南無俱蘇摩生王佛　南無微細華佛　南無説義佛　南無無量精進佛　南無無邊彌留佛　南無離垢佛　南無無量眼佛　南無無量發行佛　南無發行難勝佛　南無無所發行佛　南無無量發行佛　南無斷諸難佛　南無不定願佛　南無善住諸願佛　南無無念示現佛　南無無量善根成就諸行佛　南無無垢奮迅佛　南無不住奮迅佛　南無妙色佛　南無無相聲佛　南無虚空星宿增上王佛　南無栴檀室佛　南無樂意佛　南無善行佛　南無境界自在佛　南無樂行佛　南無樂解脱佛　南無遠離怖畏毛竪佛　南無清淨眼佛　南無精進寂靜佛　南無世間可樂佛　南無隨世間意佛　南無隨世間眼佛　南無寶王佛　南無寶愛佛　南無羅睺羅佛　南無羅睺羅天佛　南無羅睺羅淨佛　南無寶慧佛　南無寶鬘佛　南無寶形佛　南無羅網手佛　南無摩尼輪佛　南無解脱威德佛　南無善行佛　南無大愛佛　南無人面佛　南無善吉佛　南無曼陀羅佛

已上六百佛

南無淨聖佛　南無淨宿佛　南無離胎佛　南無虛空莊嚴佛　南無功德海佛　南無師子步佛　南無集功德佛　南無摩尼功德佛　南無廣功德佛　南無稱成佛　南無大如意輪佛　南無無畏上王佛　南無俱蘇摩國土佛　南無功德幢佛　南無威德佛　南無華眼佛　南無喜身佛　南無慧國土佛　南無喜威德佛　南無波頭摩陀智慧奮迅佛　南無功德聚佛　南無寂滅慧佛　南無降魔佛　南無無上光佛　南無法自在佛　南無得世間功德佛　南無實諦稱佛　南無智勝佛　南無智愛佛　南無得智佛　南無智幢佛　南無羅網光幢佛

若善男子善女人與一切衆生安隱樂如諸佛者當讀誦是諸佛名復作是言南無離諸無智曀佛　南無虛空平等心佛　南無清淨無垢佛　南無善無垢藏佛　南無火炎積佛　南無堅固行佛　南無精進聲佛　南無不離一切衆生門佛　南無斷諸過佛　南無成就觀佛　南無平等須彌面佛　南無無障無礙精進堅佛　南無莎羅華王佛　南無無量功德王佛　南無彌留燈王佛　南無藥王妙聲王佛　南無梵聲王佛　南無妙鼓聲王佛　南無雲聲王佛　南無龍自在王佛　南無世間自在王佛　南無陀羅尼自在王佛　南無深王佛　南無治諸病王佛　南無藥王佛　南無象王佛　南無燈王佛　南無樹提王佛　南無喜王佛　南無星宿王佛　南無雲王佛　南

無雷王佛　南無沙羅王佛　南無堅固自在王佛　南無功德聚佛　南無華聚佛　南無寶聚佛　南無寶住持庭燎佛　南無住持功德佛　南無住持無障力佛　南無住持地力進去佛　南無住持妙無垢位佛　南無一切寶莊嚴色住持佛　南無自在轉一切法佛　南無轉法輪佛　南無勝威德佛　南無淨威德佛　南無聖威德佛　南無大威德佛　南無師子威德佛　南無娑羅威德佛　南無大悲威德佛　南無地持威德佛　南無無垢威德佛　南無無垢瑠璃佛　南無無垢臂佛　南無無垢眼佛　南無無垢面佛　南無波頭摩面佛　南無月面佛　南無日面佛　南無日威德莊嚴佛　南無金色佛　南無金色形佛　南無可樂色佛　南無瞻婆伽色佛　南無能與樂佛　南無能與眼佛　南無難勝佛

已上七百佛

南無難降伏佛　南無難成佛　南無難量佛　南無斷諸惡佛　南無俱蘇摩成佛　南無甘露成佛　南無寶成就佛　南無功德成就佛　南無日成就佛　南無華成就佛　南無成就樂有佛　南無成就功德佛　南無大勝佛　南無上妙王佛　南無無垢佛　南無離諸障佛　南無婆樓那佛　南無婆樓那天佛　南無勇猛仙佛　南無精進仙佛　南無無垢仙佛　南無金剛仙佛　南無觀眼佛　南無無障礙佛　南無住虛空佛　南無住清淨佛　南無善住清淨功德寶佛　南無善跡佛　南無善思義

佛　南無善化佛　南無善愛佛　南無善眼佛　南無善親佛　南無善行佛　南無善生佛　南無善華佛　南無栴檀佛　南無善香佛　南無善聲佛　南無善臂佛　南無善光佛　南無善山佛　南無功德山佛　南無寶山佛　南無智山佛　南無勝山佛　南無上山佛　南無光明莊嚴佛　南無大光明莊嚴佛　南無清淨莊嚴佛　南無波頭摩莊嚴佛　南無實中佛　南無金剛合佛　南無金剛齊佛　南無碎金剛佛　南無破金剛堅佛　南無降伏魔佛　南無不空見佛　南無愛見佛　南無現見佛　南無善見佛　南無大善見佛　南無普見佛　南無無垢見佛　南無見平等不平等佛　南無見一切義佛　南無斷一切障礙佛　南無斷一切衆生病佛　南無一切世間愛見佛　南無上妙佛　南無大莊嚴佛　南無一切三昧佛　南無度一切疑佛　南無度一切法佛　南無不取諸法佛　南無一切清淨佛　南無一切義成就佛　南無一切通佛　南無華通佛　南無波頭摩樹提奮迅通佛　南無俱蘇摩通佛　南無深王佛　南無海住持勝智慧奮迅通佛　南無多摩羅葉栴檀香通佛　南無常觀佛　南無常圓遶佛　南無常不輕佛　南無常憂佛　南無常喜佛　南無常笑歡喜根佛　南無常滿足手佛　南無常舉手佛　南無常黠慧佛　南無常修行佛　南無常精進佛　南無尼拘律佛　南無阿叔迦佛　南無金色佛　南無華開佛　南無

善決定佛

已上八百佛

南無波頭摩光佛　南無華身佛　南無手
脚柔輭觸身佛　南無日輪佛　南無闇滿
足佛　南無相身身佛　南無勝威德佛
南無無垢身佛　南無波頭摩華身佛　南
無得無礙佛　南無得願滿足佛　南無得
普照清淨佛　南無得大無畏佛　南無至
大佛　南無至大精進究竟佛　南無大境
界佛　南無大海佛　南無大藥王佛　南
無大功德佛　南無大樂說佛　南無無量
香佛　南無無量精進佛　南無無量行佛
南無無量功德佛　南無寶生佛　南無
無邊功德寶作佛　南無法作佛　南無金
色作佛　南無勝作佛　南無自在作佛
南無日作佛　南無光作佛　南無火作佛
南無無畏作佛　南無樂作佛　南無燈
作佛　南無賢作佛　南無覺作佛　南無
華作佛　南無華勝藏佛　南無俱蘇摩勝
藏佛　南無憂波羅勝藏佛　南無波頭摩
勝藏佛　南無功德勝藏佛　南無快勝藏
佛　南無福德勝藏佛　南無天勝藏佛
南無香勝藏佛　南無華勝藏佛　南無大
雲藏佛　南無那羅延藏佛　南無如來藏
佛　南無功德藏佛　南無根藏佛　南無
如意藏佛　南無金剛藏佛　南無得藏佛
南無勢羅藏佛　南無山藏佛　南無波
頭摩藏佛　南無俱蘇摩藏佛　南無香藏
佛　南無摩尼藏佛　南無賢藏佛　南無
普藏佛　南無月無垢藏佛　南無日藏佛

南無照藏佛　南無光明幢佛　南無月幢佛　南無功德幢佛　南無離世間幢佛　南無華幢佛　南無實幢佛　南無法幢佛　南無自在幢佛　南無寶幢佛　南無無垢幢佛　南無大幢佛　南無月無垢幢佛　南無普照幢佛　南無彌留幢佛　南無護妙法幢佛　南無放光明幢佛　南無善清淨無垢照幢佛　南無善清淨光明幢佛　南無善光明佛　南無香光明佛　南無虛空光明佛　南無大光明佛　南無寶光明佛　南無火光明佛　南無日光明佛

南無月光明佛　南無日月光明佛　南無無垢光明佛　南無火輪光明佛　南無寶照佛　南無寶光明佛

已上九百佛

南無勝威德香光明佛　南無一切大願光佛　南無金光光明佛　南無放光明幢佛

南無種種多威德王勝光明佛　南無虛空清淨金色莊嚴威德光明佛　南無一切法幻奮迅威德光明佛　南無福藏佛　南無清淨光明佛　南無功德寶光明佛　南無金光明佛　南無高光明佛　南無放光光明佛　南無俱蘇摩光明佛　南無香光明佛　南無甘露光明佛　南無無量寶華光明佛　南無水月光明佛　南無寶月光明佛　南無彌留光明佛　南無聚集日輪佛　南無雲光明佛　南無般頭者婆伽華佛　南無無畏光明佛　南無法力光明佛

南無無垢光明佛　南無清淨光明佛

南無月光明佛　南無日光明佛　南無樹

提光明佛　南無然火光明佛　南無焚燒光明佛　南無羅網光明佛　南無大光明佛　南無稱光明佛　南無普光明佛　南無無邊光明佛　南無色光明聲佛　南無虛空聲佛　南無妙鼓聲佛　南無師子聲佛　南無雲聲佛　南無天聲佛　南無妙聲佛　南無梵聲佛　南無雲妙鼓聲佛　南無法鼓聲佛　南無法鼓出聲佛　南無聲滿法界聲佛　南無地吼聲佛　南無普徧聲佛　南無師子吼聲佛　南無無量吼聲佛　南無無分別吼聲佛　南無驚怖一切魔輪聲佛　南無降伏一切聲聲佛　南無無障礙月慧佛　南無法無垢月佛　南無普照月佛　南無放光明月佛　南無盧舍那月佛　南無解脱月佛　南無稱月佛

南無功德月佛　南無寶月佛　南無滿月佛　南無大月佛　南無月輪清淨佛　南無日月佛　南無月慧佛　南無無垢慧佛　南無深慧佛　南無戒慧佛　南無難勝慧佛　南無阿僧祇劫修習慧佛　南無無量樂功德莊嚴行慧佛　南無無量功德莊嚴佛　南無離劫佛　南無勝功德王莊嚴威德王劫佛　南無自在滅劫佛　南無彌留劫佛　南無須彌留劫佛　南無不可説劫佛　南無金光明色光上佛　南無龍寂上佛　南無愛上佛　南無度上佛　南無法上佛　南無金剛上佛　南無威德上佛　南無無垢上佛　南無龍寂上佛　南無寶上佛　南無勝寶上佛　南無莎利羅上佛　南無天上佛　南無波頭摩上佛

南無香上佛　南無放香佛　南無樂香佛
南無香奮迅佛
已上一千佛
南無香象奮迅佛　南無香象佛　南無大
香象佛　南無多羅跋香佛　南無戒香佛
南無無邊香佛　南無普遍香佛　南無
薰香佛　南無多伽羅香佛　南無栴檀香
佛　南無曼陀羅香佛　南無波頭摩香佛
南無波頭摩手佛　南無波頭摩眼佛
南無波頭摩莊嚴佛　南無波頭摩起佛
南無波頭摩勝佛　南無月勝佛　南無身
勝佛　南無驚怖勝佛　南無鬘勝雲佛
南無功德成就雲佛　南無寶雲佛　南無
功德雲佛　南無雲護佛　南無普護佛
南無聖護佛　南無功德護佛　南無普遍
護佛　南無精進護佛　南無精進喜佛
南無上喜佛　南無實喜佛　南無師子喜
佛　南無龍喜佛　南無寶喜佛　南無實
智佛　南無喜去佛　南無善知寂靜去佛
南無大勢佛　南無甘露勢佛　南無金
剛杵勢佛　南無無垢處勢佛　南無開悟
菩提智光佛　南無過三界處勢佛　南無
三昧處勢佛　南無定處勢佛　南無不動
處勢佛　南無高去佛　南無寂滅去佛
南無師子奮迅去佛　南無善步去佛　南
無無盡慧佛　南無海慧佛　南無住慧佛
南無勝慧佛　南無滅諸惡慧佛　南無
寂靜慧佛　南無修行慧佛　南無密慧佛
南無堅慧佛　南無善清淨慧佛　南無
大慧佛　南無普慧佛　南無無邊慧佛

南無威德慧佛　南無世慧佛　南無上慧佛　南無妙慧佛　南無快慧佛　南無無觀慧佛　南無稱慧佛　南無廣慧佛　南無栴檀滿慧佛　南無金剛慧佛　南無清淨慧佛　南無覺慧佛　南無法慧佛　南無師子慧佛　南無虎慧佛　南無善慧佛　南無寶慧佛　南無勝慧佛　南無勝積佛　南無勇猛積佛　南無般若積佛　南無樂說積佛　南無香積佛　南無寶積佛　南無寶髻佛　南無天髻佛　南無龍髻佛　南無功德髻佛　南無大髻佛　南無彌留聚佛　南無大聚佛　南無大炎聚佛　南無寶聚佛　南無寶手佛　南無寶手柔輭佛　南無寶印手佛

已上一千一百佛

佛說佛名經卷第一

音釋

黠胡八切　毗房脂切　奮迅奮方問切迅息晉切　睺胡遣切　曀於計切　燎力照切　吼呼后切

佛說佛名經卷第二

元魏北天竺三藏法師菩提留支譯

南無寶光明奮迅思惟佛　南無寶火圍遶佛　南無寶天佛　南無寶勝佛　南無寶高佛　南無寶堅佛　南無寶波頭摩佛　南無寶念佛　南無寶力佛　南無寶山佛　南無寶炎佛　南無寶炎圍遶佛　南無寶照佛　南無放照佛　南無迭共華佛　南無妙說佛　南無月說佛　南無金剛說佛　南無寶說佛　南無寶杖佛　南無無量寶杖佛　南無無垢杖佛　南無無邊杖佛　南無法杖佛　南無寶蓋佛　南無均寶蓋佛　南無摩尼蓋佛　南無金蓋佛　南無奮迅王佛　南無增上火成就王佛　南無增上勇猛佛　南無勇施佛　南無智施佛　南無然燈佛　南無然燈火佛　南無清淨然燈佛　南無功德然燈佛　南無福德然燈佛　南無寶然燈佛　南無大然燈佛　南無無邊然燈佛　南無寶火然燈佛　南無普然燈佛　南無月然燈佛　南無日然燈佛　南無日月然燈佛　南無雲聲然燈佛　南無大海然燈佛　南無忍辱輪然燈佛　南無世然燈佛　南無光明遍照十方然燈佛　南無照諸趣然燈佛　南無破諸闇然燈佛　南無一切世成就然燈佛　南無諦寶幢摩尼勝光佛　南無淨華宿王智佛　南無俱蘇摩見佛　南無金山佛　南無師子德佛　南無不散佛　南無散華佛　南無不散華佛　南無放光明佛　南無千光明佛　南無六十光明佛　南

無觀光明佛　南無無障礙光明佛　南無放淨光明佛　南無無邊光明佛　南無波頭摩光明佛　南無福德光明佛　南無智光明佛　南無月光明佛　南無日光明佛　南無無礙光明佛　南無奮迅恭敬稱佛　南無無比佛　南無功德稱佛　南無寶稱佛　南無無垢稱佛　南無無垢德佛　南無堅德佛　南無無憂德佛　南無勇猛德佛　南無華德佛　南無歡喜德佛　南無龍德佛　南無功德海佛　南無淨德佛　南無淨天佛　南無供養佛　南無淨聲佛　南無淨妙聲佛　南無出淨聲佛　南無普智輪光聲佛　南無大聲佛　南無雲勝聲佛　南無安隱聲佛　南無樂聲佛　南無妙鼓聲佛

已上一千二百佛

南無天聲佛　南無月聲佛　南無日聲佛　南無師子聲佛　南無波頭摩聲佛　南無福德聲佛　南無金剛聲佛　南無自在聲佛　南無慧聲佛　南無妙聲佛　南無選擇聲佛　南無甘露聲佛　南無淨幢佛　南無金剛幢佛　南無法幢佛　南無住持法佛　南無樂法佛　南無曇無竭佛　南無護法佛　南無法奮迅佛　南無法界華佛　南無護法眼佛　南無然法庭燎佛　南無法自在佛　南無人自在佛　南無功德自在佛　南無聲自在佛　南無世自在佛　南無觀世自在佛　南無無量自在佛　南無意住持佛　南無地住持佛　南無尼彌住持佛　南無器住持佛　南無功

德性住持佛　南無勝色佛　南無轉發起佛　南無一切觀形示佛　南無發一切無猒足行佛　南無發成就佛　南無善護佛　南無善思惟佛　南無善喜佛　南無善處佛　南無普禪佛　南無甘露功德佛　南無善眼佛　南無師子仙佛　南無佛眼佛　南無合聚佛　南無疾智勇佛　南無善住佛　南無實行佛　南無師子手佛　南無海滿佛　南無能度彼岸佛　南無善思惟佛　南無稱王佛　南無住慈佛　南無善夜摩佛　南無善行佛　南無善功德佛　南無善色佛　南無善識佛　南無善心佛　南無善光佛　南無師子月佛　南無不可勝佛　南無不可勝無畏佛　南無無量佛　南無速與佛　南無不動心佛

南無應稱佛　南無應不怯弱聲佛　南無寶威德上王佛　南無不猒足藏佛　南無不盡佛　南無不可動佛　南無名無畏佛　南無名自在護世間佛　南無名龍自在聲佛　南無名法行廣慧佛　南無功德住持佛　南無名妙勝自在相通稱佛　南無名妙勝自在勝佛　南無名樂法奮迅佛　南無名法界莊嚴佛　南無名大乘莊嚴佛　南無名寂靜王佛　南無名解脫行佛　南無名大海彌留起王佛　南無名合聚那羅延王佛　南無名散壞堅魔輪佛　南無名精進根寶王佛　南無名佛法波頭摩佛　南無名得佛眼分陀利佛　南無名隨前覺覺佛　南無名平等作佛　南無名初發心念遠離一切驚怖無煩惱起功德佛　南

無名教化菩薩佛

已上一千三百佛

南無名金剛畚奮迅佛　南無名寶像光明畚奮迅佛　南無名伽羅香佛　南無名破壞魔輪佛　南無名初發心成就不退勝輪佛　南無名寶蓋起無畏光明佛　南無名初發心念斷疑斷煩惱佛　南無名光明破闇起三昧王佛

善男子善女人若有得聞是諸佛名者永離業障不墮惡道若無眼者誦必得眼

南無十千同名星宿佛　南無一切同名星宿佛　南無三十七千同名釋迦牟尼佛　南無一切同名釋迦牟尼佛　南無二億同名拘隣佛　南無一切同名拘隣佛　南無十八億同名實法勝決定佛　南無一切同名實法勝決定佛　南無十八億同名日月燈佛　南無一切同名日月燈佛　南無千五百同名大威德佛　南無一切同名大威德佛　南無千五百同名日佛　南無一切同名日佛　南無四萬四千同名面佛　南無一切同名面佛　南無萬千同名堅固自在佛　南無一切同名堅固自在佛　南無萬八千同名普護佛　南無一切同名普護佛　南無千八百同名舍摩他佛　南無一切同名舍摩他佛

劫名善眼彼劫中有七十二那由他如來成佛我悉歸命彼諸如來

劫名善見彼劫中有七十二億如來成佛我悉歸命彼諸如來

劫名淨讃歎彼劫中有一萬八千如來成佛

我悉歸命彼諸如來
劫名善行彼劫中有三萬二千如來成佛我
悉歸命彼諸如來
劫名莊嚴彼劫中有八萬四千如來成佛我
悉歸命彼諸如來
南無現在住十方世界不捨命說法諸佛所
謂安樂世界中阿彌陀佛爲上首
南無妙樂世界中阿閦如來爲上首
南無袈裟幢世界中碎金剛堅如來爲上首
南無不退輪吼世界中清淨光波頭摩華身
如來爲上首
南無無垢世界中法幢如來爲上首
南無善燈世界中師子如來爲上首
南無善住世界中盧舍那藏如來爲上首
南無難過世界中功德華身如來爲上首
南無莊嚴慧世界中一切通光明佛爲上首
南無鏡輪光明世界中月智慧佛爲上首
南無華勝世界中波頭摩勝如來爲上首
南無波頭摩勝世界中賢勝如來爲上首
南無不瞬世界中普賢如來爲上首
南無普賢世界中自在王如來爲上首
南無不可勝世界中成就一切義如來爲上
首
南無華藏世界中毗盧遮那鏡像如來爲上
首
南無娑婆世界中釋迦牟尼佛爲上首
南無善說勝佛爲上首
南無自在幢王佛爲上首
南無作大光佛爲上首
南無無畏觀佛爲上首

如是等上首諸佛我以身業口業意業遍滿十方一時禮拜讚歎供養彼諸如來所說妙法甚深境界不可量境界不可思議境界無量境界等我悉以身口意業遍滿十方禮拜讚歎供養彼佛世界中不退菩薩僧不退聲聞僧我悉以身口意業遍滿十方頭面禮足讚歎供養

南無名降伏魔人自在佛　南無名降伏貪自在佛　南無名降伏瞋自在佛　南無名降伏癡自在佛　南無名降伏怒自在佛　南無名降伏見自在佛　南無名降伏諸戲自在佛　南無名了達法自在佛　南無名得神通自在稱佛　南無名得勝業自在稱佛　南無名起施自在稱佛　南無名起清淨戒自在稱佛　南無名起忍辱人自在稱佛　南無名起精進人自在稱佛　南無名起禪那人自在稱佛　南無名福德清淨光明自在稱佛　南無名起陀羅尼自在稱佛

南無普然燈佛　南無高勝佛　南無光明勝佛　南無大勝佛　南無散香上勝佛　南無多寶勝佛　南無月上勝佛　南無賢上勝佛　南無波頭摩上勝佛　南無無量上勝佛　南無波頭摩上勝王佛　南無三昧手上勝佛　南無善說名勝佛　南無大海深勝佛　南無阿僧祇精進住勝佛　南無樂說一切法莊嚴勝佛　南無寶輪威德上勝佛　南無日輪上光明勝佛　南無無量慚愧金色上勝佛　南無功德海瑠璃金山金色光明勝佛　南無寶華普照勝佛　南無起無邊功德無垢勝佛　南無起多

羅王勝佛　南無樹王吼勝佛　南無法海潮勝佛　南無智清淨功德勝佛　南無樂劫火勝佛　南無不可思議光明勝佛　南無寶月光明勝佛　南無寶賢幢勝佛　南無成就義勝佛　南無寶成就勝佛

已上一千四百佛

南無寶集勝佛　南無奮迅勝佛　南無不空勝佛　南無聞勝佛　南無海勝佛　南無住持勝佛　南無善行勝佛　南無龍勝佛　南無波頭摩勝佛　南無福德勝佛

南無智勝佛　南無妙勝佛　南無賢勝佛

南無勝賢勝佛　南無栴檀勝佛　南無勝栴檀勝佛　南無無量光明佛　南無幢勝佛　南無無勝幢勝佛　南無無憂勝佛

南無離一切憂勝佛　南無寶杖佛　南無善寶杖佛　南無拘蘇摩勝佛　南無華勝佛　南無三昧奮迅勝佛　南無樹提勝佛

南無火勝佛　南無廣功德勝佛　南無衆勝佛

南無清淨光世界有佛號積清淨增長勝上王佛　南無普光世界普華無畏王如來

南無普蓋世界名均寶莊嚴如來彼如來授羅網光菩薩阿耨多羅三藐三菩提記　南無一寶髻世界名無量寶境界如來彼如來授不空奮迅境界菩薩阿耨多羅三藐三菩提記　南無相威德王世界名無量聲如來彼如來授即發心轉法輪菩薩阿耨多羅三藐三菩提記　南無名稱世界名須彌留聚集如來彼如來授光明輪勝威德菩薩阿耨多羅三藐三菩提記　南無善住世界名虛

空寂如來彼如來授月光菩薩阿耨多羅三藐三菩提記　南無地輪世界名稱力王如來彼如來授智稱菩薩阿耨多羅三藐三菩提記　南無月起光世界名放光明如來彼如來授光明輪菩薩阿耨多羅三藐三菩提記　南無袈裟幢世界名離袈裟如來彼如來授無量寶發起菩薩阿耨多羅三藐三菩提記　南無波頭摩華世界名種種華勝成就如來彼如來授名無量精進菩薩阿耨多羅三藐三菩提記　南無一蓋世界名遠離諸怖毛豎如來彼如來授羅網光明菩薩阿耨多羅三藐三菩提記　南無種種幢世界名須彌留聚如來彼如來授大勝菩薩阿耨多羅三藐三菩提記　南無普光世界名無障礙眼如來彼如來授名智勝菩薩阿耨多羅三藐三菩提記　南無賢世界名栴檀屋如來彼如來授名智功德幢菩薩阿耨多羅三藐三菩提記　南無賢慧世界名合聚如來彼如來授名妙智菩薩阿耨多羅三藐三菩提記　南無寶首世界名羅網光明如來彼如來授名智功德菩薩阿耨多羅三藐三菩提記　南無安樂首世界名寶蓮華勝如來彼如來授名波頭摩勝功德菩薩阿耨多羅三藐三菩提記　南無稱世界名智華寶光明勝如來彼如來授名第一莊嚴菩薩阿耨多羅三藐三菩提記　南無賢臂世界名起賢光明如來彼如來授名寶光明菩薩阿耨多羅三藐三菩提記　南無無畏世界名滅散一切怖畏如來彼如來授名無畏菩薩阿耨多羅三藐三菩提記　南無彌留幢世

界名彌留摩如來彼如來授名合聚菩薩阿耨多羅三藐三菩提記　南無遠離一切憂惱障礙世界名無畏王如來彼如來授名多聲菩薩阿耨多羅三藐三菩提記　南無法世界名作法如來彼如來授名智作菩薩阿耨多羅三藐三菩提記　南無善住世界名百一十光明如來彼如來授名勝光明菩薩阿耨多羅三藐三菩提記　南無共光明世界名千上光明如來彼如來授名普光明菩薩阿耨多羅三藐三菩提記　南無多伽羅世界名智光明如來彼如來授名善眼菩薩阿耨多羅三藐三菩提記　南無香世界名寶勝光明如來彼如來授名無量光明菩薩阿耨多羅三藐三菩提記　南無光明首世界名無量光明如來彼如來授名藥王菩薩

阿耨多羅三藐三菩提記　南無上首賢世界名無障礙聲如來彼如來授名淨聲菩薩阿耨多羅三藐三菩提記　南無法世界名羅網光如來彼如來授名勝菩薩阿耨多羅三藐三菩提記　南無賢入世界名寶智慧如來彼如來授名智香菩薩阿耨多羅三藐三菩提記　南無優鉢羅世界名無量勝如來彼如來授名曇無竭菩薩阿耨多羅三藐三菩提記　南無清淨世界名無量莊嚴如來彼如來授名寶莊嚴菩薩阿耨多羅三藐三菩提記　南無覺住世界名憂鉢羅勝如來彼如來授名波頭摩勝菩薩阿耨多羅三藐三菩提記　南無波頭摩住世界名智住如來彼如來授名寶滿足菩薩阿耨多羅三藐三菩提記　南無智力世界名釋迦牟尼

如來彼如來授名寶牟尼菩薩阿耨多羅三藐三菩提記　南無十方稱世界名智稱如來彼如來授名無邊精進菩薩阿耨多羅三藐三菩提記　南無喜世界名堅自在王如來彼如來授名寶堅菩薩阿耨多羅三藐三菩提記　南無月世界名寶娑羅如來彼如來授名普香菩薩阿耨多羅三藐三菩提記　南無娑婆世界名大勝如來彼如來授名大勝天王菩薩阿耨多羅三藐三菩提記　南無一蓋世界名寶輪如來彼如來授名星宿鬘菩薩阿耨多羅三藐三菩提記　南無過一切憂障礙世界名不空說如來彼如來授名不空說菩薩阿耨多羅三藐三菩提記　南無遠離憂惱世界名功德成就如來彼如來授名無憂勝威德菩薩阿耨多羅三藐三菩提記　南無寂靜世界名稱王如來彼如來授名勇德菩薩阿耨多羅三藐三菩提記　南無不空見世界名不空奮迅如來彼如來授名不空發行菩薩阿耨多羅三藐三菩提記　南無香世界名香光明如來彼如來授名寶藏菩薩阿耨多羅三藐三菩提記　南無無量吼聲世界名無障礙聲如來彼如來授名無分別發行菩薩阿耨多羅三藐三菩提記　南無月輪光明世界名稱力王如來彼如來授名智稱菩薩阿耨多羅三藐三菩提記　南無寶輪世界名寶上勝如來彼如來授名大導師菩薩阿耨多羅三藐三菩提記　南無寶輪世界名善明如來彼如來授名樂行菩薩阿耨多羅三藐三菩提記　南無法世界名波頭摩勝如來彼如來授

名大法菩薩阿耨多羅三藐三菩提記　南無名須彌頂上王如來彼如來授名智力菩薩阿耨多羅三藐三菩提記　南無名波頭摩勝如來彼如來授名勝德菩薩阿耨多羅三藐三菩提記　南無陀羅尼輪世界名香光明如來彼如來授名陀羅尼自在王菩薩阿耨多羅三藐三菩提記　南無金光明世界名十方稱發如來彼如來授名智稱發行菩薩阿耨多羅三藐三菩提記　南無智起世界名普清淨增上雲聲王如來彼如來授名星宿王菩薩阿耨多羅三藐三菩提記　南無常光明世界名無量光明如來彼如來授名大光明菩薩阿耨多羅三藐三菩提記　南無然燈世界名無量智成就如來彼如來授名功德王光明菩薩阿耨多羅三藐三菩提記　南無然燈作世界名無量種奮迅如來彼如來授名無障礙發菩薩阿耨多羅三藐三菩提記　南無種種幢世界名上首如來彼如來授名那羅延菩薩阿耨多羅三藐三菩提記　南無十方稱世界名佛華成就勝如來彼如來授名無缺奮迅菩薩阿耨多羅三藐王菩提記　南無金剛住世界名佛華增上王如來彼如來授名寶火菩薩阿耨多羅三藐三菩提記　南無栴檀窟世界名寶形如來彼如來授名觀世音菩薩阿耨多羅三藐三菩提記　南無藥王世界名不空說如來彼如來授名不空發行菩薩阿耨多羅三藐三菩提記　南無藥王勝上世界名無邊功德精進發如來彼如來授名不受戒攝受菩薩阿耨多羅三藐三菩提記　南

無普莊嚴世界名發心生莊嚴一切衆生心如來彼如來授名佛華手菩薩阿耨多羅三藐三菩提記　南無普蓋世界名蓋蔓如來彼如來授名寶行菩薩阿耨多羅三藐三菩提記　南無華上光明世界名日輪威德王如來彼如來授名善住菩薩阿耨多羅三藐三菩提記　南無善莊嚴世界名衆王光明如來彼如來授名寶面菩薩阿耨多羅三藐三菩提記

已上一千五百佛

南無賢世界名無畏如來彼如來授名不驚怖菩薩阿耨多羅三藐三菩提記　南無波頭摩世界名波頭摩勝光明如來彼如來授名智象菩薩阿耨多羅三藐三菩提記　南無憂鉢羅世界名智憂鉢勝如來彼如來授名無境界行菩薩阿耨多羅三藐三菩提記　南無寶上世界名寶作如來彼如來授名法作菩薩阿耨多羅三藐三菩提記　南無月世界名無量願如來彼如來授名散華菩薩阿耨多羅三藐三菩提記　南無善住世界名寶聚如來彼如來授名藥王菩薩阿耨多羅三藐三菩提記　南無香光明世界名娑羅自在王如來彼如來授名勝慧菩薩阿耨多羅三藐三菩提記　南無華手世界名寶光明如來彼如來授名日德菩薩阿耨多羅三藐三菩提記　南無普山世界名寶山如來彼如來授名火德菩薩阿耨多羅三藐三菩提記　南無憂蓋入世界名上首如來彼如來授名上莊嚴菩薩阿耨多羅三藐三菩提記　南無無憂世界名發無邊功德如

來彼如來授名不發觀菩薩阿耨多羅三藐三菩提記　南無一切功德住世界名善上首如來彼如來授名普至菩薩阿耨多羅三藐三菩提記　南無寶光明世界名須彌光明如來彼如來授名善住菩薩阿耨多羅三藐三菩提記　南無一切功德住世界名無量境界如來彼如來授名藥王菩薩阿耨多羅三藐三菩提記　南無莊嚴菩提世界名高妙去如來彼如來授名思益勝慧菩薩阿耨多羅三藐三菩提記　南無無垢世界名寶華成就功德如來彼如來授名得勝慧菩薩阿耨多羅三藐三菩提記　南無雲世界名奮迅如來彼如來授名自在觀菩薩阿耨多羅三藐三菩提記　南無華網覆世界名一切發衆生信發心如來彼如來授名勝慧菩薩阿耨多羅三藐三菩提記　南無星宿行世界名樂星宿起如來彼如來授名無憂菩薩阿耨多羅三藐三菩提記　南無寶華世界名勝衆如來彼如來授名妙勝菩薩阿耨多羅三藐三菩提記　南無無量至世界名無量華如來彼如來授名香象菩薩阿耨多羅三藐三菩提記　南無華世界名寶勝如來彼如來授名遠離諸有菩薩阿耨多羅三藐三菩提記　南無種種幢世界名月勝功德如來彼如來授名斷一切諸難菩薩阿耨多羅三藐三菩提記　南無可樂世界名即發心轉法輪如來彼如來授名不退轉輪菩薩阿耨多羅三藐三菩提記　南無無畏世界名十方稱名如來彼如來授名智稱菩薩阿耨多羅三藐三菩提記　南無自在世

界迦陵伽佛　南無安樂世界日輪燈明佛
南無無畏世界寶勝佛　南無智成就世
界智起佛　南無純樂世界功德王住佛
南無蓋行華世界無障礙眼佛　南無金剛
輪世界無畏佛　南無發起世界智積佛
南無善清淨世界無觀相發行佛　南無普
光明世界光明輪威德王勝佛　南無高幢
世界因慧佛　南無德世界那羅延佛　南
無無垢世界無垢幢佛　南無遠離一切憂
障世界安隱佛　南無賢上世界遠離諸煩
惱佛　南無一切安樂世界清淨慧佛　南
無無量功德具足世界善思惟發佛　南無
平等世界降伏諸怨佛　南無無畏世界憂
波羅勝佛　南無十方光明世界勝力王佛
歸命如是等無量無邊諸佛應知

南無常光明世界無量光明雲香彌留佛
南無常莊嚴世界降伏男女佛　南無沉水
香世界上勝香佛　南無常莊嚴世界種種
華佛　南無香蓋世界無邊智佛　南無栴
檀香世界寶上王佛　南無香世界香彌留
佛　南無普喜世界智見一切衆生信佛
南無不可量世界無邊聲佛　南無佛華莊
嚴世界智功德勝佛
歸命如是等無量無邊諸佛應知
南無善住世界不動步佛　南無華世界無
障礙吼聲佛　南無月世界普寶藏佛　南
無堅住世界迦葉佛　南無普波頭摩世界
觀一切境界鏡佛　南無栴檀世界上首佛
南無實世界成就義佛　南無有月世界
成就勝佛　南無無障礙世界名稱佛　南

無安樂世界斷一切疑佛
歸命如是等無量無邊諸佛應知
南無光王世界智勝佛　南無普畏世界月
佛　南無種種成就世界功德微妙佛　南
無沉水香世界種種華佛　南無種種華世
界星宿王佛　南無廣世界無量幢佛　南
無羅網世界羅網光明佛　南無無驚怖世
界淨聲佛　南無可樂世界現寶勝佛　南
無離觀世界一切法無所發佛
歸命如是等無量無邊諸佛應知
南無常稱世界不斷一切衆生發行佛　南
無常歡喜世界無量奮迅佛　南無普鏡世
界建一切法佛　南無普照世界普見一切
法佛　南無一切功德成就世界成就無邊
勝功德佛　南無無垢世界智起光佛　南
無無怖優鉢羅世界波頭摩勝佛　南無波
頭摩怖世界十方勝佛　南無華怖世界華
成就勝佛　南無天世界堅固衆生佛　南
無光明世界智光明佛
歸命如是等無量無邊諸佛應知
南無安樂調世界修智佛　南無安樂世界
遠離胎佛　南無無染世界明王佛　南無
雲世界斷一切煩惱佛　南無普色世界無
邊智稱佛　南無堅固世界栴檀屋勝佛
南無無比功德世界成就無比勝華佛　南
無寶世界善住力王佛　南無十方上首世
界超月光佛　南無龍王世界上首佛
歸命如是等無量無邊諸佛應知
南無善住世界善高聚佛　南無無怖畏世
界作稱佛　南無愛香世界斷諸難佛　南

無成就一切功德善住世界稱親佛
已上一千六百佛
南無成就一切勢力善住世界稱堅固佛
南無無憂慧世界遠離諸憂佛　南無稱世界起波頭摩功德王佛　南無華俱蘇摩住世界善散華幢佛　南無十方名稱世界放光明普至佛　南無十方上首世界名稱眼佛
歸命如是等無量無邊諸佛應知
南無焰慧世界放焰佛　南無吼世界十方稱名佛　南無光明世界自在彌留佛　南無寶光明世界大光明佛　南無常歡喜世界焰熾佛　南無有世界三界自在奮迅佛　南無無畏世界放光明輪佛　南無常懸世界衆寂勝佛　南無波頭摩王世界無盡勝佛　南無普吼世界妙鼓聲佛
歸命如是等無量無邊諸佛應知
南無無畏世界普勝佛　南無十方名稱世界智勝佛　南無地世界山王佛　南無地功德世界波頭摩輪境界勝王佛　南無然燈輪世界善住佛　南無普莊嚴世界大莊嚴佛境界佛　南無倚世界作一切功德佛
南無歡喜世界畢竟成就佛　南無歡喜世界寶功德佛　南無星宿行世界智上勝佛　南無蓋行莊嚴世界智起光明威德王勝佛
歸命如是等無量無邊諸佛應知
南無波頭摩世界波頭摩生王佛　南無法境世界自在佛（梵本中自此已下皆有世界略不明矣）南無月中光明佛　南無香象佛　南無阿彌陀光

明佛　南無波頭山佛　南無波頭摩生勝
佛　南無栴檀勝佛　南無寶積佛　南無
智慧佛
歸命如是等無量無邊諸佛應知
南無無畏作王佛　南無功德成就勝佛
南無光明幢佛　南無無量功德作佛　南
無功德成就勝佛　南無一切功德成就勝
佛　南無波頭摩成就勝佛　南無炬住持
佛　南無寶上勝佛　南無金色華佛
歸命如是等無量無邊諸佛應知
南無上王佛　南無星宿王佛　南無無量
彌留佛　南無無量聲佛　南無寶山佛
南無虛空輪清淨王佛　南無種種寶拘蘇
摩華佛　南無勝眾佛　南無無塵離塵佛
歸命如是等無量無邊諸佛應知

南無不宿發修行佛　南無金色華佛　南
無種種華成就佛　南無放光明佛　南無
寶含佛　南無俱蘇摩成就佛　南無放蓋
佛　南無稱力王佛　南無淨聲佛　南無
淨勝佛
歸命過現未來如是等無量無邊諸佛應知
南無無量眾佛　南無上首佛　南無無障
礙眼佛　南無破散一切諸趣佛　南無斷
一切疑佛　南無無相聲佛　南無畢竟得
無邊功德佛　南無波頭摩上勝佛　南無
寶成就勝佛　南無寶上佛
歸命如是等無量無邊諸佛應知
南無無障礙發修佛　南無無邊願佛　南
無寶彌留佛　南無日然燈上勝佛　南無
智成就勝佛　南無優鉢羅然燈佛　南無

十方然燈佛　南無娑羅自在王佛　南無師子佛　南無大寶彌留佛　南無毗婆尸佛　南無妙勝光明佛　南無功德王光明佛　南無華王佛　南無無量眼佛

歸命如是等無量無邊諸佛應知

南無功德一味佛　南無十方然燈佛　南無賢勝佛　南無娑羅自在王佛　南無師子王佛　南無寶彌留堅佛　南無毗婆尸羅佛　南無明王佛　南無上首佛　南無月上王佛　南無無上首佛

歸命如是等無量無邊諸佛應知

已上一千七百佛

南無大龍佛　南無香上勝佛　南無香勝幢佛　南無栴檀屋佛　南無香幢佛　南無栴檀香佛　南無無邊精進佛　南無十上光明佛　南無波頭摩上佛　南無驚怖波頭摩華成就上王佛　南無寶網佛　南無善住王佛　南無香象王佛　南無與一切樂佛　南無示一切念佛　南無不空説佛　南無能滅一切怖畏佛　南無不住王佛　南無寶光明佛　南無與一切衆生安隱佛　南無觀無量境界佛　南無虛空莊嚴勝佛　南無無邊莊嚴佛　南無修行幢佛　南無成就驚怖勝華佛　南無賢勝佛

南無清淨眼佛　南無大將軍佛　南無上勝高佛　南無不可勝幢佛　南無可依佛　南無無量無邊佛　南無香彌留佛

南無月輪聞王佛　南無妙彌留寶成就勝佛　南無聞彌留善勝佛　南無淨勝佛

南無無障礙眼佛　南無無邊功德作佛
南無威德王佛　南無願善思惟成就佛
南無清淨輪王佛　南無智上佛　南無精
進仙佛　南無智山佛　南無方作佛　南
無大會上首佛　南無最上首佛　南無智
護佛　南無上勝佛　南無不成就境界佛
南無現示衆生境界無障礙見佛　南無
無障礙光明佛　南無殊妙身佛　南無發
光明無礙佛　南無佛波頭摩上成就勝佛
南無觀一切佛境界現佛形佛　南無東
方説堅如佛　南無化聲佛　南無波頭摩
勝佛　南無寶成就勝佛　南無海彌留佛
南無無垢慧佛　南無智華成就佛　南
無積勝上威德寂靜佛　南無離貪境界佛
南無離一切取佛　南無不可思議功德

成就勝佛　南無現成就勝佛　南無無畏
去佛　南無香風佛　南無無等香光佛
南無雲妙鼓聲佛　南無功德成就勝佛
南無無量奮迅境界彌留聚佛　南無香勝
彌留佛　南無無量彌留佛　南無無量光
明佛　南無普見佛　南無無畏佛　南無
得無畏佛　南無月然燈佛　南無火然燈
佛　南無勝修佛　南無勝衆佛　南無金
剛成佛　南無智自在王佛　南無智力稱
佛　南無無畏勝佛　南無功德王光明佛
南無善眼佛　南無堅自在王佛　南無
彌留王佛　南無虛空彌留寶勝佛　南無
賢上勝佛　南無梵吼聲佛　南無寶華佛
南無波頭摩成就勝佛
已上一千八百佛（此卷內多一十六位）

佛說佛名經卷第二

音釋

怯弱(怯去劫切)
釡(扶雨切)
閦(初六切)
瞬(舒閏切)
幢(宅江切)

佛説佛名經卷第三

元魏北天竺三藏法師菩提留支譯

南無栴檀香佛　南無須彌劫佛　南無勝莊嚴佛　南無寶蓋佛　南無香象佛　南無無邊勝佛　南無不空説名佛　南無不可思議功德王光明佛　南無無畏王佛　南無常得精進佛　南無波頭摩上勝佛　南無藥王佛　南無安隱佛　南無無邊意行佛　南無無邊境界佛　南無無邊光明佛　南無無邊眼佛　南無無邊虛空境界佛　南無金色境界佛　南無星宿王佛　南無香上勝佛　南無虛空勝佛　南無妙勝佛　南無方作佛　南無妙彌留佛　南無無障礙眼佛　南無金剛堅佛　南無炬然燈佛

歸命如是等無量無邊諸佛應知

南無火幢佛　南無智積佛　南無賢無垢威德光佛　南無稱力王佛　南無功德王光明佛　南無見智佛　南無波頭摩妙勝佛　南無成就勝佛　南無寶光佛　南無寶蓮華勝佛　南無遠離疑成就佛　南無衆上首佛　南無拘留孫佛　南無幢王佛　南無波頭摩功德佛　南無放光明佛　南無彌勒佛　南無光明波頭摩光佛　南無勝王佛　南無法幢佛　南無無量奮迅佛　南無海須彌佛　南無妙見佛　南無釋迦牟尼佛　南無不空見佛　南無無障礙吼聲佛　南無無量功德勝名光明佛　南無無分別修行佛　南無無邊光明佛　南無善眼佛　南無南方普寶藏佛　南無

無垢解脱遠離垢佛
歸命如是等無量無邊諸佛應知
南無西方無量華佛　南無無量照佛　南
無無量光明佛　南無無量明佛　南無無
量境界佛　南無無量自在佛　南無無量
奮迅佛　南無普蓋佛　南無蓋行佛　南
無寶蓋佛　南無星宿王佛　南無善星宿
佛　南無光明輪佛　南無光明王佛　南
無光明上勝佛　南無無邊見佛　南無勝
王佛　南無無邊境界奮迅佛　南無無障
礙吼聲佛　南無大雲光明佛　南無羅網
王佛　南無善得平等光明佛　南無波頭
摩勝華佛　南無山王佛　南無月衆增上
佛　南無高光明佛　南無合聚佛　南無
不空光明佛　南無頂勝王佛　南無北方
不空然燈佛　南無不空光明佛　南無不
空境界佛　南無不空奮迅佛　南無無邊
精進佛　南無娑羅自在王佛　南無寶娑
羅王佛　南無普蓋王佛　南無蓋莊嚴王
佛　南無寶積佛　南無栴檀屋佛
已上一千九百佛
南無栴檀香佛　南無無量光明佛　南無
光明輪莊嚴彌留佛　南無無障礙眼佛
南無無量眼佛　南無寶成就佛　南無一
切功德佛　南無佛華成就功德佛　南無
善住慧佛　南無無量步佛　南無不空勝
佛　南無寶步佛　南無無邊修行佛　南
無無邊莊嚴勝佛　南無虛空輪光明佛
南無無量聲佛　南無藥王佛　南無無畏
佛　南無遠離驚怖毛竪佛　南無功德王

光明佛　南無觀智慧起華佛　南無虛空寂佛　南無虛空聲佛　南無虛空莊嚴成就佛　南無下方大自在佛　南無妙勝佛
南無有佛　南無華勝佛　南無善生佛
南無師子勝佛　南無成就義佛　南無師子護佛　南無師子鉀佛　南無善住山王佛　南無淨彌留佛　南無清淨眼佛
南無不空足步佛　南無虛空像佛　南無香勝佛　南無香山佛　南無無量眼佛
南無香積佛　南無寶衆佛　南無寶高佛
南無善住佛　南無善住王佛　南無淨彌留佛　南無堅王佛　南無光明輪佛
南無火然燈佛　南無不空過佛　南無善思惟發行佛　南無師子佛　南無堅固衆生佛　南無行勝住王佛　南無上方無量境界佛　南無勝王佛　南無精進勝佛
南無斷疑佛　南無善星宿王佛　南無然燈佛　南無光明佛　南無光明彌留佛
南無光明輪佛　南無稱光明佛　南無高蓋佛　南無香蓋佛　南無寶蓋佛　南無栴檀香佛　南無栴檀勝佛　南無須彌聚佛　南無寶光明佛　南無堅固王佛　南無淨功德佛　南無清淨眼佛　南無無畏佛　南無遠離諸畏佛　南無成就積佛
南無寶勝佛　南無山王佛　南無轉女根佛　南無無量行佛　南無最勝光明佛
南無羅網光明幢佛　南無因王佛　南無日月淨明德佛
南無東南方觀一切佛形鏡如來以爲上首
南無火然燈佛　南無空過佛　南無華

覺奮迅佛　南無羅網光明佛　南無無量光明華王佛　南無寶堅固佛　南無初發心轉法輪佛　南無華積佛　南無千上光明佛　南無不動步佛　南無無量跡步佛

南無無量願佛　南無無邊願佛

已上二千佛

南無無邊境界佛　南無不定願佛　南無轉胎佛　南無轉諸難佛　南無不行念佛

南無成就一切念佛　南無虛空佛　南無有勝佛　南無無量光明佛

南無西南方成就義如來爲上首　南無成就義發行佛　南無成就炎佛　南無成就義勝佛　南無善炎佛　南無常發行佛

南無善住佛　南無無量發行佛　南無無相修行佛　南無無邊修行佛　南無普修行佛　南無然燈光明作佛　南無普藏佛

南無普山佛　南無無邊形像佛　南無無邊精進佛　南無羅網光佛　南無曼陀羅佛　南無光明輪佛　南無善見佛　南無不空説名佛　南無破一切怖畏佛　南無寶堅固佛　南無龍自在王佛　南無無量功德王光明步佛　南無無邊華佛　南無無邊吼聲佛　南無樂積光明功德佛

南無不二輪佛　南無無量光明佛　南無華光佛　南無無量聲佛　南無高明佛

南無堅固自在王佛　南無日面佛　南無善眼佛　南無勝功德佛　南無寶華佛

南無寶成就佛　南無月華佛　南無一切衆生修行佛　南無轉一切世間佛　南無無量光明無形佛　南無無畏佛　南無一

切樂念順行佛　南無西北方普香光明如來爲上首　南無發初香光明佛　南無香山佛　南無香象佛　南無香勝佛　南無香身佛　南無香輪佛　南無光明王佛　南無妙波頭摩王佛　南無佛境界佛　南無無量境界佛　南無安樂佛　南無快勝佛　南無放光明華佛　南無華蓋行佛　南無華帳佛　南無金華佛　南無香華佛　南無高王佛　南無善導師佛　南無勝一切衆生佛　南無轉一切念佛　南無無量行華佛　南無無量香佛　南無普照放光明佛　南無普香光明佛　南無普放光明佛　南無放成就勝華佛　南無寶羅網像佛　南無妙光佛　南無普一蓋國土佛　南無星宿王佛

南無合聚佛　南無不住王佛　南無香風佛　南無無邊智境界佛　南無不空行佛　南無不空見佛　南無無障礙眼佛　南無初發心佛　南無無量眼佛　南無然燈上佛　南無普光明佛　南無照光明佛　南無帝相佛　南無一切佛國土一切衆生不斷樂説佛

已上二千一百佛

南無阿樓那奮迅佛　南無無迹奮迅佛　南無東北方斷一切憂惱如來爲上首　南無離憂佛　南無樂成就功德佛　南無無畏王佛　南無勝彌留佛　南無香山佛　南無拘隣佛　南無大體勝佛　南無寶蓮華勝佛　南無華成就佛　南無吼眼佛　南無勝衆佛　南無無邊光明佛　南無月

勝光明稱佛　南無星宿王衆增上佛　南
無無邊光明佛　南無香高山佛　南無無
畏王佛　南無成就勝無畏佛　南無無邊
光照光明佛　南無光明佛　南無香彌留
佛　南無離驚怖成就勝佛　南無無量功
德月成就佛　南無一切功德莊嚴佛　南
無不可勝幢佛　南無增上護光明佛　南
無華勝王佛　南無無邊成就行佛　南無
一切勝佛　南無虛空輪清淨王佛　南無
無量吼聲佛　南無無量吼妙聲佛　南無
寶勝功德佛　南無淨勝佛　南無無礙香
象佛　南無高光明佛　南無大稱佛　南
無稱親佛　南無堅固自在王佛　南無娑
羅王佛　南無無量照佛　南無安隱王佛
南無大積佛　南無普功德增上雲聲燈
佛　南無高積佛　南無功德王光明佛
南無堅積聚佛　南無寶勝光明佛　南無
優鉢羅光明作佛　南無月王佛　南無栴
檀佛　南無月勝佛　南無梵光佛　南無
行淨佛　南無一切勝佛　南無難勝佛
南無寶作佛　南無無量聲佛　南無樹提
佛　南無龍天佛　南無日天佛　南無師
子佛　南無無垢明佛　南無世間天佛
南無勝積佛　南無人自在恭敬佛　南無
華勝佛　南無發精進佛　南無火妙香光
明勝佛　南無無垢香火勝佛　南無普見
佛　南無不動佛　南無寶幢佛　南無無
量明佛　南無妙寶聲佛　南無遍照佛
南無智光明王佛　南無摩尼光明勝佛
南無無量華光明善勝慧佛　南無盧舍那

佛　南無智慧自在佛　南無水聚日佛
南無火然燈佛　南無月光明佛　南無無
障礙智佛　南無華香佛　南無寶光明佛
南無曼陀羅香憙佛　南無拘隣智燄佛
南無大月香佛　南無華幢佛　南無無
著智佛　南無寶作佛
歸命如是等無量億毗婆羅佛　南無憂勝
佛　南無寶山佛　南無人王佛　南無力
勝佛

已上二千二百佛

南無香勝佛　南無普滿華佛　南無無垢
光明佛　南無樂說莊嚴思惟佛　南無無
垢月幢佛　南無俱蘇摩光明作佛　南無
火行佛　南無寶上佛　南無無畏觀佛
南無師子奮迅力佛　南無遠離驚怖毛豎
等喜稱佛　南無金光明威德王佛　南無
善說增上名勝佛
若善男子善女人十日禮拜讀誦是諸佛名
遠離一切業障水滅諸罪　南無普光明佛
南無自在幢王佛　南無過種種敵對奮
迅佛　南無無量功德光明勝佛　南無無
障礙佛　南無寶波頭摩奮迅勝佛　南無
寶華善住山自在王佛　南無智炬佛　南
無光明佛　南無難降伏佛　南無普照十
方世界佛　南無大海佛　南無寶藏佛
南無銀幢佛　南無幢日王佛　南無威德
自在王佛　南無覺王佛　南無十力自在
王佛　南無平等作佛　南無栴檀勝佛
南無初發心思惟遠離諸怖畏佛　南無煩
惱無礙妙勝佛　南無金剛足步佛　南無

寶像光明足奮迅佛　南無降伏諸魔疑奮迅佛

若善男子善女人受持讀誦是諸佛名一阿僧祇劫超越世間不入惡道　南無初發心不退轉成就勝佛　南無寶蓋上光明佛　南無教化菩薩佛　南無初發心斷一切疑煩惱佛　南無光明勝破闇三昧勝上王佛　南無樂說莊嚴雲聲歡喜佛　南無清淨香佛　南無決定光明威德王佛　南無拘留孫佛　南無金聖佛　南無須彌聚佛　南無人王佛　南無迦葉佛　南無彌勒佛　南無師子佛　南無然炬佛　南無明王佛　南無聖佛　南無華幢佛　南無善星宿佛　南無大主佛　南無大臂佛　南無大力佛　南無星宿王佛　南無藥王佛

南無稱幢佛　南無大光明佛　南無火聚佛　南無月照佛　南無日藏佛　南無月焰佛　南無善明佛　南無無憂佛　南無一沙佛　南無大明佛　南無住持髮佛　南無功德明佛　南無見義佛　南無然燈佛　南無妙歌佛　南無藥上佛　南無安隱佛　南無頂堅勝威德佛　南無難勝佛　南無功德幢佛　南無羅睺佛　南無勝衆佛　南無梵聲佛　南無堅固意佛　南無光明作佛　南無大高山佛　南無金剛仙佛　南無無畏佛　南無自在佛　南無上德佛　南無寶波頭摩眼力仙佛　南無華光明人愛佛　南無大威德佛　南無日淨王佛　南無無量命佛　南無龍德佛　南無堅步佛　南無不空見佛

已上二千三百佛

南無精進德佛　南無力護佛　南無歡喜佛　南無德勝佛　南無師子幢佛　南無勝法佛　南無歡喜王上首佛　南無愛作佛　南無功德智佛　南無香象佛　南無善觀佛　南無雲聲佛　南無善思惟佛

南無善識佛　南無無垢佛　南無月上佛

南無大稱佛　南無摩尼寶佛　南無勝王佛　南無師子步佛　南無樹王佛　南無光明勝佛　南無積智慧佛　南無善住佛　南無堅意佛　南無甘露慧佛　南無善見佛　南無智光明佛　南無堅行佛

南無善吉佛　南無寶幢佛　南無波頭摩佛　南無那羅延佛　南無樂說佛　南無智作佛　南無功德佛　南無供養佛　南無淨德佛　南無寶作佛　南無華天佛

南無善思惟義佛　南無法上佛　南無自在佛　南無稱慧佛　南無意稱佛　南無金剛幢佛　南無十力王佛　南無奮迅佛

南無離闇佛　南無羅睺天佛　南無彌留幢佛　南無衆上首佛　南無界藏佛

南無寶藏佛　南無上修佛　南無星宿佛

南無大覺佛　南無無上佛　南無三界尊佛　南無功德稱佛　南無摩香佛　南無日月光明師子幢佛　南無毗羅波王佛

南無勝藏佛　南無示現有佛　南無月光佛　南無金山佛　南無師子德佛　南無不可稱幢佛　南無光明佛　南無稱願佛　南無堅精進佛　南無無譬喻稱佛

南無離畏佛　南無應天佛　南無大然燈

佛　南無多世間佛　南無妙香佛　南無
住持功德佛　南無離闇佛　南無無比佛
南無自然佛　南無師子佛　南無善行
佛　南無寶稱佛　南無離諸過佛　南無
住持甘露佛　南無人月佛　南無日面佛
南無莊嚴佛　南無摩尼光佛　南無山
積佛　南無高幢佛　南無法作佛　南無
思惟義佛　南無深心佛　南無寶聚佛
南無衆上首佛　南無劫數佛　南無普示
功德藏佛　南無普開蓮華身佛

已上二千四百佛

南無奮迅佛　南無住智佛　南無分明佛
南無勝見佛　南無不起佛　南無功德
勝佛　南無師子吼佛　南無奮迅佛　南
無人信佛　南無龍王佛　南無華山佛

南無龍喜佛　南無香自在佛　南無妙稱
佛　南無天力佛　南無功德鬘佛　南無
龍功德佛　南無莊嚴眼佛　南無善行智
佛　南無智勝佛　南無慧照佛　南無實
語佛　南無日光明佛　南無決定智佛
南無寶上色佛　南無普照佛　南無寶幢
佛　南無離疑佛　南無師子奮迅步佛
南無善護佛　南無不空步佛　南無覺華
幢佛　南無山自在王佛　南無大威德佛
南無示現惡佛　南無甘露稱佛　南無
寶天佛　南無住義智佛　南無滿足智佛
南無不狹劣名稱佛　南無無憂佛　南
無離垢佛　南無梵天佛　南無地自在王
佛　南無華眼佛　南無差別見佛　南無
法光明佛　南無具足見佛　南無信功德

佛　南無三界尊佛　南無月葉佛　南無寶光明佛　南無寶幢佛　南無妙稱佛　南無光明作佛　南無無量威德佛　南無廣護佛　南無師子身佛　南無甘露慧佛　南無難勝佛　南無功德聚佛　南無月髙佛　南無得大勢至佛　南無無量步佛　南無月無畏佛　南無見一切義佛　南無勇猛佛　南無功德然燈佛　南無月王佛　南無功德焰佛　南無廣智佛　南無善寂滅佛　南無天光佛　南無無垢佛　南無住持無量明佛　南無希勝佛　南無不覆藏佛　南無善住佛　南無大意佛　南無上首佛　南無世間光明佛　南無多功德佛　南無無量威德佛　南無離瞋恨無熱佛　南無善稱佛　南無義慧佛　南無離塵佛　南無稱德佛　南無俱蘇摩德佛　南無人德佛　南無精進仙佛　南無大德佛　南無寂慧佛　南無香象佛　南無上堅佛　南無安樂佛　南無不可勝佛　南無日月佛　南無雷王佛　南無電王佛

已上二千五百佛

南無大勝佛　南無護智佛　南無日勝佛　南無成就義佛　南無寶積佛　南無降伏怨佛　南無華勝佛　南無應稱佛　南無智步佛　南無離慢佛　南無根華佛　南無無畏國土佛　南無髙稱佛　南無示有佛　南無月佛　南無多功德佛　南無寶月佛　南無師子幢佛　南無樂思惟佛　南無不可思議奮迅佛　南無樂功德佛

南無應供稱佛　南無華相佛　南無無量樂說稱佛　南無摩尼金剛佛　南無無量壽佛　南無摩尼莊嚴佛　南無大自在功德佛　南無勝月佛　南無高山稱佛　南無百光明佛　南無歡喜佛　南無龍步佛　南無意成就佛　南無寶月佛　南無寂滅佛　南無然炬王明佛　南無上首佛　南無歡喜自在佛　南無寶髻佛　南無遠離畏佛　南無寶藏佛　南無月面佛　南無無垢稱佛　南無稱威德佛　南無愛天佛　南無羅睺天佛　南無善炎佛　南無寶愛佛　南無寶聚佛　南無寶步佛　南無師子華佛　南無高脩佛　南無人自在佛　南無人慧佛　南無照世間佛　南無寶威德佛　南無功德佛　南無大相佛

南無乘莊嚴佛　南無橋梁佛　南無香象佛　南無無心慧佛　南無彌留幢佛　南無善香佛　南無堅鎧佛　南無勝威德佛　南無摩尼鎧佛　南無賢劫佛　南無善香月佛　南無淨自在佛　南無師子月佛　南無勝威德佛　南無善勝佛　南無不可勝輪佛　南無勝親佛　南無寶名佛　南無大行佛　南無高光明佛　南無功德山佛　南無大稱佛　南無法稱佛　南無放光明佛　南無電德佛　南無實作佛　南無命佛　南無善焰佛　南無善首佛　南無決定慧佛　南無離有佛　南無摩尼香佛　南無勝喜佛　南無師子光明佛　南無普照佛　南無稱勝佛　南無善智慧佛　南無摩尼月佛　南無高光佛　南

無不可降伏行佛　南無火佛
已上二千六百佛
南無摩尼輪佛　南無世尊佛　南無師子
像佛　南無月滿佛　南無寶炎佛　南無
羅睺佛　南無善護佛　南無希覺佛　南
無同光明佛　南無寂靜去佛　南無安隱
世間佛　南無無惱佛　南無十行佛　南
無力喜佛　南無大體勝佛　南無至大體
佛　南無得大勢佛　南無功德藏佛　南
無實行佛　南無無畏勝佛　南無樹提佛
南無大光明佛　南無日光佛　南無廣
功德佛　南無寶功德佛　南無自在佛
南無摩尼香佛　南無作業佛　南無師子
手佛　南無善化佛　南無寶高佛　南無
海佛　南無住持佛　南無義智佛　南無
善思惟慧佛　南無大衆輪佛　南無寶大
佛　南無修行義佛　南無世間月佛　南
無華聲佛　南無淨幢佛　南無大衆上首
佛　南無師子步佛　南無威德德佛　南
無福德成就佛　南無大光明佛　南無寶
稱佛　南無信衆佛　南無無邊稱佛　南
無不空光明佛　南無聖天佛　南無金剛
衆佛　南無善肩佛　南無幢王佛　南無
華成佛　南無鎧慧佛　南無風行佛　南
無善思惟佛　南無稱佛　南無快然佛
南無甘露聚佛　南無功德護佛　南無義
去佛　南無無畏佛　南無慈慧佛　南無
住分別佛　南無善報佛　南無摩尼足佛
南無解脫威德佛　南無善疾平等威德
佛　南無智勝佛　南無善天佛　南無實

聲佛　南無智力德佛　南無師子慧佛
南無華髙佛　南無智作佛　南無華德佛
南無功德藏佛　南無寶稱佛　南無寶
稱佛　南無不可降伏佛　南無無畏自在
佛　南無淨日佛　南無諸天佛　南無可
愛佛　南無寶天佛　南無寶藏佛　南無
功德稱佛　南無智積佛　南無清白佛
南無遠行佛　南無諸天流布佛　南無勇
猛力佛　南無天威德佛　南無淨聖佛
南無喜去佛　南無無憂威德佛　南無炎
聚佛　南無大勝佛
已上二千七百佛
南無華光佛　南無喜上佛　南無善首佛
南無自在幢佛　南無大愛佛　南無善
心佛　南無降伏他衆佛　南無勇猛佛

南無成就佛　南無威德佛　南無善思義
境界佛　南無善臂佛　南無大寶佛　南
無稱意佛　南無世間尊佛　南無功德光
明佛　南無寶聲佛　南無金剛仙佛　南
無成就佛　南無師子力佛　南無無垢眼
佛　南無迦葉佛　南無清淨智佛　南無
智步佛　南無髙威德佛　南無大光明佛
南無日光明佛　南無無垢身佛　南無
差別身佛　南無差別威德佛　南無不可
比甘露鉢佛　南無月光明電德佛　南無
寂滅安佛　南無不動佛　南無多稱佛
南無功德法佛　南無歡喜無畏佛　南無
莊嚴王佛　南無妙稱佛　南無多炎佛
南無華勝佛　南無寶莊嚴佛　南無善賢
佛　南無寶妙佛　南無善智慧佛　南無

善賢德佛　南無梵幢佛　南無無月蓋佛
南無羅網焰佛　南無廣光明佛　南無智
稱佛　南無名相佛　南無功德光明佛
南無稱名聲佛　南無滿月佛　南無華光
佛　南無善行佛　南無然燈王佛　南無
電幢佛　南無光明王佛　南無星宿光佛
南無不可嫌名佛　南無波頭摩藏佛
南無弗沙快佛　南無眼滿佛　南無無濁
義佛　南無高威德佛　南無華威德佛
南無奮迅佛　南無無障智佛　南無羅睺
天佛　南無智聚佛　南無上首佛　南無
自在劫佛　南無華幢佛　南無羅睺佛
南無火藥佛　南無星宿王佛　南無明王
佛　南無福德手佛　南無稱光佛　南無
日光明佛　南無法藏佛　南無善智慧佛

南無功德自在劫佛　南無弗沙快佛
南無眼佛　南無金剛仙佛　南無智慧積
佛　南無善住佛　南無善至智慧佛　南
無淨聲佛　南無龍吼聲佛　南無相幢佛
南無智慧聚佛　南無無畏佛　南無淨
上首佛　南無快眼佛　南無龍德佛　南
無寶幢佛

已上二千八百佛

南無黠慧佛　南無不怯弱聲佛　南無寶
相佛　南無聲德佛　南無師子王佛　南
無種種說佛　南無智色佛　南無波頭摩
聚佛　南無華佛　南無奮迅去佛　南無
華積佛　南無功德威德佛　南無無邊智
佛　南無無量聲佛　南無日月佛　南無
真報佛　南無勝天佛　南無勝色佛　南

無星宿色佛　南無月燈佛　南無威德聚佛　南無菩提王佛　南無無盡佛　南無善慧眼佛　南無喜身佛　南無智慧國土佛　南無上佛　南無淨威德佛　南無有智佛　南無眞聲佛　南無尊佛　南無無障礙藏佛　南無勝德佛　南無勝智奮迅佛　南無大焰佛　南無自在疾住持威德佛　南無善光明勝佛　南無善色王佛　南無成就義佛　南無師子仙佛　南無天佛　南無施佛　南無快藏佛　南無福德光明佛　南無淨佛　南無然燈王佛　南無智生佛　南無妙天佛　南無地天佛　南無得解脱去佛　南無金頂佛　南無羅睺羅樂説佛　南無難勝佛　南無信聖佛　南無月光佛　南無金光佛　南無善才

佛　南無功德自在天佛　南無法蓋佛　南無功德智佛　南無差別身佛　南無妙智佛　南無微智佛　南無一切威德藥佛　南無解脱幢佛　南無智慧藏佛　南無智慧積佛　南無怖畏佛　南無離惡佛　南無無障礙稱佛　南無寶積佛　南無善聲佛　南無衆自在劫佛　南無法積佛　南無解脱威德佛　南無勝快佛　南無妙身佛　南無妙語佛　南無師子愛佛　南無人自在功德佛　南無師子髻佛　南無法浚（私閏切）佛　南無安樂佛　南無不動佛　南無色威德佛　南無能覺王佛　南無善眼佛　南無堅固義佛　南無智光明佛　南無香威德佛　南無無病修佛　南無海覺佛　南無勝色佛　南無善步佛　南

無吼稱佛　南無覺身佛　南無然燈日佛　南無智慧足佛　南無定身佛　南無威德無盡佛

已上二千九百佛

南無功德乘佛　南無金乘佛　南無放結佛　南無法行佛　南無善住去佛　南無離慢佛　南無智藏佛　南無淨去佛　南無栴檀佛　南無無憂佛　南無清淨身幢佛　南無無國土華佛　南無無量威德佛　南無天光明佛　南無智慧華佛　南無成就智佛　南無淨住佛　南無一味手佛　南無自在佛　南無無比說佛　南無勝說佛　南無福德威德佛　南無日佛　南無度世間智佛　南無得成就佛　南無法行佛　南無求安隱佛　南無色智佛　南無合掌光明佛　南無無劊佛　南無瑠璃藏佛　南無華天佛　南無自然佛　南無善根光明佛　南無一切功德勝光明佛　南無寶勝佛　南無日月佛　南無降伏怨佛　南無無量光明佛　南無須摩那樹提光明佛　南無增上佛　南無樂智慧佛　南無功德自在佛　南無寂靜佛　南無功德積力佛　南無善眼佛　南無善聲佛　南無善華佛　南無善住佛　南無功德威德聚佛　南無無邊智佛　南無無量聲佛　南無善光佛　南無善智慧佛　南無解脫義佛　南無思惟勝佛　南無勝聲身佛　南無快佛　南無勝行佛　南無寂靜義佛　南無善過佛　南無清淨行佛　南無華作佛　南無善光佛　南無常然燈佛

南無善量佛　南無衆自在佛　南無離畏佛　南無智怖佛　南無善逝樂說佛　南無勝眼佛　南無菩提月佛　南無寶光明佛　南無月佛　南無無畏佛　南無大鏡佛　南無梵聲佛　南無善聲佛　南無大智慧橋梁佛　南無普智慧佛　南無金剛仙佛　南無功德力佛　南無伏心佛　南無樹王佛　南無數聲佛　南無住勝佛　南無愛聖佛　南無威德身佛　南無樹提味佛　南無妙鼓雲聲佛　南無愛眼佛　南無賢智佛　南無成就功德勝佛　南無寂靜吼佛　南無法幢佛　南無虛空功德聲佛　南無功德差別佛　南無功德聲佛　南無威德佛　南無功德集佛

已上三千佛此卷內多五位

佛說佛名經卷第三

音釋

旃諸延切　炬其呂切　豎臣庚切　曼無販切　狹胡夾切　鎧苦亥切　降伏降下江切伏房六切

佛說佛名經卷第四

元魏北天竺三藏法師菩提留支譯

南無有智佛　南無樂說月佛　南無善滅佛　南無月面佛　南無集功德佛　南無聖行佛　南無日月無垢佛　南無華福德佛　南無幢樂說國土佛　南無恭敬愛佛

南無無量師子力佛　南無自在王佛

南無無量信佛　南無平等思惟佛　南無不動寂靜佛　南無無垢光佛　南無平等行佛　南無不濁佛　南無不動佛　南無不擾佛　南無善行佛　南無善住調智佛

南無說自在佛　南無大天佛　南無深意佛　南無無量佛　南無法力佛　南無供養華光佛　南無三界供養佛　南無應供佛　南無日藏佛　南無他供養佛　南無解脫幢佛　南無快結佛　南無甘露清淨佛　南無金剛堅佛　南無寶聚光明佛

南無快步佛　南無日清淨光明佛　南無功德積佛　南無阿樓那勝佛　南無師子去佛　南無勝上佛　南無華德佛　南無放光明佛　南無波頭摩智愛佛　南無快莊嚴佛　南無不空行佛　南無合解佛

南無光明幢佛　南無樂心佛　南無樂解脫佛　南無智淨佛　南無聞慧海佛

南無寶住持佛　南無拘峻莊嚴佛　南無孔雀聲佛　南無不屬佛　南無斷愛根佛

南無月起佛　南無海勝佛　南無不動合去佛　南無樂功德然燈佛　南無教聲佛　南無地主佛　南無威德力佛　南無威德王佛　南無住智慧色佛　南無善月

佛　南無覺華佛　南無善讚歎佛　南無
善處佛　南無力智威德加佛　南無然燈
堅固佛　南無奮迅佛　南無天聲佛　南
無寂靜佛　南無日面佛　南無樂解脱佛　南
南無界光明佛　南無住行佛　南無無
垢佛　南無堅固起佛　南無樂智自在佛
南無香光明佛　南無廣光明佛　南無
念自在佛　南無甘露器佛　南無無礙幢
佛　南無求勝菩提佛　南無信行佛　南
無寶慚愧佛　南無法用佛　南無一切威
德佛　南無大親佛　南無寂靜行佛　南
無甘露增上佛　南無彌留光佛　南無聖
讚歎佛　南無生威德佛
已上三千一百佛
南無光明見佛　南無善修果報佛　南無
善德莊嚴佛　南無寶光明佛　南無寂靜
功德步佛　南無功德海佛　南無種種色
佛　南無降伏魔佛　南無閉塞魔佛　南
無度一切難佛　南無不破境智佛　南無
海文飾佛　南無得勝衆解脱王佛　南無
愛佛　南無大幢佛　南無智聲佛　南無
善勝佛　南無靜命佛　南無智報佛　南
無如意幢佛　南無世間自在劫佛　南無
地住持佛　南無日愛佛　南無羅睺月佛
南無華光明佛　南無明增上佛　南無
威德住持佛　南無樂功德佛　南無樂力
佛　南無善聲佛　南無法自在佛　南無
梵聲佛　南無善思惟佛　南無大志智慧
佛　南無大施佛　南無月稱佛　南無幢
佛　南無稱人聲佛　南無樹王佛　南無

滅闇佛　南無善星佛　南無善光佛　南無無量樂說幢佛　南無快行福德佛　南無度繫佛　南無無畏愛佛　南無世間愛佛　南無妙行佛　南無憂波羅華鬘佛　南無無量樂說光明佛　南無信聖人佛　南無精進功德佛　南無堅甘露增上佛　南無高寶信佛　南無得功德佛　南無福德慧佛　南無火炎佛　南無無量威功德威德佛　南無師子步佛　南無不動信佛　南無過有無佛　南無龍王聲佛　南無住持輪佛　南無勝色佛　南無世愛佛　南無法月佛　南無無量樂稱佛　南無雲幢佛　南無功德去佛　南無善逝佛　南無無量聲佛　南無虛空天佛　南無摩尼王佛　南無清淨行佛　南無然燈佛　南無珍寶吼聲佛　南無人自在王佛　南無羅睺護佛　南無無畏佛　南無師子慧佛　南無寶稱佛　南無辯義見佛　南無世間華佛　南無高步佛　南無等月王佛　南無樂說王佛　南無差別智佛　南無智自在佛　南無師子齒佛　南無快步佛　南無功德然燈月佛　南無無憂國土佛　南無意思智慧佛　南無法天炎尊佛　南無合調佛　南無增上力佛　南無智慧華佛　南無堅固聲佛　南無常樂佛　南無說義佛

已上三千二百佛

南無信愛作佛　南無師子業結佛　南無離怖佛

若善男子善女人能受持讀誦是賢劫千佛

名者必見彌勒世尊及見盧至遠離諸難
南無月光明佛 南無不動佛 南無大莊
嚴佛 南無多伽羅香佛 南無妙勝佛
南無波頭摩幢佛 南無寶聚佛 南無沉
水香佛 南無大莊嚴佛 南無喜勝佛
南無山海佛 南無大海佛 南無法幢佛
南無梵勝佛 南無大香佛 南無大成
就佛 南無大寶輪佛 南無無量壽佛
南無大高勝佛 南無大金臺佛 南無大
輪佛 南無語作佛 南無大人佛 南無
大手佛 南無師子香稱佛 南無供養勝
佛 南無自在火佛 南無安樂作勝佛
南無師子華勝佛 南無寂靜幢佛 南無
戒王佛 南無普勝佛 南無怖象佛 南
無無憂勝佛 南無憂波羅香佛 南無大
地佛 南無大龍勝佛 南無清淨王佛
南無大樂佛 南無波頭摩勝佛 南無捨
拘蘇摩佛 南無龍妙佛 南無華聚佛
南無香象佛 南無常觀佛 南無正作佛
南無善住佛 南無尼拘律王佛 南無
常光佛 南無月勝佛 南無栴檀行佛
南無日藏佛 南無勝藏佛 南無須彌力
佛 南無如意藏佛 南無金剛王佛 南
無難勝佛 南無大勝佛 南無善見佛
南無精進德佛 南無大海佛 南無普莎
羅佛 南無宿勝佛 南無佛天佛 南無
師子幢佛 南無甘露勝佛 南無無量勝
佛 南無功德慧厚勝佛 南無華幢佛
南無首勝佛 南無精進勝佛 南無龍勝
佛 南無勝成就佛 南無寶積佛 南無

勝足佛　南無大師佛　南無普見佛　南
無寶多羅佛　南無普至佛　南無恭敬勝
佛　南無大念佛　南無斷一切衆生疑王
佛　南無寶勝佛　南無普蓋佛　南無大
蓋佛　南無妙勝佛　南無千供養佛　南
無寶華步佛　南無衆勝佛　南無幢慧佛
南無尼拘律王佛　南無上勝佛　南無
普波頭摩佛　南無普勝佛　南無龍王護
衆佛　南無寂滅佛　南無遠離垢佛　南
無法寶佛

已上三千三百佛

南無大聚佛　南無大供養佛　南無大將
佛　南無善見佛　南無上勝佛　南無波
頭摩勝佛　南無閻輪威德佛　南無勝月
佛　南無能仁佛　南無然燈佛　南無大
威德佛　南無月面佛　南無栴檀香佛
南無彌留山佛　南無彌留劫佛　南無大
面佛　南無無染佛　南無龍天佛　南無
山聲自在王佛　南無須彌山佛　南無金
藏佛　南無火光佛　南無樹提自在王佛
南無地寂佛　南無勝瑠璃金光明佛
南無月像佛　南無月聲佛　南無散華光
明莊嚴佛　南無海山智慧奮迅通佛　南
無金剛光佛　南無大香光佛　南無遠離
瞋恨心佛　南無月光佛　南無月上光佛
南無勝瑠璃快智慧俱蘇摩佛　南無日
光佛　南無華鬘色王佛　南無華通佛
南無水月光佛　南無破無明闇佛　南無
得樂説佛　南無無畏王佛　南無然燈佛
南無師子意佛　南無精進堅固佛　南

無不壞精進佛　南無堅固勇猛佛　南無人月佛　南無師子慧佛　南無閻浮上佛　南無釋迦牟尼佛　南無大勢佛　南無快聲佛　南無無量光佛　南無妙光佛　南無南無上首佛　南無上勝佛　南無樂吼佛　南無見實佛　南無供養積佛　南無師子慧佛　南無聲德佛　南無善香佛　南無電燈佛　南無波頭摩光佛　南無大燈佛　南無淨聲佛　南無破疑佛　南無無邊威德佛　南無賒尸面佛　南無無量名佛　南無妙威德佛　南無無量藏佛　南無散異疑佛　南無福德燈佛　南無善見佛　南無不可降伏威德佛　南無愛威德佛　南無光明奮迅佛　南無廣稱佛　南無異幢佛　南無不可勝佛　南無威德王佛　南無無量色佛　南無堅固佛　南無妙稱佛　南無無不動步佛　南無大信佛　南無妙聲佛　南無德王聚光明佛　南無無量莊嚴佛　南無威堅佛　南無住智慧佛　南無金須佛　南無愛解脱佛　南無能與無畏佛　南無甘露藏佛　南無普觀佛　南無大須佛　南無山威德佛　南無天供養佛

已上三千四百佛

南無光明勝佛　南無説重佛　南無莊嚴光明佛　南無師子奮迅佛　南無異見佛　南無遍見佛　南無甘露步佛　南無月光明佛　南無稱供養佛　南無護根佛　南無清淨聲佛　南無無障礙輪佛　南無離生佛　南無甘露聲佛　南無空威德佛　南無功德王佛　南無無量色佛　南無

大力佛　南無黠慧莊嚴佛　南無見無障礙佛　南無師子香佛　南無普見佛　南無普德佛　南無善見佛　南無善色佛　南無慧稱佛　南無寶莊嚴佛　南無妙光佛　南無解脫奮迅佛　南無功德莊嚴佛　南無畢竟智佛　南無智高佛　南無不動智佛　南無善威儀佛　南無快色佛　南無寶聲佛　南無火聲佛　南無善見佛　南無無量威德佛　南無妙思惟佛　南無愛稱佛　南無功德華佛　南無俱蘇摩焰佛　南無難降伏佛　南無妙聲吼佛　南無人中尊佛　南無衆生可敬佛　南無火明佛　南無無比步佛　南無清淨智佛　南無快聲佛　南無火照佛　南無月照佛　南無智化佛　南無功德莊嚴佛　南無福德光明佛　南無智作佛　南無斷有見佛　南無見愛佛　南無無量光佛　南無勝聲佛　南無種種日佛　南無戒步佛　南無天面佛　南無放蓋佛　南無波婆娑佛　南無星宿佛　南無覺慧佛　南無增上師子種種象吼聲佛　南無象吼佛　南無梵聲佛　南無龍吼佛　南無勢自在佛　南無世間自在王佛　南無無量命佛　南無然燈佛　南無無垢蓋佛　南無寶光明佛　南無大威德面佛　南無具衆德佛　南無光明勝王佛　南無普照佛　南無智慧奮迅王佛　南無可量華佛　南無下華佛　南無莊嚴勝散華佛　南無無量華佛　南無盧舍那智慧莊嚴奮迅王佛　南無無量衆上首王佛　南無無垢威德佛

南無勝成就佛　南無日摩尼光羅網佛　南無安隱佛　南無高行佛　南無歡喜佛　南無堅固佛　南無善眼佛　南無善意佛　南無六十二同名尸棄佛　南無善生佛

已上三千五百佛

南無淨聖佛　南無梵勝佛　南無善見佛　南無上勝佛　南無上修佛　南無妙勝佛　南無寂靜命佛　南無不厭足法佛　南無得功德佛　南無陽焰佛　南無稱上佛　南無吉沙佛　南無星宿佛　南無了見佛　南無無量命佛　南無見義佛　南無高山佛　南無金聖佛　南無一切處自在佛　南無自在幢佛　南無淨聲佛　南無妙聲佛　南無人聲佛　南無寶上佛　南無寶焰佛　南無大寶佛　南無八十千億同名然燈佛　南無八十億那由他同名釋迦牟尼佛　南無一萬八千同名娑羅王佛　南無九萬同名尼拘律王佛　南無五千同名波頭摩王佛　南無六千同名上王佛　南無無量同佛名佛　南無功德王光明佛　南無智勝上王佛　南無無垢智戒王佛　南無無量光明勝王佛　南無閻浮檀須彌山王佛　南無自在王佛　南無常放光明王佛　南無無垢稱王佛　南無師子愛象山歡喜王佛　南無寶杖功德王光佛　南無無盡智慧佛　南無寶幢佛　南無光明輪藏佛　南無奮迅恭敬稱王佛　南無高山王勝佛　南無雲護佛　南無師子奮迅王佛　南無護妙法幢寶佛　南無

寶輪威德佛　南無勝光明功德佛　南無
無量國土佛　南無愛星宿佛　南無無量
光明佛　南無有德佛　南無十方清淨佛
南無善智慧佛　南無勝魔佛　南無大
莊嚴佛　南無勝心佛　南無心智佛　南
無華藏佛　南無大力佛　南無常釋智慧
佛　南無那羅延藏佛　南無常決定智佛
南無無邊光佛　南無師子聲佛　南無
妙智佛　南無福德光明佛　南無上首光
佛　南無快身佛　南無無垢義佛　南無
應威德佛　南無成就智佛　南無德吼佛
南無舍地佛　南無妙光佛　南無決定
思佛　南無實日佛　南無威德光明佛
南無華威德佛　南無勝成佛　南無稱高
佛　南無信功德佛　南無法燈佛　南無
信勝佛　南無上愛面佛　南無師子奮迅
佛　南無衆山天佛　南無海智佛　南無
波頭摩藏佛　南無華藏佛　南無寶仙佛
南無娑羅王佛　南無日光明佛　南無
趣菩提佛　南無寂根佛

已上三千六百佛

南無日光佛　南無分陀利香佛　南無彌
留光佛　南無月面佛　南無妙步佛　南
無觀十方佛　南無德光明佛　南無清淨
戒佛　南無無邊智佛　南無無邊步佛
南無堅精進佛　南無天供養佛　南無普
智佛　南無寂光佛　南無仁威德佛　南
無功德橋梁佛　南無堅固修佛　南無稱
聖佛　南無稱幢佛　南無不異心佛　南
無普信佛　南無大威德佛　南無應供養

佛　南無上功德佛　南無成就義修行佛
南無愛供養佛　南無普護佛　南無信
菩提佛　南無心意佛　南無出智佛　南
無出聲佛　南無性日佛　南無雲聲佛
南無大焰聚佛　南無勝積佛　南無無憂
佛　南無天國土佛　南無師子喜聲佛
南無無量明佛　南無愛見佛　南無燈王
佛　南無勝高佛　南無十方聞名佛　南
無愛眼佛　南無月高佛　南無能與無畏
佛　南無星宿王佛　南無月天佛　南無
光明日佛　南無大稱佛　南無真聲佛
南無愛說佛　南無稱上佛　南無天王佛
南無甘露明佛　南無樂聲佛　南無心
意佛　南無地住佛　南無寂過佛　南無
多羅王佛　南無無畏佛　南無清淨智佛

南無能破疑佛　南無慈勝佛　南無勝
上佛　南無種種日佛　南無普見佛　南
無見月佛　南無降伏魔佛　南無大首佛
南無師子奮迅去佛　南無威德光佛
南無普護佛　南無成就義威德佛　南無
光明日佛　南無見聚佛　南無清淨意佛
南無香山佛　南無摩尼清淨佛　南無
功德明佛　南無日然燈佛　南無成就光
佛　南無樂說法佛　南無善思惟義佛
南無普現見佛　南無師子幢佛　南無苦
行佛　南無大步佛　南無蓮華眼佛　南
無照光佛　南無信無量佛　南無無量色
佛　南無蓋天佛　南無寶光明佛　南無
上首佛　南無善見佛　南無親味佛　南
無德味佛　南無日面佛　南無無障礙眼

佛

已上三千七百佛

南無師子步佛　南無賢智佛　南無堅固佛　南無大燈佛　南無生勝佛　南無信功德佛　南無福德藏佛　南無法幢佛　南無天愛佛　南無無畏佛　南無月愛佛　南無智勝佛　南無威德光佛　南無月德佛　南無功德聚佛　南無無邊光佛　南無安樂佛　南無稱幢佛　南無光明吼佛　南無普功德佛　南無上幢佛　南無那羅延佛　南無寶信佛　南無普思惟佛　南無善思惟佛　南無善智佛　南無不可量威德佛　南無師子臂佛　南無光明意佛　南無王天佛　南無寶幢佛　南無善住意佛　南無無量天佛　南無聖化佛

南無大功德佛　南無大幢佛　南無大光日佛　南無眞法佛　南無日月佛　南無眞報佛　南無勝天佛　南無觀解脫佛　南無寶光明佛　南無孔雀聲佛　南無普行佛　南無成就光佛　南無無量眼佛　南無稱愛佛　南無善護佛　南無信天佛　南無不可量步佛　南無大威佛　南無心智佛　南無化步佛　南無月形佛　南無火聚佛　南無大修佛　南無火步佛　南無勝天佛　南無成就義修佛　南無月愛佛　南無師子聲佛　南無信說佛　南無智光佛　南無華威德佛　南無光明聚佛　南無神通光明佛　南無無量威德佛　南無無量光佛　南無勝藏佛　南無普照稱佛　南無寶幢佛　南無勝威德佛

南無日幢佛　南無大彌留佛　南無供養莊嚴佛　南無世間聞名佛　南無勝德佛　南無勝稱佛　南無成就步佛　南無天供養佛　南無寶淨佛　南無不可降伏稱佛　南無應光明佛　南無大燈佛　南無行威儀畏佛　南無奮迅佛　南無無障礙見佛　南無離疑佛　南無大行佛　南無不失步佛　南無天國土佛　南無喜力佛　南無華光佛　南無能與光明佛　南無天愛佛　南無解脫光明佛　南無放光明佛　南無作功德佛　南無成智佛

已上三千八百佛

南無道光佛　南無海王佛　南無喜菩提佛　南無法光佛　南無大天佛　南無深智佛　南無法自在佛　南無大信佛　南無心意佛　南無智光佛　南無不謬思佛　南無起福德佛　南無無漏稱佛　南無大莊嚴佛　南無月光佛　南無天光佛　南無清淨行佛　南無功德愛佛　南無師子意佛　南無地清淨佛　南無寶光明佛　南無快光明佛　南無種種日佛　南無月愛佛　南無月蓋佛　南無普觀佛　南無無染佛　南無稱勝佛　南無月面佛　南無龍天佛　南無功德聚佛　南無功德智佛　南無華勝佛　南無世愛佛　南無甘露威德佛　南無寶幢佛　南無日光明佛　南無甘露光佛　南無說法愛佛　南無應愛佛　南無地光佛　南無功德作佛　南無華勝佛　南無功德臂佛　南無法燈佛　南無普光佛　南無梵聲佛　南無

大莊嚴佛　南無解脫日佛　南無堅精進佛　南無佛光明佛　南無功德稱佛　南無善智慧佛　南無不可量莊嚴佛　南無師子愛佛　南無功德步佛　南無上天佛　南無觀行佛　南無日天佛　南無電光佛　南無勝愛佛　南無彌留幢佛　南無華光佛　南無上意佛　南無香山佛　南無功德奮迅佛　南無勝意佛　南無信聖佛　南無寶洲佛　南無上威德佛　南無最後見佛　南無歡喜莊嚴佛　南無功德藏勝佛　南無無垢鏡佛　南無威德力佛　南無清淨眼佛　南無智行佛　南無不謬足佛　南無聖眼佛　南無樂解脫佛　南無大聲佛　南無上國土佛　南無修行光明佛　南無念業佛　南無信功德佛

南無盧舍稱佛　南無照闇佛　南無愛自在佛　南無月光佛　南無上聲佛　南無功德勝佛　南無攝受擇佛　南無相王佛　南無離熱病智佛　南無能與聖佛　南無法洲佛　南無甘露功德佛　南無無瞋恨佛　南無甘露香佛　南無月眼佛

已上三千九百佛

南無吼聲佛　南無無畏日佛　南無得無畏佛　南無喜愛佛　南無不錯智佛　南無信聖佛　南無世愛佛　南無天燈佛　南無天蓋佛　南無龍光佛　南無勝步佛　南無法威德佛　南無見有佛　南無慚愧面佛　南無勝色佛　南無普眼佛　南無功德光佛　南無月勝佛　南無定實佛　南無功德幢佛　南無世自在劫佛　南

無無畏親佛　南無攝智佛　南無降怨佛　南無去光明佛　南無勝積佛　南無一念光佛　南無力士奮迅佛　南無師子足佛　南無戒愛佛　南無信世間佛　南無勝威德光明佛　南無師子奮迅鬚佛　南無無垢去佛　南無決定智佛　南無離無明佛　南無功德聚佛　南無攝慧佛　南無大智味佛　南無寶步佛　南無心日佛　南無觀方佛　南無信説佛　南無思惟忍佛　南無法蓋佛　南無不可降伏月佛　南無天華佛　南無天波頭摩佛　南無普威德佛　南無月明佛　南無功德莊嚴佛　南無相王佛　南無稱思惟佛　南無樹幢佛　南無淨行佛　南無威德步佛　南無信衆佛　南無善香佛　南無智者讃

歎佛　南無智慧光明佛　南無智鎧佛　南無威德力佛　南無勝威德佛　南無歡喜佛　南無勝信佛　南無一切愛佛　南無離諸佛　南無思義佛　南無大高佛　南無聖人面佛　南無黠慧信佛　南無攝菩提佛　南無妙聲佛　南無大威德佛　南無樂師子佛　南無普寶佛　南無一切世愛佛　南無分金剛佛　南無師子聲佛　南無過火佛　南無導師佛　南無人月佛　南無大莊嚴佛　南無日光佛　南無快見佛　南無普摩尼香佛　南無寂行佛　南無攝稱佛　南無梵供養佛　南無大吼佛　南無應供養佛　南無黠慧信佛　南無無量願佛　南無世光佛　南無見忍佛　南無大華佛　南無有我佛　南無

如意佛　南無善菩提根佛　南無地德佛

已上四千佛此卷內多二位

佛説佛名經卷第四

音釋

擾而沼切　峻私閏切　怖普故切　橋梁橋巨驕切　謬靡幼切

佛說佛名經卷第五

元魏北天竺三藏法師菩提留支譯

南無天德佛　南無不怯弱聲佛　南無普
現佛　南無月光明佛　南無勝信佛　南
無決定色佛　南無方便心佛　南無智味
佛　南無功德信佛　南無難降伏佛　南
無普見佛　南無月光明佛　南無月蓋佛
南無世橋佛　南無信供養佛　南無樂
勝佛　南無善蓋佛　南無慚愧賢佛　南
無能觀佛　南無師子聲佛　南無大行佛
南無普信佛　南無器聲佛　南無勝愛
佛　南無普行佛　南無普智佛　南無大
奮迅佛　南無月幢佛　南無堅行佛　南
無天供養佛　南無能驚怖佛　南無勝稱
佛　南無成就一切功德佛　南無堅固佛

南無天甘露光佛　南無大聲佛　南無
高聲佛　南無大力佛　南無大盡佛　南
無信甘露佛　南無大慧佛　南無勝聲思
惟佛　南無行菩提佛　南無高光佛　南
無怖勝佛　南無樂種種聲佛　南無愛義
佛　南無修行信佛　南無離愛佛　南無
善生佛　南無威德力佛　南無信功德佛
南無聲稱佛　南無放光明佛　南無疑
奮迅佛　南無勝王佛　南無林華佛　南
無功德華佛　南無捨諍佛　南無廣大佛
南無大稱佛　南無虛空愛佛　南無甘
露奮迅佛　南無日聚佛　南無月聲佛
南無天幢佛　南無與清淨佛　南無能日
佛　南無快可見佛　南無堅意勝聲佛
南無高光明佛　南無無畏聲佛　南無善

根聲佛　南無勝聲佛　南無勝愛佛　南無甘露稱佛　南無法華佛　南無大莊嚴佛　南無世間尊重佛　南無勝意佛　南無瀰留光佛　南無清淨思惟佛　南無雨甘露佛　南無破怨佛　南無甘露城佛　南無華光佛　南無大稱佛　南無安隱恩佛　南無道威德佛　南無清淨心佛　南無天供養佛　南無度泥佛　南無離有佛　南無法華佛　南無大勝佛　南無可樂光明佛　南無火光佛　南無見愛佛　南無光明愛佛　南無喜聲佛

已上四千一百佛

南無大施德佛　南無實步佛　南無無滯礙智佛　南無得威德佛　南無月藏佛　南無淨光明佛　南無大莊嚴佛　南無得樂自在佛　南無妙光明佛　南無寂光明佛　南無離疑佛　南無無過智慧佛　南無成就行佛　南無清淨身佛　南無無畏愛佛　南無稱吼佛　南無大吼佛　南無善思佛　南無大思佛　南無清淨色佛　南無大奮迅佛　南無樂眼佛　南無命清淨佛　南無行清淨佛　南無東方滿月光明佛　南無南方自在王佛　南無西方無邊光佛　南無北方金剛王佛　南無東南方師子音佛　南無西南方香象遊戲佛　南無西北方須彌相佛　南無東北方寶最高德佛　南無下方寶優鉢華佛　南無上方廣衆德佛　南無離熱智佛　南無應橋佛　南無善集智佛　南無普信佛　南無設尸威德佛　南無不死城佛　南無不護

聲佛　南無化日佛　南無善住思惟佛
南無高信佛　南無須摩那光明佛　南無
光明力佛　南無功德希佛　南無法俱蘇
摩佛　南無淨威德佛　南無淨行佛　南
無天色心佛　南無力王佛　南無普觀佛
南無梵供養佛　南無聖華佛　南無虛
空佛　南無降伏鬱彌佛　南無無譬智佛
南無降伏刺佛　南無降伏城佛　南無
應愛佛　南無戒功德佛　南無平等勿思
佛　南無不怯弱心佛　南無精進信佛
南無高光明佛　南無聞智佛　南無無礙
心聲佛　南無無畏光佛　南無甘露聲佛
南無種種日佛　南無勝黠慧佛　南無
可修敬佛　南無功德王佛　南無護根佛
南無禪解脫佛　南無大威德佛　南無

栴檀香佛　南無見信佛　南無妙橋梁佛
南無可觀佛　南無不可量智佛　南無
千日威德佛　南無捨重擔佛　南無稱信
佛　南無諸方聞佛　南無自在佛　南無
無邊智佛　南無無垢光佛　南無甘露信
佛　南無妙眼佛　南無解脫行佛　南無
可樂見佛　南無高光明佛　南無大聲佛
南無大威德聚佛　南無光明幢佛　南
無應供養佛　南無福德威德積佛　南無
信相佛

已上四千二百佛

南無大炎佛　南無應信佛　南無善住思
惟佛　南無須提陀佛　南無智作佛　南
無普寶佛　南無日光佛　南無說提陀佛
南無焰眼佛　南無師子身佛　南無稱

親光佛　南無清淨聲佛　南無悕樂佛
南無寂靜增上佛　南無寶威德佛　南無
善威德供養佛　南無毛光佛　南無世間
尊佛　南無善行淨佛　南無菩提陀威德
佛　南無應眼佛　南無大步佛　南無成
義佛　南無安隱愛佛　南無天摩祇多佛
南無捨漫流佛　南無捨寶佛　南無智
滿佛　南無橋度佛　南無解脫賢佛　南
無衆步佛　南無光明威德佛　南無慈力
佛　南無寂光佛　南無月勝佛　南無愛
眼佛　南無賒尸羅聲佛　南無不死色佛
南無樂法佛　南無大月佛　南無無障
礙聲佛　南無功德奮迅佛　南無不死華
佛　南無平等見佛　南無大月佛　南無
功德味佛　南無十光佛　南無種種光佛

南無龍德佛　南無雲聲佛　南無功德
步佛　南無思功德佛　南無大聲佛　南
無了聲佛　南無遠離惡處佛　南無天華
佛　南無快眼佛　南無火然燈佛　南無
離癡行佛　南無堅固希佛　南無捨邪佛
南無相華佛　南無不可思議光明佛
南無普賢佛　南無月妙佛　南無樂德佛
南無清淨聲佛　南無勝慧佛　南無賢
光佛　南無堅固華佛　南無光明意佛
南無福德德佛　南無意成就佛　南無樂
解脫佛　南無離漂河佛　南無調怨佛
南無不去捨佛　南無甘露光明佛　南無
無垢心佛　南無樂聲佛　南無不可量眼
佛　南無快修行佛　南無妙高光佛　南
無集功德佛　南無可樂佛　南無大心佛

南無天信佛　南無思惟甘露佛　南無黠慧佛　南無勝燈佛　南無堅意佛　南無力步佛　南無蓮華葉明佛　南無菩提光明佛　南無妙吼聲佛　南無六通聲佛　南無威德力佛　南無人稱佛　南無勝華集佛　南無大髻佛

已上四千三百佛

南無不隨他佛　南無無畏行佛　南無不怯弱佛　南無離憂闇佛　南無過潮佛　南無月光佛　南無心勇猛佛　南無解脫慧佛　南無不取捨佛　南無薝蔔燈佛　南無勝火佛　南無善思意佛　南無勝威德色佛　南無信世間佛　南無妙慧佛　南無善喜信佛　南無華光佛　南無人華佛　南無善香佛　南無勝功德佛　南無種種華佛　南無高勝佛　南無虛空功德佛　南無天信佛　南無可敬橋佛　南無月光佛　南無大聚佛　南無最力佛　南無智地佛　南無高意佛　南無山王智佛　南無快昇佛　南無妙昇佛　南無勝親佛　南無離疑佛　南無應行佛　南無勝香佛　南無無諍行佛　南無修行功德佛　南無大精進心佛　南無然光明佛　南無攝步佛　南無修行深心佛　南無香希佛　南無香手佛　南無寂靜智佛　南無妙心佛　南無功德莊嚴佛　南無增上行佛　南無智意佛　南無功德山清淨聲佛　南無攝集佛　南無妙信佛　南無月見佛　南無功德王光明佛　南無法不可力佛　南無離諸疑奮迅佛　南無稱王佛

南無攝諸根佛　南無上去佛　南無甘露
光佛　南無甘露心佛　南無諸衆生上佛
南無淨髻佛　南無不可降伏色佛　南
無普信佛　南無莊嚴王佛　南無甘露曰
佛　南無勝燈佛　南無波頭上佛　南無
寶藏佛　南無普光佛　南無最勝王佛
南無普光明上勝積王佛　南無普現佛
南無普賢佛　南無還華勝佛　南無自在
輪法王佛　南無千世自在聲佛　南無千
善無垢聲自在王佛　南無離千無畏聲自
在王佛　南無千無垢威德自在王佛　南
無五百日聲自在王佛　南無五百樂自在
聲佛　南無日龍歡喜佛　南無離畏稱王
佛　南無妙光幢佛　南無離光聲佛　南
無稱自在聲佛　南無妙法稱聲佛　南無

勝藏稱王佛　南無不可思議意王佛　南
無寶幢佛　南無大自在佛　南無聖智自
在幢勇猛王佛　南無不可思量佛　南無
智藏佛　南無智高幢佛　南無智海王佛
南無大精進聲自在王佛

已上四千四百佛

南無彌留勝劫佛　南無智顯修自在種子
善無垢吼自在王佛　南無降伏功德海王
佛　南無智成就力王佛　南無勝道自在
王佛　南無勝闇積自在王佛　南無華勝
積智佛　南無金剛師子佛　南無戒勝佛
南無賢勝佛　南無無邊光佛　南無師
子喜佛　南無無盡智積佛　南無寶行佛
南無智波羅婆佛　南無師子稱佛　南
無智功德王佛　南無法華雨佛　南無能

作光佛　南無高山佛　南無法妙王無垢佛　南無香自在無垢眼佛　南無集大無礙佛　南無無障礙力王佛　南無自智福德力佛　南無智衣佛　南無自在心佛　南無無量安隱佛　南無智集佛　南無大彌留佛　南無日藏佛　南無作功德莊嚴佛　南無華幢佛　南無功德光明佛　南無離功德闇王佛　南無功德王佛　南無法幢佛　南無聲自在王佛　南無善住功德寶王佛　南無自護佛　南無金剛密迹佛　南無寶自在佛　南無妙幢佛　南無山劫佛　南無樂雲佛　南無法作佛　南無娑羅王佛　南無普功德堅固王佛　南無栴檀佛　南無善住佛　南無善至佛　南無幢勝燈佛　南無智步佛　南無堅幢

佛　南無散法稱佛　南無降伏憍慢佛　南無功德炎佛　南無智光明佛　南無智然燈佛　南無無畏王佛　南無智聲幢攝佛　南無金剛燈佛　南無莊嚴王佛　南無勝數佛　南無善住意佛　南無月王佛　南無次第降伏王佛　南無堅固自在王佛　南無師子步佛　南無那羅延勝藏佛　南無集寶藏佛　南無樹提藏佛　南無星宿差別稱佛　南無功德力堅固王佛　南無妙聲佛　南無梵聲佛　南無勝梵佛　南無堅固土佛　南無千香佛　南無波頭摩勝王佛　南無光輪光佛　南無火光明王佛　南無香波頭摩王佛　南無疾無邊功德海智王佛　南無閻浮影佛　南無功德山幢佛　南無師子幢佛　南無龍吼

佛　南無華威德王佛　南無善香種子佛
南無無我甘露功德威德王劫佛　南無
復有八千同名無我甘露功德威德王劫佛
南無法智佛　南無龍自在解脫佛　南
無金剛華佛　南無龍吼自在聲佛　南無
寶積佛　南無華照佛　南無火香佛　南
無須摩那華佛

已上四千五百佛

南無山王佛　南無世眼佛　南無淨上佛
南無閻浮影佛　南無根本上佛　南無
寶山佛　南無海藏佛　南無堅力佛　南
無上聖佛　南無自在聖佛　南無拘隣佛
南無師子步佛　南無智幢佛　南無佛
聞聲佛　南無廣勝佛　南無安隱佛　南
無智光佛　南無大自在佛　南無寂世佛

南無手喜佛　南無尼拘律王佛　南無
金眼佛　南無供養佛　南無日喜佛　南
無寶炎佛　南無善眼佛　南無高淨佛
南無淨聖佛　南無吼聲佛　南無見義佛
南無稱喜佛　南無稱勝佛　南無可喜
佛　南無善香佛　南無疾行佛　南無妙
眼佛　南無善勝佛　南無修義佛　南無
善意佛　南無妙慧佛　南無金幢佛　南
無善眼佛　南無天清淨佛　南無輸頭檀
佛　南無善見佛　南無毗留羅幢佛　南
無毗樓博叉佛　南無梵聲佛　南無成就
勝佛　南無勝光明佛　南無無垢佛　南
無摩尼跋陀佛　南無摩梨指佛　南無大
摩梨指佛　南無能聖佛　南無聲自在佛
南無讚嘆成就佛　南無勝成就華佛

南無拘蘇摩佛　南無不動佛　南無日藏
佛　南無樂聲佛　南無能作光佛　南無
龍德佛　南無金剛光佛　南無稱王佛
南無虎王佛　南無高光佛　南無發行佛
南無智成就佛　南無香自在佛　南無
那羅延藏佛　南無火藏佛　南無破垢勝
王佛　南無寶蓋勝光佛　南無山自在王
佛　南無寶月佛　南無師子奮迅幢自在
王佛　南無實根廣眼佛　南無世自在王
佛　南無遠離諸怖畏隨煩惱聲佛　南無
敷華盧舍那佛　南無香波頭摩佛　南無
無垢功德威德王佛　南無不動佛　南無
日藏佛　南無樂自在聲火佛　南無智日
佛　南無淨信藏佛　南無龍吼佛　南無
金剛齒佛　南無月藏佛　南無勝自在佛

南無不可思議王佛　南無火勝藏佛
南無喜幢佛　南無無畏自在佛　南無見
彌留佛　南無智象佛　南無無垢眼佛

已上四千六百佛

南無無憂勝佛　南無法自在吼佛　南無
法自在娑羅王佛　南無師子奮迅佛　南
無那羅延佛　南無善擇藏佛　南無寶集
佛　南無功德奮迅佛　南無火藏佛　南
無星宿稱佛　南無功德堅固力王佛　南
無妙吼聲奮迅佛　南無娑羅勝黠王佛
南無威德自在光明佛　南無妙吼聲王佛
南無寶掌龍自在王佛　南無法雲吼自
在平等佛　南無寶山佛　南無妙光藏佛
南無師子多羅稱佛　南無普藏佛　南
無淨華佛　南無歌羅毗羅奮迅佛　南無

法疾然燈佛　南無無等上彌留佛　南無
稱聲王佛　南無梵帝釋聲佛　南無遠離
逼惱佛　南無毗沙門堅固王佛　南無破
魔王宮佛　南無娑羅王佛　南無大奮迅
光佛　南無華勝佛　南無栴檀佛　南無
彌留王佛　南無拘羅伽堅固樹提佛　南
無智奮迅佛　南無二萬同名月然燈佛
南無無垢身佛　南無波頭摩光佛　南無
華勝步佛　南無華光佛　南無稱幢佛
南無閻浮檀金光佛　南無多摩羅跋葉栴
檀香佛　南無大通智勝佛　南無不動佛
南無彌留山佛　南無師子吼佛　南無
師子種佛　南無住虛空佛　南無常入涅
槃佛　南無帝釋幢佛　南無梵幢佛　南
無無量壽佛　南無善度佛　南無多摩羅
跋葉栴檀香通佛　南無彌留劫佛　南無
雲燈佛　南無雲自在王佛　南無一切世
間高佛　南無能破諸畏佛　南無釋迦牟
尼佛　南無法光明佛　南無五百普光明
佛　南無大海住持智奮迅通佛　南無七
寶波頭摩步佛　南無二千寶幢佛　南無
多寶佛　南無一切衆生愛見佛　南無百
千光明滿足幢佛　南無二十億千驚怖吼
聲王佛　南無二十億百日月然燈佛　南
無二十億百妙聲王佛　南無二十億百雲
聲王佛　南無寶威德高王佛　南無月無
垢日光明勝佛　南無蓮華葉星宿王華通
佛　南無雲妙鼓聲王佛　南無住持水吼
聲佛　南無妙聲星宿王拘蘇摩通佛　南
無娑羅樹王佛　南無無垢光明佛　南無

寶炎佛　南無華鬘林王華通佛　南無日月寶作光明佛　南無功德寶光明佛　南無寶林佛　南無雲王佛　南無寶蓋勝光明佛　南無普見佛　南無功德自在佛　南無師子聲作佛　南無寶積示現佛　南無樂堅佛　南無菩提意佛　南無無量命佛　南無阿閦佛　南無香王佛　南無寶作佛

已上四千七百佛

南無修行法佛　南無蓋王佛　南無摩尼王佛　南無月藏佛　南無日藏佛　南無聲身王佛　南無善覺佛　南無須彌劫佛　南無能聖佛　南無寶波頭摩月清淨勝王佛　南無不動佛　南無普滿佛　南無無盡慧佛　南無寶幢佛　南無奮迅恭敬稱佛　南無無垢光明藏佛　南無雲護佛　南無師子奮迅佛　南無勝高山王佛　南無波頭摩上佛　南無身上佛　南無多寶妙佛　南無勝藏山增上王佛　南無意勇猛仙行勝佛　南無甘露藏佛　南無妙鼓聲王佛　南無日月佛　南無唯寶蓋佛　南無普光明奮迅光王佛　南無能行成就聖佛　南無見者生歡喜佛　南無不動佛　南無無垢光明稱王佛　南無九千法莊嚴佛　南無摩尼金蓋佛　南無星宿佛　南無高山歡喜佛　南無菩提分華身佛　南無能修行佛　南無寶作佛　南無如寶佛　南無高聚佛　南無寶光明佛　南無寶來佛　南無寶高佛　南無阿閦佛　南無寶光明佛　南無大光明佛　南無不

可量聲佛　南無不可思議聲佛　南無大
稱佛　南無寶照佛　南無得大無畏佛
南無寶聲佛　南無無邊清淨佛　南無月
聲佛　南無無邊稱佛　南無月光清淨佛
南無清淨光佛　南無無垢光佛　南無
無邊寶佛　南無波頭摩勝佛　南無身勝
佛　南無金色佛　南無梵聲王佛　南無
金光明佛　南無金色作佛　南無龍自在
王佛　南無金色華香自在王佛　南無堅
固王佛　南無堅固勇猛仙行勝佛　南無
勝藏摩尼光佛　南無無量香光佛　南無
師子聲佛　南無至大勢精進修行畢竟佛
南無堅固智佛　南無妙鼓聲王佛　南
無月妙佛　南無華勝佛　南無世間燈佛
南無火光佛　南無寶輪佛　南無無垢
智佛　南無常寂滅佛　南無無邊寶華光
明佛　南無須彌山奮迅佛　南無寶華佛
南無集寶聚佛　南無不退輪寶住勝佛
南無德普盧舍那清淨佛　南無日月燈
佛　南無彌留佛　南無大彌留佛　南無
須彌劫佛　南無香面佛　南無成就香佛
南無彌留香佛　南無清淨光佛　南無
法上佛　南無香自在王佛

已上四千八百佛

南無大摩尼佛　南無香光佛　南無火光
佛　南無甘露光佛　南無月光佛　南無
月燈光佛　南無月照佛　南無集聲佛
南無勝作佛　南無多寶佛　南無師子吼
佛　南無師子聲佛　南無勇猛仙佛　南
無金剛喜佛　南無護一切佛　南無離諸

疑佛　南無寶炎眷屬佛　南無無憂佛
南無住持速力佛　南無妙喜佛　南無自
在作佛　南無無邊聲佛　南無然燈作佛
南無寶光明佛　南無阿彌陀佛　南無
擇說佛　南無擇聲佛　南無勝藏積吼王
佛　南無降伏金剛堅佛　南無寶月光佛
南無寶火佛　南無堅上佛　南無寶波
頭摩步佛　南無寶勝佛　南無金寶光佛
南無悕喜快勝佛　南無不可量勝佛
南無善逝王佛　南無聖自在手佛　南無
不可說分別佛　南無不空勝佛　南無月
妙勝佛　南無樹提勝佛　南無虛空光明
佛　南無善清淨無垢間錯幢佛　南無善
住善根藏王佛　南無成就一切義勝佛
南無智功德清淨勝佛　南無善說清淨幢

佛　南無瑠璃藏上勝佛　南無普功德奮
迅佛　南無善清淨功德寶住佛　南無寶
光明清淨心勝佛　南無金上勝佛　南無
勝月佛　南無波頭摩上奮迅勝佛　南無
波頭摩上佛　南無寶成就勝佛　南無電
光幢王佛　南無電光明髙王佛　南無多
羅王佛　南無妙勝佛　南無虛空然燈佛
南無成就一切功德佛　南無賢髙幢王
佛　南無住持一切寶間錯莊嚴佛　南無
寶光明莊嚴智威德聲自在王佛　南無俱
蘇摩大奮迅通佛　南無敷華娑羅王佛
南無月輪清淨佛　南無善寂智月聲自在
王佛　南無阿僧祇精進住勝佛　南無彼
心炎佛　南無山功德幢王佛　南無法幢
山佛　南無須彌山佛　南無功德師子自

在佛　南無寂王佛　南無淨王佛　南無稱山佛　南無功德須彌勝佛　南無日天佛　南無月面佛　南無離虛空畏佛　南無普光佛　南無方成佛　南無住海面佛

南無寶光佛　南無雲勝佛　南無法炎佛　南無山功德佛　南無華生佛　南無大悲佛　南無法界華佛　南無法華幢佛

南無王意佛　南無王慧佛　南無智慧佛　南無心義佛　南無自在佛

已上四千九百佛

南無勝天意佛　南無速王佛　南無光明幢勝佛　南無高威德去佛　南無華光佛

南無寶炎佛　南無功德山佛　南無寶實佛　南無功德海勝佛　南無法光明佛

南無華藏勝佛　南無世間月佛　南無眼目佛　南無香光佛　南無摩尼須彌勝佛　南無乾闥婆王佛　南無光明命佛

南無摩尼藏王佛　南無山威德慧佛　南無寂色去佛　南無面報佛　南無寂廣智佛　南無寶光明佛　南無虛空重勝佛

南無妙相光明佛　南無行輪自在佛　南無身自在佛　南無那羅延行佛　南無須彌勝佛　南無功德轉輪佛　南無山王佛

南無不可勝佛　南無快威德佛　南無樹山佛　南無娑羅王山藏佛　南無世自在身佛　南無鏡光佛　南無實起佛　南無自在勝佛　南無功德光佛　南無天地威德勝佛　南無身法光明佛　南無勝王佛　南無堅吼意佛　南無高幢勝佛　南無信意佛　南無寶光明佛　南無淨勝佛

南無虛空聲佛　南無法界鏡像勝佛
南無照輪光明佛　南無方差別佛　南無
智光明佛　南無幢意佛　南無虛空然燈
佛　南無無病勝佛　南無智照佛　南無
慧明佛　南無福德光明勝佛　南無寂勝
佛　南無大悲雲勝佛　南無力光明意佛
南無現一切衆生色佛　南無過勝佛
南無脩光明佛　南無曇無竭佛　南無風
疾行勝佛　南無清淨幢佛　南無妙蓋勝
佛　南無三世鏡像勝佛　南無鏡像堅佛
南無鏡像勝佛　南無金剛勝佛　南無
身堅莊嚴須彌勝佛　南無離畏師佛　南
無應天佛　南無大燈佛　南無世明佛
南無妙音佛　南無持上功德佛　南無離
暗佛　南無師子頰佛　南無寶講佛　南
無滅過佛　南無金幢王佛　南無身法慧
佛　南無智慧然燈光明勝佛　南無廣智
勝佛　南無法行世智意佛　南無法印意
智勝佛　南無法海意智勝佛　南無法財
佛　南無寶財佛　南無福德功德佛　南
無轉法輪勝佛　南無雲王佛　南無忍辱
燈佛　南無勝威德意佛　南無光明速寂
聲佛　南無大願速勝佛

巳上總五千佛

佛說佛名經卷第五

音釋

鬱（於物切）　刺（七自切）　檐（都紺切）　薝蔔（薝陟廉切　蔔蒲北切）　髻（古詣切）　鬘（莫班切）　闥（他達切）

佛說佛名經卷第六

元魏北天竺三藏法師菩提留支譯

南無不可降伏幢佛　南無智焰佛　南無成就勝佛　南無法自在佛　南無不可成就意佛　南無世間言語堅固聲光佛　南無一切聲出聲勝佛　南無自在功德佛　南無成就自在意佛　南無方天佛　南無不面捨佛　南無衆生心佛　南無平等身佛　南無身行勝佛　南無行勝佛　南無自在性佛　南無山王佛　南無智光佛　南無千億寶莊嚴佛　南無寶勝佛　南無信王佛　南無寶積佛　南無香自在佛　南無降伏怨佛　南無安隱佛　南無能與依止佛　南無無邊威德佛　南無金色光佛　南無師子奮迅佛　南無甘露光佛

南無能聖成佛　南無普光佛　南無功德勝積王佛　南無善住摩尼積王佛　南無遠離諸畏樹安隱佛　南無飲甘露佛　南無無邊光佛　南無寶高佛　南無無邊莊嚴王佛　南無離怨佛　南無金色光佛　南無寶作佛　南無無塵勝佛　南無師子聲王佛　南無寶幢佛　南無善心佛　南無高住佛　南無華王佛　南無智作佛　南無海智佛　南無歡喜作佛　南無樂莊嚴佛　南無離闇佛　南無無障礙力王佛　南無堅城佛　南無見細佛　南無無畏德佛　南無生王佛　南無實語佛　南無稱上佛　南無擇智佛　南無不行威德佛　南無人華佛　南無遠離諸畏佛　南無能與無畏佛　南無金華佛　南無無畏作

佛　南無不空見佛　南無寶華佛　南無
六十寶作佛　南無寶積佛　南無金華佛
南無降伏王佛　南無善光佛　南無見
義佛　南無大擇佛　南無妙無畏佛　南
無大慈佛　南無不可降伏王佛　南無難
勝佛　南無上首佛　南無法上佛　南無
勝一切佛　南無高行佛　南無高稱佛
南無勝聖佛　南無星宿佛　南無識佛
南無商佛　南無聞名佛　南無大悲說佛
南無無量壽佛　南無無邊蓋光明勝佛
南無山積光明勝佛　南無無垢力三昧
奮迅勝佛　南無一切功德王光明佛　南
無大衆佛　南無須彌劫佛　南無堅自在
王佛　南無梵吼聲佛

已上五千一百佛

南無彌樓聚佛　南無善眼佛　南無成就
聚佛　南無離愚奮迅佛　南無無礙眼佛
南無寶幢佛　南無釋迦牟尼佛　南無
功德勝藏佛　南無難勝佛　南無樂說莊
嚴佛　南無勝藏積吼王佛　南無師子華
勝佛　南無師子香稱佛　南無無邊功德
寶莊嚴威德王劫佛　南無功德寶勝威德
王劫佛　南無樂說一切法莊嚴勝佛　南
無無邊樂說相佛　南無千雲吼聲王佛
南無金上光明勝佛　南無種種威德王光
明勝佛　南無覺王佛　南無清淨金虛空
吼莊嚴光明佛　南無一切法行威德奮迅
光明佛　南無東方無邊功德寶福德莊嚴
廣世界無垢清淨光明菩提分俱蘇摩不斷
絕光明莊嚴光佛　南無南方樂說佛世界

無邊功德寶樂説佛　南無西方光明世界普光佛　南無北方一切寶種種莊嚴世界無邊寶功德自在佛　南無東南方無憂世界離一切幽闇佛　南無西南方善可見世界大悲觀一切衆生佛　南無東北方住清淨無垢世界虚空無垢佛　南無西北方遠離闇世界光明莊嚴王佛　南無下方盧舍那光明世界寶憂波羅勝佛　南無上方莊嚴世界稱名聲佛　南無無垢劫無垢世界無垢光如來初成佛彼世界塵沙諸佛出世　南無無垢廣世界名成就善劫勝護如來初成佛彼世界塵沙諸佛出世　南無東方阿閦佛　南無大不迷佛　南無香王佛　南無香上佛　南無南方寶幢佛　南無寶作佛　南無寶成佛　南無寶藏佛　南無寶月佛　南無金剛堅佛　南無金剛仙佛　南無金剛幢佛　南無東南方大彌留佛　南無彌留山佛　南無彌留王佛　南無彌留幢佛　南無彌留積佛　南無善彌留王佛　南無日藏佛　南無前後上佛　南無淨王佛　南無雞中幢王佛　南無大雞中佛　南無西方阿彌陀佛　南無阿彌幢佛　南無阿彌陀聲佛　南無阿彌稱佛　南無阿彌陀吼佛　南無阿彌積佛　南無阿彌陀勝上佛　南無阿彌陀師子佛　南無阿彌陀住持佛　南無阿彌陀勝佛　南無西南方日藏佛　南無日光明佛　南無無憂佛　南無離一切憂佛　南無佛智清淨業佛　南無盡作佛　南無華光佛　南無大華佛　南無華王佛　南無華聲佛

南無盧舍那佛　南無北方妙鼓聲佛　南無妙鼓王佛　南無妙吼聲佛　南無離諸畏佛　南無無畏佛　南無無畏憂佛　南無日舌光明作佛　南無曼陀香佛　南無幢蓋佛　南無西北方上首勝積佛　南無山勝積佛　南無海勝積佛　南無日上佛　南無清淨王佛　南無淨勝佛　南無日面佛　南無智幢王佛　南無光明佛　南無光明王佛　南無光明光佛　南無化德佛

已上五千二百佛

南無光明上佛　南無上方師子佛　南無師子王佛　南無師子上王佛　南無師子積佛　南無師子仙佛　南無仙王佛　南無仙首佛　南無仙光佛　南無仙捨敬佛

南無仙覺佛　南無大燈佛　南無然燈王佛　南無樂説山佛　南無燈譬喻佛　南無對治仙佛　南無覺淨佛　南無對治佛　南無對治恨佛　南無對治山佛　南無愛然燈佛　南無依止佛　南無東方阿閦佛　南無彌留幢佛　南無大彌留佛　南無彌留光佛　南無眞聲佛　南無南方日月燈佛　南無大火聚佛　南無稱光佛　南無彌留燈佛　南無無邊精進佛　南無西方阿彌陀佛　南無阿彌陀幢佛　南無阿彌陀高佛　南無大火光明佛　南無大照佛　南無寶幢佛　南無香聚佛　南無上方大光明焰聚佛　南無火聲佛　南無難勝佛　南無日成就佛　南無羅網光佛　南無下方師子佛　南無稱王佛　南

無威德佛　南無法頂佛　南無法幢佛
南無法住持佛　南無東方梵聲佛　南無
星宿王佛　南無香上佛　南無香光佛
南無大焰聚佛　南無寶種種華敷身佛
南無堅王佛　南無寶蓮華勝佛　南無見
一切義佛　南無須彌劫佛　南無聲吼佛
南無智自在佛　南無威德自在佛　南
無娑羅自在王佛　南無智勇猛佛　南無
光自在佛　南無堅自在王佛　南無聲德
佛　南無師子奮迅鬚佛　南無須彌山然
燈王佛　南無香山佛　南無不可動佛
南無藥王佛　南無尋光佛　南無大焰積
佛　南無勝藏佛　南無無心光明佛　南
無毗留羅佛　南無蓮華佛　南無喜聚佛
南無栴檀佛　南無月光佛　南無驚怖
幢佛　南無大修行佛　南無波頭摩王佛
南無月勝佛　南無娑羅集佛　南無大
娑羅集佛　南無幢相佛　南無淨命佛
南無金臺佛　南無愛見佛　南無金色色
佛　南無須摩那光佛　南無妙蓮華劫億
那由他百千萬佛同名一切菩提華佛　南
無七百同名光莊嚴佛　南無三百同名大
幢佛　南無十千同名莊嚴王佛　南無善
發勝佛　南無日輪光明佛　南無普蓋佛

已上五千三百佛

南無三昧奮迅佛　南無寶華勝佛　南無
無邊足步佛　南無善香香王佛　南無善
擇敵佛　南無須彌劫佛　南無功德王光
明佛　南無普至光佛　南無金剛佛　南
無尼彌佛　南無不可盡世界一切色佛

南無袈裟幢世界山自在王佛　南無堅幢世界智勝山王佛　南無一切香舉世界勝華藏佛　南無金剛摩尼世界金剛藏光明勝佛　南無智成就世界智幢佛　南無意味世界普照佛　南無波頭摩首世界佛勝佛　南無鏡輪世界金剛幢佛　南無光明清淨力世界日藏佛　南無安樂世界最勝力佛　南無阿閦佛　南無寶幢佛　南無無量光佛　南無妙聲佛　南無寶俱蘇摩功德海瑠璃歌那伽山真金光明勝佛　南無堅甘露增上佛　南無精進功德佛　南無威德住持佛　南無生威德佛　南無釋迦牟尼佛　南無寶焰佛　南無金作蓋山佛　南無毗婆尸佛　南無光尸棄佛　南無毗舍浮佛　南無拘留孫佛　南無拘那舍佛　南無迦葉佛　南無三昧手勝佛

南無無垢奮迅菩薩

若善男子善女人受持是佛菩薩名超越世間三十劫

南無日輪光明勝佛　南無日光明菩薩

若人受持是佛菩薩名超越世間千劫

南無普寶蓋佛

若善男子受持是佛名是人超越世間四大劫常現諸佛菩薩前生不復作五逆罪

南無三昧勝奮迅佛

若善男子受持是佛名得千三昧超越世間無量千劫同彌勒菩薩功德

南無寶俱蘇摩身光明勝佛

若人受持讀誦是佛名超越世間不可數劫

南無最勝波頭摩奮迅勝佛

若人受持是佛名超越世間四十劫
南無無量香勝王佛
若善男子受持是佛名超越世間無量劫常
得宿命
南無寶華奮迅如來
若人受持讀誦是佛名得千三昧諸衆生歸
命是人爲諸佛如來所讚歎是人超越世間
千劫不久轉法輪
南無大光明如來
若善男子受持是佛名超越世間四十劫
南無寶藏佛
若善男子受持是佛名超越世間六十劫
南無寶勝佛
若善男子受持是佛名若復有人捨七寶如
須彌山以用布施及恒河沙世界若復有人
受持讀誦是佛名此福勝彼
南無名降伏魔人勝佛　南無降伏貪人自
在佛　南無降伏瞋人勝佛　南無降伏癡
自在佛　南無降伏染魔人勝佛　南無降
伏恨自在佛　南無降伏嫉人勝佛　南無
降伏諂曲自在佛　南無降伏邪見人勝佛
南無降伏戲自在佛　南無法清淨人勝
佛　南無業勝得名自在佛　南無如意通
清淨得名人勝佛　南無起施得名自在佛
南無起持戒清淨得名人勝佛　南無起
忍辱得名自在佛　南無起精進得名人勝
佛　南無起禪成就自在佛　南無起般若
得名人勝佛　南無施思惟得名自在勝佛
南無戒思惟得名人勝佛　南無忍辱思
惟得名自在佛　南無精進思惟得名人勝

佛　南無禪思惟得名自在佛　南無般若
思惟得名人勝佛　南無行不可思議得名
自在勝佛　南無行不可思議得名人勝佛
南無行起得名自在佛　南無總持智清
淨光明人勝佛　南無總持色清淨得名自
在佛　南無總持雨清淨得名人勝佛　南
無陀羅尼性清淨自在勝佛　南無陀羅尼
稱清淨得名人勝佛　南無陀羅尼施清淨
得名自在佛　南無空行得名人勝佛　南
無空無我得名自在佛　南無眼光明人勝
佛　南無耳光明人自在佛　南無鼻光明
人勝佛　南無舌光明自在佛　南無身光
明人勝佛　南無心光明自在佛　南無色
光明人勝佛　南無聲光明自在佛　南無
降伏香人勝佛　南無味光明自在佛　南
無觸光明人勝佛　南無法光明自在佛

已上五千四百佛

南無焰光明人勝佛　南無讚歎光明自在
佛　南無火光明人勝佛　南無風光明自
在佛　南無光光明人勝佛　南無事光明
自在佛　南無世光明人勝佛　南無拔苦
自在佛　南無陰光明人勝佛　南無戒光
明自在佛　南無不二光明人勝佛　南無
生光明自在佛　南無聲光明人勝佛　南
無地華光明自在佛　南無鬘光明人勝佛
南無香蓋光明自在佛　南無衣光明人
勝佛　南無成就義佛　南無無畏王佛
南無不動佛　南無觀世自在佛　南無無
量命佛　南無尼彌佛　南無焰彌留佛
南無金剛佛　南無初出日然燈月華寶波

頭摩金光明身盧舍那放無礙寶光明照十方世界王佛　南無降伏龍佛　南無善調心佛　南無寶聚佛　南無火首佛　南無燄積佛　南無一切光明佛　南無日光佛　南無不可思議佛　南無無邊精進佛　南無無邊思惟佛　南無金色華佛　南無善香香佛　南無無諍行佛　南無無漏佛　南無無邊智佛　南無賢身佛　南無賢相佛　南無遍見佛　南無無邊威德佛　南無心平等佛　南無堅安隱佛　南無娑羅佛　南無得名佛　南無波頭摩勝佛　南無稱蓮華佛　南無華佛　南無莊嚴佛　南無奮迅佛　南無善見佛　南無善敵對佛　南無善護世佛　南無無邊威德佛　南無第一勝佛　南無善行佛　南無無量威德佛　南無妙勝佛　南無勝供養佛　南無大奮迅智聲自在王佛　南無電光佛　南無照一切佛　南無不可思議佛　南無無量色佛　南無無量光佛　南無善光華敷身佛　南無須彌山波頭摩勝王佛　南無求名發聲修行佛　南無帝釋幢佛　南無一切寶摩尼王放光明佛　南無無垢焰稱成就王佛　南無香寶光明佛　南無無離諸煩惱佛　南無善智佛　南無善見佛　南無寶山莊嚴佛　南無月音佛　南無無慈行佛　南無閻浮檀幢佛　南無無邊智佛　南無無量威德佛　南無大稱佛　南無寶稱佛　南無火光明佛　南無大光明佛　南無電照光明佛　南無一切種照佛　南無不可量佛　南無日光佛　南無

月光佛　南無功德海佛　南無具足功德佛　南無上行佛　南無無畏佛　南無師子幢佛　南無帝釋幢佛

已上五千五百佛

南無火幢佛　南無善眼佛　南無莊嚴王佛　南無放光明光佛　南無無邊光佛　南無妙光佛　南無普護增上佛　南無雲自在佛　南無自在幢佛　南無日燈佛　南無最上佛　南無善生佛　南無無邊不可思議威德佛　南無普眼佛　南無波頭摩上佛　南無妙去佛　南無月起佛　南無燈明佛　南無不猒足身佛　南無彌留幢佛　南無寶幢佛　南無火焰聚佛　南無自在幢佛　南無寶火佛　南無栴檀香佛　南無不定光明波頭摩敷身佛　南無無邊稱功德光明佛　南無薝蔔色佛　南無無量光明佛　南無快光明波頭摩敷身佛　南無出須彌山波頭摩王佛　南無星宿劫二萬同名光作佛　南無二萬同名盧舍那佛　南無二萬同名釋迦牟尼佛　南無同名帝釋日太白星宿無量百千萬不可數佛

善男子應歸命諸菩薩　南無普賢菩薩　南無文殊師利菩薩　南無無垢稱菩薩　南無地藏菩薩　南無虛空藏菩薩　南無觀世音菩薩　南無大勢至菩薩　南無香象菩薩　南無大香象菩薩　南無藥王菩薩　南無藥上菩薩　南無金剛藏菩薩　南無解脫月菩薩　南無彌勒菩薩　南無奮迅菩薩　南無無所發菩薩　南無陀羅

尼自在王菩薩　南無無盡意菩薩　南無
堅意菩薩　南無日藏菩薩
歸命如是等無量無邊菩薩
南無東方九十九億百千萬同名梵勝菩薩
南無南方九十九億百千萬同名不隣陀羅
菩薩
南無西方九十九億百千萬同大名功德菩
薩
南無北方九十九億百千萬同名大藥王菩
薩
歸命如是等十方世界無量無邊菩薩
復次應稱辟支佛名
南無阿利多辟支佛　南無婆利多辟支佛
南無多伽樓辟支佛　南無稱辟支佛
南無見辟支佛　南無愛見辟支佛　南無
覺辟支佛　南無乾陀羅辟支佛　南無無
妄辟支佛　南無梨沙婆辟支佛　南無聞
辟支佛　南無智身辟支佛　南無毗耶離
辟支佛　南無俱薩羅辟支佛　南無婆藪
陀羅辟支佛　南無無毒淨心辟支佛　南
無實無垢辟支佛　南無福德辟支佛　南
無黒辟支佛　南無唯黒辟支佛　南無直
福德辟支佛　南無識辟支佛　南無香辟
支佛　南無有香辟支佛　南無見人飛騰
辟支佛　南無可波羅辟支佛　南無秦摩
利辟支佛　南無月淨辟支佛　南無善智
辟支佛　南無修陀羅辟支佛　南無善法
辟支佛　南無應求辟支佛　南無髻求辟
支佛　南無大勢辟支佛　南無修行不著
辟支佛　南無難捨辟支佛　南無實辟支

佛　南無不可比辟支佛　南無歡喜辟支
佛　南無喜上辟支佛　南無隨喜辟支佛
已上五千六百佛
南無十二婆羅墮辟支佛　南無十同名婆
羅辟支佛　南無火身辟支佛　南無同菩
提辟支佛　南無摩訶男辟支佛　南無心
上辟支佛　南無髮淨辟支佛　南無善快
辟支佛　南無違陀辟支佛　南無吉沙辟
支佛　南無憂波吉沙辟支佛　南無斷有
辟支佛　南無憂波支羅辟支佛　南無斷
愛辟支佛　南無施婆羅辟支佛　南無轉
覺辟支佛　南無去垢辟支佛　南無高去
辟支佛　南無阿悉多辟支佛　南無無漏
辟支佛　南無憍慢辟支佛　南無盡憍慢
辟支佛　南無親辟支佛　南無得脱辟支

佛　南無無垢辟支佛　南無獨辟支佛
南無雜畫辟支佛　南無能作憍慢辟支佛
南無退辟支佛　南無不退去辟支佛
南無尋辟支佛　南無善吉辟支佛　南無
不可心辟支佛　南無善住辟支佛　南無
無比辟支佛　南無無憍慢辟支佛　南無
劬多辟支佛　南無斷愛辟支佛　南無耳
辟支佛　南無心得解脱辟支佛　南無憂
波耳辟支佛　南無吉辟支佛　南無差摩
辟支佛　南無遮羅辟支佛　南無憂波遮
羅辟支佛　南無梨波婆辟支佛　南無菩
娑他淨辟支佛　南無善香擔辟支佛　南
無阿沙羅辟支佛　南無憂婆沙羅辟支佛
南無憂波頭辟支佛　南無善賢辟支佛
南無賢德辟支佛　南無須摩辟支佛

南無輸那辟支佛　南無留閣辟支佛　南無憂波留閣辟支佛　南無弗沙辟支佛　南無牛齒辟支佛　南無漏盡辟支佛　南無最後身辟支佛

歸命如是等無量無邊辟支佛

南無無垢光明佛　南無功德寶光明佛　南無精進力成就佛　南無清淨光佛　南無解脱一切縛佛　南無波頭摩藏勝佛　南無得無障礙力解脱佛　南無不怯弱十力稱香佛　南無盧舍那光明佛　南無寶聚佛　南無法幢懸佛　南無破一切闇曀佛　南無普光明莊嚴照作佛　南無光明作佛　南無大焰佛　南無無邊行功德佛　南無法功德雲然燈佛　南無然燈炬王佛　南無財勝佛　南無破一切衆生闇勝佛　南無妙見佛　南無妙勝佛　南無妙聞佛　南無山峯佛　南無金聖佛　南無飲甘露佛　南無無量光明佛　南無寶雞頭佛　南無無邊毗尼勝王佛　南無電照光明羅網佛　南無成就無量功德佛　南無無量樂説境界佛　南無智勝放光明佛　南無降伏電日月作光佛　南無普句素摩勝奮迅功德積佛　南無功德王光佛　南無善月佛　南無光莊嚴王佛　南無賒捨施雞頭佛

已上五千七百佛

南無福德光佛　南無普光上勝山王佛　南無善住摩尼山王佛　南無斷一切煩惱佛　南無釋迦牟尼佛　南無破碎金剛堅固佛　南無寶熾佛　南無龍自在王佛

南無勇猛仙佛　南無寶月佛　南無離垢光佛　南無無垢佛　南無勇猛得佛　南無淨佛　南無梵得佛　南無婆樓那佛　南無婆樓那天佛　南無賢勝佛　南無栴檀勝佛　南無力士佛　南無歡喜威德勝佛　南無光明勝佛　南無無憂勝佛　南無句素摩勝佛　南無波頭摩樹提奮迅勇佛　南無財勝佛　南無念勝佛　南無善説名勝佛　南無因陀羅雞頭幢佛　南無步勝佛　南無善覺步勝佛　南無善步去佛　南無普照莊嚴勝佛　南無寶華步佛　南無寶波頭摩善住山自在王佛　南無光明幢火衆生莊嚴光王佛　南無妙平等法界智起聲佛　南無廣福德藏普光明照佛　南無普照大奮迅羅網盧舍那佛　南無盧舍那華眼電光佛　南無最勝大師子意佛　南無到法界勝光盧舍那王佛　南無常無垢功德遍至稱佛　南無日蓮華勝王佛　南無法自在智幢佛　南無廣喜無垢威德梵聲佛　南無根本勝善導師佛　南無智力佛　南無彌樓威德佛　南無願清淨月光佛　南無法海願出聲光佛　南無寶功德相莊嚴作光佛　南無妙聲地王天佛　南無勝進寂去佛　南無不可勝無畏佛　南無見衆生歡喜佛　南無不動深光明盧舍那集慧佛　南無普放光明不可思議王佛　南無平等妙功德威德佛　南無速光明梵眼佛　南無解脱精進日光明佛　南無普法身覺慧佛　南無普門照一切衆生聞見佛　南無迦那迦無垢光明日

焰雲佛　南無因陀羅光明疑幢佛　南無
一切地處無垢月佛　南無覺虛空平等相
佛　南無十方廣應雲幢佛　南無平等不
平等盧舍那佛　南無害心悲解脱空王佛
南無成就一切義須彌佛　南無不空步
照見佛　南無妙吼勝佛　南無甘露功德
佛　南無第一自在通王佛　南無不可思
議功德盧舍那妙月佛　南無可信力幢佛
南無法界樹聲智慧佛　南無波頭摩光
長善臂佛　南無不退功德海光佛　南無
普生妙一切智速佛　南無師子光無量力
智佛　南無見一切法清淨勝智佛　南無
遠離一切憂惱佛　南無自在妙威德佛
南無金剛華火光佛　南無觀法界奮迅佛
南無然樹緊那羅王佛　南無然香燈佛

南無應王佛　南無如來功德普門見佛
南無一切法普奮迅王佛　南無廣化自
在佛　南無法界解脱光明不可思議意佛
南無如來無垢光佛　南無盧舍那世間
輪勝聲佛　南無波頭摩鬚無邊眼佛　南
無喜樂成佛　南無一切智行境界慧佛
南無廣寂妙聲佛　南無虛空無垢智月佛

已上五千八百佛

南無福德海厚雲相華佛　南無能作喜勝
王佛　南無勝聲吼幢佛　南無觀眼奮迅
佛　南無無盡智金剛佛　南無普眼日藏
照佛　南無一切吼聲佛　南無無量智歎
佛　南無一切福德彌樓上佛　南無根日
威德佛　南無滿光明身光佛　南無地第
一相華佛　南無雲無畏見佛　南無平等

言語雞頭佛　南無實然燈王佛　南無堅精進奮迅成就義心佛　南無普照觀稱佛　南無慈光明稱勝佛　南無福德稱上勝佛　南無念一切衆生稱勝佛　南無須彌步稱勝佛　南無畢慚愧稱上勝佛　南無教化一切世間佛　南無離一切憂佛　南無離一切難佛　南無離一切世間佛　南無能轉胎佛　南無轉女根佛　南無轉男女降伏佛　南無佛華勝上王佛　南無不空說名佛　南無善慧法通王佛　南無十方廣功德稱無盡樂佛　南無愛大智見不空聞名佛　南無無量力智勝佛　南無成就梵功德佛　南無香象佛　南無金剛窓迹佛　南無善轉成就義佛　南無盧舍那化勝威德佛　南無常功德然燈去慧佛

南無到諸疑彼岸月佛　南無到法界無量聲慧佛　南無然燈勝光明佛　南無法界日光明佛　南無無邊無中功德海轉法輪聲佛　南無日不可思議智見佛　南無寶勝光明威德王佛　南無無盡功德妙莊嚴佛　南無不可量力普吼佛　南無普眼滿足然燈佛　南無勝功德炬佛　南無大龍聲佛　南無波頭摩師子坐奮迅齊佛　南無智聚覺光佛　南無住持地善威德王佛　南無善住法然燈王佛　南無不空見生喜作佛　南無放身焰幢佛　南無清淨衆生行佛　南無一切德雲普光明佛　南無敷華相月智佛　南無第一光明金庭燎佛　南無觀一切法海無差別光明佛　南無化日佛　南無寶蓋勝盧舍那佛　南無善

思惟佛　南無精進勝堅慧佛　南無敷華心波頭摩佛　南無清淨眼佛　南無月光自在佛　南無無盡法海寶幢佛　南無金剛波頭摩勝佛　南無廣俱蘇摩作佛　南無人自在幢佛　南無一切智輪照盧舍那佛　南無龍稱無量功德佛　南無寶功德鬚光佛　南無一切力莊嚴慧佛　南無寶焰須彌山佛　南無一切行光明勝佛　南無一切波羅蜜海佛　南無寶焰面門幢佛
南無成就一切願光明佛　南無廣得一切法齊佛　南無光明羅網勝佛　南無寶山幢佛　南無無邊中智海藏佛　南無清淨一切義功德幢佛　南無一切通首王佛
南無無障礙一切法界盧舍那佛　南無勝三昧精進慧佛　南無無礙法界然燈佛
南無無礙法界須彌幢勝王佛　南無菩提分俱蘇摩作王佛　南無得世間功德大海佛　南無寶師子力佛　南無普智海王佛　南無波頭摩善化幢佛　南無無盡光明普門聲佛

已上五千九百佛（此卷內多二位）

佛說佛名經卷第六

音釋

焰（以贍切）　敵（徒歷切）　嫉（秦悉切）　諂（丑琰切）　藪（蘇后切）　髻（古細切）　劬（其俱切）　擔（丁紺切）

佛說佛名經卷第七

元魏北天竺三藏法師菩提留支譯

南無普功德雲勝威德佛　南無勝慧海佛　南無智月華雲佛　南無香光威德佛　南無堅王幢佛　南無普門見無障礙清淨佛　南無不可降伏法自在慧佛　南無波頭摩光明敷王佛　南無大精進善智慧佛　南無精進德佛　南無不可降伏妙威德佛　南無一切功德勝心王佛　南無善成就無邊功德王佛　南無斷諸疑廣善眼佛　南無妙功德勝慧佛　南無過諸光明勝光明佛　南無須彌山然燈佛　南無無盡化善雲佛　南無無量光明化王佛　南無自智梵行佛　南無師子眼焰雲佛　南無大海天焰門佛　南無覺首佛　南無智勝佛　南無無量味大聖天佛　南無無垢速雲聞佛　南無滿法界盧舍那佛　南無金色華佛　南無大功德華敷無垢佛　南無照勝威德王佛　南無不住眼無垢佛　南無無礙莊嚴佛　南無法智差別佛　南無轉燈輪幢佛　南無法界輪佛　南無一切佛　南無寶勝王佛　南無月燈佛　南無無邊光明智輪幢佛　南無無著智幢佛　南無師子佛　南無月智佛　南無日照佛　南無常放普光明舌功德海王佛　南無無邊光明法界莊嚴王佛　南無長臂佛　南無高見佛　南無無垢地平等光明世界普照十方光明聲吼虛空盧舍那佛　南無清淨華池莊嚴世界普門見妙光明佛　南無無邊功德住持世界無邊功德普光佛

南無彌留勝然燈世界普光明虛空鏡像佛　南無一切妙聲善愛聞世界喜樂見華火佛　南無妙聲莊嚴世界寶須彌山然燈佛　南無一切寶色莊嚴光明照世界善化法界聲幢佛　南無香藏金剛莊嚴世界金剛光明電聲吼佛　南無焰聲世界不可降伏力月佛　南無寶波頭摩閻錯莊嚴無垢世界法城慧吼聲佛　南無能與樂世界十方世界廣稱名智燈佛　南無手無垢善無垢羅網世界師子光明滿足功德大海佛　南無妙華幢照世界大智敷華光明佛　南無無量莊嚴閻錯世界高智種種華光明佛　南無無邊莊嚴世界普滿法界幢眼佛　南無寶畫普光莊嚴世界妙慧上首佛　南無鬚王世界作月光明幢佛　南無無垢藏莊嚴世界善覺梵威德佛　南無寶光明身世界一切種力虛空然燈佛　南無寶首瓔珞成就世界一切諸波羅蜜相大海威德佛　南無輪塵普蓋世界斷一切著喜作佛　南無寶鬘妙幢世界大稱廣功德吼照佛　南無不可思議莊嚴普莊嚴光明世界無差別智光明功德海佛　南無無盡光明擇幢世界無邊法界無垢光明佛　南無放寶焰華世界清淨寶鏡像佛　南無威德焰藏世界無障礙奮迅光明吼佛　南無寶輪平等光莊嚴世界普寶光明佛　南無栴檀樹鬚幢世界清淨一切念無礙光明佛　南無佛國土色輪善修莊嚴世界廣喜見光明智慧佛　南無微細光明莊嚴照世界法界奮迅善觀佛　南無無邊色形相世界無障礙智成

就佛　南無普焰雲火然世界不退轉法輪
吼佛　南無種種寶莊嚴清淨輪世界清淨
色相華威德佛　南無究竟善修世界無障
礙日眼佛　南無善作堅固金剛座成就勝
世界過法界智身光明佛　南無十方莊嚴
無障礙世界寶廣炬佛　南無差别色光明
世界普光明華雲王佛　南無寶門種種幢
世界普見妙功德光明佛　南無摩尼頂作
鬚光明世界普十方聲雲佛　南無自在摩
尼金剛藏世界智勝須彌王佛　南無摩尼
衣座成就勝世界放香光明功德寶莊嚴佛
南無華憂波羅莊嚴世界普智幢聲王佛
南無寶莊嚴種種藏世界一切法無畏然
燈佛　南無香勝無垢光明世界普喜速勝
王佛　南無日幢樂藏世界普門智盧舍那
吼佛　南無香莊嚴快藏世界無量功德海
光明佛　南無寶師子火光明世界法雲電
光佛　南無相快照世界無障礙功德稱解
脱光明王佛　南無功德成就光明照世界
清淨眼無垢然燈佛　南無種種香華勝莊
嚴世界師子光明勝光佛　南無寶莊嚴平
等光明世界廣光明智勝幢佛　南無種種
光明鬚快世界金光明無量力日成就佛
南無放光拘蘇摩沉淪世界香光明喜力堅
固佛

從此已上六千佛

南無光明清淨種種作世界光明力堅固佛
南無光明清淨種種作世界普光明大自
在幢佛　南無拘蘇彌多炎輪莊嚴世界喜
海莊嚴功德稱自在王佛　南無地成就威

德世界廣稱智海幢佛　南無放聲吼世界相光明月佛　南無金剛幢世界一切法海勝王佛　南無無量功德莊嚴世界無量衆生功德法住佛　南無光明照世界梵自在勝佛　南無生無垢光明世界妙法界勝吼佛　南無種種光明照然燈世界不可嫌力普光明幢佛　南無照平等光明世界無垢功德日眼佛　南無寶作莊嚴藏世界無障礙智普照十方佛　南無無塵世界無量勝行幢佛　南無清淨光明世界法界虚空平等光明照佛　南無寶藏波浪勝成就世界功德相雲勝威德佛　南無宫殿莊嚴幢世界盧舍那勝頂光明佛　南無鬚勝藏世界一切法無邊海慧佛　南無善化香勝世界相法化普光佛　南無快地色光世界善眷

屬盧舍那佛　南無善作敷世界法行喜無盡慧佛　南無勝福德威德輪世界無垢清淨普光明佛　南無摩尼寶波頭摩莊嚴世界清淨眼華勝佛　南無焰地成就世界無量力成就慧佛　南無梵照世界虚空廣眼月佛　南無聲塵平等世界金色然彌樓然燈佛　南無寶色莊嚴世界智勝妙法界光明佛　南無金色善光明世界寶然燈普光明幢佛　南無盧舍那光明世界火勝華奮迅善照佛　南無寶月作藏世界無盡功德華威德佛　南無鏡光明照世界行力甘露吼聲佛　南無妙栴檀快月莊嚴世界妙法智慧勝威德光明佛　南無無邊功德聚集世界無邊精進光明功德勝王佛　南無大莊嚴成就世界日燈王佛　南無波頭摩跋

提世界普華佛　南無摩梨支世界盧舍那佛　南無清淨行世界那羅延華幢佛　南無有華世界波頭摩威德佛　南無有雲世界雲聲王佛　南無不可行世界薝蔔色佛　南無蓮華世界波頭摩勝佛　南無光幢世界光明王佛　南無無邊功德莊嚴光明世界莊嚴王佛　南無無量光明世界普賢佛　南無無邊功德寶作示現安樂世界無邊功德寶集示現安樂金色光明師子奮迅王佛　南無普寶間錯世界普光明妙勝山王佛　南無普無垢世界無垢稱王佛　南無清淨行世界普華佛

善男子如是諸世界中諸佛一切歸命及彼菩薩摩訶薩一切大衆亦悉歸命爾時諸比丘白佛言世尊世尊如是諸佛如來所有壽命長短等不佛告諸比丘汝等諦聽當爲汝説比丘我此娑婆世界賢劫釋迦牟尼佛國土一劫於安樂世界爲一日一夜若安樂世界阿彌陀佛國土一劫於袈裟幢世界碎金剛佛國土爲一日一夜若袈裟幢世界碎金剛佛國土一劫於不退輪吼世界善快光明波頭摩敷身如來佛國土爲一日一夜若不退輪吼世界一劫於無垢世界法幢如來佛國土爲一日一夜若無垢世界一劫於善然燈世界師子如來佛國土爲一日一夜若善然燈世界一劫於善光明世界盧舍那藏如來佛國土爲一日一夜若善光明世界一劫於難過世界法光明波頭摩敷身如來佛國土爲一日一夜若難過世界一劫於莊嚴慧世界一切通光如來佛國土爲一日一夜若

莊嚴慧世界一劫於鏡輪光世界月智如來
佛國土爲一日一夜比丘入如是數滿足過
十阿僧祇百千萬世界最後波頭摩勝世界
於賢勝如來佛國土爲一日一夜比丘如是
等世界無量無邊長短不等諸佛如來壽命
住世亦復如是諸比丘汝等應當稱此諸佛
名作如是言
南無如是等諸佛如來　南無釋迦牟尼佛
南無阿彌陁佛　南無碎金剛佛　南無
善快光明波頭摩敷身佛　南無法幢佛
南無師子佛　南無盧舍那藏佛　南無法
光明波頭摩敷身佛　南無一切通光佛
南無月智佛　南無喜身佛　南無無求利
佛　南無遊戲佛　南無離暗佛　南無多
天佛　南無彌樓相佛　南無衆明佛　南
無寶藏佛　南無極高行佛　南無賢勝佛
南無不動智佛　南無阿尼羅智佛　南
無阿私陁智佛　南無行智佛　南無阿樓
那智佛　南無常智佛　南無妙智佛　南
無樂自在天佛　南無梵天佛　南無勝智
天佛　南無菴摩羅月佛　南無不退月佛
南無不動月佛　南無阿尼羅月佛　南
無婆留那月佛　南無阿私月佛　南無勝
月佛　南無阿樓那月佛　南無無垢月佛
南無勝智月佛　南無不退眼佛　南無
第一眼佛　南無阿尼羅眼佛　南無不動
眼佛　南無阿私陁眼佛　南無行眼佛
南無婆留那眼佛　南無勝眼佛　南無微
妙清淨眼佛　南無不退幢佛　南無阿尼
羅幢佛　南無阿私陁幢佛

已上六千一百佛

南無行幢佛　南無阿樓那幢佛　南無常幢佛　南無妙幢佛　南無自在幢佛　南無梵幢佛　南無勝幢佛　南無彌留勝佛　南無波頭摩勝藏佛　南無普眼佛　南無梵命佛　南無金剛聲佛　南無婆藪天佛　南無善擇願起勝婆羅王佛　南無一切法決定王佛　南無彌留幢寂眼勝佛　南無致沙佛　南無弗沙佛　南無波頭摩勝佛　南無火光明佛　南無法意佛　南無善法佛　南無稱勝佛　南無寶慧佛　南無微妙勝佛　南無燈佛　南無擇義佛　南無自在佛　南無婆藪天佛　南無不去佛　南無擇勝佛　南無妙行佛　南無無礙月佛　南無無邊智上首佛　南無普眼佛　南無厚波婆羅佛　南無妙勝佛　南無日光佛　南無無邊光佛　南無法幢佛　南無無邊智然燈佛　南無普功德觀然燈佛　南無功德佛　南無金剛幢佛　南無因陀羅幢勝幢佛　南無普智寶焰勝功德幢佛　南無普智寶焰勝功德雞都佛　南無無垢輪大悲雲幢佛　南無金剛那羅延幢佛　南無無礙勝行佛　南無火焰佛　南無山勝莊嚴佛　南無一切法海上莊嚴速住佛　南無深法海妙光佛　南無寶焰圓然燈佛　南無功德海光明輪勝佛　南無盧遮那勝藏佛　南無滿虛空法界尸佉羅勝然燈佛　南無不退然燈佛　南無法界吼佛　南無妙法樹山王威德佛　南無一切法海吼王佛　南無寶光明然燈

幢佛　南無須彌功德光威德佛　南無法
雲吼王佛　南無智炬然燈王佛　南無法
電速幢勝佛　南無法然燈奮迅師子佛
南無不退法界吼佛　南無智力威德山王
佛　南無電光明劫善照世界初放栴檀香
光明照佛　南無善決定清淨劫無垢世界
初盧舍那佛　南無甘露莊嚴劫善清淨世
界初栴檀然燈王佛　南無善住劫妙香世
界初須彌光明勝王佛　南無善見劫莊嚴
世界初無邊功德種種寶莊嚴王佛　南無
焰清淨劫清淨世界初金剛奮迅佛　南無
不可嫌劫不可嫌世界初毗沙門佛　南無
不可嫌劫不可嫌稱世界初寶月佛　南無
不可訶劫稱財世界初不可思議光明佛
南無清淨莊嚴劫樂清淨世界初觀世王佛

南無眞塵劫光明摩世界初火光明佛
南無梵讚歎劫清淨世界初力莊嚴王佛
南無德光明莊嚴劫月幢世界初善眼佛
南無栴檀香行平等勝成就佛　南無法海
吼光明王佛　南無無垢轉法輪佛　南無
寂靜威德王佛　南無虛空劫然燈佛　南
無天自在藏佛　南無日羅幢雞都王佛
南無信威德佛　南無寶華藏佛　南無妙
日身佛　南無一切身智光明月佛　南無
不濁身佛　南無閻浮檀威德王佛　南無
相莊嚴身佛　南無種種光明火月佛　南
無善觀智雞都佛　南無無垢智光明王佛

已上六千二百佛

南無金剛那羅延精進佛　南無不可降伏
智處佛　南無師子智佛　南無普無垢智

通佛　南無無垢眼勝雲佛　南無金剛菩
提光佛　南無光燈火髻佛　南無智日雞
都佛　南無得功德佛　南無智光明雲光
佛　南無普照月佛　南無寶波頭摩敷身
佛　南無無障蓋吼佛　南無普光明奮迅
師子佛　南無法界境界慧月佛　南無一
切虛空樂說覺佛　南無初香善名佛　南
無普聲寂靜吼佛　南無甘露山威德佛
南無法海吼聲佛　南無善堅羅網堅佛
南無光明月微塵佛　南無虛空鏡像頭髻
佛　南無善智滿月面佛　南無清淨智華
光明佛　南無寶焰山勝王佛　南無無垢
功德火光明佛　南無寶月幢佛　南無寶
勝光明威德王佛　南無普智行佛　南無
焰海然燈佛　南無法無垢吼王佛　南無
不可比功德稱幢佛　南無三昧輪身佛
南無長臂本願無垢月佛　南無相智義然
燈佛　南無法起寶齊聲佛　南無勝照藏
王佛　南無乘幢佛　南無普不二勇猛佛
南無法海波頭摩廣信無畏天佛　南無
法海吼光王佛　南無無垢法山佛　南無
法輪光明髻佛　南無法日勝雲佛　南無
法海說聲王佛　南無法日智輪然燈佛
南無法華雞都幢雲佛　南無法焰山雞都
王佛　南無法行深勝月佛　南無法智普
鏡佛　南無藏普智作照佛　南無山王勝
藏王佛　南無普門賢照佛　南無連一切
法精進幢佛　南無法寶華勝雲佛　南無
寂光明深髻佛　南無法光明慈樂說光明
月佛　南無焰海佛　南無智日普光明佛

南無普輪頂佛　南無智光明王佛　南無福德光華燈佛　南無日光明王佛　南無智師子雞都幢王佛　南無寶相山佛　南無莊嚴山佛　南無日步普照佛　南無法羅網覺勝月佛　南無無畏那羅延師子佛　南無普智燈勇猛佛　南無法波頭摩敷身佛　南無功德華勝海佛　南無然法炬勝月佛　南無菩提輪善覺勝王佛　南無普賢鏡像髻佛　南無法幢然燈行佛　南無金剛海幢王佛　南無稱山勝雲佛　南無栴檀勝月佛　南無照衆生王佛　南無普功德華威德光佛　南無勝波頭摩華藏佛　南無因波頭摩佛　南無香焰光明勝佛　南無相山盧舍那佛　南無普聞名稱幢佛　南無法城光勝佛　南無普門光明須彌佛　南無功德威德佛　南無相勝法力勇猛幢佛　南無轉法輪光明吼佛　南無光明功德山般若照佛　南無轉法輪月妙勝佛　南無自在莊嚴住持威德佛　南無法華盧舍那清淨雞都佛　南無寶波頭摩光明藏佛　南無普覺華佛　南無寶山雲燈佛　南無種種光明勝彌留藏佛

已上六千三百佛

南無光明輪峯王佛　南無福德雲蓋佛　南無法峯雲幢佛　南無功德山威德佛　南無法日雲燈王佛　南無法雲稱勝月佛

南無法輪力雲佛　南無香解幢智威德佛　南無法輪清淨勝月佛　南無金山威德賢佛　南無賢首彌留威德佛　南無普慧雲吼佛　南無法力勝山佛　南無香焰

勝王佛　南無伽耶迦摩尼山聲佛　南無頂藏一切法光明輪佛　南無然法輪威德佛　南無山峯勝威德佛　南無普精進炬光明雲佛　南無三昧賢寶天冠光明佛南無勝寶光佛　南無法炬寶帳聲佛　南無樂法光明師子佛　南無莊嚴相月幢佛南無光明山雷電雲佛　南無無垢幢佛南無無礙法虛空光明佛　南無快智華敷身佛　南無世間妙光明聲佛　南無法三昧光明聲佛　南無法聲多藏佛　南無法火焰海聲佛　南無高法輪光明佛　南無三世相鏡像威德佛　南無法界師子光佛　南無法火焰光明佛　南無盧舍那勝須彌佛　南無一切三昧海師子佛　南無普光慧然燈佛　南無法界城然燈佛　南無普門吼光王佛　南無賢首佛　南無普光首佛　南無胎王佛　南無法界燈佛南無虛空山照佛　南無阿尼羅有眼佛南無龍自在王佛　南無普照勝須彌王佛南無無礙虛空智雞都幢王佛　南無普智光明照十方吼佛　南無雲王吼聲佛南無不空見佛　南無普照佛　南無實聲佛　南無金色寶作界妙山佛　南無妙聲佛　南無金閻浮幢千遮那光明佛　南無金色百光明佛　南無寶稱佛　南無不空稱佛　南無日愛佛　南無成就智義佛南無普賢佛　南無無垢光明雞都王佛南無寶焰佛　南無日月佛　南無海勝佛南無法幢佛　南無無邊功德王佛　南無寶藏佛　南無無垢面佛　南無無量壽

華佛　南無寶聚佛　南無智起佛　南無普護佛　南無薩婆毗浮佛　南無大焰佛

爾時優波摩那比丘從座而起偏袒右肩右膝著地白佛言世尊世尊幾佛過去佛告優波摩那比丘比丘譬如恒河沙世界下至水際上盡有頂滿中微塵比丘有人於中取爾所微塵過恒河沙世界下一微塵如是過恒河沙世界復下一塵如是盡爾所微塵比丘於意云何若著微塵若不著微塵是微塵數可知數不比丘言不也世尊佛告比丘比丘彼微塵可知其數而彼過去同名釋迦牟尼佛已入涅槃者不可數知比丘我知彼過去諸佛如現前見彼諸佛母同名摩訶摩耶父同名輸頭檀王城同名迦毗羅彼諸佛第一聲聞弟子同名舍利弗目揵連侍者弟子同名阿難何況種種異名母異名父異名城異名弟子異名侍者比丘彼若干世界彼人於何等世界著微塵何等世界不著微塵彼諸世界若著微塵若不著微塵下至水際上至有頂比丘復有第二人取一微塵過彼若干微塵數世界爾數佛國土阿僧祇億百千萬那由他世界爲一步比丘彼人復過是若干微塵數世界爲一步彼人如是過百千萬億那由他阿僧祇劫行乃下一塵如是盡諸微塵比丘如是若干世界滿中微塵復更著十方世界比丘復過是世界著微塵彼諸世界下至水際上至有頂滿中微塵比丘於意云何彼微塵可知數不比丘言不也世尊佛告比丘彼諸微塵可知其數彼同名母同名父同名城同名弟子同名侍者同名釋迦牟尼

佛不可知數如釋迦牟尼佛不勝幢佛亦如是盧舍那佛亦如是無垢勝眼佛亦如是光明清淨王佛亦如是無垢光明眼佛亦如是善無垢清淨佛亦如是成就無邊功德勝王佛亦如是寶光明佛亦如是寂修佛亦如是聲德佛亦如是波頭摩勝佛亦如是日月佛亦如是普寶蓋佛亦如是比丘汝當歸命如是等阿僧祇同名佛

南無普光明奮迅王佛　南無普照佛　南無藥王佛　南無彌留燈王佛　南無寶莊嚴佛　南無智成就佛　南無寶蓋佛　南無放焰佛　南無物成就佛　南無稱智佛　南無三昧勝佛　南無寶觀佛　南無寶雞都佛　南無尸羅施佛　南無娑羅王佛　南無寶意山雞兜王佛　南無大莊嚴佛

南無山自在王佛　南無旃陀佛　南無見義佛　南無自在幢佛　南無大彌留佛　南無無光勝佛

巳上六千四百佛

南無大莊嚴王佛　南無大智幢佛　南無日藏佛　南無梵自在佛　南無無畏上勝山王佛　南無智雞兜佛　南無餘依止黙聲王佛　南無智炬住持佛　南無過一切世間佛　南無法照佛　南無無垢光佛　南無普光佛　南無一切勝佛　南無寂靜妙聲佛　南無普勝佛　南無勝山王師子奮迅境界聲佛　南無地住持佛　南無功德王光佛　南無住持智庭燎佛　南無樂說勝王佛　南無難勝佛　南無金色波頭摩成王佛　南無寶作佛　南無無量聲佛

南無親光佛　南無龍天佛　南無天力佛　南無師子佛　南無離諍光佛　南無世天佛　南無勝功德王莊嚴威德王劫佛　南無勝積佛　南無人王佛　南無華王佛　南無華勝佛　南無發精進佛　南無因陀羅雞兜佛　南無清淨無垢光佛　南無善提寶華不斷絶光明王佛　南無薝蔔上佛　南無意福德自在佛　南無觀聲王佛　南無無垢威德佛　南無功德寶集吼佛　南無成就德佛　南無成就勝佛　南無斯何佛　南無威德佛　南無阿輸迦世界賢妙勝佛

若善男子善女人受持是佛名必得不退菩提

南無難陀世界栴檀勝佛

若善男子善女人受持是佛名畢竟得清淨心

南無跋陀世界寂滌佛　南無意智雞兜世界破魔力佛　南無滿月世界無憂佛　南無雞兜意勝世界寶杖佛　南無語吼聲勝世界華勝佛　南無差摩世界三奮迅佛　南無廣世界樹提勝佛　南無月勝世界金剛功德身佛　南無過去無量無邊海勝佛

若善男子稱彼佛名得畢竟不退菩提心

南無彌留勝王佛

彼佛初成佛第一會八十億百千萬那由他聲聞衆第二會七十億百千萬那由他第三會六十億百千萬那由他第四會二十五億百千萬那由他如是菩薩無量無邊百千萬億那由他

南無師子妙聲王佛
彼如來初會有九十九億聲聞第二會九十億第三會九十三億第四會九十九億如是菩薩摩訶薩衆無量無邊
南無華勝佛
彼佛初會八十億聲聞菩薩僧亦如是
南無妙行佛
彼佛初會八十億聲聞菩薩僧亦如是
南無無量大莊嚴佛
彼佛初會八十億聲聞第二會七十億乃至第十會亦如是菩薩僧亦如是無量無邊
南無放焰佛
彼佛初會有九十億聲聞如是第二乃至第十亦如是菩薩摩訶薩僧無量無邊
南無一切光明佛

彼佛初會有那由他億聲聞菩薩僧亦如是
南無無量光明佛
彼佛初會聲聞有九十六億第二會九十四億第三會九十二億菩薩僧亦如是
南無聲德佛
彼佛初會聲聞有八十億第二會七十億第三會六十億菩薩僧亦如是
應當歸命如是等無量無邊諸佛菩薩
復次比丘應當敬禮南方清淨無垢世界菩薩佛謂文殊師利現在普見如來佛國土中
復次比丘應敬禮四大士菩薩第一名光明幢現在東方無畏如來佛國土中第二名智勝現在南方智聚如來佛國土中第三名寂根現在西方智山如來佛國土中第四名願意成就現在北方那羅延如來佛國土中

復次摩訶男比丘重問如來世尊過去幾佛入涅槃佛告摩訶男汝今諦聽當爲汝說比丘東方恒河沙世界南方恒河沙世界西方恒河沙世界北方恒河沙世界上下四維恒河沙世界彼一切世界下至水際上盡有頂滿中微塵比丘於意云何彼如是微塵可知數不比丘言不也世尊佛告比丘如是同名釋迦牟尼佛過去入涅槃者不可數知比丘我知彼過去諸佛如現在前彼諸佛母同名摩訶摩耶父同名輸頭檀王城同名迦毗羅彼佛第一聲聞弟子同名舍利弗目揵連侍者弟子同名阿難陀何況種種異名毋異名父異名城異名弟子異名侍者異名比丘彼若干世界彼人於何等世界著微塵何等世界不著微塵彼諸世界若著微塵及不著者下至水際上至有頂比丘復有第二人取彼微塵彼若干微塵數世界爾所佛國土阿僧祇億百千萬那由他世界過爾所世界爲一步比丘彼人復過若干微塵數世界爲一步彼人如是過百千萬億那由他阿僧祇劫行乃下一塵如是盡諸微塵比丘如是若干世界若著微塵及不著者滿中微塵復更著十方世界比丘復過是世界若著微塵及不著者彼諸世界下至水際上至有頂滿中微塵比丘於意云何彼諸微塵可知數不比丘言不也世尊佛告比丘彼諸微塵可知其數彼同名釋迦牟尼佛母同名摩訶摩耶父同名輸頭檀王城同名迦毗羅第一弟子同名舍利弗目揵連侍者弟子同名阿難陀不可知數復次比丘復有第三人取彼爾所世界微

塵過彼爾所微塵數世界爲一步過若干百千萬億那由他阿僧祇劫行乃下一塵如是盡諸微塵復有第四人彼若干微塵數世界若著若不著下至水際上至有頂滿中微塵比丘於意云何彼微塵可知數不比丘言不也世尊佛告比丘彼若干微塵可知其數然彼同名釋迦牟尼佛母同名父同名世界同名弟子同名侍者同名佛不可知數比丘如是第五人第六第七第八第九第十人復次比丘復有第十一人是人彼若干微塵中取一微塵破爲十分若干世界微塵數分如一微塵破爲若干分如是餘微塵亦悉破爲若干世界微塵數分比丘於意云何彼微塵可知數不比丘言不也世尊佛告比丘復有人以彼若干微塵佛國土爲過一步如是速疾神通行東方世界無量無邊劫行如是東方世界下一微塵東方盡如是微塵若著微塵及不著者下至水際上至有頂滿中微塵如是南方乃至十方下至水際上至有頂滿中微塵比丘於意云何彼微塵可知數不比丘言不也世尊佛告比丘若干微塵分可知其數然現今在世同名釋迦牟尼佛入涅槃不可知數母同名摩訶摩耶父同名輸頭檀城同名迦毗羅弟子同名舍利弗目揵連侍者弟子同名阿難陀何況種種異名比丘我若干微塵數劫住世說一同名釋迦牟尼佛不可窮盡如是同名然燈佛同名提波延佛同名燈光明佛同名一切勝佛同名稱王佛同名波頭摩勝佛同名毗婆尸佛同名尸棄佛同名毗舍浮佛同名拘留孫佛同名拘那

舍牟尼佛同名迦葉佛如是等異名母乃至
異名侍者入涅槃我知彼佛如現在前應當
敬禮如是等諸佛爾時優波摩那比丘白佛
言世尊世尊未來幾許佛佛告優波摩那比
丘汝今諦聽當為汝說比丘未來星宿劫中
有三百佛出世同名大雞兜佛復有十千同
名莊嚴王佛華作劫中有一億百千萬佛出
世同名菩提覺華佛復有八頻婆羅佛出世
同名離愛佛多盧波摩劫中有六千佛出世
同名散華佛勝聲劫中娑羅自在高幢世界
十千佛出世同名清淨憂波羅香山佛普華
劫中有千八百佛出世同名離愛佛復有千
三百佛出世同名梵聲佛復有劫中三十億
佛出世同名釋迦牟尼佛復有劫中八千同
名然燈佛出世復有劫中六十千同名歡喜

佛出世復有劫中三億佛出世同名弗沙佛
復有劫中十八千佛出世同名娑羅自在王
佛復有劫中三百佛出世同名波頭摩勝佛
復有劫中五百佛出世同名波多婆佛復有
劫中千佛出世同名閻浮檀佛復有劫中十
二八千萬佛出世同名見一切義佛復有劫
中千佛出世同名俱隣佛復有劫中九千佛
出世同名迦葉佛復有劫中十八佛出世同
名因陀羅幢佛復有劫中十五佛出世同名
日光佛復有劫中六十億佛出世同名大莊
嚴佛復有劫中六十佛出世同名因陀幢佛
復有劫中五百佛出世同名日佛復有劫中
六十億佛出世同名大莊嚴佛復有劫中六
十二百佛出世同名寂行佛復有劫中六十
億佛出世同名娑羅自在王佛復有劫中八

千佛出世同名堅精進佛復有劫中百億佛出世同名決定光明佛復有劫中八十億佛出世同名實法決定佛復有劫中六十二億佛出世同名毗留羅佛復有劫中六十千佛出世同名妙波頭摩佛復有劫中四十千佛出世同名願莊嚴佛復有劫中五百佛出世同名華勝王佛復有劫中四十億那由他佛出世同名妙聲佛復有劫中千佛出世同名功德蓋安隱自在王佛復有劫中六十千佛出世同名堅修柔輭佛復有劫中千佛國土微塵數百千萬不可說不可說佛出世同名普賢佛復有劫中七千佛出世同名法莊嚴王佛比丘舉要言之未來諸佛無量無邊不可說不可說不可窮盡比丘汝應當一心歸命如是等諸佛爾時舍利弗從座而起偏袒右肩右膝著地胡跪合掌白佛言世尊幾佛現在佛告舍利弗汝見我現在身耶舍利弗言如是世尊我今實見佛身復告舍利弗我今見十方無量無邊不可說不可說世界同我名釋迦牟尼佛在世者如汝見我無異如是同名然燈佛同名毗婆尸佛同名尸棄佛同名毗舍浮佛同名拘留孫佛同名俱那含佛同名迦葉佛舍利弗舉要言之我若一劫若百千萬億那由他劫說同名諸佛不可窮盡何況異名佛此如是等諸佛皆是文殊師利初教發阿耨多羅三藐三菩提心舍利弗汝應當一心歸命如是等諸佛舍利弗現在五百同名智幢佛復有劫五百同名法幢佛復有劫六十二同名然燈佛復有劫六十二同名尸棄佛復有劫千同名然火畢茶自在

王聲佛復有劫二千不同名或名智勝佛或名炬燈王佛或名法勝佛或名梵勝佛舍利弗汝應當一心歸命如是等諸佛舍利弗復有佛名妙聲分聲佛舍利弗彼妙聲分聲佛壽命六十百歲過是東方名智自在兩足尊彼智自在如來壽命十二千歲過智自在世尊復有佛名威德自在兩足尊彼威德自在佛壽命七十六千歲過威德自在世尊復有佛名摩醯首羅彼摩醯首羅佛壽命滿一億歲過摩醯首羅佛復有佛名梵聲彼梵聲佛壽命滿足十億歲過梵聲世尊復有佛名大衆自在彼大衆自在佛壽命滿足六十千歲過大衆自在世尊復有佛名聲自在佛彼聲自在佛壽命滿足一億歲過聲自在世尊復有佛名勝聲彼勝聲佛壽命滿足百億歲過彼勝聲世尊復有佛名月面彼月面佛壽命一日一夜過月面世尊復有佛名日面彼日面佛壽命滿足千八百歲過日面世尊復有佛名梵面彼梵面佛壽命滿足三十三千歲過梵面世尊復有佛名梵阿娑婆彼梵阿娑婆佛壽命滿足千八百歲舍利弗汝應當一心歸命如是等諸佛舍利弗復過一劫中二百佛出世我說彼佛名汝當歸命

南無不可嫌身佛　南無稱名佛　南無威德佛　南無稱吼佛　南無稱聲佛　南無聲清淨佛　南無智勝佛　南無智解佛　南無黠慧佛　南無智通佛　南無智成就佛　南無智供養佛　南無智妙佛　南無智勇猛佛　南無智焰佛　南無淨上佛　南無法寶佛　南無智光佛　南無梵天佛

南無善梵天佛　南無淨婆藪佛　南無妙梵聲佛　南無梵自在佛　南無梵天自在佛　南無因那陀佛　南無梵吼佛　南無梵德佛　南無威德力佛　南無威德自在佛　南無善威德佛　南無威德絕倫無能調伏佛　南無威德起佛

已上六千五百佛

佛說佛名經卷第七

音釋

瓔珞（瓔於盈切　珞盧各切）嫌（戶兼切）胎（他來切）輭（而兗切）

佛說佛名經卷第八

元魏北天竺三藏法師菩提留支譯

南無威德天佛　南無善決定威德佛　南無威德勝佛　南無驚怖佛　南無驚怖意佛　南無驚怖慧佛　南無驚怖衆生佛　南無驚怖面佛　南無驚怖起佛　南無威德決定畢竟佛　南無威德天佛　南無驚怖實佛　南無見驚怖佛　南無善眼佛　南無月勝佛　南無深聲佛　南無無邊聲佛　南無淨聲佛　南無清淨聲佛　南無無量聲佛　南無放聲佛　南無降伏魔力聲佛　南無住持聲佛　南無善目佛　南無善照佛　南無普眼佛　南無清淨面佛　南無無邊眼佛　南無稱眼佛　南無眼莊嚴佛　南無不可嫌眼佛　南無調柔語佛　南無調勝佛　南無善調心佛　南無善寂根佛　南無善寂意佛　南無善寂妙佛　南無善寂行佛　南無善寂步佛　南無善寂彼岸佛　南無善寂勇猛佛　南無住勝佛　南無善寂靜心佛　南無衆自在佛　南無衆上首自在王佛　南無有衆佛　南無勝衆佛　南無清淨智佛　南無大衆自在佛　南無衆勇猛佛　南無放妙香佛　南無法方佛　南無法雞兜佛　南無法行佛　南無法寶佛　南無法力佛　南無法住佛　南無善法佛　南無法勇猛佛

南無法樂決定佛

南無實法決定一劫中八十億同名決定佛第二劫中八十億亦同名決定佛過決定佛名勝成就佛亦應一心敬禮

南無安隱佛　南無拘隣佛　南無善歡喜佛　南無善眼佛　南無頭陀羅吒佛　南無毗留博叉佛　南無善眼佛　南無妙眼佛　南無善見佛　南無善解佛　南無釋迦牟尼佛　南無妙去佛　南無大勝佛　南無栴檀佛　南無大功德佛　南無善度佛　南無滅惡佛　南無摩梨支佛　南無光明佛　南無滿月佛　南無淨名佛　南無淨德佛　南無淨住佛　南無喜勝佛　南無月幢佛　南無寶起佛　南無無畏佛

南無然燈佛　南無法妙佛　南無高鬘佛　南無稱妙佛　南無次勝妙釋迦牟尼佛　南無吉沙佛　南無弗沙佛　南無毗婆尸佛　南無尸棄佛　南無毗舍浮佛　南無拘留孫佛　南無拘那含佛　南無迦葉佛

已上六千六百佛

佛復告舍利弗現在東方可樂世界中名阿閦佛應當一心敬禮

南無日藏佛　南無日作佛　南無龍王自在王佛　南無龍歡喜佛　南無自在佛　南無稱光明佛　南無山城佛　南無普妙佛　南無普寶佛　南無稱自在王佛　南無行法行稱佛　南無初智慧佛　南無智山佛　南無因光明佛　南無生勝佛　南無彌留藏佛　南無智海佛　南無大精進佛　南無高山勝佛　南無功德藏佛　南無智法界佛　南無無畏自在佛　南無大精進成就佛　南無智成就佛　南無無礙王佛　南無地力精進佛　南無住持佛

南無力王佛　南無善見佛　南無法光明
王佛　南無降伏魔佛　南無不斷餤佛
南無功德山佛　南無智齊佛　南無無障
力王佛　南無善思惟佛　南無師子歡喜
佛　南無戒光明佛　南無快勝王佛　南
無盡智藏佛　南無寶面勝佛　南無智波
婆佛　南無決定稱佛　南無無邊觀王佛
南無法華雨佛　南無作光明佛　南無
高山王佛　南無成就法輪王佛　南無無
垢眼佛　南無大名聲德佛　南無無礙智
力王佛　南無無礙安隱佛　南無寂門佛
南無福德力精進佛　南無智衣王佛
南無法自在王佛　南無無妨安隱佛　南
無智成就佛　南無大力彌留藏佛　南無
觀功德精進佛　南無得無障不迷佛　南

無香光明佛　南無功德聚集王佛　南無
法齊底佛　南無聲自在王佛　南無護聲
佛　南無種種力精進王佛　南無寶光明
勝王佛　南無過一切須彌山王佛　南無
寶彌留佛　南無不動法佛　南無堅固蓋
王佛　南無普功德佛　南無法娑羅彌留
佛　南無聚集智聲佛　南無智焰華月王
佛　南無龍王自在王佛　南無優曇末華
王佛　南無眞金色王佛　南無增長法幢
王佛　南無栴檀波羅光佛　南無住法功
德稱佛　南無堅固意精進佛　南無然塵
燈佛　南無精進步佛　南無無邊堅固幢
佛　南無最法稱佛　南無法王佛　南無
降伏大衆佛　南無有光焰華高山佛　南
無智勝照佛　南無才威德然燈佛　南無

無諍無畏佛 南無智化聲佛 南無二輪成就佛 南無妙身蓋佛 南無勝莊嚴王佛 南無師子座善坐佛 南無放月光華王佛 南無善意佛

已上六千七百佛

復次舍利弗現在南方佛汝應當一心歸命

南無法自在吼佛 南無師子奮迅王佛 南無初發心香自在娑羅佛 南無那羅延自在藏彌留勝佛 南無寶山精進自在集功德佛 南無樹提藏佛 南無星宿方便稱佛 南無功德力娑羅王佛 南無大意佛 南無妙聲吼奮迅佛 南無妙聲佛 南無得一切衆生意佛 南無寶地山佛 南無法雲吼聲佛 南無無垢光明佛 南無香波頭摩精進王成就佛 南無因緣光明佛 南無無邊功德王佛 南無光波婆吒佛 南無功德積佛 南無增長明佛 南無師子聲奮迅佛 南無觀法佛 南無大力師子奮迅佛 南無法華通佛 南無敬法清淨佛 南無堅精進行奮迅佛 南無自精進佛 南無彌留光佛 南無功德阿尼羅佛 南無淨相佛 南無喚智佛 南無智慧作佛 南無不破廣慧佛 南無力慧佛 南無憂頭鉢佛 南無法堅固歡喜佛 南無堅固意自在佛 南無發捨成就佛 南無平等須彌山面佛 南無清淨藏佛 南無一切衆生自在佛 南無智自在佛 南無勝業清淨見佛 南無善快奮迅佛 南無無障無著精進佛 南無世間自在佛 南無廣法行佛 南無功德成就

佛　南無不怯弱成就佛　南無城如意通
佛　南無如觀法佛　南無栴檀鬘佛　南
無敬重戒王佛　南無寶名佛　南無龍王
自在聲佛　南無大智莊嚴佛　南無無孤
獨功德佛　南無阿羅摩佛　南無不滅莊
嚴佛　南無淨功德莊嚴佛　南無自在相
好莊嚴稱佛　南無行自在王佛　南無法
華彌留佛　南無法性莊嚴佛　南無願滿
足佛　南無大捨莊嚴佛　南無千法無畏
佛　南無有自在成就佛　南無樂法奮迅
佛　南無寂王佛　南無解脫王佛　南無
肩彌留佛　南無如意力電王佛　南無無
障佛月佛　南無不讚歎世間勝佛　南無
法王決定佛　南無寶星宿雲王佛　南無
阿私多寶勝佛　南無法行自在佛　南無
地勇名佛　南無無邊勝寶名佛　南無普
勝生佛　南無名智奮迅王佛　南無千光
靜住王佛　南無名樹迦那伽王佛　南無
名增長慧佛　南無法華通直心佛　南無
名照觀佛王佛　南無名快照光明精進通
集佛　南無名智盡天佛　南無名不著惡
勝佛　南無名勝妙法佛　南無名大智聲
智慧佛　南無名見一切世間不畏佛　南
無名見無畏佛　南無名聲去佛　南無如
來行無量王佛

復次舍利弗現在西方佛汝應當一心敬禮
南無初光明華心照佛　南無妙聲修行乳
佛

已上六千八百佛

南無住勝智稱佛　南無普見佛　南無作

非作心華光佛　南無法行然燈佛　南無普勝佛　南無智吼稱王佛　南無梵聲歡喜吼佛　南無千眼佛　南無海香焰佛
南無千月自在藏佛　南無法速樂行佛
南無身賢遠光佛　南無師子廣眼佛　南無十力光明勝佛　南無智來佛　南無無邊精進勝面佛　南無大勝成就法佛　南無不空見佛　南無不可盡色佛　南無觀法智佛　南無無妨王佛　南無無邊德佛
南無智察法佛　南無一切善根菩提通佛　南無無礙精進善思惟奮迅王佛　南無上智勝善住功德佛　南無智香勝佛
南無智勝見尸棄王佛　南無妙功德智佛
南無法清淨來佛　南無不憂法華吼王佛　南無勝上功德佛　南無開法門藏佛

南無眾法同王佛　南無力王善住法佛
南無善擇力得佛　南無無邊門見佛
南無善化莊嚴佛　南無不似見佛　南無離瞋功德王佛　南無離塵億勝佛　南無大力般若奮迅王佛　南無法鏡像佛　南無堅叉利成就佛　南無一切智功德勝佛
南無不樂出功德佛　南無精進過精進自在山佛　南無一切世間自在橋梁勝佛
南無示現盡德佛　南無清淨戒功德王佛　南無華嚴作莊嚴佛　南無獨王佛
南無得大通願力佛　南無吼聲速精進佛
南無勝身羅延智佛　南無那羅延佛
南無寶光阿尼羅勝佛　南無寶海炎佛
南無大海彌留勝王佛　南無初不濁天王佛　南無不住生戒勝功德王佛　南無勝

慧佛　南無虛空樂說無礙稱佛　南無無
比藏稱佛　南無天自在梵增上佛　南無
善行見王佛　南無種種行王佛　南無盧
舍那勝功德佛　南無自在佛　南無住華
佛　南無智善根成就性佛　南無無障礙
智成就佛　南無善決法佛　南無種種願
光佛　南無法莊嚴觀樂說稱佛　南無三
寶然燈佛　南無摩訶思惟藏佛　南無不
可思議王佛　南無自在憶佛　南無師子
胷藏佛　南無智王莊嚴佛　南無自在根
佛　南無離聲眼佛　南無善香佛　南無
不染佛　南無法身佛　南無波頭摩佛
南無廣戒王佛　南無心善行稱佛　南無
法自在佛　南無如意通觀藏佛　南無然
貪燈王佛　南無世間意成就善法佛　南

無福德勝田佛　南無善觀佛　南無法勝佛
復次舍利弗現在北方佛汝應當一心歸命
南無初勝藏山佛　南無放光明佛　南無
無邊智慧佛　南無龍華佛　南無一切龍
奮迅勇猛佛

已上六千九百佛

南無降伏一切魔佛　南無法世間鏡像佛
南無福德莊嚴佛　南無勝婆嗟山佛
南無法來王佛　南無普莊嚴樹行勝佛
南無佛化成就佛　南無寶積成就佛　南
無一切成就稱佛　南無三世智勝佛　南
無勝威善住佛　南無種種願光佛　南無
種種光明佛　南無不退百勝光佛　南無
分闍羅勝佛　南無奪一切邪見佛　南無
得佛眼輪佛　南無得一切佛智佛　南無

大慈悲救護勝佛　南無師子智橋梁佛
南無住實際王佛　南無諸善根福德法成
就佛　南無大無垢智佛　南無智稱王佛
南無佛法波頭摩佛　南無與一切相佛
南無隨一切意法雲佛　南無大毗留茶
佛　南無滿足精進實慧佛　南無勝光明
佛　南無不動法智光佛　南無栴檀雲王
佛　南無不染波頭摩聲佛　南無法增上
聲佛　南無撰擇法無礙華稱佛　南無無
垢劫佛　南無佛眼無垢精進增上輪佛
南無智自在稱佛　南無無邊疑佛　南無
廣威德自在王佛　南無無邊智奮迅無礙
心佛　南無欲法道善住佛　南無一切生
智佛　南無降伏魔力堅固意佛　南無精
進自在寶王佛　南無威德藏佛　南無見

利益一切歡喜佛　南無種種日藏佛　南
無大步日王佛　南無無垢法王佛　南無
聲分妙寶吼佛　南無不退精進示現佛
南無莊嚴佛國土王佛　南無智根本華佛
南無不稱涅槃佛　南無一切龍摩尼藏
佛　南無樂法自在佛　南無得法相自在
佛　南無無邊寶功德藏佛　南無清淨華
山佛　南無大法王拘蘇摩勝佛　南無一
切盡不盡藏佛　南無華彌留善佛　南無
虛空智山佛　南無智力王佛　南無無礙
聲智佛　南無無邊佛聲藏佛　南無智王
不盡稱佛　南無心慧奮迅王佛　南無自
性清淨智佛　南無智自在法王佛　南無
正見佛　南無語見佛　南無滿足法香見
佛　南無因陀羅山無礙王佛　南無龍月

佛　南無寶自在娑羅王佛　南無見一切
衆生佛　南無水住持光明王佛　南無覺
一切法佛　南無智寶法勝佛　南無精進
自在意法藏佛　南無精進自在意法藏光
明佛　南無寶法勝佛　南無無礙山佛
南無無垢鬚佛　南無放光明照佛　南無
彌留力自在藏佛　南無焰自在藏佛　南
無聲分妙覺吼聲佛　南無精進自在彌留
寂自在佛　南無堅無畏功德佛　南無堅
勇猛寶佛　南無堅猛寂靜王佛　南無降
伏閻彌留山王佛　南無勝丈夫芬陀梨佛
南無聖聲藏佛　南無普賢芬陀利佛
南無法平等法身佛　南無難勝佛　南無
難可意佛

已上七千佛（依舊本剩一位在此末）

南無不動佛　南無妙聲佛　南無勝聲佛
南無娑羅奮迅佛　南無寶勝佛　南無
愛見佛　南無然燈佛　南無須彌劫佛
南無月光佛　南無日光佛　南無法界佛
南無藥樹王佛　南無星宿佛　南無覺
上佛　南無授記佛　南無愛作佛　南無
無畏作佛　南無華寶栴檀佛　南無龍功
德佛　南無盧舍那佛　南無無垢佛　南
無無煩惱佛　南無善來佛　南無金色色
佛　南無無根本佛　南無須彌燈佛　南
無可樂見光佛　南無能作光佛　南無無
一切濁佛　南無無染佛　南無善淨佛
南無解脫佛　南無華樹佛　南無法性佛
南無善護聲佛　南無得意佛　南無斷
愛佛　南無內外佛　南無破他軍佛　南

無成就幢佛 南無梵聲佛 南無妙聲佛 南無勝聲佛 南無妙德難思佛 南無金剛佛 南無大神通佛 南無無畏佛 南無離一切煩惱佛 南無離怖佛 南無離怯弱佛 南無不可動佛 南無樂解脱佛 南無成就佛 南無二足尊佛 南無一切種智佛 南無相莊嚴佛 南無不可量言佛 南無不畏言佛 南無常相應言佛 南無梵衆相應佛 南無三十三天衆相應佛 南無字金色佛 南無常喜樂佛 南無捨結佛 南無娑羅華佛 南無金華佛 南無拘牟頭相佛 南無頂相佛 南無一切通智佛 南無不可相佛 南無得一切法彼岸佛 南無善住佛 南無莊嚴相佛 南無妙寂佛 南無捨浮羅奮迅佛 南無樂日佛 南無清淨衆生佛 南無常香佛 南無畢竟大悲佛 南無成就堅佛 南無常微笑佛 南無離濁佛 南無百相功德佛 南無隨順佛 南無勝藏佛 南無般若幢佛 南無寶般若畢竟佛 南無滿足意佛 南無觀世自在王佛 南無大焰聚佛 南無勝功德威德佛 南無梵勝天佛 南無內寶佛 南無三菩提幢佛 南無勝燈佛 南無善擇願起勝娑羅王佛 南無無垢光明佛 南無照闇佛 南無無畏觀佛 南無樂説莊嚴佛

已上七千一百佛

南無無垢月雞兜稱佛 南無寶上佛 南無華莊嚴光明佛 南無火奮迅佛 南無無畏智觀佛 南無師子奮迅齊佛 南無

遠離一切驚怖毛竪等稱光佛　南無伽耶
伽王光明威德佛　南無觀世音佛　南無
尼彌佛　南無寶火佛　南無寶山佛　南
無自在佛　南無寶精進日月光明莊嚴威
德黠聲王佛　南無初發心念觀一切疑即
斷煩惱佛　南無斷闇三昧勝王佛　南無
寶焰佛　南無大聚佛　南無栴檀香佛
南無虚空平等佛　南無禮拜增上佛　南
無不動作佛　南無歡喜佛　南無離畏佛
南無善清淨勝佛　南無光明王佛　南
無不可降伏幢佛　南無勝一切佛　南無
聞聲勝佛　南無善臂佛　南無寶高佛
南無善解佛　南無月高佛　南無善見佛
南無照賢首勝佛　南無得聖佛　南無
成就一切事佛　南無山峯佛　南無普寶
蓋莊嚴佛　南無廣光明王佛　南無寶蓋
喜佛　南無照賢勝佛　南無樂日佛　南
無普賢佛　南無清淨一切願威德勝王佛
南無功德王光明佛　南無普光明佛
南無普香佛　南無善清淨佛
舍利弗舉要言之現在諸佛説不可盡舍利
弗譬如東方恒河沙世界南方恒河沙世界
西方恒河沙世界北方恒河沙世界上下四
維恒河沙世界彼一切世界下至水際上至
有頂滿中微塵舍利弗於汝意云何彼如是
微塵可知數不舍利弗言不也世尊佛告舍
利弗如是同名釋迦牟尼佛現在世者我現
前見彼諸佛母同名摩訶摩耶父同名輸頭
檀王城同名迦毗羅彼諸佛第一聲聞弟子
同名舍利弗目揵連侍者弟子同名阿難陀

何況種種異名母異名父異名城異名弟子
異名侍者舍利弗彼若干世界彼人於何等
世界著微塵何等世界不著微塵彼諸世界
若著微塵及不著者下至水際上至有頂舍
利弗復有第二人取彼微塵過若干微塵數
爾所佛國土阿僧祇億百千萬那由他世界
過爾所世界爲一步舍利弗彼人復過若干
微塵世界爲一步彼人如是過百千萬億那
由他阿僧祇劫行乃下一塵如是盡諸微塵
舍利弗如是若干世界若著微塵及不著者
滿中微塵復更著十方世界舍利弗復過是
世界若著微塵及不著者彼諸世界下至水
際上至有頂滿中微塵舍利弗復有第三人
取彼爾所微塵過彼爾所微塵數世界爲一
步彼若干百千萬億那由他阿僧祇劫行乃

下一塵如是盡諸微塵復有第四人取彼若
干微塵數世界若著微塵及不著者下至水
際上至有頂滿中微塵舍利弗於意云何彼
微塵可知數不舍利弗言不也世尊佛告舍
利弗彼若干微塵可知其數然彼同名釋迦
牟尼佛母同名摩訶摩耶父同名輸頭檀城
同名迦毗羅第一弟子同名舍利弗目揵連
侍者弟子同名阿難吒彼佛不可知數舍利
弗如是第五人第六第七第八第九第十人
舍利弗復有第十一人是人彼若干微塵中
取一微塵破爲十分若干世界微塵數分如
是餘微塵亦悉破爲若干世界微塵數分舍
利弗於意云何彼微塵分可知數不舍利弗
言不也世尊佛告舍利弗復有人彼若干微
塵分佛國土爲過一步如是速疾神通行東

方世界無量無邊劫下一微塵東方盡如是微塵若著微塵及不著者下至水際上至有頂滿中微塵如是南方乃至十方下至水際上至有頂滿中微塵舍利弗於意云何彼微塵可知數不舍利弗言不也世尊佛告舍利弗彼若干微塵分可知其數然現今在世同名釋迦牟尼佛母同名摩訶摩耶父同名輸頭檀王城同名迦毗羅第一弟子同名舍利弗目揵連侍者弟子同名阿難陀不可數知何况種種異名佛異名母異名父異名城異名弟子異名侍者舍利弗我若干微塵數劫住世説一同名釋迦牟尼佛不可窮盡如是同名然燈佛同名提婆延佛同名燈光明佛同名一切勝佛同名大稱佛同名波頭摩勝佛同名毗婆尸佛同名尸棄佛同名毗舍浮佛同名拘留孫佛同名拘那含佛同名迦葉佛如是等異名母乃至異名侍者現在住世我今悉知汝當一心敬禮爾時佛告舍利弗若善男子善女人求阿耨多羅三藐三菩提者當先懺悔一切諸罪若比丘犯四重罪比丘尼犯八重罪式叉摩那沙彌沙彌尼犯出家根本罪若優婆塞犯優婆塞重戒優婆夷犯優婆夷重戒欲懺悔者當淨洗浴著新淨衣不食葷辛當在靜處修治室内以諸旛華莊嚴道場香泥塗晝懸四十九枚旛莊嚴佛座安置佛像燒種種香栴檀沉水薫陸多伽羅蘇揵陀種種末香塗香燒如是等種種妙香散種種華與大慈悲願救苦衆生未度者令度未解者令解未安者令安未涅槃者令得涅槃晝夜思惟如來本行苦行於無量劫

受諸苦惱不生疲猒爲求無上菩提故於一切衆生自生下心如僮僕心若比丘懺四重罪如是晝夜四十九日當對八清淨比丘發露所犯罪七日一對發露志心慇重悔昔所作一心歸命十方諸佛稱名禮拜隨力隨分如是志心滿四十九日罪必除滅是人得清淨時當有相現若於覺中若於夢中見十方諸佛與其記莂或見菩薩與其記莂將詣道場共爲已伴或與摩頂示滅罪相或自見身入大會中處在衆次或自見身處衆說法或見諸師淨行沙門將詣道場示其諸佛舍利弗若比丘懺悔罪時若見如是相者當知是人罪垢得滅除不志心若比丘尼懺悔八重罪者當如比丘法滿足四十九日當得清淨除不志心若式叉摩那沙彌沙彌尼懺悔根本重罪當對四清淨比丘比丘尼如上法滿二十一日當知清淨除不志心若優婆塞優婆夷懺悔重戒罪應當志心恭敬三寶若見沙門恭敬禮拜生難遭想當請詣道場設種種供養當請一比丘心敬重者就其發露所犯諸罪志心懺悔一心歸命十方諸佛稱名禮拜如是滿足七日必得清淨除不志心爾時世尊而說偈言

得成菩提降伏魔　自在經行道樹下
證無障礙眼及身　法界平等如虛空
千億國土微塵數　菩薩弟子衆圍遶
得於一切寂靜心　善住普賢諸行中
佛身相好妙莊嚴　放於種種無量光
普照十方諸國土　諸佛不可思議力
見佛國土悉無垢　無量妙色清淨滿

諸佛所有勝妙事　承佛神力見大衆
東方世界名寶幢　遠離諸垢妙莊嚴
彼處自在寶燈佛　於今現在彼世界
南無東方自在寶燈佛
南方頗梨燈國土　清淨妙色普嚴淨
摩尼清淨雲如來　現今在世說妙法
南無南方摩尼清淨雲佛
西方無垢清淨土　名爲安樂妙世界
彼自在佛無量壽　菩薩弟子現圍遶
南無西方無量壽佛
北方世界名香燈　國土清淨甚嚴飾
無染光幢佛所化　現今自在道場樹
南無北方無染光幢佛
瑠璃光明眞妙色　國土清淨勝莊嚴
無礙光雲佛如來　於今現在東北方

南無東北方無礙光雲佛
光明照幢世界中　現見滿足諸菩薩
自在吼聲佛彼處　現今在於東南方
南無東南方自在吼聲佛
種種樂樂佛世界　摩尼莊嚴妙無垢
勝妙智月如須彌　現見在於西南方
南無西南方勝妙智月佛
現見西北方如來　彌留光明平等界
彼處大聖自在佛　弟子菩薩衆圍遶
南無西北方大聖自在佛
下方世界自在光　國土清淨寶焰藏
光明妙輪不空見　佛今住彼妙國土
南無下方光明妙輪不空見佛
上方世界光炎藏　彼世界名淨無垢
普眼功德光明雲　現見菩提樹下坐

南無上方普眼功德光明雲佛

爾時舍利弗等大衆承佛神力見十方過去未來現在諸佛無量無邊爾時舍利弗在大衆中悲泣流淚白佛言希有世尊若善男子善女人不發阿耨多羅三藐三菩提心者不得成佛我等昔來猶如腐草雖經春陽無悕秋實爾時慧命舍利弗即從座起偏袒右肩右膝著地合掌白佛言世尊願更廣說十方所有諸佛名號我等樂聞爾時佛告舍利弗汝當志心諦聽我爲汝說得聞彼佛一心敬禮舍利弗從此世界東方過百千億世界有佛世界名然燈彼國土有佛名寶集阿羅訶三藐三佛陀現今說法

南無寶集佛

舍利弗若有善男子善女人得彼佛名志心受持憶念是善男子善女人畢竟得七覺分三昧得不退轉阿耨多羅三藐三菩提心超越世間六十劫爾時世尊以偈頌曰

東方然燈界　有佛名寶集　若人聞名者

超世六十劫

舍利弗東方有世界名寶集彼世界有佛名寶勝阿羅訶三藐三佛陀現在說法

南無寶勝佛

若善男子善女人聞彼佛名志心受持憶念讀誦合掌禮拜若復有善男子善女人以滿足三千大千世界珍寶布施如是日日布施滿足一百歲如此布施福德比前志心禮拜功德百分不及一千分不及一百千分不及一乃至筭數譬喻所不及一爾時世尊以偈頌曰

寶集世界 有佛寶勝 若人聞名 施不及一
舍利弗從此東方過八百世界有佛世界名香積彼世界有佛名成就盧舍那阿羅訶三藐三佛陀現今說法若人聞彼佛名受持讀誦憶念禮拜超越世間五百劫
南無成就盧舍那佛
舍利弗從此世界東方過千世界名樹提跋提彼世界有佛名盧舍那鏡像阿羅訶三藐三佛陀現今說法若善男子善女人聞彼佛名受持讀誦志心憶念恭敬禮拜得脫三惡趣
南無盧舍那鏡像佛
舍利弗從此東方過二千世界有佛國土名無量光明功德彼有佛名盧舍那光明阿羅訶三藐三佛陀若善男子善女人聞彼佛名五體投地深心敬重受持讀誦恭敬禮拜是人超越世間三十劫
南無盧舍那光明佛
舍利弗東方過千世界有佛國土名可樂彼佛名不動應供正遍知若善男子善女人聞彼佛名受持讀誦恭敬禮拜是人畢竟不退阿耨多羅三藐三菩提一切諸魔所不能動
南無不動佛
舍利弗東方過千世界有佛國土名不可量彼處有佛名大光明阿羅訶三藐三佛陀現今說法若善男子善女人聞彼光明佛名受持讀誦恭敬禮拜是人常不離一切諸佛菩薩畢竟得不退轉阿耨多羅三藐三菩提心
南無大光明佛
舍利弗從此世界東方過六十千世界有國

土名然燈佛名不可量聲阿羅訶三藐三佛陀現在說法若善男子善女人聞彼不可量聲佛名三稱者是人畢竟不墮三惡道定得阿耨多羅三藐三菩提

南無無量聲如來三稱

舍利弗復過彼世界度千佛國土有世界名無塵彼有佛名阿彌陀劬沙阿羅訶三藐三佛陀現今說法若善男子善女人聞彼佛名深心敬重受持讀誦恭敬禮拜是人超越世間三十二劫

南無阿彌陀劬沙佛

舍利弗復過二十千佛國土有世界名難勝彼處有佛名大稱阿羅訶三藐三佛陀若善男子善女人聞彼佛名合掌作如是言

南無大稱如來

若復有人以須彌山等七寶日日布施滿一百歲比聞此佛名禮拜功德百分不及一乃至筭數亦不及一舍利弗復過三千世界有國土名光明佛號寶光明阿羅訶三藐三佛陀若善男子善女人受持彼佛名超越世間一百劫得不退轉阿耨多羅三藐三菩提若人不信聞名得福者是人定墮阿鼻地獄滿足一百劫

南無寶光明佛

舍利弗東方過十千國土有世界名光明照彼處有佛名得大無畏阿羅訶三藐三佛陀現今說法若善男子善女人聞彼佛名受持讀誦恭敬禮拜是人畢竟得大無畏攝取無量無邊功德聚

南無得大無畏佛

舍利弗過第七千佛國土有世界名摩尼光明彼處有佛名然燈火阿羅訶三藐三佛陀現在說法若善男子善女人聞彼佛名志心恭敬禮拜受持讀誦是人攝得如來十力

南無然燈火佛

舍利弗復過八千佛國土有世界名眞實彼世界中有佛號實聲阿羅訶三藐三佛陀現在說法若善男子善女人聞彼佛名受持讀誦志心禮拜是人畢竟得四聖諦畢竟得阿耨多羅三藐三菩提

南無實聲佛

舍利弗復過二十千佛國土有世界名光明佛名無邊無垢阿羅訶三藐三佛陀現今說法若善男子善女人聞彼佛名志心生信受持讀誦恭敬禮拜若復有人以滿三千大千世界七寶布施比聞無垢佛名受持讀誦功德千萬分不及一乃至筭數所不能及何以故若衆生罪根深厚不得聞無垢佛名若有善男子善女人聞此如來名者是人非於一佛所種諸善根亦非十佛所種諸善根是人乃是百千萬佛所種諸善根是人超越世間四十八劫

南無無邊無垢佛

舍利弗東方過九千佛國土有世界名妙聲佛號月聲阿羅訶三藐三佛陀現在說法若善男子善女人聞彼佛名受持讀誦志心禮拜是人所得一切功德白法具足如滿月畢竟得阿耨多羅三藐三菩提

南無月聲佛

舍利弗復過十千佛國土有世界名無畏佛

名無邊稱阿羅訶三藐三佛陀現在說法若善男子善女人聞彼佛名受持讀誦合掌作如是言

南無無邊稱如來

若復有人以七寶如須彌山布施日日如是滿足百年此福德聚比持佛名功德百分不及一乃至筭數譬喻所不能及

舍利弗復過千五百佛國土有世界名然燈佛號日月光明阿羅訶三藐三佛陀現在說法若善男子善女人聞彼佛名受持讀誦胡跪合掌右膝著地三稱如是言

南無日月光明世尊三稱

是人速成阿耨多羅三藐三菩提

舍利弗復過三十千佛國土有世界名無垢佛號無垢光明阿羅訶三藐三佛陀現在說法若善男子善女人天龍夜叉羅刹若人非人聞是佛名畢竟不退阿耨多羅三藐三菩提不入惡道

南無無垢光明佛

舍利弗東方過十千佛國土有世界名百光明佛號清淨光明阿羅訶三藐三佛陀現在說法若天龍夜叉人非人聞彼佛名者必得人身遠離貪瞋癡煩惱若人聞不信者六十千劫墮大地獄

南無清淨光明佛

舍利弗復過百佛國土有世界名善德佛號日光明阿羅訶三藐三佛陀現在說法若人畢竟清淨心稱此佛名所得功德滿足如日輪畢竟能降伏一切諸魔外道超越世間三十劫

南無日光明佛
舍利弗復過六十千佛國土有世界名住七覺分佛號無邊寶阿羅訶三藐三佛陀現在說法若人聞彼佛名是人具足得七覺分能置衆生著勝寶中畢竟成就無量功德聚
南無無邊寶佛
舍利弗復過五百佛國土有世界名華鏡像佛號華勝阿羅訶三藐三佛陀現在說法若人聞彼佛名信心敬重彼人一切善法成就如華敷明越度世間五十五劫
南無華勝佛
舍利弗復過百千億佛國土有世界名遠離一切憂惱佛號妙身阿羅訶三藐三佛陀現在說法若人聞彼佛名志心敬禮讀誦受持是人決定遠離一切諸障不入惡道超越世間無量劫
南無妙身佛
舍利弗復過那由他佛國土有世界名平等彼處有佛號法光明清淨開敷蓮華阿羅訶三藐三佛陀現在說法若人得聞彼如來名受持不忘者永離三惡道
南無法光明清淨開敷蓮華佛
舍利弗若比丘比丘尼優婆塞優婆夷欲懺悔諸罪當淨洗浴著新淨衣淨治室內敷設高座安置佛像懸二十五枚旛種種華香供養誦念此二十五佛名日夜六時懺悔滿二十五日滅四重八禁等罪式叉摩那沙彌沙彌尼亦如是爾時舍利弗復白佛言世尊唯願如來演說過去七佛姓名壽命長短我等渴仰樂聞佛告舍利弗諦聽諦聽今爲汝說

舍利弗過去九十一劫有佛名毗婆尸如來過去三十劫有佛名尸棄如來彼劫中復有毗舍浮如來自此已後無量無數劫空過無有佛至賢劫中有四佛

拘留孫佛　拘那含牟尼佛　迦葉佛　我釋迦牟尼佛

毗婆尸佛壽命八十千劫　尸棄佛壽命六十千劫　毗舍浮佛壽命二千劫　拘留孫佛壽命十四小劫　拘那含牟尼佛壽命三十小劫　迦葉佛壽命二十小劫　我現在最少壽命一百年

毗婆尸佛　尸棄佛　毗舍浮佛剎利家生

拘留孫佛　拘那含佛　迦葉佛婆羅門家生

舍利弗我釋迦牟尼佛剎利家生

毗婆尸佛　尸棄佛　毗舍浮佛　姓拘隣

拘留孫佛　拘那含佛　迦葉佛　姓迦葉

舍利弗我釋迦牟尼佛姓瞿曇

毗婆尸佛波吒羅樹下得阿耨多羅三藐三菩提　尸棄佛分陀利樹下得阿耨多羅三藐三菩提　毗舍浮佛娑羅樹下得阿耨多羅三藐三菩提　拘留孫佛憂頭跋樹下得阿耨多羅三藐三菩提　拘那含牟尼佛尸利沙樹下得阿耨多羅三藐三菩提　迦葉佛尼拘律樹下得阿耨多羅三藐三菩提

舍利弗我釋迦牟尼佛阿說他樹下得阿耨多羅三藐三菩提

毗婆尸佛三集聲聞　尸棄佛三集聲聞

毗舍浮佛再集聲聞　拘留孫佛一集聲聞

拘那含牟尼佛一集聲聞　迦葉佛一集聲聞
舍利弗我釋迦牟尼佛一集聲聞
毗婆尸佛第一聲聞弟子一名吉沙二名看荼　尸棄佛第一聲聞弟子一名勝二名自在　毗舍浮佛第一聲聞弟子一名星宿二名上　拘留孫佛第一聲聞弟子一名疾二名力　拘那含牟尼佛第一聲聞弟子一名活二名毗頭羅　迦葉佛第一聲聞弟子一名輸那二名頗羅墮
舍利弗我釋迦牟尼佛第一聲聞弟子一名舍利弗二名目揵連如上二人等前者智慧第一後神通第
毗婆尸佛侍者名無憂　尸棄佛侍者名離畏　毗舍浮佛侍者名寂　拘留孫佛侍者名智　拘那含牟尼佛侍者名親　迦葉佛侍者名迦天
舍利弗我釋迦牟尼佛侍者名慶喜
毗婆尸佛子名成陰　尸棄佛子名不可量
毗舍浮佛子名善智　拘留孫佛子名上
拘那含牟尼佛子名勝　迦葉佛子名導師
舍利弗我釋迦牟尼佛子名羅睺羅
毗婆尸佛父名槃頭母名槃頭意城名槃頭
尸棄佛父名鉤那母名勝城名阿樓那跋提
毗舍浮佛父名阿樓那天子母名稱意城名隨意拘留孫佛父名功德母名廣彼天子名無畏城亦名無畏拘那含牟尼佛父婆羅門種名火德母名難勝天子莊嚴城亦名莊嚴迦葉佛父名淨德母名善才天子知使城亦

名知使令時波羅柰城是
舍利弗我今父名輸頭檀王母名摩訶摩耶
城名迦毗羅
舍利弗應當敬禮我本師謂釋迦牟尼佛
南無稱妙佛　南無降伏一切佛　南無然
燈光佛　南無無畏佛　南無法勝佛
如是等初一大阿僧祇劫有八十億佛最後
名釋迦牟尼佛
第二阿僧祇劫初　南無寶勝佛　南無然
燈佛　南無妙聲佛　南無勝成佛　南無
善見佛　南無善眼佛　南無持提羅吒佛
南無師子佛　南無無畏佛　南無自在
佛
已上七千二百佛
佛説佛名經卷第八

音釋
博（博補各切）芬（撫文切）兜（當侯切）豎（臣庾切）揵（居言切）
腐（扶雨切）

佛說佛名經卷第九

元魏北天竺三藏法師菩提留支譯

南無不違佛　南無善眼佛　南無善山佛
南無善意佛　南無栴檀佛　南無降伏
熱佛　南無降伏闇佛　南無師子佛　南
無奮迅佛　南無妙聲佛　南無無量威德
佛　南無淨德佛　南無大燄光佛　南無
見第一義佛　南無釋迦牟尼佛　南無妙
行勝佛　南無妙寂靜佛　南無妙身佛
南無功德佛　南無梵命佛　南無日月光
佛　南無降自在佛　南無調山佛　南無
因陀羅財佛
此是第二大阿僧祇劫有如是等七十二億
佛適當敬禮舍利弗歸命
南無大力佛　南無大精進佛　南無淨德
佛　南無大明佛　南無陽燄佛　南無復
有釋迦牟尼佛　南無大龍佛　南無大威
德佛　南無堅行佛　南無栴檀佛　南無
寶山佛　南無因陀羅幢佛　南無無畏作
佛　南無富樓那佛　南無寶髻佛　南無
波頭摩勝佛　南無妙勝佛　南無無垢佛
南無與光明佛　南無降伏怨佛　南無
波斯陀佛　南無大幢佛　南無頗羅墮佛
南無畢沙佛　南無星宿佛　南無毗婆
尸佛　南無尸棄佛　南無拘隣佛　南無
毗舍浮佛　南無能作光明不可勝佛　南
無復有尸棄佛　南無善見佛　南無最後
釋迦牟尼佛
第三大阿僧祇劫中有如是等七十一億佛
應當一心敬禮舍利弗如是等過去無量佛

如是等應當一心歸命
南無歡喜增長佛　南無人自在王佛　南
無不動佛　南無大聖佛　南無歡喜佛
南無自在佛　南無滿足佛　南無普光明
佛　南無大精進佛　南無拘隣佛　南無
安隱佛　南無智慧佛　南無大稱佛　南
無阿㝹律佛　南無妙勝佛　南無不猒足
佛　南無大光燄聚佛　南無月光佛　南
無大威德佛　南無普寶蓋佛　南無那羅
延光明佛　南無師子乘光明佛　南無離
一切憂惱光明佛　南無堅固光明佛　南
無雲王光明佛　南無無垢臂光明佛　南
無成就義光明佛　南無勝護光明佛　南
無梵勝天王光明佛　南無如是等同名不
可説不可説佛

舍利弗汝應當歸命無量壽佛國安樂世界
觀世音菩薩得大勢菩薩以爲上首及無量
無邊菩薩如是等至心歸命
南無摩犂支世界難勝佛國土光明幢菩薩
光明勝菩薩以爲上首及無量無邊阿僧祇
菩薩衆　南無可樂世界阿閦佛國土香象
菩薩妙香象菩薩以爲上首及無量無邊菩
薩衆　南無盧舍那世界日月佛國土師子
菩薩師子慧菩薩以爲上首及無量無邊菩
薩衆　南無不瞬世界善月佛國土莎羅胎
菩薩一切法得自在菩薩以爲上首及無量
無邊菩薩衆　南無光明世界普照佛國土
月輪菩薩寶炬菩薩以爲上首及無量無邊
菩薩衆　南無樂成世界寶燄如來佛國土
不空奮迅菩薩不空見菩薩以爲上首及無

量無邊菩薩衆　南無觀世界普觀如來佛國土雲王菩薩法王菩薩以爲上首及無量無邊菩薩衆　南無見愛世界觀世音王如來國土降伏魔菩薩山王菩薩以爲上首及無量無邊菩薩衆如是十方世界一切佛國土一切菩薩悉皆歸命

舍利弗歸命

南無善清淨無垢佛　南無寶功德集勝王佛　南無普照佛　南無因陀羅幢佛　南無清淨光明王佛　巳上七千三百佛

南無金色光明師子奮王佛　南無普勝山功德佛　南無金剛勝佛　南無善住功德摩尼山王佛　南無普見王佛　南無普賢佛　南無普照佛　南無實法勝決定佛

南無無畏王佛　南無無量意功德王佛　南無地自在王佛　南無無盡光佛　南無離塵功德佛　南無難知佛　南無金剛妙佛　南無無垢勝佛　南無月勝佛　南無一味勝佛　南無槃頭華佛　南無鬘香勝佛　南無多摩羅跋香勝佛　南無月藏佛

南無沉水香佛　南無樹提光明佛　南無寶光明佛　南無大雲藏佛　南無海香佛　南無龍藏佛　南無智德佛　南無金剛藏佛　南無住持地佛　南無虛空平等佛　南無勝藏佛　南無輭語佛　南無有德佛　南無山藏佛　南無妙鼓佛　南無愛勝佛　南無鼓增上佛　南無歡喜藏佛

南無因藏佛　南無行勝佛　南無實語佛　南無智勝佛　南無妙聲佛　南無自在勝佛　南無勝妙勝佛　南無佛寶幢佛

南無隨順戒佛　南無寶勝佛　南無無垢瑠璃佛　南無滿足金剛住持佛　南無甘露幢佛　南無成就功德佛　南無香山佛　南無根本勝藏佛　南無不可知佛　南無無邊智佛　南無無量佛　南無無量自在佛　南無火光明佛　南無德藏佛　南無根本莊嚴奮迅佛　南無根本光佛　南無一切衆生見愛奮迅莊嚴王佛　南無忍王佛　南無離一切煩惱佛　南無寶色勝佛　南無香勝王佛　南無億藏佛　南無見一切佛　南無見愛佛　南無不可見佛　南無甘露功德稱佛　南無師子吼佛　南無一切畏差别能斷疑佛　南無散華佛　南無大勝佛　南無無礙智作佛　南無一切作樂佛　南無解脱佛　南無世間聲佛　南無堅奮迅佛　南無堅自在佛　南無栴檀勝佛　南無不差别佛　南無尊勝佛　南無吉王佛　南無一切世間道自在王佛　南無須彌劫佛　南無勝須彌佛　南無息功用佛　南無善思惟佛　南無能斷一切業佛　南無離想佛　南無寶勝佛　南無寶輪佛　南無大寶佛　南無無垢光明佛　南無樂説莊嚴稱佛

已上七千四百佛

南無無垢月幢稱佛　南無華莊嚴光明佛　南無出火佛　南無無畏觀佛　南無師子奮迅力佛　南無寶精進日月光明佛　南無莊嚴功德智聲王佛　南無初發心念斷一切疑煩惱佛　南無破一切闇勝佛　南無寶燄佛　南無栴檀香佛　南無大寶

燄佛　南無華幢佛　南無普勝帝沙佛
南無滿賢佛　南無最力精進奮迅佛　南
無香勝佛　南無勝稱佛　南無淨鏡佛
南無華勝佛　南無離塵佛　南無不動佛
南無得功德佛　南無栴檀佛　南無因
陀羅財佛　南無樂山佛　南無能化佛
南無因陀羅幢佛　南無無畏作佛　南無
富樓那佛　南無弗沙佛　南無法水清淨
虛空界王佛　南無普智光明勝王佛　南
無香光明功德寶莊嚴王佛　南無普智聲
王佛　南無清淨明無垢然燈佛　南無一
切四無畏然燈佛　南無普喜速勝王佛
南無善光大光佛　南無普門智照聲佛
南無無量功德海藏光明佛　南無法界電
光無障礙功德佛　南無清淨眼無垢然燈

佛　南無師子光明勝光佛　南無廣光明
智勝幢佛　南無金光明無邊力精進佛
南無香光明歡喜力海佛　南無成就王佛
南無自在高佛　南無歡喜大海速行佛
南無稱自在光佛　南無廣稱智佛　南
無智成就海王幢佛　南無相顯文殊月佛
南無一切法海勝王佛　南無智功德法
住佛　南無梵自在勝佛　南無過法界勝
聲佛　南無不可嫌力普光明幢佛　南無
無垢功德目眼佛　南無無礙智普照光明
佛　南無無量勝雞兜幢佛　南無法界虛
空普邊光明佛　南無福德相雲勝威德佛
南無照勝頂光明佛　南無法風大海意
佛　南無相法化普光明佛　南無善成就
眷屬普照佛　南無法盡疾速歡喜慧佛

南無無垢清淨普光明佛　南無清淨眼華勝佛　南無善智力成就佛　南無虛空清淨眼月佛　南無然金色須彌燈佛　南無智勝寶法光明佛　南無然寶燈佛　南無普光明高山佛　南無火勝佛　南無波頭摩奮迅佛　南無善天照佛　南無無盡功德佛　南無華威德佛　南無甘露力佛　南無聲邊佛　南無妙法勝威德成就佛　南無普光明聲虛空照佛　南無普門見勝光佛　南無無邊功德照佛　南無普光功德然燈鏡像佛　南無喜樂現華火佛　南無寶須彌然燈王佛　南無善化法界金光明電聲佛　南無可降伏力頗佛　南無虛空城慧吼聲佛　南無十方廣遍稱智然燈佛　南無師子光明滿足功德海佛　南無智敷華光明佛　南無月幢佛　南無普眼滿足法雞兜幢佛

已上七千五百佛

南無勝慧善導師佛　南無光明作佛　南無東方善護四天下名金剛良如來爲上首　南無南方難勝四天下因陀羅如來爲上首　南無西方親意四天下婆樓那如來爲上首　南無北方師子意四天下摩訶牟尼如來爲上首　南無東北方善擇四天下降伏諸魔如來爲上首　南無東南方樂四天下毗沙門如來爲上首　南無西南方堅固四天下不動如來爲上首　南無西北方善地四天下普門如來爲上首　南無下方𦦨四天下善集如來爲上首　南無上方妙四天下得智者意如來爲上首　歸命如是等

無量無邊諸佛
南無盧舍那勝威德王佛　南無法界佛
南無普光明勝藏王佛　南無智燈佛　南
無法界虛空智幢照佛　南無阿彌濫波眼
佛　南無龍自在王佛　南無法月普智光
王佛　南無普照勝彌留王佛　南無無障
虛空智雞兜幢王佛　南無普輪到聲佛
南無無量宿自在王佛　南無香普遍佛
南無彌留然燈王佛　南無阿那羅眼境界
佛　南無香呲頭羅佛　南無旃陀雞兜佛
南無一切佛寶勝王佛　南無無邊世間
智輪雞兜佛　南無阿僧伽智雞兜佛　南
無師子佛　南無不可思議命佛　南無不
可用佛　南無月智佛　南無大照佛　南
無日燈佛　南無波頭勝藏佛　南無盧舍
那佛　南無無垢佛　南無山勝佛　南無
普眼佛　南無梵命佛　南無婆藪天佛
南無最勝佛　南無無邊光明平等法界莊
嚴王佛　南無力光明佛　南無高行佛
南無栴檀達佛　南無金色意佛　南無妙
飲佛　南無高聲佛　南無高見佛　南無
吉沙佛　南無弗沙佛　南無高稱佛　南
無妙波頭摩佛　南無普功德佛　南無作
燈佛　南無善目佛　南無一切法佛吼王
佛　南無山幢身眼勝佛　南無功德幢佛
南無寶勝然燈功德幢佛　南無普智寶
燄勝功德佛　南無勝輪佛　南無因陀羅
幢勝雞兜佛　南無金剛那羅延雞兜佛
南無大悲雲幢佛　南無無障礙勝安隱滿
足佛　南無火燄勝莊嚴佛　南無一切法

海勝王佛　南無寶髻餤滿足燈佛　南無深法海光佛　南無一切十億國土微塵數同名金剛藏佛　南無十億國土微塵數同名金剛雞兜佛　南無十百千國土微塵數同名金剛幢佛　南無十百千國土微塵數同名善法佛　南無十百千國土微塵數同名稱心佛　南無一國土微塵數同名普功德佛　南無不可説佛國土微塵數同名不可勝佛　南無不可説佛國土微塵數同名毗婆尸佛　南無十佛國土微塵數同名普幢佛　南無八十億佛國土微塵數不可數百千萬億那由他同名普賢佛　南無一佛國土微塵數同名覺勝佛　南無十佛國土微塵數百千萬億那由他不可説同名普稱自在佛　南無賢勝佛　南無功德海光明

勝照藏佛　南無法界虚空滿足不退佛　南無法界吼佛　南無不退轉輪法界聲佛　南無法樹山威德佛　南無法雲吼王佛　南無一切法堅固吼王佛　南無智炬王佛　南無寶光然燈幢王佛　南無功德山光明威德王佛　南無法電幢王勝佛　南無法燈智師力山威德王佛　南無一切法印吼威德王佛

已上七千六百佛

南無無垢法山威德王佛　南無法輪光明頂佛　南無法光明勝雲佛　南無法海説聲王佛　南無法華高幢雲佛　南無法餤山雞兜王佛　南無法日智輪然燈佛　南無常智作化佛　南無法智普光明藏佛　南無法行深勝月佛　南無山王勝藏王佛

南無普門賢彌留法精進幢佛　南無法
寶俱蘇摩勝雲佛　南無寂靜光明身髻佛
南無法光明慈鏡像月佛　南無燄勝海
佛　南無智日普照佛　南無普輪佛　南
無智照頂王佛　南無智山法界十方光明
威德王佛　南無功德光俱蘇摩燈佛　南
無智炬商雞兜幢王佛　南無日照光明王
佛　南無相山佛　南無莊嚴山佛　南無
日步普照佛　南無法王網勝功德佛　南
無四無畏金剛那羅延師子佛　南無普智
幢勇猛佛　南無法波頭摩敷身佛　南無
功德俱蘇摩身重擔佛　南無普賢光明頂
佛　南無道場覺勝月佛　南無稱山勝雲
佛　南無然法炬勝月佛　南無照一切王
佛　南無法幢金剛堅幢佛　南無栴檀勝
月佛　南無普勝俱蘇摩威德菩提佛　南
無波頭摩勝藏佛　南無香燄照王佛　南
無因波頭摩佛　南無相山照佛　南無普
稱功德王佛　南無勝相佛　南無普門光
明須彌山佛　南無法城光明勝功德山威
德王佛　南無法力勇猛幢佛　南無轉法
輪光明吼聲佛　南無光明功德山智慧王
佛　南無轉法輪月勝波頭摩照佛　南無
佛幢自在功德不可勝幢佛　南無寶波頭
摩光明藏佛　南無光明峯雲燈佛　南無
普覺俱蘇摩佛　南無種種光明勝山藏佛
南無明輪峯王佛　南無功德雲蓋佛
南無法峯雲幢佛　南無法日雲燈王佛
南無功德山威德佛　南無法雲十方稱王
佛　南無法輪蓋雲佛　南無覺智智幢佛

南無智威德佛　南無法寶雲峯佛　南
無法輪清淨勝月佛　南無法力勝山佛
南無金山威德賢佛　南無賢勝山威德佛
南無普慧雲聲佛　南無香燄勝王佛
南無伽耶迦尼山威德佛　南無須彌藏一
切法光輪佛　南無然法輪威德佛　南無
山峯勝威德佛　南無三昧海廣頂冠光佛
南無日勝妙佛　南無普精進炬佛　南
無寶妙勝王佛　南無法炬寶帳聲佛　南
無相莊嚴幢月佛　南無法虛空無邊光師
子佛　南無光明山雷電雲佛　南無妙智
數身佛　南無法虛空無礙光佛　南無法
三昧光佛　南無世間因陀羅妙光明雲佛
南無法善莊嚴藏佛　南無法然燈燄堅
固聲佛　南無法輪峯光明佛　南無三世
相鏡像威德佛　南無法界師子光明佛
南無盧舍那勝須彌山三昧堅固師子佛
南無普光明城燈佛　南無寶俱蘇摩藏佛
南無轉妙法聲佛　南無虛空劫燈佛
南無法幢佛　南無安隱世間月佛

已上七千七百佛

南無摩訶迦羅那師子佛　南無安隱佛
南無可樂聲佛　南無增上信威德佛　南
無法虛空上勝王佛　南無醫王佛　南無
轉法輪光吼王佛　南無天藏佛　南無地
峯王佛　南無智虛空樂王佛　南無一切
吼王佛　南無不可降伏佛　南無十方雞
兜佛　南無具足堅聚佛　南無轉法輪化
普光明聲佛　南無相勝山佛　南無無垢
婆蹉佛　南無住持疾行佛　南無遍相佛

南無無垢婆侯佛　南無師子步修佛　南無天自在頂佛　南無法起稱佛　南無火無憂荼佛　南無虚空燈佛　南無無垢幢佛　南無恒河沙同名賢行佛　南無恒河沙同名無邊命佛　南無恒河沙同名不動佛　南無恒河沙同名月智佛　南無恒河沙同名金剛幢佛　南無恒河沙同名日藏佛　南無恒河沙同名善光佛　南無恒河沙同名金剛佛　南無五百同名大慈悲佛　南無普智燄功德幢王佛　南無善逝法幢勝佛　南無須彌佛　南無功德鬘佛　南無自在佛　南無寂王佛　南無無量愛佛　南無本稱功德佛　南無須彌山佛　南無日月面佛　南無如是等無量無邊佛

南無虚空行佛　南無普照佛　南無方城住佛　南無勝光佛　南無雲勝佛　南無法燄山佛　南無波頭摩生佛　南無法界華佛　南無海燈佛　南無寂滅佛　南無如是等無量無邊佛

南無寶雞兜王佛　南無智意佛　南無思議佛　南無因陀羅勝佛　南無天智佛　南無雲王畏佛　南無智勝佛　南無光明王雞兜佛　南無勝奮迅威德步佛　南無寶行廣見佛　南無法界波頭摩佛　南無寶燄山佛　南無如是等無量無邊佛

南無勝光佛　南無寶功德佛　南無海勝佛　南無法光明佛　南無波頭摩佛　南無藏勝佛　南無世間眼佛　南無如是等無量無邊佛

南無香光佛　南無須彌勝佛　南無嶽王佛　南無深勝佛　南無勝摩尼佛　南無藏王佛　南無勝威德畏佛　南無寂色去佛　南無如是等無量無邊佛

南無廣智佛　南無寶光明佛　南無虛空雲勝佛　南無妙相佛　南無勝相佛　南無莊嚴佛　南無行輪佛　南無光勝佛

南無光明勝佛　南無如是等無量無邊佛

南無那羅延行佛　南無須彌勝佛　南無功德輪佛

已上七千八百佛

南無勝王佛　南無不可降伏佛　南無山王樹佛　南無如是等無量無邊佛

南無娑羅自在王佛　南無勝藏佛　南無世間自在身佛　南無鏡像光明佛　南無地出佛　南無光明功德佛　南無金剛色佛　南無住持威德勝佛　南無如是等無量無邊佛

南無深法光明身佛　南無法海吼聲佛

南無彌留幢勝光明意佛　南無梵光佛

南無寶光明勝佛　南無虛空聲佛　南無法界鏡像勝佛　南無輪光明佛　南無智光高雞兜意佛　南無伽伽那燈佛　南無樂勝照佛　南無功德光明勝佛　南無寂勝佛　南無大悲速疾佛　南無地力光明意佛　南無一切脩面色佛　南無勝身光明佛　南無法勝宿佛　南無阿尼羅速行佛　南無清淨幢蓋勝佛　南無三世鏡像佛　南無願海樂說勝佛　南無慙愧須彌山勝佛　南無法意佛　南無念雞兜王勝

佛　南無慧燈佛　南無光明雞兜勝佛
南無廣智上佛　南無法界行智意佛　南
無法海意智勝佛　南無法寶勝佛　南無
功德輪佛　南無勝雲佛　南無忍辱燈佛
南無勝威德意佛　南無世間燈佛　南
無速光明賒摩他聲佛　南無寂幢佛　南
無大願勝佛　南無不可降伏幢佛　南無
智餤勝功德佛　南無法自在佛　南無無
礙意佛　南無具足意佛　南無世間言語
堅固吼光佛　南無一切聲分吼勝精進自
在佛　南無諸方天佛　南無現面世間佛
南無知衆生心平等身佛　南無行佛行
佛　南無最勝佛　南無行等佛　南無清
淨身佛　南無勝賢佛　南無如是等上首
不可說不可說無量無邊佛

南無彼佛妙法身佛　南無彼諸佛所說妙
法　南無彼佛三十二相八十種好無量無
邊功德　南無彼佛種種道場菩提樹種種
形像種種妙塔去來坐卧妙處　南無彼諸
佛不退法輪菩薩大僧不退聲聞僧比丘比
丘尼優婆塞優婆夷天龍夜叉乾闥婆阿脩
羅迦樓羅緊那羅摩睺羅伽種種狀貌信如
來法輪轉如來法輪不可思議菩薩摩訶薩
悉皆歸命
南無彼佛十力四無所畏四無礙智戒定慧
解脫解脫知見如是等無量無邊功德如是
功德迴施一切衆生願得阿耨多羅三藐三
菩提
舍利弗歸命
南無善眼劫中七十那由他佛出世　南無

善見劫中七十二億佛出世　南無梵讚歎劫中一萬八千佛出世　南無過去劫中三十三千佛出世　南無莊嚴劫中八萬四千佛出世　南無如是等無量無邊諸佛

善男子善女人欲滅一切罪應當淨洗浴著新淨衣稱如是等佛名禮拜應作是言我無始世界來身口意業作不善行乃至謗方等經五逆罪等願皆消滅舍利弗善男子善女人欲滿足波羅蜜行欲迴向無上菩提欲滿足一切菩薩諸波羅蜜應作是言我學過去未來現在菩薩摩訶薩修行大捨破胷出心施於衆生如智勝菩薩及迦尸王等捨妻子等布施貧乏如不退菩薩及阿翅羅那王須達拏及莊嚴王等入於地獄救苦衆生如大悲菩薩及善眼天子等救惡行衆生如善行菩薩及勝行王等捨頂上寶天冠幷剥頭皮而與如勝上身菩薩及寶髻天子等捨眼布施如愛作菩薩及月光王等捨耳鼻如無怨菩薩及勝去天子等捨齒布施如華齒菩薩及六牙象王等捨舌布施如不退菩薩及善面王等捨手布施如常精進菩薩及堅意王等捨血無悔如法作菩薩及月思天子等捨肉及髓如安隱菩薩及一切施王等捨大腸小腸肝肺脾腎如善德菩薩及自遠離諸惡王等捨身支節一切大小如法自在菩薩及光勝天子等捨身皮膚如清淨藏菩薩及金色天子金色鹿王等捨手足指如堅精進菩薩及金色王等捨手足甲如不可盡菩薩及求善法天子等爲求法故入大火坑如精進菩薩及求妙法王精進等爲求法故𦈲身剜

心破骨出髓如薩陀波崙菩薩及金堅王等受一切苦惱如求妙法菩薩及速行大王等捨四天下大地及一切莊嚴如得大勢至菩薩及勝功德月天子等捨身如摩訶薩埵菩薩及摩訶婆羅王等捨身與一切貧窮苦惱衆生作給使侍者如尸毗王等舉要言之過去未來現在諸菩薩一切波羅蜜行願我亦如是成就十方世界諸妙香華鬘諸妙妓樂我隨喜供養佛法僧復迴此福德施一切衆生願因此福德諸衆生等莫墮惡道因此福德滿足八萬四千諸波羅蜜行速得受阿耨多羅三藐三菩提記速得不退轉大地速成無上菩提舍利弗應當敬禮十方諸佛

南無不動佛　南無盡聖佛　南無日光佛

南無龍奮迅佛　南無自在光明稱佛

南無十光佛　南無普寶佛　南無稱自在佛　南無勝藏稱佛　南無餤意佛　南無寶幢佛　南無智山佛　南無因光佛　南無生勝佛　南無彌留藏佛　南無智海佛

南無大精進佛　南無彌留功德佛　南無勝藏佛　南無智德佛　南無能與無畏佛

巳上七千九百佛

佛説佛名經卷第九

音釋

濫郎紺切　蹉七何切　翅式利切　拏女加切　剥北角切　脾房脂切　腎時忍切　刳苦胡切

佛說佛名經卷第十

元魏北天竺三藏法師菩提留支譯

南無大精進趣王佛　南無智成就佛　南無無滯佛　南無地力住持精進佛　南無力命佛　南無善眼佛　南無滅魔佛　南無無不害法王佛　南無不可思議精進佛　南無觀功德佛　南無智頻婆佛　南無心自在佛　南無阿僧伽力精進佛　南無梟荷難陀佛　南無戒光佛　南無賢上王佛　南無無邊光王佛　南無無盡智藏佛　南無寶雨頭佛　南無智波婆羅佛　南無毗尼稱佛　南無無邊功德王佛　南無法華婆師佛　南無光燄佛　南無妙山王佛　南無轉法輪勝王佛　南無無垢目佛　南無住持大般若佛　南無不住力精進王佛　南無自在識佛　南無現念佛　南無福德力精進佛　南無智袈裟王佛　南無智自在佛　南無安隱衆生無障佛　南無智集佛　南無摩訶彌留力藏佛　南無虛空光明佛　南無阿伽樓功德精進佛　南無離癡功德聲王佛　南無法施莊嚴佛　南無聲自在王佛　南無護門佛　南無自在力精進王佛　南無寶光明勝王佛　南無勝一切須彌山王佛　南無羅多那彌留佛　南無不可得動法佛　南無羅多那彌留陀王佛　南無陀羅尼自在王佛　南無普功德王佛　南無法娑羅王彌留佛　南無善華王佛　南無住法分稱佛　南無千金遮那王佛　南無法幢奮迅王佛　南無栴檀波羅圍遶佛　南無堅心意精進佛

南無照一切世間燈佛　南無隨衆生心奮迅佛　南無功德燄華佛　南無無邊稱娑羅幢佛　南無知行佛　南無過去稱法雨佛　南無樂威德燈佛　南無離諸障無畏佛　南無智照聲佛　南無二成就佛　南無集妙行佛　南無樂莊嚴王佛　南無阿僧祇莊嚴王佛　南無師子座善住佛　南無放栴檀華王佛

舍利弗我於此坐以清淨無障礙過人天眼見東方多百佛多千佛多百千佛多百千萬佛多百千億佛多百千萬億那由他佛無量阿僧祇佛不可思議佛不可思量佛種種名種種姓種種世界種種佛國土種種比丘比丘尼優婆塞優婆夷圍遶種種天龍夜叉乾闥婆阿脩羅迦樓羅緊那羅摩睺羅伽人非人等圍遶供養我悉現見如觀掌中菴摩勒果舍利弗若有善男子善女人比丘比丘尼優婆塞優婆夷信我語受持讀誦是諸佛名當淨洗浴著新淨衣於晝日初分時中分時後分時亦三時從座起偏袒右肩右膝著地一心稱是佛名供養禮拜作如是言如來所知十方諸佛我今敬禮舍利弗是衆生如是供養禮拜得無量福德若欲得聲聞地欲得辟支佛地欲得阿耨多羅三藐三菩提者當禮十方諸佛一切皆得復作是言是諸福德聚諸佛如來所知我悉迴向阿耨多羅三藐三菩提舍利弗應當歸命

南無智集功德聚佛　南無智燄華樹王佛　南無一切世間自在佛　南無修行堅固自在佛　南無法山勝佛　南無師子奮迅

王佛　南無力士自在王佛　南無自在陀羅集佛　南無寶山佛　南無樹提藏佛　南無無量宿稱佛　南無功德力堅固王佛　南無三世法界佛　南無人聲自在增長佛　南無妙聲吼佛　南無勝一切世間佛　南無寶地龍王佛　南無法疾吼聲佛　南無多供養佛　南無香波頭摩擇自在寶城佛　南無光輪佛　南無寶蓮佛　南無功德華佛　南無無邊功德王佛　南無增長喜佛　南無師子龍奮迅佛　南無娑羅藏師子步行佛

已上八千佛

南無東方一切諸佛　南無法自在奮迅佛　南無觀諸法佛　南無法華智佛　南無時法清淨佛　南無堅固精言語佛　南無聲精進佛　南無啖摩尼佛　南無山光明佛　南無清淨無垢藏佛　南無無垢月佛　南無清淨根佛　南無多智佛　南無能作智佛　南無廣智佛　南無力意佛　南無勝意佛　南無法堅固歡喜佛　南無等須彌面佛　南無觀成就佛　南無清淨藏佛　南無堅固行自在佛　南無象自在佛　南無現魔業淨業佛　南無智自在佛　南無智精進奮迅佛　南無無礙精進佛　南無世間自在佛　南無法行廣意佛　南無福德成就佛　南無不怯弱成就佛　南無勝成就佛　南無龍觀佛　南無須彌栴檀佛　南無作戒王佛　南無聚集寶佛　南無龍王聲佛　南無大精進佛　南無孤獨精進佛　南無不減莊嚴佛　南無不動

尼陁佛　南無百功德莊嚴佛　南無自在
諸相好稱佛　南無法華山佛　南無自在
因陀羅月佛　南無法界莊嚴佛　南無滿
足願佛　南無大師子莊嚴佛　南無師子
平等精進佛　南無樂法修行佛　南無修
行自在堅固佛　南無勝意佛　南無海步
佛　南無大如修行佛　南無高光明佛
南無無諍智佛　南無師子聲佛　南無善
報佛　南無善住佛　南無日光佛　南無
甘露增上佛　南無道上首佛　南無勝自
在觀佛　南無無濁義佛　南無善見佛
南無勝意佛　南無人月佛　南無威德光
佛　南無普明佛　南無大莊嚴佛　南無
師子奮迅去佛　南無摩樓多愛佛　南無
寂心佛　南無大步佛　南無可聞聲佛

南無積功德佛　南無摩尼向佛　南無愛
照佛　南無名稱佛　南無信功德佛　南
無清淨智佛　南無寶功德佛　南無妙信
香佛　南無執固佛　南無勝山佛　南無
寶智佛　南無甘露威德佛　南無信藏佛
南無月上勝佛　南無龍步佛　南無信
黠慧佛　南無愛實語佛　南無優波羅香
佛　南無栴檀自在佛　南無敵勝佛　南
無普行佛　南無功德勝佛　南無大威德
佛　南無種種色日佛　南無過諸過佛
已上八千一百佛
南無無量眼佛　南無慚愧智佛　南無功
德供養佛　南無種種聲佛　南無功德可
樂佛　南無住清淨佛　南無妙香佛　南
無月光佛　南無戒分佛　南無華智佛

南無憂多摩意佛　南無不闇意佛　南無
山自在積佛　南無寂王佛　南無解脫王
佛　南無阿蹉彌留王佛　南無如意力擇
去佛　南無姓阿提遮佛　南無不讚歎世
間勝佛　南無法深佛　南無寶星宿解脫
王佛　南無百寶勝佛　南無法行自在佛
南無陀羅尼自在佛　南無阿難陀聲佛
南無智步王佛　南無彌留平等奮迅王
佛　南無智奮迅佛　南無法華通樹提佛
南無多摩尼體佛　南無憂多羅勝法佛
南無阿尼伽陀路摩勝佛　南無大智念
縛佛　南無見無畏佛　南無闍伽提自在
一切世間擔佛　南無自在量佛　南無自
畏作佛
舍利弗我見南方如是等無量佛種種名種
種姓種種佛國土舍利弗汝等應當一心歸
命
南無西方無量佛　南無阿婆羅餤婆師華
佛　南無摩菟沙口聲去佛　南無娑曼多
波尸佛　南無智勝增長稱佛　南無法行
燈佛　南無歌羅毗羅餤華光佛　南無無
等勝佛　南無智奮迅名稱王佛　南無梵
音奮迅妙鼓聲佛　南無波頭摩尸利藏眼
佛　南無樂法行佛　南無千月光明藏佛
南無阿僧伽意餤佛　南無師子廣眼佛
南無摩尼婆陀光佛　南無十方生勝佛
南無智作佛　南無無邊精進降伏一切
諸怨佛　南無大勝起法佛　南無阿無荷
見佛　南無無邊命佛　南無觀法智佛
南無無礙精進日善思惟奮迅王佛　南無

不利他意佛　南無無邊見佛　南無智見法佛　南無一切善根種子佛　南無憂多智勝發行功德佛　南無智香勝佛　南無智上尸棄王佛　南無法清淨勝佛　南無福德勝智去佛　南無不可思議法華吼王佛　南無不可思議彌留勝佛　南無毗盧遮那法海香王佛　南無能開法門佛　南無力王善住法王佛　南無勝力散一切惡王佛　南無見無邊樂佛　南無善化功德燄華王佛　南無見彼岸佛　南無善化莊嚴佛　南無見樂處佛　南無尼拘律王勝佛　南無妙勝佛　南無大力智慧奮迅佛　南無法樹提佛　南無堅固蓋成就佛　南無一切種智資生勝佛　南無入勝智自在山佛　南無盡合勝佛　南無一切世間得自在有橋梁勝佛　南無清淨戒功德王佛　南無一切王佛　南無波頭摩散漫楞智多莊嚴佛　南無大多人安隱佛　南無圓堅佛　南無二勝聲功德佛　南無力士佛　南無寶來摩尼火佛　南無大海彌留佛　南無勝王佛　南無不住佛　南無不空功德佛

已上八千二百佛

南無初遠離不濁世佛　南無虛空行佛　南無無礙稱佛　南無不可思議起三昧稱佛　南無聲山佛　南無諸天梵王雞兜佛　南無示無義王佛　南無護垢王佛　南無照功德佛　南無自在眼佛　南無智寂成就性佛　南無無障礙智成就佛　南無說決定義佛　南無莊嚴法燈妙稱佛　南

無二寶法燈佛　南無大燄藏佛　南無智
寶因緣莊嚴佛　南無自師子上身莊嚴佛
南無法月佛　南無廣救佛　南無服諸
根清淨眼佛　南無善香隨香波頭摩佛
南無常鏡佛　南無戒功德佛　南無隨順
稱佛　南無法自在佛　南無如意莊嚴佛
南無金藏佛　南無思妙義堅固願佛
南無一切德輪光佛　南無責貪佛　南無
法吼智明佛　南無甘露光佛　南無無邊
莊嚴佛　南無勝福田佛　南無善决定佛
南無法莊嚴佛
舍利弗西方如是等無量無邊佛汝當一心
歸命舍利弗汝等當至心歸命北方佛
南無勝藏佛　南無自在藏佛　南無降伏
諸魔勇猛佛　南無無邊華龍一俱蘇摩王

佛　南無定諸魔佛　南無法像佛　南無
功德勝佛　南無山峯光佛　南無法王佛
南無普恭敬燈佛　南無地勝佛　南無
成就如來寂佛　南無一切寶成就寂佛
南無陁羅尼文句决定義佛　南無忍自在
王佛　南無成就一切稱佛　南無三世智
轉自在佛　南無勝歸依功德善住佛　南
無種種摩尼光佛　南無勝功德佛　南無
一切寶成就寂佛　南無佛功德勝佛　南
無無餘證佛　南無得佛眼佛　南無隨過
去佛佛　南無大慈成就悲勝佛　南無住
持師子智佛　南無大智莊嚴身佛　南無
無衆生住實際王佛　南無自家法不得成
就佛　南無智稱佛　南無佛法首佛　南
無一切衆生德佛　南無過一切法聞佛

南無自在因陀羅佛　南無滿足意佛　南無大瑠璃佛　南無菩提光明佛　南無不可思議法智光明佛　南無眞檀不空王佛　南無不染波頭摩幢佛　南無法財聲王佛　南無釋法善知稱佛　南無智鬘劫佛　南無佛眼清淨分陀利佛　南無智自在稱佛　南無斷無邊疑佛　南無衆生方便自在王佛　南無無邊覺奮迅無礙思惟佛　南無法行地行善住佛　南無普衆生界廣佛　南無降伏諸魔力堅意佛　南無天王自在寶合王佛　南無如實修行藏佛　南無大迅覺迅佛　南無能生一切歡喜月見佛　南無種種摩尼聲王吼佛　南無無觀王佛　南無不退了勇猛佛　南無佛國土莊嚴身佛　南無智根本華幢佛　南無化身無礙稱佛　南無一切龍摩尼藏佛

已上八千三百佛

南無法聲自在佛　南無法甘露娑梨羅佛　南無無邊寶福德藏佛　南無清淨華行佛　南無大法王華勝佛　南無一切盡無盡藏佛　南無華山藏佛　南無智虛空山佛　南無智力不可破壞佛　南無無礙堅固隨順智佛　南無無邊大海藏佛　南無智王無盡稱佛　南無奮迅心意王佛　南無自性清淨智佛　南無智自在法王佛　南無勝行佛　南無金剛見佛　南無法滿足隨香見佛　南無龍月佛　南無因陀羅園佛　南無無礙王佛　南無寶因陀羅輪王佛　南無能生一切衆生敬稱佛　南無大威德光明輪王佛　南無能斷一切衆生

疑佛 南無智寶法見佛 南無無障礙波羅佛 南無無垢髻佛 南無放光明佛 南無力山月藏佛 南無心自在王佛 南無堅固無畏上首佛 南無堅固勇猛寶佛 南無堅固心善住王佛 南無能破闇曀王佛 南無勝丈夫分陀利佛 南無百勝藏佛 南無妙蓮華藏佛 南無見平等法身佛 南無衆生月佛 南無師子步佛 南無大威德佛 南無妙聲佛 南無無邊光佛 南無見愛佛 南無大首佛 南無勝首佛 南無樂聲佛 南無見寶佛 南無清淨佛 南無師子慧佛 南無德聲佛 南無修樓吒香佛 南無電燈佛 南無波頭摩光佛 南無大光佛 南無梵聲佛 南無無疑佛 南無無邊勢力佛 南無月面佛 南無無邊光佛 南無愛威德佛 南無散疑佛 南無功德燈佛 南無不藏威德佛 南無無邊藏佛 南無光明奮迅王佛 南無廣稱佛 南無遠離憧佛 南無增長勝佛 南無普見佛 南無不可勝佛 南無威德聚佛 南無堅固步佛 南無摩㝹賒稱佛 南無無邊色佛 南無大光明佛 南無妙聲佛 南無不動步佛 南無無邊莊嚴佛 南無大清淨佛 南無威德聚光明佛 南無住智佛 南無大堅佛 南無愛解脫佛 南無愛無畏佛 南無甘露藏佛 南無普觀察佛 南無大修行佛 南無細威德佛 南無十方恭敬佛 南無光明勝佛 南無重說佛 南無光明莊嚴佛 南無師子奮迅佛 南無善

見佛　南無甘露步佛　南無月光明佛
南無功德稱佛　南無去根佛
已上八千四百佛
南無清淨聲佛　南無無礙輪佛　南無甘露聲佛　南無衆生可敬佛　南無如意威德佛　南無無邊色佛　南無大力佛　南無快莊嚴佛　南無普照觀佛　南無奮迅德佛　南無妙色佛　南無稱意佛　南無寶莊嚴佛　南無高光明佛　南無解脱步佛　南無功德莊嚴佛　南無畢竟智佛
南無生雞兜佛　南無不動智佛　南無行意佛　南無妙色佛　南無實色佛　南無火聲佛　南無善思惟佛　南無功德華佛
南無思惟世間佛　南無大高光佛　南無無譬喻奮迅佛　南無清淨覺佛　南無月重佛　南無月燈佛　南無無邊光佛
南無種種日佛　南無天城佛　南無心清淨佛　南無波頭摩藏佛　南無常擇智佛
南無師子聲佛　南無無邊光佛　南無無勝聲佛　南無可樂意智光佛　南無功德光佛　南無自在光佛　南無淨嚴身佛
南無無濁義佛　南無應威德佛　南無成就義智佛　南無得大聲佛　南無婆藪陀聲佛　南無鬱哆光佛　南無決定思惟佛
南無薩遮婆兔佛　南無鳴闍光明佛
南無毗弗波威德佛　南無憂多羅魔吒佛
南無夜舍雞兜佛　南無功德清淨佛
南無法燈佛　南無勝功德佛　南無仙荷波提愛面佛　南無心荷步去佛　南無思惟衆生佛　南無婆伽羅智佛　南無波頭

摩藏佛　南無蓋仙佛　南無娑羅王佛
南無修利耶光佛　南無菩提味佛　南無
寂諸根佛　南無婆蒐光佛　南無分陀利
光佛　南無彌留光佛　南無栴陀面佛
南無婆利荼去佛　南無諸方眼佛　南無
法光明佛　南無尸羅波散那佛　南無阿
難陀智佛　南無阿難陀色佛　南無地荼
毗梨耶佛　南無提婆彌多佛　南無娑曼
多智佛　南無寂靜光佛　南無摩蒐舍威
德佛　南無善分若提他佛　南無稱勝佛
南無稱幢佛　南無輪面佛　南無普清
淨佛　南無摩訶提闍佛　南無阿羅訶應
佛　南無憂多耶勝佛　南無悉達他思惟
佛　南無愛供養佛　南無三曼多護佛
南無彌尼佛　南無信菩提佛　南無破意

佛　南無出智佛　南無勝聲佛

已上八千五百佛

南無質多羅婆蒐佛　南無彌訶聲佛　南
無大餤鶱陀佛　南無勝拘吒佛　南無阿
舒加愛佛　南無天國土佛　南無師子難
提拘沙佛　南無阿難陀波頗佛　南無見
愛佛　南無波提波王佛　南無勝雞兜佛
南無方聞聲佛　南無愛眼佛　南無旃
陀雞兜佛　南無阿婆夜達多佛　南無那
剎多王佛　南無蘇摩提婆佛　南無日光
明佛　南無大稱佛　南無眞聲佛　南無
説愛佛　南無稱憂多羅佛　南無摩頭羅
光明佛　南無修法聲佛　南無質多意佛
南無婆藪陀清淨佛　南無寂瞋佛　南
無破意佛　南無宿王佛　南無毗伽陀意

佛　南無勝憂多摩佛　南無波薩那智佛
南無慈勝種種光佛　南無普見佛　南
無見月佛　南無降伏諸魔威德佛　南無
摩訶羅他佛　南無心荷步去佛　南無樂
光佛　南無普護佛　南無清淨意佛　南
無成就義佛　南無香山佛　南無摩尼清
淨佛　南無功德光佛　南無日光佛　南
無成就光佛　南無見愛佛　南無善思惟
佛　南無娑曼多見佛　南無師子幢佛
南無普行佛　南無大步佛　南無阿羅頻
頭波頭摩眼佛　南無日光佛　南無阿彌
多清淨佛　南無阿難多樓波佛　南無蓋
天佛　南無羅多那光佛　南無娑羅梯羅
多佛　南無善見佛　南無親味佛　南無
婆耆羅娑佛　南無修利耶那那佛　南無

無障礙眼佛　南無莎荷步佛　南無大然
燈佛　南無盧荷伽佛　南無清淨功德佛
南無功德藏佛　南無法明佛　南無摩
樓多愛佛　南無阿婆耶愛佛　南無慧幢
佛　南無威德光佛　南無月德佛　南無
求那婆藪佛　南無無邊光佛　南無安樂
佛　南無稱雞兜佛　南無光明乳佛　南
無普功德佛　南無勝雞兜佛　南無那羅
延佛　南無寶清淨佛　南無普心佛　南
無善心意佛　南無善意佛　南無不可量
威德佛　南無師子臂佛　南無光明意佛
南無那羅延天佛　南無薩遮雞兜佛
南無善住意佛　南無阿彌多天佛　南無
大慧德佛　南無光明幢佛　南無光明日
佛　南無法水佛　南無善法佛

已上八千六百佛

南無旃陀婆毙佛　南無菴摩羅勝佛　南無解脫觀佛　南無羅多那光佛　南無無羅聲佛　南無普心擇佛　南無成就光佛
南無甘露眼佛　南無稱愛佛　南無善護佛　南無天信佛　南無善量步佛　南無提婆羅多佛　南無智深佛　南無斯那步佛　南無旃陀跋陀佛　南無提闍積佛
南無大勝佛　南無大步佛　南無闍耶天佛　南無悉達他意佛　南無質多愛佛
南無師子聲佛　南無信提舍那佛　南無智光佛　南無拘蘇摩提闍佛　南無提闍羅尸佛　南無如意光佛　南無無邊威德佛　南無無邊光佛　南無勝德佛　南無盧遮那稱佛　南無寶雞兜佛　南無郁伽提闍佛　南無日雞兜佛　南無摩訶彌留佛　南無摩訶馥荷佛　南無世間得名佛　南無郁伽德佛　南無憂多摩稱佛
南無成就義步佛　南無提婆摩醯多佛
南無實智佛　南無阿那毗浮名稱佛　南無金光佛　南無大然燈佛　南無行意佛
南無毗迦摩佛　南無無礙光佛　南無毗摩提闍訶佛　南無摩訶跋多佛　南無天聲佛　南無不著步佛　南無天道佛
南無詢陀羅難陀佛　南無華光佛　南無能現佛　南無天愛佛　南無解脫光佛
南無普光佛　南無求那迦羅佛　南無大智光佛　南無菩提光佛　南無娑伽羅佛
南無菩提難提佛　南無摩訶提婆佛
南無深智佛　南無法自在佛　南無大波

那那佛　南無心意佛　南無智光明佛
南無不錯思惟佛　南無勝功德佛　南無
坐稱佛　南無大莊嚴佛　南無月光佛
南無天光佛　南無清淨行佛　南無愛功
德佛　南無師子意佛　南無信婆藪那羅
佛　南無寶光明佛　南無快光明佛　南
無種種婆毚佛　南無月愛佛　南無蘇摩
刈多佛　南無普觀佛　南無不染佛　南
無稱光勝佛　南無月面佛　南無那伽天
佛　南無功德聚佛　南無功德智佛　南
無華勝佛　南無愛世間佛　南無甘露光
佛　南無地光佛　南無作功德佛　南無
華勝佛　南無求那婆睺佛
已上八千七百佛
南無法然燈佛　南無普光佛　南無淨聲

佛　南無大莊嚴佛　南無解脫日佛　南
無堅精進佛　南無智光明佛　南無功德
稱佛　南無善智佛　南無不可量莊嚴佛
南無師子陀那佛　南無功德奮迅佛
南無妙天佛　南無觀行佛　南無天提吒
佛　南無電光明佛　南無勝愛佛　南無
山幢佛　南無華光佛　南無勝意佛　南
無山香佛　南無福德奮迅佛　南無勝意
佛　南無信聖佛　南無寶洲佛　南無妙
威德佛　南無最後見佛　南無愛行佛
南無妙莊嚴佛　南無功德藏勝佛　南無
清淨見佛　南無威德力佛　南無清淨眼
佛　南無智行佛　南無不謬步佛　南無
聖眼佛　南無樂解脫佛　南無大聲佛
南無勝土佛　南無成就光明佛　南無自

業佛　南無照稱光明佛　南無光明行佛
南無愛自在佛　南無月賢佛　南無勝
吼佛　南無勝功德佛　南無選擇攝取佛
南無相王佛　南無離熱佛　南無聖德
佛　南無法高佛　南無甘露功德佛　南
無無礙稱佛　南無甘露香佛　南無捨光
明佛　南無吼聲佛　南無無畏日佛　南
無得無畏佛　南無愛黠慧佛　南無智慧
不謬佛　南無虛空光佛　南無增上天佛
南無信如意佛　南無天蓋佛　南無龍
光佛　南無妙步佛　南無法威德佛　南
無斷諸有佛　南無莊嚴面佛　南無妙色
佛　南無普眼佛　南無功德光佛　南無
勝月佛　南無平等德佛　南無云何難兜
佛　南無衆生自在劫佛　南無與無畏親

佛　南無取衆生意佛　南無降伏諸怨佛
南無攝取光明佛　南無勝山佛　南無
一勝光明佛　南無那羅延步佛　南無師
子步佛　南無愛戒佛　南無清淨佛　南
無信名稱佛　南無畢竟智佛　南無離癡
佛　南無功德聚佛　南無能思惟忍佛
南無法蓋佛　南無不動因佛　南無天華
佛　南無天波頭摩佛　南無普威德佛
南無月光佛　南無大衆上首佛　南無思
惟義佛

已上八千八百佛

南無相王佛　南無蓮華面佛　南無思惟
名稱佛　南無樹幢佛　南無師子奮迅佛
南無信大衆佛　南無善香佛　南無智
慧讚歎佛　南無功德深佛　南無智光明

佛　南無智海佛　南無威德力佛　南無勝威德佛　南無佛歡喜佛　南無勝清淨佛　南無愛一切佛　南無遠離諸疑佛　南無善思惟勝義佛　南無大山佛　南無降伏聖佛　南無降伏黠慧佛　南無趣菩提佛　南無妙聲佛　南無大勢力佛　南無樂師子佛　南無普寶滿足佛　南無一切世間愛佛　南無金剛輪佛　南無過火佛　南無大將佛　南無衆生月佛　南無大莊嚴佛　南無日月明佛　南無勝嚴佛

南無斷諸意香佛　南無寂靜行佛　南無攝受稱佛　南無梵天供養佛　南無大吼佛　南無無量無邊願佛　南無善寂淨心佛　南無衆上首自在王佛　南無智勇猛佛　南無淨上佛　南無梵天佛　南無善梵天佛　南無淨婆藪佛　南無妙梵聲佛　南無梵自在佛　南無梵天自在佛

南無因那陀佛　南無梵吼佛　南無梵德佛　南無威德力佛　南無威德自在佛

南無善威德佛　南無威德絶倫無能制伏佛　南無威德起佛　南無善決定威德佛

南無威德天佛　南無威德勝佛　南無無驚怖佛　南無驚怖意佛　南無驚怖慧佛　南無驚怖衆生佛　南無驚怖面佛

南無驚怖起佛　南無威德決定畢竟佛

南無威德天佛　南無驚怖實佛　南無見驚怖佛　南無善眼佛　南無月勝佛　南無深聲佛　南無無邊聲佛　南無淨聲佛

南無清淨聲佛　南無無量聲佛　南無放聲佛　南無降伏魔力聲佛　南無住持

聲佛　南無善目佛　南無清淨面佛　南
無善照佛　南無無邊眼佛　南無普眼佛
南無稱眼佛　南無眼莊嚴佛　南無不
可稱眼佛　南無調柔語佛　南無調勝佛
南無善調心佛　南無善寂根佛　南無
善寂意佛　南無善寂妙佛　南無善寂行
佛　南無善寂步佛　南無善寂彼岸佛
南無善寂勇猛佛　南無住勝佛

已上八千九百佛

佛說佛名經卷第十

音釋

㝹奴鉤切　曼無販切　礙五溉切　曀於計切　馥房入切

佛說佛名經卷第十一

元魏北天竺三藏法師菩提留支譯

南無寶功德佛　南無天光明佛　南無勝山佛　南無實智佛　南無甘露威德佛　南無能思惟佛　南無龍步佛　南無信智佛　南無實愛佛　南無蓮華香佛　南無勝相佛　南無大威德佛　南無種種日佛　南無廣地佛　南無甘露眼佛　南無慙愧智佛　南無山王自在積佛　南無悕勝佛　南無種種間錯聲佛　南無信修行佛　南無捨憂惱佛　南無諸世間智佛　南無威德力佛　南無信勝佛　南無勢力稱佛　南無放光明佛　南無過諸疑佛　南無毗羅那王佛　南無新華佛　南無勝華佛　南無捨諍佛　南無大長佛　南無大稱佛　南無愛去佛　南無甘露步佛　南無日聚佛　南無月聲佛　南無見天佛　南無清淨光佛　南無秋日佛　南無無解華佛　南無妙聲佛　南無雨甘露佛　南無善天佛　南無勝聲佛　南無愛上首佛　南無愛甘露佛　南無甘露稱佛　南無法華佛　南無大莊嚴佛　南無世間尊重佛　南無高意佛　南無高山佛　南無甘露威德光明佛　南無菩提威德佛　南無清淨心佛　南無能作因降伏怨佛　南無度世間佛　南無甘露星宿佛　南無聖德佛　南無法高佛　南無大稱佛　南無安隱思惟佛　南無菩提華佛　南無菴摩羅供養佛　南無勝成佛　南無法星宿佛　南無大勝佛　南無隨意光明佛　南無火

光明佛　南無見愛佛　南無光明愛佛
南無希聲佛　南無功德德佛　南無吉去
佛　南無無障智佛　南無得威德佛　南
無月藏佛　南無梵光明佛　南無樂光明
佛　南無勝光明佛　南無寂光明佛　南
無離異意佛　南無過智佛　南無成就功
德佛　南無嚴身佛　南無無畏愛佛　南
無到光明佛　南無大身佛　南無智智佛
南無大思惟佛　南無樂眼佛　南無無
諸熱智佛　南無不怯弱智佛　南無普清
淨佛　南無天城佛　南無無怯聲佛　南
無華日佛　南無善住心佛　南無雞兜清
淨佛　已上九千佛
南無俱蘇摩光佛　南無法弗沙佛　南無
月希佛　南無寂照佛　南無不錯行佛

南無大精進佛　南無人聲佛　南無普聲
佛　南無菩提頗佛　南無天色思惟佛
南無慧力佛　南無三漫多盧遮那佛　南
無梵供養佛　南無舍施威德佛　南無聖
弗沙佛　南無虚空智佛　南無能降伏放
逸佛　南無不可比慧佛　南無勝軍陀羅
佛　南無降阿梨佛　南無應愛佛　南無
戒供養佛　南無平等心明佛　南無信心
不怯弱佛　南無精進清淨佛　南無聞智
佛　南無無障礙思惟佛　南無無畏光明
佛　南無甘露聲佛　南無名去佛　南無
捨諍佛　南無護根佛　南無禪解脱佛
南無大殊提佛　南無栴檀香佛　南無可
觀佛　南無無量智佛　南無千日威德佛
南無捨重擔佛　南無稱清淨佛　南無

提賒闍佛　南無自在王佛　南無無邊智
佛　南無廣光佛　南無信甘露佛　南無
妙眼佛　南無解脫行佛　南無妙見佛
南無勝光佛　南無大聲佛　南無大威德
聚佛　南無光明實雞兜佛　南無應供養
佛　南無求那提闍積佛　南無信相佛
南無大焰佛　南無阿羅訶信佛　南無善
住思惟佛　南無善橋梁佛　南無智作佛
南無普寶佛　南無日光佛　南無說橋
梁佛　南無婆薩婆俱他佛　南無心荷身
佛　南無勝親光佛　南無清淨聲佛　南
無隨意布施佛　南無寶威德佛　南無善
威德供養佛　南無世間光明佛　南無世
間可敬佛　南無行清淨佛　南無應眼佛
南無大步佛　南無無邊色佛　南無住
持般若佛　南無衆橋梁佛　南無彌留波
婆佛　南無安隱愛佛　南無提婆摩醯多
佛　南無毗闍荷佛　南無羅多那闍荷佛
南無橋梁佛　南無厚奮迅佛　南無光
明威德佛　南無慈力佛　南無月勝佛
南無寂光佛　南無愛眼佛　南無天色佛
南無樂法佛　南無大月佛　南無無障
礙聲佛　南無人弗沙佛　南無平等見佛
南無大旃陀佛　南無弗沙羅莎佛　南
無十光佛　南無種種光佛

已上九千一百佛

南無雲聲佛　南無龍德佛　南無功德步
佛　南無心功德佛　南無大聲佛　南無
了聲佛　南無斷惡道佛　南無天弗沙佛
南無水眼佛　南無大燈佛　南無離闇

佛　南無堅固眼佛　南無不可思議光明佛　南無普光明佛　南無普賢佛　南無勝月佛　南無意德佛　南無莊嚴聲佛　南無妙意佛　南無賢光佛　南無堅固華佛　南無功德成佛　南無意成佛　南無解脱乘佛　南無降伏怨佛　南無過舌佛　南無過諸煩惱佛　南無無量光佛　南無無垢心佛　南無和合聲佛　南無不可量眼佛　南無勢力佛　南無妙光明佛　南無集功德佛　南無可聞聲佛　南無大思惟佛　南無信天佛　南無思惟甘露佛　南無了意佛　南無勝燈佛　南無堅意佛　南無力勢佛　南無華眼佛　南無菩提光明佛　南無最勝聲佛　南無六通聲佛　南無威德力佛　南無人稱佛　南無勝華集佛　南無大髻佛　南無不隨他佛　南無不畏行佛　南無離一切憂闇佛　南無月光明佛　南無心勇猛佛　南無解脱慧佛　南無離惡道佛　南無閻浮燈佛　南無勝供養佛　南無善思惟佛　南無勝威德色佛　南無信衆生佛　南無快恭敬佛　南無波頭摩清淨佛　南無勝供養佛　南無種種色華佛　南無人波頭摩佛　南無善香佛　南無勝功德佛　南無虛空劫佛　南無月賢佛　南無堅固佛　南無妙力佛　南無勝因陀羅智佛　南無勝親佛　南無愛思惟佛　南無勝香佛　南無無諍行佛　南無功德含佛　南無大精進思惟佛　南無大光明佛　南無攝受施佛　南無修行深思惟佛　南無香希佛

南無香象佛　南無種種智佛　南無思惟妙智佛　南無功德莊嚴佛　南無增上行佛　南無智行佛　南無功德山佛　南無聲滿十方佛　南無攝受擇佛　南無信妙佛　南無月見佛　南無功德聚佛　南無法力佛　南無過一切疑佛　南無稱王佛

南無護諸根佛

已上九千二百佛

南無勝意佛　南無甘露光佛　南無思惟甘露佛　南無一切衆上首佛　南無愛髻佛　南無不可降伏色佛　南無普信佛

南無莊嚴王佛　南無金剛步佛　南無賢作佛　南無功德報光明佛　南無精進力起佛　南無善清淨光明佛　南無得脫一切縛佛　南無無垢波頭摩藏勝佛　南無得無礙解脫佛　南無十方稱聲無畏佛　南無破一切暗起佛　南無無光明王佛　南無大焰積佛　南無無邊行功德寶光明佛　南無法光明佛　南無歡喜王佛　南無能作一切衆生光明破闇勝佛　南無起普光明修行無邊願稱王佛　南無普願滿足不怯弱佛　南無一切見光明佛　南無無垢光莊嚴王佛　南無功德藏山破金剛佛

南無龍王自在王佛　南無寶精進日月摩尼莊嚴威德聲王佛　南無吼聲妙聲佛

南無善住持地佛　南無世間自在王佛

南無無障礙藥王樹提佛　南無彌留幢佛　南無大山佛　南無彌留光明佛　南無妙聲佛　南無日月住佛　南無稱光明佛　南無無量光佛　南無不可量幢佛

南無大光明佛　南無寶雞兜佛　南無淨王佛　南無大焰聚佛　南無一切王聲佛　南無難勝佛　南無日生佛　南無羅網光明佛　南無照光明佛　南無師子佛　南無稱佛　南無稱光明佛　南無法佛　南無法住持佛　南無法幢佛　南無梵聲佛　南無星宿王佛　南無香勝佛　南無香光佛　南無大積佛　南無寶種種華敷身佛　南無莎羅自在王佛　南無寶蓮華勝佛　南無見一切義佛　南無須彌劫佛　南無智燈佛　南無大光明照佛　南無難伏佛　南無照佛　南無勤雞兜幢佛　南無威德自在王佛　南無覺王佛　南無寶藏佛　南無大海佛　南無十力增上自在佛　南無唯寶莊嚴佛　南無無邊寶莊嚴佛　南無無相聲佛　南無過境界步佛　南無須彌山聚佛　南無虛空眼佛　南無虛空寂佛　南無稱力王佛　南無放光明佛　南無離諸染佛　南無種種華成就勝佛　南無遠離諸畏驚怖毛竪佛　南無智積佛　南無栴檀香佛　南無伏眼佛　南無寶來佛　南無香首佛　南無勝衆佛　南無唯蓋佛　南無無障眼佛　南無栴檀去佛　南無智華寶光明勝佛

已上九千三百佛

南無賢勝光明佛　南無能一切畏佛　南無無畏佛　南無彌留藏佛　南無法作佛　南無十上光明佛　南無千上光明佛　南無智光明佛　南無寶勝光明佛　南無無邊光明佛　南無無礙聲佛　南無羅網

光明佛　南無種種寶智佛　南無無邊莊
嚴佛　南無憂波羅勝佛　南無住智勝佛
南無勝能聖佛　南無智稱佛　南無莎
羅自在王佛　南無寶沙羅佛　南無大將
佛　南無寶髮佛　南無不空名稱佛　南
無勝成就功德佛　南無稱王佛　南無不
空步佛　南無香光明佛　南無無障礙聲
佛　南無稱力王佛　南無寶王佛　南無
須彌增長勝王佛　南無寶勝功德佛　南
無波頭摩勝佛　南無寶起佛　南無香光
明佛　南無十方稱發起佛　南無普護增
上雲聲王佛　南無無邊光明佛　南無無
邊智成佛　南無無邊輪奮迅佛　南無眾
上首佛　南無華勝王佛　南無寶像佛
南無不空名稱佛　南無優波勝能聖佛

南無發起無邊精進功德佛　南無發心莊
嚴一切眾生佛　南無蓋行佛　南無光明
輪威德王佛　南無功德王光明佛　南無
一切功德到彼岸佛　南無然燈作佛　南
無能作光明佛　南無得功德佛　南無波
頭摩上勝佛　南無寶作佛　南無無邊願
佛　南無無邊功德王住佛　南無寶聚佛
南無娑羅自在王佛　南無寶光明佛
南無寶積佛　南無最上佛　南無修行無
邊功德佛　南無觀聲佛　南無須彌山光
明佛　南無無邊境界佛　南無妙去佛
南無寶華成就勝佛　南無無邊奮迅佛
南無發起一切眾生信佛　南無寶蓋起佛
南無勝功德佛　南無不可華佛　南無
寶境界光明佛　南無寶勝功德佛　南無

發心即轉法輪佛　南無十方稱名佛　南無迦陵伽王佛　南無日輪然燈佛　南無寶上佛　南無智成就勝佛　南無功德王住佛　南無無障礙眼佛　南無無畏佛　南無智積佛　南無發起無譬喻相佛　南無積光明輪威德佛　南無因意佛　南無那羅延佛　南無無垢雞兜佛　南無月積佛　南無清淨意佛　南無安隱佛　南無發起善思惟佛　南無能破諸怨佛　南無憂波羅功德佛　南無積力王佛　南無無邊光明雲香彌留佛　南無種種色華佛

南無無邊光佛

巳上九千四百佛

南無能轉能住佛　南無勝香佛　南無寶勝佛　南無香山佛　南無信一切衆生心智見佛　南無無相聲佛　南無智功德積佛　南無無障聲佛　南無一蓋藏佛　南無不動勢佛　南無迦葉佛　南無觀見一切境界佛　南無上首佛　南無成義佛　南無成勝佛　南無稱佛　南無離一切疑佛　南無智德佛　南無功德乘佛　南無星宿王佛　南無不可量雞兜佛　南無栴檀佛　南無羅網光佛　南無梵聲佛　南無解脱精進日佛　南無不可量實體勝佛　南無一切法無觀佛　南無發一切衆生不斷絶修行佛　南無無邊奮迅佛　南無見一切法佛　南無見一切法平等佛　南無成就無邊功德佛　南無智高光明佛　南無波頭摩上佛　南無十方上佛　南無華成功德佛　南無堅固衆生佛　南無智

光明佛　南無智衆佛　南無離藏佛　南
無明王佛　南無不分別修行佛　南無無
邊智稱佛　南無栴檀屋勝佛　南無無比
智華成佛　南無善住娑羅王佛　南無勝
月光明佛　南無須彌聚佛　南無稱名佛
南無過十方稱佛　南無稱名親佛　南
無稱堅固佛　南無離憂惱佛　南無波頭
摩勝王功德佛　南無散華雞兜佛　南無
普放香光明佛　南無波那陀眼佛　南無
放焰佛　南無十方稱名佛　南無光明彌
留佛　南無寶光明佛　南無然尸棄佛
南無三界境界勢佛　南無光明輪佛　南
無虛空寂境界佛　南無盡境界佛　南無
妙寶聲佛　南無普境界佛　南無智稱佛
南無光明輪境界勝王佛　南無善住佛
南無成就佛寶功德佛　南無起智功德
佛　南無一切功德佛　南無佛境界清淨
佛　南無起智光明威德積聚佛　南無成
就波頭摩王佛　南無第一境界法佛　南
無半月光明佛　南無香像佛　南無成就
波頭摩功德佛　南無栴檀功德佛　南無
寶山佛　南無黠慧行佛　南無能作無畏
佛　南無無邊功德勝佛　南無光明雞兜
佛　南無作無邊功德佛　南無成就一切
勝功德佛　南無住持炬佛　南無勝敵對
佛　南無勝王佛　南無星宿王佛　南無
無邊山佛　南無虛空轉清淨王佛　南無
無邊聲佛　南無無邊光明佛　南無寶彌
留佛　南無種種寶佛

已上九千五百佛

南無拘修摩趍佛　南無上首佛　南無無
垢離垢發修行光明佛　南無金色華佛
南無寶窟佛　南無種種華成就佛　南無
放光明佛　南無成就華佛　南無華蓋佛
南無不空發修行佛　南無勝力王佛
南無淨勝王佛　南無無邊上首佛　南無
無障眼佛　南無破諸趣佛　南無離疑佛
南無無相聲佛　南無畢竟成就無邊功
德佛　南無寶成就勝佛　南無波頭摩得
勝功德佛　南無寶妙佛　南無三世無礙
發修行佛　南無無邊照佛　南無寶彌留
佛　南無然燈勝王佛　南無成就智德佛
南無炬然燈佛　南無無上光明佛　南
無功德王光明佛　南無弗沙佛　南無梵
聲佛　南無功德輪佛　南無十方燈佛

南無佛華成就德佛　南無娑羅自在王佛
南無華鬚佛　南無寶積佛　南無見種
種佛　南無藥王佛　南無最上佛　南無
賢勝佛　南無香妙佛　南無香勝雞兜佛
南無栴檀屋佛　南無香雞兜佛　南無
無邊精進佛　南無過十光佛　南無佛波
頭摩妙佛　南無無邊境界佛　南無驚怖
波頭摩成就勝王佛　南無寶羅網佛　南
無善住王佛　南無最勝香王佛　南無能
與一切樂佛　南無能現一切念佛　南無
不空名稱佛　南無寶光明佛　南無安隱
與一切衆生樂佛　南無無邊虛空莊嚴勝
佛　南無善莊嚴佛　南無虛空雞兜佛
南無普華成就勝佛　南無可樂勝佛
南無無邊境界來佛　南無淨眼佛　南無

高山佛　南無不可降伏幢佛　南無可詣
佛　南無無邊無際諸山佛　南無月輪莊
嚴王佛　南無最勝彌留佛　南無樂成就
德佛　南無清淨諸彌留佛　南無安樂德
佛　南無梵德佛　南無無礙自在佛　南
無作無邊功德佛　南無威德王佛　南無
梵勝佛　南無善思惟成就諸願佛　南無
清淨輪王佛　南無智高佛　南無勇猛仙
佛　南無智積佛　南無作方佛　南無能
忍佛　南無無諸有佛　南無智護佛　南
無妙功德佛　南無隨衆生心現境界佛
南無鏡佛　南無無邊寶佛　南無離一切
受境界無畏佛　南無無礙寶光明佛　南
無無礙照佛　南無念一切佛境界佛　南
無能現一切佛像佛　南無無相體佛　南
無化聲佛　南無化聲善聲佛

已上九千六百佛

南無寶成就勝功德佛　南無海彌留佛
南無無垢意佛　南無智華成就佛　南無
高威德山佛　南無寂佛　南無離恨佛
南無斷一切諸道佛　南無成就不可量功
德佛　南無無成就勝境界佛　南無求無
畏香佛　南無無障礙香光明佛　南無雲
妙鼓聲佛　南無成就勝功德佛　南無無
邊勢力步佛　南無須彌山堅佛　南無勝
香須彌佛　南無無邊光佛　南無普見佛
南無得無畏佛　南無月燈佛　南無火
燈佛　南無勢燈佛　南無高修佛　南無
金剛生佛　南無智自在王佛　南無智力
稱佛　南無無畏上佛　南無功德王佛

南無波婆娑佛　南無善根佛　南無妙莊
嚴佛　南無寶蓋佛　南無香象佛　南無
無邊境界不空稱佛　南無不可思議功德
王光明佛　南無種種華佛　南無無畏王
佛　南無常猒香佛　南無妙藥樹王佛
南無常求安樂佛　南無無邊意行佛　南
無無邊境界佛　南無無邊光佛　南無無
邊目佛　南無無邊虛空境界佛　南無聲
色境界佛　南無星宿王佛　南無香上勝
佛　南無虛空勝佛　南無勝功德佛　南
無現諸方佛　南無妙彌留佛　南無無障
眼佛　南無娑伽羅佛　南無庭燎佛　南
無然雞兜佛　南無無垢月威德光佛　南
無智山佛　南無稱力王佛　南無功德王
光明佛　南無智見佛　南無波頭勝成就
佛　南無寶火佛　南無寶蓮華勝佛　南
無斷諸疑佛　南無領勝眾佛　南無雞兜
王佛　南無華勝佛　南無放光明佛　南
無照波頭摩光明佛　南無方王法雞兜佛
南無無邊步佛　南無娑伽羅山佛　南
無阿譈荷見佛　南無無障礙吼聲佛　南
無無邊功德稱光明佛　南無世間涅槃無
差別修行佛　南無無邊照佛　南無善眼
佛　南無一蓋藏佛　南無放光明佛　南
無過去未來現在發修行佛　南無無邊華
佛　南無無邊淨佛　南無無邊光佛　南
無無邊明佛　南無無邊照佛　南無妙明
佛　南無無邊境界佛　南無無邊步佛
南無等蓋行佛　南無寶蓋佛　南無星宿
王佛　南無蓋星宿佛　南無光明輪佛

南無光明王佛　南無勝光明功德佛　南
無不可量光佛　南無勝佛
已上九千七百佛
南無不可量境界步佛　南無無礙聲吼佛
南無大雲光佛　南無闍梨尼山佛　南
無佛華光明佛　南無波頭摩勝華山王佛
南無星宿上首佛　南無放光明佛　南
無三周單那堅佛　南無不空見佛　南無
頂勝功德佛　南無波頭頂勝功德佛　南
無無癡佛　南無能度佛　南無無迷步佛
南無離愚境界佛　南無無闇光明佛
南無無邊精進佛　南無娑羅自在王佛
南無寶娑羅佛　南無一蓋佛　南無蓋莊
嚴佛　南無寶聚佛　南無栴檀聚香佛
南無栴檀屋佛　南無無邊光明佛　南無
光輪佛　南無山莊嚴佛　南無無障礙明
佛　南無善明佛　南無寶成佛　南無一
切功德勝佛　南無成就佛華功德佛　南
無善住意佛　南無無邊方便佛　南無不
空功德佛　南無寶勢佛　南無無邊修行
佛　南無莊嚴無邊功德佛　南無虛空輪
光佛　南無無相聲佛　南無藥王佛　南
無不怯弱佛　南無離諸畏毛豎佛　南無
功德王光明佛　南無觀智起華佛　南無
虛空寂佛　南無虛空聲佛　南無虛空莊
嚴佛　南無大眼佛　南無勝功德佛　南
無成佛　南無佛波頭摩德佛　南無成功
德佛　南無師子勝佛　南無成就義佛
南無師子護佛　南無善住王佛　南無梵
山佛　南無淨目佛　南無不空跡步佛

南無香象佛　南無香德佛　南無香彌留佛　南無無邊眼佛　南無財屋佛　南無香山佛　南無寶師子佛　南無堅固衆生佛　南無妙勝住王佛　南無無邊境界勝王佛　南無勝精進王佛　南無無疑佛　南無善星宿王佛　南無然燈佛　南無能作光明佛　南無光明山佛　南無光明輪佛　南無妙蓋佛　南無香蓋佛　南無寶蓋佛　南無香去蓋佛　南無栴檀勝佛　南無須彌山積聚佛　南無種種寶光明佛　南無堅固自在王佛　南無淨勝佛　南無淨眼佛　南無不弱佛　南無寶勝佛　南無施羅王佛　南無發修行轉女根佛　南無發無邊修行佛　南無最妙光佛　南無闍梨尼光明山佛　南無因王佛　南無梵勝佛　南無稱身佛　南無華山佛　南無轉胎佛

已上九千八百佛

南無轉難佛　南無斷諸念佛　南無發起諸念佛　南無常修行佛　南無善住佛　南無一藏佛　南無一山佛　南無無邊身佛　南無無邊精進佛　南無光明輪佛　南無無邊功德王光佛　南無降伏一切諸怨佛　南無過一切魔境界佛　南無不可量華佛　南無不可量香佛　南無不可聲佛　南無光明頂佛　南無光明勝佛　南無不離二佛　南無輪佛　南無不可量佛華光明佛　南無不可量聲佛　南無光明山佛　南無娑羅自在王佛　南無日面佛　南無善目佛　南無虛空佛　南無寶華

佛　南無寶成佛　南無月華佛　南無發
諸行佛　南無斷諸世間佛　南無無邊樂
説佛　南無離諸競畏佛　南無樂説一切
境界佛　南無普香光明佛　南無香光佛
南無香彌留佛　南無香勝佛　南無香
像佛　南無香林佛　南無香王佛　南無
波頭摩勝王佛　南無佛境界佛　南無最
妙佛　南無妙勝佛　南無散華佛　南無
華蓋鬘佛　南無華屋佛　南無金色華佛
南無香華佛　南無彌留王佛　南無導
師佛　南無勝諸衆生佛　南無斷阿叉那
佛　南無發善行佛　南無善華佛　南無
無邊香佛　南無普散香光明佛　南無普
散香佛　南無普散光佛　南無普散波頭
摩勝佛　南無寶闍梨尼手佛　南無起王

佛　南無普佛國土一蓋佛　南無善住王
佛　南無妙香佛　南無無邊智境界佛
南無不空發佛　南無不空見佛　南無無
障目佛　南無不動佛　南無發生菩提心
佛　南無無量眼佛　南無有燈佛　南無
普照佛　南無光明佛　南無一切佛國土
佛　南無不斷慈一切衆生樂説佛　南無
無垢步佛　南無無跡步佛　南無離一切
憂佛　南無能離一切衆生有佛　南無樂
修行勝佛　南無無畏王佛　南無勝山佛
南無香面佛　南無俱隣佛　南無大力
勝佛　南無寶憂波羅勝佛　南無拘牟頭
成佛　南無大覺佛　南無高聲眼佛　南
無上首佛　南無華成佛　南無無邊光明
佛　南無月出光佛　南無十方稱佛　南

無多羅歌王增上佛　南無無邊光明佛
已上九千九百佛
南無最勝香山佛　南無無畏佛　南無成就無畏德佛　南無成就見邊顧功德佛　南無一切功德莊嚴佛　南無華王佛　南無不可降伏幢佛　南無增上護光佛　南無驚怖波頭摩勝王佛　南無不異心成就勝佛　南無一切上佛　南無虛空輪清淨王佛　南無無相聲吼佛　南無寶起功德佛　南無梵勝佛　南無無障礙香手佛　南無彌留山光明佛　南無波頭摩勝光佛　南無能作稱名佛　南無稱親佛　南無堅固自在王佛　南無過去如是等無量無邊佛　南無現在積聚無畏佛　南無寶功德光明佛　南無普護佛　南無寶光照佛

南無月莊嚴寶光明智威德聲王佛　南無拘蘇摩樹提不謬王通佛　南無清淨月輪佛　南無寂靜月聲佛　南無阿僧祇住功德精進勝佛　南無善名稱勝佛　南無因陀羅雞兜幢星宿王佛　南無普光明莊嚴勝佛　南無降伏敵對步佛　南無普功德光明莊嚴勝佛　南無無礙藥王樹勝佛　南無波頭摩步佛　南無寶波頭摩善住娑羅王佛　南無師子佛　南無白光佛　南無火光佛　南無無邊光佛　南無波頭摩王佛　南無阿偶多羅佛　南無波頭摩勝佛　南無善華佛　南無寶心佛　南無無礙光佛　南無山幢佛　南無寶幢佛　南無寶焰佛　南無火焰聚佛　南無栴檀香佛　南無善利光佛　南無波頭摩敷身

佛　南無依止無邊功德佛　南無寶體法
決定聲王佛　南無阿僧精進聚集勝佛
南無智通佛　南無彌留山積佛　南無然
燈佛　南無大威德力佛　南無日月佛
南無栴檀佛　南無須彌劫佛　南無月色
佛　南無不染佛　南無降伏龍佛　南無
龍天佛　南無金色鏡像佛　南無山聲自
在王佛　南無山積佛　南無須彌藏佛
南無供養光佛　南無勝覺佛　南無地山
佛　南無瑠璃華佛　南無妙瑠璃金形像
佛　南無降伏月佛　南無日聲佛　南無
散華莊嚴佛　南無海山智奮迅通佛　南
無水光佛　南無大香鏡像佛　南無不動
山佛　南無寶集佛　南無勝山佛　南無
勇猛山佛　南無多功德法住持得通佛

南無日月琉璃光佛　南無勝琉璃光佛
南無心間智多拘蘇摩勝佛　南無月光佛
南無日光佛　南無散華王拘蘇摩通佛
南無栴檀月光佛　南無破無明闇佛
南無普蓋波婆羅佛　南無星宿佛

已上一萬佛

佛說佛名經卷第十一

音釋

悕香依切　間錯間古晏切錯倉各切　怯乞業切　擔丁紺切
醯呼雞切　奮迅奮方問切迅息晋切　闇烏紺切　豎臣庾切　鬘莫班切
黠胡八切　炬其呂切　燎力弔切　謨莫胡切　謬靡幼切

佛説佛名經卷第十二

元魏北天竺三藏法師菩提留支譯

南無弗沙佛　南無法慧增長佛　南無師子鵝王山吼佛　南無梵聲龍奮迅佛　南無世間因陀羅佛　南無世間自在王佛　南無可得報佛　南無甘露聲佛　南無樹提光佛　南無那羅延首龍佛　南無力天佛　南無師子佛　南無毗羅闍光佛　南無世間最上佛　南無山嶽佛　南無人自在王佛　南無華勝佛　南無得四無畏佛　南無寶勝威德王劫佛　南無不可嫌身佛　南無稱護佛　南無稱威德佛　南無稱名聲佛　南無稱聲供養佛　南無勇猛稱佛　南無聲分清淨佛　南無智勝善黠慧佛　南無智勝成就佛　南無智焰佛

南無妙智佛　南無智焰聚佛　南無智勇猛佛　南無梵聲佛　南無梵勝佛　南無淨天佛　南無善臂佛　南無善淨天佛　南無梵聲佛　南無淨自在佛　南無淨善眼佛　南無淨聲自在王佛　南無善淨德佛　南無威德力增上佛　南無善勢自在佛　南無威德大勢力佛　南無勝威德佛　南無毗摩勝佛　南無毗摩意佛　南無善毗摩佛　南無毗摩面佛　南無毗摩成就佛　南無毗摩沙佛　南無見寶佛　南無須尼多佛　南無善眼清淨佛　南無無邊眼佛　南無普眼佛　南無無等眼佛　南無勝眼佛　南無不可降伏眼佛　南無不動眼佛　南無寂勝佛　南無善寂佛　南無善寂諸根佛　南無寂勝佛　南無寂

功德佛　南無寂彼岸佛　南無善住佛
南無寂心佛　南無寂意佛　南無寂靜然
佛　南無自在王佛　南無衆勝佛　南無
淨王佛　南無大衆自在勇猛佛　南無衆
勝解脫佛　南無法幢佛　南無法雞兜佛
南無法起佛　南無法體勝佛　南無法
力自在勝佛　南無法勇猛佛　南無樂說
山佛　南無寶火佛　南無樂說莊嚴雷吼
佛　南無勝聲佛　南無妙眼佛　南無清
淨面月勝藏威德佛　南無成就意佛　南
無滿足心佛　南無淨迦羅迦決定威德佛
南無無邊精進佛　南無無畢微佛　南
無甘露光佛　南無大威德佛　南無無比
慧佛　南無月光佛　南無歡喜增益佛
南無栴檀香佛　南無須彌劫佛　南無山

積佛

已上一萬一百佛

南無無垢色佛　南無無染佛　南無龍勝
佛　南無金色佛　南無山吼自在王佛
南無金藏佛　南無火光佛　南無火自在
佛　南無瑠璃華佛　南無月勝佛　南無
月聲佛　南無散華莊嚴光佛　南無大香
步照明佛　南無離一切染意佛　南無聚
集寶佛　南無德山佛　南無勇猛山佛
南無梵聲龍奮迅佛　南無世間勝上佛
南無師子奮迅吼佛　南無華勝佛　南無
山勝佛　南無成就娑羅自在王佛　南無
普光明佛　南無吼聲佛　南無等蓋佛
南無無憂佛　南無智王佛　南無智山佛
南無月光佛　南無普光佛　南無聲德

佛　南無無方成就佛　南無火幢佛　南
無智自在佛　南無大自在佛　南無梵聲
佛　南無衆自在佛　南無月面佛　南無
日面佛　南無聲勝佛　南無梵面佛　南
無梵天佛　南無因陀羅雞兜幢佛　南無
善思惟月勝成就王佛　南無智光明佛
南無無垢稱王佛　南無樂說莊嚴雲德佛
南無妙聲佛　南無清淨面無垢月勝王
佛　南無平等意佛　南無樂說聲佛　南
無無垢月佛　南無無垢清淨金色決定光
明威德王佛　南無寶光明輪王佛　南無
智通佛　南無不可數發精進決定佛　南
無山積佛　南無因陀羅雞兜幢王佛　南
無善住娑羅王佛　南無波頭摩勝佛　南
無善住堅固王佛　南無日月光佛　南無
波頭摩光佛　南無波頭摩勝步佛　南無
大通佛　南無大通智勝佛　南無無邊智
佛　南無多寶佛　南無吼聲降伏一切佛
南無日月無垢光明佛　南無蓮華無垢
星宿王華佛　南無雲妙鼓聲王佛　南無
住持水聲善星宿王華嚴通佛　南無無垢
身佛　南無那伽鉤羅勝佛　南無智照佛
南無現一切功德光明奮迅王佛　南無
照光明莊嚴奮迅王佛　南無月明佛　南
無光明普照佛　南無寶莊嚴佛　南無散
華佛　南無普然燈佛　南無普華光佛
南無普光明勝山王佛　南無善住功德摩
尼山王佛　南無光明王佛　南無不可降
伏幢佛　南無勝功德佛　南無世間自在
佛　南無普華佛　南無舌相佛　南無虛

空輪清淨王佛　南無勝光明波頭摩敷身佛　南無須彌山波頭摩勝王佛　南無一切寶摩尼王佛　南無寶光明日月輪智佛

南無威德頻頭聲王佛

已上一萬二百佛

南無大導師佛　南無善行佛　南無光明奮迅王光明佛　南無樂説山佛　南無無住佛　南無師子鳥奮迅佛　南無功德王光明佛　南無功德幢佛　南無功德作佛

南無聖天佛　南無寶幢佛　南無金剛合佛　南無一切勝佛　南無安隱色佛

南無妙行佛　南無波婆羅娑伽羅佛　南無弗波雞兜佛　南無妙色佛　南無修盧遮那佛　南無棃師掘多佛　南無破煩惱佛　南無妙力佛　南無敷花佛　南無弗加羅佛　南無善光佛　南無聖吉祥佛

南無師子威德佛　南無住智德佛　南無婆那多香佛　南無實法廣稱佛　南無諦沙佛　南無世間喜佛　南無廣光明佛

南無寶稱佛　南無寶威德佛　南無梵威德佛　南無善聲佛　南無善華佛　南無眞聲佛　南無善行色佛　南無微笑眼佛

南無功德山佛　南無雲聲佛　南無妙色佛　南無命威德佛　南無勝步行佛

南無世間求佛　南無降伏怨佛　南無供養佛　南無喜莊嚴佛　南無舍尸雞兜佛

南無弗若功德光佛　南無大威德佛

南無等寶蓋佛　南無那羅延佛　南無成就行佛　南無離憂佛　南無無垢喜佛

南無無垢光明佛　南無厚堅固佛　南無

無垢雲王佛　南無無垢臂佛　南無義成就佛　南無勝護佛　南無梵功德天王佛　南無虛空步佛　南無妙智佛　南無法寶佛　南無不空見佛　南無難降伏光佛　南無月光佛　南無大月光佛　南無普光明佛　南無寶勝佛　南無普觀佛　南無不可數見佛　南無通障佛　南無清淨光明寶佛　南無善洗清淨無垢成就無邊功德勝王佛　南無寶勝無垢王劫佛　南無第一然燈佛　南無功德寶勝佛　南無無垢光明佛　南無樂說莊嚴佛　南無無垢月雞兜稱佛　南無鉤蘇摩莊嚴佛　南無火步佛　南無寶上佛　南無無畏觀佛　南無師子奮迅佛　南無離怖畏佛　南無不怯弱離驚怖佛　南無金剛威德佛　南無梵勝天王佛　南無善月佛　南無光明王佛　南無雞兜稱佛　南無閻浮光明佛　南無多摩羅跋栴檀香佛　南無不動佛　南無彌留山佛

已上一萬三百佛

南無師子聲佛　南無師子幢佛　南無住虛空佛　南無常入涅槃佛　南無因陀羅幢佛　南無甘露佛　南無降伏一切世間怨佛　南無得度佛　南無彌留劫佛　南無多摩羅跋栴檀香佛　南無雲自在王佛　南無能破一切世驚怖畏佛　南無普光明佛　南無法光明佛　南無海住持奮迅通佛　南無法虛空勝王佛　南無七寶波頭摩步佛　南無寶雞兜佛　南無寶一蓋佛　南無一切眾生愛見佛　南無滿足百

千光明幢佛　南無娑羅自在王佛　南無法莊嚴王佛　南無普一寶蓋佛　南無星宿佛　南無普光明奮迅王佛　南無山燈佛　南無堅精進佛　南無法照光佛　南無住清淨光佛　南無善住清淨境界佛
南無月山佛　南無畢竟莊嚴無邊功德王佛　南無離諸煩惱佛　南無不空見佛
南無成就無垢無邊清淨功德勝王佛　南無智上光明佛　南無寶勝智威德莊嚴自在王佛　南無清淨光佛　南無敷華娑羅自在王佛　南無火華敷王佛　南無月輪清淨佛　南無敷華王佛　南無寂靜月聲王佛　南無無邊堅精進住勝佛　南無波頭摩勝佛　南無法雞兜佛　南無然燈佛
南無功德雞兜佛　南無功德成佛　南無聖天佛　南無寶山佛　南無金剛合佛
南無一切勝佛　南無普香佛　南無善華佛　南無善勝佛　南無功德山佛　南無勝成就佛　南無拘隣佛　南無善眼佛
南無頭陀羅吒佛　南無善生佛　南無梵勝佛　南無寂靜佛　南無梵德佛　南無因陀羅幢佛　南無月色佛　南無無垢色佛　南無無染佛　南無勝龍佛　南無龍天佛　南無金光明佛　南無勝聲因陀羅王佛　南無善須彌山佛　南無善色藏佛　南無火光佛　南無威德因陀羅佛
南無地迦佛　南無琉璃華佛　南無勝琉璃金光明佛　南無月勝佛　南無日乳佛
南無散華莊嚴光明佛　南無娑伽羅勝智奮迅通佛　南無水光明佛　南無大香

行光明佛　南無離一切瞋恨意佛　南無寶勝佛　南無勝積佛　南無勝仙佛　南無住持多功德通法佛　南無日月琉璃光佛　南無心菩提華勝佛　南無日月佛　南無日月光佛　南無華鬘色王佛　南無鉤修彌多通佛　南無水月光明佛　南無破無明闇佛

已上一萬四百佛

南無普蓋寶佛　南無增長法樂佛　南無種種師子聲增長吼佛　南無梵自在龍吼佛　南無世間自在佛　南無世間自在王佛　南無難勝佛　南無寶作佛　南無甘露聲佛　南無勝光佛　南無龍天佛　南無無增上力佛　南無無垢光佛　南無增師子佛　南無世間增上佛　南無德山佛

南無人王佛　南無華勝佛　南無德無畏佛　南無能平等作佛　南無初發心離諸畏一切煩惱勝德佛　南無金剛步佛　南無寶光明步象佛　南無離諸魔疑佛　南無初發心成就不退輪勝佛　南無寶蓋勝光明佛　南無能教化諸菩薩佛　南無初發心念斷一切煩惱染佛　南無降伏煩惱佛　南無勝光明王佛　南無三昧手勝佛　南無波頭摩上勝佛　南無日輪光明佛　南無均寶蓋佛　南無日輪光明勝佛　南無增上三昧奮迅佛　南無寶華普照勝佛　南無最妙波頭摩步佛　南無寶輪光明勝德佛　南無寶藏佛　南無寶勝佛　南無寶燈王佛　南無堅精進思惟成就義佛　南無普光明觀稱佛　南無慈莊嚴功

德稱佛　南無稱一切衆生念勝功德佛
南無吉稱功德佛　南無畢竟慚愧稱勝佛
南無廣光明佛　南無樂説莊嚴思惟佛
南無無垢月雞兜稱佛　南無鉤修摩莊
嚴光明作佛　南無寶稱佛　南無無畏觀
佛　南無師子力奮迅佛　南無伽那歌王
光明佛　南無賢作佛　南無無垢光明佛
南無功德寶光明佛　南無精進力成就
佛　南無善清淨光佛　南無得脱一切縛
佛　南無無垢波頭摩藏勝佛　南無得無
障礙力解勝佛　南無十方稱名無畏佛
南無金剛勢佛　南無大寶聚佛　南無無
邊功德莊嚴威德王劫佛　南無功德寶山
佛　南無説一切莊嚴勝佛　南無無邊樂
説莊嚴成就智佛　南無無千雲吼聲王佛

南無妙金色光明威德勝照佛　南無種
種威德王劫佛　南無阿僧祇億劫成就智
佛　南無清淨金虛空吼光明佛　南無普
光明佛　南無功德多寶海王佛　南無不
空功德佛　南無照一切處佛　南無妙鼓
聲佛　南無法自在佛　南無普見佛　南
無大炎聚佛　南無光明幢佛　南無智雞
兜佛　南無娑羅胎佛　南無寶尸棄佛
南無波頭摩藏佛　南無一切勝佛　南無
娑伽羅佛　南無波頭摩藏佛　南無娑羅
自在王佛　南無蓮華光佛　南無勝稱佛
南無見實佛　南無智彌留佛　南無龍
德佛　南無勝行佛　南無星宿佛

已上一萬五百佛

南無大莊嚴佛　南無光明王佛　南無能

人佛　南無自在山佛　南無日面佛　南無善意佛　南無龍勝佛　南無弗沙佛　南無藥王佛　南無師子山佛　南無住持勝功德佛　南無飲甘露佛　南無放焰佛　南無大山幢佛　南無護世間供養佛　南無多伽羅尸棄佛　南無難勝佛　南無大燈佛　南無波頭摩上佛　南無法幢佛　南無能然燈佛　南無難勝佛　南無難可意佛　南無眞聲佛　南無妙聲佛　南無婆羅步佛　南無寶焰佛　南無愛見佛　南無須彌劫佛　南無栴檀光佛　南無日光佛　南無藥樹勝佛　南無淨覺佛　南無記莂佛　南無愛作佛　南無作無畏佛　南無波頭摩寶香佛　南無勝德佛　南無無垢佛　南無淨照佛　南無智聚佛

南無無煩惱佛　南無善來佛　南無善光佛　南無金色佛　南無能作光明佛　南無清淨佛　南無得脱佛　南無迦陵頻伽聲佛　南無能與法佛　南無善護諸門佛　南無得意佛　南無離愛佛　南無未生寶佛　南無善護諸根佛　南無梵聲佛　南無勝聲佛　南無妙聲佛　南無大慧佛　南無無諸濁佛　南無不可動佛　南無樂解脱佛　南無勝二足佛　南無具足一切功德莊嚴佛　南無相莊嚴佛　南無拘牟陀語佛　南無不可降伏語佛　南無常相應語佛　南無梵聲安隱衆生佛　南無婆羅華佛　南無金枝華佛　南無拘牟陀相佛　南無妙頂佛　南無大牟尼佛　南無一切法到彼岸佛　南無無染佛　南

無不散心佛　南無荷吒伽色佛　南無善
寂成就佛　南無賖頭羅步佛　南無清淨
手佛　南無常來佛　南無畢竟成就大悲
佛　南無成就堅佛　南無常行成佛　南
無離諍濁佛　南無清淨功德相佛　南無
不泣牟尼羅佛　南無勝藏佛　南無般若
齊佛　南無般若寶畢竟佛　南無滿足意
佛　南無世間自在王佛　南無無量命佛
南無大燄積佛　南無無邊寶佛　南無
淨勝天佛　南無內外淨佛　南無寂諸根
佛　南無最燈佛

已上一萬六百佛

南無成就不思惟願娑羅王佛　南無師子
意佛　南無降伏力佛　南無住持速行佛
南無放光明王佛　南無毗頭奚吼佛
南無無念覺法王佛　南無國土莊嚴身佛
南無智根本華幢佛　南無化稱佛　南
無一切色摩尼藏佛　南無法藏自在佛
南無法獻波娑羅佛　南無無邊寶功德藏
佛　南無淨華聲佛　南無法王鉤修摩勝
佛　南無一切無盡藏佛　南無功德山藏
佛　南無星宿山藏佛　南無虛空智山佛
南無智力天王佛　南無無障礙海隨順
智佛　南無無邊覺海藏佛　南無智王無
盡稱佛　南無心意奮迅王佛　南無自性
清淨智佛　南無智自在法王佛　南無差
別去佛　南無自在見佛　南無隨順香見
法滿佛　南無龍月佛　南無因陀羅波羅
無障礙王佛　南無智雞兜佛　南無智燈
佛　南無大光明照佛　南無不可勝佛

南無照境佛　南無銀雞兜幢蓋佛　南無解脱精進日佛　南無威德自在王佛　南無無覺王佛　南無寶藏佛　南無大娑伽羅佛　南無十力差佛　南無降伏魔佛　南無降伏貪佛　南無降伏瞋佛　南無降伏癡佛　南無降伏憍慢佛　南無降伏瞋恨垢佛　南無法清淨佛　南無業勝得名佛　南無如意得名清淨佛　南無得施起名佛　南無得名清淨戒名佛　南無起忍辱成就佛　南無得起精進名佛　南無得起禪名佛　南無得起般若名佛　南無成就施不可思議名佛　南無成就戒不可思議佛　南無成就忍辱不可思議佛　南無成就精進不可思議佛　南無成就禪不可思議佛　南無成就般若不可思議佛　南無行成就得名佛　南無成就陀羅尼清淨得名佛　南無陀羅尼色清淨得名佛　南無陀羅尼施清淨得名佛　南無空無我自在得名佛　南無眼陀羅尼自在佛　南無耳陀羅尼自在佛　南無鼻陀羅尼自在佛　南無舌陀羅尼自在佛　南無身陀羅尼自在佛　南無意陀羅尼自在佛　南無色陀羅尼自在佛　南無聲陀羅尼自在佛　南無香陀羅尼自在佛　南無味陀羅尼自在佛　南無觸陀羅尼自在佛　南無法陀羅尼自在佛　南無地陀羅尼自在佛　南無水陀羅尼自在佛　南無火陀羅尼自在佛　南無風陀羅尼自在佛　南無苦自在佛　南無集自在佛　南無滅自在佛　南無道自在佛　南無陰自在佛　南無界自在

佛　南無入自在佛　南無三世自在佛
南無陀羅尼華自在佛　南無吉光明佛
南無香燈衣自在光明佛　南無法幢佛
南無師子聲佛

已上一萬七百佛

南無照藏佛　南無法明敷身佛　南無一
切通光佛　南無月智佛　南無妙勝佛
南無賢勝佛　南無普滿佛　南無普賢佛
南無那羅延王佛　南無成就一切義佛
南無住持威德佛　南無無畏觀佛　南
無如是等現在過去未來無量無邊佛　南
無十千同名滿足佛　南無三萬同名能聖
佛　南無二萬同名拘隣佛　南無十八億
同名實體法式佛　南無十八億同名日月
燈佛　南無千五百同名大威德佛　南無
一萬五千同名歡喜佛　南無八萬四千同
名龍王佛　南無一萬五千同名日佛　南
無一萬八千同名娑羅王佛　南無一萬八
千同名因陀羅幢佛　南無八千同名善光
佛　南無八百同名寂滅佛　南無三十六
億十一萬九千五百同名佛

此諸佛名百千萬劫不可得聞如優曇鉢華
若人受持讀誦此諸佛畢竟遠離諸煩惱舍
利弗應當敬禮

南無波頭摩勝佛　南無寂王佛　南無燈
作佛　南無天光佛　南無德山佛　南無
勝上佛　南無娑羅王佛　南無淨王佛
南無大慧梁佛　南無須彌佛　南無大智
慧須彌佛　南無寶作佛　南無寶藏佛
南無破金剛佛　南無賢智不動佛　南無

香普佛　南無甘露命佛　南無難勝佛　南無月光佛　南無日照佛　南無智雞兜佛　南無大師子佛　南無彌留山佛　南無香光佛　南無德山佛　南無大通佛　南無阿摩羅藏佛　南無寶圍佛　南無金剛藏佛　南無憂波羅藏佛　南無大日佛　南無橋梁載佛　南無月勝佛　南無樂堅固佛　南無不可思議法身佛　南無勝藏佛　南無不空王佛　南無金剛無礙智佛　南無寶焰佛　南無賒施燈佛　南無降伏一切怨佛　南無自在佛　南無大智眞聲佛　南無般若香象佛　南無天王佛

舍利弗若善男子善女人聞此諸佛名受持讀誦不生疑者是人八千億劫不入地獄不入畜生不入鬼道不生邊地不生貧窮家不生下賤家常生天人豪貴之處常得歡喜適樂無礙常得一切世間尊重供養乃至得大涅槃舍利弗汝等應當敬禮

南無不可嫌身佛　南無稱聲佛　南無稱威德佛　南無稱名佛　南無葉陀佛　南無聲焰佛　南無聲分勇猛佛　南無智勝佛　南無智善知佛　南無智聚佛　南無智勇猛佛　南無梵勝佛　南無淨婆藪佛　南無淨心佛　南無淨天佛　南無淨聲佛　南無梵自在佛　南無威德佛　南無毗摩勝佛　南無毗摩意佛　南無毗摩面佛　南無毗摩上佛　南無無邊聲佛　南無實見佛　南無善眼月佛　南無深聲佛　南無放聲佛　南無驚怖魔力聲佛

已上一萬八百佛

南無淨眼佛　南無無邊眼佛　南無普眼佛　南無勝眼佛　南無不可行佛　南無寂勝佛　南無善寂心佛　南無善寂根佛　南無善寂意佛　南無善寂德佛　南無善住佛　南無衆自在王佛　南無大衆自在佛　南無衆解脱佛　南無法幢佛　南無法山佛　南無法勝佛　南無法體佛　南無法力佛　南無法勇猛佛　南無法體決定佛　南無第二劫八千億同名法體決定佛

舍利弗若善男子善女人受持是佛名畢竟不入地獄速得三昧舍利弗過是佛名無量無邊阿僧祇劫有佛名人自在聲汝當歸命彼人自在聲佛壽命七十千萬劫住世初會三億聲聞衆集八十那由他千萬菩薩衆集皆得諸神通具四無礙通達一切空到彼岸我若無量劫住世説彼佛大會國土莊嚴如大海水中一滴之分舍利弗應當敬禮十方諸大菩薩摩訶薩

南無文殊師利菩薩摩訶薩　南無觀世音菩薩　南無大勢至菩薩　南無普賢菩薩　南無龍勝菩薩　南無龍德菩薩　南無勝成就菩薩　南無勝藏菩薩　南無波頭摩勝菩薩　南無成就有菩薩　南無地持菩薩　南無寶掌菩薩　南無寶印手菩薩　南無師子意菩薩　南無師子奮迅吼聲菩薩　南無虛空藏菩薩　南無發心即轉法輪菩薩　南無一切聲差別樂説菩薩　南無山樂説菩薩　南無大海意菩薩　南無大山菩薩　南無愛見菩薩　南無歡喜

王菩薩　南無無邊觀菩薩　南無無邊觀
行菩薩　南無破邪見魔菩薩　南無無憂
德菩薩　南無成就一切義菩薩　南無師
子菩薩　南無善住意菩薩　南無無比心
菩薩　南無那羅德菩薩　南無因陀羅德
菩薩　南無海天菩薩　南無拔陀波羅菩
薩　南無藥王菩薩　南無盧舍那菩薩
南無月光菩薩　南無波頭摩勝菩薩　南
無智山菩薩　南無聖藏菩薩　南無不捨
行菩薩　南無不空見菩薩　南無妙聲菩
薩　南無妙聲吼菩薩　南無常微笑寂根
菩薩　南無波頭摩道勝菩薩　南無廣思
菩薩　南無憂波羅眼菩薩　南無可供養
菩薩　南無常憶菩薩　南無住一切悲見
菩薩　南無斷一切惡法菩薩　南無住一
切聲菩薩　南無住一切有菩薩　南無住
佛聲菩薩　南無無垢菩薩　南無勇猛德
菩薩　南無淨菩薩　南無寶勝菩薩　南
無羅網光菩薩　南無斷諸蓋菩薩　南無
能捨一切事菩薩　南無華莊嚴菩薩　南
無月光光明菩薩　南無最勝意菩薩　南
無堅意菩薩　南無自在天菩薩　南無勝
意菩薩　南無淨意菩薩　南無金剛意菩
薩　南無增長意菩薩　南無善住菩薩
南無善導師菩薩　南無波頭摩藏菩薩
南無陀羅尼自在王菩薩　南無普行菩薩
南無覺菩提菩薩

已上一萬九百佛

南無堅勝菩薩　南無斷諸惡道菩薩　南
無不疲倦意菩薩　南無須彌山菩薩　南

無大須彌山菩薩　南無心勇猛菩薩　南
無師子奮迅行菩薩　南無不可思議菩薩
南無善勝菩薩　南無善意菩薩　南無
實語菩薩　南無愛見菩薩　南無無障礙
菩薩　南無斷諸疑菩薩　南無寶作菩薩
南無廣德菩薩　南無護賢劫菩薩　南
無寶月菩薩　南無曼陀羅婆沓菩薩　南
無樂作菩薩　南無無垢稱菩薩　南無思
益菩薩　南無普華菩薩　南無月勝菩薩
南無月山菩薩　南無智山菩薩　南無
勝山菩薩　南無光山菩薩　南無賢首菩
薩　南無功德山菩薩　南無勝護菩薩
南無那羅延菩薩　南無龍德菩薩　南無
龍勝菩薩　南無住持色菩薩　南無摩留
天菩薩　南無入功德菩薩　南無然燈首

菩薩　南無常舉手菩薩　南無光明常照
手菩薩　南無寶手菩薩　南無普光菩薩
南無星宿王菩薩　南無金剛步菩薩
南無不動華步菩薩　南無步三界菩薩
南無無邊步奮迅菩薩　南無海慧菩薩
南無善光無垢住持威德菩薩　南無智山
菩薩　南無高精進菩薩　南無常觀菩薩
南無不瞬菩薩　南無無言菩薩　南無
寶勝菩薩　南無寶心菩薩　南無善思議
菩薩　南無摩尼髻菩薩　南無莊嚴王菩
薩　南無國土莊嚴菩薩　南無因陀羅網
菩薩　南無天山菩薩　南無善眼菩薩
南無住持世間手菩薩　南無大将菩薩
南無寂意菩薩　南無速行菩薩　南無善
臂菩薩　南無山峯菩薩　南無曇無竭菩

薩　南無勝願菩薩　南無莊嚴相星宿山王菩薩　南無樂說無滯菩薩　南無無垢智菩薩　南無娑伽羅菩薩　南無斷一切憂菩薩　南無地藏菩薩　南無普現菩薩　南無發行成就菩薩　南無深行菩薩　南無清淨三輪菩薩　南無寂靜心菩薩　南無無邊功德菩薩　南無虛空平等智菩薩　南無波頭摩眼菩薩　南無金剛幢菩薩　南無波頭摩華嚴菩薩　南無寶莊嚴菩薩　南無寶路菩薩　南無功德王慧菩薩　南無莊嚴王菩薩　南無斷諸嚴王菩薩　南無清淨光明莊嚴菩薩　南無深聲菩薩　南無妙鼓聲菩薩　南無尼民陀羅菩薩　南無大自在菩薩　南無諸功德身菩薩　南無光明意菩薩　南無善見菩薩

南無不取諸法菩薩

巳上一萬一千佛

南無轉女根菩薩　南無思惟大悲菩薩　南無寶蓋山菩薩　南無雲山吼聲菩薩　南無羅網莊嚴菩薩　南無寶藏菩薩　南無法雞兜菩薩　南無日雞兜菩薩　南無無邊雞兜菩薩　南無無垢藏菩薩　南無金山菩薩　南無山峯住持菩薩　南無須彌山燈王菩薩　南無須彌幢菩薩　南無須彌山聲菩薩　南無彌留王菩薩　南無寶杖菩薩　南無寶尸棄菩薩　南無寶來菩薩　南無寶天菩薩　南無法樂莊嚴菩薩　南無莊嚴王菩薩　南無山相莊嚴菩薩　南無金莊嚴光明菩薩　南無清淨聲光菩薩　南無寶髻菩薩　南無天吉菩薩

南無百光菩薩　南無火光菩薩　南無星宿味菩薩　南無常悲泣菩薩　南無光明勝菩薩　南無一切法自在菩薩　南無寶輪菩薩　南無寶炬菩薩　南無不空奮迅菩薩　南無雲光明菩薩　南無法王菩薩　南無合山菩薩　南無降伏魔菩薩

南無普見菩薩　南無智山幢菩薩　南無難可菩薩　南無因陀羅幢菩薩　南無金髻菩薩　南無善見菩薩　南無善意菩薩

南無解脫王菩薩　南無大威德菩薩

南無波頭摩眼菩薩　南無普眼菩薩　南無決定法菩薩　南無離垢菩薩　南無大光菩薩　南無大力菩薩　南無大月菩薩

南無善月菩薩　南無淨心菩薩　南無住持華菩薩　南無不著行菩薩　南無離諸惡菩薩　南無得大菩薩　南無智炬燈菩薩　南無無邊行菩薩　南無無邊見菩薩　南無無障礙智菩薩　南無無垢眼山王菩薩　南無住持寂靜菩薩　南無離闇菩薩　南無無邊幢菩薩　南無火光菩薩

南無三界尊菩薩　南無世間炬菩薩

南無無障眼菩薩　南無不可嫌稱菩薩

南無無邊見菩薩　南無無礙見菩薩　南無甘露聲菩薩　南無寂行菩薩　南無法雲吼菩薩　南無得脫一切縛菩薩　南無法雲王滿足菩薩　南無甘露鼎王菩薩

南無尼拘律王菩薩　南無無畏菩薩　南無淨勝菩薩　南無勝眼菩薩　南無藥王菩薩　南無無障礙受記菩薩　南無甘露光菩薩　南無無邊光菩薩　南無斷諸魔

菩薩　南無過一切道菩薩

已上一萬一千九十三佛

舍利弗若有善男子善女人比丘比丘尼優婆塞優婆夷能受持讀誦此諸佛菩薩名者終不墮惡道生天人中常值諸佛菩薩善知識遠離諸煩惱乃至得大菩提佛說此佛名經已慧命舍利弗及摩訶男比丘及諸比丘比丘尼優婆塞優婆夷天龍夜叉乾闥婆阿修羅迦樓羅緊那羅摩睺羅伽人非人及諸菩薩摩訶薩皆大歡喜頂受奉行

佛說佛名經卷第十二

音釋

嫌戶兼切　數所角切　掘其月切　莂并列切　吒陟駕切　賒式車切　泣去急切　藪蘇后切　沓徒合切　瞬舒閏切　髻古詣切　闥他達切

過去莊嚴劫千佛名經

一名集諸佛大功德山

開元拾遺附梁錄

清刻龍藏佛說法變相圖

三劫三千佛緣起 出觀藥王藥上經

宋 畺良耶舍 譯

爾時釋迦牟尼佛告大衆言我曾往昔無數
劫時於妙光佛末法之中出家學道聞是五
十三佛名聞已合掌心生歡喜復教他人令
得聞持他人聞已展轉相教乃至三千人此
三千人異口同音稱諸佛名一心敬禮如是
敬禮諸佛因緣功德力故即得超越無數億
劫生死之罪初千人者華光佛爲首下至毗
舍浮佛於莊嚴劫得成爲佛過去千佛是也
其中千人者拘留孫佛爲首下至樓至佛於
賢劫中次第成佛後千人者日光佛爲首下
至須彌相佛於星宿劫中當得成佛佛告寶
積十方現在諸佛善德如來等亦曾得聞是
五十三佛名故於十方面各皆成佛若有衆

生欲得除滅四重禁罪欲得懺悔五逆十惡欲得除滅無根謗法極重之罪當勤禮敬五十三佛名號

南無普光佛　南無普明佛　南無普淨佛　南無多摩羅跋栴檀香佛　南無栴檀光佛　南無摩尼幢佛　南無歡喜藏摩尼寶積佛　南無一切世間樂見上大精進佛　南無摩尼幢燈光佛　南無慧炬照佛　南無海德光明佛　南無金剛牢强普散金光佛　南無大强精進勇猛佛　南無大悲光佛　南無慈力王佛　南無慈藏佛　南無栴檀窟莊嚴勝佛　南無賢善首佛　南無善意佛　南無廣莊嚴王佛　南無金華光佛　南無寶蓋照空自在力王佛　南無虛空寶華光佛　南無瑠璃莊嚴王佛　南無普現色身光佛　南無不動智光佛　南無降伏衆魔王佛　南無才光明佛　南無智慧勝佛　南無彌勒仙光佛　南無善寂月音妙尊智王佛　南無世淨光佛　南無龍種上尊王佛　南無日月光佛　南無日月珠光佛　南無慧幢勝王佛　南無師子吼自在力王佛　南無妙音勝佛　南無常光幢佛　南無觀世燈佛　南無慧威燈王佛　南無法勝王佛　南無須彌光佛　南無須摩那華光佛　南無優曇鉢羅花殊勝王佛　南無大慧力王佛　南無阿閦毗歡喜光佛　南無無量音聲王佛　南無才光佛　南無金海光佛　南無山海慧自在通王佛　南無大通光佛　南無一切法常滿王佛

過去莊嚴劫千佛名經一名集諸佛大功德山

開元拾遺附梁録

經云若有善男子善女人聞是三世三劫諸佛名號歡喜信樂稱揚讚歎歸命頂禮復能書寫爲他人說或能畫作立佛形像或能供養香華妓樂歎佛功德志心作禮者勝用十方諸佛國土滿中珍寶純摩尼珠積至梵天百千劫中布施者是善男子善女人等已曾供養是諸佛已後生之處歷侍諸佛至于作佛而無窮盡皆當爲三世三劫中佛之所授決所生之處常遇三寶得生諸佛刹土六根完具不墮八難當得諸佛三十二相八十種好具足莊嚴若能五體投地作禮口自宣言我今普禮一切十方三世諸佛願三塗休息國豐民安邪見衆生回向正道發菩提心持此功德願共六道一切衆生皆生無量壽佛國立大誓願使諸衆生悉生彼刹身諸相好智慧辯才如阿彌陀佛所獲果報巍巍堂堂壽命無量

南無華光佛　南無人中尊佛　南無師子步佛　南無能仁化佛　南無火奮迅通佛　南無曜聲佛　南無無限光佛　南無善寂慧月聲自在王佛　南無成就佛　南無最上威佛　南無趣安樂佛　南無寶正見佛　南無供養廣稱佛　南無師子音佛　南無音施佛　南無寶中佛　南無電燈光佛　南無蓮華光佛　南無大燈光佛　南無淨聲佛　南無除狐疑佛　南無無量威神佛　南無住阿僧祇精進功德佛　南無護妙法幢佛　南無喜可威神佛　南無散

疑佛　南無德鎧佛　南無善見佛　南無
喜可威佛　南無不藏覆佛　南無無量藏
佛　南無光遊戲佛　南無廣稱佛　南無
捨幡佛　南無尊悲佛　南無普見佛　南
無雲普護佛　南無金剛合佛　南無智慧
來佛　南無喜廣稱佛　南無無量像佛
南無大悅佛　南無美意佛　南無不動勇
步佛　南無動山嶽王佛　南無焰聚光佛
南無住覺佛　南無聲德佛　南無悅解
脫佛　南無無憂度佛　南無普見事見佛
南無大乘導佛　南無普火佛　南無國
供養佛　南無自在光佛　南無說最恭敬
佛　南無淨光佛　南無師子奮迅佛　南
無除疑佛　南無無勿成就佛　南無無終
步佛　南無無火光佛　南無奉敬稱佛

南無攝根敬悅聲佛　南無無能伏運佛
南無無終聲佛　南無思惟衆生佛　南無
神足光佛　南無德王佛　南無吼聲佛
南無千雲雷聲王佛　南無廣曜佛　南無
無崖際見佛　南無師子香佛　南無等善
佛　南無廣施佛　南無普現佛　南無善
像佛　南無意稱佛　南無寶淨佛　南無
上光佛　南無廣步佛　南無金剛齊佛
南無決覺佛　南無慧幢佛　南無無動覺
佛　南無威儀意佛　南無普像佛　南無
諦意佛　南無光音聲佛　南無成就娑羅
自在王佛　南無無量火光佛　南無喜思
惟佛　南無藏稱佛　南無法幢空俱蘇摩
王佛　南無難勝佛　南無須彌力佛　南
無摩尼珠佛　南無金剛王佛　南無金上

威佛

一百佛竟

南無美音聲佛　南無山勝佛　南無衆生所疑佛　南無歡喜藏勝山王佛　南無無滅出佛　南無悅意佛　南無美聲佛　南無梵聲龍奮迅佛　南無月燈明佛　南無法海潮功德王佛　南無德淨德光佛　南無慧事佛　南無見有世緒佛　南無懷見佛　南無世間勝上佛　南無人音佛　南無緜光佛　南無戒步佛　南無天中尊佛　南無敬懷談佛　南無無量光明佛　南無德施佛　南無大須彌佛　南無真悅佛　南無賢意佛　南無金上佛　南無大清淨佛　南無尊意佛　南無意淨佛　南無蓮華體佛　南無人乘力士佛　南無常勝意佛　南無勇猛山佛　南無師子聲佛　南無勝聲佛　南無喜解佛　南無善住諸禪藏王佛　南無自光佛　南無相好佛　南無無濁利佛　南無尊光佛　南無成就意佛　南無無煩熱佛　南無除地重佛　南無最焰光佛　南無決思惟佛　南無真諦日佛　南無聚集寶佛　南無剖華光佛　南無尊上自在佛　南無名稱幢佛　南無德悅佛　南無法燈明佛　南無威光悅佛　南無軍將敬像佛　南無師子遊步佛　南無離一切染意佛　南無海意佛　南無散華莊嚴光佛　南無蓋聚佛　南無薩梨樹王佛　南無金光明師子奮迅王佛　南無解味佛　南無滅根佛　南無月勝佛　南無華香佛　南無須彌光明佛　南無

月明佛　南無敏步佛　南無政明佛　南
無法光佛　南無戒悅佛　南無普照積上
功德王佛　南無大自在佛　南無善住功
德如意積王佛　南無益天佛　南無普解
佛　南無成就義修佛　南無人中光佛
南無好德佛　南無見精進佛　南無名稱
仙佛　南無名稱旛佛　南無焰面佛　南
無普悅佛　南無身光普照佛　南無決散
佛　南無尊上德佛　南無調意佛　南無
愛懷敬供養佛　南無普攝佛　南無道悅
佛　南無思意佛　南無出意佛　南無山
意佛　南無雜色光佛　南無雷聲佛　南
無火光身佛　南無德巖佛　南無無垢慧
深聲王佛

二百佛竟

南無無憂懷佛　南無天界佛　南無師子
無量音佛　南無王金海佛　南無見敬懷
佛　南無樹王豐長佛　南無調幢佛　南
無普方聞佛　南無敬懷明佛　南無月幢
佛　南無無畏施佛　南無星王佛　南無
月中天佛　南無光明日佛　南無大名稱
佛　南無喜音佛　南無說敬懷佛　南無
名稱體佛　南無三昧勝奮迅佛　南無美
悅佛　南無妙樂尼佛　南無眾生眼佛
南無懷地佛　南無棄威毀惡佛　南無慈
調佛　南無尊中上佛　南無廣大智佛
南無妙藥佛　南無功德輪佛　南無離畏
佛　南無法界身佛　南無虛空燈佛　南
無見月佛　南無諸摩尊佛　南無大尊上
佛　南無光明身佛　南無意光佛　南無

金藏佛　南無調益遊佛　南無光日佛
南無現身佛　南無常修行佛　南無香感
佛　南無瑠璃華佛　南無金色身佛　南
無日燈明佛　南無豐光佛　南無說敬愛
佛　南無善思益佛　南無普見善佛　南
無師子旛佛　南無普仙佛　南無大遊步
佛　南無曜蓮華光佛　南無山吼自在王
佛　南無無量悅佛　南無無染佛　南無
天蓋佛　南無能作無畏佛　南無車乘佛
南無龍勝佛　南無支味佛　南無車光佛
　南無日眼佛　南無無礙眼佛　南無共
遊步佛　南無大燈明佛　南無盛長佛
南無山積佛　南無德體佛　南無法典佛
　南無風敬佛　南無無畏敬懷佛　南無
慧旛佛　南無威神光明佛　南無月施佛

南無攝愛擇佛　南無無垢色佛　南無
善事佛　南無甘露光佛　南無光屈佛
南無法洲佛　南無焰幢佛　南無無邊精
進佛　南無寶悅佛　南無普思佛　南無
善思意佛　南無護一切佛　南無作利益
佛　南無須彌劫佛　南無光音佛　南無
智山佛　南無眞正幢佛　南無善住意佛
　南無無量天佛　南無尊華佛　南無大
檀施佛　南無大幢佛　南無光中日佛
南無妙法光明佛

三百佛竟

南無照三世佛　南無智自在佛　南無施
天種佛　南無見以度佛　南無殊勝相佛
　南無孔雀聲佛　南無普伏佛　南無虛
空雲佛　南無無見死佛　南無名稱敬愛

佛　南無善攝佛　南無天中悅佛　南無
智慧燈佛　南無大聚佛　南無深覺佛
南無無量遊步佛　南無彌留佛　南無明
聚佛　南無大重佛　南無大遊佛　南無
勝天佛　南無調益遊步佛　南無月敬懷
佛　南無願海光佛　南無說悅佛　南無
慧光佛　南無智燈照曜王佛　南無華聚
佛　南無神足光明佛　南無不可勝奮迅
聲王佛　南無無量光焰佛　南無調體佛
南無光稱佛　南無寶幢佛　南無大力
光相佛　南無日幢佛　南無無比慧佛
南無多所饒益佛　南無世聽聞佛　南無
遊神足佛　南無最上名稱佛　南無清淨
面月藏德佛　南無寶正佛　南無無能毀
名稱佛　南無快光佛　南無滿足心佛

南無無諂意佛　南無獨步佛　南無一念
光佛　南無無邊功德寶作佛　南無大護
佛　南無天幢佛　南無無迷步佛　南無
妙眼佛　南無善悅懌佛　南無樂說莊嚴
雲吼佛　南無施光佛　南無懷天佛　南
無解脫光佛　南無持德佛　南無潤意佛
南無道光佛　南無海豐佛　南無道喜
佛　南無廣大善眼淨除疑佛　南無樂說
山佛　南無世主身佛　南無法力自在勝
佛　南無法起佛　南無法體勝佛　南無
無迷思佛　南無德上佛　南無無諂名稱
佛　南無大淨佛　南無大衆自在勇猛佛
南無天光明佛　南無悅攝佛　南無一
切福德山佛　南無毗頭羅佛　南無地悅
佛　南無衆勝解脫佛　南無雜光佛　南

無月敬哀佛　南無示現無畏雲佛　南無法勇猛佛　南無開示無量智佛　南無名稱上佛　南無月眼佛　南無龍天佛　南無摩醯首羅自在佛　南無德覺佛　南無華上佛　南無世敬哀佛　南無無盡受光佛　南無十力自在佛　南無三世華光佛　南無淨迦羅迦決定威德佛　南無十方幢佛　南無龍自在王佛　南無梵自在王佛

四百佛竟

南無說敬哀佛　南無寂敬愛佛　南無地光佛　南無作德佛　南無尊光明佛　南無善處佛　南無天喜佛　南無普光明佛　南無淨音佛　南無大能佛　南無解脫日佛　南無衆勝佛　南無覺光佛　南無德名稱佛　南無善覺佛　南無散異疑佛　南無師子渴愛佛　南無德步佛　南無大親佛　南無現住佛　南無天所恭敬佛　南無海文飾佛　南無敬愛佛　南無須彌旛佛　南無淨王佛　南無智慧嶽佛　南無香施佛　南無寂靜然燈佛　南無持意佛　南無能仙悅佛　南無寶燈明佛　南無焰光佛　南無見衆佛　南無敬愛住佛　南無歡悅事佛　南無德調體佛　南無悅見佛　南無無畏親佛　南無淨眼佛　南無寂心佛　南無不迷步佛　南無尊眼佛　南無好解脫佛　南無覺悟本佛　南無最上衆佛　南無散光佛　南無自事佛　南無寂勝岸佛　南無光明名稱佛　南無光明照佛　南無親展佛　南無月賢

佛　南無焰音佛　南無德調佛　南無無著勝佛　南無相王佛　南無無煩熱意佛　南無尊敬佛　南無法臺佛　南無無盡德佛　南無無礙勝佛　南無無盡香佛　南無寂勝佛　南無寂功德佛　南無大善日佛　南無至無畏佛　南無敬慧佛　南無無迷意佛　南無敏敬佛　南無天自在佛　南無神足悅佛　南無無蓋佛　南無龍光佛　南無威神步佛　南無彌留嶽佛　南無見生死衆際佛　南無慚愧面佛　南無焰色像佛　南無寶嶽佛　南無寂意佛　南無月尊上佛　南無常禪思佛　南無德幢佛　南無衆生中尊佛　南無無畏友佛　南無不動眼佛　南無勝怨佛　南無遊光步佛　南無調嚴佛　南無一相光佛　南無世所尊佛　南無觀方佛　南無敬戒佛　南無世悅焰佛　南無師子奮迅遊佛　南無無濁意佛　南無名稱悅佛　南無決斷意佛　南無除過佛　南無善寂諸根佛

五百佛竟

南無德身佛　南無因藏佛　南無光好喜佛　南無直步佛　南無雜色佛　南無普放光佛　南無行勝佛　南無常忍佛　南無三界尊佛　南無無勝佛　南無輪天蓮華佛　南無堅奮迅佛　南無普賢佛　南無尊威神佛　南無盈利意佛　南無護王佛　南無蓮華眼佛　南無思名稱佛　南無樹幢佛　南無淨護佛　南無普照佛　南無寶法勝決定佛　南無德香悅佛　南

無智者讚佛　南無德度佛　南無無畏王
佛　南無慧燈佛　南無威力佛　南無普
見王佛　南無覺憘佛　南無勝怨悅佛
南無一切敬愛佛　南無度衆疑佛　南無
捨淨佛　南無金剛勝佛　南無尊教授佛
　南無慧悅佛　南無持覺佛　南無敏音
佛　南無大龍佛　南無普娛樂佛　南無
普世懷佛　南無師子娛樂佛　南無破諸
軍佛　南無勝眼佛　南無明伏佛　南無
堅才佛　南無堅娑羅佛　南無泰調佛
南無善眼清淨佛　南無見寶佛　南無盡
作佛　南無離漂河佛　南無持名稱佛
南無梵天所敬佛　南無以敬佛　南無大
屈佛　南無敬智慧佛　南無無際願佛
南無捨漫流佛　南無好憘見佛　南無大

華佛　南無自成就意佛　南無憘光佛
南無快解佛　南無施宿佛　南無堅聲佛
南無須尼多佛　南無毗摩妙佛　南無
最顏色佛　南無思禪思佛　南無遊戲德
佛　南無懷最佛　南無善毗摩佛　南無
普觀佛　南無堅心佛　南無敬最上佛
南無善住功德摩尼山王佛　南無度世佛
南無喜德佛　南無上寶佛　南無善於
慙愧佛　南無照一切衆生光明佛　南無
師子王佛　南無大步佛　南無普懷佛
南無音聲器佛　南無懷上佛　南無普止
佛　南無普覺佛　南無威德大勢力佛
南無勝威德佛　南無堅固誓佛　南無淨
供養佛　南無天所敬佛　南無成堅固佛
南無最勝佛　南無一切功德備具佛

南無堅解佛　南無寂光佛
　六百佛竟
南無甘露成佛　南無極上音聲佛　南無歡喜增長佛　南無堅勇猛破陣佛　南無懷滅佛　南無覺步佛　南無依最聲佛　南無成豐佛　南無海步佛　南無歡喜面佛　南無最上光佛　南無寂覺佛　南無大聖佛　南無善寶佛　南無諦住佛　南無人自在佛　南無住寂滅佛　南無遊入覺佛　南無勝友佛　南無懷利佛　南無最步佛　南無人中月佛　南無威極上光明佛　南無拘鄰佛　南無最勝王佛　南無大莊嚴佛　南無師子奮迅步佛　南無懷香風佛　南無喜寂滅佛　南無大稱佛　南無人音聲佛　南無阿毘律佛　南無珠月佛　南無懷明佛　南無廣名稱佛　南無憘最上佛　南無淨覺佛　南無寶敬佛　南無好顏色光佛　南無滅怨佛　南無勝軍佛　南無諦覺佛　南無無終光佛　南無常忍辱佛　南無勝月上佛　南無象步佛　南無懷智慧佛　南無懷諦佛　南無蓮華香佛　南無香上自在佛　南無不猒足佛　南無等誓佛　南無最威佛　南無大光炎聚佛　南無雜種說佛　南無度淵佛　南無實體佛　南無解慚愧佛　南無上所敬佛　南無雜音聲佛　南無德遊戲佛　南無淨住佛　南無好香熏佛　南無月光明佛　南無戒分別佛　南無覺華佛　南無最上意佛　南無宜受供養佛　南無曇無竭佛　南無喜上佛　南無月

光輪佛　南無懷覺佛　南無敬老佛　南
無勝憂佛　南無神通明佛　南無普寶蓋
佛　南無敬上佛　南無屈名稱佛　南無
那羅延光明佛　南無度疑佛　南無知時
王佛　南無聚華佛　南無上華佛　南無
勝鬪戰佛　南無師子乘光明佛　南無尼
尸陀佛　南無懷步佛　南無離一切憂惱
光明佛　南無堅固光明佛　南無月天聲
佛　南無雲王光明佛　南無淨光明佛
南無除雲蓋佛　南無無垢臂光明佛　南
無如樹華佛　南無上聲佛　南無無終燈
佛　南無成就義光明佛　南無德天佛
南無衆智自在佛

七百佛竟

南無無上妙法月佛　南無無恐畏光佛
南無等正覺佛　南無無爲聲磬佛　南無
普照輪月佛　南無普輪佛　南無聽採意
佛　南無無礙思惟佛　南無滅思惟佛
南無精進懷佛　南無戒恭敬佛　南無伏
怨佛　南無快上懷佛　南無覺伏濤波佛
南無無滅慧佛　南無伏欲棘刺佛　南
無到究竟佛　南無華仙佛　南無虛空慧
佛　南無似思惟佛　南無慧力佛　南無
炎勝海佛　南無進巍巍聲佛　南無普音
佛　南無碎金剛佛　南無無爲聲佛　南
無無缺精進佛　南無大精進盛光佛　南
無寂靜光明身佛　南無勝畏佛　南無天
所敬德憘佛　南無法華佛　南無淨盛佛
南無月憘佛　南無懷幢佛　南無善意
成佛　南無無恐畏力佛　南無磬音佛

南無日華佛　南無澄住思惟佛　南無愛懷佛　南無月盛佛　南無無爲成佛　南無無吾我熱意佛　南無智照頂王佛　南無諦聚意佛　南無智日普照佛　南無喜樂如見佛　南無懷命佛　南無懷思佛　南無無煩佛　南無根本上佛　南無大思惟佛　南無懷像佛　南無大精進懷佛　南無無恐畏佛　南無名譽音佛　南無大聲慧無缺失佛　南無戒富佛　南無威身佛　南無安樂光佛　南無法行深勝月佛　南無以滅光佛　南無法光明慈鏡象月佛　南無波羅羅堅佛　南無遠威佛　南無月内佛　南無常智作化佛　南無山王勝藏王佛　南無破金剛堅佛　南無祠施佛　南無諦精進佛　南無無量憘光佛

南無光威佛　南無法華高幢雲佛　南無懷光佛　南無出遊泥佛　南無捐種姓佛　南無法海說聲王佛　南無大威佛　南無法雷幢王勝佛　南無德蓮華佛　南無法輪光明頂佛　南無幢光佛　南無法智普光明佛　南無無爲華佛　南無大勝光佛　南無無爲光威佛　南無道威佛　南無淨思惟法華佛　南無法雲吼王佛　南無虛空功德佛　南無最如意佛　南無須彌最聲佛　南無自在懷佛　南無無爲稱佛　南無法日智轉然燈佛　南無無礙普現佛　南無帝釋幢王佛　南無無量香光明佛　八百佛竟

南無清淨身佛　南無月中尊佛　南無喜

施佛　南無相好華佛　南無不思議光佛
南無普飛廣戒堅視佛　南無離願佛
南無勝賢佛　南無及曜佛　南無虛空心
佛　南無惟大音佛　南無決斷音佛　南
無除三塗龍施佛　南無雲雷佛　南無虛
空多羅佛　南無德思佛　南無無垢心佛
南無寶味佛　南無十光佛　南無超越
諸法佛　南無覺無礙音佛　南無天華佛
南無等見佛　南無月稱佛　南無大像
佛　南無不擾佛　南無大月佛　南無威
慈力佛　南無月威光佛　南無趣懷佛
南無住善度佛　南無淳精進佛　南無光
勇欲佛　南無寶離慧勇佛　南無菩提佛
南無成盈利佛　南無悅好佛　南無行
佛行佛　南無覺滅意佛　南無師子奮迅
心雲聲王佛　南無無縛喜像佛　南無持
慧佛　南無德稱佛　南無須彌山威佛
南無快明佛　南無諸方天佛　南無無量
思惟佛　南無淨戒佛　南無善度佛　南
無端緒佛　南無現面世間佛　南無善光
敬佛　南無具足意佛　南無世雄佛　南
無正音聲佛　南無威喜佛　南無善成就
佛　南無無礙意佛　南無無垢月幢稱佛
南無摩善住山王佛　南無朋友光度佛
南無慧臺佛　南無普寶佛　南無知衆
生平等身佛　南無大願勝佛　南無快士
悅佛　南無恬憺思惟佛　南無善供養佛
南無德聚威佛　南無悅相佛　南無大
焰聚威佛　南無光華種種奮迅王佛　南
無快應佛　南無戒度佛　南無最視佛

南無寂幢佛　南無大應佛　南無廣光明佛　南無無爲悅佛　南無巍巍見佛　南無名稱十方佛　南無降伏魔佛　南無慧無涯佛　南無如千日威佛　南無必意佛　南無稱悅佛　南無上度佛　南無可觀佛　南無無量慧佛　南無智炎勝功德佛　南無栴檀香佛　南無世間燈佛　南無不可降伏幢佛　南無攝根佛　南無思惟解脱佛　南無勝威德意佛　南無如淨王佛　南無難過上佛　南無忍辱燈佛　南無妙見佛

九百佛竟

南無聚自在佛　南無作諸方佛　南無無勝最妙佛　南無無爲光佛　南無無爲思惟佛　南無過倒見佛　南無名稱王佛

南無勝根佛　南無日見佛　南無德聚威光佛　南無見平等不平等佛　南無慧持群萌佛　南無自在悅佛　南無自在佛　南無慧意佛　南無德山佛　南無以淨音意佛　南無思最尊意佛　南無淨德佛　南無戒自在佛　南無深齅思惟佛　南無拘蘇摩奮迅王佛　南無寂進思惟佛　南無娑羅華上光王佛　南無勤群萌香佛　南無寂樂佛　南無德所至佛　南無大精進文佛　南無離疑佛　南無決偶佛　南無須彌山意佛　南無淨身佛　南無無垢眼上光王佛　南無能度彼岸佛　南無毗盧遮那功德藏佛　南無慧忖佛　南無聽徹意佛　南無如天悅佛　南無思惟度佛　南無至大精進究竟佛　南無大身佛

南無雜華佛　南無尊自在佛　南無如空佛　南無覺善香熏佛　南無尊上所敬佛　南無歡悅佛　南無蓮華人佛　南無蓮華意佛　南無自在德藏佛　南無入悅佛　南無尊意燈佛　南無威神所養佛　南無諦思惟佛　南無解脫慧佛　南無除三惡道佛　南無澤香憂寘佛　南無湍度佛　南無摩尼清淨佛　南無意彊自在佛　南無無畏娛樂佛　南無快覺佛　南無離諸欲佛　南無勝華聚佛　南無大結髻佛　南無天自在六通音佛　南無威神力佛　南無人名稱柔佛　南無斷一切衆生病佛　南無最音聲佛　南無堅意佛　南無力通佛　南無眼如蓮華趣無爲佛　南無快斷意佛　南無喜音聲佛　南無天悅佛　南無竟見佛　南無彊精進佛　南無斷一切障礙佛　南無無垢思惟佛　南無聚音佛　南無無量怨佛　南無功德捨惡趣佛　南無無爲光豐佛　南無娛樂度佛　南無一乘度佛　南無調辯意佛　南無煩教佛　南無意車佛　南無德善光佛　南無堅華佛　南無聚意佛　南無尼拘類樹王佛　南無無常中王佛　南無色如栴檀佛　南無日内佛　南無德藏佛　南無毗婆尸佛　南無尸棄佛　南無毗舍浮佛

一千佛竟

過去莊嚴劫千佛名經

音釋

畺 居良切　謗 補曠切　跋 蒲撥切　閦 初六切　妓樂 妓渠綺切　鎧 苦亥切　崖 五皆切　緒 徐吕切　剖 普后切　巖 五緘切　擇

場伯切諂丑琰切懌羊益切憘虛里切娛樂娛虞俱切漂紕招切漫莫半切慙愧慙昨含切愧詭偽切羗奴侯切磬苦定切濤徒刀切棘刺棘紀力切刺七自切礜羊茹切逮徒耐切捐與專切擾而沼切佛行行下孟切恬憺恬徒兼切憺徒覽切齅許救切忖倉本切湍他端切疆其良切

現在賢劫千佛名經

一名集諸佛大功德山

開元拾遺附梁録

清刻龍藏佛說法變相圖

現在賢劫千佛名經 一名集諸佛大功德山

開元拾遺附梁錄

爾時喜王菩薩白佛言世尊今此衆中頗有菩薩摩訶薩得是三昧亦得八萬四千波羅蜜門諸三昧門陀羅尼門者不佛告喜王今此會中有菩薩大士得是三昧亦能入八萬四千諸波羅蜜及諸三昧陀羅尼門此諸菩薩於是賢劫中皆當得阿耨多羅三藐三菩提除四如來於此劫中得成佛已喜王菩薩復白佛言惟願如來宣此諸菩薩名字多所饒益安隱世間利諸天人爲護佛法令得久住爲將來菩薩顯示法明求無上道心不疲懈佛告喜王汝今諦聽善思念之當爲汝說唯然世尊願樂欲聞爾時世尊即說諸佛名字

南無拘留孫佛　南無拘那含牟尼佛　南無迦葉佛　南無釋迦牟尼佛　南無彌勒佛　南無師子佛　南無明焰佛　南無牟尼佛　南無妙華佛　南無華氏佛　南無善宿佛　南無導師佛　南無大臂佛　南無大力佛　南無宿王佛　南無修藥佛　南無名相佛　南無大明佛　南無焰肩佛　南無照曜佛　南無日藏佛　南無月氏佛　南無衆焰佛　南無善明佛　南無無憂佛　南無提沙佛　南無明曜佛　南無持鬘佛　南無功德明佛　南無示義佛　南無燈曜佛　南無興盛佛　南無藥師佛　南無善濡佛　南無白毫佛　南無堅固佛　南無福威德佛　南無不可壞佛　南無德相佛　南無羅睺佛　南無衆主佛

南無梵聲佛　南無堅際佛　南無不高佛　南無作明佛　南無大山佛　南無金剛佛　南無將衆佛　南無無畏佛　南無珍寶佛　南無華日佛　南無軍力佛　南無香焰佛　南無仁愛佛　南無大威德佛　南無梵王佛　南無無量明佛　南無龍德佛　南無堅步佛　南無不虛見佛　南無精進德佛　南無善守佛　南無歡喜佛　南無不退佛　南無師子相佛　南無勝知佛　南無法氏佛　南無喜王佛　南無妙御佛　南無愛作佛　南無德臂佛　南無香象佛　南無觀視佛　南無雲音佛　南無善思佛　南無善高佛　南無離垢佛　南無月相佛　南無大名佛　南無珠髻佛　南無威猛佛　南無師子吼佛　南無

德樹佛　南無歡釋佛　南無慧聚佛　南無安住佛　南無有意佛　南無鴦伽陀佛　南無無量意佛　南無妙色佛　南無多智佛　南無光明佛　南無堅戒佛　南無吉祥佛　南無寶相佛　南無蓮華佛　南無那羅延佛　南無安樂佛　南無智積佛

南無德敬佛

一百佛竟

南無梵德佛　南無寶積佛　南無華天佛

南無善思議佛　南無法自在佛　南無名聞意佛　南無樂說聚佛　南無金剛相佛　南無求利益佛　南無遊戲神通佛

南無離闇佛　南無名天佛　南無彌樓相佛　南無衆明佛　南無寶藏佛　南無極高行佛　南無金剛楯佛　南無珠角佛

南無德讃佛　南無日月明佛　南無日明佛　南無星宿佛　南無清淨義佛　南無達藍王佛　南無福藏佛　南無見有邊佛

南無電明佛　南無金山佛　南無師子德佛　南無勝相佛　南無明讃佛　南無堅精進佛　南無具足讃佛　南無離畏師佛　南無應天佛　南無大燈佛　南無世明佛　南無妙音佛　南無持上功德佛

南無紺身佛　南無師子頰佛　南無寶讃佛　南無衆王佛　南無遊步佛　南無安隱佛　南無法差別佛　南無上尊佛　南無極高德佛　南無上師子音佛　南無樂戲佛　南無龍明佛　南無華山佛　南無龍喜佛　南無香自在王佛　南無寶焰山佛　南無天力佛　南無德鬘佛　南無龍

首佛　南無因莊嚴佛　南無善行意佛
南無智勝佛　南無無量日佛　南無實語
佛　南無持炬佛　南無定意佛　南無無
量形佛　南無明照佛　南無最勝燈佛
南無斷疑佛　南無莊嚴身佛　南無不虛
步佛　南無覺悟佛　南無華相佛　南無
山主王佛　南無善威儀佛　南無遍見佛
南無無量名佛　南無寶天佛　南無滅
過佛　南無持甘露佛　南無人月佛　南
無喜見佛　南無莊嚴佛　南無珠明佛
南無山頂佛　南無到彼岸佛　南無法積
佛　南無定義佛　南無施願佛　南無寶
聚佛　南無住義佛　南無滿意佛　南無
上讚佛　南無慈德佛　南無無垢佛　南
無梵天佛　南無華明佛　南無身差別佛

南無法明佛　南無盡見佛
二百佛竟
南無德淨佛　南無月面佛　南無寶燈佛
南無寶璫佛　南無上名佛　南無作名
佛　南無無量音佛　南無違藍佛　南無
師子身佛　南無明意佛　南無無能勝佛
南無功德品佛　南無海慧佛　南無得
勢佛　南無無邊行佛　南無開華佛　南
無淨垢佛　南無見一切義佛　南無勇力
佛　南無富足佛　南無福德佛　南無隨
時佛　南無慶音佛　南無功德敬佛　南
無廣意佛　南無善寂滅佛　南無財天佛
南無淨斷疑佛　南無無量持佛　南無
妙樂佛　南無不負佛　南無無住佛　南
無得叉迦佛　南無衆首佛　南無世光佛

南無多德佛　南無弗沙佛　南無無邊威德佛　南無義意佛　南無藥王佛　南無斷惡佛　南無無熱佛　南無善調佛　南無名德佛　南無華德佛　南無勇得佛　南無金剛軍佛　南無大德佛　南無寂滅意佛　南無無邊音佛　南無大威光佛　南無善住佛　南無無所負佛　南無離疑惑佛　南無電相佛　南無恭敬佛　南無威德守佛　南無智日佛　南無上利佛　南無須彌頂佛　南無淨心佛　南無治怨賊佛　南無離憍佛　南無應讚佛　南無智次佛　南無那羅達佛　南無常樂佛　南無不少國佛　南無天名佛　南無雲德佛　南無甚良佛　南無多功德佛　南無寶月佛　南無莊嚴頂髻佛　南無樂禪佛　南無無所少佛　南無遊戲佛　南無德寶佛　南無應名稱佛　南無華身佛　南無大音聲佛　南無辯才讚佛　南無金剛珠佛　南無無量壽佛　南無珠莊嚴佛　南無大王佛　南無德高行佛　南無高名佛　南無百光佛　南無喜悅佛　南無龍步佛　南無意願佛　南無妙寶佛　南無滅已佛　南無法幢佛　南無調御佛　南無喜自在佛　南無寶髻佛　南無離山佛　南無淨天佛

三百佛竟

南無華冠佛　南無淨名佛　南無威德寂滅佛　南無愛相佛　南無多天佛　南無須焰摩佛　南無天威佛　南無妙德王佛　南無寶步佛　南無師子分佛　南無最

尊勝佛　南無人王佛　南無栴檀雲佛
南無紺眼佛　南無寶威德佛　南無德乘
佛　南無覺想佛　南無喜莊嚴佛　南無
香濟佛　南無勝慧佛　南無離愛佛　南
無慈相佛　南無妙香佛　南無堅鎧佛
南無威德猛佛　南無珠鎧佛　南無仁賢
佛　南無善逝月佛　南無梵自在佛　南
無師子月佛　南無觀察慧佛　南無正生
佛　南無高勝佛　南無日觀佛　南無寶
名佛　南無大精進佛　南無山光佛　南
無德聚王佛　南無供養名佛　南無法讚
佛　南無施明佛　南無雹德佛　南無寶
語佛　南無救命佛　南無善戒佛　南無
善衆佛　南無堅固慧佛　南無破有闇佛
南無善勝佛　南無師子光佛　南無照

明佛　南無寶成就佛　南無利慧佛　南
無珠月光佛　南無威光佛　南無不破論
佛　南無光明王佛　南無珠輪佛　南無
金剛慧佛　南無吉手佛　南無善月佛
南無寶焰佛　南無羅睺守佛　南無樂菩
提佛　南無等光佛　南無至寂滅佛　南
無世最妙佛　南無自在名佛　南無十勢
力佛　南無喜力王佛　南無德勢力佛
南無最勝頂佛　南無大勢力佛　南無功
德藏佛　南無真行佛　南無上安佛　南
無金剛知山佛　南無大光佛　南無妙德
藏佛　南無廣德佛　南無寶網嚴身佛
南無福德明佛　南無造鎧佛　南無成手
佛　南無善華佛　南無集寶佛　南無大
海智佛　南無持地德佛　南無義意猛佛

南無善思惟佛　南無德輪佛　南無寶
光佛　南無利益佛　南無世月佛　南無
美音佛　南無梵相佛　南無衆師首佛
南無師子行佛　南無難施佛　南無應供
佛

四百佛竟

南無明威德佛　南無大光王佛　南無金
剛寶嚴佛　南無衆清淨佛　南無無邊名
佛　南無不虛光佛　南無聖天佛　南無
智王佛　南無金剛衆佛　南無善障佛
南無建慈佛　南無華國佛　南無法意佛
南無風行佛　南無善思明佛　南無多
明佛　南無密衆佛　南無光王佛　南無
功德守佛　南無利意佛　南無無懼佛
南無堅觀佛　南無住法佛　南無珠足佛

南無解脫德佛　南無妙身佛　南無隨
世語言佛　南無妙智佛　南無普德佛
南無梵財佛　南無實音佛　南無正智佛
南無力得佛　南無師子意佛　南無淨
華佛　南無喜眼佛　南無華齒佛　南無
功德自在幢佛　南無明寶佛　南無希有
名佛　南無上戒佛　南無離欲佛　南無
自在天佛　南無梵壽佛　南無一切天佛
南無樂智佛　南無可憶念佛　南無珠
藏佛　南無德流布佛　南無大天王佛
南無無縛佛　南無堅法佛　南無天德佛
南無梵牟尼佛　南無安詳行佛　南無
勤精進佛　南無得上味佛　南無無依德
佛　南無薝蔔華佛　南無出生無上功德
佛　南無仙人侍衛佛　南無帝幢佛　南

無大愛佛　南無須蔓色佛　南無衆妙佛
南無可樂佛　南無勢力行佛　南無善
定義佛　南無牛王佛　南無妙臂佛　南
無大車佛　南無滿願佛　南無德光佛
南無寶音佛　南無光幢佛　南無富貴佛
南無師子力佛　南無淨目佛　南無觀
身佛　南無淨意佛　南無知次第佛　南
無猛威德佛　南無大光明佛　南無日光
曜佛　南無淨藏佛　南無分別威佛　南
無無損佛　南無容日佛　南無月光佛
南無持明佛　南無善寂行佛　南無不動
佛　南無大請佛　南無德法佛　南無嚴
土佛　南無莊嚴王佛　南無高出佛　南
無焰熾佛　南無蓮華德佛　南無寶嚴佛
五百佛竟

南無高大身佛　南無上善佛　南無寶上
佛　南無無量光佛　南無海德佛　南無
寶印手佛　南無月蓋佛　南無多焰佛
南無順寂滅佛　南無智稱佛　南無智覺
佛　南無功德光佛　南無聲流布佛　南
無滿月佛　南無名稱佛　南無善戒王佛
南無燈王佛　南無電光佛　南無大焰
王佛　南無寂諸有佛　南無毗舍佉天佛
南無華藏佛　南無金剛山佛　南無身
端嚴佛　南無淨義佛　南無威猛軍佛
南無智焰德佛　南無力行佛　南無羅睺
天佛　南無智聚佛　南無師子出現佛
南無如王佛　南無圓滿清淨佛　南無羅
睺羅佛　南無大藥佛　南無清淨賢佛
南無第一義佛　南無德手佛　南無百光

明佛　南無流布王佛　南無無量功德佛
南無法藏佛　南無妙意佛　南無德主
佛　南無最增上佛　南無慧頂佛　南無
勝怨敵佛　南無意行佛　南無梵音佛
南無解脫佛　南無雷音佛　南無通相佛
南無慧隆佛　南無深自在佛　南無大
地王佛　南無大牛王佛　南無梨陁目佛
南無希有身佛　南無實相佛　南無最
尊天佛　南無不沒音佛　南無寶勝佛
南無音德佛　南無莊嚴辭佛　南無勇智
佛　南無華積佛　南無華開佛　南無無
上醫王佛　南無德積佛　南無上形色佛
南無功德月佛　南無月燈佛　南無威
德王佛　南無菩提王佛　南無無盡佛
南無菩提眼佛　南無身充滿佛　南無慧

國佛　南無最上佛　南無清淨照佛　南
無慧德佛　南無妙音聲佛　南無無礙光
佛　南無無礙藏佛　南無上施佛　南無
大尊佛　南無智勢佛　南無大焰佛　南
無帝王佛　南無制力佛　南無威德佛
南無月現佛　南無名聞佛　南無端嚴佛
南無無塵垢佛　南無威儀佛　南無師
子軍佛　南無天王佛　南無名聲佛　南
無殊勝佛

六百佛竟

南無大藏佛　南無福德光佛　南無梵聞
佛　南無出諸有佛　南無智頂佛　南無
上天佛　南無地王佛　南無至解脫佛
南無金髻佛　南無羅睺日佛　南無莫能
勝佛　南無牟尼淨佛　南無善光佛　南

無金齊佛　南無種德天王佛　南無法蓋佛　南無勇猛名稱佛　南無光明門佛　南無美妙慧佛　南無微意佛　南無諸威德佛　南無師子髻佛　南無解脫相佛　南無慧藏佛　南無娑羅王佛　南無威相佛　南無斷流佛　南無無礙讚佛　南無所作已辦佛　南無善音佛　南無山王相佛　南無法頂佛　南無無能映蔽佛　南無善端嚴佛　南無吉身佛　南無愛語佛　南無師子利佛　南無和樓那佛　南無師子法佛　南無法力佛　南無愛樂佛　南無讚不動佛　南無衆明王佛　南無覺悟衆生佛　南無妙明佛　南無意住義佛　南無光照佛　南無香德佛　南無令喜佛　南無日成就佛　南無滅恚佛　南無上色佛　南無善步佛　南無大音讚佛　南無淨願佛　南無日天佛　南無樂慧佛　南無攝身佛　南無威德勢佛　南無剎利佛　南無衆會王佛　南無上金佛　南無解脫髻佛　南無樂法佛　南無住行佛　南無捨憍慢佛　南無智藏佛　南無梵行佛　南無栴檀佛　南無無憂名佛　南無端嚴身佛　南無相國佛　南無敏持佛　南無無邊德佛　南無天光佛　南無慧華佛　南無頻頭摩佛　南無智富佛　南無大願光佛　南無寶手佛　南無淨根佛　南無具足論佛　南無上論佛　南無不退地佛　南無法自在不虛佛　南無有日佛　南無出泥佛　南無得智佛　南無上吉佛　南無謨羅佛　南無法樂佛　南無

求勝佛　南無智慧佛　南無善聖佛　南
無網光佛　南無瑠璃藏佛　南無善天佛
南無利寂佛　南無教化佛　南無普隨
順自在佛

七百佛竟

南無堅固苦行佛　南無衆德上明佛　南
無寶德佛　南無一切善友佛　南無解脱
音佛　南無甘露明佛　南無遊戲王佛
南無滅邪曲佛　南無一切主佛　南無薝
蔔淨光佛　南無山王佛　南無寂滅佛
南無德聚佛　南無具衆德佛　南無最勝
月佛　南無善施佛　南無住本佛　南無
功德威聚佛　南無智無等佛　南無甘露
音佛　南無善手佛　南無執明炬佛　南
無思解脱義佛　南無勝音佛　南無梨陀

行佛　南無善義佛　南無無過佛　南無
行善佛　南無殊妙身佛　南無妙光佛
南無樂說佛　南無善濟佛　南無不可說
佛　南無最清淨佛　南無樂知佛　南無
辯才日佛　南無破他軍佛　南無寶月明
佛　南無上意佛　南無友安衆生佛　南
無大見佛　南無無畏音佛　南無水天德
佛　南無慧濟佛　南無無等意佛　南無
不動慧光佛　南無菩提意佛　南無樹王
佛　南無槃陀音佛　南無福德力佛　南
無勢德佛　南無聖愛佛　南無勢行佛
南無琥珀佛　南無雷音雲佛　南無善愛
月佛　南無善智佛　南無具足佛　南無
華勝佛　南無大音佛　南無法相佛　南
無智音佛　南無虛空佛　南無祠音佛

南無慧音差別佛　南無月焰佛　南無聖王佛　南無衆意佛　南無辯才輪佛　南無善寂佛　南無不退慧佛　南無日名佛　南無無著慧佛　南無功德集佛　南無華德相佛　南無辯才國佛　南無寶施佛　南無愛月佛　南無集功德蘊佛　南無滅惡趣佛　南無自在王佛　南無無量淨佛　南無等定佛　南無不壞佛　南無滅垢佛　南無不失方便佛　南無無燒佛　南無妙面佛　南無智制住佛　南無法師王佛　南無大天佛　南無深意佛　南無無量佛　南無無礙見佛　南無世供養佛　南無普散華佛　南無三世供佛　南無應日藏佛　南無天供養佛　南無上智人佛

八百佛竟

南無眞髻佛　南無信甘露佛　南無不著相佛　南無離分別海佛　南無寶肩明佛　南無梨陀步佛　南無隨日佛　南無清淨佛　南無明力佛　南無功德聚佛　南無具足德佛　南無端嚴海佛　南無須彌山佛　南無華施佛　南無無著智佛　南無無邊座佛　南無愛智佛　南無槃陀嚴佛　南無清淨住佛　南無生法佛　南無相明佛　南無思惟樂佛　南無樂解脫佛　南無知道理佛　南無多聞海佛　南無持華佛　南無不隨世佛　南無喜衆佛　南無孔雀音佛　南無不退沒佛　南無斷有愛垢佛　南無威儀濟佛　南無諸天流布佛　南無隨師行佛　南無華手佛　南

無最上施佛　南無破怨賊佛　南無富多聞佛　南無妙國佛　南無熾盛王佛　南無師子智佛　南無月出佛　南無滅闇佛　南無無動佛　南無次第行佛　南無音聲治佛　南無憍曇佛　南無勢力佛　南無身心住佛　南無常月佛　南無覺意華佛　南無饒益王佛　南無善威德佛　南無智力德佛　南無善燈佛　南無堅行佛　南無天音佛　南無福德燈佛　南無日面佛　南無不動聚佛　南無戒明佛　南無住戒佛　南無普攝受佛　南無堅出佛　南無安闍那佛　南無增益佛　南無香明佛　南無達藍明佛　南無念王佛　南無密缽佛　南無無礙相佛　南無至妙道佛　南無信戒佛　南無樂實佛　南無明法佛　南無具威德佛　南無大慈佛　南無上慈佛　南無饒益慧佛　南無甘露王佛　南無彌樓明佛　南無聖讚佛　南無廣照佛　南無持壽佛　南無見明佛　南無善行報佛　南無善喜佛　南無無滅佛　南無寶明佛　南無具足名稱佛　南無樂福德佛　南無功德海佛　南無盡相佛　南無斷魔佛　南無盡魔佛　南無過衰道佛　南無不壞意佛　南無水王佛　南無淨魔佛　南無衆上王佛

九百佛竟

南無愛明佛　南無福燈佛　南無菩提相佛　南無大威力佛　南無善滅佛　南無梵命佛　南無智喜佛　南無神相佛　南無如衆王佛　南無種種色相佛　南無愛

日佛　南無羅睢月佛　南無無相慧佛
南無藥師上佛　南無持勢力佛　南無焰
慧佛　南無喜明佛　南無好音佛　南無
不動天佛　南無妙德難思佛　南無善業
佛　南無意無謬佛　南無大施佛　南無
名讃佛　南無衆相佛　南無解脱月佛
南無世自在佛　南無無上王佛　南無滅
癡佛　南無斷言論佛　南無梵供養佛
南無無邊辯相佛　南無梨陀法佛　南無
應供養佛　南無度憂佛　南無樂安佛
南無世意佛　南無愛身佛　南無妙足佛
南無優鉢羅佛　南無華瓔佛　南無無
邊辯光佛　南無信聖佛　南無德精進佛
南無眞實佛　南無天主佛　南無樂高
音佛　南無信淨佛　南無婆耆羅陀佛

南無福德意佛　南無不瞬佛　南無順先
古佛　南無聚成佛　南無師子遊佛　南
無最上業佛　南無信清淨佛　南無行明
佛　南無龍音佛　南無持輪佛　南無財
成佛　南無世愛佛　南無提舍佛　南無
無量寶名佛　南無雲相佛　南無慧道佛
南無順法智佛　南無虚空音佛　南無
善眼佛　南無無勝天佛　南無珠淨佛
南無善財佛　南無燈焰佛　南無寶音聲
佛　南無人主王佛　南無不思議功德光
佛　南無隨法行佛　南無無量賢佛　南
無寶名聞佛　南無得利佛　南無世華佛
南無高頂佛　南無無邊辯才成佛　南
無差別知見佛　南無師子牙佛　南無法
燈蓋佛　南無目揵連佛　南無無憂國佛

南無意思佛　南無法天敬佛　南無斷勢力佛　南無極勢力佛　南無滅貪佛　南無堅音佛　南無善慧佛　南無妙義佛　南無愛淨佛　南無慚愧顏佛　南無妙髻佛　南無欲樂佛　南無樓至佛

一千佛竟

此賢劫中諸佛出世名號如是若人聞此千佛名字歸命頂禮必得涅槃諸有智者聞諸佛名字應當一心勿懷放逸勤行精進無失是緣還墮惡趣受諸苦惱安住持戒隨順多聞常樂遠離具足深忍是人則能值遇千佛若持誦此千佛名者則滅無量阿僧祇劫所集衆罪必當得佛諸三昧神通無礙智慧及諸法門諸陀羅尼一切經書種種智慧隨宜說法皆當從是三昧中求修習此三昧當行淨行勿生欺誑離於名利勿懷嫉妬行六和敬如是行者疾得三昧法

現在賢劫千佛名經

音釋

髆（必至切）　濡（汝朱切）　鴦伽（鴦於良切）　楯（市尹切）　紺（古暗切）　頰（古協切）　璫（都郎切）　薝蔔（薝陟廉切　蔔蒲北切）　蔓（無販切）　佉（丘伽切）　睺（胡鉤切）　恚（於避切）　琥珀（琥呼古切　珀普華切）　嬈（而沼切）　闍（視遮切）　耆（巨支切）　揵（巨言切）　欺誑（欺去奇切　誑古況切）　嫉妬（嫉秦悉切　妬當故切）

未來星宿劫千佛名經

一名集諸佛大功德山

開元拾遺附梁録

清刻龍藏佛說法變相圖

未來星宿劫千佛名經一名集諸佛大功德山

開元拾遺附梁録

夫修善福臻爲惡禍徵明理皎然而信悟者鮮既共生此五濁惡世五陰煩惱三毒熾盛輪轉生死無有竟已昔佛在世時人民數如恒沙今漸凋微萬不遺一何以故爾爲善者少作惡者多死墮三塗悉爲魚蟲畜生不復得人身故法華經云三惡道充滿天人衆減少劫盡不久長衰可悲是以如來隨方教化敦慈尚善不悋軀命勤行精進可得勉度禮拜懺頌之勞能却無量劫罪罪滅福生以致無爲此未來星宿劫中當有千佛出世名字如是若人聞名一心禮事不生懈怠必得涅槃未離三塗生死之患安住慈忍具足多聞若能受持習誦之者是人則必歷值千佛獲

滅無量阿僧祇劫生死重罪得諸佛神通三昧無礙辯才諸大法門陀羅尼門一切經書種種智慧隨宜說法不自欺誑離於名利勿懷嫉妬行六和敬一心奉持無失是緣如是行者疾得阿耨多羅三藐三菩提

南無日光佛　南無龍威佛　南無華嚴佛　南無王中王佛　南無阿須輪王護佛　南無作吉祥佛　南無師子慧佛　南無寶意佛　南無成辦事佛　南無成辦事見根原佛　南無種姓華佛　南無高雷音佛　南無無比辯佛　南無智慧自在佛　南無稱成佛　南無威懷步佛　南無福德光明佛　南無月摩尼光王佛　南無目揵連性佛　南無無憂忖佛　南無思惟智慧佛　南無意智佛　南無諸天供養法佛　南無勇悍佛　南無無限力佛　南無智慧華佛　南無彊音佛　南無歡樂佛　南無說義佛　南無淨懷佛　南無師子口佛　南無好結佛　南無不取諸法佛　南無波頭摩上星宿王佛　南無上彌留幢王佛　南無因陀羅幢王佛　南無香音佛　南無常光明佛　南無栴檀相好佛　南無無限高佛　南無蓮華幢佛　南無蓮華化生佛　南無微細華佛　南無阿竭留香佛　南無大勇佛　南無栴檀相好光明佛　南無銀幢蓋佛　南無大海意佛　南無播幢好佛　南無梵王德佛　南無大香熏佛　南無大勇現佛　南無寶輪佛　南無發行難佛　南無無所發行佛　南無金寶甕佛　南無天輞佛　南無言從佛　南無常雨華佛

南無大好樂佛　南無師子上香佛　南無魔天相好佛　南無帝釋光明佛　南無大相好佛　南無師子華好佛　南無寂滅幢旛佛　南無持戒王佛　南無相好翼從佛

南無翼從面首佛　南無無憂相好佛　南無普開蓮華身佛　南無大地佛　南無大力龍翼從好佛　南無淨行王佛　南無大遊戲佛　南無蓮華威佛　南無放捨華佛　南無常觀佛　南無法體決定佛　南無作直行佛　南無不定願佛　南無善住諸願佛　南無無常中上佛　南無月威佛

南無栴檀色佛　南無日空佛　南無威相腹佛　南無破煩惱佛　南無實法廣稱佛　南無世間喜佛　南無寶稱佛　南無難勝伏佛　南無好觀佛　南無勇興佛

南無翼從樹佛　南無狸牛威佛　南無天中天佛　南無師子幢佛　南無智慧威佛

南無無底威佛

一百佛竟

南無德豐佛　南無厚德佛　南無無念示現諸行佛　南無無生佛　南無無上光佛

南無山德佛　南無出現佛　南無服德佛　南無無量善根成就諸行佛　南無大講佛　南無不住奮迅佛　南無寶樹佛

南無普悲佛　南無德養佛　南無大轉佛

南無絕衆生疑王佛　南無一道佛　南無普蓋佛　南無大蓋佛　南無最德佛

南無千近佛　南無寶蓮華勇佛　南無離世間佛　南無旛幢佛　南無寶月德佛

南無服樹王佛　南無尊德佛　南無普蓮

華佛　南無等德佛　南無龍中蜜佛　南無大海深勝佛　南無無量寶蓋佛　南無無表識佛　南無須彌身佛　南無虛空嚴佛　南無彊稱王佛　南無放光佛　南無無染濁佛　南無在華聚德佛　南無離恐衣毛不竪佛　南無無相聲佛　南無電目眼佛　南無寶室佛　南無虛空星宿增上佛　南無衆尊聚佛　南無山王身佛　南無一蓋佛　南無能屈服佛　南無栴檀宮佛　南無波頭摩樹提奮迅通佛　南無光網佛　南無紅蓮華佛　南無善現光佛　南無慧華寶光滅佛　南無散衆畏佛　南無無垢光明佛　南無安王佛　南無法空佛　南無出千光佛　南無過千光佛　南無境界自在佛　南無出顯光佛　南無善

行佛　南無無能屈聲佛　南無遠離怖畏毛竪佛　南無寶智佛　南無進寂靜佛　南無無量翼從佛　南無世間可樂佛　南無住慧佛　南無能仁仙佛　南無慧稱佛　南無諸樹王佛　南無無垢雲王佛　南無隨世間意佛　南無寶實佛　南無離愚稱佛　南無德現佛　南無寶愛佛　南無不唐精進佛　南無香熏光佛　南無無能屈香光佛　南無衆彊王佛　南無出須彌山頂佛　南無從寶出德佛　南無蓮華上佛　南無從寶出佛　南無香光佛　南無稱遠方佛　南無藏香自在佛　南無雲雷王佛　南無無際光佛　南無無量慧成佛　南無種種無量行佛　南無無量德光王佛　南無尊聚佛　南無覺華剖德佛　南

無覺華剖上王佛　南無寶體佛　南無無唐稱佛

二百佛竟

南無共發意佛　南無莊嚴一切意佛　南無蓋蓮華寶佛　南無光輪成王佛　南無德王光佛　南無過一切德佛　南無燈光行佛　南無成作光佛　南無江仙佛　南無寶形佛　南無勝護佛　南無慧蓮華德佛　南無梵功德天王佛　南無無量顏佛　南無無聚會王佛　南無寶身佛　南無樹王中王佛　南無羅網手佛　南無摩尼輪佛　南無無量德鎧佛　南無世音佛　南無須彌山光佛　南無過上步佛　南無由寶蓮華德佛　南無作際佛　南無衆生所憘鎧佛　南無上寶蓋佛　南無無量蓋佛　南無翼從佛　南無月現德佛　南無以發意能轉輪佛　南無通達義佛　南無離曠野王佛　南無日輪光佛　南無解脫威德佛　南無慧功德佛　南無衆生王中立佛　南無無能屈服佛　南無虛空步佛　南無俱蘇摩通佛　南無無比鎧佛　南無光輪幢德王佛　南無因緣助佛　南無曼陀羅佛　南無淨幢佛　南無金剛所須用佛　南無慧淨佛　南無善求佛　南無善討鎧佛　南無勝伏怨佛　南無淨聖佛　南無名稱力王佛　南無無量光香佛　南無須彌山王佛　南無種種華佛　南無法寶佛　南無降化男女佛　南無最香德佛　南無寶上王佛　南無須彌山香王佛　南無可喜衆生覺見佛　南無無想音聲

佛　南無大人佛　南無音聲無屈礙佛
南無一寶無憂佛　南無無動勇佛　南無
種姓佛　南無觀諸欲起佛　南無淨宿佛
南無現得佛　南無虛空莊嚴佛　南無
壞衆疑佛　南無不空見佛　南無善橋梁
佛　南無廣功德佛　南無無量幢佛　南
無清涼佛　南無光羅網佛　南無徧知佛
南無無量德姓佛　南無於諸法無所著
佛　南無普見一切法佛　南無於一切衆
生誓鎧無脫佛　南無有無量德佛　南無
慧上光佛　南無不可數見佛　南無方上
佛　南無有華德佛　南無法光慈悲月佛
南無海住持勝智慧奮迅佛　南無清淨
光明寶佛　南無離服內解慧王佛　南無
壞諸欲佛　南無行清淨佛　南無無量寶
華光明佛　南無常滅度佛　南無見一切
法佛　南無不墮落佛　南無栴檀清涼室
佛　南無法用佛

三百佛竟

南無無量慧稱佛　南無清涼室佛　南無
無比覺華剖佛　南無善住樹王佛　南無
月光中上佛　南無閻浮光明佛　南無須
彌山身佛　南無千香佛　南無名號與顯
佛　南無名稱友佛　南無名稱最尊佛
南無除憂佛　南無蓮華上德王佛　南無
闡華幢佛　南無普放香化佛　南無最眼
佛　南無放焰佛　南無遠方稱佛　南無
降伏一切世間怨佛　南無法虛空勝王佛
南無火焰佛　南無三界雄勇佛　南無
光輪佛　南無虛空雄巧佛　南無窮盡雄

佛　南無天鼓音聲佛　南無普雄佛　南
無一切衆生愛見佛　南無無畏輪疆界上
佛　南無善住王佛　南無衆德聚佛　南
無諸覺疆界應飾佛　南無覺寶德稱佛
南無慧上德佛　南無慧光王中上明佛
南無蓮華中出現佛　南無普法雄佛　南
無月半光佛　南無滿足百千德光幢佛
南無大如意輪佛　南無蓮華中現德佛
南無執炬佛　南無寶上德佛　南無栴檀
清涼德佛　南無寶嚴慧中上佛　南無德
尊佛　南無不二輪佛　南無無量德海佛
南無衆聚佛　南無一切德聚佛　南無
蓮華應德佛　南無極上中王佛　南無法
照光佛　南無無量山王佛　南無虛空輪
上佛　南無善住清淨功德寶佛　南無善

住淨境界佛　南無雜寶色華佛　南無最
聚佛　南無不捨弘誓鎧佛　南無金華佛
南無雜色華佛　南無畢竟莊嚴無邊功
德王佛　南無月輪清淨佛　南無從蓮華
出現佛　南無華蓋佛　南無被慧鎧佛
南無稱力王佛　南無淨音聲佛　南無俱
蘇摩國土佛　南無無量聚會佛　南無一
切勝佛　南無精進仙佛　南無散衆步佛
南無壞疑佛　南無無想聲佛　南無無
量德具足佛　南無有衆德佛　南無蓮華
上德佛　南無寶尊佛　南無於去來今無
礙鎧佛　南無喜身佛　南無寶山王佛
南無日鎧中上佛　南無炬燈佛　南無無
比光佛　南無善生佛　南無長養佛　南
無無量眼佛　南無祉江佛　南無諸遠方

鎧佛　南無覺華有德剖佛　南無寶火圍繞佛　南無慧國土佛　南無寂靜佛　南無異觀佛　南無賢藥王佛　南無開悟菩提智光佛　南無喜威德佛　南無波頭陀智慧奮迅佛

四百佛竟

南無善中上德佛　南無雄猛佛　南無香尊幢佛　南無香最德佛　南無香幢佛　南無善色藏佛　南無無量精進佛　南無過十方光佛　南無覺華剖上佛　南無無量雄猛佛　南無蓮華恐畏過上佛　南無寶羅網佛　南無善住中王佛　南無香中尊王佛　南無致諸安樂佛　南無一切聚觀佛　南無不唐棄名稱佛　南無壞散諸恐畏佛　南無能解縛佛　南無威德因陀羅佛　南無為諸衆生致佛　南無虛空無際佛　南無住清淨佛　南無虛空幢佛　南無尊善中德佛　南無在無恐畏華德佛　南無無量雄猛形法佛　南無得世間功德佛　南無大車乘佛　南無極最德上佛　南無莫能勝幢佛　南無離一切瞋恨意佛　南無趣向當住佛　南無無量最香佛　南無月輪稱王佛　南無尊須彌山佛　南無住持多功德通法佛　南無勝積佛　南無心菩提華勝佛　南無住無量集德佛　南無威神王佛　南無善思願自調佛　南無淨輪王佛　南無慧上佛　南無慧嚴佛　南無造成遠方佛　南無會中尊佛　南無決斷佛　南無華鬘色王佛　南無慧隱佛　南無極趣上德佛　南無無量寶佛

南無衆生意欲所趣勇意視之佛　南無無量寶王佛　南無於一切諸愛中雄佛　南無光無礙佛　南無無礙光明佛　南無寶蓮華剖上德佛　南無好堅佛　南無一切所趣中覺離見諸覺身佛　南無過化音聲佛　南無蓮華尊在諸寶德佛　南無海須彌王德佛　南無無麤慧佛　南無在慧華佛　南無極趣上威神聚佛　南無寂定佛　南無離雄佛　南無捨一切步佛　南無德不可思議佛　南無在於遊戲德佛

南無趣無畏德佛　南無香趣無量香光佛

南無雲鼓音佛　南無在福德佛　南無無量勇雄猛佛　南無水月光明佛　南無最香須彌身佛　南無破無明闇佛　南無光普見佛　南無恐畏佛　南無自至到佛

南無寶諦稱佛　南無星燈佛　南無成就佛　南無極趣上佛　南無尊會佛　南無金剛肩佛　南無慧中自在王佛　南無慧力稱佛　南無最安佛　南無德身王德佛　南無善思惟發行佛　南無世間自在佛　南無光明莊嚴佛　南無虛空須彌佛

南無十力王佛　南無虛空平等心佛

南無施豐德佛　南無火炎積佛

五百佛竟

南無寶華普照勝佛　南無賢最德佛　南無寶輪光明勝德佛　南無寶華佛　南無從蓮華佛　南無普明觀稱佛　南無須彌意佛　南無尊思佛　南無寶蓋佛　南無善清淨光佛　南無無量雄佛　南無名稱不啓佛　南無德不可思議王光佛　南無

鴈王佛　南無安隱王佛　南無蓮華中上德佛　南無常自起覺悟佛　南無不離一切衆門佛　南無無相修行佛　南無求善佛　南無精進力成就佛　南無功德多寶海王佛　南無照一切處佛　南無色聲雄佛　南無無量虛空雄佛　南無見實佛　南無超境界佛　南無虛空尊極上德佛　南無成方土佛　南無極趣上須彌佛　南無飲甘露佛　南無護世間供養佛　南無善護諸門佛　南無火幢佛　南無善無垢威光佛　南無不可動佛　南無力稱王佛　南無德光王佛　南無慧光王佛　南無蓮華上有德佛　南無寶火佛　南無維蓮華德佛　南無壞散衆疑佛　南無拘留秦佛　南無具足一切功德莊嚴佛　南無幢

王佛　南無從蓮華德佛　南無梵聲安隱衆生佛　南無慈氏佛　南無蓮華光明佛　南無尊王法幢佛　南無無量勇佛　南無海須彌佛　南無極志上佛　南無金枝華佛　南無不唐觀佛　南無言辯音聲無礙佛　南無無礙德稱光佛　南無無稱不散誓鎧佛　南無妙頂佛　南無不散心佛　南無常來佛　南無無垢離度佛　南無於三世無礙誓鎧佛　南無無量華佛　南無無成就觀佛　南無平等須彌面佛　南無清淨功德相佛　南無畢竟成就大悲佛　南無般若齊佛　南無蓋寶佛　南無滿足意佛　南無内外淨佛　南無善星佛　南無光輪場佛　南無阿叔迦佛　南無極上德佛　南無無礙雄佛　南無無量雄勇佛

南無言音無礙佛　南無大雲光佛　南
無羅網光聚佛　南無覺華剖佛　南無蓮
華雄佛　南無華山王佛　南無月聚自在
佛　南無寂諸根佛　南無無障無礙精進
堅佛　南無離無愚觀佛　南無頂上極出
王佛　南無蓮華頂上王佛　南無無愚稱
佛　南無不唐勇佛　南無無唐雄佛　南
無無愚光明佛　南無國土莊嚴身佛　南
無婆婆華王佛　南無無念覺法王佛　南
無正覺蓮華步佛　南無彌留燈王佛

六百佛竟

南無禪思蓋佛　南無智根本華王佛　南
無栴檀室佛　南無化稱佛　南無一切無
盡藏佛　南無禪思須彌佛　南無無邊覺
海藏佛　南無無垢際佛　南無有衆寶佛

南無自性清淨智佛　南無藥王聲王佛
南無一切德佛　南無覺剖華中德佛
南無妙鼓聲王佛　南無毗尼稱佛　南無
無過德佛　南無寶通佛　南無無量誓鎧
佛　南無無量禪德佛　南無虛空輪場光
佛　南無無表識音聲佛　南無覺王佛
南無然法庭燎佛　南無觀意華出佛　南
無虛空室佛　南無虛空聲佛　南無在虛
空禪師佛　南無大眼佛　南無在尊德佛
南無覺蓮華德佛　南無梵聲王佛　南
無成就義佛　南無師子護佛　南無師子
頻顒佛　南無善中王佛　南無靜須彌佛
南無靜眼佛　南無無過勇步佛　南無
不可思議法身佛　南無不散佛　南無香
須彌佛　南無大智真聲佛　南無香巖佛

南無能與法佛　南無寶須彌佛　南無大香行光明佛　南無藥樹勝佛　南無淨須彌佛　南無散華莊嚴光明佛　南無得度佛　南無雲聲王佛　南無無過精進佛　南無善思惟誓鎧佛　南無不動月佛　南無於諸衆中尊佛　南無諸尊中王佛　南無無量國土中王佛　南無精進上中王佛　南無捨離疑佛　南無善星中王佛　南無功德寶勝佛　南無造化佛　南無普現前佛　南無樂説莊嚴佛　南無各成就佛　南無帛蓋佛　南無香蓋佛　南無性日佛　南無不怯弱離驚怖佛　南無栴檀德佛　南無義成就佛　南無無垢喜佛　南無厚堅固佛　南無世間求佛　南無勝步行佛　南無無畏離衣毛竪佛　南無命威德佛　南無住智德佛　南無大光明莊嚴佛　南無轉化女誓鎧佛　南無眞金山佛　南無深智佛　南無趣向諸覺身佛　南無羅網光中緣起中王佛　南無無量趣觀諸覺身佛　南無成覺剖蓮華佛　南無羅網光佛　南無無量覺華開剖佛　南無寶薩梨樹佛　南無寶洲佛　南無即發意轉法輪佛　南無千光佛　南無最後見佛　南無勝土佛　南無無量光勇佛　南無無量辯佛　南無聖德佛　南無寶海佛　南無愛黠慧佛　南無勝修佛

七百佛竟

南無信如意佛　南無金光明佛　南無金海佛　南無精進軍佛　南無無量境界佛　南無無決斷願佛　南無内調佛　南無

調化無休息佛　南無香風佛　南無無趣向誓鎧佛　南無覺虛空德佛　南無攝取衆生意佛　南無成就誓鎧佛　南無陀羅尼自在王佛　南無常精進佛　南無攝取光明佛　南無畢竟智佛　南無善相善鎧佛　南無善言誓鎧佛　南無能思惟忍佛　南無光造佛　南無一藏佛　南無一種姓佛　南無無量身佛　南無大衆上首佛　南無深王佛　南無智慧讚歎佛　南無功德洣佛　南無無名稱佛　南無散諸恐怖佛　南無遠離諸疑佛　南無除恐衣毛竪佛　南無伏一切怨佛　南無成就勝無畏佛　南無善思惟勝義佛　南無無量執持佛　南無無量音聲佛　南無光嚴佛　南無光德佛　南無離輪場後佛　南無趣

菩提佛　南無覺華開剖光佛　南無普寶滿足佛　南無攝受稱佛　南無決定色佛　南無普照十方世界佛　南無方便修佛　南無勝報佛　南無寶華德佛　南無在諸寶佛　南無月華佛　南無一切群萌誓鎧佛　南無轉化一切牽連佛　南無無量辯才佛　南無無諍無恐佛　南無都趣衆辯佛　南無普香光佛　南無堪受器聲佛　南無須彌香佛　南無大貴佛　南無香雄佛　南無大修行佛　南無香室佛　南無捨諍佛　南無清淨莊嚴佛　南無蓮華上王佛　南無覺雄佛　南無世間尊重佛　南無無量香雄佛　南無極尊佛　南無聞德佛　南無華蓋寶佛　南無堅固自在王佛　南無波頭摩莊嚴佛　南無清淨心

佛　南無香華佛　南無須彌王佛　南無樹提佛　南無轉化衆相佛　南無過一切衆生誓鎧佛　南無極遲誓鎧佛　南無一切寶莊嚴色住持佛　南無無量香佛　南無普開光佛　南無普放香熏佛　南無住持無障力佛　南無在蓮華德佛　南無最上天王佛　南無一界持覺剎佛　南無善攝身佛　南無香熏佛　南無無量慧雄佛

南無無量觀佛　南無無我眼佛　南無難動佛　南無初發意佛　南無無勇王佛

南無無跡步佛　南無除一切憂佛　南無離憂佛

八百佛竟

南無如娛樂在德佛　南無安隱王德佛

南無尊須彌威香山佛　南無大種姓佛

南無無垢面佛　南無紅蓮華德佛　南無白蓮華威德佛　南無吼眼佛　南無善安衆生佛　南無無邊際光佛　南無現月光佛　南無遠方聲稱佛　南無月自在王佛

南無隨意光明佛　南無香尊須彌佛

南無吉祥有德佛　南無在月光有德佛

南無在無量安隱德佛　南無一切以德自在莊嚴佛　南無寶住持庭燎佛　南無莫能勝幢旛佛　南無尊隱藏光佛　南無從威華王佛　南無入在無邊際佛　南無一切尊佛　南無普極上佛　南無海威佛

南無諸寶上德佛　南無靜天德佛　南無無量香象佛　南無能降伏放逸佛　南無造燈明佛　南無蓮華尊光佛　南無施安隱佛　南無信心不怯弱佛　南無平等心

明佛　南無聞智佛　南無大部分佛　南無金面光佛　南無普光威德佛　南無善稱德威帝釋威幢光佛　南無普德光佛　南無精進伏怨勇佛　南無住持地力進法佛　南無無礙藥樹威德佛　南無寶蓮華住薩梨樹王佛　南無求德佛　南無日輪場德光佛　南無寶蓮勇佛　南無一寶蓋佛　南無住持妙無垢位佛　南無護根佛
南無住禪思勇佛　南無寶幢威德佛
南無住無量勇佛　南無好香尊香熏佛
南無思惟尊象德佛　南無蓮華尊德佛
南無日輪場尊上德佛　南無興成佛　南無解脫乘佛　南無思惟最勇佛　南無寶華普光威佛　南無住無比勇佛　南無無量最中王佛　南無華成就佛　南無自在轉一切法佛　南無寶內佛　南無寶輪威極上德佛　南無了意佛　南無勝華集佛
南無娑羅威德佛　南無離一切憂暗佛
南無心勇猛佛　南無地威德佛　南無清徹光佛　南無無垢威德佛　南無離惡道佛　南無蓮華上尊佛　南無無垢瑠璃佛　南無無垢臂佛　南無無垢眼佛　南無大焰身佛　南無虛空輪靜王佛　南無聲音無表識佛　南無金剛杵勢佛　南無波頭摩面佛　南無總持佛　南無寶輪輞佛　南無天帝幢佛　南無善聚光蓮華剖體佛　南無無量名稱德光佛　南無閻浮燈佛　南無須彌巖佛　南無慧燈明佛
南無光極明佛　南無日威德莊嚴藏佛
南無色幢旛星王佛　南無不動光觀自在

無量命佛　南無威德自在王佛
九百佛竟
南無正覺中王佛　南無尊寶佛　南無無
邊願佛　南無妙法佛　南無寶場輪上尊
王佛　南無瞻婆伽色佛　南無無垢慧佛
南無信衆生佛　南無在寶佛　南無放
天威佛　南無勝威德色佛　南無施寶光
佛　南無悲慈意佛　南無無諍行佛　南
無蓮華葉眼佛　南無得脱一切縛佛　南
無懷眼佛　南無執敷飾佛　南無虚空意
佛　南無能與樂佛　南無歡喜王佛　南
無大積佛　南無發起一切衆生信佛　南
無至大佛　南無十方稱名佛　南無無對
光佛　南無龍尊佛　南無快見佛　南無
香上佛　南無大懷佛　南無不隨他佛

南無大化佛　南無寶回佛　南無大車華
佛　南無美快德佛　南無觀見一切境界
佛　南無諸帝釋中王佛　南無戒味佛
南無華威佛　南無普威佛　南無無量際
威佛　南無能與眼佛　南無香威佛　南
無上幢佛　南無安隱德佛　南無金剛遍
照十方佛　南無發一切衆生不斷修行佛
南無顯現佛　南無寶威佛　南無在德
佛　南無平等作佛　南無無比佛　南無
普威德佛　南無不可量實體勝佛　南無
華成功德佛　南無堅固衆生佛　南無悦
音聲佛　南無施威佛　南無普月佛　南
無臂月佛　南無尊威佛　南無不動心佛
南無一切法無觀佛　南無幢播佛　南
無俱蘇摩成佛　南無普豐音佛　南無香

尊佛　南無勝命佛　南無能爲主佛　南無幢威佛　南無聚威佛　南無日輪光明勝佛　南無喻寶佛　南無堅精進思惟成就義佛　南無迦陵頻伽聲佛　南無大龍威佛　南無十力娛樂佛　南無善寂成就佛　南無稱一切衆生念勝功德佛　南無天帝釋淨幢佛　南無常相應語佛　南無栴檀雜香樹佛　南無喻如須彌山佛　南無雲中自在燈明佛　南無雲中自在王佛　南無除世畏覺悟佛　南無蓮華葉淨佛　南無星王華佛　南無賢智不動佛　南無力士王佛　南無寶臺佛　南無象鷲師子巖雷難過上佛　南無普禪佛　南無聲滿十方佛　南無功德成就佛　南無波樓那天佛　南無十方上佛　南無離垢光佛

南無威嚴佛　南無須彌相佛

一千佛竟

若有族姓子女聞是諸佛世尊名號歡喜信樂持諷誦讀而不誹謗或能書寫爲他人說或能造作立其形像或能供養香花妓樂歎佛功德至心作禮者勝用十方諸佛國土滿中珍寶純摩尼珠積至梵天百千劫中而布施者是輩族姓子女前已曾供養是如來已其人後生得此功德至于作佛而無窮盡皆當爲賢劫中佛之所授決其人所生之處常遇三寶得生諸佛剎土六情完具不墮八難三十二相八十種好疾得具足若能一過五體投地而爲作禮口自宣言我今普禮一切十方三世諸佛至千佛過然後乃起所得福祐如上所說持此功德願共一切五道衆生

其無常者生無量壽佛國立大誓願使諸衆生悉生彼刹生彼刹已身諸相好智慧辯才如衆世尊阿彌陀佛所獲果報亦如世尊

未來星宿劫千佛名經

音釋

陰於禁切 悋良刃切 軀豈俱切 懈怠懈古隘切怠徒耐切 悍胡幹切 甕烏貢切 輞文紡切 翼從翼與職切從才用切 狸呂之切 剖普后切 闡昌演切 疆居良切 祉丑里切 穩烏本切 頤盈之切 誹甫尾切

五千五百佛名神呪除障滅罪經

隋三藏崛多共笈多等譯

清刻龍藏佛說法變相圖

五千五百佛名神呪除障滅罪經卷第一第二同卷

隋三藏崛多共笈多等譯

如是我聞一時婆伽婆住王舍大城耆闍崛山中與大比丘衆千二百五十人俱復有菩薩摩訶薩衆一萬二千人俱時阿逸多菩薩爲首爾時世尊告彌勒菩薩言彌勒東方去此佛刹有十不可說諸佛刹土億百千微塵數等過是諸佛刹有一佛土名曰解脱主世界彼世界内有一佛名曰虛空功德清淨微塵等目端正功德相光明華波頭摩瑠璃光寶體香最上香供養訖種種莊嚴頂髻無量無邊日月光明願力莊嚴變化莊嚴法界出生無障礙王如來阿羅訶三藐三佛陁見在隨心欲行逍遥在處說法若善男子善女人犯四波羅夷是人罪重假使如閻浮利地變

爲微塵一一微塵成於一劫是人有若干劫罪稱是一佛名號禮一拜者悉得滅除況復晝夜受持讀誦憶念不忘者是人功德不可思議彼世界中有一菩薩名曰難匹無障礙王如來授彼菩薩記當得成佛號曰毫相日月光明焰寶蓮華堅如金剛身毗盧遮那無障礙眼圓滿十方放光普照一切佛刹相王如來阿羅訶三藐三佛陀善逝世間解無上士調御丈夫天人師佛世尊

然彼東方復更有佛名一切莊嚴無垢光如來阿羅訶三藐三佛陀應當稱彼如來名號恭敬尊重　南方有佛名曰辯才瓔珞思念如來阿羅訶三藐三佛陀應當稱彼如來名號常念恭敬　西方有佛名曰無垢月相王名稱如來阿羅訶三藐三佛陀亦應當稱彼如來名號常念恭敬　北方有佛名曰華莊嚴作光明如來阿羅訶三藐三佛陀亦應當稱彼如來名號常念恭敬　東南方有佛名曰作燈明如來阿羅訶三藐三佛陀亦應當稱彼如來名號常念恭敬　西南方有佛名曰寶上相名稱如來阿羅訶三藐三佛陀亦應當稱彼如來名號常念恭敬　西北方有佛名曰無畏觀如來阿羅訶三藐三佛陀亦應當稱彼如來名號常念恭敬　東北方有佛名曰無畏無怯毛孔不竪名稱如來阿羅訶三藐三佛陀亦應當稱彼如來名號常念恭敬　下方有佛名曰師子奮迅根如來阿羅訶三藐三佛陀亦應當稱彼如來名號常念恭敬　上方有佛名曰金光威王相似如來阿羅訶三藐三佛陀亦應當稱彼如來名

號常念恭敬
爾時佛告彌勒菩薩若有正信善男子正信善女人至心稱此十二諸佛名號之時經於十日當修懺悔一切諸罪一切衆生所有功德皆當隨喜勸請一切諸佛久住於世以諸善根回向法界是時即得滅一切諸罪得清淨業具足成就莊嚴一切佛土成就具足無畏復得具足莊嚴身相復得具足菩薩眷屬圍繞復得具足無量陀羅尼復得具足無量三昧復得具足如意佛刹莊嚴亦得具足無量善知識速得成就如上所說不增不減在於煩惱中行阿耨多羅三藐三菩提而得端正可愛果報亦得財寶充足常生大姓豪族之家身相具足亦得和順眷屬圍遶爾時世尊欲重宣此義而說偈言

若有善男子　及以善女人　受持此佛名
生生世世中　常得人愛敬　光明威力大
生處爲人尊　於後得成佛
南無婆伽婆帝可畏雷音妙威無垢光功德寶瞿那莊嚴頂顯赫開敷善生功德毗盧遮那自在王如來　南無婆伽婆帝無量功德寶光雜妙現金光師子吼王如來　南無白蓮華髻無礙波焰王如來　南無婆伽婆帝菩提道場功德月如來　南無法炬焰功德月如來　南無法王淨功德月如來　南無法圓淨功德月如來　南無法眼甚深功德月如來　南無一切身形光明功德月如來　南無栴檀功德月如來　南無瞿那蓮華功德月如來　南無法網清淨功德月如來　南無法界意月如來　南無諸類利益願

如來　南無光焰眼形月如來　南無種種
焰熾明盛月如來　南無諸願月如來　南
無相嚴幢月如來　南無普曜月如來　南
無無著意月如來　南無最上月如來　南
無供養月如來　南無無邊月如來　南無
解脫月如來　南無大月如來　南無瞿那
月如來　南無月王如來　南無似月如來
南無月如來　南無涼冷如來　南無月
面如來　南無無疑波羅蜜月如來　南無
虛空下無垢智月如來　南無不思議功德
照曜最勝月如來　南無諸力威無垢月如
來　南無精進力難降伏月如來　南無虛
空無垢眼月如來　南無相燈難降月如來
南無諸身智形月如來　南無具足願化
月如來　南無寶月如來　南無寶火如來

南無徧方如來　南無普德華威如來
南無地功德時節威如來　南無賢功德威
如來　南無寶焰山功德威如來　南無功
德威如來　南無諸法熏修所生威如來
南無山頂最上威如來　南無三世相威形
如來　南無妙金虛空叫威如來　南無自
在德威如來　南無甘露山威如來　南無
寶山燈德如來　南無智日威如來　南無
大威如來　南無世間主威如來　南無日
威如來　南無勝威如來　南無善威如來
南無威主如來　南無焰威如來　南無
速疾威如來　南無不降伏威如來　南無
微笑威如來　南無地威如來　南無威如
來　南無命威如來　南無不可稱威如來
南無叫威如來　南無最勝威如來　南

無色淨相威如來　南無白蓮華最上威如來　南無無比最妙德威如來　南無無上大福雲不可盡威如來　南無普智光法虛空燈如來　南無法界虛空徧滿烽燈如來　南無華焰海燈如來　南無法日雲燈如來　南無焰海面燈如來　南無忍圓燈如來　南無法圓燈如來　南無寶頂焰山燈如來　南無焰海面燈如來　南無寶焰山燈如來　南無普山燈如來　南無法界智燈如來

右一百佛

南無駛流幢燈如來　南無法輪震聲如來　南無日月燈如來　南無日燈如來　南無火燈如來　南無虛空等智如來　南無娑婆迦羅燈如來　南無普燈如來　南無智燈如來　南無大燈如來　南無電燈如來　南無最妙燈如來　南無火燈如來　南無燈焰開敷如來　南無彌留燈如來　南無功德烽如來　南無世間燈如來　南無法虛空燈如來　南無燈明如來　南無善燈如來　南無香燈如來　南無無礙法界燈如來　南無普眼滿燈如來　南無一切智力虛空燈如來　南無寶須彌留燈如來　南無婆伽婆帝雲敷如來　南無雲聲如來　南無示現雲如來　南無雲沫如來　南無雲震如來　南無雲域如來　南無雲散雲著衣如來　南無雲力如來　南無雲自在如來　南無雲得如來　南無雲示現如來　南無雲根如來　南無雲令喜如來　南無雲念如來　南無雲

歡喜如來　南無雲乘衣如來　南無雲瞿
那如來　南無栴檀雲如來　南無普功德
雲如來　南無光明雲如來　南無名稱山
雲如來　南無法圓雲如來　南無頂藏如
來　南無一切法光明圓雲如來　南無金
剛堅海幢雲如來　南無法華相幢雲如來
南無普精進炬雲如來　南無焰電雲如
來　南無焰月眉間白毫相雲如來　南無
智頂焰雲如來　南無焰月毫雲如來　南
無法頂幢雲如來　南無普智震雲如來
南無無垢智功德雲如來　南無山功德雲
如來　南無日功德雲如來　南無法寶蓮
華開敷功德雲如來　南無法寶華功德雲
如來　南無瞿那遊戲功德雲如來　南無
普明震聲雲如來　南無金光無垢日焰雲
如來　南無智日蓮華雲如來　南無福雲
雜色如來　南無娑伽婆帝除法功德海如
來　南無法圓功德頂光明如來　南無無
邊寶華光如來　南無無礙法虛空光如來
南無相日輪普光如來　南無無邊瞿那
海光如來　南無無垢瞿那焰光如來　南
無焰瞿那冠智光明如來　南無三昧印無
垢冠智光如來　南無世間帝主身光明形
如來　南無明圓光如來　南無法界師子
光如來　南無身光如來　南無三世光明
如來　南無奮迅焰光明如來　南無智焰
雲光明如來　南無寶華光明如來　南無
法力光如來　南無無垢光如來　南無自
身光如來　南無月光如來　南無香光如
來　南無大光如來　南無金光如來　南

無火光如來　南無甘露香光如來　南無善光如來　南無瞿那光如來　南無普光如來　南無法光如來　南無寶光如來

右二百佛

南無帝釋光如來　南無瞻波迦無垢光如來　南無不思議光如來　南無牢固光如來　南無淨光如來　南無焰光如來　南無網光如來　南無寶月光如來　南無智光如來　南無自在光如來　南無如如光如來　南無普智功德瞿那幢王如來　南無無邊功德眼幢王如來　南無普智寶焰功德幢王如來　南無普聲名幢王如來　南無法力勇猛幢王如來　南無大悲幢王如來　南無十方廣化雲幢王如來　南無諸法精進速疾幢王如來　南無寶焰燈幢王如來　南無難降苦行幢王如來　南無瞿那焰幢王如來　南無福燈幢王如來　南無善行法幢王如來　南無寶月幢王如來　南無賢相幢王如來　南無自在瞿那幢王如來　南無叫名稱幢王如來　南無普眼徧滿法界幢王如來　南無寶聚幢王如來　南無寶焰面幢王如來　南無盡法海寶幢王如來　南無華幢王如來　南無瞿那幢王如來　南無師子幢王如來　南無金剛幢王如來　南無彌留幢王如來　南無法幢王如來　南無火幢王如來　南無寂幢王如來　南無妙幢王如來　南無不可量幢王如來　南無無垢威幢王如來　南無優波低沙幢王如來　南無勇健如來　南無寂幢如來　南無帝釋幢如來

南無大幢如來　南無相幢如來　南無水
幢如來　南無放光幢如來　南無震聲響
幢如來　南無廣名智海幢如來　南無婆
伽婆帝無垢焰寶光如來　南無明幢如來
南無觀智幢如來　南無善淨業幢如來
南無金剛那羅延幢如來　南無王光明
幢如來　南無法界音幢如來　南無金華
焰幢如來　南無法那羅延幢如來　南無
不可降伏力幢如來　南無法蓮華毗盧遮
那佛幢如來　南無奢摩他幢如來　南無
寶幢如來　南無大寶幢如來　南無無垢
幢如來　南無世間幢如來　南無帝釋幢
如來　南無焰幢如來　南無華幢如來
南無智幢如來　南無寶功德燈幢如來
南無普功德毗盧遮那幢如來　南無大幢
如來　南無釋迦羅幢如來　南無毗盧遮
那幢如來　南無相幢如來　南無法幢如
來　南無一切利清淨瞿那幢如來　南無
人最勝幢如來　南無無量力幢如來　南
無無邊明焰自在幢如來　南無作光月幢
如來　南無法自在智幢如來　南無難勝
力普幢如來　南無寶燈普明幢如來　南
無因陀羅最勝意幢如來　南無寶幢如來
南無善化法界音幢如來　南無廣波若
智功德幢如來　南無熾幢如來　南無最
勝法幢如來　南無光幢如來　南無不可
量幢如來　南無婆伽婆帝法寶華功德聲
如來　南無普明法功德聲如來　南無梵
聲如來　南無師子聲如來

右三百佛

南無寶聲如來　南無月聲如來　南無蓮華聲如來　南無實聲如來　南無一切法三昧光聲如來　南無普門智毗盧遮那聲如來　南無金摩尼山聲如來　南無法炬寶帳聲如來　南無法海吼聲如來　南無熾焰海聲如來　南無世主最勝光明聲如來　南無法界音聲如來　南無無量聲如來　南無已知聲如來　南無難勝聲如來　南無甘露聲如來　南無解脫聲如來　南無法海駛流功德王如來　南無寶燈王如來　南無寂光王如來　南無慈瓔珞功德王如來　南無毫毛功德王如來　南無念諸衆生名功德王如來　南無海功德王如來　南無天主髻摩尼珠耳璫胎藏如來　南無善於衆生妙名功德者如來　南無天功德胎藏如來　南無婆伽婆帝寶華瞿那德海琉璃眞金山光明功德如來　南無月華威宿明功德如來　南無普照明勝鬪戰功德如來　南無瞿那海圓形如來　南無法遊戲駛幢功德如來　南無火善香明功德如來　南無衆生正信定體功德如來　南無善說名功德如來　南無不退轉輪寶住處功德如來　南無日輪形上功德如來　南無阿僧祇行初發功德如來　南無無邊熾威金光上功德如來　南無一切音聲功德如來　南無智慧燈明幢功德如來　南無那羅延苦行須彌留功德如來　南無深法光王功德如來　南無流轉生死胎藏所生功德如來　南無化雲善音功德如來　南無諸法形像莊嚴功德如來　南無

樹王增長功德如來　南無寶焰山功德如來　南無智焰海功德如來　南無大願駛流功德如來　南無金幢王功德如來　南無因陀羅相幢王功德如來　南無三昧像最上功德如來　南無多羅王最上功德如來　南無佛寶生功德如來　南無法輪月最上功德如來　南無法界形功德如來　南無智妙藏功德如來　南無瑠璃胎藏最上功德如來　南無毗盧遮那形功德如來　南無福德形功德如來　南無虛空雲功德如來　南無最勝相功德如來　南無光明相王照幢功德如來　南無法海威功德如來　南無法燈功德如來　南無空體功德如來　南無摩尼王胎藏功德如來　南無法城光功德如來　南無光幢功德如來

南無寶王功德如來　南無意智功德如來　南無瞿那須彌留功德如來　南無瞿那海功德如來　南無摩尼須彌留功德如來　南無世燈功德如來　南無師子須彌留功德如來　南無聚集功德如來　南無月上功德如來　南無月勝功德如來　南無上蓮華功德如來　南無蓮華孕功德如來　南無地威功德如來　南無最上光功德如來　南無彌留幢功德如來　南無海功德如來　南無焰熾功德如來　南無水功德如來　南無不可獲功德如來　南無行功德如來　南無寶施功德如來　南無忍燈功德如來　南無風疾功德如來　南無寶焰功德如來　南無無上功德如來　南無無邊上功德如來　南無頂功德如來

南無聲功德如來　南無寂功德如來
南無無憂功德如來
右四百佛
南無彌留功德如來　南無雲功德如來
南無威功德如來　南無瞿那功德如來
南無衆功德如來　南無軍陀功德如來
南無不思議功德如來　南無瞿那寶功德
如來　南無華功德如來　南無因陀羅功
德如來　南無蓮華上遊戲功德如來　南
無蓮華功德如來　南無赤優鉢羅功德如
來　南無聞聲功德如來　南無佛華眞體
功德如來　南無香光明功德如來　南無
寶上功德如來　南無蓮華上功德如來
南無寶華眞功德智如來　南無月上功德
如來　南無智眞體功德如來　南無圓光
威功德王如來　南無香上功德如來　南
無智藏功德如來　南無無量眞體功德如
來　南無眞有功德如來　南無無邊德眞
體功德如來　南無華眞體功德如來　南
無寶華功德如來　南無蓮華眞體功德如
來　南無蓮華最上功德如來　南無虛空
功德如來　南無梵功德如來　南無勝功
德如來　南無佛蓮華功德如來　南無一
切功德如來　南無雲功德如來　南無普
光衆上功德如來　南無明蓮華功德如來
南無放蓮華眞體功德如來　南無眞體
功德如來　南無無邊光功德如來　南無
無畏眞體功德如來　南無無邊上功德如
來　南無實功德如來　南無賢上功德如
來　南無至實功德如來　南無大功德如

來　南無智優鉢羅功德如來　南無寶優鉢羅功德如來　南無智上功德如來　南無最上功德如來　南無初發心不退轉輪所生功德如來　南無無盡金剛功德如來　南無微妙聲功德如來　南無普照明大化網毗盧遮那功德如來　南無金色焰法海光雷音王如來　南無智山法界普威王如來　南無法海光雷王如來　南無無礙德名稱解脱光王如來　南無法雲城光燈王如來　南無法虛空最上功德王如來　南無法輪光震聲王如來　南無一切法海震音王如來　南無智威山王如來　南無法雷震聲王如來　南無智炬光明王如來　南無法海言説朗鳴王如來　南無法焰山幢王如來　南無山王功德胎藏王如來

南無翫轉方所光明王如來　南無智相師子幢王如來　南無普日光明王如來　南無法界城形智燈王如來　南無法月邊智光明王如來　南無諸法海最上波王如來　南無諸方燈王如來　南無廣名法海波王如來　南無法焰熾威王如來　南無光圓山頂王如來　南無雷震名王如來　南無普明功德胎藏王如來　南無普毗盧遮那功德彌留王如來　南無無礙虛空幢相王如來　南無廣大智焰王如來　南無光明散焰王如來　南無瓔珞蓋震鳴王如來　南無功德胎藏聚吼王如來　南無電燈幢王如來　南無無量上善行王如來　南無巧善燈藏王如來　南無正法護寶幢王如來　南無法宮殿震鳴王如來　南無

諸燈光王如來　南無普智寶焰功德瞿那
幢王如來　南無閻浮檀威王如來　南無
法輪焰威王如來　南無毗盧遮那功德胎
藏王如來　南無寶妙功德王如來　南無
諸華香自在王如來

右五百佛

南無諸華自在王如來　南無龍自在王如
來　南無寂光明王如來　南無千雲音王
如來　南無諸法吼王如來　南無寶焰山
功德威王如來　南無毗盧遮那功德威王
如來　南無法月光王如來　南無普智光
王如來　南無日威功德王如來　南無瞿
那鐵圍山王如來　南無諸衆生照明王如
來　南無法因陀羅王如來　南無雲功德
王如來　南無非一明光王如來　南無吼
王如來　南無難伏幢王如來　南無陀羅
尼自在王如來　南無最上彌留王如來
南無師子遊戲王如來　南無月光王如來
南無一切法光明王如來　南無無上王
如來　南無香焰雲功德王如來　南無鼓
音王如來　南無勝王如來　南無香聚王
如來　南無淨照王如來　南無波濤王如
來　南無梵音王如來　南無天王如來
南無月王如來　南無摩尼王如來　南無
摩拏王如來　南無莊嚴王如來　南無寂
王如來　南無捷疾王如來　南無藥王如
來　南無無畏王如來　南無光焰王如來
南無醫王如來　南無毗琉奴王如來
南無娑羅王如來　南無照王如來　南無
光王如來　南無乾闥婆王如來　南無樹

王如來　南無瞿拏幢王如來　南無無垢喜悅微笑幢王如來　南無微妙音王如來　南無蓮華德孕王如來　南無散焰王如來　南無香焰光王如來　南無彌留聚王如來　南無寶蓮華善住山帝釋王如來　南無願瓔珞莊嚴王如來　南無海持意遊戲神通王如來　南無雲王如來　南無饒益王如來　南無金光威王如來　南無破散諸夜叉神浮多神等王如來　南無寶光莊嚴王如來　南無自在威聲王如來　南無華火遊戲神通王如來　南無開敷華娑羅王如來　南無善寂智月吼音自在王如來　南無地王如來　南無幢王如來　南無初發心意震聲無怖畏最上王如來　南無無驚怖暗三昧最上王如來　南無尼俱

陀王如來　南無歡喜踊躍寶孕摩尼聚王如來　南無衆主王如來　南無喜樂光王如來　南無金剛上王如來　南無彌留頂王如來　南無清光王如來　南無蓮華鬚光王如來　南無刀杖上香光王如來　南無上舌王如來　南無不思議瞿拏光王如來　南無賢上王如來　南無蓮華上王如來　南無難伏上王如來　南無彌留光王如來　南無彌留燈王如來　南無娑羅自在三如來　南無鼓自在音王如來　南無强健軍將戰王如來　南無普光最上功德聚王如來　南無正住摩尼聚王如來　南無法水清淨虛空無間王如來　南無普光明功德彌留王如來　南無普智幢音王如來　南無散焰如來　南無帝釋幢相王如

來　南無善住山帝釋王如來　南無破散翳雲王如來　南無普瞻望蓮華遊戲王如來　南無寶功德光威王如來　南無寶月光明藥王如來

右六百佛

五千五百佛名神咒除障滅罪經卷第一

五千五百佛名神呪除障滅罪經卷第二

隋三藏崛多共笈多等譯

南無宿王如來　南無山因陀羅王如來
南無娑羅帝釋王如來　南無頂最上王如
來　南無山頂最上王如來　南無可畏蓮
華最上王如來　南無精進最上王如來
南無無邊界最上王如來　南無藥王如來
南無善住王如來　南無華敷王如來
南無佛華敷王如來　南無虛空清淨王如
來　南無智自在王如來　南無須彌王如
來　南無震聲王如來　南無震上王如來
南無震下王如來　南無震聲力王如來
南無迦陵伽王如來　南無瞿拏光明王
如來　南無婆伽婆帝廣福藏普世間明如
來　南無瞿拏光明如來　南無虛空光明
如來　南無香光明如來　南無無量香光
明如來　南無彌留光明如來　南無須彌
光明如來　南無淨光明如來　南無清淨
光明如來　南無普光明如來　南無無邊
光明如來　南無廣光明如來　南無焰光
明如來　南無火光明如來　南無日光明
如來　南無月光明如來　南無法圓光明
如來　南無智圓光明如來　南無閻浮檀
光明如來　南無寶光明如來　南無金光
明如來　南無日遊步圓普光明如來　南
無法界光明如來　南無虛空光明如來
南無德王光明如來　南無諸法教威形可
畏光明如來　南無日上光明功德威形如
來　南無多饒種種功德威光明如來　南
無熾盛瑠璃光明如來　南無功德藏摩尼

光明如來　南無金光如來　南無寶光如來　南無婆伽婆帝十方廣瞿拏震聲無盡光如來　南無歡喜海波瞿那名自在光如來　南無不退瞿那海光如來　南無解脫精進日光如來　南無諸攀緣淨無迷光如來　南無妙月願光如來　南無智上光如來　南無焰光如來　南無共善寶光如來　南無十上光如來　南無無量光如來　南無廣光如來　南無主藏光如來　南無月上光如來　南無照光如來　南無普放光如來　南無平等香光如來　南無無邊上光如來　南無千上光如來　南無虛空圓光如來　南無不空光如來　南無放光如來　南無無上光如來　南無佛華光如來　南無羅網光如來　南無大雲光如來

南無無邊際光如來　南無喜樂光如來　南無焰光如來　南無善焰光如來　南無華光如來　南無普光如來　南無多光如來　南無諸神通光如來　南無法光如來　南無香放光如來　南無法界電光如來　南無廣大智光如來　南無婆伽婆帝寶相莊嚴彌留如來　南無普智賢彌留如來　南無普門智賢彌留如來　南無普智光彌留如來　南無毗盧遮那功德彌留如來　南無法燈功德彌留如來　南無功德善彌留如來　南無功德彌留如來　南無瞿那須彌留如來

右七百佛

南無摩尼須彌留如來　南無彌留如來　南無寶彌留如來　南無大彌留如來　南

無大須彌留如來　南無善相彌留如來
南無福彌留如來　南無最勝彌留如來
南無善彌留如來　南無寶焰山彌留如來
南無難伏彌留如來　南無最上彌留如
來　南無虛空彌留如來　南無海彌留如
來　南無香彌留如來　南無香勝彌留如
來　南無淨彌留如來　南無無上彌留如
來　南無勝妙彌留如來　南無梵彌留如
來　南無分別彌留如來　南無樹山如來
南無相功德山如來　南無金山如來
南無寂光深聚如來　南無功德聚如來
南無法力功德聚如來　南無辯才聚如來
南無得金蓋聚如來　南無山聚如來
南無香聚如來　南無聚如來　南無一聚
如來　南無寶華聚如來　南無華聚如來

南無光聚如來　南無無量光如來　南
無廣光如來　南無健光如來　南無帝釋
光如來　南無淨光如來　南無普光如來
南無最上光如來　南無廣光如來　南
無寶光如來　南無寶蓮華光如來　南無
寂光如來　南無金剛光如來　南無月圓
光如來　南無不思議瞿那光如來　南無
無垢光如來　南無眞金閻浮檀幢金光如
來　南無普功德華威光如來　南無普法
門面峯光如來　南無法焰彌留峯光如來
南無無垢法山智峯光如來　南無衆寶
間錯色摩尼圓光如來　南無法海震聲意
如來　南無光明幢王意如來　南無祭祀
名施意如來　南無無盡意如來　南無無
礙意如來　南無白毫功德光明意如來

南無方處智光幢意如來　南無光意如來　南無順法意如來　南無寂靜意如來　南無海意如來　南無無量幢意如來　南無智意如來　南無慼意如來　南無無攀緣意如來　南無無小意如來　南無天意如來　南無金剛意如來　南無思惟意如來　南無勝意如來　南無清淨意如來　南無意如來　南無善意如來　南無梵意如來　南無釋迦如來　南無婆伽婆帝諸世界自在如來　南無法自在如來　南無智自在如來　南無自在如來　南無大自在如來　南無最自在如來　南無世自在如來　南無師子自在如來　南無無畏觀視自在如來　南無瞿那師子自在如來　南無法上龍自在如來　南無無迷法自在如來　南無人自在如來　南無威自在如來　南無梵威自在如來　南無衆自在如來　南無聲自在如來　南無廣化自在如來

右八百佛

南無月光自在如來　南無大自在如來　南無意自在如來　南無光明無垢胎藏如來　南無華胎藏如來　南無瞿那蓮華功德胎藏如來　南無蓮華胎藏如來　南無胎藏如來　南無蘇利耶胎藏如來　南無蓮華功德胎藏如來　南無天主胎藏如來　南無天功德胎藏如來　南無金剛胎藏如來　南無日胎藏如來　南無功德華藏如來　南無普智光蓮華光明胎藏如來　南無法智所生普光明胎藏如來　南無百

焰光明胎藏如來　南無無量焰化光明胎藏如來　南無瞿那寶威功德胎藏如來　南無王髻摩尼胎藏如來　南無種無光功德彌留胎藏如來　南無婆羅主王功德胎藏如來　南無寶蓮華光胎藏如來　南無毗盧遮那功德胎藏如來　南無寶相莊嚴彌留名如來　南無寶焰山如來　南無寶上如來　南無寶所生如來　南無寶火如來　南無寶火眷屬如來　南無寶杖如來　南無寶焰如來　南無寶髻如來　南無寶積如來　南無寶勝如來　南無寶如來　南無寶山如來　南無寶瞿那相莊嚴光如來　南無寶名如來　南無寶所得如來　南無寶形像如來　南無寶熾如來　南無光明如來　南無智焰海如來　南無瞿那功德海如來　南無大海如來　南無瞿那海如來　南無珊瑚海如來　南無勝意海如來　南無光無不利瞿那海如來　南無一切波羅蜜無礙海如來　南無香光喜力海如來　南無法海所生意如來　南無重海所出意如來　南無瞿那海如來　南無功德海如來　南無海門如來　南無福德海如來　南無苦行海如來　南無無破智光瞿那海如來　南無婆伽婆智上如來　南無賢上如來　南無憶上如來　南無妙上如來　南無無畏上如來　南無龍上如來　南無因上如來　南無憶上如來　南無閻浮上如來　南無因陀羅上如來　南無法上如來　南無虛空上如來　南無鳴上如來　南無蓮華上如來　南無香上

如來　南無勝上如來　南無寶上如來
南無善生如來　南無善出如來　南無善
宿如來　南無善分别如來　南無善現如
來　南無善住如來　南無善勝戰如來
南無善行如來　南無善氐宿如來　南無
善聰明如來　南無喜善如來　南無善意
如來　南無善定如來　南無善清淨瞿那
寶善住如來　南無善思如來　南無善梵
如來　南無無垢力三昧遊歩如來　南無
普寶瞿那遊歩如來　南無無怨遊歩如來
南無寶形莊嚴光遊歩如來　南無令不
正意拔遊歩如來　南無真如遊歩如來

右九百佛

南無善遊歩如來　南無師子遊歩如來
南無金剛遊歩如來　南無彌須遊歩如來

南無蓮華遊歩如來　南無寶蓮華遊歩
如來　南無難伏幢如來　南無勇力遊歩
如來　南無力天梵天如來　南無善梵天
如來　南無最上天如來　南無仙天如來
南無寶天如來　南無自在天如來　南
無大帝釋天如來　南無婆素天如來　南
無憂陀那天如來　南無毗世法天如來
南無日天如來　南無水天如來　南無勝
帝釋如來　南無無礙力帝釋如來　南無
明燈如來　南無火帝釋如來　南無人帝
釋如來　南無大帝釋如來　南無焰大帝
釋如來　南無衆帝釋如來　南無大衆帝
釋如來　南無順帝釋如來　南無世帝釋
如來　南無一切世帝釋如來　南無自帝
釋如來　南無寶帝釋如來　南無月上如

來　南無無言最上如來　南無醫上如來
南無法最上如來　南無蓮華最上如來
南無最上如來　南無智最重上如來
南無最上上如來　南無威最上如來　南
無法眞體最上如來　南無勝智法界最上
如來　南無一切福德彌留最上如來　南
無一切行光最上如來　南無智得如來
南無金得如來　南無瞿那得如來　南無
寶得如來　南無蓮華得如來　南無帝釋
得如來　南無一切日法得如來　南無無
邊福德得如來　南無光明得如來　南無
金華得如來　南無菩提分華得如來　南
無法得如來　南無普身如來　南無淨身
如來　南無種種身如來　南無焰圓身如
來　南無寶開敷華身如來　南無敷身如
來　南無寶蓮華開敷身如來　南無法蓮
華開敷身如來　南無相莊嚴身如來　南
無決了光開敷身如來　南無法光開敷身
如來　南無善華身如來　南無婆伽婆帝
梵音如來　南無雲音如來　南無順色音
如來　南無甚音如來　南無鼓音如來
南無雲鼓音如來　南無虛空音如來　南
無師子音如來　南無淨聲音如來　南無
一切法震音如來　南無無邊智法界音如
來　南無大焰聚如來　南無無量聚如來
南無法財峯聚如來　南無善堅智光焰
形聚如來　南無高滿聚如來　南無娑羅
帝釋聚如來　南無牟尼聚如來　南無不
動聚如來　南無滿聚如來　南無月聚如
來　南無普聚如來　南無華齒如來　南

無毫相齒如來　南無上齒如來　南無善蕊如來　南無善梵齒如來　南無梵德如來　南無婆聚德如來

右一千佛

南無祭祀德如來　南無龍德如來　南無佛德如來　南無健德如來　南無無邊寶如來　南無無邊廣如來　南無無邊無垢如來　南無無邊光明如來　南無無邊妙如來　南無無邊手如來　南無無邊座如來　南無無邊最上功德如來　南無無邊真如來　南無無邊蓋如來　南無無邊鳴如來　南無阿僧祇劫成就佛如來　南無無垢覺如來　南無清淨覺如來　南無廣覺如來　南無無量覺如來　南無月覺如來　南無虛空覺如來　南無無礙智善如來　南無生覺如來　南無師子光無邊力覺如來　南無開敷寶相月覺如來　南無法圓光明髻如來　南無普光明髻如來　南無佛虛空光明髻如來　南無普光明髻如來　南無香焰光明髻如來　南無焰熾髻如來　南無寶德髻如來　南無天帝釋髻如來　南無妙色髻如來　南無摩尼髻如來　南無可畏上如來　南無可畏意如來　南無善可畏意如來　南無可畏眼如來　南無可畏最上如來　南無可畏現如來　南無可畏如來　南無可畏力如來　南無可畏焰如來　南無可畏鳴如來　南無化自在如來　南無一切化如來　南無華自在如來　南無智自在勝如來　南無威自在勝如來　南無無邊鳴勝如來

無眼勝如來　南無堅勝如來　南無大神
智自在勝如來　南無寂根如來　南無寂
意如來　南無寂靜如來　南無寂上如來
南無寂功德如來　南無寂靜如來　南
無調伏如來　南無調伏上如來　南無善
調如來　南無善調心如來　南無金剛如
來　南無金剛內信如來　南無金剛淨如
來　南無金剛智山如來　南無摩尼妙如
來　南無金剛峯如來　南無金剛真體如
來　南無金剛齊如來　南無金剛碎如來
南無金剛蓮華上如來　南無月上如來
南無蓮華上如來　南無梵上如來　南
無分上如來　南無真體法上如來　南無
金剛重蓮華上如來　南無名上如來　南
無上如來　南無寂光幢上如來　南無無
邊智明善步行師子如來　南無無畏金剛
那羅如來　南無師子如來　南無法虛空
愛光師子如來　南無一切三昧海光師子
如來　南無法燈行步智師子如來　南無
大悲師子如來　南無師子吼如來　南無
師子聲如來　南無師子步如來　南無毗
盧遮那如來　南無毗盧遮那淨王如來
南無毗盧遮那光莊嚴如來　南無法虛空
功德毗盧遮那如來　南無不可得眼毗盧
遮那如來　南無齒功德蓮華遊戲善毗盧
遮那如來

右一千一百佛

南無無邊光音聲虛空毗盧遮那如來　南
無婆伽拔帝勇步天行如來　南無善遊步
善寂色行如來　南無行行如來　南無善

行如來　南無到彼岸如來　南無除愛如來　南無寂到彼岸如來　南無無比威德如來　南無無量功德瞿那莊嚴過去莊嚴劫波如來　南無瞿那寶功德莊嚴威積劫波如來　南無功德寶如來　南無熾盛焰山功德莊嚴如來　南無山功德莊嚴如來　南無光明莊嚴如來　南無明莊嚴如來　南無大莊嚴如來　南無無盡福海最勝莊嚴如來　南無名稱如來　南無大名稱如來　南無無邊名稱如來　南無名稱光如來　南無名稱初出如來　南無可畏名稱如來　南無喜賢名稱如來　南無無垢月名稱如來　南無那羅延金剛精進如來　南無大勢至精進如來　南無大精進如來　南無熾盛精進如來　南無無邊精進如來　南無大精進主如來　南無一切世間愛現最上大精進如來　南無善淨無垢焰如來　南無大座焰如來　南無熾盛熾如來　南無瞿那熾如來　南無主如來　南無難勝熾如來　南無放熾如來　南無多摩羅跋多羅栴檀香如來　南無諸香如來　南無熾面香如來　南無普香如來　南無不普香如來　南無香曰如來　南無饒香如來　南無無有香如來　南無香象如來　南無香普善淨智華如來　南無法界華如來　南無熾燈華如來　南無寶華如來　南無散華如來　南無普華如來　南無華如來　南無華聚如來　南無莊嚴體如來　南無白體如來　南無愛體如來　南無不毀體如來　南無不化分如來

南無分如來　南無分別分如來　南無相妙開華分如來　南無一切義現如來　南無一切現如來　南無無礙現如來　南無一義現如來　南無不空見如來　南無義見如來　南無實見如來　南無法見如來

南無無畏如來　南無無處畏如來　南無無無畏分如來　南無不可畏如來　南無除畏如來　南無脱一切畏如來　南無離畏功德毛竪如來　南無多勝如來　南無勝者如來　南無勝勝如來　南無勝中勝如來　南無光勝如來　南無不可不勝如來　南無一切瞿那所生如來　南無普功德所生如來　南無無垢所生如來　南無諸方所生如來　南無日所生如來　南無善生如來　南無功德生如來　南無一切寶莊嚴色持如來　南無月炬持如來　南無大炬持如來　南無炬持如來　南無波持如來　南無無礙力持如來　南無至持如來

右一千二百佛

南無無邊無礙力如來　南無大功德力如來　南無大力如來　南無賢力如來　南無威力如來　南無法力如來　南無寶彌留師子力如來　南無法界廣智如來　南無一切衆生心體吽如來　南無聲智如來　南無吽智如來　南無智主如來　南無三昧彌留最上智如來　南無普觀智如來　南無三世廣智如來　南無龍欣如來　南無最欣如來　南無歡欣如來　南無華鬚欣如來　南無淨欣如來　南無法持如

來　南無法地持如來　南無無礙力持如來　南無天淨如來　南無清淨如來　南無虛空淨如來　南無音分淨如來　南無淨智者如來　南無清淨如來　南無音分健如來　南無普幢健如來　南無衆帝健如來　南無善活健如來　南無法界蓮華如來　南無法蓮華如來　南無同蓮華如來　南無蓮華鬚如來　南無分荼利如來　南無道分華如來　南無金華如來　南無開敷如來　南無意喜華如來　南無無邊華如來　南無善華如來　南無精進軍如來　南無金剛軍如來　南無熾盛軍如來　南無力軍如來　南無蓮華軍如來　南無迦羅毗羅軍如來　南無世帝威功德賢者如來　南無金摩尼山威賢者如來

南無本性身功德賢者如來　南無小賢者如來　南無賢者如來　南無賢身如來　南無勝者如來　南無大勝者如來　南無無邊勝者如來　南無降他勝者如來　南無難勝者如來　南無降化者如來　南無然燈如來　南無作無畏如來　南無作光如來　南無作歡喜如來　南無火意如來　南無拘物頭作開敷如來　南無婆伽拔帝釋迦牟尼如來　南無金仙如來　南無龍仙如來　南無仙者如來　南無仙勝如來　南無清淨體眼如來　南無月眼如來　南無日面如來　南無梵面如來　南無善眼清淨面如來　南無金色者如來　南無梵色者如來　南無常色者如來　南無紫磨色者如來　南無瞻婆迦者如來　南

無堅牢如來　南無堅步如來　南無珊地如來　南無內堅信如來　南無堅健勇器仗捨如來　南無遊戲踊躍名稱如來　南無法上稱如來　南無寶稱如來　南無無邊稱如來　南無無垢臂如來　南無善臂如來　南無垂臂如來　南無瞿那臂如來　南無大臂如來　南無婆伽拔帝圓光如來　南無普智賢圓如來　南無苦行圓如來

右一千三百佛

五千五百佛名神呪除障滅罪經卷第二

音釋

崛梵語也具云闍那崛多此云志德崛渠勿切
笈多梵語也具云達摩笈多此云法密笈其立切
吽古弔切
烽敷容切
駛踈吏切
奓式車切
孕以證切
飄孚表切
拏奴加切
捷疾葉切
踊躍踊尹竦切躍以灼切
翳於計切
氏宿氏都黎切
珊所間切

五千五百佛名神咒除障滅罪經卷第三

隋三藏崛多共笈多等譯

南無泥摩耶如來　南無風泥摩耶如來
南無阿泥摩耶如來　南無恭敬泥摩耶如
來　南無不墮瞿那所生如來　南無無量
瞿那財如來　南無那聚集如來　南無大
瞿那如來　南無善化者如來　南無寂者
決了如來　南無吼者如來　南無雲藏如
來　南無怨藏如來　南無普如來　南無
仙藏如來　南無滿願如來　南無滿足妙
如來　南無滿足一切瞿那如來　南無喜
吼如來　南無踐蹈如來　南無踐蹈魔如
來　南無頭陀塵如來　南無無塵如來
南無伏欲塵如來　南無善朋友如來　南
無世友如來　南無可信友如來　南無善
思義如來　南無雜利如來　南無不藏利
如來　南無日如來　南無伏日如來　南
無最勝日如來　南無叫聲日如來　南無
妙聲音如來　南無妙叫聲如來　南無無
垢如來　南無無垢阿黎耶如來　南無無
垢濁如來　南無最勝色如來　南無普端
正如來　南無一切面開色如來　南無髻
者如來　南無寶髻如來　南無多伽羅髻
平等如來　南無無避如來　南無月者如
來　南無吉祥如來　南無常吉祥如來
南無不可伏如來　南無幢不可降如來
南無帝沙如來　南無弗沙如來　南無商
主如來　南無大商主如來　南無作利益
如來　南無一切世利益如來　南無勝主
如來　南無無主法行如來　南無無憂如

來　南無除憂如來　南無普智光明勝如來　南無難伏無畏如來　南無不可撲如來　南無力士如來　南無無相智慧如來　南無虛空智如來　南無斷語言如來　南無語響如來　南無福德所生如來　南無福德所出如來　南無大仙如來　南無上意如來　南無地主如來　南無寂香意主如來　南無無量仙如來　南無天冠如來　南無明冠如來　南無意高上如來　南無不墮如來　南無不墮持如來　南無那羅延如來　南無度彼岸如來　南無乾闥婆如來　南無鉢囉鼻迦耶如來　南無淨足下如來　南無虛空下如來　南無化者如來　南無善化者如來　南無妙齊如來　南無寂香善齊如來　南無薩多伽拔帝如來　南無寂靜拔提如來　南無最意如來　南無善意如來　南無善思如來　南無虛空思如來　南無微妙語言如來　南無輪語言如來　南無敬供養如來

右一千四百佛

南無梵天供養如來　南無堅勇軍戎仗捨如來　南無捨波浪如來　南無如教如來　南無微妙如來　南無可喜如來　南無不被毀如來　南無法海所生音如來　南無迦葉如來　南無拘留孫大如來　南無切發心斷疑如來　南無拔煩惱如來　南無一切願度彼岸斷疑如來　南無至無畏如來　南無梵供養如來　南無月者如來　南無難降日如來　南無火者如來　南無毗沙門如來　南無水者如來　南無塵

者如來　南無常涅槃者如來　南無無塵垢如來　南無顯赫者如來　南無梵者如來　南無憍陳如如來　南無阿芻婆夜如來　南無動牢固如來　南無戰勝如來　南無名無比如來　南無無愛性如來　南無大悲如來　南無常勇猛如來　南無慈者如來　南無翳月光如來　南無樂曼咤羅香如來　南無常水震鳴善音宿王開敷神通如來　南無令散疑意如來　南無無著處如來　南無勝行如來　南無金網莊嚴如來　南無可得瓔珞如來　南無娑多耶如來　南無燈明如來　南無栴檀如來　南無分明如來　南無大器如來　南無毗葉波斯那如來　南無毗婆尸如來　南無怖魔如來　南無盧遮如來　南無衆生

虛空心形像如來　南無調伏他如來　南無成熟如來　南無難調如來　南無音聲者如來　南無想者如來　南無智焰熾身如來　南無譬喻師子如來　南無生者如來　南無衆類愛如來　南無歡喜如來　南無喜增長如來　南無明照如來　南無遮婆那婆如來　南無樹者如來　南無闇浮威如來　南無種種作如來　南無最上行如來　南無摩尼角如來　南無調御如來　南無智門音多藏如來　南無普智行無攀緣如來　南無妙寶如來　南無滅下如來　南無善圓滿月如來　南無難勝智至如來　南無功德如來　南無不可思議如來　南無雞薩羅如來　南無頻申如來　南無智者如來　南無普行淨如來　南

無象耳如來　南無象者如來　南無虛空藏如來　南無難破壞如來　南無栴檀星如來　南無無垢如來　南無思法者如來　南無法教藏如來　南無法行如來　南無日威莊嚴如來　南無鉢唎髴婆夜如來　南無入禪定如來　南無實言如來　南無善住如來　南無蹴蹋魔衆如來　南無散無明如來　南無盛威如來

右一千五百佛

南無十方聞音鎧如來　南無多摩羅跋如來　南無無邊遊戲如來　南無無相如來　南無勇行步象如來　南無幢音如來　南無親意如來　南無大震聲如來　南無水天如來　南無提頭賴吒如來　南無毗樓勒如來　南無阿黎殺吒如來　南無耆彌多如來　南無閻浮那陀如來　南無牟羅耶如來　南無優鉢羅耶如來　南無阿沙羅如來　南無娑羅如來　南無智勝如來　南無毗多摩尼如來　南無薩地利捨如來　南無熾盛如來　南無寂靜如來　南無廣信如來　南無教化菩薩如來　南無寶功德如來　南無辯才瓔珞思惟如來　南無師子頻呻力如來　南無雜所有如來　南無與樂如來　南無甘露者如來　南無梵天者如來　南無聲震吼鳴如來　南無威決了如來　南無破散魔力聲如來　南無定住如來　南無何囉多耶如來（此云樂）　南無熾盛者如來　南無瞿那衆勝如來　南無衆勝解脫如來　南無日所生如來　南無眞體法上如來

若有人於此得聞無邊阿僧祇所生諸佛如來名號身自受持讀誦思惟憶念奉修行者彼無眼患無耳鼻患舌患身患一切障礙皆悉清淨一切衆人不能調伏又於阿耨多羅三藐三菩提得不退轉一切十方諸佛世尊常當念彼爲彼衆生常作守護彼等諸佛乃至夢中爲彼示現不可思議巧智方便速得三昧陀羅尼門所生之處恒常不離諸佛世尊在於佛教大寶蓮華而取化生所生之處不曾捨離三十二大人相及以八十隨形之好神通五眼教化衆生清淨佛剎行波羅蜜及三十七助菩提法不離禪定無量三昧無色定等不捨諸力無畏辯才十八不共法大慈大悲大喜大捨無量阿僧祇依今此土數法計一阿僧祇得億十京十諸佛法等皆悉不離彼如是諸佛世尊所有功德彼還得如是功德具足即得安樂如是當成阿耨多羅三藐三菩提

南無無垢如來

若人稱此佛名者即得智無盡

南無日月燈如來

若人稱此佛名者當得不退轉若有女人聞此佛名者即爲最後女身更不復受

南無甘露彌留如來

若人稱此佛名者假令世界金鍱充滿及以七寶持用布施不及一歌羅分

南無普香如來

若人稱此佛名者一切毛孔出無量香當受一切香熏佛剎復得無量無邊福聚

南無淨光如來

若人稱此佛名者所得功德假使以滿於恒

河沙數世界之中七寶布施不及於其一歌
羅分口稱彼佛如來名號
南無法上如來
若人稱此佛名者一切佛法悉皆滿足
南無大衆者如來
若人稱此佛名者一切佛法皆悉滿足
南無無邊香光明如來
若人稱此佛名者得不退轉
南無火光如來
若人稱彼佛名者晝夜增長無量福聚
南無月燈明如來
若人稱彼佛名者於世界中堪爲福田
南無藥師瑠璃光王如來
若人稱此佛名者一切殃罪悉皆除滅
南無普光最上功德稱聚王如來　南無正
住摩尼積聚王如來
若有女人聞此二佛名者於一切處得捨女
身復超四萬俱致劫生死流轉於阿耨多羅
三藐三菩提得不退轉常當不離見佛聞法
供養衆僧於後世中即得出家尋當得成無
礙辯才
南無寶光月莊嚴首威德明自在王如來
多緻(他切)夜他(一去音)曷囉訖(上音)怛泥(二去音)曷囉訖(上音)
怛泥(三去音)曷囉訖(上音)怛娜翅(書致切)囉訖(上音)泥(四去音)
曷囉怛娜鉢囉低曼秩帝(五)曷囉訖(上音)怛娜三
娑羿(六)曷囉訖(上音)怛娜揭羿(七)曷囉訖(上音)怛怒(去音)
鐸揭帝(八)沙訶
若有善男子善女人行菩薩乘者稱彼寶光
月莊嚴首威德明自在王如來阿羅訶三藐
三佛陀名者及此陀羅尼章句聞已信解彼

捨此生得轉輪王位值佛出世見如來已當作無量供養供給修於梵行達到一切神通彼岸復得陀羅尼名曰十轉見如來已當作不思議供養當見恒河沙等諸佛超越如是俱致劫生死流轉心不忘失於阿耨多羅三藐三菩提得身牢固如那羅延惟有一骨難可屈折彼身金色以三十二大丈夫相而自莊嚴得梵音聲離無閑處當得閑處而說偈言

若於七日七夜中　稱彼如來名號者
獲得清淨妙天眼　無邊淨眼佛所稱
獲得清淨天眼已　彼人肉眼亦清淨
當見無量無邊佛　其數猶如恒河沙
皆悉供養彼諸佛　所聞彼法皆受持
若眼所見諸人等　莫不善言相慰喻
往昔曾經供養佛　并及所作不思議
一切悉得心念持　皆由聞彼如來號

南無智炬如來　南無金光積形如來　南無實言如來　南無常音震王諸如來等

爾時普賢菩薩文殊尸利童子陀羅尼自在王菩薩執金剛手菩薩時四菩薩及智炬等四如來住在日月宮殿爾時日月二天子詣彼如來及菩薩所見彼如來等各坐寶莊嚴師子之座在閻浮檀輦上及彼諸菩薩爾時日月二天子各共思惟我等云何於此如來邊及諸菩薩所當得陀羅尼名曰與一切衆生光明散大黑暗最妙最上流布十方以彼威力與諸衆生作大光明時彼如來共彼菩薩即為說此陀羅尼呪

僧耶(余歌切)　涕婆(去音)一　斫蒭(欽盧切下音同)　馱馱二　斫

蒭鉢囉婆去音三肚邏迷他去音四迦邏他去音五蘇壹鬚他履切聃他甘切娑三我切六蘇羅上音吒去音七蘇囉上音駄八蘇炭娑上音九壹聃娑上音十鞞羅十一鞞羅鉢膩女利切十二遮嚠謨唎多膩十三阿長聲囉膩十四迦羅鉢膩十五迦羅鉢膩十六姤嚧徒四十七姤嚧徒四十八陀素底陀素底十九地唎地唎二十度嚧度嚧並去音二十一逗邏逗邏二十二迦邏迦邏二十三薩他引娑去音薩他引娑二十四者邏者邏去音二十五者羅引鉢夜二十六者羅引鉢夜二十七陀素陀素二十八孫度三蘇合切步二十九悉闥素三十頻闥綦三十一黖闥素三十二黖闥娑引鉢泥三十三樹引嚧唎去音三十四題引薩唎三十五哥去音羅哥囉三十六翅書豉切唎翅唎三十七厥嚧摩厥嚧摩三十八迦磨鉢泥三十九雞魯甀良苟切雞魯甀去音四十雞羅鉢泥四十一羯迦唎羯迦唎去音四十二羅引嚕四十三復第四十四突甀第中落狗切突甀第四十五莫訶突顭第四十六歌邏歌邏四十七翅利翅並書豉切利四十八比方之比悕㗛賜四十九比悕㗛賜五十馱嗽馱嗽五十一賀嗽賀嗽五十二賀婆皺膩五十三莎訶五十四

爾時普賢菩薩告日月二天子言：諸族姓子，此陀羅尼已曾八億八千萬諸佛所說，憐愍衆生故。諸族姓子，優曇鉢華可爲易得，此陀羅尼句實難出生。諸族姓子，此陀羅尼句又爲易出，若當受持此陀羅尼及讀誦者亦復甚難。諸族姓子，佛出於世是爲不難，此陀羅尼出現於世是爲甚難。諸族姓子，若有人爲在阿鼻地獄衆生造無間罪者、誹謗正法者，住世一劫，爲利益彼衆生故誦此陀羅尼句，二十一日晝三夜三，日日蘊習，於彼之時阿

鼻大地獄以陀羅尼威神力故破毀百段彼
等衆生即得解脱何況閻浮提人輩若觸耳
聞者彼等應作如是知我等已被四如來攝
受及四菩薩并日月二天攝受於此中莫生
疑惑

多緻他一度致二摩訶度那致三素嚧素嚧
四莎訶五
叔迦囉毗輸達膩一多羅多羅二莎訶三
眛帝一鉢囉地閉二姤嚧姤嚧三莎訶四
鉢頭摩摩利膩一薩著典迦切何邏多佛弟二
胡嚧胡嚧三莎訶四
薩著典迦切佛第一薩著同上音盧迦膩二翅書豉
切唎翅唎三莎訶四
陀羅尼佛第一阿波囉底訶多佛第二姤嚧
姤嚧三莎訶

羅引利那質底一徒摩鉢唎呵唎二叩庫嚧
叩庫嚧叩庫三莎訶
陀邏陀邏摩訶陀邏一達邏達邏闍延底嗇
二莎訶諸此莎聲皆平音而長諸此訶聲悉去音而急
蘇拔囉底一蘇多閉二阿波囉帝五訶多佛
弟四陀囉陀囉陀囉陀囉陀羅五延底嗇
南無智炬如來　南無金剛積形如來　南
無實言如來　南無可畏音震王諸如來等
莎訶

南無月光童子
多緻他一鉢囉婆引迦唎二鉢囉婆引跋帝
三達摩毗輸第四羯磨毗輸第五婆婆闍迷
六去莎訶
若有人日常誦者一切業障皆得清淨
南無寂光王如來

多緻他一傷帝傷長聲帝二何囉伽三叉引耶
余歌切夜余賀切諸耶夜悉同此切四傷底傷底五埵徒結切
鞞莎六叉耶引夜七傷帝傷謨訶叉耶夜八
多緻他一眸路路二眸路路三阿婆訶眸路
路四毗闍叉耶夜五莎訶
若人長誦此呪晝三夜三彼等衆罪速盡無
餘
南無勝栴檀香體如來
多緻夜他諸此多音皆作恒緻音皆他夜切他音皆去聲呼一脂囉長聲
帝二摩唎至翅皆書鼓切三三突唎馱迷去音四途
囉奴五鉢囉鞞殺吒去六栴檀囊長岐去音七栴
檀那健平音長聲第八栴檀那揭鞞九栴檀那復
誓十毗輸達尼去音十一遮唎多引囉引拔帝十二
薩婆怛他伽多十三提引瑟鬒帝三聲聯呼十四莎訶
此陀羅尼章句一切諸佛之所宣說解釋隨
喜若有善男子善女人持此陀羅尼者於諸
鬼神得無所畏轉此一生覩彌陀佛復得對
面見觀世音及見月光童子從一勝處至一
勝處諸善法中遇善知識若其女人得轉女
身所謂是彼栴檀香體如來威力復得無邊
菩薩勝處
南無月上如來　南無作光明菩薩
多緻他一達唎達唎二陀囉膩三昵女切一陀
膩四阿婆夜羯邏閉五迦辣波鞞伽帝六暗
烏臘切米履多米已下三字疾急道七迦辣波八胡多貰
膩九阿難多目企十阿難多斫蒭伽帝十一唵
重聲長引婦十二莎訶
善男子此陀羅尼章句恒河沙諸佛世尊所
說住持隨喜爲令墮諸惡趣衆生利益故
善男子若有菩薩受持此陀羅尼彼人超越

八種恐怖所謂無邊地獄恐怖無邊畜生恐怖無邊餓鬼恐怖無邊受胎恐怖無邊生恐怖無邊老恐怖無邊病恐怖無邊死恐怖十方諸佛皆念彼人命終之時心不錯亂面對諸佛受生當得無盡之身亦復得於調伏諸根

南無婆伽婆辯幢如來　南無寶火如來

南無大目如來　南無法界形如來

多緻他一達利達唎(並上音呼二)達摩陀妬三鉢囉(上音)底瑟耻(勑履切)帝四莎訶

南無諸方燈明王如來

多緻他一鉢囉遞閉鉢囉遞(徒領切)閉二折(時列)若(女迦切)那引鉢囉(上音)地閉三莎訶

南無悲威如來

多緻他一坻(低)誓坻誓二折(時列切)若(女迦切)那坻誓三佛陀坻誓四達摩坻誓五僧伽坻誓六莎訶

南無梵海如來

多緻他一婆囉帝婆囉帝二薩婆跋囉(上音)多鉢唎不(平音)唎泥三(去音)佛陀達唎舍泥四莎訶

南無忍圓滿燈如來

多緻他一器那器那二薩婆達摩三婆囉拏膩四(字並去音)四佛陀薩籚(知連切)那五(去音)達摩薩籚那六僧伽薩籚那七莎訶

南無法圓光如來

多緻他一栴達囉鉢囉耕二蘇利耶鉢囉耕三栴達囉蘇利耶四設多索訶薩囉頞帝五奚唎迦六鉢囉耕七毗(田比)輸陀夜八闍若(女迦切)斫芻九莎訶

南無無畏莊嚴如來

多緻他一達摩毗喻(二字連聲道下悉同)醯二伽伽那毗喻醯三莎訶四闍若那毗喻醯五莎訶

南無寂光王如來

多緻他一陀囉陀囉二闍若(如齊)耶三鉢唎輸(引)達泥(去音)四闍若(女迦切)那鉢唎富囉泥(去音)五多他哆阿婆菩(引)達泥(去音)六尸伽濫七莎訶

南無廣名稱如來

多緻他一毗不羅瞿折(之列切)唎二伽伽那瞿折利三不囉耶不囉耶四薩婆耆(引)阿提瑟恥(勅一切下同)帝五佛陀阿提瑟恥帝六薩婆菩提薩埵提瑟恥帝七莎訶

南無法海波濤功德王如來

多緻他一鞞佶(者切)一易(羊豉切下悉同音)二達摩三謨達囉鞞佶易三伽伽那三謨達囉鞞佶易四佛陀三謨達囉鞞佶易五菩提薩埵達摩三謨達囉鞞佶易六波羅蜜多鞞佶易七薩婆耆鉢唎晡囉拏(去音)鞞佶易八佛陀提瑟恥帝九莎訶

此諸佛等往昔行菩薩行時作如是願我等證菩提已若有衆生聞我等名受持淨信彼等皆得住不退轉超越過於八不閑處諸佛菩薩皆悉護念住持往生清淨佛剎捨彼命已一切諸天皆當守護過諸怖畏若復有人持如是等諸佛名字及陀羅尼偈頌章句憶念不忘彼若欲見彌勒菩薩彼人應誦此陀羅尼一十萬徧隨力供養若欲見普賢菩薩彼人應誦二十萬徧隨力供養若復欲見毗盧遮那如來彼人誦三十萬徧隨力供養得淨心已發慈愍心捨諸我慢瞋恚嫉妬忿恨

諸患等

南無因無邊光明功德威形如來

多緻他一修利易以豉切修利易二若那修利易三莎訶

南無種種威力多王功德形如來

多緻他一尸利尸利二坻闍尸利三莎訶

南無阿僧祇俱致劫修習覺如來

多緻他一三牟陀曳二三牟陀曳三若那三牟陀曳四莎訶

南無諸法遊戲威形如來

多緻他一揭其謁切薛步計切揭薛二若那揭薛三莎訶

南無妙金虛空形如來

多緻他一伽伽泥伽伽泥二伽伽那毗輸三莎訶

南無寶彌留如來

多緻他一彌留去音彌留二何辣那彌留三莎訶

南無瞿那海如來

多緻他一瞿泥去音瞿泥二瞿那三目提黎三莎訶

南無法界音幢如來

多緻他一吱吉支切駐吱駐二若那吱駐三莎訶

南無法海能雷如來

多緻他一三目提離二三目提離三若那三目提離四莎訶

南無法幢如來

多緻他一陀婆鍉陀婆鍉二達摩陀婆鍉二莎訶

南無地威如來
多緻他一陀離陀離二陀羅尼三勿提離三
莎訶
南無法力光如來
多緻他一波羅避波羅避二達摩波羅避三
莎訶
南無虛空覺正如來
多緻他一佛提佛提二蘇佛提三莎訶
南無彌留峯明如來
多緻化一頞利脂頞利脂二若那頞利脂二
莎訶
南無雲峯如來
多緻他一迷引祇迷祇二摩訶迷祇三莎訶
南無日燈幢峯如來
多緻他一波羅地庛邊致切下同波羅地庛三若
那波羅地庛四莎訶
南無剎證覺如來
多緻他一娑彌娑彌二三摩娑地帝多跛切莎
訶
南無樹王如來
多緻他一度盧迷去音度盧迷二去音若那度盧
迷三去音莎訶
南無瞿那彌留如來
多緻他一瞿泥去音瞿泥二去音瞿那泥迷二彌
留尸佉離四莎訶
南無三寶如來
多緻他一尼彌去音尼彌二去音若那尼彌三去音
莎訶
南無毗盧遮那如來
多緻他一毗梨毗梨二毗盧遮泥三去音莎訶

南無光莊嚴如來

多緻他一毗引右醯毗右醯二若女何切那毗

右醯三莎訶

南無法海如來

多緻他一三摩三摩二三眸達囉毗迦囉滿

泥三莎訶

右一千六百佛

五千五百佛名神咒除障滅罪經卷第三

音釋

踐蹈 踐慈演切蹈徒到切 撲 普木切 鬀 他計切 蹴蹋 蹴七六切蹋徒合切 顰呻 顰毗賔切呻失人切 鍱 與涉切 曼秩 曼母官切秩直一切 鞞 駢迷切 鐸 徒落切 逗邐 逗徒候切邐郎佐切 黳 烏兮切 霤 力救切 嗽 蘇奏切 皺 補過切 裔 余制切 鬪 都豆切 眸 莫浮切 鬒 之忍切 覩 當古切 辣 盧達切 貰 始制切 企 詰利切 頞 烏葛切 晡 博孤切 鍉 杜奚切

五千五百佛名神呪除障滅罪經卷第四

隋三藏崛多共笈多等譯

南無威頭如來

多緻他一低闍低闍二若那低闍三莎訶

南無世間主如來

多緻他一因引垤徒結切利因引垤利二因達囉毗迦囉彌三去音莎訶

南無威賢功德如來

多緻他一跋地隸跋地隸二須跋地隸三莎訶

南無諸法光王如來

多緻他一波引囉避波囉避二若那波羅避三莎訶

南無金剛寶齊如來

多緻他一婆嗜離婆嗜離二婆闍盧怛離三莎訶

南無持無礙力如來

多緻他一阿僧祇阿僧祇二阿僧伽佛提三莎訶

南無法界形如來

多緻他一達唎迷去聲達唎迷二去聲達摩達唎三莎訶

南無諸方燈明王如來

多緻他一推泥推泥二遲那迦唎三莎訶

南無悲威德如來

多緻他一低視低視二摩訶低視三莎訶

南無梵海如來

多緻他一婆羅帝婆囉帝二婆羅多鉢唎不囉尼二去聲莎訶

南無忍圓燈明如來

多緻他　懴迷迷悉去聲懴迷二若女迦切那懴迷三莎訶

南無法圓光如來

多緻他一薩囉薩囉二薩婆佛陀三提瑟咦恥心切一帝四莎訶

南無寂光王如來

多緻他一羶詩安切下同帝二鉢囉羶帝三憂波羶帝四莎訶

南無無垢名稱如來

多緻他一毗富隸毗富隸二若那毗富隸三莎訶

南無法海濤波功德王如來

多緻他一三摩上聲三摩上聲二三摩悉鬀仕細切帝三莎訶

南無法主王如來

多緻他一曷邏磨曷邏磨二曷羅伭吱吉離切囉膩三莎訶

南無瞿那雲如來

多緻他一瞿迷迷悉去聲瞿迷二瞿摩瞿迷二莎訶

南無法功德如來

多緻他一室唎室唎室唎二莎訶

南無天冠如來

多緻他一摩句㖊卓界切摩句㖊二達摩摩句㖊三莎訶

南無智焰威功德如來

多緻他一誓喬誓喬二闍耶鉢帝三莎訶

南無兩足尊如來

多緻他一度磨度磨二度迷度迷三莎訶

南無虛空聲如來

多緻他一伽伽泥去聲伽伽泥二伽伽那娑迷去聲莎訶

南無三漫多生燈如來

多緻他一三婆婆三婆婆二佛陀薩坻啇那三莎訶

南無豪功能形如來

多緻他一漚迷漚迷二並去聲漚摩拔帝三莎訶

南無寂鳴如來

多緻他一瞿殺所界切下同瞿殺二佛陀瞿殺三莎訶

南無海功德如來

多緻他一薩囉薩囉二施鞞三莎訶

南無日威如來

多緻他一低嗜低嗜二低闍鉢帝三莎訶

南無譽王如來

多緻他一施鞞施鞞二覆三莎訶

南無相彌留如來

多緻他一叉啇叉啇二羯磨叉啇三莎訶

南無雲音鳴如來

多緻他一胡嘍醯胡嘍醯二瞿沙胡嘍醯三莎訶

南無法主王如來

多緻他一因地唎因地唎二因陀囉鉢帝三莎訶

南無瞿那王如來

多緻他一瞿嬭瞿嬭悉奴界切二瞿拏三謨地帝三莎訶

南無富彌留如來

多緻他一不囉耶不囉耶二薩婆摩奴曷唎他三莎訶

南無聲寂如來
多緻他一奢彌奢彌二奢摩泥三莎訶
南無光王如來
多緻他一波羅波羅二波羅娑邏泥去聲三莎
訶
南無華積如來
多緻他一鳩暮二鳩暮三鳩暮提四莎訶
南無海胎藏如來
多緻他一揭薜步隸切下同揭薜二怛他伽多揭
薜三莎訶
南無出生功德如來
多緻他一三婆婆三婆婆二婆羅尼陀那三
婆婆三莎訶
南無天主周羅摩尼胎藏如來
多緻他一第薜第薜二第便陀羅三不視低
四莎訶
南無金山如來
多緻他一網引遮泥去聲二網遮泥三網遮那
地利施去聲四莎訶
南無寶積如來
多緻他一何囉上聲怛泥去聲二何囉怛泥三若
那何囉怛泥四莎訶
南無法幢如來
多緻他一淡磨淡磨二達摩淡摩三莎訶
南無財貨功德如來
多緻他一尸利低誓二尸利低誓三尸利四
莎訶
南無智意如來
多緻他一闍弊闍弊二闍婆泥三莎訶
南無寂幢如來

多緻他一羶帝上詩安切下同二羶帝三波羅羶帝
四莎訶
南無奢摩他幢如來
多緻他一吉利吉利二吉都囉誓三莎訶
南無寂燈功德如來
多緻他一奢摩泥覆二波羅奢摩泥覆三羶
都婆婆囉覆四莎訶
南無無邊明王如來
多緻他一阿婆婆引細二阿婆婆引細三阿
婆婆婆迦囉泥四莎訶
南無雲徐步如來
多緻他一毗婢毗婢二毗嵐毗低三莎訶
南無日威如來
多緻他一蘇嚧蘇嚧二蘇利踰地低三莎訶
南無法燈功德彌嘍如來

多緻他一地蜱地蜱二達摩波地蜱三莎訶
四不嗜低五莎訶
南無師子遊戲智燈王如來
多緻他一四迷去聲四迷二佛陀僧伽四迷三
莎訶
南無普求那雲如來
多緻他一彌嘍彌嘍二佛陀彌嘍三莎訶
南無虛空思如來
多緻他一伽伽泥去聲伽伽泥二伽伽那引毗
首陀耶三莎訶
南無出生莊嚴如來
多緻他一三婆薛覆二三婆薛覆三三婆婆
鼻由奚覆四莎訶
南無雷法海震鳴如來
多緻他一伽唎囉引闍泥去聲二伽唎囉闍泥

去聲三若那伽唎囉闍泥去聲四莎訶
南無法界音鳴如來
多緻他一陀囉陀囉二陀囉尼盤悌三莎訶
南無化雲如來
多緻他一尼彌尼彌二若那尼彌三莎訶
南無善音功德如來
多緻他一婆婆離二婆婆離去聲三佛陀婆婆
離四莎訶
南無普方威如來
多緻他一多囉多囉二佛陀提瑟𩴰勑知切尼
去聲三莎訶
南無法海如來
多緻他一三謨埵田結切唎二三謨埵唎三達
摩陀姤三謨埵唎四莎訶
南無普音聲如來

多緻他一三婆去聲鞞去聲二三婆鞞三拔都佛
陀地瑟咤吒麻切泥那去聲四莎訶
南無瞿那海如來
多緻他一瞿泥去聲瞿泥二佛陀三婆婆瞿泥
三莎訶
南無功德燈如來
多緻他一尸唎尸唎二鉢囉提波尸唎三莎
訶
南無者市尸切那日如來
多緻他一者泥去聲者泥二者那蘇唎脊三莎
訶
南無廣雲如來
多緻他一毗富隸毗富隸二伽伽那毗富隸
三莎訶
南無寶功德燈明瞿那相如來

多緻他一鉢囉地(長聲)閉二鉢囉地閉三尸利底閉四鉢囉地閉五莎訶

南無成光明如來

多緻他一悉地悉地二蘇悉地三謨折(之列切)你四謨刹你五目訖底六毗目訖底七阿摩隷八毗摩隷九曹伽隷奚囒孃伽鞞(去聲)十何囉底那(引)伽鞞(去聲)十一薩婆他娑達泥(去聲)十二波囉摩羅他娑達泥十三摩那賜十四摩訶摩那賜十五阿陀浮底十六頞底耶浮底十七毗多拔裔十八蘇拔唎泥(去聲)十九拔囉摩瞿灑二十拔囉摩阿厨灑帝二十一薩婆囉挮數二十二阿波囉祇帝二十三薩婆多囉二十四阿波囉底呵底二十五折(之列切)妬殺灑致二十六佛陀俱致毗婆殺帝二十七那摩薩婆悉陀那(去聲)二十八怛(都渴切)他揭多那二十九莎訶

說此陀羅尼時彼等一切諸佛世尊而讚歎言善哉善哉善男子汝今乃說是甚深陀羅尼乎若有讀誦受持此陀羅尼者常廣思惟彼族姓子當得此等諸佛世尊恒常滿足彼之所願爾時香明如來以其舌根徧覆三千大千世界然後告彼七十七那由他菩薩言若有善男子善女人受持此陀羅尼章句若讀若誦隨力當作恭敬供養彼爲此等諸佛世尊所有心願皆悉滿足爾時教發菩薩摩訶薩白香明如來作如是言世尊彼等云何而作供養供養彼等諸佛如來作是語已爾時世尊告彼教發菩薩作如是言善男子若有初發心行菩薩行初發業者欲得滿一切願者彼於晨朝時以瞿摩塗地隨力香華而供養已去離世談晝三徧夜三徧誦彼諸佛

如來名號及此陀羅尼而彼即得現見諸法漸得滅除一切業障以諸如來真實持故

南無月光如來

多緻他一氈達唎羅地切二氈達唎三蘇氈達唎四沫帝氈達唎五氈達唎吱吉支切囉尼泥上聲六彌唎彌唎七佛陀提瑟咲恥壹切帝八四履四履達摩提瑟咲帝九莎訶

若有善男子善女人於晨朝時常當精勤專念彼等如來名號而彼人輩四萬劫常識宿命亦不忘失菩提之心

南無一切趣清淨王如來

多緻他一輸達你輸達你你字悉年隸切二薩婆波頞毗輸達你三輸悌四毗輸悌五薩婆達摩毗輸悌六莎訶

若有善男子善女人常能受持此如來名號精勤憶念不忘失者即得現見一切諸法盡諸業障及盡諸惡以佛真實住持力故當於十四俱致世中常憶宿命乃至菩提善根亦不窮盡

南無清淨眼如來

多緻他一斫蒭斫蒭二若那斫蒭三莎訶諸沙即長聲則去聲訶

若善男子善女人持此如來名號者彼於世間當作眼目常能憶持四十俱致宿命之事乃至道場善根不盡

南無香象光王如來

多緻他一揭誓揭誓二揭誓延以田切悌唎三莎訶

爾時勝聚菩薩白佛言若有善男子善女人持此香象光王如來名號者彼於十三俱致

歲中身出香氣不曾休息亦不廢忘菩提之
心
南無華相如來
多緻他一布澀閉二布澀閉三蘇引布澀閉
四莎訶
此陀羅尼多有功能以陀羅尼呪華二十一
徧如所備具向如來塔中散之彼人所有心
願皆得滿足復盡一切業障
南無治地王如來
多緻他一達剌達剌二達囉尼盤地三莎訶
若有人持此如來名字及此陀羅尼章句彼
人當滿一切心願誦此呪一百八徧即當一
切諸地方所皆成結界隨得供具供養如來
即滿一切所有諸願
有佛名曰月燈明　現在說法人師子
若能持彼佛名號　更不生諸惡趣中
有佛名曰日燈光　現在說法人師子
若能持彼佛名號　當得總持能巧知
有佛名曰電燈明　現在說法人師子
若能持彼佛名號　不曾生於惡趣中
有佛名曰最勝燈　現在說法人師子
若能持彼佛名號　諸相未曾有缺少
有佛名曰住真實　現在說法人師子
若能持彼佛名號　其口常出優鉢香
有佛名曰智燈明　現在說法人師子
若能持彼佛名號　大得行行於智中
有佛名曰燈明主　現在說法人師子
若能持彼佛名號　當照世間猶如燈
有佛名曰威德住　現在說法人師子
若能持彼佛名號　一切諸方威顯赫

有佛名曰陀羅住　現在說法人師子
若能持彼佛名號　令衆甘露得充足
有佛名曰空燈明　現在說法人師子
若能持彼佛名號　能令驚怖著有者
有佛名曰實燈明　現在說法人師子
若能持彼佛名號　當說于經不染著
有佛名曰實燈號　現在說法人師子
若能持彼佛名號　驚怖一切諸外道
有佛名曰誓空行　現在說法人師子
若有持彼佛名號　能脫多數千家生
有佛名曰盡邊際　現在說法人師子
若有持彼佛名號　當得速知眼邊際
有佛名曰盡邊際　現在說法人師子
若有持彼佛名號　當能速知耳邊際
有佛名曰有邊際　現在說法人師子

若有持彼佛名號　當能速知有眼際
有佛名曰邊際德　現在說法人師子
若有持彼佛名號　當得速知眼邊際
有佛名曰轉功德　現在說法人師子
若有持彼佛名號　當得速知轉眼處
有佛名曰離功德　現在說法人師子
若有持彼佛名號　當得速知眼離處
有佛名曰無物德　現在說法人師子
若有持彼佛名號　當能速知眼無物
有佛名曰無生德　現在說法人師子
若能持彼佛名號　當得速知眼無生
有佛名曰滅功德　現在說法人師子
若能持彼佛名號　當得速知眼寂處
有佛名曰不取德　現在說法人師子
若能持彼佛名號　當得速知眼不取

有佛名曰眼盡邊 現在說法人師子
若能持彼佛名號 當得盡知耳邊際
有佛名曰耳盡際 現在說法人師子
若能持彼佛名號 當能得知鼻邊際
右一千七百佛
有佛名曰鼻邊際 現在說法人師子
若有持彼佛名號 當能速知舌邊際
有佛名曰舌邊際 現在說法人師子
若有持彼佛名號 當能顯知身邊際
有佛名曰身邊際 現在說法人師子
若能持彼佛名號 當能顯知心邊際
有佛名曰心邊際 現在說法人師子
若能持彼佛名號 當得顯知色邊際
有佛名曰色邊際 現在說法人師子
若能持彼佛名號 當得顯知聲邊際

有佛名曰聲邊際 現在說法人師子
若能持彼佛名號 當得顯知香邊際
有佛名曰香邊際 現在說法人師子
若能持彼佛名號 當得顯知味邊際
有佛名曰味邊際 現在說法人師子
若能持彼佛名號 當得顯知觸邊際
有佛名曰觸邊際 現在說法人師子
若有持彼佛名號 當得顯知盡邊際
有佛名曰盡邊際 現在說法人師子
若能持彼佛名號 當得顯知地邊際
有佛名曰地邊際 現在說法人師子
若能持彼佛名號 當得顯知水邊際
有佛名曰水邊際 現在說法人師子
若能持彼佛名號 當得顯知風邊際
有佛名曰風邊際 現在說法人師子

若能持彼佛名號　當得顯知火邊際
有佛名曰火邊際　現在說法人師子
若能持彼佛名號　當得顯知想邊際
有佛名曰想邊際　現在說法人師子
若能持彼佛名號　當得了知愛邊際
有佛名曰愛邊際　現在說法人師子
若能持彼佛名號　當得了知世邊際
有佛名曰世邊際　現在說法人師子
若能持彼佛名號　當得了知業邊際
有佛名曰業邊際　現在說法人師子
若能持彼佛名號　即得了知陰邊際
有佛名曰陰邊際　現在說法人師子
若能持彼佛名號　即得了知界邊際
有佛名曰界邊際　現在說法人師子
若能持彼佛名號　即得了知生邊際

有佛名曰生邊際　現在說法人師子
若能持彼佛名號　即得了知因邊際
有佛名曰因邊際　現在說法人師子
若能持彼佛名號　即得了知有邊際
有佛名曰有邊際　現在說法人師子
若能持彼佛名號　即得了知名邊際
有佛名曰名邊際　現在說法人師子
若能持彼佛名號　即得了知事邊際
有佛名曰事邊際　現在說法人師子
若能持彼佛名號　即得了知鳴邊際
有佛名曰鳴邊際　現在說法人師子
若能持彼佛名號　即得了知施邊際
有佛名曰施邊際　現在說法人師子
若能持彼佛名號　即得了知戒邊際
有佛名曰戒邊際　現在說法人師子

若有持彼佛名號　即得了知忍邊際
有佛名曰住忍辱　現在說法人師子
若能持彼佛名號　即得了知精進際
有佛名曰住精進　現在說法人師子
若能持彼佛名號　即得了知禪邊際
有佛名曰住禪那　現在說法人師子
若能持彼佛名號　即得了知般若際
有佛名曰住般若　現在說法人師子
若能持彼佛名號　即得了知慈邊際
有佛名曰慈邊際　現在說法人師子
若能持彼佛名號　即得了知悲邊際
有佛名曰悲邊際　現在說法人師子
若能持彼佛名號　即得了知喜邊際
有佛名曰喜邊際　現在說法人師子
若能持彼佛名號　即得了知捨邊際

有佛名曰捨邊際　現在說法人師子
若能持彼佛名號　即得了知華邊際
有佛名曰華邊際　現在說法人師子
若能持彼佛名號　即得了知鬘邊際
有佛名曰鬘邊際　現在說法人師子
若能持彼佛名號　即得了知音聲際
有佛名曰音聲際　現在說法人師子
若能持彼佛名號　即得了知香邊際
有佛名曰香邊際　現在說法人師子
若能持彼佛名號　即得了知然香際
有佛名曰然香際　現在說法人師子
若能持彼佛名號　即得了知華蓋際
有佛名曰華蓋際　現在說法人師子
若能持彼佛名號　即得了知幢邊際
有佛名曰幢邊際　現在說法人師子

若能持彼佛名號　即得了知作燈際
有佛名曰作燈際　現在說法人師子
若能持彼佛名號　即得了知光明際
帝殺攃吐革切醯一那摩末底阿波囉延底二
帝殺攃醯三閑唎那摩末底四波離輸悌五
帝殺攃醯六安攃跋帝七燠醯惡棄八帝殺
攃醯九婆傍那佉十伽囉醯多摩咃四十一醯
履悉履履十二惡叉囉輸悌十三伏多你雞底十四
阿婆毗跋吒都婇切十五波囉帝殺攃伽多四十六
僧祇若女何切波囉毗舍十七毗跋利匙多十八薩
鞞多囉十九毗跋唎匙多二十瞿沙毗輸悌二十一
瞿沙八囉婆毗婼二十二輸若女何切薩婆婆鞞
二十三哩迦波咃婼二十四顉真底耶二十五迦他
二十六伽他涅何訶囉二十七娑訶薩囉設多你
二十八斫蒭叉耶延多二十九叉耶多涅訶盧三十

斫蒭波離延多三十一波離延多涅訶盧三十二
斫蒭婆槃哆三十三鞞鞞迦涅訶盧三十四斫蒭
毗跋唎多三十五婆槃多三十六泥訶盧三十七斫
蒭顉闍帝三十八泥訶盧三十九達泥訶盧四十斫
蒭阿伽囉醯耶四十一摩婆薩婼四十二泥訶盧
四十三斫蒭何囉奴四十四伽囉訶四十五婆迦鉢
他四十六羶始安切駝四十七斫蒭四十八那渧尸都
四十九瞿沙鉢涕那五十瞿沙毗跋唎抵音匙多五十
一瞿沙涅履地殺吒五十二斫蒭賀囉悉唎多
五十三曷囉你失唎多訶盧五十四斫蒭囉那伽
多五十五阿伽多阿囉阿貰耶五十六育吉帝五十
七阿著顛何切阿舍夜五十八育吉夜五十九蘇遮
那去聲六十羅叉入聲那去聲六十一謨達囉六十二優伽
囉訶六十三波囉伽囉訶六十四曷唎沙六十五摩
那卸思夜切六十六質多毗世沙六十七泥訶囉六十八

娑何薩羅波帝殺擽六十九莫何羅波底殺擽
七十阿羅波揭車去聲七十一莫阿羅波揭車去聲七十
二阿羅波低遮七十三莫阿羅波低遮七十四步
醯娑莫醯多七十五摩婆婆底殺擽七十六阿羅
長聲波帝七十七那嚧伊悉帝剁七十八僧祇若女何
切七十九毗坺羅祇多低那八十阿羅波顛遮八十一
莫阿羅波顛遮八十二迦尸脂捨八十三阿羅波
帝八十四那盧伊悉帝剁八十五伊悉帝剁耶八十
六僧祇若那跋剁多帝八十七多卸思夜切八十八伊
悉剁僧祇若女何切八十九毗跋囉祇多低那九十阿
羅波顛遮九十一莫阿羅波顛遮九十二若那施
舍理切沙九十三泥訶囉九十四索訶薩囉九十五夷
摩那娑九十六僕呼九十七鉢囉舍那娑阿薩囉
九十八服多瞿那九十九波離鉢剁車耶一百摩那
一鉢囉毗尸姤二那盧波舍底三泥剁涅嚂

利衫切四阿伽多阿伽帝喻五伽摩難拓六阿賴
耶娑他那七毗跋囉匙多薩鞞八阿伽摩難
遮九那毗轍底多寫十婆師曳底十一頞喻阿
娠那摩十二安多剁制平聲十三毗訶嚧十四你師儼
奴十五阿伽摩尼遮十六那婆剁囉哆帝十七僧祇
若女何切十八阿平聲伽末奴十九阿伽底曳頞世捨
衫二十阿伽姤奢薩怒奴故切二十一迦嚠尼迦卸息夜
切二十二阿跋囉難遮二十三那毗轍底多寫二十四
阿伽底薩跋遮多寫二十五那阿薩底二十六惡
叉夜塞揵馱二十七毗闍膩多低那二十八頞叉
與迦喻二十九頞真帝喻三十若女何切那三十一阿
嚧多惡叉囉三十二育吉帝泥訶濫良衫切三十三惡
伽囉多娑三十四波離施多三十五薩婆匙泥奈
三十六頞施嚧鉢囉波姤三十七頞真帝喻多寫
三十八阿伽底闍訶姤三十九那毗穉耶帝多寫

四十阿伊底惡叉嚧四十一伊迦你著珍切何何鉢
帝四十二阿伊帝踰四十三阿毗跋囉多四十四波
利延姤四十五鴦四十六阿眞帝夜四十七何囉濕
彌四十八鉢囉婆鉢羅文遮帝四十九阿婆毗地
汝五十伊跋羅帝訶囉五十一低那摩五十二阿多
羅那阿跋囉奴五十三低那那阿四五十四阿伽
底耶四五十五阿那伽底耶四五十六惡叉羅跋
羅匙多五十七底殺擽醯輸染五十八婆殺底達
謨五十九阿迦羅波尼阿嚧六十滞尸姤達摩六十
一阿僧迦囉訶嚧六十二薩婆嚧低陛六十三頞
僧伽尼訶嚧六十四奢世切婆他尸利殺吒六十五
頞僧伽尼訶嚧六十六頞唎他尼訶嚧六十七鉢
囉婆沙尼訶嚠六十八那那尼嚠吉底六十九烏
地裔囉那訶嚧七十達摩泥囉多摩七十一憂滞
羅那訶嚧七十二輸設多阿訶嚧七十三膩否大

伽羅訶嚧七十四醯姤泥訶嚧七十五阿醯姤泥
訶嚧七十六跋薩姤泥訶嚧七十七跋薩姤泥訶
嚧七十八阿跋薩尼訶嚧七十九輸世泥訶嚧八十
富大伽羅泥訶嚧八十一頞悉帝泥訶嚧八十二
阿那悉帝泥訶嚧八十三竭摩泥訶嚧八十四阿
竭摩泥訶嚧八十五毗婆迦泥訶嚧八十六阿毗
波迦泥訶嚧八十七因地唎耶陀姤泥訶嚧八十
八鉢囉鞞輸八十九那那毗大九十頞地目吉底
泥訶嚧九十一阿鉢羅底九十二莫鉢囉底九十三
鉢底泥訶嚧九十四蒲多結唎殺吒九十五縛婆
陀那泥訶嚧九十六哺囉婆婆拔寫九十七你婆
婆泥訶嚧九十八頞拙主切律底泥訶嚧九十九主
帝裔泥訶嚧一百阿薩囉婆一輸那二鉢唎延
多泥訶嚧三婆薩那差毗多四賀囉泥訶嚧
五薩婆末奴囉他六薩寫去聲泥訶嚧七落刹

那便闍那八跋囉那泥訶嚧九闍底毗輸達那十瞿多囉泥訶嚧十一薩婆楞舉矜切伽十二毗輸達泥去聲泥訶嚧十三頡唎第十四毗俱嚧盤那十五浮陀泥訶嚧十六頞鉢囉底十七刪蘇干切地十八毗世沙泥訶嚧十九野迦鉢地那二十鉢陀那泥訶嚧二十一野迦那野迦二十二頞泥迦泥訶嚧二十三阿迦姤二十四阿伽底耶寫去聲二十五泥訶嚧二十六謁摩毗輸第二十七泥沙鉢底泥訶嚧二十八斫芻諸斫芻字皆器數切二十九鉢囉闍那姤三十斫芻泥訶嚧三十一結梨舍鉢囉醯那三十二鉢囉羶多泥訶嚧三十三頞陀浮多訶嚧三十四尼陀浮陀訶嚧三十五阿吒囉迦吒囉三十六阿醯履三十七吐澀闍三十八阿迦細三十九婆迦細四十叉米四十一頞輸施四十二帝殺摖吡格切醯四十三陀羅尼四十四薩婆泥訶嚧四十五薩婆鉢帝四十六

醯履米四十七睇利迷者四十八阿世也迦吒膩四十九伏多伽拏那五十朱多泥五十一謨多泥五十二都殺泥五十三尸利殺摖五十四夜叉伽拏那五十五鳩槃茶伽拏那五十六提婆伽拏那五十七乾闥婆伽茶那五十八陀那婆五十九僧伽摩睺呼侯切羅六十伽僧枷六十一婆囉摩泥訶嚠悉舉救切六十二阿婆囉摩泥訶嚠六十三同達羅泥訶嚠六十四阿蘇囉泥訶嚧悉舉故切六十五釋迦囉泥訶嚠六十六那釋迦囉泥訶嚧六十七提婆泥訶嚠六十八那提婆泥訶嚧六十九夜叉泥訶嚧七十那夜叉泥訶嚧七十一那伽泥訶嚧七十二那那伽泥訶嚧七十三浮多鳩槃茶乾闥婆泥訶嚧七十四哺多那閉唎多昇貫遮泥訶嚧七十五低沙遮羯磨毗質多囉泥訶嚧七十六低沙遮涅毗世沙泥訶嚧七十七低沙遮跋囉拏毗尸沙泥

訶嚧(七十八)真陀囉泥訶嚧(七十九)那真陀囉泥訶嚧(八十)蘇利耶泥訶嚧(八十一)那蘇利耶泥訶嚧(八十二)磬求隸(八十三)鶖求隸(八十四)鶖求羅那(八十五)毗醯智(八十六)尸毗智(八十七)

五千五百佛名神呪除障滅罪經卷第四

音釋

嗜(常利切)伭(胡田切)漚(烏侯切)轝(羊諸切)嘍(力口切)嵐(魯甘切)蜱(房脂切)悌(徒計切)瞢(莫亘切)囒孃(囒力干切孃女良切)梯(他計切)氈(諸延切)燠(乙六切)咽(因連切)躭(丁含切)渧(音滴)涕(他計切)般(北潘切)稺(直利切)輜(側持切)頡(胡結切)哺(薄故切)舁(羊朱切)

五千五百佛名神呪除障滅罪經卷第五　第六同卷

隋三藏崛多共笈多等譯

應當持戒清淨行　月八十四十五日
思惟巧智莫忘失　頂戴如來佛舍利
心念當出陀羅尼
浮多尼訶嚧　阿摩奴沙泥訶嚧
如來塔中多然燈　當應燒彼多勝香
彼勝香中多種出　最妙五百勝沉水
熏陸勝者十分半　十分半中姤路香
復用三兩安息香　鬼甲香葉亦復爾
最好苜蓿香同上　藿香橘皮復三分
如是分數應具足　蒲黃四分取一分
應具十分石皮香　鬱金華香復二分
又須二分安息香　優鉢青木分亦爾
如是等分日乾曝　既曝乾已細為末
然後取好眞勝蜜　以用和彼諸香等
復有二種眞正蜜　别用和彼上分香
若有蘇摩那正油　即用此油塗兩手
方用油手挼上香　挼熟已竟安石器
如是等香和合訖　如來塔中用然之
應令佛心大歡欣　於諸衆生起悲心
如是最妙種種香　種種妙音妙華等
頂戴香油然勝燈　應誦此等陀羅尼
若欲依彼諸佛語　如前所說應隨順
凡有所願皆成就　彼用少時願得成
陀羅尼智不為難　諸有神鬼悉從心
野叉衆等鳩槃荼　龍衆亦復隨彼意
哺多餓鬼毗舍闍　若有失財皆告彼
數數來往告彼知　凡有所作皆成就
鬼神所有隱密言　諸天并及夜叉等

諸龍衆等鳩槃荼　爲彼宣說呪文句
由有福德精進力　一切衆事莫不成
心中所有求願者　亦皆自在得成就
喑(許林切)遇魯　胡盧波跋底　兮多漫底
頞剃他跋底　婆呼波囉那設多男(去聲)斫芻
米　斫芻跋底　呼剃曷履　阿知你婆嚌
底(卓皆切)殺搩(他格切)醯　提剃　提婆跋底　跋
囉婆羅鉢他輸悌　浮多鉢底　伊訶毎醯
阿毗刹男(去聲)頞他跋底　浮呼鉢囉那　設
多那陀囉尼　埵醯(上聲)你蔓底　剃多　韜
波藍(鹿滄切)迦磨　瞿那柘　毗跋唎祇(市支切)
多薩毗梅吐那達摩　毗跋剃祇多輸地
薩囉婆波羅摩陀　毗跋唎祇多質底
心中當念陀羅尼　彼既誦此陀羅尼
若欲入於王宮時　心中應念是神呪

隨心所念王歡喜　多有千數衆生輩
王宮眷屬皆淨信　國中臣民亦信向
多作供養諸善逝　多千衆生無有邊
隨順彼王之所作　共諸親友常和合
凡所營利速成就　不曾覩見諸惡者
或有衆生迷濁心　遠處於彼不讃歎
見於彼等無威曜　無堪彼人大威德
若失伏藏得不難　若失資財得不難
若失言辭還易得　若失諸門亦易得
種種諸書千數音　工巧未聞得不難
能爲衆生作導師　於怨仇所能調伏
彼死驚怖心不迷　欲求無上菩提時
諸女群隊皆憐愍　難得資財不爲難
一切文義智巧出　多百衆生堪爲醫
諸所生處眼不壞　瞻覩智慧皆無上

所求衣服隨彼欲　所求飲食隨彼用
若親冨伽得隨順　所有成者呪功德
受持總持無疲倦　演說法時亦不疲
演出諸經及安置　彼智亦無疲倦時
見有堪器無嫉妬　見應受器即爲說
若受衣服心貢高　彼無陁羅尼智慧
或有貪著朋友家　於諸衣鉢起愛染
諸如彼等愛縛著　無有總持智慧心
南無一寶莊嚴如來　南無寶牛王如來
南無無量音如來　南無善安詳牛王如來
南無須彌聚如來　南無無畏王如來
南無勝瞿那莊嚴如來　南無勝伽尼泥如來　南無虛空俗如來　南無叫力王如來
南無放焰光如來　南無牽幢王如來
南無華備具功德如來　南無離怖毛竪如來　南無智功德如來　南無栴檀香如來　南無曲躬眼如來　南無作寶如來　南無無香象如來　南無彌留聚如來　南無一蓋如來　南無無礙安詳緩步如來　南無栴檀香如來　南無肩廣圓滿如來　南無網光如來　南無寶優鉢羅功德如來　南無無智華寶光明功德如來　南無月上寶功德如來　南無一切怖畏散壞如來　南無安隱王如來　南無法手如來　南無十上焰光如來　南無普焰光如來　南無智光如來　南無寶上焰如來　南無寶輪如來
南無無礙鳴聲如來　南無網焰如來
南無無邊覺如來　南無無邊莊嚴如來
南無無邊牛王如來　南無優波羅功德如來　南無智安住如來　南無釋迦牟那如

來　南無智叫如來　南無娑羅主王如來　南無寶娑羅如來　南無將導御如來　南無寶言如來　南無不空說如來　南無功德生如來　南無叫王如來　南無不空見如來　南無香形如來　南無無礙鳴音如來　南無叫力焰如來

右一千八百佛

南無須彌頂上王如來　南無寶最上功德如來　南無蓮華德如來　南無最上寶如來　南無香形如來　南無叫鎧如來　南無普藏如來　南無普光明如來　南無普藏主雲王燈如來　南無無量種種相遊戲如來　南無最勝加尼如來　南無佛華備具功德如來　南無佛華最上王如來　南無寶形如來　南無不空說名功德如來

南無無邊瞿那精進鎧如來　南無發意一切衆生莊嚴如來　南無月分段如來　南無無圓光如來　南無瞿那王光如來　南無瞿那度彼岸如來　南無作燈如來　南無天王如來　南無作光如來　南無無畏如來　南無婆祇車如來　南無作寶如來　南無無怖如來　南無蓮華上焰如來　南無無優波羅功德如來　南無無邊願鎧如來　南無無邊功德安住如來　南無寶聚如來　南無娑羅呪王如來　南無寶光形如來　南無寶積如來　南無無邊功德莊嚴如來　南無觀世音如來　南無須彌光如來　南無無邊牛王如來　南無最上行如來　南無寶華所生功德如來　南無無邊安詳緩步如來　南無一切衆生應現著鎧

如來　南無寶蓋最上如來　南無最勝衆如來　南無不死甘露華如來　南無實生王如來　南無月上功德如來　南無發心轉法輪如來　南無諸方名聞如來　南無迦陵伽王如來　南無日圓燈如來　南無寶上如來　南無智生功德如來　南無瞿那王安住如來　南無無障礙眼如來　南無無怖畏如來　南無智功德如來　南無不可得鎧如來　南無光圓威王如來　南無意因如來　南無無垢憶如來　南無金剛利如來　南無淨意如來　南無利益如來　南無正觀鎧如來　南無蹴蹋怨仇如來　南無優鉢羅功德如來　南無震力王如來　南無無邊光明彌留香王如來　南無種種華如來　南無無邊光如來　南無

女人丈夫蹴蹋如來　南無香上功德如來

南無寶最王如來　南無香彌留如來

南無一切衆生心解脱智現如來　南無無相音如來　南無智藏功德如來　南無無礙音如來　南無無動安詳行如來　南無迦葉如來　南無名稱響如來　南無一切瓔珞牛王現如來　南無成利如來　南無有功德如來　南無一切有我慢拔除如來

南無智德如來　南無宿王如來　南無甘露相如來　南無栴檀如來　南無羅網光如來　南無梵音如來　南無不死甘露所生功德如來　南無一切攀縁如來　南無一切衆生不斷鎧如來　南無無邊遊戲如來　南無示現諸法如來　南無顧視諸法如來

右一千九百佛

南無普生功德如來　南無普智上王如來
南無蓮華上王如來　南無方上如來
南無化生功德如來　南無衆生賢如來
南無智光如來　南無智阿黎耶如來　南
無除孕如來　南無醫王如來　南無無異
鎧如來　南無無邊智說如來　南無栴檀
香功德如來　南無無比喻佛華功德如來
南無善住王如來　南無月上焰如來
南無值御如來　南無作勝如來　南無不
倦回轉如來　南無名稱友如來　南無名
稱音如來　南無除憂如來　南無蓮華最
功德如來　南無善散華相如來　南無普
香焰如來　南無諦視眼如來　南無放焰
如來　南無光相如來　南無寶形光如來

南無二相髻如來　南無三界牛王安詳
行如來　南無明圓如來　南無虛空續牛
王如來　南無無盡牛王如來　南無鼓音
如來　南無普牛王如來　南無智震如來
南無善安住如來　南無佛牛王如來
南無普德首如來　南無無邊瞿那具足如
來　南無智最上功德如來　南無智上光
明威功德如來　南無蓮華所生功德如來
南無最勝香牛王如來　南無月相焰如
來　南無香象如來　南無不死光如來
南無蓮華聚如來　南無蓮華生功德如來
南無栴檀功德如來　南無寶積如來
南無智上如來　南無作無畏如來　南無
無邊瞿那所生功德如來　南無光明相如
來　南無無邊作德如來　南無一切瞿那

所生功德如來　南無蓮華所生功德如來
南無持炬如來　南無寶上功德如來
南無最上王如來　南無星宿王如來　南
無無邊彌留王如來　南無虛空圓清淨王
如來　南無不死音如來　南無寶彌留如
來　南無種種寶華開敷如來　南無最勝
衆如來　南無無垢離垢解脫鎧如來　南
無金華如來　南無寶室如來　南無妙華
所生如來　南無放焰如來　南無華所生
如來　南無華蓋如來　南無不空鎧如來
南無吽力王如來　南無梵唱如來　南
無牛王如來　南無無邊衆如來　南無調
御如來　南無無礙輪如來　南無一切取
作散如來　南無拔疑如來　南無無相音
如來　南無過去未來現在鎧甲如來　南
無無邊光如來　南無寶彌留如來　南無
日燈如來　南無智生功德如來　南無炬
燈如來　南無上焰如來　南無弗沙如來
南無無邊日如來　南無方燈如來　南
無娑羅主王如來　南無師子如來　南無
寶山如來。南無毗婆尸如來

右二千佛

南無醫王如來　南無賢功德如來　南無
無濁如來　南無香上功德如來　南無香
手如來　南無栴檀屋如來　南無無邊精
進如來　南無數蓮華敷最上王如來　南
無寶網如來　南無善住王如來　南無香
最勝手如來　南無與諸樂如來　南無示
現一切攀緣如來　南無不空名稱如來
南無善住如來　南無無邊瞿那如來　南

無莊嚴功德如來　南無樂莊嚴如來　南
無虛空相如來　南無賢上功德如來　南
無無邊牛王如來　南無淨目如來　南無
調柔如來　南無最上功德如來　南無彌
留如來　南無難降伏幢如來　南無難行
如來　南無無邊彌留香如來　南無月圓
淨王如來　南無勝彌留如來　南無喜所
生功德如來　南無淨彌留如來　南無善
寶功德如來　南無無礙眼如來　南無無
邊德作如來　南無威功德如來　南無願
善思成就如來　南無清淨圓王如來　南
無智藏如來　南無難調將如來　南無智
聚如來　南無作燈如來　南無歡喜主如
來　南無無垢上如來　南無上功德如來
南無示現一切衆生正信牛王如來　南
無無邊寶如來　南無一切牛受牛王如來
南無炎佛蓮華最上功德如來　南無一
切魔佛形示現牛王如來　南無相音如來
南無想音如來　南無蓮華上如來　南
無寶生功德如來　南無無塵意牛王如來
南無智華所生如來　南無最上威王如
來　南無寂靜如來　南無無塵牛王如來
南無諸趣閉塞如來　南無不思議瞿那
功德如來　南無喜王功德如來　南無除
怖畏如來　南無香熏如來　南無普見如
來　南無無畏如來　南無至無畏如來
南無栴檀燈如來　南無火燈如來　南無
熾盛如來　南無上行如來　南無勝衆如
來　南無金剛行步如來　南無智自在王
如來　南無智力叫如來　南無無畏上如

來　南無瞿那王光明如來　南無賢功德
如來　南無梵鳴音如來　南無寶華如來
南無蓮華所生功德如來　南無種種華
如來　南無安隱王如來　南無蓮華最上
功德如來　南無常舉肩如來　南無藥師
王如來　南無無邊攀緣行如來　南無無
邊牛王如來　南無無邊焰如來　南無無
邊眼如來　南無諸緣牛王如來　南無無
邊星宿衆牛王如來　南無宿王如來　南
無香上功德如來　南無虛空德如來　南
無最上功德如來　南無作論議如來　南
無勝彌留如來　南無無邊眼如來　南無
娑伽羅如來

右二千一百佛

南無燈炬如來　南無兩幢相如來　南無
無垢月威王如來　南無智功德如來　南
無叫力王如來　南無瞿那王光如來　南
無寶火如來　南無拔諸疑如來　南無行
步見如來　南無幢王如來　南無蓮華功
德所生如來　南無放光焰如來　南無慈
者如來　南無明蓮華焰如來　南無多信
如來　南無無邊行步如來　南無海彌留
最上如來　南無釋迦牟尼如來　南無示
現雲如來　南無無邊聲如來　南無無量
瞿那功德如來　南無作無異鎧如來　南
無無邊焰光如來　南無善眼如來　南無
一寶藏如來　南無離垢無垢解脫過現未
來無礙鎧如來　南無甘露華如來　南無
不死光如來　南無無量莊嚴如來　南無
無邊焰光如來　南無無量身光如來　南

無不死牛王如來　南無一蓋如來　南無
宿院如來　南無寶蓋如來　南無星宿王
如來　南無蓋宿王如來　南無光圓如來
南無光王如來　南無焰上功德如來
南無無邊焰光如來　南無勝牛王如來
南無無邊牛王遊步如來　南無無礙鳴聲
如來　南無大雲焰如來　南無網焰如來
南無佛華焰如來　南無蓮華牛王如來
南無山王如來　南無月瞿那王如來
南無放光焰如來　南無善滿肩如來　南
無示現雲如來　南無頂上王如來　南無
不空名度如來　南無不空安詳遊步如來
南無婆伽拔底不空牛王如來　南無婆
伽拔底不空焰如來　南無無邊猛進如來
南無娑羅帝王如來　南無無邊勇進如
來　南無寶娑羅如來　南無一蓋所如來
南無星宿莊嚴如來　南無寶所得如來
南無栴檀舍如來　南無無邊香光如來
南無無邊光如來　南無光明圓者如來
南無淨彌留如來　南無無障礙眼如來
南無無邊眼如來　南無寶所生如來
南無普功德如來　南無安住如來　南無
無邊勇步如來　南無不空功德如來　南
無佛華生德如來　南無寶健步如來　南
無無邊鎧甲如來　南無無邊莊嚴如來
南無虛空圓焰如來　南無無相音如來
南無藥師王如來　南無不怯如來　南無
除怖毛竪如來　南無瞿那王光如來　南
無觀意出華如來　南無虛空門如來　南
無虛空音如來　南無虛空莊嚴音如來

南無大目如來　南無勝功德如來　南無
蓮華所生功德如來　南無師子德如來
南無悉達多如來　南無功德藏如來　南
無師子頻如來　南無善安隱如來　南無
梵彌留如來
右二千二百佛
南無淨眼如來　南無不空遊步如來　南
無香象如來　南無香功德如來　南無香
彌留如來　南無無邊眼如來　南無香積
如來　南無寶山如來　南無善安住如來
南無善安住王如來　南無娑羅主自在
王如來　南無寶彌留如來　南無持圓光
如來　南無火燈明如來　南無燈炬如來
南無雲精進如來　南無善觀鎧甲如來
南無師子如來　南無衆生調御如來

南無最勝安住王如來　南無作日如來
南無作光如來　南無光明彌留如來　南
無作光明彌留如來　南無圓光明如來
南無淨光如來　南無飯蓋如來　南無香
蓋如來　南無寶蓋如來　南無栴檀香如
來　南無栴檀功德如來　南無須彌聚如
來　南無寶光明如來　南無娑羅自在王
如來　南無梵功德如來　南無清淨目如
來　南無斷怯弱如來　南無除一切怖畏
毛竪如來　南無寶鎧甲如來　南無無上
焰如來　南無網光相如來　南無因王如
來　南無一切佛身如來　南無示現功德
如來　南無蓮華莊嚴牛王如來　南無網
光明如來　南無無邊光佛華所生如來
南無寶娑羅如來　南無寶月如來　南無

牛主醫師王如來　南無藥者如來　南無智勝如來　南無最上鎧如來　南無無上彌留如來　南無發心即轉法輪如來　南無華積如來　南無散華如來　南無不齊光如來　南無最上焰如來　南無不動跡而速勇步如來　南無無邊勇步如來　南無無量光明如來　南無無邊牛王如來　南無無定願如來　南無轉胎孕如來　南無牛主如來　南無攀緣鎧如來　南無佛虛空如來　南無不倦不轉願如來　南無婆伽婆功德如來　南無刀成利如來　南無成利鎧如來　南無月如來　南無安住鎧如來　南無無邊鎧如來　南無相鎧如來　南無無邊除鎧如來　南無無邊所有鎧如來　南無作然燈如來　南無作光明如來　南無一庫藏如來　南無無邊身如來　南無網焰光如來　南無無邊勇健如來　南無頂上如來　南無圓光明如來　南無善觀如來　南無不空名稱如來　南無一切怖畏怯弱作散壞如來　南無無邊瞿那王形如來　南無拔度一切怨仇如來　南無一切魔境界如來　南無無邊華如來　南無甘露流注如來　南無無邊鳴聲如來　南無焰積如來　南無光明功德如來　南無除兩圓如來　南無不死佛華焰如來　南無別彌留如來

右二千三百佛

五千五百佛名神呪除障滅罪經卷第五

五千五百佛名神呪除障滅罪經卷第六

隋三藏崛多共笈多等譯

南無善現如來　南無善目如來　南無最勝衆如來　南無寶華如來　南無寶所出如來　南無月華如來　南無一切帶鎧甲如來　南無一切生死煩惱蹴蹋如來　南無無邊辯才如來　南無爭義不怯如來　南無一切攀辯才行如來　南無普香焰如來　南無香象如來　南無香牛主如來　南無香舍如來　南無圓光如來　南無焰王如來　南無蓮華最王如來　南無佛牛王如來　南無無邊牛王如來　南無善鎧如來　南無善鎧功德如來　南無散華如來　南無香華如來　南無香華蓋如來　南無瓔珞如來　南無華窟如來　南無金華如來　南無香不澀迦華如來　南無彌留王如來　南無彌留主如來　南無衆生最上鎧甲如來　南無衆生不定轉如來　南無善行如來　南無著鎧如來　南無善華如來　南無普放解脫焰如來　南無解脫蓮華功德如來　南無寶羅網如來　南無最上王如來　南無一蓋徧覆諸佛刹如來　南無星宿王如來　南無善滿肩如來　南無發王如來　南無香熏者如來　南無無邊智牛王如來　南無不空著鎧如來　南無不空見如來　南無無礙眼如來　南無阿閦初發心共如來　南無無邊目如來　南無燈主如來　南無普作光明如來　南無安詳遊步如來　南無散諸憂如來　南無無憂如來　南無生功德如來　南

無瞿那王如來　南無光明如來　南無勝彌留如來　南無香醉如來　南無憍陳如如來　南無無處所功德如來　南無紅華功德如來　南無華所出如來　南無智視如來　南無勝眷屬如來　南無普光明如來　南無月上焰如來　南無諸方名稱如來　南無度王如來　南無無邊光明功德如來　南無香最勝彌留如來　南無無畏如來　南無安隱所生功德如來　南無無邊瞿那勝行所生功德如來　南無一切瞿那妙莊嚴如來　南無華王如來　南無難降幢如來　南無自在藏焰如來　南無常蓮華最上王如來　南無無異行所出如來

南無齊整音如來　南無虛空圓淨如來

南無彌留光明如來　南無作燈如來

南無蓮華上焰如來　南無名稱習如來

南無名稱厚如來　南無娑羅主王如來

南無無邊焰光如來　南無拘留孫如來

南無拘那含牟尼如來　南無迦葉如來

南無釋迦牟尼如來　南無彌勒如來　南無師子如來　南無東方明如來　南無牟那耶如來　南無華如來

右二千四百佛

南無大華如來　南無華幢如來　南無善宿如來　南無善根如來　南無商主如來

南無大臂如來　南無大力如來　南無藥者如來　南無月幢如來　南無名稱相如來　南無涼冷相如來　南無大光明如來　南無牟尼聚如來　南無脫取如來

南無堅硬如來　南無毗盧遮那如來　南

無日胎如來　南無月胎如來　南無饒焰
如來　南無善明如來　南無無憂如來
南無致沙如來　南無東方燈如來　南無
持鬘如來　南無瞿那光明如來　南無示
現義如來　南無燈如來　南無多如來
南無秖多如來　南無盛者如來　南無安
善如來　南無滿足如來　南無嚴熾如來
南無堅彊如來　南無功德威如來　南
無堅功德如來　南無難降如來　南無瞿
那幢如來　南無阿羅訶擔如來　南無衆
主如來　南無領衆如來　南無梵鳴如來
南無堅牢如來　南無著鎧甲如來　南
無不嚴猛如來　南無不劇戲如來　南無
作光明如來　南無大彌留如來　南無金
剛如來　南無勝者如來　南無無恐怖如
來　南無寶如來　南無生者如來　南無
蓮華如來　南無力將如來　南無華者如
來　南無華焰如來　南無衆愛如來　南
無大威如來　南無梵者如來　南無梵志
如來　南無無量壽如來　南無無量光如
來　南無龍遊戲如來　南無龍德如來
南無堅遊步如來　南無不空現如來　南
無精進德如來　南無賢護如來　南無有
力如來　南無喜如來　南無不墮如來
南無不上如來　南無師子幢如來　南無
難勝如來　南無法則如來　南無歡喜王
如來　南無調御如來　南無喜分如來
南無婆留那如來　南無瞿那臂如來　南
無香象臂如來　南無顯望如來　南無雲
音如來　南無善思如來　南無善音如來

南無孔穴如來　南無凉冷如來　南無大凉冷如來　南無獸王如來　南無大名稱如來　南無摩尼髻如來　南無嚴如來　南無師子行如來　南無樹如來　南無步如來　南無降伏滅諍如來　南無降伏者如來　南無般若積如來　南無善正住如來

右二千五百佛

南無除疑意如來　南無象如來　南無不死覺如來　南無善色如來　南無智如來　南無智焰如來　南無堅誓如來　南無吉祥如來　南無實想如來　南無蓮華如來　南無那羅延如來　南無善臂如來　南無善財如來　南無智得如來　南無瞿那焰光如來　南無梵德如來　南無世間燈如來　南無不異作如來　南無作寶如來　南無華天如來　南無甘露師子意如來　南無善思義如來　南無法自在如來　南無名稱意如來　南無稱意如來　南無辯積如來　南無金剛幢如來　南無利益如來　南無遊戲如來　南無除幢如來　南無除暗如來　南無多天如來　南無彌留幢如來　南無由衆如來　南無自在衆如來　南無最勝寶孕如來　南無蓮華胎孕如來　南無不墮行如來　南無最上如來　南無愛如來　南無致沙如來　南無摩尼角如來　南無大角如來　南無三界救如來　南無瞿那稱如來　南無小月如來　南無月日宗族如來　南無日光如來　南無利如來　南無如底沙如來　南

無師子幢如來　南無辯羅魔王如來　南無魔王如來　南無功德孕如來　南無有邊示現如來　南無無邊示現如來　南無睒電光如來　南無金山如來　南無數得如來　南無師子德如來　南無難降幢如來　南無衆主如來　南無王主如來　南無喜名稱如來　南無燈名稱如來　南無堅精進如來　南無不缺名如來　南無稱如來　南無無比名稱如來　南無除畏如來　南無應供天如來　南無滅怖如來　南無大燈如來　南無世間明如來　南無世間光明如來　南無妙香如來　南無瞿那持最勝如來　南無離暗如來　南無除最勝如來　南無不損如來　南無自在如來　南無師子頻如來　南無寶稱如來

南無名如來　南無滅諸惡如來　南無持甘露如來　南無衆生月如來　南無持不死如來　南無善現如來　南無甘喜莊嚴如來　南無摩尼光明如來　南無功德聚者如來　南無山積如來　南無法手如來

南無恩義善智如來　南無與希望如來

南無寶聚如來　南無衆主劫波如來

南無猛用行如來　南無定意如來

右二千六百佛

南無分別蓋如來　南無分助如來　南無尊長如來　南無上功德如來　南無上山如來　南無師子鳴如來　南無最勝師子鳴如來　南無遊戲如來　南無熾盛如來

南無丈夫勝如來　南無師子光明如來

南無華山如來　南無龍喜如來　南無

香自在如來　南無無量名稱如來　南無力天如來　南無瞿那摩尼如來　南無瞿那鬘如來　南無龍臂如來　南無龍臂主如來　南無勝龍如來　南無莊嚴眼如來　南無度意如來　南無善度意如來　南無甘露眼如來　南無大仙如來　南無智勝如來　南無實顯如來　南無毗盧遮如來　南無寶幢如來　南無除疑如來　南無除疑惑如來　南無師子畏如來　南無心行如來　南無大熾光如來　南無善山如來　南無世間無上華如來　南無聲安詳如來　南無軍陀如來　南無無邊現如來　南無無死如來　南無善現如來　南無寶珠如來　南無大勝如來　南無成利現如來　南無頻婆下如來　南無令淨如來　南無華幢如來　南無山主王如來　南無尼俱陀如來　南無無邊顯如來　南無甘露名稱如來　南無應供天如來　南無住利智如來　南無滿意如來　南無最名聞如來　南無無憂闇如來　南無除鬘如來　南無梵德如來　南無寶自在如來　南無梵天如來　南無陀羅尼自在如來　南無華目如來　南無龍解脫體如來　南無法光如來　南無法形如來　南無盡見如來　南無求那形如來　南無求那青如來　南無三界供養如來　南無月形如來　南無涼冷如來　南無月面如來　南無犢子名如來　南無不棄撲名稱如來　南無光曉如來　南無寶形如來　南無寶相如來　南無上名稱如來　南無最上名

稱如來　南無作光明如來　南無作光如來　南無無量威如來　南無毗羅摩如來　南無毗羅摩王如來　南無師子體如來　南無難勝如來　南無電如來　南無電勝如來　南無水滴如來　南無難降如來　南無求那聚如來　南無月相如來　南無勢至如來　南無無邊步如來　南無月如來　南無無垢如來　南無示現義如來　南無勇健如來　南無小月如來

右二千七百佛

南無求那焰如來　南無無垢意如來　南無善生如來　南無善天如來　南無無疑捨如來　南無持甘露如來　南無妙喜如來　南無不搥撲如來　南無不死如來　南無眞如來　南無佛陀如來　南無淵如來　南無德叉迦如來　南無衆首如來　南無世間焰如來　南無多如來　南無福德身如來　南無無邊威如來　南無利意如來　南無威王如來　南無天王如來　南無除恚如來　南無華如來　南無除熱惱如來　南無善調如來　南無須達如來　南無名稱德如來　南無華者如來　南無華德如來　南無散華德如來　南無丈夫德如來　南無賢將如來　南無丈夫將如來　南無大德如來　南無寂行如來　南無寂意如來　南無名稱意如來　南無香象如來　南無那羅延如來　南無調善如來　南無不搥撲如來　南無日月如來　南無電憶如來　南無承者如來　南無大功德如來　南無尸利毬多如來　南無

智日如來　南無成利如來　南無彌留積
如來　南無怨調如來　南無蓮華如來
南無羅漢名稱如來　南無智步如來　南
無除貢髙如來　南無無阿梨耶如來　南
無根體如來　南無善香如來　南無不少
國如來　南無彌留名稱如來　南無摩婁
多如來　南無淨如來　南無有邊現如來
南無月者如來　南無寶月如來　南無
多求多如來　南無阿羅阿毗如來　南無
栴檀月如來　南無師子幢如來　南無樂
寶如來　南無不下濕如來　南無神通王
如來　南無無比如來　南無遊戲如來
南無求那寶如來　南無應供名稱如來
南無辯才名稱如來　南無摩尼金剛如來
南無蓮華索如來　南無寶脇如來　南
無滿者如來　南無與豪如來　南無寂命
如來　南無甘露莊嚴如來　南無摩尼莊
嚴如來　南無大蓮華如來　南無衆上如
來　南無大因陀羅如來　南無作求那如
來　南無彌留名稱如來　南無十焰如來
南無歡喜如來　南無龍華如來　南無
龍勇步如來　南無意車如來　南無寶月
如來　南無能寂靜如來　南無世上王如
來　南無燈王如來　南無語者如來　南
無喜自在如來

右二千八百佛

南無寶髻如來　南無離畏如來　南無寶
胎如來　南無月面如來　南無淨說如來
南無月威如來　南無寂威如來　南無
愛幢如來　南無愛天如來　南無羅列天

如來 南無蘇夜摩如來 南無寶愛如來
南無喜愛如來 南無寶聚如來 南無
寶步如來 南無安詳步如來 南無師子
翅如來 南無最行上如來 南無人上如
來 南無人上者如來 南無佛主如來
南無善解如來 南無世間作光如來 南
無世間照光如來 南無寶侍者如來 南
無婆耆羅陀如來 南無那闍耶如來 南
無寶威者如來 南無頻耆羅婆如來 南
無貯積如來 南無喜莊嚴如來 南無佐
外道如來 南無香象如來 南無焰意如
來 南無彌留幢如來 南無衆生寶如來
南無善香如來 南無堅雨如來 南無
勝威如來 南無雨摩尼如來 南無意開
如來 南無跋提迦如來 南無善逝月如

來 南無梵音如來 南無那羅那如來
南無多音如來 南無師子月如來 南無
功德威如來 南無難勝月如來 南無寂
月如來 南無奢尸羅如來 南無鉢地那
邪如來 南無那摩如來 南無不生如來
南無伏者主如來 南無名稱無量如來
南無實者如來 南無大光如來 南無
彌留焰如來 南無求那聚如來 南無供
養名稱如來 南無地世如來 南無法名
勝如來 南無行行光如來 南無電德如
來 南無作實如來 南無說實如來 南
無耆婆如來 南無須夜摩如來 南無善
衆如來 南無決了意如來 南無有邊意
香如來 南無勝念如來 南無師子焰如
來 南無毗盧遮如來 南無名稱上如來

南無善聽如來　南無摩尼月如來　南
無名稱上名稱如來　南無那羅延分須彌
留王如來　南無意自如來　南無嚴熾焰
如來　南無不揵撲苦行如來　南無火焰
意如來　南無摩尼輪如來　南無世間重
如來　南無世間藏如來　南無師子手如
來　南無求那莊校如來　南無寶焰如來
南無羅藏如來　南無樓遮如來　南無
道喜如來　南無合焰如來　南無益焰如
來　南無定如來　南無世間行如來　南
無孫陀羅如來　南無阿輪迦如來　南無
寂定行如來

右二千九百佛

南無生世間如來　南無寶上如來　南無
十到如來　南無力喜如來　南無至功德
如來　南無至到如來　南無大至者如來
南無求那引如來　南無實語者如來
南無安隱如來　南無安隱上王如來　南
無大焰如來　南無電光如來　南無電光
明如來　南無求那方便如來　南無寶功
德如來　南無光明如來　南無不放香如
來　南無那羅延取如來　南無世間所供
養如來　南無多饒如來　南無作雨如來
南無成手如來　南無師子象如來　南
無善華如來　南無寶上如來　南無海如
來　南無彌婁海如來　南無持地如來
南無利覺如來　南無窟貯積善功德如來
南無善思惟摩如來　南無摩尼者如來
南無求那輪如來　南無寶火如來　南無
多利如來　南無出世間如來　南無世間

月如來　南無美音如來　南無光威如來　南無大焰如來　南無寶望如來　南無阿鯢羅如來　南無最妙如來　南無衆光如來　南無無邊名稱如來　南無不空焰如來　南無仙天如來　南無掃箒一解微細如來　南無生主如來　南無金剛寶體如來　南無善助幢如來　南無色眼如來　南無相如來　南無華國如來　南無法意如來　南無開意如來　南無風行如來　南無善思名稱如來　南無世意如來　南無四聚如來　南無求那子如來　南無求那藏如來　南無義行如來　南無不怯如來　南無住友如來　南無住劫波如來　南無摩尼如來　南無瓔珞如來　南無摩尼足如來　南無胱威如來　南無善染膓如來　南無寶索如來　南無善覺如來　南無底沙如來　南無怖威如來　南無勝智如來　南無梵衣如來　南無梵志道來如來　南無寶音如來　南無善證覺如來　南無不難得如來　南無阿羅達多如來　南無師子行如來　南無師子步如來　南無華相如來　南無智可得如來　南無華得如來　南無求那藏如來　南無堅苦行如來　南無善臂如來　南無名稱實如來　南無阿浮多如來　南無阿彌訶多如來　南無無恐如來　南無光意如來　南無天威如來　南無梵善行如來　南無無邊行如來　南無至苦行如來

右三千佛

南無別月如來　南無梵如來　南無勇步

天如來　南無愛智如來　南無寶天如來
南無摩尼引如來　南無知功德如來
南無無量光如來　南無彌留威如來　南
無梵頂如來　南無漸行如來　南無熾盛
如來　南無焰聚如來　南無大威如來
南無瞻波迦如來　南無無邊威如來　南
無善衆如來　南無蓮華者如來　南無善
逝如來　南無因陀羅如來　南無大愛如
來　南無善逝光如來　南無善逝勝如來
南無衆明如來　南無窄陋如來　南無
依利行如來　南無生黃如來　南無威行
如來　南無決了境界如來　南無不無蓋
如來　南無善臂如來　南無大車如來
南無與命如來　南無世尊如來　南無可
供養如來　南無寶自在如來　南無因陀
羅將如來　南無大焰光如來　南無已得
願如來　南無福德光明如來　南無寶音
如來　南無金剛師子如來　南無富饒如
來　南無師子力如來　南無無垢目如來
南無迦葉如來　南無普覺如來　南無
淨覺如來　南無智華如來　南無智步如
來　南無嚴熾威如來　南無大焰光如來
南無日光如來　南無無垢光如來　南
無無垢體如來　南無分威如來　南無無
缺如來　南無善體如來　南無月光如來
南無無比如來　南無蜜面如來　南無
月形如來　南無閃得如來　南無寂行如
來　南無不動如來　南無應說如來　南
無求那開如來　南無轉眼如來　南無莊
嚴王如來　南無最上行如來　南無最高

如來　南無蓮華功德如來　南無寶嚴如來　南無善賢如來　南無寶出如來　南無善聰如來　南無不死光如來　南無海德如來　南無善有德如來　南無鬘王如來　南無智名稱如來　南無寶高如來　南無刪闍耶如來　南無求那明如來　南無叫名稱如來　南無叫聲如來　南無滿月如來　南無丈夫焰如來　南無蓮華焰如來　南無善光如來　南無燈王如來　南無莊嚴相如來　南無焰相如來　南無焰王如來　南無殊帝沙迦如來　南無無比名稱如來　南無無譬喻名稱如來　南無蓮華引如來　南無富沙如來　南無明徹如來

右三千一百佛

五千五百佛名神呪除障滅罪經卷第六

音釋

苜蓿（苜莫六切 蓿息逐切）藿（虛郭切）乾曝（乾古寒切 曝步木切）揉（耳由切）仇（渠鳩切）硬（魚孟切）睒（失冉切）搥（直垂切）毬（巨鳩切）貯（直呂切）鯢（五稽切）箒（之九切）窄陿（窄側革切 陿轄夾切）閃（失冉切）删（所間切）

五千五百佛名神呪除障滅罪經卷第七
第八同卷　隋　三藏　崛多共笈多　等譯

南無丈夫如來　南無廣目如來　南無不求利如來　南無嚴熾將如來　南無福德威如來　南無發步如來　南無無礙覺如來　南無羅睺天如來　南無智焰如來　南無御者如來　南無智主劫波如來　南無華幢如來　南無羅睺羅如來　南無大藥如來　南無宿王如來　南無福德象如來　南無德叉迦如來　南無遠至名稱如來　南無福德手如來　南無怛車如來　南無叫王如來　南無天王如來　南無日焰如來　南無法庫如來　南無善意如來　南無求那分別如來　南無求那主劫波如來　南無金剛仙如來　南無智聚如來

南無善住如來　南無苦行覺如來　南無梵鳴如來　南無龍者如來　南無雷音如來　南無求那上如來　南無愛衆如來　南無雲磨音如來　南無智幢如來　南無般若聚如來　南無明相如來　南無安慰如來　南無梵志如來　南無首如來　南無恣態眠如來　南無目者如來　南無得者如來　南無龍德如來　南無實相如來　南無智者如來　南無裝校如來　南無恣態鳴如來　南無倚鳴如來　南無寶賢光如來　南無寶喚鳴如來　南無鳴德如來　南無師子者如來　南無月齊如來　南無種種說如來　南無月說如來　南無智健如來　南無蓮華聚如來　南無雷如來　南無勇步如來　南無供養焰如來

南無福德聚勝色如來　南無那羅延無行如來　南無樹帝沙如來　南無凡德如來　南無妙聲如來　南無交藏如來　南無無礙藏如來　南無勝德如來　南無勝智如來　南無妙勝如來　南無智勇涉如來　南無焰意如來　南無大焰如來　南無陀羅特天如來　南無或者如來　南無善光如來　南無名稱功德如來　南無寂伏如來　南無善色如來　南無寶者如來　南無無塵如來　南無成梨如來　南無師子如來　南無師子將如來　南無因陀羅將如來　南無婆姿婆如來　南無名稱如來　南無勝者如來　南無勝繖如來　南無福焰如來　南無樹帝伽如來　南無善焰如來　南無作方便如來　南無燈王如來　南無智積如來　南無分天如來

右三千二百佛

南無勝天如來　南無王者如來　南無解脫如來　南無使者如來　南無解脫行如來　南無善色如來　南無諸羅如來　南無金聚所如來　南無羅睺天如來　南無羅睺賢如來　南無難勝如來　南無無尼光明如來　南無無那那如來　南無淨者如來　南無安哀衣如來　南無月焰如來　南無金光如來　南無異事如來　南無端正如來　南無衆主如來　南無天者如來　南無衆主天如來　南無法盡如來　南無法眼如來　南無福德如來　南無勝手如來　南無無行如來　南無妙者如來　南無智者如來　南無妙智如來　南無

細覺如來　南無山或如來　南無藥者如來　南無宿王如來　南無解脫者如來　南無光藏如來　南無或力如來　南無金莊如來　南無可覺如來　南無猒名聞如來　南無名稱者如來　南無不離如來　南無無垢光如來　南無實焰如來　南無希有如來　南無實聚如來　南無善音如來　南無衆王如來　南無山王如來　南無法積如來　南無解脫惑如來　南無端正如來　南無端正身如來　南無寂體如來　南無吉體如來　南無身體如來　南無妙言如來　南無妙音語如來　南無師子國如來　南無師子牙如來　南無娑囉那那如來　南無水天如來　南無娑囉如來　南無世供養如來　南無世主如來

南無容者如來　南無福德者如來　南無師子助如來　南無師子脇如來　南無法行如來　南無法勇涉如來　南無法行如來　南無樂身如來　南無不動色如來　南無或王如來　南無眠者如來　南無色無忍者如來　南無不伏者如來　南無或如來　南無就者如來　南無覺者如來　南無校者如來　南無照顯如來　南無香定梨覺者如來　南無光焰如來　南無不空行如來　南無令喜如來　南無或如來　南無不空勇步如來　南無智見如來　南無海志如來　南無勝色如來　南無善色如來　南無善步如來　南無意身如來　南無大意身如來　南無名稱如來　南無叫名稱如來　南無淨者如來　南無

燈者如來

右三千三百佛

南無大燈如來　南無淨身如來　南無日
者如來　南無天日如來　南無智具如來
南無和合身如來　南無威力如來　南
無自威如來　南無利利者如來　南無婆
耆羅他如來　南無婆耆羅娑如來　南無
金者如來　南無金光如來　南無最上如
來　南無解脫者如來　南無結者如來
南無無色上如來　南無解脫諸羅如來
南無如法行如來　南無安行如來　南無
住香如來　南無寂伏勝如來　南無離伏
如來　南無智庫如來　南無凡行如來
南無眞陀那如來　南無阿輪伽如來　南
無名者如來　南無淨身體如來　南無自
行如來　南無因國如來　南無想國如來
南無蓮華手如來　南無無邊或如來
南無天焰如來　南無天幸如來　南無福
德華如來　南無婆若華如來　南無自者
如來　南無形觀如來　南無啼者如來
南無足智如來　南無足智知如來　南無
凡者如來　南無修羅如來　南無自稱如
來　南無凡衣如來　南無寶手如來　南
無主王如來　南無鬘如來　南無無體患
如來　南無阿奴摩羅陀那如來　南無阿
婆摩奴夜如來　南無勝威如來　南無福
德或如來　南無耆多如來　南無修梨那
如來　南無度泥如來　南無智指如來
南無成得如來　南無師子如來　南無孔
雀如來　南無妙法如來　南無利益如來

南無色衆如來　南無信罔如來　南無焰者如來　南無不伏者如來　南無知智如來　南無光明如來　南無罔焰如來　南無無倒如來　南無留離幸如來　南無華者如來　南無天者如來　南無多者如來　南無自光如來　南無善光如來　南無具那光如來　南無不惜如來　南無念光如來　南無善光明如來　南無寶功德如來　南無華月如來　南無長失月如來　南無不華護如來　南無不華光如來　南無善意如來　南無不空雲如來　南無智者如來　南無光者如來　南無伽四那羅那如來　南無智特者如來　南無山者如來　南無不失瞿那如來　南無積力如來　南無善目如來　南無善明如來　南無安住如來　南無無思如來

右三千四百佛

南無羅睺如來　南無黒光如來　南無出世間如來　南無火光明如來　南無伽系多燈如來　南無智海如來　南無法自在山王如來　南無那羅那那如來　南無瞿那瞿致力如來　南無法自在如來　南無明者如來　南無善勤如來　南無安住利如來　南無瞿那或供如來　南無普智者如來　南無無量意如來　南無眞實如來　南無光明宿陀如來　南無不見思惟利如來　南無勝童如來　南無具容勝行如來　南無世間手得利如來　南無無諸患如來　南無妙度意覺如來　南無善焰如來　南無辯才色如來　南無善福處如來

南無瞿那海如來　南無恐怖如來　南
無智貴如來　南無辯才眼如來　南無妙
覺如來　南無凉冷者如來　南無寶光月
如來　南無無有如來　南無大現如來
南無梵聲如來　南無善明如來　南無大
智福地如來　南無普覺者如來　南無僧
伽多那如來　南無有意如來　南無樹王
如來　南無庠音如來　南無福臂如來
南無勢功德如來　南無愛師如來　南無
熾盛如來　南無火車如來　南無鼓雲音
如來　南無愛目如來　南無善智者如來
南無出世間者如來　南無求那聚德如
來　南無出世間淨如來　南無法幢如來
南無智聲如來　南無上世如來　南無
願解脫聲如來　南無智解脫意如來　南
無求那威焰如來　南無微細主如來　南
無那羅延者如來　南無辯輪如來　南無
善祭祀如來　南無月面如來　南無善望
如來　南無求那善來如來　南無求那積
聚如來　南無相意如來　南無福德幢如
來　南無辯國如來　南無空施如來　南
無愛月如來　南無師子力如來　南無自
在王如來　南無何羅闍耶如來　南無滅
無死如來　南無阿彌梨多耶如來　南無
與恩如來　南無平等感如來　南無迦婁
波耶如來　南無平等禪定如來　南無無
有瞋如來　南無寂下如來　南無迷諸方
如來　南無着致多耶如來　南無善面如
來　南無安詳如來　南無善賢如來　南
無住速疾如來　南無智者如來　南無衆

主如來　南無大天如來　南無說王如來
南無大威者如來　南無深意如來　南
無甘露如來　南無法力如來　南無得他
供養如來

右三千五百佛

南無富沙耶如來　南無婆羅破耶如來
南無三界如來　南無智慧如來　南無羅
漢如來　南無須梨耶耶如來　南無揭婆
耶如來　南無色者如來　南無降伏如來
南無福德形如來　南無麻促梨耶如來
南無恩受胎如來　南無諸天供養如來
南無木叉幢如來　南無眞髮如來　南
無不死者如來　南無清淨如來　南無不
死形如來　南無金剛如來　南無恐牢如
來　南無堅牢如來　南無寶堅如來　南
無曉明如來　南無安詳步行如來　南無
婆那避如來　南無淨光如來　南無光者
如來　南無求那髻如來　南無無比功德
如來　南無師子行如來　南無最爲首行
如來　南無最上起如來　南無華德如來
南無放光如來　南無頂形如來　南無
蓮華如來　南無智愛如來　南無安詳莊
嚴如來　南無不空行如來　南無生苦行
如來　南無相幢如來　南無闇海如來
南無勇健如來　南無持寶如來　南無樂
願如來　南無樂解脫如來　南無寶住如
來　南無不空寶如來　南無巧智如來
南無無常如來　南無不下如來　南無智
合喜如來　南無南摩耶如來　南無無比
如來　南無令世喜如來　南無無聲如來

南無不怯如來　南無滅有愛如來　南無信福處如來　南無多天吽如來　南無寶步如來　南無蓮華手如來　南無功德如來　南無降伏諸怨如來　南無饒名聞如來　南無善國如來　南無華光如來
南無師子音如來　南無月上如來　南無上灰如來　南無自暗如來　南無動者如來　南無和合行如來　南無分闍耶如來
南無波羅提波耶如來　南無水地如來
南無福德燈如來　南無音髻如來　南無橋多摩耶如來　南無盛力如來　南無安住意色如來　南無上色如來　南無善月如來　南無覺分華如來　南無華讚歎如來　南無可讚歎如來　南無善方如來
南無力智威如來　南無波羅提波耶如來　南無威巧如來　南無大燈明如來
南無善光如來　南無堅步如來　南無天聲如來　南無天聲淨如來　南無天淨如來　南無寂靜如來　南無日面如來　南無日者如來　南無樂解脫如來

右三千六百佛

南無解脫共行如來　南無勝戒光如來
南無功德光如來　南無苦行住如來　南無無有塵如來　南無堅牢如來　南無善住如來　南無牢上如來　南無世增長如來　南無燈者如來　南無乾闥婆耶如來
南無婆訶梨陀耶如來　南無香光如來
南無波吼聲如來　南無波光如來　南無因陀羅意如來　南無賢者如來　南無自主如來　南無分幢如來　南無善和二

生如來　南無勝意如來　南無行行如來
南無勝覺行如來　南無無邊如來　南
無寶愛如來　南無如法如來　南無感脚
跡如來　南無愛者如來　南無化威如來
南無大友如來　南無善友如來　南無
寂行如來　南無寂向行如來　南無甘露
主如來　南無彌婁光如來　南無聖者歎
如來　南無降意如來　南無無邊威如來
南無墮意如來　南無熾盛如來　南無
月燈如來　南無形示現如來　南無善度
果報如來　南無善喜如來　南無善愛如
來　南無無憂如來　南無喜樂如來　南
無寶光如來　南無可付信如來　南無福
德步如來　南無求那海如來　南無雜色
體如來　南無支帝耶如來　南無舍摩如

來　南無降伏魔如來　南無度厄行如來
南無度厄如來　南無不破意如來　南
無海者如來　南無摩拭如來　南無摩尼
真珠王如來　南無畢利耶婆耶如來　南
無佛幢如來　南無智音如來　南無善功
德如來　南無空名稱如來　南無梵者如
來　南無被梵降如來　南無樂識如來
南無樂智如來　南無神通幢如來　南無
伏主劫如來　南無生主劫如來　南無持
地如來　南無日光如來　南無羅睺月如
來　南無華光如來　南無華明如來　南
無無怨如來　南無明主如來　南無華明
如來　南無福德愛如來　南無善力如來
南無善鳴如來　南無法自在如來　南
無梵音如來　南無善以治如來　南無善

長如來　南無無錯意如來　南無月者如來　南無大叫如來　南無說名稱如來　南無無邊辯才幢如來　南無想意如來　南無叫威如來　南無世自在如來　南無徒摩耶如來　南無失毋如來　南無不死者如來　南無善月者如來

右三千七百佛

南無無邊辯才如來　南無拭苦行如來　南無安詳苦行如來　南無堪供養如來　南無供養度無憂如來　南無徹無憂如來　南無愛安慧如來　南無世間意如來　南無愛跡如來　南無愛分如來　南無善生跡如來　南無優波羅耶如來　南無華索如來　南無華上如來　南無無邊辯才焰如來　南無仙者如來　南無最妙如來

南無微細淨如來　南無衆精進如來　南無求那精進如來　南無堅牢如來　南無天首如來　南無最爲上如來　南無寶首如來　南無畢竟寶如來　南無清淨如來　南無薄祁羅他如來　南無果報聚如來　南無福德意如來　南無多焰如來　南無無邊求那如來　南無焰威如來　南無無邊求那威聚如來　南無師子安詳行如來　南無師子奮迅行如來　南無不動者無如來　南無淨者如來　南無波羅西那耶如來　南無度光明如來　南無徹苦行如來　南無去聲如來　南無龍聲如來　南無持輪如來　南無輪次如來　南無色勝愛如來　南無法月如來　南無勝婆蘇如來　南無法頭如來　南無無邊名稱

如來　南無雲幢如來　南無聚行如來
南無智行如來　南無善者如來　南無虛
空者如來　南無虛空如來　南無天王如
來　南無摩尼淨如來　南無那羅延取如
來　南無善才如來　南無善燈如來　南
無燈者如來　南無寶音鳴如來　南無衆
主王如來　南無羅漢藏如來　南無無畏
如來　南無師子步如來　南無師意如來
　南無寶者如來　南無名稱如來　南無
已作利如來　南無作現如來　南無有丈
夫上如來　南無有善華如來　南無滿足
光明王如來　南無高豪如來　南無不可
稱辯才王如來　南無分別智音如來　南
無師子堅牢如來　南無師子牙如來　南
無安詳步如來　南無福德燈月如來　南
無吉祥如來　南無無憂如來　南無難降
伏如來　南無無憂國如來　南無人月如
來　南無月月如來　南無日光明如來
南無大步如來　南無國土如來　南無意
思如來　南無意眼如來　南無法味如來
　南無勝教如來　南無水勝如來　南無
最力如來　南無那若華如來　南無牢音
如來　南無和合如來　南無善供養如來

右三千八百佛

南無說利如來　南無善徹苦行如來　南
無樹幢如來　南無無有倉庫如來　南無
大光如來　南無尼胎藏如來　南無愛淨
如來　南無一利鉢多羅夜如來　南無無
邊色如來　南無人師子如來　南無商主
如來　南無師子行如來　南無瞻聞那摩

那如來　南無大崖如來　南無妙音如來
南無無邊焰如來　南無意喜散如來
南無福德燈如來　南無善顯如來　南無
意喜威如來　南無甘露無憂如來　南無
曉意喜如來　南無無垢名稱如來　南無
除幢如來　南無蹴蹋聖如來　南無等示
現如來　南無難勝如來　南無威明如來
南無堅步如來　南無妙名聞如來　南
無無邊色如來　南無大淨如來　南無甜
鳴如來　南無不動力如來　南無無邊莊
嚴如來　南無威聚如來　南無定意如來
南無堅牢如來　南無愛解脱如來　南
無不死憂如來　南無普觀如來　南無一
切威如來　南無摩訶阿羅訶那耶如來
南無國供養如來　南無形功德如來　南

無重懺悔如來　南無莊嚴光明如來　南
無師子奮迅如來　南無善觀如來　南無
毗摩闍訶耶如來　南無不死步如來　南
無月光明如來　南無大名聞如來　南無
覆諸根如來　南無淨意如來　南無無礙
輪如來　南無甘露音如來　南無降伏神
祇如來　南無衆神祇如來　南無神通威
如來　南無求那王如來　南無無邊色如
來　南無大力如來　南無安詳莊嚴如來
南無無礙示現如來　南無師子香如來
南無普觀察如來　南無勇德如來　南
無善觀如來　南無善顏色如來　南無意
名聞如來　南無寶莊嚴如來　南無熾盛
光如來　南無解脱勇如來　南無求那莊
嚴如來　南無決了意如來　南無智相如

來　南無不動意如來　南無付信意如來
南無可喜如來　南無樂實如來　南無
火音如來　南無善現如來　南無無邊威
如來　南無意喜思如來　南無羅漢名稱
如來　南無求那華如來　南無華焰如來
南無鈹降伏如來　南無妙意鳴如來
南無善示現如來　南無衆塔如來　南無
大光明如來　南無無有比喻如來　南無
清淨意如來　南無妙聲如來　南無大光
如來　南無月燈如來　南無智華如來
南無福德莊嚴如來

右三千九百佛

五千五百佛名神咒除障滅罪經卷第七

五千五百佛名神咒除障滅罪經卷第八

隋三藏崛多共笈多等譯

南無福德勢如來　南無智所得如來　南無有邊示現如來　南無愛示現如來　南無無邊焰如來　南無妙明如來　南無妙月如來　南無或步如來　南無福德因如來　南無愛帝沙如來　南無無邊焰光如來　南無跋檀多如來　南無大彌婁如來　南無善意如來　南無弓上如來　南無大莊嚴如來　南無勝思如來　南無蓮華孕如來　南無那羅延如來　南無婆比陀佛陀耶如來　南無無邊焰如來　南無師子意如來　南無勝音如來　南無妙覺如來　南無福德形如來　南無娑婆摩波邏如來　南無婆耶如來　南無可喜分如來

南無不濁財如來　南無羅漢威如來　南無成離覺者如來　南無波羅那如來　南無陀耶如來　南無地威如來　南無熾盛光如來　南無決了思惟如來　南無寶月者如來　南無威光如來　南無華威如來　南無最上國如來　南無名稱幢如來　南無求那淨如來　南無法燈如來　南無功德淨如來　南無將愛面如來　南無師子安詳步行如來　南無衆神祇如來　南無海覺如來　南無蓮華藏如來　南無善蓋如來　南無娑羅王如來　南無寂根如來　南無月威勢力如來　南無日光明如來　南無道味如來　南無分陀利香如來　南無彌婁焰如來　南無月面如來　南無安詳行如來　南無顯赫諸方如來

南無法形如來　南無戒淨如來　南無無邊意如來　南無無邊色如來　南無堅精進如來　南無諸天供如來　南無普覺如來　南無百焰如來　南無仁威如來　南無善福德地如來　南無牢精進如來　南無名稱上如來　南無名稱幢如來　南無羅漢金剛如來　南無普光明如來　南無大威者如來　南無應供養如來　南無上功德如來　南無成利思惟如來　南無愛供養如來　南無普藏如來　南無菩提信如來　南無心意如來　南無出覺如來　南無功德鳴如來　南無雜色月如來　南無雲陰如來　南無大焰聚如來　南無山積如來　南無無憂愛如來　南無天國如來　南無師子善鳴如來　南無無邊形如來　南無現愛如來　南無燈王如來　南無功德幢如來　南無諸方聞如來　南無愛明如來　南無月幢如來　南無與無畏如來

右四千佛

南無宿王如來　南無月天如來　南無光思如來　南無大名稱如來　南無妙鳴聲如來　南無悔愛如來　南無名稱上如來　南無天王如來　南無美形如來　南無樂叫如來　南無心意者如來　南無池清淨如來　南無寂患如來　南無星宿王如來　南無無驚怖如來　南無淨意如來　南無散諸疑如來　南無慈者功德如來　南無勝者如來　南無雜色月如來　南無普現如來　南無現月如來　南無勝摩如

來　南無大車如來　南無師子勇步行如
來　南無密焰如來　南無普藏如來　南
無成利勇步行如來　南無明日如來　南
無現聚如來　南無清淨意如來　南無香
醉者如來　南無摩尼淨如來　南無求那
光如來　南無日燈如來　南無覺天如來
南無悔方便如來　南無善思利如來
南無普現如來　南無師子幢如來　南無
普行如來　南無大步如來　南無阿羅頻
陀蓮華如來　南無日焰如來　南無不死
淨如來　南無無邊色如來　南無蓋天如
來　南無寶焰如來　南無御車國如來
南無善見如來　南無善名如來　南無婆
耆羅他如來　南無日面如來　南無無礙
眼如來　南無師子行者如來　南無摩婁

如來　南無多愛如來　南無無畏愛如來
南無大燈如來　南無求那孕如來　南
無求那淨如來　南無般若幢如來　南無
威焰如來　南無月德如來　南無求那衣
如來　南無無邊光如來　南無易事如來
南無名稱相如來　南無光叫如來　南
無等求那如來　南無熾盛相如來　南無
那羅延者如來　南無寶淨如來　南無普
畫色如來　南無善思意如來　南無善意
者如來　南無甘露意者如來　南無師子
臂如來　南無明意如來　南無善意如來
南無王天如來　南無寶幢如來　南無
善住意如來　南無甘露天如來　南無聖
者華如來　南無不祭祀得如來　南無大
相如來　南無明日如來　南無達摩耶如

來　南無月面如來　南無善熟如來　南無天施如來　南無寶光明如來　南無孔雀音如來　南無普勝如來　南無饒焰如來　南無無量黄如來　南無名稱愛如來

南無善覆如來　南無不死淨如來

右四千一百佛

南無不死步如來　南無天國如來　南無天焰如來　南無淨面如來　南無福德愛如來　南無師子意如來　南無地淨如來

南無寶淨如來　南無孫陀羅焰如來

南無雜色月如來　南無月愛如來　南無月蓋如來　南無普觀如來　南無不汙染如來　南無名稱上如來　南無月面如來

南無龍天如來　南無求那焰如來　南無求那覺如來　南無華上如來　南無世愛如來　南無甘露威如來　南無實相如來　南無明日如來　南無不死焰如來

南無愛幟如來　南無羅漢愛如來　南無天焰如來　南無福德所得如來　南無福德功德如來　南無求那臂如來　南無法燈如來　南無普焰如來　南無大莊嚴如來　南無脫日如來　南無堅牢精進如來

南無意光明如來　南無不正名稱如來

南無正覺者如來　南無無量莊嚴如來

南無師子牙如來　南無福德步如來

南無觀瞻行如來　南無彌婁只帝耶如來

南無電焰如來　南無難勝愛如來　南無勝愛如來　南無彌婁幢如來　南無華光如來　南無上意如來　南無香醉如來

南無求那勇步如來　南無益意如來

南無仙淨如來　南無寶燈如來　南無熾
盛威如來　南無愛衣如來　南無孫陀羅
莊嚴如來　南無求那孕功德如來　南無
淨現如來　南無威力如來　南無清淨眼
如來　南無智光如來　南無聖眼如來
南無木叉藥如來　南無大不空如來　南
無上國如來　南無愛雜如來　南無念業
如來　南無求那清淨如來　南無毗盧遮
那名稱如來　南無光明最上如來　南無
愛付信如來　南無月光如來　南無上鳴
如來　南無福德功德如來　南無攝擇如
來　南無相王如來　南無無惱覺如來
南無聖降如來　南無法洲如來　南無不
死求那如來　南無無礙名稱如來　南無
甘露香如來　南無智者愛如來　南無不
錯覺者如來　南無衆愛如來　南無不由
他主如來　南無神通淨如來　南無天纖
如來　南無龍王如來　南無嚴步如來
南無法勝如來　南無有邊現如來　南無
冐面如來　南無求那相如來　南無衆主
羯波如來　南無無畏如來　南無普眼如
來　南無求那焰如來

右四千二百佛

南無月上如來　南無定身體如來　南無
求那幢如來　南無閙年陀羅羯波如來
南無無畏友如來　南無攝覺如來　南無
陳光如來　南無功德積如來　南無一節
光如來　南無那羅延勇健如來　南無師
子勝如來　南無無戒愛如來　南無世間淨
如來　南無熾盛光如來　南無師子奮迅

雷如來　南無不濯意如來　南無名稱淨如來　南無決覺如來　南無滅癡如來　南無求那聚如來　南無星覺如來　南無婆耆羅他如來　南無實勇步如來　南無種種色月如來　南無諸方觀如來　南無懺淨如來　南無思懺如來　南無法纖如來　南無不降輪如來　南無天華如來　南無天蓮華如來　南無普威如來　南無月明如來　南無求那莊嚴如來　南無利思如來　南無相王如來　南無蓮華面如來　南無名稱思如來　南無淨苦行如來　南無師子遊戲步如來　南無摩尼淨如來　南無善香如來　南無智者淨如來　南無福德地處如來　南無般若智如來　南無智開如來　南無威力如來　南無嚴

熾威如來　南無覺者喜如來　南無勝淨如來　南無一切愛如來　南無無疑超越如來　南無善思利如來　南無彌婁如來　南無聖調如來　南無智者淨如來　南無攝道如來　南無甜明如來　南無師子樂如來　南無摩訶毗沙吒迦耶如來　南無普寶如來　南無一切世間愛如來　南無有金剛如來　南無師子鳴如來　南無火所覆如來　南無商主如來　南無人月如來　南無大莊嚴如來　南無日光如來　南無可喜如來　南無有邊意如來　南無寂行如來　南無攝名稱如來　南無梵所供養如來　南無大聲如來　南無智者淨如來　南無無邊願如來　南無世焰如來　南無不現步如來　南無現忍如來

南無大華得如來　南無自熏如來　南無神通淨如來　南無華覺如來　南無婆須達如來　南無不怯鳴如來　南無普顯現如來　南無月光如來　南無擇色如來
南無禪定思如來　南無婆耆羅淺者如來
南無功德淨如來　南無難降伏如來
南無等現如來　南無月燈如來　南無功德淨如來　南無月纖如來　南無世間福德處如來　南無山淨如來　南無上寶如來

右四千三百佛

南無慚愧賢如來　南無顯赫如來　南無師子吼如來　南無大遊戲步如來　南無普淨如來　南無器鳴如來　南無功德愛如來　南無普行者如來　南無普覺者如來　南無大勇健如來　南無月幢如來
南無堅苦行如來　南無調順供養如來
南無可畏面如來　南無上名稱如來　南無堅覺者如來　南無一切求那成就如來
南無甘露焰如來　南無微妙明如來
南無大力如來　南無大步如來　南無不死清淨如來　南無道遊戲步如來　南無勝聲思惟如來　南無嚴意如來　南無大苦行如來　南無熾威焰如來　南無無諍覺如來　南無師子鳴如來　南無善寶如來　南無善安如來　南無日光明如來
南無甘露主如來　南無道行如來　南無佛友如來　南無不現如來　南無不獨義如來　南無上行如來　南無人月如來
南無上形如來　南無普光如來　南無大

莊嚴如來　南無師子奮迅如來　南無愛
摩婁多如來　南無寂醉如來　南無大步
如來　南無微妙鳴如來　南無福德聚如
來　南無意月如來　南無愛眼如來　南
無名聞如來　南無功德淨如來　南無道
覺者如來　南無寶供養如來　南無妙智
如來　南無定隨聞如來　南無勝將如來
南無寶覺如來　南無甘露威如來　南
無無禪忍如來　南無月上功德如來　南
無龍步如來　南無智者淨如來　南無實
愛如來　南無優鉢羅香如來　南無香自
在如來　南無五上如來　南無等苦行如
來　南無功德吉如來　南無大威如來
南無色月如來　南無度泥如來　南無不
量眼如來　南無慚愧覺者如來　南無功

德供養如來　南無雜色鳴如來　南無求
那摩尼如來　南無淨安住如來　南無妙
香如來　南無善戒香如來　南無華覺如
來　南無上意如來　南無應供養如來
南無山帝積如來　南無長喜如來　南無
熾盛光如來　南無雜色聲鳴如來　南無
無意步如來　南無義愛如來　南無超淨
如來　南無勇捨如來　南無神通光如來
南無威力如來　南無功德淨如來　南
無上名聞如來　南無放焰如來　南無無
意步如來　南無毗羅摩王如來　南無林
華如來　南無功德華如來

右四千四百佛

南無捨鬬諍如來　南無斗帳如來　南無
大名聞如來　南無愛行如來　南無甘步

如來　南無日香如來　南無月鳴如來
南無天幢如來　南無淨月如來　南無奢
羅達底耶如來　南無瞻仰觀如來　南無
堅覺如來　南無樹華如來　南無上鳴如
來　南無甘露雨如來　南無師子聲如來
南無二十萬天如來　南無上音如來
南無功德愛如來　南無甘露名如來　南
無法華如來　南無大莊嚴如來　南無世
間重如來　南無勝意如來　南無彌婁光
如來　南無甘露光如來　南無道威如來
南無善覺思如來　南無幢月如來　南
無降伏怨如來　南無甘露華如來　南無
大名如來　南無益思如來　南無去有如
來　南無道蓮華如來　南無天供養如來
南無超泥如來　南無法葩如來　南無
大功德如來　南無愛光如來　南無火光
如來　南無示愛如來　南無明愛如來
南無不空念如來　南無月孚如來　南無
勝德如來　南無實用如來　南無無礙覺
如來　南無威至如來　南無梵光如來
南無大莊嚴如來　南無樂光如來　南無
上光如來　南無寂光如來　南無無礙步
如來　南無不錯覺如來　南無苦行饒如
來　南無端正分如來　南無無畏如來
南無叫鳴如來　南無大鳴如來　南無選
擇者如來　南無淨色如來　南無大勇步
如來　南無大思如來　南無樂目如來
南無無色淨如來　南無歸依淨如來　南
無無惱覺如來　南無堪福德處如來　南
無善辯覺如來　南無普淨如來　南無月

威如來　南無天滿如來　南無天鳴如來
南無華日如來　南無不住思如來　南
無相淨如來　南無華形如來　南無明力
如來　南無求那喜如來　南無法富沙如
來　南無可喜威如來　南無月境界如來
南無寂食如來　南無平等求那如來
南無降伏威如來　南無天供養如來　南
無天鳴如來　南無不錯方便如來　南無
大精進如來　南無微妙鳴如來　南無普
鳴如來　南無道願如來　南無天喜如來
南無智力如來　南無普眼如來　南無
賛合如來　南無仙華如來　南無虛空覺
如來

右四千五百佛

南無波攪如來　南無無比智如來　南無
降刺如來　南無羅漢愛如來　南無戒供
養如來　南無等助思如來　南無無畏名
聞如來　南無精進淨如來　南無庶幾光
如來　南無聞覺如來　南無諸方聞如來
南無自在王如來　南無無邊覺如來
南無放焰如來　南無不死淨如來　南無
勝眼如來　南無解脱苦行如來　南無意
喜現如來　南無勝光如來　南無大鳴如
來　南無大威聚如來　南無光幢如來
南無求那威聚如來　南無相淨如來　南
無大焰如來　南無羅漢淨如來　南無善
住恩如來　南無善福處如來　南無智所
得如來　南無普寶如來　南無日焰如來
南無說福處如來　南無灰瞋如來　南
無師子身如來　南無名聞友光如來　南

無淨著如來　南無愛喜如來　南無威主
如來　南無寶威如來　南無須多殊摩醯
多如來　南無曉光如來　南無世塔如來
南無行淨如來　南無善福處威如來
南無羅漢眼如來　南無大勇如來　南無
無量色如來　南無智持如來　南無求那
福處如來　南無彌婁光如來　南無寂意
如來　南無大勇步如來　南無無縛無疑
摩尼如來　南無成利如來　南無益愛如
來　南無諸天所供養如來　南無捨駛流
如來　南無捨寶如來　南無智者如來
南無橋梁者如來　南無賢者如來　南無
不空勇步如來　南無有衣威如來　南無
慈力如來　南無月功德如來　南無寂光
如來　南無愛目如來　南無輭弱鳴如來

南無天色如來　南無法意如來　南無
涼冷如來　南無無礙鳴如來　南無天華
如來　南無雜色形如來　南無龍德如來
南無雲鳴如來　南無求那勇步如來
南無心求那如來　南無大鳴如來　南無
分明鳴如來　南無捨惡道如來　南無不
死華如來　南無安詳眼如來　南無大燈
明如來　南無不空苦行如來　南無牢眼
如來　南無捨癩如來　南無相華如來
南無不思議形如來　南無普賢如來　南
無涼冷勝如來　南無歡喜德如來　南無
端正鳴如來　南無精意如來　南無賢光
如來　南無牢華如來　南無不散意如來
南無祭祀德如來　南無頗饒如來　南
無樂解脫如來

右四千六百佛

南無超越駃流如來　南無調怨敵如來　南無無行捨如來　南無不死光如來　南無無垢思如來　南無雜音如來　南無無量光眼如來　南無勇力苦行如來　南無上光如來　南無求那貯積如來　南無音喜鳴如來　南無大思惟如來　南無天淨如來　南無不死心行如來　南無最上燈如來　南無堅意如來　南無力勇步如來

南無阿囉如來　南無菩提光如來　南無上鳴音如來　南無六通音如來　南無威力如來　南無人名聞如來　南無決定華貯積如來　南無大髻如來　南無水王如來　南無怯行如來　南無憂意滅如來

南無大水勇步如來　南無月光如來

南無心健如來　南無解脫智如來　南無無行生如來　南無瞻波迦燈如來　南無功德供養如來　南無善思者如來　南無功德威色如來　南無衆信如來　南無上意如來　南無孫陀羅念信如來　南無蓮華形如來　南無人蓮華如來　南無精妙香如來　南無最上所供如來　南無心華如來　南無長上功德如來　南無虛空分別如來　南無天信如來　南無支低迦福處如來　南無月明如來　南無大堅如來

南無極力如來　南無智國如來　南無嚴意如來　南無山帝覺如來　南無端正分如來　南無最上功德如來　南無功德友如來　南無邪意捨如來　南無羅漢隨如來　南無功德香如來　南無無諍行如

來　南無求那熏如來　南無大精進思如
來　南無焰光如來　南無親勇步如來
南無深重思如來　南無香喜如來　南無
香象如來　南無選分覺如來　南無上意
思如來　南無求那嚴如來　南無苦行主
如來　南無智意如來　南無求那彌留如
來　南無清淨音如來　南無攝選如來
南無功德淨如來　南無月示現如來　南
無求那積光如來　南無法力如來　南無
邪意息如來　南無叫王如來　南無調伏
根如來　南無極意如來　南無不死焰如
來　南無不死思如來　南無求那最勝如
來　南無愛髻如來　南無不伏色如來
南無普信如來　南無莊嚴王如來　南無
無邊精進如來　南無無邊樂如來　南無

威焰如來　南無菩提王如來　南無無礙
覺如來　南無眼目者如來　南無喜分如
來　南無偈者如來

右四千七百佛

南無智藏如來　南無智焰如來
南無法行如來　南無利益如來

爾時世尊而說偈言

已聞如是世尊名　若有智者莫放逸
勿令此會莫不值　惡道苦中流轉行
應住持戒當順忍　應信多聞在空閑
當應滿已甚深忍　彼應當見如是尊
若作惡業億數劫　未知惡業果報者
彼盡一切當作佛　持已如是諸佛名

佛說此經已彌勒菩薩摩訶薩及諸菩薩大
比丘衆天龍夜叉乾闥婆阿修羅迦樓羅緊

那羅摩睺羅伽人非人等聞佛所說歡喜奉行

五千五百佛名神咒除障滅罪經卷第八

音釋

怛當割切 恣態恣資四切態他代切 繖蘇旰切 系胡計切 寐彌二切 祁巨支切 甜徒兼切 鈹攀糜切 吽許今切 葩普巴切 攪古巧切 輭而兖切 癲都年切

力莊嚴三昧經

隋三藏法師那連提耶舍

清刻龍藏佛說法變相圖

力莊嚴三昧經卷上中卷同

隋三藏法師那連提耶舍譯

如是我聞一時婆伽婆住舍婆提城祇陀林樹給孤獨園與比丘衆五百人俱一切皆是大阿羅漢諸漏已盡無復煩惱心得好解脫慧得好解脫其心柔和猶調伏象內外清淨究竟斷除五陰重擔所作已辦不受後有猶如諸佛解脫無爲不爲有爲生死遷動唯除一人在於學地所謂長老阿難比丘一切皆得寂滅之法一切皆得調伏之法一切具足最勝之法一切不住於意識中一切皆得種種解脫一切皆得自在神通復有八十百千菩薩摩訶薩等而爲上首所謂文殊師利童子智輪大海辯才童子蓮華藏光一切衆生眼童子無邊心廣義慧童子天寶燄光善照

曜幢童子難可譬喻善色愛見童子觀諸衆生眼視不瞬童子大願不虚見童子深遠雷震鼓音響聲童子離障礙一切衆生眼童子寶藏餤輪廣德童子多福德衆生見勝幢童子勝妙無邊香光童子無邊力精進善大奮迅童子牢固精進無邊智光幢童子一切差別德勝智童子不可破壞能常最勝童子成就一切自在導師童子相好莊嚴清淨福行善名稱童子一切衆生最愛樂童子如是等衆諸童子俱一切皆得不退轉道以金剛鎧大願莊嚴心常寂靜盡諸有邊不壞法中得大清淨最勝清淨彼岸清淨一切清淨行皆清淨爾時世尊於彼後夜第一分中入于三昧此之三昧名力莊嚴入三昧已悉知過去現在未來一切衆生生死業行佛神力故是

時此處祇陀樹園地及虚空一切皆滿天衣寶帳交絡網縵天蓋幢旛閡塞周遍又垂種種雜妙流蘇細蘂天華繽紛亂墜林樹間錯七寶廁填種種莊嚴布散於地天諸香葉天彌那羅天桂欝金及熏香等煙雲微密靉靆氛氳時卷時舒可愛可樂時祇陀樹如是種種天寶莊嚴廣博淨故有大威德具衆光明照曜虚空盡十方面現此難量諸莊嚴已有師子座自然而出殊特妙好勝天報成以座莊嚴光因緣故令此三千大千世界一切赫耀皆悉照明譬如夜中然大炬火一切闇冥悉滅無餘爾時此三千大千世界娑婆國土所有穢惡丘陵堆阜崖岸川原礫石土沙高下坑坎陂池溝壑泉井江湖小河大河小海大海須彌海島尼民陀羅仙聖所居十寶諸

山斫迦婆羅及大斫迦婆羅山等悉皆平坦無諸荆棘幷餘叢林清淨端平如瑠璃掌又有種種七寶莊嚴天曼陀華遍覆於地天葉藕根天多摩羅天桂鬱金香熏雲氣普皆周遍遶虛空中又有諸天無量音樂百千萬億那由他種自然出聲悉說妙法時此三千大千世界滿虛空中種種七寶蓮華莊嚴最勝香光皆作金色純青瑠璃用以爲莖臺廣七肘皆高七尋蓮華開敷甚可喜樂天栴檀樹曼陀華樹天龍華樹其樹各各高七多羅枝葉扶踈色香具足青黃赤白皆如蓮華如是莊嚴三千大千一切地界至有頂天悉如天宮淨妙國土現是變已是時一切無量衆生以佛力加故無障礙此彼徹見猶淨瑠璃難可思量佛境界故爾時此三千大千世界地住諸天乃至一切阿迦膩吒天幷及五百羅漢比丘八十百千菩薩衆等作如是念此是如來力莊嚴力此是如來人中師子此是如來最大奮迅此是如來師子奮迅此是如來大大師子奮迅踊躍此是如來大大神通莊嚴之事不可思議不可讚歎如是見已天及聲聞諸菩薩等一切大衆皆於佛所生大信心胡跪合掌一心低頭供養而住爾時東方過如恒河沙等世界彼有佛剎名一切光其中有佛號無邊光多陀阿伽度阿羅呵三藐三佛陀與大比丘衆八千萬比丘尼三千萬菩薩摩訶薩八十百千萬優婆塞八十八萬優婆夷七十千萬亦有最大威德天人皆於彼衆圍遶佛座聽說法要爾時南方過如恒河沙等世界彼有佛剎名曰大光其中有佛

號無邊精進多陀阿伽度阿羅呵三藐三佛陀與大比丘衆十千萬人俱菩薩摩訶薩四十千萬優婆塞六十千萬亦有最大威德天人皆於彼衆圍遶佛座聽說法要爾時西方過如恒河沙等世界彼有佛刹名曰普光其中有佛號曰普見多陀阿伽度阿羅呵三藐三佛陀與大比丘二億衆俱三億比丘尼九億六千萬菩薩摩訶薩衆八億優婆塞六億優婆夷亦有最大威德天人皆於彼衆圍遶佛座聽說法要爾時北方過如恒河沙等世界彼有佛刹名曰大燈其中有佛號曰作光多陀阿伽度阿羅呵三藐三佛陀與大比丘六億衆俱四萬比丘尼八億菩薩摩訶薩衆九億優婆塞八億優婆夷亦有最大威德天人皆於彼衆圍遶佛座聽說法要爾時東北方過如恒河沙等世界彼有佛刹名曰金光照曜其中有佛號金色光多陀阿伽度阿羅呵三藐三佛陀與大比丘七億衆俱三億比丘尼八億菩薩摩訶薩衆九億優婆塞八億優婆夷亦有最大威德天人皆於彼衆圍遶佛座聽說法要爾時東南方過如恒河沙等世界彼有佛刹名大炬光其中有佛號不可思議日光多陀阿伽度阿羅呵三藐三佛陀與大比丘八億四千萬一億八千萬比兵尼九億六千萬菩薩摩訶薩八億八千萬優婆塞八億優婆夷亦有最大威德天人皆於彼衆圍遶佛座聽說法要爾時西南方過如恒河沙等世界彼有佛刹名善勝光其中有佛號曰大光多陀阿伽度阿羅呵三藐三佛陀與大比丘衆九億六千萬八億比丘尼九億

二千萬菩薩摩訶薩九億優婆塞九億六千萬優婆夷亦有最大威德天人皆於彼衆圍遶佛座聽說法要爾時西北方過如恒河沙等世界彼有佛刹名寶智意其中有佛號寶藏光多陀阿伽度阿羅呵三藐三佛陀與大比丘八億衆俱二億比丘尼八億菩薩摩訶薩衆八億八千萬優婆塞七億優婆夷亦有最大威德天人皆於彼衆圍遶佛座聽說法要爾時上方過如恒河沙等世界彼有佛刹名日月光其中有佛號月幢光多陀阿伽度阿羅呵三藐三佛陀與大比丘七億衆俱三億比丘尼八億菩薩摩訶薩衆九億二千萬優婆塞九億優婆夷亦有最大威德天人皆於彼衆圍遶佛座聽說法要爾時下方過如恒河沙等世界彼有佛刹名離垢光其中有佛號普眼見多陀阿伽度阿羅呵三藐三佛陀與大比丘衆九億六千萬四億比丘尼九億四千萬菩薩摩訶薩八億優婆塞七億優婆夷亦有最大威德天人皆於彼衆圍遶佛座聽說法要爾時文殊師利童子及一切衆生最愛樂童子如是衆等二十童子一時俱起到於佛所到佛所已時釋迦佛在三昧中百福莊嚴寂然不動時諸童子各各默然偏袒右臂頂禮佛足右遶如來遶三帀已譬如壯士屈伸臂頃各往十方爾時文殊師利童子智輪大海辯才童子向於東方度如恒河沙等國土彼有世界名一切光其中有佛號無邊光如來應供正遍知十號具足爲諸大衆說微妙法時二童子到彼刹已爲佛作禮坐於衆中爾時蓮華藏光一切衆生眼童子

無邊心廣義慧童子等向於南方度如恒河沙等國土彼有世界名曰大光其中有佛號無邊精進如來應供正遍知十號具足爲諸大衆說微妙法時二童子到彼刹已爲佛作禮坐於衆中爾時天寶餤光善照曜幢童子難可譬喻善色愛見童子等向於西方度如恒河沙等國土彼有世界名曰普光其中有佛號曰普見如來應供正遍知十號具足爲諸大衆說微妙法時二童子到彼刹已爲佛作禮坐於衆中爾時觀諸衆生眼視不瞬童子大願不虛見童子等向於北方度如恒河沙等國土彼有世界名曰大燈其中有佛號曰光作如來應供正遍知十號具足爲諸大衆說微妙法時二童子到彼刹已爲佛作禮坐於衆中爾時深遠雷震鼓音響聲童子離障礙一切衆生眼童子等向東北方度如恒河沙等國土彼有世界名金光照其中有佛號金色光如來應供正遍知十號具足爲諸大衆說微妙法時二童子到彼刹已爲佛作禮坐於衆中爾時寶藏餤輪廣德童子多福德衆生見勝幢童子等向東南方度如恒河沙等國土彼有世界號大炬光其中有佛號不可思議日光如來應供正遍知十號具足爲諸大衆說微妙法時二童子到彼刹已爲佛作禮坐於衆中爾時勝妙無邊香光童子無邊力精進善大奮迅童子等向西南方度如恒河沙等國土彼有世界名善勝光其中有佛號曰大光如來應供正遍知十號具足爲諸大衆說微妙法時二童子到彼刹已爲佛作禮坐於衆中爾時牢固精進無邊智光

幢童子一切差別德勝智童子等向西北方度如恒河沙等國土彼有世界名寶意慧其中有佛號寶藏光如來應供正遍知十號具足爲諸大衆說微妙法時二童子到彼刹已爲佛作禮坐於衆中爾時不可破壞能常最勝童子成就一切自在導師童子等向於上方度如恒河沙等國土彼有世界名日月光其中有佛號寶幢光如來應供正遍知十號具足爲諸大衆說微妙法時二童子到彼刹已爲佛作禮坐於衆中爾時相好莊嚴清淨福行善名稱童子一切衆生最愛樂童子等向於下方度如恒河沙等國土彼有世界名離垢光其中有佛號普眼見如來應供正遍知十號具足爲諸大衆說微妙法時二童子到彼刹已爲佛作禮坐於衆中爾時無邊光如來應正遍知爲諸大衆知而故問文殊師利童子智輪大海辯才童子等言汝二大士從何所來時二童子報彼佛言世尊此刹西方過如恒河沙等世界國名娑婆佛號釋迦牟尼如來多陀阿伽度阿羅呵三藐三佛陀以大莊嚴入于三昧我等從彼佛世尊所恭敬頂禮三遶畢來爾時無邊精進如來應正遍知爲諸大衆知而故問蓮華藏光一切衆生眼童子無邊心廣義慧童子等言汝二大士從何所來時二童子報彼佛言世尊此刹北方過如恒河沙等世界國名娑婆佛號釋迦牟尼如來多陀阿伽度阿羅呵三藐三佛陀以大莊嚴入于三昧我等從彼佛世尊所恭敬頂禮三遶畢來爾時普見如來應正遍知爲諸大衆知而故問天寶燄光善照曜幢

童子難可譬喻善色愛見童子等言汝二大士從何所來時二童子報彼佛言世尊此刹東方過如恒河沙等世界國名娑婆佛號釋迦牟尼如來多陀阿伽度阿羅呵三藐三佛陀以大莊嚴入于三昧我等從彼佛世尊所恭敬頂禮三遶畢來爾時大燈如來應正遍知爲諸大衆知而故問觀諸衆生眼視不瞬童子大願不虛見童子等言汝二大士從何所來時二童子報彼佛言世尊此刹南方過如恒河沙等世界國名娑婆佛號釋迦牟尼如來多陀阿伽度阿羅呵三藐三佛陀以大莊嚴入于三昧我等從彼佛世尊所恭敬頂禮三遶畢來爾時金色光如來應正遍知爲諸大衆知而故問深遠雷震鼓音響聲童子離障礙一切衆生眼童子等言汝二大士從何所來時二童子報彼佛言世尊此刹西南過如恒河沙等世界國名娑婆佛號釋迦牟尼如來多陀阿伽度阿羅呵三藐三佛陀以大莊嚴入于三昧我等從彼佛世尊所恭敬頂禮三遶畢來爾時不可思議日光如來應正遍知爲諸大衆知而故問寶藏燄輪廣德童子多福德衆生見勝幢童子等言汝二大士從何所來時二童子報彼佛言世尊此刹西北過如恒河沙等世界國名娑婆佛號釋迦牟尼如來多陀阿伽度阿羅呵三藐三佛陀以大莊嚴入于三昧我等從彼佛世尊所恭敬頂禮三遶畢來爾時善光如來應正遍知爲諸大衆知而故問勝妙無邊香光童子無邊力精進善大奮迅童子等言汝二大士從何所來時二童子報彼佛言世尊此刹東

北方過如恒河沙等世界國名娑婆佛號釋迦牟尼如來多陀阿伽度阿羅呵三藐三佛陀以大莊嚴入于三昧我等從彼佛世尊所恭敬頂禮三遶畢來爾時寶藏光如來應正遍知爲諸大衆知而故問牢固精進無邊智光幢童子一切差別德勝智童子等言汝二大士從何所來時二童子報彼佛言世尊此剎東南過如恒河沙等世界國名娑婆佛號釋迦牟尼如來多陀阿伽度阿羅呵三藐三佛陀以大莊嚴入于三昧我等從彼佛世尊所恭敬頂禮三遶畢來爾時寶幢光如來應正遍知爲諸大衆知而故問不可破壞能常最勝童子成就一切自在導師童子等言汝二大士從何所來時二童子報彼佛言世尊此剎下方過如恒河沙等世界國名娑婆佛號釋迦牟尼如來多陀阿伽度阿羅呵三藐三佛陀以大莊嚴入于三昧我等從彼佛世尊所恭敬頂禮三遶畢來爾時普眼見如來應正遍知爲諸大衆知而故問相好莊嚴清淨福行善名稱童子一切衆生最愛樂童子等言汝二大士從何所來時二童子報彼佛言世尊此剎上方過如恒河沙等世界國名娑婆佛號釋迦牟尼如來多陀阿伽度阿羅呵三藐三佛陀以大莊嚴入于三昧我等從彼佛世尊所恭敬頂禮三遶畢來爾時十方諸佛世界聞此釋迦牟尼如來多陀阿伽度阿羅呵三藐三佛陀十號名已彼十方剎一切佛土皆大震動動遍動等遍動震遍震等遍震涌遍涌等遍涌如是動已時彼十方諸佛侍者各各合掌白於佛言世尊何因緣故

今此三千大千世界如是大動時十方佛皆即告其自侍者言善男子從此刹西過如恒河沙等世界彼有國土名曰娑婆佛號釋迦牟尼如來多陀阿伽度阿羅呵三藐三佛陀於今現在入力莊嚴三昧爲諸四衆圍遶而坐欲説甚深平等之法以是事故此處三千大千世界地皆震動如是次第乃至下方諸刹震動亦復如是時十方佛復告大衆諸比丘等作如是言汝等當知佛出世難如優曇華出已值遇倍難於是如是難中比此釋迦牟尼如來億倍甚難何以故彼佛世尊往昔因緣誓願力故生於雜穢五濁刹中如是最難諸比丘又彼如來名不虚唱若十方國佛刹之中一切衆生聞此釋迦牟尼如來勇猛精進難行苦行及過去世發大誓願菩薩行中諸難作者種種功德名號具足一切皆得如是聞已十方一切諸佛刹中不可筭數無量衆生皆得受於阿耨多羅三藐三菩提記何況其餘得須陀洹斯陀含阿那含阿羅漢果者是故比丘説此釋迦牟尼如來大名稱時十方世界恒河沙等三千大千諸國土中一切諸佛皆各如是讃歎釋迦牟尼如來多陀阿伽度阿羅呵三藐三佛陀無量功德其聲復聞餘處十方恒河沙等世界之外復有國土更爾許數恒河沙等世界佛刹是諸佛等復各出聲爲其大衆稱説釋迦如來名號時彼佛刹諸大菩薩如是聞已各白佛言希有世尊我今欲往娑婆世界見於釋迦牟尼如來禮拜供養聽所未聞時彼諸佛各各告其大菩薩言善哉善哉善男子宜知是時隨

逐二大童子俱往何以故彼佛世尊難遭難覩聞法聽受及彼衆中同會共坐甚爲難遇爾時釋迦牟尼多陀阿伽度阿羅呵三藐三佛陀從力莊嚴三昧而起安詳徐步猶若鵝王瞻視端平趣師子座到已登上手自展設於尼師壇鋪已儼然結跏趺坐一切大衆四面圍遶爾時文殊師利童子智輪大海辯才童子等從東方還共無量阿僧祇千萬億諸大菩薩摩訶薩衆俱來到於釋迦牟尼佛世尊前彼二童子及餘菩薩各各頭面頂禮佛足禮畢皆退坐蓮華座爾時蓮華藏光一切衆生眼見童子無邊心廣義慧童子等從南方還共無量阿僧祇千萬億諸大菩薩摩訶薩衆俱來到於釋迦牟尼佛世尊前彼二童子及餘菩薩各各頭面頂禮佛足禮畢皆退坐蓮華座爾時天寶善光照曜幢童子難可譬喻善色愛見童子等從西方還共無量阿僧祇千萬億諸大菩薩摩訶薩衆俱來到於釋迦牟尼佛世尊前彼二童子及餘菩薩各各頭面頂禮佛足禮畢皆退坐蓮華座爾時觀諸衆生眼視不瞬童子大願不虛見童子等從北方還共無量阿僧祇千萬億諸大菩薩摩訶薩衆俱來到於釋迦牟尼佛世尊前彼二童子及餘菩薩各各頭面頂禮佛足禮畢皆退坐蓮華座爾時深遠雷震鼓音響聲童子離障礙一切衆生眼童子等從東北還共無量阿僧祇千萬億諸大菩薩摩訶薩衆俱來到於釋迦牟尼佛世尊前彼二童子及餘菩薩各各頭面頂禮佛足禮畢皆退坐蓮華座爾時寶藏燄輪廣德童子多福德衆生

見勝幢童子等從東南還共無量阿僧祇千萬億諸大菩薩摩訶薩衆俱來到於釋迦牟尼佛世尊前彼二童子及餘菩薩各各頭面頂禮佛足禮畢皆退坐蓮華座爾時勝妙無邊香光童子無邊力精進善大奮迅童子等從西南還共無量阿僧祇千萬億諸大菩薩摩訶薩衆俱來到於釋迦牟尼佛世尊前彼二童子及餘菩薩各各頭面頂禮佛足禮畢皆退坐蓮華座爾時牢固精進無邊智光幢童子一切差別德勝智童子等從西北還共無量阿僧祇千萬億諸大菩薩摩訶薩衆俱來到於釋迦牟尼佛世尊前彼二童子及餘菩薩各各頭面頂禮佛足禮畢皆退坐蓮華座爾時不可破壞能常最勝童子成就一切自在導師童子等從上方還共無量阿僧祇千萬億諸大菩薩摩訶薩衆俱來到於釋迦牟尼佛世尊前彼二童子及餘菩薩各各頭面頂禮佛足禮畢皆退坐蓮華座爾時相好莊嚴清淨福行善名稱童子一切衆生最愛樂童子等從下方還共無量阿僧祇千萬億諸大菩薩摩訶薩衆俱來到於釋迦牟尼佛世尊前彼二童子及餘菩薩各各頭面頂禮佛足禮畢皆退坐蓮華座

力莊嚴三昧經卷上

力莊嚴三昧經卷中

隋三藏法師那連提耶舍譯

爾時佛告長老阿難汝今可喚諸比丘集爾時阿難受佛教已即歷處處告諸比丘說如是言汝等當知世尊導師今命於汝汝等當往時諸比丘聞是語已一切皆往見佛坐於師子座上光顔挺特威德最尊合掌低頭頂禮佛足禮畢右遶各向蓮華座中而坐爾時三千大千世界一切遍滿諸妙蓮華其華開敷皆如寶座又此世界天栴檀樹曼陀羅樹天衆香樹是諸林木一切皆各高七多羅彼樹枝葉悉是蓮華諸蓮華中皆滿菩薩結跏趺坐及此五百羅漢聲聞皆亦結跏坐蓮華座乃至有頂一切天龍宮殿林苑悉有蓮華亦各皆坐蓮華之上時此三千大千世界如是種種天香栴檀和合普熏芬芳充遍聞者愛樂悅樂熈怡香風觸身清涼調適能令衆生各皆歡喜爾時如來在師子座入於影現三昧之中以是三昧神力因緣東方一切諸佛剎中所有衆生皆作是念如來世尊今獨對我憐愍於我知於我心解我言語以知我心憐愍我故稱於我心爲我說法不爲餘人如是南方西方北方四維上下一切衆生乃至有頂諸天龍神皆如是念佛獨對我不對餘人說法知心亦復如是爾時文殊師利童子於蓮華上恭敬起立偏袒右肩向於如來一心頂禮長跪合掌而白佛言大聖世尊一切世間愚癡衆生不信如是深妙之語如來世尊多陀阿伽度阿羅呵三藐三佛陀菩提覺了得如來智自在智不可量智無等等智

不可數智阿僧祇智大智佛智一切種智佛言如是如是文殊師利一切世間不可思議如是多陀阿伽度阿羅呵三藐三佛陀菩提覺了及如來智乃至一切種智亦復如是不可思議諦聽諦聽文殊師利譬如世間有於一人以如恒河沙等三千大千世界土地盡抹作塵如是諸塵合爲一聚以口一吹各令舊塵還復本剎如先不異無有虧盈於意云何文殊師利是可信不文殊師利白佛言世尊是事難信世間衆生實無信者佛告文殊師利如是如是我今說言多陀阿伽度阿羅呵三藐三佛陀菩提覺已此如來智乃至一切種智亦復如是一切世間衆生難信復次文殊師利譬如世間有於一人以恒河沙等三千大千諸世界中所有災水其波濤涌乃至二禪盡皆掬取悉内於一小藕孔中既内中已而是藕根不大不破於意云何文殊師利是可信不文殊師利白佛言世尊是事難信世間衆生實無信者佛告文殊師利如是如是我今說言多陀阿伽度阿羅呵三藐三佛陀菩提覺已此如來智乃至一切種智亦復如是一切世間衆生難信復次文殊師利譬如世間有於一人以恒河沙等三千大千諸世界中所有劫火其焰猛熾乃至梵天彼一切火幷其烟焰盡皆吸取内自腹中如是竟已或復食於一箇小棗或一胡麻及一粳米壽命住世經恒沙劫身不被燒又亦不死於意云何文殊師利是可信不文殊師利白佛言世尊是事難信世間衆生實無信者佛告文殊師利如是如是我今說言多陀阿伽

度阿羅呵三藐三佛陀菩提覺已此如來智乃至一切種智亦復如是一切世間衆生難信復次文殊師利譬如世間有於一人以恒河沙等三千大千諸世界中所有一切四方四維及以上下毗嵐猛吹一切風輪盡皆和合以手遮取置於一箇小芥子中而是芥子不大不寛不迮不毀於意云何文殊師利是可信不文殊師利白佛言世尊是事難信世間衆生實無信者佛告文殊師利如是如是我今說言多陀阿伽度阿羅呵三藐三佛陀菩提覺已此如來智乃至一切種智亦復如是一切世間衆生難信復次文殊師利譬如世間有於一人以恒河沙等三千大千諸世界中一切虛空其人欲一結跏趺坐滿此虛空或一劫住或半劫住於意云何文殊師利是可信不文殊師利白佛言世尊是事難信世間衆生實無信者佛告文殊師利如是如是我今說言多陀阿伽度阿羅呵三藐三佛陀菩提覺已此如來智乃至一切種智亦復如是一切世間衆生難信復次文殊師利譬如世間有於一人以恒河沙等三千大千諸世界中所有一切諸衆生心是人如是以一念頃合此無量衆生之心置於一處令成一心於意云何文殊師利是可信不文殊師利白佛言世尊是事難信世間衆生實無信者佛告文殊師利如是如是我今說言多陀阿伽度阿羅呵三藐三佛陀菩提覺了此如來智乃至一切種智亦復如是一切世間衆生難信爾時智輪大海辯才童子於華座上偏袒右肩胡跪合掌復白佛言世尊多陀阿伽

度阿羅呵三藐三佛陀阿耨多羅三藐三菩提覺已如來智自在智不可思議智不可量智無等等智不可數智阿僧祇智大智佛智一切種智其義云何佛告智輪大海辯才童子言善男子諦聽諦聽善思念之我當爲汝分别解説善男子一切衆生平等故一切法亦平等此如來智一切法平等故一切衆生亦平等此如如不異如如實如如智輪童子當知此名如來智是智因緣故如來處智非處智處非處智如來實知復次智輪大海辯才童子如來知一切衆生自在生故一切法亦自在生一切法因緣自生故一切衆生亦因緣自生此如來智何以故一切衆生非自作非他作非過去現在及以當來推求不得何以故作者無故無作者故一切衆生過去世空現在世空當來亦空衆生如是無作者故一切法亦如是無過去當來及現作者何以故作者悉無若有説言有作者者當知是人虚誑妄語智輪童子當知此名如來自在智是智因緣故一切行業所趣如來實知復次智輪大海辯才童子如來知一切衆生不可思議智故知一切衆生不可思議智如是一切法亦不可思議智故知一切法不可思議智如是一切衆生不可思議智亦一切法不可思議智何以故非一切衆生彼意識可見可知猶如虚空無有别異不可覺知一切衆生眞實體性不可思量如是一切衆生實義因緣不可思議故一切法亦不可思議如一切法不可思議故如是一切衆生亦不可思議智輪童子當知此名如來不可思議智

是智因緣故過去現在及以當來一切垢淨
因緣果報如來實知復次智輪大海辯才童
子如來知一切衆生不可量故一切法亦不
可量智一切法不可量故一切衆生亦不可
量智何以故非一切衆生心意識不可見不
可知如虛空不可稱如一切衆生實義不可
量如是一切衆生不可量故一切法亦不可
量一切法不可量故一切衆生亦不可量智
輪童子當知此名如來不可思量智是智因
緣故一切衆生根精進差別衆生如來實知
復次智輪大海辯才童子如來知一切衆生
平等故一切法平等智一切法平等故亦一
切衆生平等智何以故若涅槃體性與一切
衆生有異者則是譬喻不相應當知涅槃衆
生一不二故如一切衆生體性不異涅槃故
非不異如如一切衆生平等故一切法亦平
等一切法非平等故亦一切衆生非平等智
智輪童子當知此名如來無等等智是無等
等智因緣故一切衆生無量界種種界如來
實知復次智輪大海辯才童子如來知一切
衆生不可數因緣故亦一切法不可數智一
切法不可數因緣故亦一切衆生不可數智
如法界體性不可數如是智輪大海辯才童
子一切衆生離自分故不可數如是一切法
亦不可數亦一切衆生不可數故一切法不
可數乃至一切衆生不可數智輪童子當知
此名如來不可數智是不可數智因緣故如
來一切衆生種種樂心如來實知復次智輪
大海辯才童子如來知一切衆生阿僧祇因
緣故一切法阿僧祇智如一切法阿僧祇因

緣故一切衆生阿僧祇智亦一切衆生阿僧祇因緣故一切法阿僧祇智智輪童子當知此名如來阿僧祇智是阿僧祇智因緣故如來一切禪定解脱及三摩提三摩跋提煩惱寂滅起動斷除如來實知復次智輪大海辯才童子如來知一切衆生大故亦一切法大智一切法大智故亦一切衆生大智離於障礙離障礙者此名一切衆生名字又離障者名爲離闇離於闇者此名體性照曜光明照曜光明者於諸境界無有塵垢無塵垢故名離障礙衆生大界一而無異此名衆生體性大界一切衆生大界因緣故亦一切法離於塵垢不異故大亦一切法大故一切衆生大可知離塵垢一切法離闇若有説言一切有闇生者無有是處智輪童子此名如來離闇大智亦大智因緣故如來天眼見一切衆生生死現在當來天人中生地獄畜生餓鬼中生餘業因緣衆生受生如來實知復次智輪大海辯才童子如來知過去現在未來一切衆生因緣故亦過去現在未來一切法如來智亦過去現在未來一切法因緣故亦過去現在未來一切衆生如來智智輪如過去現在未來三世法界叵見爾時過去現在未來三世衆生界亦不可見如過去現在未來衆生界叵見爾時過去現在未來一切法界亦不可見此不可見法性法體一切佛身及非佛身衆生身等一種無異智輪童子當知此名如來佛知是智因緣故一切三世所有生死如來實知復次智輪大海辯才童子如來知一切衆生一切智故如來一切法一切種

智如來一切法一切智故如來一切衆生一切種智一切衆生一切智故如來智如來智因緣故一切衆生一切智如來智智輪童子如一切衆生一切智故如來智如是如來智一切衆生一切智如是一切法一切智因緣故如來一切智因緣故乃至一切法一切智如是智輪此過去當來現在佛如來過去一切智當來一切智現在一切智是智一切故如來過去生義智亦當來生義智亦現在生義智智輪是名如來一切種智是一切種智因緣故如來漏盡智實智云何是智過去世空當來世空現在世空三世皆空無生無盡無住無異非如非異如如名如來智作因緣無名自在智離心意識諸境界故名不可思議智虛空無異故名不可量智無等因緣故名無等等智法界無數故名不可數智阿僧祇阿僧祇因緣故名阿僧祇智無障礙因緣故名爲大智過去當來現在佛因緣故名爲佛智過去現在及以當來一切諸有智因緣故是名如來一切種智此一切智一切智處及名味句一切字語和合因緣我今字字如是略說一切處順如來多陀阿伽度阿羅呵三藐三佛陀勝阿耨多羅三藐三菩提智此名如來智自在智不可思議智不可量智無等等智不可數智阿僧祇智大智佛智一切種智爾時智輪大海辯才童子白佛言世尊云何衆生力因緣生故如來力亦生如來力生故衆生力亦生佛言如是智輪童子如來力衆生力此之二力一不異故名爲一界如衆生力因緣如來力生如來力因緣衆生力

生是故如來一切智覺爾時智輪大海辯才童子白佛言世尊云何如來多陀阿伽度阿羅呵三藐三佛陀一切種智生佛言十二因緣生故智輪童子如來多陀阿伽度阿羅呵三藐三佛陀一切種智生智輪童子十二因緣者所謂眼色耳聲鼻香舌味身觸意法此因緣智故一切種智生爾時智輪大海辯才童子白佛言世尊無量如來多陀阿伽度阿羅呵三藐三佛陀一切智眼一切智色一切智耳一切智聲一切智鼻一切智香一切智舌一切智味一切智身一切智觸一切智意一切智法如是問已佛報智輪大海辯才童子言無量一切衆生一切衆生眼一切衆生色一切衆生耳一切衆生聲一切衆生鼻一切衆生香一切衆生舌一切衆生味一切衆生身一切衆生觸一切衆生意一切衆生法如是智輪童子如來多陀阿伽度阿羅呵三藐三佛陀一切智眼一切智色一切智耳一切智聲一切智鼻一切智香一切智舌一切智味一切智身一切智觸一切智意一切智法無量如來一切智眼一切智色一切智耳一切智聲一切智鼻一切智香一切智舌一切智味一切智身一切智觸一切智意一切智法如是一切衆生亦一切智眼一切智色一切智耳一切智聲一切智鼻一切智香一切智舌一切智味一切智身一切智觸一切智意一切智法佛告智輪於汝意云何頗有一色不爲衆生眼見者不智輪言世尊無有一色不爲衆生眼所見者但令是色悉皆覩見佛言智輪而世間中有如是色亦爲衆生

眼不見不智輪言世尊無如此色衆生不見佛言智輪無如此色於世間中亦一切智眼不見者智輪童子此之方便當知無量一切衆生眼如是一切智眼無量一切衆生色如是一切智色復次智輪大海辯才童子於世間中頗有一聲亦爲一切衆生耳識不聞者不智輪言世尊無如是聲不爲衆生耳不聞者佛言智輪無如是聲於世間中亦一切智耳不聞者智輪童子此之方便當知無量一切衆生耳如是一切智耳無量一切衆生聲如是一切智聲復次智輪大海辯才童子於世間中頗有一香亦爲一切衆生鼻中不齅者不智輪言世尊無如是香不爲衆生鼻不齅者佛言智輪無如是香於世間中亦一切智鼻不熏者智輪童子此之方便當知無量

一切衆生鼻如是一切智鼻無量一切衆生香如是一切智香復次智輪大海辯才童子於世間中頗有一味亦爲一切衆生舌中不甞者不智輪言世尊無如是味不爲衆生舌不甞者佛言智輪無如是味於世間中亦一切智舌不甞者智輪童子此之方便當知無量一切衆生舌如是一切智舌無量一切衆生味如是一切智味復次智輪大海辯才童子於世間中頗有一觸亦爲一切衆生身中不覺者不智輪言世尊無如是觸不爲衆生身不覺者佛言智輪無如是觸於世間中亦一切智身不覺者智輪童子此之方便當知無量一切衆生身如是一切智身無量一切衆生觸如是一切智觸復次智輪大海辯才童子於世間中頗有一法亦爲一切衆生意

中不知者不智輪言世尊無如是法不爲衆生意不知者佛言智輪無如是法於世間中亦一切智意不知者智輪童子此之方便當知無量一切衆生心如是一切智心無量一切衆生法如是一切智法如是一切衆生心者一切智心者一切衆生法者一切智法者此之二種一無有異復次智輪大海辯才童子如一切衆生眼一切衆生色乃至一切衆生意一切衆生法一切智眼一切智色乃至一切智意一切智法如是二邊是一法界智輪如是無量一切衆生眼如是一切智眼乃至無量一切衆生意法如是一切智意法如是如來多陀阿伽度阿羅呵三藐三佛陀眼智眼煩惱智眼寂滅智眼煩惱寂滅智色智色煩惱智色寂滅智色煩惱寂滅智耳智耳煩惱智耳寂滅智耳煩惱寂滅智聲智聲煩惱智聲寂滅智聲煩惱寂滅智鼻智鼻煩惱智鼻寂滅智鼻煩惱寂滅智香智香煩惱智香寂滅智香煩惱寂滅智舌智舌煩惱智舌寂滅智舌煩惱寂滅智味智味煩惱智味寂滅智味煩惱寂滅智身智身煩惱智身寂滅智身煩惱寂滅智觸智觸煩惱智觸寂滅智觸煩惱寂滅智意智意煩惱智意寂滅智意煩惱寂滅智法智法煩惱智法寂滅智法煩惱寂滅智一無有異以無異故一切衆生眼者一切智眼者乃至一切衆生法者一切智法者是一法界智輪童子譬如世間智慧之人自知於苦自知於樂自知不苦自知不樂何以故身自受故智輪童子如是如來多陀阿伽度阿羅呵三藐三佛陀一切衆生眼智

色智耳智聲智鼻智香智舌智味智身智觸智意智法智煩惱智寂滅智亦煩惱寂滅智盡知何以故一切種智得故一切衆生十二入智此名如來名一切衆生入此如來色如來一切身業三世隨智慧行如來一切口業一切意業亦三世隨智慧行如來一切受一切種智現前悉知如來一切智正知一切種智正知如來以一切種智知有爲行如來一切智一切種智知已彼中亦一切衆生四陰離色此如來名亦一切衆生色陰此名如來色以如是名色故如來多陀阿伽度阿羅呵三藐三佛陀名一切智一切見一切解一切覺

力莊嚴三昧經卷中

音釋

瞬輸閏切目動也　鎧苦亥切甲也　閦初六切衆也　靉靆靉於改切靆徒亥切靉靆雲興盛貌也　礫郎擊切小石也　膩女利切　掬居六切兩手捧　悉內內奴答切與納同入也　齅許救切以鼻擥氣也

三經同卷
力莊嚴三昧經卷下
佛說八部佛名經
百佛名經

力莊嚴三昧經卷下

隋三藏法師那連提耶舍譯

爾時佛告智輪大海辯才童子言善男子汝見一切如來身不智輪童子即白佛言世尊我見佛問智輪汝言見者所見何等智輪言世尊我見一切諸佛如來若恒河沙等所有世界於是國土亦見恒河沙等諸佛如來一切皆於自刹土中各各說法如是第二及以第三佛如是問智輪童子亦如是答時佛復更問智輪言善男子汝見如來右手掌不智輪言見佛言智輪汝言見者所見何等智輪言世尊我見一切諸佛如來右手指掌各於其刹等說諸法亦復如是智輪童子如是方便當知一切諸衆生等心意及法此如來名一切衆生眼色耳聲鼻香舌味身觸此如來色此如來名此色名如來一切智亦名一切見爾時智輪大海辯才童子白佛言世尊如來所說不可思議多陀阿伽度微妙最大不可思議如來境界佛言如是如是智輪童子不可思議多陀阿伽度微妙最大不可思議如來境界智輪童子我於阿說他樹下端坐思惟阿耨多羅三藐三菩提覺已得一切種智智輪童子我發是心不可思議微妙最大不可思議此是諸佛如來境界我於爾時作是不可思議念已從阿說他樹下而起不近

不遠對於此樹一心諦觀熟視不瞬得歡喜食離餘飲食如是經於七日七夜見阿說他菩提之樹我此樹下如是坐已一切世間無能信佛得如來智得自在智得不可思議智得不可量智得無等等智得不可數智得阿僧祇智得大智得佛智得一切種智復次智輪對阿說他菩提之樹即彼處所有塔名為不瞬眼視是我不可思議之心見阿說他菩提樹下起眼不瞬乃至七日得歡喜食離餘食想彼大支提常為天人之所供養智輪童子如此方便當知即是不可思議諸佛如來甚深境界復次智輪汝今莫作如是思念獨謂如來菩提覺已對阿說他以不瞬眼看於彼樹得歡喜食離餘飲食七日夜住智輪童子慎勿如此起於是心何以故過去一切十方諸佛多陀阿伽度阿羅呵三藐三佛陀今已入於寂滅涅槃彼諸如來亦各坐於菩提樹下坐已皆得阿耨多羅三藐三菩提及一切種智悉發是心不可思議最大不可思議諸佛甚深如來境界彼佛亦各起如是心不可思議彼菩提樹從樹下起至於餘處以不瞬眼直視此樹得歡喜食離於餘食七日夜住亦復如是智輪童子若當來世一切十方諸佛如來亦菩提樹下坐得阿耨多羅三藐三菩提及得一切種智不可思議乃至最大不可思議如來境界彼佛如來亦發不可思議之心念菩提樹觀對坐起不瞬眼視得歡喜食離餘食想七日夜住亦復如是智輪童子若今現在一切十方諸佛住世乃至說法彼佛如來亦菩提樹下坐得阿耨多羅三藐

三菩提及一切種智已亦如是念乃至最大不可思議如來境界彼佛如來得不可思議心已從菩提樹下起以不瞬眼觀菩提樹得歡喜食離餘飲食七日夜住亦復如是爾時智輪大海辯才童子復白佛言世尊云何如來及一切佛多陀阿伽度阿羅呵三藐三佛陀菩提樹下得阿耨多羅三藐三菩提及一切種智已作如是念不可思議亦如是觀對菩提樹不瞬眼視得歡喜食離餘飲食或二七日住於是處佛告智輪童子言善男子非一切多陀阿伽度阿羅呵三藐三佛陀對菩提樹七日七夜不瞬眼住智輪童子有諸佛如來得阿耨多羅三藐三菩提覺已乃至入於無漏涅槃於此時間不可思議念佛境界不可思議智輪童子此之方便如是當知諸佛常念不可思議諸佛境界最大不可思議如來境界智輪童子復白佛言世尊如來多陀阿伽度阿羅呵三藐三佛陀所有境界多少云何佛告智輪諸佛境界依如一切衆生境界智輪童子復白佛言世尊一切衆生境界多少佛告智輪如是一切諸佛境界此名一切衆生境界又復智輪汝今當知諸佛境界及以一切衆生境界此二境界是一法界無有差别智輪童子復白佛言世尊云何名佛何者是法佛告智輪汝今當知一切衆生名爲佛法智輪復問衆生何者云何是名佛告智輪衆生界者當知此義是佛境界佛告智輪我今問汝隨汝意答云何名心何因緣故如來得阿耨多羅三藐三菩提智輪童子答言世尊一切衆生自體性故多陀阿伽度

阿羅呵三藐三佛陀爾時世尊復更重問智輪童子言智輪汝意云何汝知如來智慧云何智輪童子即答佛言一切衆生境界知故多陀阿伽度阿羅訶三藐三佛陀智慧具足佛告智輪汝當知此如是方便無量諸佛如來境界與諸衆生境界一種若有一切衆生境界即佛境界如是一切如來境界及以一切衆生境界是一境界無二無別爾時智輪大海辯才童子白佛言世尊如我解佛所說義趣知於諸佛不異衆生一切衆生亦即如來佛時印可智輪童子言善哉善哉智輪童子汝今善知如來語義又亦曾於過去無量恒河沙等佛世尊所植衆德本聞佛所說微妙法門日夜長修般若波羅蜜恒於生世得義辯才得法辯才得辭辯才樂說辯才爲諸衆生問答無礙爾時智輪大海辯才童子復白佛言世尊云何如來及諸菩薩摩訶薩等能作如是得如來智自在智不可思議智不可量智無等等智不可數智阿僧祇智大智佛智一切種智達了覺知如是問已佛即告言智輪童子我於般若波羅蜜中不亂心行智輪童子以不亂心行般若故菩薩摩訶薩能作如是得如來智自在智不可思議智不可量智無等等智不可數智阿僧祇智佛智大智一切種智如是覺知智輪童子復白佛言世尊云何如來及諸菩薩摩訶薩等於般若波羅蜜中行行已亦不捨想不想中行亦非想證佛告智輪此中菩薩摩訶薩等行般若波羅蜜時眼中行色中行耳中行聲中行鼻中行香中行舌中行味中行身中行觸中

行意中行法中行智輪童子云何眼中行色中行耳中行聲中行鼻中行香中行舌中行味中行身中行觸中行意中行法中行佛言智輪菩薩摩訶薩眼色中行當知此眼爲色作礙耳爲聲礙鼻爲香礙舌爲味礙身爲觸礙意爲法礙智輪云何眼爲色礙乃至云何意爲法礙佛言智輪眼縁色故心生歡喜或生苦惱或生捨受心取著故起貪瞋癡因縁和合造身口意種種諸業造此業已生於地獄餓鬼畜生及阿脩羅天人六道爲依止處彼中眼色果報出生受此報故愚癡之人於當來世苦惱增廣如是去來循環不息以是果故衆苦不斷何以故於流轉中不見出道凡夫衆生愚癡顛倒不知如是耳因縁聲乃至不知意因縁法廣說如上智慧之人應當至心諦觀此眼眼爲是誰何者是眼推覓眼義及非眼義如是色義色非色義乃至耳聲鼻香舌味身觸意法義及非義一切皆覓都無所見智者如是諦思惟已眼義不見非眼義亦不見眼非眼義一切不見乃至色義不見非色義亦不見色非色義一切不見如是耳聲鼻香舌味身觸意法如是法義不見非法義亦不見法非法義亦復不見時彼行人不見眼已離於眼義亦復不見是眼非眼不見是色不見離色亦復不見是色非色如是耳非耳耳非非耳聲非聲聲非非聲鼻非鼻鼻非非鼻香非香香非非香舌非舌舌非非舌味非味味非非味身非身身非非身觸非觸觸非非觸意非意意非非意法非法法非非法又復眼者不覺非眼者亦不覺眼非眼

亦不覺如是色不覺非色亦不覺色非色亦不覺耳不覺非耳亦不覺耳非耳亦不覺聲不覺非聲亦不覺聲非聲亦不覺鼻不覺非鼻亦不覺鼻非鼻亦不覺香不覺非香亦不覺香非香亦不覺舌不覺非舌亦不覺舌非舌亦不覺味不覺非味亦不覺味非味亦不覺身不覺非身亦不覺身非身亦不覺觸不覺非觸亦不覺觸非觸亦不覺意不覺非意亦不覺意非意亦不覺法不覺非法亦不覺法非法亦不覺如是捨離眼因緣故則色不生色不生故離眼及色既離眼色則無有愛及以不愛如是離於愛不愛故何處更有愛不愛生離愛不愛故無和合和合無故名爲不著亦名無礙當知即是無障礙智云何名爲無障礙智無礙智者無量一切衆生眼如是一切智眼無量一切衆生色如是一切智色如是一切衆生眼者一切智眼者一切衆生色者一切智色者此二種法是一無異此非覺故如是耳聲乃至鼻香舌味身觸意法一切不生因緣離故則無有愛無有愛故法中不行法不行故故無障礙離障礙故無有染著無染著故是故離障以離障故無礙智生智因緣故無量一切衆生心如是一切智心無量一切衆生法如是一切智法如是一切衆生心一切智心如是一切衆生法一切智法此二種法是一無異智輪童子般若波羅蜜中如是行非想中行亦非離想中行非想中證亦非離想中證智輪童子此名一切衆生心一切衆生法一切智心一切智法平等智相爾時智輪大海辯才童子白佛言世

尊無生法者如來眼耳鼻舌身意此六種識其義云何佛告智輪言無生者眼識等空本無有物其中推覓一箇物無是故不生以不生故故空無物智輪童子譬如虛空本來不生不生故無滅滅無故無物可離故名虛空如是一切衆生一切衆生法亦不生不生故不滅亦無離物故一切衆生一切衆生法猶如虛空一種無異智輪童子一切衆生一切衆生法猶如虛空不生不滅不動不亂非彼非此不染煩惱非寂滅離如是不生不滅不動不亂非彼非此不染煩惱非寂滅離非一非異虛空如是智輪童子一切衆生一切衆生法不生不滅非動非亂非彼非此不染煩惱非寂滅離如是過去當來現在諸佛如來非生非滅不動不亂非彼非此不染煩惱非寂滅離此名法住亦名法行如如非異如如非不異如如湛然常住無有遷動同一法界爾時智輪大海辯才童子復白佛言世尊幾許如來已過於世佛告智輪童子如恒河沙等智輪又問幾許如來當來出生佛言智輪如恒河沙智輪又問幾許如來現在說法佛言智輪童子亦如恒河沙等智輪童子重白佛言世尊過去如來已入涅槃實難再覩當來諸佛未出世間不可預見現在世尊正住教化未入涅槃彼佛如如非異如如非不異如如常恒常住不異法其義云何作是問已佛答智輪此是佛智智輪當知如是言說是世間法非第一義眞如法中有是言說亦非言說所可覺知是佛智力之所知覺智輪童子此名佛智云何力智如一切衆生平等

故一切法平等一切法平等故一切衆生平等如如不異如如非不異如如此名菩薩摩訶薩第一如來力是力因緣故處非處如實知云何名爲是處非處有因緣處此名爲處離於因緣是名非處又復智輪童子於汝意云何如過去世已皆盡滅不可得見不可得知過去衆生造三業行亦復過去爲有爲無智輪童子答佛言有佛告智輪汝意云何當來世中諸法未生不可得見不可得知無有一物彼當來中三種行業衆生有不智輪童子答佛言有佛告智輪汝意云何現在世中現有衆生可見可知彼三業行衆生有不智輪童子答佛言有佛告智輪云何爲有智輪童子言世尊過去之世雖復滅謝然諸衆生所造三種業行不亡又復當來雖復未有未生未見不覺不知以因緣故未來世中有三業行今現在世因緣起故衆生生故三業作故如是種種有諸業行佛言如是智輪童子過去世中一切種智故有過去佛當來世中一切種智故有當來佛現在世中一切種智諸因緣故現在有佛又復云何是處非處離依止故無處非處佛言智輪童子於汝意云何如過去虛空悉皆盡滅無去異去智輪童子言不也世尊何以故離依止故過去虛空處非處盡故不盡故不異故不動不動法故佛言智輪童子於汝意云何如當來虛空未生未覩不見不說智輪童子言不也世尊何以故如是離依止故處非處當來不異去不動不動法故如是現在虛空不盡不異不滅不動不動法智輪童子如是過去諸佛如來

不依止故不盡不去不異不滅不動不動法如是當來諸佛如來不依止故未生未有亦非相隨和合而有非餘處有非動非動法如是現在諸佛如來住眞實行了達是常常住不動是處非是處如實悉知智輪童子菩薩摩訶薩當知此名諸佛第一處力是力因緣佛智所覺智輪童子復白佛言世尊一切世間無有能信如來此爭又佛種智猶如虛空一種無異不生不老不死不亂非當來生非煩惱非寂滅法界體性眞實中住如如平等此如是法佛轉法輪見諸衆生生老病死故彼處生煩惱寂滅業因業果作如是問已佛答智輪童子言如是如是智輪童子一切世間無有能信眞實難信此中唯獨如來證知又不退轉諸大菩薩摩訶薩等曾於過去無量佛所植衆德本乃能信此智輪童子此處如是最大難信若有如來阿耨多羅三藐三菩提覺已如來智自在智不可思議智不可量智無等等智不可數智阿僧祇智大智佛智一切種智智輪童子此名如來一切世間不可信如虛空無有異一切衆生一切法如來說法及轉法輪說於有生其中亦無有生可說說於老事亦無有老說於患事亦無有患說於死事亦無有死說於漏事亦無有漏說非彼生非彼生事亦復是無說染煩惱染事亦無說於寂滅寂滅亦無說於涅槃亦無衆生入涅槃者智輪童子此是如來一切世間頗信難信一切衆生本無有名假名故說本無言語假說置言本無文字假立文字何以故文字句說一切世間種種差別能得知

故智輪童子是一切法名字句味一切先無今假說有智輪童子如來法輪亦復如是先無今有智輪童子諸佛如來轉於法輪爲二大事因緣故轉何者是二大事因緣如來世尊轉法輪時一衆生如二者法如智輪童子於汝意云何衆生有生此可說不智輪童子言不也世尊時佛復告智輪童子於汝意云何若諸衆生是不生者法是可生可說以不智輪童子言不也世尊佛告智輪童子衆生名離因緣衆生相亦非生衆生相非生故一切法一切法相亦復不生此不生法名一切智以是一切智慧力故聞於釋迦如來名已此三千大千世界六種震動當於是時十方一切諸佛刹土悉皆震動如是世界諸佛衆中出大蓮華各各遍覆智輪童子無量一切衆生眼如是一切智眼無量一切衆生色如是一切智色如是一切衆生眼一切智眼如是一切衆生色一切智色此之二種當知是一非二法界如是一切衆生受一切衆生想一切衆生行一切衆生識一切衆生名此名如來名無量一切衆生色入於色陰名如來色此色名一切智亦名一切見亦名一切識一切智示故一切種智不取智相亦不著智是名一切智亦名一切識亦名一切見佛眼如是見一切色亦不取相我眼能見彼如是色乃至心法識亦如是如來不作是念是非識不如是念是我識何以故眼非覺故色非覺故亦非覺事乃至非覺心故非覺法故一切眼見事如來見者一切知見耳中一切響應者一切聲聞鼻中一切氣熏者一切香齅

舌中一切嘗者一切味知身中一切摩觸者一切覺知意中一切識緣者一切法得又復如來如是念者眼中一切諸色皆見眼中一切諸聲皆聞眼中一切諸香皆齅眼中一切諸味皆嘗眼中一切諸觸皆覺眼中一切諸法皆緣如是智輪如來心中一切色見一切聲聞一切香齅一切味嘗一切觸覺一切法緣一切衆生順故一切種智能如是作智因緣故智輪童子如是方便當知如來亦一切智亦一切見亦一切識爾時智輪大海辯才童子白佛言世尊如我解佛所說義趣眼亦如來一切種智色亦如來一切種智如是耳聲鼻香舌味身觸意法亦悉如來一切種智是故如來一切識一切見一切智爾時佛告智輪大海辯才童子言善男子汝見如來一切身一切智法平等智何者是因緣菩薩摩訶薩一切衆生眼智眼煩惱智眼寂滅智眼煩惱寂滅智耳智耳煩惱智耳寂滅智耳煩惱寂滅智鼻智鼻煩惱智鼻寂滅智鼻煩惱寂滅智舌智舌煩惱智舌寂滅智舌煩惱寂滅智身智身煩惱智身寂滅智身煩惱寂滅智意智意煩惱智意寂滅智意煩惱寂滅智佛說是經已一切比丘一切菩薩天人阿脩羅乾闥婆一切大衆聞佛說法歡喜奉行

力莊嚴三昧經卷下

佛說八部佛名經

元魏婆羅門瞿曇般若流支譯

百佛名經

隋北天竺三藏法師那連提耶舍

清刻龍藏佛說法變相圖

佛說八部佛名經

元魏婆羅門瞿曇般若流支譯

聞如是一時佛遊維耶離柰女樹園與大比丘衆俱比丘千二百五十諸菩薩無央數爾時有長者子名曰善作從城中出詣柰女園到世尊所稽首足下右遶三帀却住一面叉手白佛欲有所問大聖見聽乃敢自陳佛告善作恣所欲問如來當具分別解說善作見聽便白佛言唯天中天寧有諸佛修行本願自到正覺今現世講說經道大聖願宣諸佛之名聞之執持戴著頂上諮受所說稽首歸命須宣功勳無復衆難不趣三塗聞諸佛名人若非人不得其便若在縣官說諸佛名無能橫枉奪其所有而性堅強不懷怯弱安隱得勝若入鬬戰刀不傷身箭射不入閱叉諸

鬼諸天龍神無敢嬈者師子虎狼野獸弊蟲無能害者佛告善作諦聽善思念之當爲汝說擁護除難無恐獲安於是善作受教而聽佛言東方去此有佛號奉至誠如來至真等正覺今現在說經法世界曰名聞跡復次東方有佛號固進度思吉義如來至真等正覺今現在說經法世界曰莫能當復次東方去此佛土有佛號觀明功勳如來至真等正覺今現在說經法世界名吉安復次東方去此佛土有佛號慈英寂首如來至真等正覺今現在說經法世界曰無恚恨復次東方去此佛土有佛號眞性上首如來至眞等正覺今現在說經法世界曰去杖復次東方去是佛土有佛號念衆生稱上首如來至眞等正覺今現在說經法世界曰熾盛首復次東方有

佛號踊首高超須彌如來至眞等正覺今現在說經法世界曰曜赫熱首復次東方去此佛土有佛號勝聡稱上首如來至眞等正覺今現在說經法世界曰愛樂假使有人逕聞東方諸如來號受此諸佛世尊之名諦奉善思抱在心懷持諷誦讀縱使諸佛戒德智慧道本平等又諸刹土莊嚴清淨殊異之德卓然無侶無有塵垢無有女人汙穢之難亦無五濁勤苦之患三塗之厄無沙礫石荆棘溝坑佛言善作若有能持奉是諸佛世尊之名頒宣遠近上夜覺寤而起經行歎詠誦說此諸佛名中夜後夜起一心住捨此無益念所增修如是行者德行日進終無損耗也佛告善作汝當樂此八佛名經佛以斯法教族姓子懷抱在心勿得忘捨尋時精修便當逮見

八千諸佛善作於是聞聖教詔則以寶華價直八千兩金供散世尊稽首佛足右遶三帀却行而坐時天帝釋在於彼會前白佛言唯然大聖我已受此八佛之名已諷誦讀抱在心懷唯天中天吾身當勤精進奉行是八部揚諸佛尊名思惟專念不離食息貴重恭敬爲天上寶佛告天帝以是之故天阿須倫共戰鬬時若有恐懼拘翼當念可無所畏所以者何假使有人讚歎稱譽諸如來名八部經典則爲班告無所畏業宣諸如來經典名者不遇惱熱衆患之難若能顯傳諸如來名經典之要則宣太平豐熟之世能傳諸佛經典名者則宣安隱除去大患能傳諸佛經典名者則爲宣布寂然宴坐若傳諸佛經典名者則離一切無數恐懼若能傳此諸佛經名夢安覺歡不畏縣官水火盜賊怨家債主自然避去鬼神羅刹妖魅魍魎薜荔魘鬼皆不敢當若入山陵谿谷曠路抄賊劫掠自然不現師子虎狼熊羆蛇虺悉自縮藏所以者何諸佛至尊德過須彌智超江海慧喻虛空獨步三界無能及者十方一切莫不蒙度佛說如是長者善作及天帝釋諸比丘僧一切會者諸天龍神阿須倫世間人聞經歡喜作禮而退

性空佛　法空燈佛　天王佛　金仁佛

佛說八部佛名經

百佛名經

隋北天竺三藏法師那連提耶舍譯

如是我聞一時佛在舍衛國祇樹給孤獨園與大比丘比丘尼優婆塞優婆夷大菩薩衆及大諸天帝釋天王大梵天王四天大王天龍夜叉乾闥婆阿脩羅迦樓羅緊那羅摩睺羅伽人非人等無量百千大衆前後圍繞恭敬供養尊重讚歎爾時世尊爲諸大衆宣說妙法時尊者舍利弗即從座起整理衣服右膝著地合十指掌而白佛言惟願世尊演說十方現在世界諸佛名號所以者何若有善男子善女人聞是現在諸佛名者生大功德發阿耨多羅三藐三菩提心得不退轉亦當速成阿耨多羅三藐三菩提爾時佛告舍利弗善哉善哉汝今爲欲利益安樂諸大衆故覆護憐愍諸衆生故令諸衆生所求滿故欲令一切生歡喜故亦爲未來諸菩薩等增善根故善哉善哉生善覺觀作如是問如是問者皆是如來威神之力舍利弗汝今諦聽若有善男子善女人聞是現在諸佛名號能受持者一切魔衆於是人所不得其便一切惡人亦不得便獲得無量無邊甚深功德隨所生處具菩薩行得宿命通顏容端正衆相具足常得親近供養諸佛乃至速成阿耨多羅三藐三菩提何以故舍利弗若有聞是諸佛名號受持讀誦恭敬禮拜書寫供養展轉教他所得功德無量無邊爾時世尊即說偈言

若能持此佛名者　此人不爲刀所傷
毒不能害火不燒　亦不墮於八難中
得見大智金色光　三十二相諸法王

既得見於諸佛已　無量供養彼諸佛
其目不盲不赤黄　身不傴曲不一眼
得那羅延大力身　受持佛名報如是
常得天龍及夜叉　乾闥婆等所供養
怨家惡人不能害　受持佛名報如是
汝今諦聽舍利弗　如我所說微妙語
若有聞此佛名者　則得近於菩提道
是故汝今志心聽　十方世界大法王
能拔衆生煩惱刺　譬如藥樹除衆病
愚癡盲冥凡夫等　施與菩薩智慧眼
又如行施勝菩薩　無量千億恒沙界
於中悉滿閻浮金　晝夜六時無休息
施與大悲大導師　又以栴檀滿百剎
旛蓋衣服如恒沙　無量千萬億劫中
一心而以用布施　復於一佛國土中
滿中建立諸佛塔　於一劫中而供養
如恒河沙等諸佛　又造高塔如須彌
其塔悉以七寶成　如是徧滿十千剎
其數三十有六億　以赤栴檀及眞珠
造作繖蓋供養具　一一繖蓋能遍覆
百佛世界等諸國　眞珠流蘇齊佛剎
其數猶如恒河沙　於空復造金繖蓋
其數亦如恒河沙　色如紫磨眞金像
各各遍照三千界　一一塔中設供養
無量無邊無數劫　如上所作諸功德
不及能發菩提心　如是能發菩提心
住不放逸清淨戒　不及能持此佛名
如是能持此佛名　又能憐愍諸衆生
所在諸方廣流布　教令受持佛名者
彼於一切衆生中　爲作福田猶如來

爾時佛告舍利弗若有一心受持讀誦憶念不忘此佛名者所生貪欲瞋恚愚癡諸怖畏等即得除滅未生貪欲瞋恚愚癡諸怖畏者能令不生爾時世尊即說佛名

南無月光佛　南無阿閦佛　南無大莊嚴佛　南無多伽羅香佛　南無常照曜佛　南無栴檀德佛　南無最上佛　南無蓮華幢佛　南無蓮華生佛　南無寶聚佛　南無阿伽樓香佛　南無大精進佛　南無栴檀德佛　南無婆伽羅佛　南無巨海佛　南無幢德佛　南無梵德佛　南無大香佛　南無大生佛　南無寶網佛　南無阿彌陀佛　南無大施德佛　南無大金柱佛　南無大念佛　南無言無盡佛　南無常散華佛　南無大愛佛　南無師子香勝佛

南無養德佛　南無帝釋火燄佛　南無常樂德佛　南無師子華德佛　南無寂滅幢佛　南無戒王佛　南無普德佛　南無普德象佛　南無無憂德佛　南無優波羅香佛　南無大地佛　南無大龍德佛　南無清淨王佛　南無大愛佛　南無蓮華德佛　南無捨華佛　南無龍德佛　南無華聚佛　南無香象佛　南無常觀佛　南無正作佛　南無善住佛　南無尼瞿嚧陀王佛　南無無上王佛　南無月德佛　南無栴檀林佛　南無日藏佛　南無德藏佛　南無須彌力佛　南無摩尼藏佛　南無金剛王佛　南無威德佛　南無無壞佛　南無善見佛　南無精進德佛　南無大海佛　南無覆婆羅樹佛　南無跋蹉德佛　南無

佛天佛　南無師子幢佛　南無毗頭德佛　南無無邊德佛　南無德智佛　南無厚德佛　南無華幢佛　南無象德佛　南無精進德佛　南無龍德佛　南無德生佛　南無寶聚佛　南無德婆瑳子佛　南無論議佛　南無普見佛　南無寶多羅佛　南無普捨佛　南無大供養德佛　南無大網佛　南無斷一切衆生疑王佛　南無寶德佛　南無普蓋佛　南無大蓋佛　南無勝德佛　南無千供養佛　南無寶蓮華奮迅佛　南無厚德佛　南無智旛佛　南無寶月德佛　南無尼瞿嚧陀婆瑳王佛　南無常德佛　南無普蓮華佛　南無平等德佛　南無龍護救濟佛

此諸佛名等　能救護世間　初夜誦一徧
思念佛而眠　中夜誦一徧　後夜亦復然
如是晝三時　於初中後分　一時誦一徧
精勤不放逸　誦此佛名故　常得見好夢
惡鬼及惡人　不能得其便　是故此佛名
能救護世間　一切天樂神　夜叉鳩槃茶
羅刹諸鬼等　不能起障礙　於此百佛名
常能念持者　一切諸魔事　不能得其便
爾時天帝釋　三十三天王　整理身衣服
胡跪而合掌　白佛言世尊　我等常衛護
受持佛名者　及四天大王　亦常護於彼
受持佛名者　唯除必定業　不可得救護
一切天人中　無能加惡者　爾時一切智
出大微妙聲　八種和雅音　善美衆樂聞
普告諸大衆　速受此佛名　於十方世界
所在廣流布　而作大法施　斷除衆生疑

大聖釋迦文　演說此法時　三百諸比丘
悉得諸漏盡　復有比丘尼　其數有四十
一切漏法盡　逮得阿羅漢　復有優婆塞
其數滿五十　住勝歡喜心　獲果須陀洹
復有優婆夷　其數千一百　皆遠離塵垢
而得法眼淨　復有大天王　無量千萬衆
於法王法中　得清淨法眼　如彼恒河沙
分之爲三分　菩薩如一分　悉獲無生忍
三千大千刹　是時六震動　諸山及高峯
大地皆震吼　於上虚空中　雨諸天妙華
天龍非人等　喜聲悉徧滿　爾時帝釋天
目連離婆多　蛇奴劫賓那　摩訶迦旃延
及摩訶迦葉　漚樓頻迦葉　乃至那迦葉
富樓彌多羅　善吉不見空　阿難陀跋提
沓婆摩羅子　如是等大衆　二萬五千人
同聲白佛言　釋師子法王　我盡精進力
皆悉無有餘　以諸神通力　於無量世界
化作無量身　過無量佛刹　常說此佛名
亦如佛所說　爾時佛世尊　爲令衆見故
示現大神通　現無量億刹　以佛神通力
見釋師子王　處處而徧滿　說此修多羅
亦如過去佛　所說無差別　佛告諸大衆
我於無量劫　久善修神通　於無上佛法
決定莫生疑　安隱衆生故　速說此佛名
令諸衆生等　永離生死苦

爾時佛告慧命舍利弗若有善男子善女人聞佛名已深信清淨發菩提心愛樂受持書夜精勤讀誦書寫廣爲他說得無量無邊廣大功德得不退轉乃至速成阿耨多羅三藐三菩提一切衆魔不能嬈亂佛說是經已慧

命舍利弗釋梵四王比丘比丘尼優婆塞優婆夷天龍夜叉乾闥婆阿脩羅等一切大衆聞此法已皆大歡喜

百佛名經

音釋

諮 津私切訪問也　嬈 而沼切亂也　妖魅 妖於喬切魅明祕切　魍魎 魍文紡切魎良蔣切魍魎山川精物也　魘 於琰切中魘也　熊羆 熊胡弓切羆斑麋切熊羆並獸名　虺 許委切蝮也　縮 所六切退也　傴 委羽切也　僂　繖 蘇旱切繖絲綫爲蓋也

佛說不思議功德諸佛所護念經（出衆經）

隋　闍那崛多　譯

清刻龍藏佛說法變相圖

佛說不思議功德諸佛所護念經卷上 出衆經

隋 闍 那 崛 多 譯

東方去是百千萬億江河沙諸佛土解君世界寶光月殿妙尊音王如來　東方去是百八萬億江河沙諸佛土淨光莊嚴世界淨華宿王智如來　東方去是百億江河沙諸佛土超立願世界普照常明德海王如來　東方喜信淨世界光英如來　東方解脫華世界師子響作如來　東方普光世界天王如來　東方多樂世界虛空等如來　東方寶積世界寶揚威神超王如來　東方常名聞世界離聞首如來　東方寶嚴世界喻日光王如來　東方蓮華淨世界淨教如來　東方寂寞世界一億諸佛普集如來　東方清淨世界日月光如來　東方拔衆塵勞世界

等行如來　東方阿毗羅提世界大目如來
東方須彌幡世界須彌鐙王如來　東方
不眴世界普賢如來　東方思惟世界無念
如來　東方甘音聲稱說世界過寶蓮華快
住樹王如來　東方蓮華香世界過寶蓮華
如來　東方無諸毒螫世界本草樹首如來
東方除狐疑世界等功德明首如來　東
方內快世界分別過出淨如來　東方愛喜
世界等遍明如來　東方愛樂世界月英幢
王如來　東方不可勝說世界快樂如來
東方解脫世界解散一切縛具足王如來
東方滿香名聞世界蓮華具足王如來　東
方滿一切珍寶世界藥師具足王如來　東
方樂入世界無憂德首具足王如來　東方
歡喜樂世界勸助衆善具足王如來　東方
慈哀光明世界紺瑠璃髮勇猛具足王如來
東方滿所願聚世界安隱囑累滿具足王
如來　東方不退音世界最選光明蓮華開
敷如來　東方清淨世界精明堂如來　東
方無量德淨世界淨王如來　東方多寶世
界寶積如來　東方無垢世界離垢意如來
東方香林世界入精進如來　東方離垢
世界無垢光如來　東方歡喜世界阿閦如
來　東方甚樂世界仙剛如來　東方懷調
世界思夷華如來　東方莫能勝世界固進
度思吉義如來　東方聞迹世界奉至誠如
來　東方吉安隱世界觀明功勳如來　東
方無恚恨世界慈英寂首如來　東方五杖
世界眞性上首如來　東方上上首世界念
衆生稱上首如來　東方曜赫熱首世界勇

首超高須彌如來　東方愛喜世界稱恥勝上首如來　東方天神世界寶海如來　東方寶集世界寶英如來　東方寶最世界寶成如來　東方光明世界寶光明如來　東方幢播世界寶幢播如來　東方衆德光明世界寶光明如來　東方無量世界大光明如來　東方衆華世界無量音如來　東方無塵垢世界無量音如來　東方莫能勝世界大名稱如來　東方光明世界寶光明如來　東方名光世界德大安隱如來　東方華尼光世界火光明如來　東方正眞世界正音聲如來　東方光明尊世界無限淨如來　東方音響世界月音王如來　東方安隱世界無限名稱如來　東方日世界月光明如來　東方清淨世界無垢光如來　東方瑠璃光世界淨光如來　東方大豐世界日光如來　東方正覺世界無量寶如來　東方蓮華光世界蓮華最尊如來　東方普度衆難世界身尊如來　東方堅固世界金光如來　東方無際世界梵自在如來　東方月世界紫金光如來　東方火光世界金海如來　東方正覺世界龍自在王如來　東方喻月世界一切華香自在王如來　東方星王世界樹王如來　東方勇猛執持牢仗棄捨戰鬭如來　東方豐饒世界内豐珠光如來　東方香勳世界無量香光明如來　東方龍珠觀世界師子響如來　東方修行世界大精進勇力如來　東方堅住世界過出堅住如來　東方光明世界鼓音王如來　東方衆德吉世界日月英如來　東方

栴檀地世界超出衆華如來　東方善住世界世燈明如來　東方光明世界休多易寧如來　東方圍繞世界寶輪如來　東方善覺世界常滅度如來　東方須彌脇世界淨覺如來　東方名稱世界無量寶化光明如來　東方妙儒世界須彌步如來　東方豐養世界寶蓮華如來　東方蓮華湧出世界一切衆寶普集如來　東方金光世界樹王豐長如來　東方清淨世界轉不退轉法輪衆寶普集豐盈如來　東方淨住世界圍繞特尊德淨如來　東方雜相世界上衆如來　東方流布世界佛華生德如來　東方金剛住世界佛華出王如來　東方栴檀世界寶像如來　東方藥世界不虛稱如來　東方藥生世界無邊功德精進嚴如來　東方

上華光世界明德王如來　東方妙莊嚴世界德王明如來　東方無邊德嚴世界度功德邊如來　東方流布世界然燈如來　東方上善世界無畏如來　東方蓮華世界華德如來　東方優鉢羅世界智華德如來　東方寶生世界寶積如來　東方妙月世界無邊願如來　東方住林世界寶肩如來　東方衆香世界娑羅王如來　東方華德世界寶明如來　東方一聚世界寶聚如來　東方離憂世界無邊德嚴如來　東方諸功德處世界觀世音如來　東方寶明世界須彌明如來　東方莊嚴世界無邊自在力如來　東方無塵垢世界寶華德如來　東方雲陰世界無量神通自在如來　東方普香世界無量華如來　東方華世界寶自在如

來　東方雜寶相世界月出德如來　東方
金剛世界拘陵王如來　東方樂世界日燈
如來　東方安隱世界上寶如來　東方娑
婆世界智生德如來　東方純樂世界安立
功德王如來　東方宿開世界無礙眼如來
東方月出世界智聚如來　東方清淨世
界無相嚴如來　東方普明世界明德聚如
來　東方歡喜世界那羅延如來　東方離
垢世界離垢相如來　東方無邊德世界善
思嚴如來　東方安隱世界優鉢羅德如來
東方常照明世界香彌樓如來　東方常
莊嚴世界雜華如來　東方阿竭流香世界
上香德如來　東方普香世界香彌樓如來
東方無相世界無相音如來　東方名華
世界無礙音聲如來　東方月世界純寶藏

如來　東方堅固世界無動力如來　東方
堅固世界迦葉如來　東方衆月世界善生
德如來　東方離憂世界名稱如來　東方
離塵垢世界智德如來　東方雜華世界宿
王如來　東方極廣世界無量相如來　東
方恐怖世界栴檀香如來　東方衆網世界
網明如來　東方無畏世界梵音如來　東
方可歸世界無量性德如來　東方離垢世
界智出光如來　東方青蓮華覆世界華上
如來　東方無憂世界善德如來　東方無
勝世界德勝如來　東方隨喜世界普明如
來　東方普賢世界勝敵如來　東方善淨
世界王幢相如來　東方離垢世界無量功
德明如來　東方不誑世界藥王無礙如來
東方金集世界寶遊行如來　東方美音

世界寶華如來　東方一蓋世界一寶嚴如來　東方寶聚世界無邊寶力如來　東方相德聚世界無相音如來　東方大名聞世界須彌肩如來　東方上意世界空性如來　東方沙陀羅世界名聞力王如來　東方月光世界放光如來　東方袈裟相世界離垢如來　東方蓮華世界雜華生德如來　東方一蓋世界離怖畏如來　東方清淨世界智聚如來　東方香聚世界栴檀香如來　東方阿竭流香世界大聲眼如來　東方無邊聚世界寶積如來　東方衆香世界香象如來　東方離相世界彌樓肩如來　東方華蓋世界一寶蓋如來　東方普明世界無礙眼如來　東方名善世界栴檀窟如來　東方善意世界妙肩如來　東方寶德世界網明如來　東方寶德世界寶明如來　東方德樂世界寶華德如來　東方讃歎世界智華寶明德如來　東方衆善世界善出光如來　東方安隱世界滅諸怖畏如來　東方彌樓相世界彌樓肩如來　東方度憂惱世界安王如來　東方善法世界法積如來　東方安立世界增十光如來　東方千明世界增千光如來　東方多伽樓香世界智光如來　東方妙香世界寶出光如來　東方明嚴德世界無邊光如來　東方善德世界無礙如來　東方法世界網光如來　東方衆華世界寶意如來　東方上清淨世界無邊陣如來　東方優鉢羅世界無邊自在如來　東方覺處世界優鉢羅德如來　東方蓮華處世界智住如來　東方智力世

界釋迦牟尼如來　東方流布世界智流布如來　東方無邊世界婆羅王如來　東方月世界寶娑羅王如來　東方離憂世界善德王如來　東方寂滅世界流布王如來　東方不虛見世界不虛力如來　東方妙香世界香明如來　東方梵音聲世界無礙音如來　東方月光世界名聞力如來　東方普明世界須彌頂王如來　東方寶嚴世界寶生德如來　東方法世界華上如來　東方華住世界寶高王如來　東方妙陀羅尼世界香明如來　東方金明世界方流布嚴如來　東方高智世界普守增上雲音王如來　東方常明世界無邊明如來　東方錠光世界無邊慧成如來　東方然燈世界無邊功德智明如來　東方赤蓮華覆世界方生如來　東方華覆世界華生德如來　東方天世界衆堅固如來　東方妙明世界智明如來　東方樂德世界智衆如來　東方衆樂世界離胎如來　東方無漏世界醫王如來　東方普讚世界無邊智讚如來　東方衆堅世界栴檀香德如來　東方具威德世界具佛華生如來　東方衆寶世界娑羅王安立如來　東方主世界月出光如來　東方安住世界須彌肩如來　東方無怖畏世界施名聞如來　東方諸功德住世界名親如來　東方福住世界堅固如來　東方無憂世界離憂如來　東方名聞世界華生德王如來　東方華布世界演華相如來　東方寶明世界寶照明如來　東方常熏香世界火然如來　東方善吉世界三界自在

力如來　東方無畏世界明輪如來　東方常懸世界空性自在如來　東方安王世界盡自在力如來　東方普離世界鼓音王如來　東方安隱世界普自在如來　東方陀羅尼世界山王如來　東方妙等世界安王立如來　東方妙嚴世界佛自在嚴如來　東方猗息世界積諸功德如來　東方愛世界佛寶德成就如來　東方列宿世界智生德如來　東方列宿嚴世界智生德聚如來　東方蓮華世界華生王如來　東方衆華世界上法自在如來　東方白蓮華覆世界月光明如來　東方廣世界香象王如來　東方上妙世界無量明如來　東方衆香世界蓮華聚如來　東方薝蔔衆世界栴檀德如來　東方寶藏世界寶聚如來　東方明慧世界上明慧如來　東方善住世界無邊德生如來　東方衆多世界明相如來　東方愛香世界無邊德積如來　東方愛惜世界衆德生如來　東方可愛世界一切功德生如來　東方衆蓮華世界華生德如來　東方金網覆世界持炬如來　東方寶網覆世界寶生德如來　東方離畏世界極高王如來　東方一蓋世界宿王如來　東方衆雜世界無邊彌樓如來　東方妙喜世界虛淨王如來　東方可迎世界無量音如來　東方妙音香世界無量明如來　東方上清淨世界寶彌樓如來　東方照明世界雜寶華嚴如來　東方寶華世界離垢嚴如來　東方金明世界金華如來　東方金光世界寶窟如來　東方衆堅固世界雜華生如來

東方衆華世界華蓋如來　東方衆蓮華世界不虛嚴如來　東方梵德世界梵音如來　東方住處世界無礙眼如來　東方妙禪世界無相音如來　東方德住世界無邊功德成就如來　東方寶住世界寶生德如來　東方喜世界蓮華生德如來　東方蓮華生世界寶上如來　東方妙明世界無邊明如來　東方覺世界寶彌樓如來　東方月燈世界燈高德如來　東方星宿德世界智生德如來　東方炬世界炬燈如來　東方智積世界無上光如來　東方出生世界德王明如來　東方一蓋世界無邊眼如來　東方積德世界佛華生德如來　東方娑羅世界娑羅王如來　東方善住世界師子如來　東方勸助世界寶彌樓如來　東方蓮華世界頻婆尸如來　東方攝處世界醫王如來　東方善德世界上善德如來　東方妙香世界上香德如來　東方香德世界香相如來　東方栴檀世界栴檀窟如來　東方寶網覆世界無邊明如來　東方金網覆世界增十光佛華出如來　東方蓮華網覆世界無邊自在力如來　東方衆華世界威華生高王如來　東方照明世界寶網如來　東方月燈世界安立王如來　東方栴檀香世界上香王如來　東方樓閣世界施一切樂如來　東方雜窟世界見一切緣如來　東方雜相世界不虛稱如來　東方可敬世界壞諸驚畏如來　東方金明世界寶明如來　東方衆樂世界無邊空嚴德如來　東方一華蓋世界善嚴如來　東方無垢

世界空相如來　東方廣大世界威華生德如來　東方善積世界善德如來　東方妙華世界淨眼如來　東方無邊世界最高德彌樓如來　東方喜生世界無勝相如來　東方阿竭流香世界無邊香彌樓如來　東方多伽流香世界月聞王如來　東方上妙世界上彌樓如來　東方名喜世界寶生德如來　東方明世界名聞彌樓如來　東方輭美世界美德如來　東方善香世界梵德如來　東方帝相世界無礙眼如來　東方善處世界無邊德積如來　東方不思議德世界威德王如來　東方集相世界善思願成如來　東方方星宿王世界淨王如來　東方智香世界智聚如來　東方德處世界婆訶王如來　東方善愛世界調御如來

東方蓮華出世界最高德如來　東方無邊德生世界示衆生深心如來　東方歡喜世界無邊德寶如來　東方猗息世界滅諸受自在如來　東方名樂世界無礙光如來　東方善成世界無礙光佛華生德如來　東方普德成就世界一切縁中自在現佛相如來　東方衆相世界樂無相如來　東方無相世界妙化音如來　東方無相海世界華上如來　東方雜相世界寶德如來　東方寶生世界海彌樓如來　東方廣大世界無垢意如來　東方名華世界智華生如來　東方虛空淨世界極高德聚如來　東方無相世界寂滅如來　東方妙樂世界離欲自在如來　東方德積世界不思議德生如來　東方大安世界喜生德如來　東方散赤

蓮華世界流香如來　東方阿竭流光世界無礙香光如來　東方衆歸世界雲鼓音王如來　東方功德積世界功德生德如來　東方純樂世界無邊行自在如來　東方妙音世界須彌肩如來　東方香相世界上香彌樓如來　東方助香世界無邊光如來　東方調御世界普觀如來　東方月世界日月燈如來　東方照明世界明燈如來　東方善明世界振威德如來　東方衆香世界善衆如來　東方金剛世界金剛生如來　東方音聲世界智自在王如來　東方阿樓那世界德明王如來　東方阿樓那積世界妙眼如來　東方柔輭世界娑羅王如來　東方善立世界須彌王如來　東方清淨世界虛彌樓如來　東方威德生世界寶威德如來　東方善相世界上善德如來　東方梵德世界梵音聲如來　東方華德世界寶華如來　東方蓮華德世界蓮華生德如來　東方栴檀世界栴檀香如來　東方名華世界如須彌山如來　東方金華世界上嚴如來　東方寶明世界寶蓋如來　東方香彌樓世界香象如來　東方雜相世界無邊自在力如來　東方清淨世界不虛稱如來　東方功德處世界不思議功德明王如來　東方有德世界雜華如來　東方安隱世界安王如來　東方最高世界華最高德如來　東方動世界常悲如來　東方常動世界藥王如來　東方普虛空世界無邊自在力如來　東方瑠璃明世界無邊光如來　東方金剛世界無邊眼如來　東方無相世

界言音自在如來　東方蓮華蓋世界無邊虛空自在如來　東方蓋行列世界宿王如來　東方寶網覆世界上香德如來　東方眞金世界虛空德如來　東方清淨世界極高德如來　東方無憂世界作方如來　東方星宿世界極高彌樓如來　東方雜相世界無礙眼如來　東方香流世界娑伽羅如來　東方衆香世界持炬如來　東方栴檀香世界火相如來　東方善喜世界善淨德光如來　東方喜生世界智聚如來　東方流布世界流布力王如來　東方大德世界功德王明如來　東方堅固世界現智如來　東方不退世界華高生德如來　東方善分別世界寶火如來　東方優鉢羅世界赤蓮華德如來　東方疑蓋世界壞一切疑如來　東方妙世界善衆如來　東方衆德世界拘留孫如來　東方妙善世界相王如來　東方妙香世界蓮華德生如來　東方善相世界放光如來　東方雲陰世界彌勒如來　東方光明世界蓮華光明如來　東方名稱世界上法王相如來　東方帝釋世界無邊力如來　東方蓮華世界稱山海如來　東方喜世界釋迦文如來　東方常嚴世界不虛見如來　東方流布世界無礙音聲如來　東方常言世界無量名明德如來　東方白相世界無分別嚴如來　東方栴檀香世界無邊光如來　東方袈裟相世界妙眼如來　東方堅固寶世界壽無盡幢如來　東方因陀羅世界不變動月如來

佛說不思議功德諸佛所護念經卷上

音釋

眴輸閏切　螫施隻呵各二切蟲毒也　猗於羈切　薝蔔薝職廉切

蔔蒲北切　輭而兗切

佛說不思議功德諸佛所護念經卷下 出衆經

隋　闍　那　崛　多　譯

南方去是百千萬億江河沙諸佛土雜種寶錦世界樹根華王如來　南方去是無數百千諸佛土諸好莊飾世界德寶尊如來　南方去是百千萬億諸佛土消冥等要世界初發心離恐畏超首如來　南方去是十八億江河沙諸佛土嚴淨世界離垢淨如來　南方去是五十萬諸佛土寶積世界寶積示現如來　南方歡喜世界栴檀德如來　南方莊嚴世界嚴淨如來　南方離憂世界無憂德如來　南方諸欲淨世界無垢稱如來　南方寶城世界寶體品如來　南方樂林世界不捨樂精進如來　南方華迹世界普華如來　南方佛辯世界無量德寶辯如來

南方寶淨世界寶燄如來　南方眞珠世界日月燈明如來　南方戒光世界須彌如來　南方音響世界大須彌如來　南方紫磨金世界超出須彌如來　南方色像見世界踰如須彌如來　南方珠光世界香像如來　南方得勇力世界圍繞香熏如來　南方無垢光世界淨光如來　南方法界世界法最如來　南方星自在王世界香自在王如來　南方正直世界大集如來　南方廣博世界香光明如來　南方廣遠世界火光如來　南方無際世界無量光明如來　南方堅固世界開光如來　南方馬腦世界月燈光如來　南方妙香世界月光如來　南方日光世界日月光明如來　南方金珠光明世界火光如來　南方衆色象世界集音如

來　南方衆聚世界最威儀如來　南方勝戰超度無極世界光明尊如來　南方音響世界蓮華軍如來　南方月光世界蓮華響如來　南方天自在世界多寶如來　南方蓮華世界師子吼如來　南方明星世界師子音如來　南方無憂世界精進軍如來　南方金剛聚世界金剛踊躍如來　南方明珠世界度一切禪絶衆疑如來　南方香華熏世界寶大侍從如來　南方名喜世界無憂如來　南方哀色世界地力持踴如來　南方天世界最踊躍如來　南方栴檀光世界自在王如來　南方一切妓樂振動世界無量音如來　南方光明世界錠光如來　南方一切香世界寶光如來　南方虛空住如來　南方常滅度如來　南方一切德嚴如來　南方炬照天師如來　南方寶樹光明如來　南方呼那僧如來　南方蓮華提如來　南方阿兜三耶三佛駄如來　南方日月燈如來　南方名聞光如來　南方大餤肩如來　南方須彌燈如來　南方無量精進如來　南方金剛藏如來　南方純寶藏如來　南方釋迦文如來　南方堅固樂世界風幢如來　南方蓮華世界無盡月如來

西方去是百千萬億江河沙諸佛土勝月明世界造王神通餤華如來　西方去是百億江河沙諸佛土水精世界淨尊如來　西方去是無量佛土普樂世界離垢三世無礙嚴如來　西方去是九十九億江河沙諸佛土光明旛世界光明王如來　西方樂園世界

妙樂如來　西方淨復淨世界越淨如來　西方瓔珞世界無礙如來　西方善選擇世界金剛步積如來　西方滅惡世界寶山如來　西方消諸毒螫世界普度空如來　西方寶錦世界寶成如來　西方華林世界習精進如來　西方極樂世界阿彌陀如來　西方思夷像世界華嚴神通如來　西方照曜世界普明如來　西方莊嚴世界見若燈明王如來　西方無憂世界離憂如來　西方寂定世界吉祥如來　西方破一切塵世界殊勝如來　西方伏一切魔世界集音如來　西方度一切世間苦惱如來　西方泥洹華如來　西方諸寶般如來　西方阿彌陀如來　西方無量相如來　西方無量幢如來　西方大光如來　西方大明如來

西方寶相如來　西方淨光如來　西方無量明如來　西方無量華如來　西方無量光如來　西方無量光明如來　西方無量自在力如來　西方無量力如來　西方一蓋如來　西方蓋行如來　西方寶蓋如來　西方宿王如來　西方善宿如來　西方明輪如來　西方明王如來　西方高廣德如來　西方無邊光如來　西方自在王如來　西方自在力如來　西方無礙音聲如來　西方大雲光如來　西方網聚如來　西方覺華光如來　西方蓮華自在如來　西方山王如來　西方月衆增上如來　西方放光如來　西方妙肩如來　西方不虛見如來　西方頂生王如來　西方蓮華生如來　西方釋迦文如來　西方阿彌陀如

來　西方堅固寶王世界清白如來　西方衆寶世界不動月如來
北方去是百千萬億江河沙諸佛土決了寶網世界月殿清淨如來　北方去是七十二億江河沙諸佛土堅要世界梵慧如來　北方去是六十六億江河沙諸佛土華迹世界覺積如來　北方不動轉世界照意如來
北方住清淨世界正意如來　北方覺辯世界寶智首如來　北方化成世界無染如來
北方普光世界勇辯如來　北方瞻倍世界滅意根如來　北方名勝世界勝王如來
北方無恐懼世界無畏如來　北方道林世界行精進如來　北方日轉世界蔽日月光如來　北方衆寶錦世界無量德寶光如來　北方善行列世界不虛稱如來　北方雲自在如來　北方雲自在王如來　北方鉤鎖如來　北方迦禪那如來　北方阿迦頭華如來　北方諸欲無脱那如來　北方餤肩如來　北方最勝音如來　北方難勝如來　北方日生如來　北方網明如來
北方金剛藏如來　北方堅固世界金剛堅強消伏壞散如來　北方摩尼光世界寶火如來　北方阿竭流香世界寶月如來　北方歡喜世界賢最如來　北方現大世界寶蓮華步如來　北方豐嚴世界德內豐嚴王如來　北方不虛力如來　北方不虛自在力如來　北方不虛光如來　北方無邊精進如來　北方娑羅王如來　北方寶娑羅如來　北方一蓋嚴如來　北方寶肩如來
北方栴檀窟如來　北方栴檀香如來

北方無邊明如來　北方明輪如來　北方彌樓嚴如來　北方無礙眼如來　北方無邊眼如來　北方寳生如來　北方諸德如來　北方覺華生德如來　北方善住意如來　北方無邊力如來　北方不虚德如來　北方寳力如來　北方無邊嚴如來　北方無邊德嚴如來　北方虚空光如來　北方無相音如來　北方藥王如來　北方無驚如來　北方離怖畏如來　北方德明王如來　北方覺華生如來　北方虚空性如來　北方虚空意如來　北方虚空嚴生如來　北方釋迦文如來　北方堅固世界威儀幢如來　北方優鉢羅世界香風月如來

東北方去是九十九億江河沙諸佛土淨觀世界法觀如來　東北方去是十一江河沙諸佛土忍慧世界香盡如來　東北方去是八江河沙佛土無垢世界等行如來　東北方拔所念世界壞魔羅網獨步如來　東北方一切任世界建大音普至如來　東北方青華世界悲精進如來　東北方焰氣世界固受如來　東北方樂白交露世界寳蓋超光如來　東北方淨住世界空域離垢心如來　東北方照曜世界普世如來　東北方受見世界尊自在如來　東北方豐盛世界吉祥義如來　東北方無垢世界離垢如來　東北方衆歸世界滅一切憂如來　東北方離一切憂世界離憂如來　東北方喜樂世界喜生德如來　東北方安隱世界安王如來　東北方金網覆世界上彌樓如來　東北方香明世界妙香如來　東北方寳聚

世界憍陳若如來　東北方堅固世界勢德如來　東北方青蓮華世界赤蓮華德如來　東北方白蓮華世界白蓮華生如來　東北方大音世界大音眼如來　東北方香嚴世界上衆如來　東北方衆明世界無邊明如來　東北方栴檀香世界月出光如來　東北方明世界名流十方如來　東北方月世界星宿王如來　東北方普明德世界無邊光明如來　東北方香明世界上香彌樓如來　東北方無畏世界離怖畏如來　東北方上安隱世界安隱生德如來　東北方無邊明世界無邊功德月如來　東北方莊嚴世界一切功德嚴如來　東北方蓮華散世界華王如來　東北方雜相世界不壞相如來　東北方堅固世界宗守光如來　東北方樂戲世界大威德蓮華生王如來　東北方樂世界無異生行如來　東北方喜世界一切智上如來　東北方樂德世界虛空淨王如來　東北方喜樂世界無相音聲如來　東北方娑婆世界寶最高德如來　東北方梵衆世界梵德如來　東北方衆香世界無礙香象如來　東北方衆華世界彌樓明如來　東北方然燈世界火燈如來　東北方作名聞世界華上光如來　東北方多樂世界作名聞如來　東北方安立世界名慈如來　東北方娑羅世界娑羅王如來　東北方照明世界無邊光如來　東北方壞一切世界間怖畏如來　東北方師子吼如來　東北方金剛藏如來　東北方阿閦如來　東北方堅固青蓮華如來　東北方自

在幢如來 東北方梵天如來 東北方相德如來 東北方釋迦牟尼如來 東北方星宿世界星宿月如來
東南方去是十四江河沙諸佛土梵音世界梵德如來 東南方去是七十七億江河沙諸佛土仁賢世界善眼如來 東南方去是三億諸佛土積寶世界善積如來 東南方賢聖普集世界觀世苦如來 東南方極妙世界微妙如來 東南方常照曜世界初發心不退轉輪成道如來 東南方多所造作世界多所念如來 東南方普錦綵色世界衆華如來 東南方金林世界盡精進如來
東南方德王世界德明王如來 東南方無憂世界除衆慼冥如來 東南方無悦世界首寂如來 東南方寶首莫能當其光明如來 東南方佛華生世界一切緣中現佛相如來 東南方師子音如來 東南方師子相如來 東南方無憂首如來 東南方興光明如來 東南方法種尊如來 東南方慧王如來 東南方蓮華敷力如來 南方無邊緣中現佛相如來 東南方網明如來 東南方無邊明如來 東南方上華如來 東南方寶娑羅如來 東南方發心即轉法輪如來 東南方金剛藏如來 東南方華聚如來 東南方增千光如來 東南方無上光如來 東南方不動力如來 東南方無邊步力如來 東南方無邊願如來 東南方無量願如來 東南方無邊自在力如來 東南方無定願如來 東南方轉胎如來 東南方轉諸難如來 東南方

一切緣修行如來 東南方無緣莊嚴如來
東南方佛虛空如來 東南方有德如來
東南方釋迦牟尼如來 東南方堅固摩
尼世界明相幢如來 東南方妙行世界自
在天月如來
西南方去是十三億諸佛土廣勝世界妙積
如來 西南方去是十一江河沙佛土一相
世界等慧如來 西南方去是八江河沙佛
土無量藏世界忍慧如來 西南方覆白交
露世界寶蓋照空如來 西南方去是如江
河沙佛土遍淨一切世界無極身如來 西
南方善選擇世界釋寶光如來 西南方去
是無極寶林世界上精進如來 西南方樂
成世界寶杖如來 西南方善觀世界大哀
觀衆生如來 西南方樂御世界智首如來

西南方尊調世界離臂如來 西南方普
明世界無垢如來 西南方陰雨世界雨王
如來 西南方大尊王如來 西南方梵相
如來 西南方諦相如來 西南方師子如
來 西南方妙寶如來 西南方阿彌陀如
來 西南方善吉世界吉利如來 西南方
吉利嚴如來 西南方尸棄如來 西南方
常精進如來 西南方善住如來 西南方
無邊嚴如來 西南方無相嚴如來 西南
方普嚴如來 西南方燈明如來 西南方
藏聚如來 西南方無邊像如來 西南方
無邊精進如來 西南方網光如來 西南
方大神通如來 西南方明輪如來 西南
方觀智如來 西南方不虛勝如來 西南
方壞諸怖畏如來 西南方無邊德明王如

來　西南方離怖畏如來　西南方壞諸怨賊如來　西南方過諸魔界如來　西南方無量華如來　西南方持無量德如來　西南方無量音聲如來　西南方光聚如來　西南方明德如來　西南方離二邊如來　西南方無量覺華光如來　西南方無量聲如來　西南方明彌樓如來　西南方娑羅王如來　西南方日面如來　西南方妙眼如來　西南方上德如來　西南方寶華如來　西南方寶生如來　西南方月華如來　西南方一切衆生嚴如來　西南方轉一切生死如來　西南方無邊辯才如來　西南方釋迦牟尼如來　西南方金剛藏如來　西南方堅固金剛世界帝幢如來　西南方無諍怖如來　西南方善行世界清淨月如來　西南方緣一辯才如來　西北方去是百千萬江河沙諸佛土師子口世界法成就如來　西北方去是二百億江河沙佛土盡度世界清淨觀如來　西北方去是七十七億江河沙佛土不動轉世界衆相如來　西北方釋迦牟尼如來　西北方與顯世界住清淨世界衆德如來　西北方青瑠璃世界身相如來　西北方毛廣耀如來　西北方無盡世界徹聽如來　西北方雷吼世界如孔光世界法觀如來　西北方清泰世界無動如來　西北方賢意如來　西北方衆智自在世界慧造如來　西北方住清淨世界開善世界賢勇如來　西北方貪衆淨意世界善變化菩薩如來　西北方雨氏世界雨香王如來　西北方無形如來

西北方金剛世界一乘度如來　西北方除衆闇冥世界光淨王如來　西北方栴檀香世界普光如來　西北方多摩羅跋栴檀香神通如來　西北方須彌相如來　西北方見無恐懼如來　西北方香明如來　西北方香彌樓如來　西北方香象如來　西北方香自在如來　西北方香窟如來　西北方明輪如來　西北方光王如來　西北方蓮華生王如來　西北方佛法自在如來　西北方無邊法自在如來　西北方樂愛德如來　西北方散華如來　西北方華蓋行列如來　西北方華窟如來　西北方金華如來　西北方香華如來　西北方彌樓王如來　西北方善導師如來　西北方一切衆生最勝嚴如來　西北方轉諸難如來

西北方善行嚴如來　西北方妙華如來　西北方無邊香如來　西北方普放光如來　西北方普放香如來　西北方普光如來　西北方散華生德如來　西北方寶網手如來　西北方極高王如來　西北方普照一佛土如來　西北方宿王如來　西北方妙見如來　西北方安立王如來　西北方香流如來　西北方無邊智自在如來　西北方不虛嚴如來　西北方無礙眼如來　西北方不虛見如來　西北方不動如來　西北方初發意如來　西北方無邊眼如來　西北方燈上如來　西北方普照明如來　西北方光照如來　西北方一切衆生不斷辯才如來　西北方無垢力如來　西北方無積行如來　西北方金剛藏如來

西北方堅固蓮華世界上幢如來　西北方歡喜世界無上月如來　下方去是百千萬億江河沙諸佛土尊幢君世界善寂月音王如來　下方去是七十二億江河沙諸佛土衆寶普現世界一寶蓋如來　下方去是三十二億江河沙佛土堅固世界不捨弘誓如來　下方照曜世界光明王如來　下方明開闢世界賴毗羅耶如來　下方地氏世界持地如來　下方念無到世界念斷疑拔欲除冥如來　下方無量華世界燈尊王如來　下方無減世界普願如來　下方極深世界寶聚如來　下方錦幢世界師子鷹像頂吼如來　下方名善世界善德如來　下方載諸淨世界金剛刹如來　下方水精世界梵精進如來　下方沙陀

惟懼咤世界唯首陀失利如來　下方照明世界染青蓮首如來　下方普明世界普現如來　下方起得度世界導龍如來　下方光刹世界普觀如來　下方照明世界月辯如來　下方導御世界堅要如來　下方虛空淨世界大目如來　下方無垢稱王如來　下方師子如來　下方名聞如來　下方名光如來　下方達磨如來　下方法幢如來　下方法持如來　下方名稱遠聞如來　下方法名號如來　下方法旛如來　下方奉法如來　下方意無恐懼衣毛不竪如來　下方上德如來　下方大德如來　下方蓮華德如來　下方有德如來　下方師子德如來　下方成利如來　下方師子護如來　下方師子頰如來　下方安立王如

來　下方梵彌樓如來　下方淨眼如來　下方不虛步如來　下方香像如來　下方香德如來　下方香彌樓如來　下方無量眼如來　下方香聚如來　下方寶窟如來　下方寶彌樓如來　下方安住如來　下方善住王如來　下方梵彌樓如來　下方娑羅王如來　下方明輪如來　下方明燈如來　下方不虛精進如來　下方善思嚴如來　下方師子喜如來　下方衆眞實如來　下方金剛藏如來　下方妙善住王如來　下方釋迦文如來　下方堅固栴檀世界梵幢如來　下方無厭慈世界不衰變月如來

上方去是百千萬億江河沙諸佛土善分別世界無數精進願首如來　上方去是百億江河沙佛土蓮華嚴世界蓮華上如來　上方去是六十二億江河沙佛刹一土世界一切德所見明王如來　上方離諸恐懼無處所世界消冥等超王如來　上方釋迦牟尼如來　上方迴轉世界音響如來　上方普慈世界弘等如來　上方衆香世界香積如來　上方吉祥世界行盡如來　上方安寂世界妙識如來　上方尼遮揵陀波勿世界揵陀羅耶如來　上方莊嚴世界寶好如來　上方莊嚴世界寶英如來　上方名喜世界喜德如來　上方過度衆妙世界信色清虛如來　上方欲林世界至精進如來　上方虛空世界無限眼王如來　上方莊嚴世界名稱如來　上方寶君主世界無量光明最勝如來　上方寶月世界金寶光明如來

上方像步樓世界無量尊豐如來　上方天王女世界無量離垢王如來　上方須彌旛世界德首如來　上方尊聚妙意世界無數精進興豐如來　上方無受世界無言勝如來　上方淨觀莊嚴世界無愚豐如來　上方日光世界月英豐如來　上方説法世界無異光豐如來　上方寶豐首盡世界逆空光明如來　上方好集世界最清淨無量旛如來　上方殊勝世界好諦住唯王如來　上方主精進世界成就一切諸刹豐如來　上方願力世界淨慧德豐如來　上方好樂世界淨論旛如來　上方栴檀香世界瑠璃光最勝如來　上方星宿世界寶德步如來　上方無量德豐世界最清淨德寶住如來　上方聲所至世界度寶光明塔如來

上方無際眼世界無量慚愧金最豐如來　上方蓮華莊嚴世界蓮華尊豐如來　上方寶鐙世界淨寶興豐如來　上方電光世界電鐙旛王如來　上方虛空緻世界法空鐙如來　上方審諦世界一切衆德成如來　上方月英世界賢幢旛王如來　上方寶種世界一切衆寶緻色持如來　上方栴檀香明世界無邊高力王如來　上方所度無足如來　上方處法形如來　上方所德行香華如來　上方梵聲如來　上方宿王如來　上方香上如來　上方香光如來　上方大燄肩如來　上方雜色寶莊嚴如來　上方金剛藏如來　上方薩羅樹王如來　上方寶華德如來　上方見一切義如來　上方如須彌山如來　上方精進最高王如來

上方破疑如來　上方善宿王如來　上方然燈如來　上方作明如來　上方明彌樓如來　上方明輪如來　上方淨明如來　上方白蓋如來　上方香蓋如來　上方寶蓋如來　上方栴檀窟如來　上方栴檀德如來　上方須彌肩如來　上方寶明如來　上方娑羅王如來　上方梵德如來　上方淨眼如來　上方無驚怖如來　上方離怖畏如來　上方妙肩如來　上方上寶如來　上方山王如來　上方轉女相嚴如來　上方無邊嚴如來　上方無上光如來　上方網明相如來　上方因王如來　上方堅固香世界寧泰幢如來　上方虛空世界無量自在月如來

過去十方雷明音王如來　過去雨音王如來　過去寂趣音王如來　過去總水雷音肅華慧王如來　過去無量動寶綿淨王如來　過去離垢日月光首如來　過去梵首天王如來　過去日月鐙明王如來　過去世饒王如來　過去藥王如來　過去超空如來　過去首寂如來　過去寶月如來　過去息意如來　過去燈光如來　過去栴檀香如來　過去大通智勝如來　過去多寶如來　過去光遠如來　過去定光如來　過去月教如來　過去無著如來　過去龍天如來　過去安明頂如來　過去惟衛如來　過去式棄如來　過去隨葉如來　過去拘留秦如來　過去拘那含牟尼如來

過去迦葉如來　過去釋迦牟尼如來

未來十方忍世界彌勒如來　未來離垢心

世界普現如來　未來阿彌陀如來　未來慧見如來　未來師子威如來　未來金剛步積如來　未來無垢稱王如來　未來時大光明如來　未來蓮華光如來　未來海持覺娛樂神通如來　未來度七寶華界如來　未來力嚴淨王如來　未來普明變動光王如來　未來嚴淨法王如來　未來稱英如來　未來普光如來　未來散華如來　未來金華如來　未來阿耨達如來　未來強行精進如來　未來賢劫千如來　未來留油如來

佛說不思議功德諸佛所護念經卷下

音釋

咜（陟駕切）頞（古協切）緻（直利切）

金剛三昧本性清淨不壞不滅經 一名金剛清淨經

佛說師子月佛本生經

新附三秦録失譯師名

清刻龍藏佛說法變相圖

三經同卷

金剛三昧本性清淨不壞不滅經

佛說師子月佛本生經

演道俗業經

金剛三昧本性清淨不壞不滅經（一名金剛清淨經）

新附三秦錄失譯師名

如是我聞一時佛在毗耶離國大林精舍重閣講堂與大比丘衆五千人俱尊者摩訶迦葉尊者舍利弗尊者大目揵連尊者摩訶迦旃延等衆所知識菩薩摩訶薩萬八千人俱文殊師利菩薩梵德菩薩光德菩薩星德菩薩師子王菩薩師子藏菩薩妙音聲菩薩白香象菩薩金剛幢菩薩解脫月菩薩須彌相菩薩彌勒菩薩摩訶薩皆如是等上首者他

方復有慧德菩薩星德菩薩常莊嚴菩薩普光菩薩普賢菩薩滿月菩薩觀世音菩薩大勢至菩薩妙音菩薩虚空藏菩薩淨音聲菩薩如是等菩薩摩訶薩萬八千人俱梵釋護世天王無數天子俱難陀龍王跋難陀龍王與四大龍王及其眷屬百千諸龍各持如意珠王以供養佛乾闥婆王阿脩羅王迦樓羅王摩睺羅伽王大力鬼王各與眷屬其數無量持堅黑沉水及海此岸栴檀雜香供養於佛他方梵王名曰廣目與思益網明十千梵俱持天曼陀羅華摩訶曼陀羅華以散佛上及諸大衆諸梵所散微妙天華柔輭鮮明甚可愛樂當於佛上化成華帳顯發光飾重閣講堂猶如淨國七寶莊嚴爾時世尊從精舍出往詣法座自敷尼師壇結跏趺坐入滅意

三昧身心不動從滅意三昧起入師子吼意三昧從師子吼意三昧起入師子奮迅王三昧從師子奮迅王三昧起入大光明王三昧從大光明王三昧起入大悲王相三昧從大悲王相三昧起入無緣慈想三昧從無緣慈想三昧起入勝意慈三昧從勝意慈三昧起入大空三昧從大空三昧起入如相三昧從如相三昧起入解脱相三昧從解脱相三昧起入不壞不滅王三昧從不壞不滅王三昧起入金剛三昧從金剛三昧起入大空涅槃相三昧爾時世尊從諸三昧起遍身放光其光如雲入佛面門從佛頂出如金剛幢住於虚空普照大會及毗耶離城重閣講堂猶百寶色一切大衆覩此相時彌勒即從座起偏袒右肩遶佛七帀頂禮佛足右膝著地而白

佛言世尊如來大仙今日何故入勝三昧光明益顯昔所未有必當爲諸法王子說法王位法王地行云何菩薩摩訶薩住首楞嚴三昧以何莊嚴以何方便修何智慧得住金剛三昧即得成就阿耨多羅三藐三菩提是時大衆聞彌勒菩薩問佛此義皆大歡喜異口同音讚彌勒菩薩善哉善哉法王子乃能問佛如是大義爾時世尊告彌勒菩薩諦聽諦聽善思念之今當爲汝分別解說菩薩所行功德地法初地菩薩猶如初月光明未顯然其明相皆悉具足二地菩薩如五日月三地菩薩如八日月四地菩薩如九日月五地菩薩如十日月六地菩薩如十一日月七地菩薩如十二日月八地菩薩如十三日月九地菩薩如十四日月十地菩薩如十五日月圓滿可觀明相具足其心惔怕安住不動不沒不退住首楞嚴三昧菩薩住首楞嚴三昧已如月天子十寶爲宮生十寶樹月精摩尼以爲樹果此珠力故月天子宮行閻浮提普施清涼菩薩摩訶薩住首楞嚴三昧亦復如是彌勒當知菩薩摩訶薩住首楞嚴三昧已修百三昧門然後乃入金剛三昧何等爲百一者性空王三昧二者空海三昧三者空界三昧四者滅空意三昧五者大空三昧六者不住空相三昧七者不見心相三昧八者智印空相三昧九者虛空不住相三昧十者空王不壞滅相三昧十一者大強勇猛力王三昧十二者華嚴三昧十三者普現色身光明王三昧十四者日光三昧十五者日藏三昧十六者日光赫奕三昧十七者普日三昧十八

者集音聲三昧十九者默然光三昧二十者滅境界相三昧二十一者動相三昧二十二者大動相三昧二十三者遍動相三昧二十四者普遍動相三昧二十五者普湧三昧二十六者普吼三昧二十七者普莊嚴三昧二十八者師子相三昧二十九者師子力王三昧三十者師子吼力王三昧三十一者日曜三昧三十二者慧炬三昧三十三者普門三昧三十四者蓮華藏三昧三十五者不壞淨三昧三十六者滅度意三昧三十七者寶印三昧三十八者動魔相三昧三十九者堅住諸空相三昧四十者普滅意三昧四十一者起靜意三昧四十二者莊嚴相好三昧四十三者法王位明三昧四十四者法輪現三昧四十五者金剛藏三昧四十六者金剛幢三

昧四十七者金剛印三昧四十八者金剛聚三昧四十九者大慈王三昧五十者無行慈三昧五十一者大悲勝意三昧五十二者不住悲相三昧五十三者日輪光明三昧五十四者滅衆相降伏衆魔三昧五十五者勝意慈三昧五十六者瑠璃光照三昧五十七者七寶果光三昧五十八者佛集藏三昧五十九者功德滿勝三昧六十者方便慧三昧六十一者無慧相三昧六十二者大海光三昧六十三者佛海滿三昧六十四者普海三昧六十五者海智三昧六十六者不動慧三昧六十七者過去佛印三昧六十八者集陀羅尼三昧六十九者陀羅尼印綬三昧七十者八辯才三昧七十一者具梵音三昧七十二者日毫海三昧七十三者智慧光三昧七十

四者黠慧三昧七十五者諸佛印文三昧七十六者白光涌出光明王三昧七十七者方便慧淨首楞嚴三昧七十八者須彌頂三昧七十九者梵頂三昧八十者衆通光三昧八十一者通慧光三昧八十二者甘露勝三昧八十三者淨五眼三昧八十四者天眼印三昧八十五者慧眼印三昧八十六者法意珠三昧八十七者虛空色三昧八十八者心不著三昧八十九者滅言說三昧九十者無心意三昧九十一者戒具慧三昧九十二者頂勝士三昧九十三者調御意三昧九十四者不見慧三昧九十五者斷十二因緣三昧九十六者金剛光慧三昧九十七者摩尼豔三昧九十八者金剛座顯現三昧九十九者法輪王吼力三昧百者受法王印三昧彌勒當

知此百三昧如摩尼珠光光相照隨入首楞嚴三昧海菩薩摩訶薩住此百三昧已所有智慧如空中日諸煩惱海如微煙障彌勒當知如阿耨大池出四大河此四大河分為八河及閻浮提一切衆流皆歸大海以沃燋山故大海不增以金剛輪故大海不減此金剛輪隨時轉故令大海水同一鹹味此百三昧亦復如是彌勒當知如轉輪王以十善力故七寶來應其金輪寶威德特尊普伏一切其神珠寶適衆生願隨意無礙以千子故威猛莊嚴此轉輪王若欲行時足下生毛躡虛而遊有十寶華以承王足彌勒當知此百三昧從道種智十波羅蜜生安隱不去亦復不住寂靜無為住爾焰地此爾焰地不熏不修自然當得八萬四千諸三昧門此諸三昧如金

剛山不可沮壞畢竟住於大空邊際亦復遊入無相法界於諸法中不見來去及住滅相其心寂然即得超入金剛三昧此金剛三昧如梵王頂上因陀羅寶珠不見色相而有光明金剛三昧不見使海及使邊際彌勒當知如自在天所有火珠無形無相但有光明柔輭可愛能雨香華遍諸天意復能顯發金色光明映蔽一切諸天身光彌勒當知此火珠光無心無識欲破於闇以珠力故闇自然除諸天身色明倍於常金剛三昧亦復如是不滅結使使海自竭不斷生死三毒自滅彌勒當知譬如力士額上明珠及肘後珠常以呪術隱蔽此珠不令他見金剛三昧大光隱寂不見結使使山自崩不覩煩惱滅四大種諸愛河端無常風斷彌勒當知如師子王振威大吼一切衆獸自然摧伏金剛三昧從毗婆舍那出入舍摩他中如金剛劒入金剛山不見其迹是金剛三昧不住不起不滅不壞不斷不異不脫不變入慧明性擧起甚深一合相智不見身心法然後成阿耨多羅三藐三菩提此菩提智不離不生無有衆相不可沮壞如金剛山無能傾動金剛三昧不退不沒入於畢竟大寂滅處遊戲自在三昧海中諸佛如來以此三昧王三昧力故普王一切諸空法界而能遊戲聖解脫處佛說此語時彌勒菩薩應時即得百法明門時會大衆諸菩薩等身心歡喜有得首楞嚴三昧有得百法明門者其數無量梵釋護世諸天子雨諸天華作衆妓樂以供養佛大衆異口同音讚歎彌勒菩薩善哉善哉善男子乃能問於如來

如是無上大智慧義我等因汝得服無上甘露法味獲大善利惟願尊者爲我諮問未來衆生聞此法者得幾所福佛告大衆諦聽諦聽善思念之乃往過去九十一劫有佛世尊名曰寶華十號具足時寶華佛爲諸菩薩廣說如是百三昧門彼時會中有千比丘聞佛世尊說是三昧身心隨喜以隨喜善根因緣力故超越五百萬億阿僧祇劫生死之罪彼時千比丘豈異人乎於今賢劫千佛是也佛告大衆佛滅度後若比丘比丘尼優婆塞優婆夷天龍八部及餘一切若得暫聞勝佛智慧深心隨喜不起誹謗於百千劫終不墮三惡道生生之處恒得值遇諸佛菩薩以爲眷屬若聞此法不起疑謗命終之後必定得生兜率天上屬值彌勒聞說甚深不退轉地法輪之行若有受持讀誦解說書寫香華妓樂種種供養此諸人等臨命終時若能至心念佛法身應時即見九十億佛俱來授手隨意往生諸佛淨國遊戲自在諸三昧海佛告彌勒及勑阿難汝好受持慎勿忘失乃至法滅當廣宣說阿難白佛言世尊當何名此經此法之要云何奉持佛告阿難此經名爲百三昧海不壞不滅亦名金剛相寂滅不動亦名金剛三昧本性清淨不壞不滅經當奉持之佛說此語時舍利弗等諸大聲聞彌勒等諸大菩薩天龍八部一切大衆皆大歡喜禮佛而去

金剛三昧本性清淨不壞不滅經

佛說師子月佛本生經

新附三秦録失譯師名

如是我聞一時佛住王舍城迦蘭陀竹園與千二百五十比丘百菩薩俱爾時衆中有一菩薩比丘名婆須蜜多遊竹園間縁樹上下聲如獼猴或捉三鈴作那羅戲時諸長者及行路人競集看之衆人集時身到空中跳上樹端作獼猴聲耆闍崛山八萬四千金色獼猴集菩薩所菩薩復作種種變現令其歡喜時諸大衆各作是言沙門釋子猶如戲兒幻惑衆人所行惡事無人信用乃與鳥獸作於非法如是惡聲遍王舍城有一梵志上啓大王頻婆娑羅白言大王沙門釋子作諸非法乃與鳥獸作那羅戲王聞此語嫌諸釋子即勑長者迦蘭陀曰此諸釋子多聚獼猴在卿園中爲作何等如來知不長者啓王婆須蜜多作變化事令諸獼猴一切歡喜諸天雨花持用供養爲作何等臣所不知爾時大王頻婆娑羅駕乘名象與諸大衆前後導從往詣佛所到迦蘭陀竹園即便下象遥見世尊在重閣上身紫金色方身丈六坐七寶華三十二相八十種好皆放光明如紫金山處焰火中金光圍遶普令大衆同於金色尊者婆須蜜多及八萬四千獼猴亦作金色時諸獼猴見大王來或歌或舞擊鼓吹貝作種種變中有採華奉上王者大王見巳與諸大衆俱至佛所爲佛作禮右遶三帀却坐一面白佛言世尊此諸獼猴宿有何福身作金色復有何罪生畜生中尊者婆須蜜多復宿植何福生長者家信家非家出家學道復有何罪雖生

人中諸根具足受持戒行與諸獼猴共爲伴侶歌語之聲聞如獼猴使諸外道戲笑我等惟願天尊慈哀我等分別演説令得開解佛告大王諦聽諦聽善思惟之吾當爲汝分別解説乃往過去無量億劫過是之前有佛出世名曰然燈十號具足彼佛滅後有諸比丘於山澤中修行佛法具阿練若十二頭陀堅持禁戒如人護眼因是即得阿羅漢道三明六通具八解脱時空澤中有一獼猴至羅漢所見於羅漢坐禪入定即取羅漢坐具被作袈裟如沙門法偏袒右肩手擎香爐遶比丘行時彼比丘從禪定覺見此獼猴有好善心即爲彈指告獼猴言法子汝今應發無上道心獼猴聞説歡喜踊躍五體投地敬禮比丘起復採華散比丘上爾時比丘即爲獼猴説三歸依告言法子汝今隨學三世佛法應當求請受三歸依及以五戒爾時獼猴即起合掌白言大德憶念我今欲歸依佛法僧比丘告言汝當歸依佛歸依法歸依僧第二第三亦如是説歸依佛竟歸依法竟歸依僧竟第二第三亦如是説次當懺悔告獼猴言汝於前身無量劫來貪欲瞋恚愚癡邪見嫉妬憍慢誹謗破戒作諸惡事滿足十惡作五逆罪謗方等經婬比丘尼偷僧祇物作衆重罪無量無邊我今生分已盡不受後有大阿羅漢能除衆生無量重罪所以者何我初生時與大悲俱生三世賢聖法皆如是亦與大悲俱共生世如是慇懃三爲獼猴説出罪懺悔既懺悔已告獼猴言法子汝今清淨是名菩薩汝從今日至盡形壽受不殺戒三世諸佛諸

阿羅漢求不殺生身口意淨汝亦如是爾時獼猴白羅漢言我願作佛隨大德語從於今日乃至成佛終不殺生是時羅漢聞獼猴語身心歡喜即授五戒法子汝從今日至盡形壽隨學佛法三世諸佛諸聲聞衆身業清淨常不殺生持不殺戒汝亦如是至盡形壽持不殺戒能受持不獼猴答言我能奉持次受不盜不邪婬不妄語不飲酒亦如上法既受戒已時阿羅漢告言汝當發願汝是畜生現身障道但勤精進求阿耨多羅三藐三菩提爾時獼猴發願已竟踊躍歡喜走上高山緣樹舞戲墜地而死由阿羅漢受五戒故破畜生業命終即生兜率天上值遇一生補處菩薩菩薩爲説無上道心即持天華下空澤中供養羅漢羅漢見之即便微笑告言天王善惡之報如影隨形終不相捨時阿羅漢而説偈言

業能莊嚴身　處處隨勝善　不失法如券
業如負財人　汝今生天上　由於五戒業
前身落獼猴　從於犯戒生　持戒生天梯
破戒爲鑊湯　我見持戒人　光明莊嚴身
七寶妙臺閣　諸天爲給使　衆寶爲牀帳
摩尼華瓔珞　值遇本來佛　娛樂説勝法
我見破戒人　隨在泥犂中　鐵犂耕其舌
卧在鐵牀上　融銅四面流　燒煑壞其身
或處於刀山　劒林及沸屎　灰河寒氷獄
鐵丸飲融銅　如是等苦事　常爲身瓔珞
若欲脫衆難　不墮三惡道　遊處天人路
超越得涅槃　當勤持淨戒　布施修淨命

時阿羅漢説此偈已默然無聲獼猴天子白

言大德我前身時作何罪業生獮猴中復有何福值遇大德得免畜生生於天上羅漢答言汝今諦聽善思念之乃往過去此閻浮提有佛出世名曰寶慧如來應供正遍知十號具足出現於世三種示現般涅槃後於像法中有一比丘名蓮華藏多與國王長者居士而爲親友邪命諂曲不持戒行身壞命終以誑惑故猶如壯士屈伸臂頃落於阿鼻大地獄中如蓮華數其身遍滿十八鬲中雨熱鐵丸從頂而入百千猛火及熱鐵輪從空而下無量無邊阿鼻地獄壽命一劫劫盡更生如是經歷諸大地獄滿八萬四千劫從地獄出墮餓鬼中呑飲融銅噉熱鐵丸經八萬四千歲從餓鬼出五百身中恒爲牛身又五百身生駝駝中又五百身生於豬中又五百身生於狗中又五百身生獮猴中縁前供養持戒比丘結誓要重今復遇我沐浴清化得生天上持戒比丘即我身是放逸比丘即汝身是爾時獮猴天子聞此語已心驚毛竪懺悔前罪即還天上佛告大王彼獮猴者雖是畜生一見羅漢受持三歸及以五戒縁斯功德超越千劫極重惡業得生天上值遇一生補處菩薩從是以後值佛無數淨修梵行具六波羅蜜住首楞嚴三昧住不退地於最後身次彌勒後當成阿耨多羅三藐三菩提王名寶光國云清淨如忉利天生彼國土諸衆生等皆行十善具戒無缺佛號師子月如來應供正遍知明行足善逝世間解無上士調御丈夫天人師佛世尊若有衆生聞彼佛名生生之處常得遠離畜生之身除無量劫生死之

罪佛告大王欲知彼國師子月佛今此會中婆須蜜多比丘是也時頻婆娑羅聞此語已即起合掌遍體流汗悲泣雨淚悔過自責向婆須蜜多頭面著地接足爲禮懺悔前罪佛告大王欲知此等八萬四千金色獼猴乃是過去拘樓秦佛時波羅奈國俱睒彌國二國之中共有八萬四千比丘尼行諸非法與諸白衣通致信命犯諸重禁莊飾身體如乾闥婆女無有慚愧婬爲瓔珞諸犯戒事用爲華鬘竪憍慢幢擊貢高鼓彈放逸琴讚惡聲歌狂愚無智如癡獼猴見好比丘善好有德視之如賊爾時彼世有一比丘尼名善安隱得阿羅漢三明六通具八解脫到諸比丘尼所告言姊妹世尊在世常說此偈

若有比丘尼　不修行八敬　此非釋種女
猶如栴陀羅　若有比丘尼　放逸犯八重
當知是一切　天人中大賊　恒處阿鼻獄
經由十八鬲　其餘三惡道　爲已園林處
百千無量劫　不聞三寶名　亦啖燒鐵丸
寒水抱銅柱　如是罪畢已　生於鳩鴿身
毒蛇與鼠狼　蜈蚣百足等　如是諸雜類
皆應經歷中

時諸比丘尼聞阿羅漢比丘尼說此偈已心懷忿恨罵詈惡言此老獼猴從何處來惡言妄語橫說地獄時阿羅漢見諸惡人生不善心即起慈悲身昇虛空作十八變時諸惡人見變化已各脫金環散阿羅漢尼上願我生生身作金色前所作惡今悉懺悔惟願慈哀憐愍我等受我供養時彼阿羅漢比丘尼即從空下受諸惡女種種供養時諸惡人身壞

命終墮阿鼻獄如蓮華敷遍滿獄中亦復次第經歷諸餘十八大獄於諸獄中壽命正等各一大劫如是展轉九十二劫恒處地獄從地獄出五百身中恒爲餓鬼從餓鬼出一千身中常爲獼猴身作金色大王當知爾時八萬四千犯戒比丘尼罵羅漢者今此會中八萬四千諸金色獼猴是也爾時供養諸惡比丘尼者今大王是此諸獼猴因宿習故持華持香供養大王爾時汙彼比丘尼戒者今瞿迦梨及王五百黃門是佛告大王身口意業不可不慎爾時世尊而說偈言

戒爲甘露藥　服者不老死　戒德可恃怙
福報常隨已　持戒得安隱　生處無患難
亦當見諸佛　受法得解脫　破戒墮地獄
猶如此獼猴　生處恒卑賤　地獄苦切已
大王當諦觀　止惡修諸善

爾時頻婆娑羅王聞說此偈對佛懺悔慚愧自責豁然意解成阿那含王所將衆八千人求王出家王即聽許佛言善來比丘鬚髮自落袈裟著身即成沙門頂禮佛足未舉頭頃成阿羅漢三明六通具八解脫王所將餘衆一萬六千人皆發阿耨多羅三藐三菩提心八萬諸天亦俱發心八萬四千金色獼猴聞昔因緣慚愧自責繞佛千帀向佛懺悔各各亦發無上菩提心隨壽長短各自命終命終之後當生兜率天值遇彌勒復更增進得不退轉爾時尊者摩訶迦葉見此事已告諸大衆菩薩行淨乃令畜生發於道心婆須蜜多尚能如是大爲佛事況餘菩薩威德無量時諸天子山神地神天龍八部見諸獼猴發菩

提心當生天上得不退轉心生歡喜而白佛言此諸獼猴幾時當得成佛佛告大衆過百萬億那由他阿僧祇恒河沙劫劫名大光於彼劫中當得成佛八萬四千佛次第出世同共一劫皆名普金光明王如來應供正遍知明行足善逝世間解無上士調御丈夫天人師佛世尊時會大衆聞佛世尊爲諸獼猴授菩提記即脱身上上妙瓔珞供養如來及比丘僧異口同音讚歎世尊無量德行如來出世正爲此等諸獼猴類善哉世尊獼猴聞法尚得成佛豈況我等於未來世不成佛耶時會大衆聞佛所説歡喜奉行作禮而退

佛説師子月佛本生經

演道俗業經

乞伏秦沙門釋聖堅譯

清刻龍藏佛說法變相圖

演道俗業經

乞伏秦沙門釋聖堅 譯

聞如是一時佛在舍衛國祇樹給孤獨園與大比丘衆千二百五十菩薩無數四輩之衆天龍鬼神阿須倫會時給孤獨氏與五百居士出舍衛城行詣佛所稽首足下却坐一面叉手問佛居處治家財有幾輩出家修道行異同乎當奉何法疾成無上正眞之道復以何宜化衆生耶佛言善哉問也開發童蒙將來學施佛言財有三輩一曰下財二曰中財三曰上財何謂下財有人治産積聚錢財不敢衣食不修經戒不能孝順供養二親不樂隨時給足妻子欲其消息充飢飽賜奴客徒使衣裁蔽形食係口腹抱愚守惜如蜂愛蜜不信先聖不奉高士沙門道人不好布施種

福爲德心自計常不處對至合者必散禍福自追貪慕身地不覺惱根咄嗟歿過入泥犁門其身緣食四大強盛神寄其中假號爲名羸弱猶化危脆不固不解非常倚世之榮心懷萬憂謂亦長生心存吾我不達悉空三界常虛況人物乎汲汲迷惑貪婬嫉妬如斯行者奉養父母安和至心出辭還返不失顏色晨定暮省小心翼翼念二親恩而無窮極給足妻子應時衣食恩情歸流與共同歡妻子如是也終無私行瞻視奴客眷屬徒使不令飢乏不信死後當復更生謂死滅盡歸於無形供孝所生念乳養恩給足妻子戀恩愛情瞻視僕使欲得其力不能奉敬沙門道人不肯行善布恩施德後當得福與衆殊特是謂中財佛於是頌曰

常能念乳養　孝順供二親　給足其妻子
隨時不失節　奴客及徒使　慰勞不加惡
下侍皆順從　遺行不違教　不信後世生
聞之驚不喜　自計身有常　長存不終亡
三界如幻化　當識此辭章　已所爲罪福
從本而受之

佛復告長者上財業者謂其人若有財寶能自衣食孝順父母不失時節恒瞻顏色不令懷慼出不犯禁入不違禮造行清白不使汙染恭敬尊長謙遜智者諮受博聞等心不邪下劣貧厄咸蒙被荷給贍妻子常令豐備除諸邪念修以正治消息奴使不令窮匱不妄撾罵加之慈愍奉敬先聖至學正士出家順法沙門賢明夙夜行禮不失其意布施所乏使成道德悉講經典幷化癡冥以善方使不

失其時自安護彼一切衆生猶如牸牛食芻出乳酪乳酪出酥出酥已成醍醐醍醐最柔特妙其自安身愍哀十方多所慈念多所安隱諸天人民皆得蒙度是人最尊無上無比爲無儔匹爲世大雄獨步無侶佛於是頌曰

若有衆財業　以自好衣食　供養孝父母
不失其顔色　出遊不犯禁　還返不違禮
造行常清淨　順法不荒迷　恭敬奉尊長
謙遜明智者　啓受博聞士　等心不慕邪
隨時給妻子　各令得其所　慈賜奴僕使
衣食常豐足　奉沙門學士　布施授供養
從受深妙法　棄捐癡聾盲　愍傷十方人
不獨爲身行　常自安其已　亦解一切厄
譬如酥醍醐　本從芻草出　旣可用安身
身和無疹疾　普哀衆生類　其心常平一
以是四等行　速逮成至佛

佛告長者出家修道學有三品一曰聲聞二曰緣覺三曰大乘何謂聲聞畏苦厭身思無央數生死之難周旋之患視身如怨四大猶虵五陰處賊坐禪數息安般守意觀身惡露不淨之形畏色欲本痛想行識怖地獄苦餓鬼之厄畜生惱結人中之難天上別離不可稱計輪轉無休如獄中囚欲斷生死勤勞之罪求無爲樂泥洹之安但自爲已不念衆生常執小慈不興大哀倚于音聲不解空慧三界猶幻趣自濟已不顧恩慈是爲聲聞學佛於是頌曰

畏無量生死　周旋之艱難　心已懷恐懼
唯欲求自安　坐禪而數息　專精志安般
觀身中惡露　不淨有若干　棄捐三界色

斷欲得自安　不能修大慈　唯志樂泥洹
佛告長者緣覺者本發大意爲菩薩業布施
持戒忍辱精進一心智慧以用望想求爲尊
豪天上天下咸令自歸三十二相八十種好
威神德重巍巍堂堂無能及者不解如來色
身所現因世愚人不識大道斷生死流不能
反源盡生死本故爲現身相好嚴容文辭言
教以化愚冥顯示大明及著相好謂審有色
像雖行四等四恩六度無極三十七品觀十
二緣欲拔其源不解本無希望大道正使積
德如虛空界不得至佛所以者何用不達故
何謂不達布施持戒忍辱精進一心智慧四
等四恩有所希望念救一切五趣生死解空
無相不願諸法曉一切法如幻化夢野馬影
響芭蕉泡沫皆無所有道慧無形等如虛空
無所增壞普度衆生佛於是頌曰
本發菩薩意　志慕大乘業　但欲著佛身
不了無適莫　布施戒忍辱　精進禪息智
四等恩六度　唯已樂無爲　三十二相明
八十好巍巍　天上天下尊　脱五陰六衰
但察其麤事　不能觀深微　雖欲度十方
心口自相違　不了如幻化　水沫泡野馬
芭蕉如夢影　妄想甚衆多　正使作功德
猶如江河沙　心懷無上眞　不解除衆魔
佛告長者其大乘學發無上正眞道意行于
大慈等如虛空而修大悲無所適莫不自憂
身但念五趣一切衆生普欲使安奉四等心
慈悲喜護惠施仁愛利益義等救濟十方布
施持戒忍辱精進一心智慧六度無極無所
希望以施一切衆生之類觀于三界往返周

旋懃苦艱難不可稱計念之如父如母如子如身等而無異爲之雨淚欲令度厄至于大道佛於是頌曰

發無上大意　行慈悲喜護　大哀如虛空
行等無適莫　立德不爲已　唯爲十方施
度脫諸群生　使至大道智

又有四事得至大乘一曰布施給諸窮乏二曰不擇豪劣行輕重心三曰所可施與無所希望不求還報四曰以此功德施於衆生佛於是頌曰

布施攝貧窮　不行輕重心　志惠無希望
不求還得報　愍念於群黎　往來周旋者
以此功德施　悉令至大道

佛告長者奉戒有四事疾成大乘一曰守口護身心不念非二曰出入行步不失禮節三曰不願生天轉輪聖王釋梵之位四曰以是禁戒惠施衆生佛於是頌曰

常護身口意　心堅如大山　若出入行步
未曾失禮節　不願生天上　釋梵轉輪王
則以此正行　用惠一切人

佛告長者忍辱有四事疾成大乘一曰若罵詈者不計音聲二曰若撾捶者計如無形三曰若毀辱者謂如風吹四曰有加害者常懷大哀佛於是頌曰

撾詈令默然　自計本無形　設有根意起
心輙還自正　和心顏色悅　衆人咸恭敬
用是得成佛　三十二相明

佛告長者精進有四事一曰夙夜奉法未曾懈廢二曰寧失身命不違道教三曰勤諷深典不以懈惓四曰廣欲救濟諸危厄者是爲

四佛於是頌曰

夙夜奉大法　未曾有忽忘　寧自失身命
不敢違道教　誦習深經典　不以爲懈惓
救濟衆危厄　不使心懷恐

佛告長者禪思有四事一曰樂習精修閑居獨處二曰靜身口心令不憒亂三曰雖在衆閙常能定已四曰其心曠然而無所著佛於是頌曰

恒好於精修　志閑居獨處　靜其身口意
未曾念憒閙　數處衆亂中　心定無忽變
一心見十方　道慧起神仙

佛告長者智慧有四事一曰解於身空四大合成散壞本無主名二曰其生三界皆心所爲心如幻化倚立衆形三曰了知五陰本無處所隨其所著因有斯情四曰曉十二緣本無根源因對而對現是爲四佛於是頌曰

悉解其身空　四大而合成　散滅無處所
從心而得生　五陰本無根　所著以爲名
十二緣無端　了此至大安

佛告長者智慧復有六事一曰解色如聚沫二曰了痛癢如水泡三曰思想如野馬四曰曉生死如芭蕉五曰察識如幻六曰心神如影響計本悉空皆無處所佛於是頌曰

解色如聚沫　痛癢如水泡　思想猶野馬
生死若芭蕉　了識假譬幻　三界無一好
分別悉空無　爾乃至大道

佛告長者慈有四事一曰慈念十方二曰如母育子三曰極愍念之四曰如身無異是爲四佛於是頌曰

慈念於十方　如母育赤子　常懷極愍念

如身等無異

佛告長者哀有四事一曰愍之二曰爲之雨淚三曰身欲代罪四曰以命濟之喜有四事一曰和顏二曰善言三曰說經四曰解義護有四事一曰教去惡襲善二曰常訓誨歸命三寶三曰使發道意四曰開化衆生是爲四佛於是頌曰

愍念爲雨淚　身欲代其罪　捨命而濟之
不以爲懷恨　和顏演善法　講法分別義
教去惡就善　誨歸命三寶

佛告長者有四法疾成無上正眞之道一曰解空學無所求二曰無相無所希望三曰無願不慕所生四曰常等三乘之業無去來今是爲四佛於是頌曰

解空無所求　無相希望報　不慕願所生
常等三世行

佛告長者有四事法疾成佛道一曰一切皆悉本淨二曰而解萬物普如幻化三曰生死斷滅皆從緣對四曰計其緣對本亦無形佛於是頌曰

一切悉本淨　解萬物如幻　生死從緣對
計本亦無形

佛告長者有六法疾成正覺一曰身常行慈無怨無結二曰口常行慈演深慧義三曰心慈仁和調隱哀念十方四曰護戒不造想求大乘之業五曰正觀見十方空道俗不二六曰供足乏食救身之業以濟危厄是爲六佛於是頌曰

身常行慈心　未曾懷怨結　口恒修至敏
演深慧之誼　心和仁調隱　哀念諸十方

護戒不起想　正觀十方空

佛告長者有四事疾成佛道一曰奉精進業悉無所著二曰教化衆生道心不斷三曰遊于生死不以患厭四曰大慈大哀不捨權慧是爲四佛於是頌曰

精進無所著　教化未曾斷　不患厭生死　不廢捨權慧

佛告長者開化衆生有四事一曰不信生死者則以現事禍福喻之二曰不信三寶顯示大道三曰迷惑邪徑指語三乘佛道獨尊而無有侶四曰三界所有悉如幻化無一眞諦是爲四佛於是頌曰

不信生死禍福示　墮邪見者顯大道

佛道獨尊而無侶　三界悉空如幻化

佛告長者開化復有七事一曰慳貪者教令布施二曰犯惡者誨令奉戒三曰瞋恚者勸令忍辱四曰懈怠者化令精進五曰心亂者誨令定意六曰愚冥者教令至學智度無極七曰不知隨時顯權方便是爲七佛於是頌曰

慳者教布施　犯惡令奉戒　瞋恚勸忍辱

懈怠勸精進　亂者使定意　愚冥教令學

智慧度無極　隨時發善權

隨時菩薩問佛何故學者有上中下不悉普等至大乘乎佛言學者其心見有遠近解有深淺志有優劣故示三乘計本無三假引爲喻譬如有人爲國大臣聰明智慧王之所重參議國事一以委託不懷疑慮友斯大臣有三親友一曰太子二曰尊者三曰凡人大臣舉治國之正頗有漏失衆人譖入白之於王

謂圖群逆王聞懷疑問諸臣曰當何罪之諸臣得便各重罪之或言斫頭或言截手斷足或言割耳及鼻挑眼去舌王察衆臣所議甚重告曰不然此人明達偶有小失不宜乃爾當捉閉著獄諸臣唯從不敢復言告邊臣曰速下文書令收勑臣閉在刑獄時凡親友聞之悲念欲使出獄力劣不任唯以衣被飲食所乏日日供之亦不能令不見榜笞尊者友聞心用辛酸往至其所解喻獄吏不令榜笞痛苦休息不堪出獄王太子聞以爲悃然是吾親親無有重罪衆臣憎之讒之於王不宜取爾往詣王所具陳本末謂無逆肆當用我故願赦其殃王用愛子即赦使出獄與王相見令業如故其國王者謂如來其太子者智慧度無極善權方便菩薩逮得無所從生法忍權慧之宜乃能得出於三界獄得成爲佛廣濟衆生尊者親友謂行淨戒免三惡趣不免三界可受天上人間福不得至道凡知友者謂布施業此適能脫餓鬼之界不免地獄畜生之厄所以者何如其所種各得其類發無上正眞道意奉於大慈無極大哀開化一切故得至佛道本與大道不違深法不解進退中止自廢故爲緣覺畏生死難往返周旋但欲自濟不念苦人故墮聲聞各隨本行而獲致之説是經時給孤獨園居士五百長者皆發無上正眞道意有數千人遠塵離垢諸法眼生箜篌樂器不鼓自鳴飛鳥走獸相和悲聲當是之時莫不歡喜自歸佛者居士復問初學道者始以何志佛言先習五戒自歸於三何謂五戒一曰慈心仁恩不殺二曰清

廉節用不盜三者貞良鮮潔清淨四曰篤信性和不欺五曰要達志明不亂何謂三自歸一曰歸佛無上正真二曰歸法以自御心三曰歸衆聖衆之中所受廣大猶如大海靡所不包復有四一曰道跡二曰往還三曰不還四曰無著緣覺至佛無上大道得天人身皆由之生次行四等四恩四辯六度無極大慈大哀得成大道前知無窮却覩無極教訓十方何智不逮阿難問曰此經何名云何奉行佛言名曰解俗家業三品之財出家修道無上正真其要號曰演道俗業佛說如是賢者阿難給孤獨居士五百清信士莫不歡喜

演道俗業經

音釋

綬是酉切印組也　黠胡八切聰慧也　豔以贍切　躡尼輒切履也　肘陟柳切臂節也　券區願切契也　睒失冉切　蜈蚣蜈五胡切蚣古紅切　脆此芮切物易斷也　撾陟瓜切箠也　牸疾置切牝牛也　適莫適丁歷切莫末各切適莫猶可不可也　憒古對切心亂也　榜笞榜蒲庚切笞丑知切榜笞箠擊也

佛說長者法志妻經
佛說薩羅國經
佛說十吉祥經
佛說長者女菴提遮師子吼了義經似秦什師文意
佛說一切智光明仙人慈心因緣不食肉經

出安公涼土
東晉
開元附秦錄失譯師名
拾遺附梁

清刻龍藏佛說法變相圖

五經合卷
佛說長者法志妻經
佛說薩羅國經
佛說十吉祥經
佛說長者女菴提遮師子吼了義經
佛說一切智光明仙人慈心因緣不食肉經

佛說長者法志妻經

出安公涼土録失譯師名

聞如是一時佛在舍衛國祇樹給孤獨園與大比丘千二百五十菩薩萬人俱佛時明旦著衣持鉢入城分衛比丘菩薩皆悉侍從諸

天龍神及香音神無善之神鳳凰神山神執樂神王皆散華燒香鼓諸音樂歌歎佛德而說頌曰

從無數億劫　積行難可量　慈愍于衆生
使發大道行　三界猶幻化　一切悉空無
能曉了此慧　度脫諸十方　三十二相明
姿好八十種　口出萬億音　功德自嚴容
雖處現三界　開示三道場　三垢今已滅
除于三世殃　心如明月珠　處欲無所著
等行離愛憎　一切無適莫

於是人民聞歌頌佛德一國集會觀佛行來舉動進止法則安徐威容之顏猶星中月如日初出普照天下無所罣礙譬如梵王處諸天中如天帝釋處忉利宮諸天中尊猶須彌山現于大海四域之中安不可動歡喜踊躍叉手歸命佛至長者法志門外進到中閤放大光明皆照十方時長者妻嚴莊牀座文飾身形衆寶瓔珞服栴檀香面采顏貌五色焜煌謂可保常奴客婢使小有過失撾捶苦毒不問曲直遥見佛明超于日光心自念言此之顯耀非類日月釋梵諸天凡俗之光其明清涼安隱無量我身蒙之一切無患不飢不渴自然飽滿云何行杖加於僕從速趣向閤覩見世尊相好威耀難可爲喻諸根寂定無有衰入猶七寶山晃晃巍巍慙懼悲喜稽首佛足悔過殃釁所犯無狀既爲女人不能自責瞋喜由已今首罪釁不敢藏匿佛言善哉善哉汝獲善利離一切衰見身殃咎改往修來人身難得佛經難值億世時有所以墮女人身中者何婬欲姿態在於其中不能修身

放心恣意嫉妬多口貪于形貌而自恃怙世間無常豪富威勢須臾間耳當視諸下猶如赤子豪富貧賤如月進退若日出没水火風起不久則衰一切道俗皆從心興上天人間地獄餓鬼畜生之類皆由巳耳佛天中天緣覺聲聞亦復如是今我斯身三十二相八十種好徹覩十方悉從解達女聞佛言歡喜無量重自歸命責巳矇瞑惟受不及開化未聞無上之誨佛言施行十善義身不殺盜婬口不妄言兩舌綺語惡口意不嫉恚癡當奉六度布施持戒忍辱精進一心智慧遵四等心慈悲喜護普弘大哀自致得三十二相八十種好乃爲奴客婢使教以辛苦生死罪福示語三塗之患難也戒以道禁義理之事勝于撾杖莊嚴瓔珞有四事何等爲四一曰篤信二曰戒禁三曰三昧四曰智慧是爲四事菩薩自莊嚴心計大乘無男無女猶如幻化畫師所作隨意輙成曉了空慧一切本淨得無名身四無所畏四事不護獨步三界度脫一切女聞佛教心開踊躍即發無上正眞道意立不退轉地時天帝釋來在佛後謂女言曰佛道難得不如求轉女爲男日月天帝轉輪聖王於是女以偈頌曰

天帝日月王　轉輪四域王　威勢無幾間
不可久恃怙　仕豪如朝露　夢中有所覩
覺巳忽滅盡　不知所湊處　五陰如幻化
三界由巳作　三世以平等　道心無等侶
諦解作是了　誰男何所女　天帝聞斯言
默然無所語

佛言善哉善哉誠如所云三處如幻化影響

野馬水月芭蕉俗人不解計有吾我便倚三界不能自濟女心即解變爲男子踊在虛空下禮佛足佛告女曰汝於後世恒沙來劫當得作佛號無垢王如來至眞等正覺明行成爲善逝世間解無上士道法御天人師佛號天中天世曰光淨時來會者諸天人民無央數千見此變應皆發無上正眞道意時長者妻一切下使前白佛言尊者卑者本寧異乎佛言一切本無隨心所存雖爲下使發心爲道可得成佛既爲尊豪恣心憍慢不離惡趣地獄餓鬼畜生之中猶月增減如樹盛衰一切非常無一可賴惟道深慧乃可保常猶如虛空無進無退時諸下使踊躍欣豫發大道意變爲男子得不起忍佛告阿難五陰無處六情無根十二因緣而無端緒四大寄因何所是人佛說如是莫不歡喜

佛說長者法志妻經

佛説薩羅國經

開元附東晉録失譯師名

昔有大國名曰薩羅土地廣博嚴淨之處中多人民富樂熾盛工黠妍雅好盛文飾多出珍寶五色玄黄城郭樓閣街巷門室金銀錯塗方圓淨好遶城浴池中生蓮華鳧鴈鴛鴦鳩夷羅鳥孔雀鸚鵡鴹隨鸕鷀飜飛相逐皆在池中晝夜栖止相和悲鳴男女遊戲作唱妓樂無有厭極樂不可言自倚憍慢不解佛法各自快心天下無雙佛在舍衞祇樹之園佛見此國興樂乃爾不惟無常生死之苦貪濁色欲無有懈已佛念彼國生死遂滋不行權慧誰能度之即作方便開化其心諸有色相以空應之一切喜樂以苦應之權行隨意令離想識佛便現神如意三昧放大光明靡所不照感動八方及人非人諸天龍神追侍在後帝釋梵天手執珍奇七寶之蓋獻御奉佛彌勒文殊目連羅云阿難離越舍利弗諸弟子菩薩無數千人皆悉隨從俱適彼國百鳥畜獸相和悲鳴倡妓衆樂不鼓自鳴枯木諸樹皆自更生溝渠江海龜鼈黿鼉水性之屬莫不忻懌三千國土皆大震動地生蓮華大如車輪珍寶瑠璃轉相雜成其色甚妙光耀人目佛放光明普有所照諸在窈冥勤苦之處皆悉開闢無所罣礙國王大臣長者居士中宮太子列女美人國民大小莫不悚然今日何故乃有是現自在宮内五樂自娱妓女自拊快樂無過今所見者世所希有時持地神踊從地出現王殿前歎佛功德世尊現變光踰日月諸天欽仰釋梵所尊世垢已除

脫人生死其見佛者罪疊消除其供佛者福倍無量植種德本後生天上發一慧意所得無限可往見佛諮受法言王後轉開意內霍然如來降神在吾國界衆生蒙度非但已身一切羣從并餘衆輩皆悉出城欣喜踊躍佛之威神令是國界廓然大明洞達無邊王及人民悉往見佛快哉福報善心生焉覩佛尊顏金光曜曜奮威振躍吉祥莊飾相明清徹志寂淡定王及人民皆前禮佛頭面稽首遶尊三帀却在前住具自陳說久沈貪濁迷惑聲色不見如來供事問法佛言大善王及臣民中宮太子皆平安乎王言蒙得佛恩皆悉如宜佛言王貪濁色欲恣心無厭賦斂財寶餚膳美味園觀浴池遊戲無極不念無常何益萬分人爲欲縛不惟後世即致泥犂畜生之屬但坐無厭燒炙形殘飢不及飡渴無水漿屏營愁毒迭互相然皆坐無慮逆心犯惡在世雖富深宮尊位是悉無常如夢已寤想命獨生無一隨者王前長跪啓白世尊以何方便得離此罪佛爲法王一切所歸佛爲正導衆生宗仰願見拯舉得免此苦佛言善哉王立信本施行四事可得離罪一曰所有施與無所愛惜二曰少欲瞋恚割損貪食三曰聞佛經戒信受不犯四曰敬順法師厚善知識是爲四事可得清淨王心生念欲施大檀便前禮尊叉手白佛願屈光儀到宮小飯佛即默然已受其請王歸宮內勑臣官屬佛者難值如優曇鉢華今已得之當好供養出諸華香幢旛妓樂莊嚴宮室掃灑令淨城中街里皆施旛蓋中宮夫人及國人民悉受王教

整頓牀座即勑太官作百味之食調和香甘便行迎佛供具以辦願可勞神佛即用時於坐而行便放威神感動衆會四部弟子百千天人及諸龍神揵沓和等眷屬圍繞羣從隨佛四天前導釋梵持蓋菩薩大士侍佛入城佛蹈門閫境界震動盲聾瘖瘂被毒病瘦皆悉完具平復如故箜篌樂器不鼓自鳴佛放光明悉照宮室城郭舍宅悉作瑠璃内外洞達莫不見佛佛前上殿就師子座王及太子國臣人民即下飯具手自斟酌飯食已訖便行澡水一切人民衆坐已定王取小几前坐聽經佛轉法輪說不退轉王即歡喜以衣奉佛其價千萬世所希有所散之衣懸在虛空便於佛上化成華蓋交露七寶悉皆垂珠從是垂珠出其光明遍照十方無數佛土王及臣民後宮太子夫人美女合萬餘人見是變化莫不踊躍皆發無上正真道意八百天神得不起法忍五千菩薩立不退轉無數千人皆興德本壽終已後皆生天上佛語阿難是王供事五百餘佛惠施財寶等行慈哀尊法不倦是當來劫當得作佛號名慧光如來至真平等正覺是國人民及諸夫人承其次第悉當得佛王聞受決踊在空中現身離地百四十丈從上來下歎佛功德佛者甚尊爲衆作本其德若天無所不覆國人八千聞授王決普發淨心願爲菩薩佛說經訖一切衆會及人非人莫不歡喜世尊權道所化如是

佛說薩羅國經

佛説十吉祥經

開元附秦録失譯師名

如是我聞一時佛在羅閱祇耆闍崛山中與大比丘衆千二百五十人菩薩五千人俱爾時世尊與無央數百千人前後圍遶而爲説經時大會中有一大士名離垢蓋承佛威神即從座起偏袒右肩右膝著地叉手合掌前白佛言今可現有諸佛世尊如來至眞等正覺若善男子善女人求佛道者聞其名號受持讀誦疾得不退轉於無上正眞道佛告離垢蓋大士善哉善哉族姓子乃能作是問多所利益有族姓子東方去此度一恒沙數諸佛世界有世界名號莊嚴其刹有佛名大光耀如來至眞等正覺今現在説法復有族姓子東方度二恒沙數諸佛世界有世界名諦勝諸勝其刹有佛名慧燈明如來有世界名金剛其刹有佛名大雄如來有世界名淨尊住其刹有佛名無垢塵如來有世界名金光明其刹有佛名上像幢十蓋正如來有世界名大威神其刹有佛名威神自在王如來有世界名香熏其刹有佛名極受上願王如來有世界名寶嚴其刹有佛名内寶如來有世界名海燈明其刹有佛名大海如來有世界名十力燈明其刹有佛名十力現如來當知無垢蓋若善男子善女人求佛道者恒邊沙刹滿中七寶持用布施如來正覺若善男子善女人聞此佛名受持諷誦執在心懷於大衆中爲人廣説此之功德過前功德欲重解義而説偈言

如恒邊沙　諸佛世界　滿中七寶　持用布施

若有得聞 諸佛名號 信樂不忘 功德過前
若聞諸佛名 諷誦莫忘失 其人不宜疑
言我不成佛 六通無窮盡 至于無數劫
其身當金色 相好以莊嚴 若持佛名號
過於十億劫 疾得成正覺
佛說經竟離垢蓋大士諸菩薩等天龍鬼神
及世間人咸皆歡喜頂受佛教

佛說十吉祥經

佛說長者女菴提遮師子吼了義經

似秦錄失譯人名附梁錄師子吼了義經　開元拾遺

如是我聞一時佛住舍衛國祇樹給孤獨園與無量比丘比丘尼優婆塞優婆夷菩薩摩訶薩衆俱爾時去舍衛城西二十餘里有一村名曰長提有一婆羅門名婆私膩迦在其中住其人學問廣博深信内典敬承佛教時婆羅門欲設大會至祇洹所請佛及僧佛則受其請婆羅門還家又尅其時佛與大衆往詣彼村至婆羅門舍爾時長者見佛歡喜踊躍不能自勝即率諸眷屬來至佛所各各禮佛恭敬而住其婆羅門有一長女名菴提遮先嫡與人暫來還家侍省父母其女容貌端正其度高遠用心柔下其懷豁然能和夫妻侍養親族事夫如禁其儀無比出於羣類父母眷屬皆出見佛唯有此女獨在室内其女自以生來父母莫測其所由故名之菴提遮爾時如來即知長者有一女在室内未出亦知其不出所由其若出者利益無量大衆及諸天人佛即告長者言汝之眷屬出來盡耶其婆羅門束手長跪佛前以此女不出之狀將之爲耻默然未答佛則知其意仍告之言中時向至可設供耶時婆羅門即承佛教起設供養大衆及其長者眷屬中食已訖唯有此女未及得食時如來鉢中故留殘食遣一化女將此餘食與彼室内女菴提遮時化女人以偈告曰

此是如來餘　無上勝尊賜　我當承佛教
願仁清淨受

其女菴提遮即以偈歎曰

嗚呼大慈悲　知我在室已　今賜一味食
尋仰覲聖旨
復以偈答彼化女曰
我常念所思　大聖之所行　未曾與汝異
何事不清淨
其化女聞菴提遮説偈已即沒不現其女菴
提遮以心念誦偈曰
我夫今何在　願出見勝尊　願知我淨心
速來得同聞
爾時菴提遮淨心力故其夫隨念即至其所
是女菴提遮見其夫已心生歡喜以偈歎曰
嗚呼大勝尊　今隨濟我願　不辭破小戒
恐當不同聞
其夫見菴提遮説偈言已還以偈責曰
嗚呼汝大癡　不知善自宜　勞聖賜餘食
守戒竟何爲
時女菴提遮即隨其夫往詣佛所各自禮佛
及諸大衆恭敬而立時女菴提遮以偈歎曰
我念大慈悲　救護十方尊　欲設秘密藏
賜我淨餘食　大聖甚難會　世心有所疑
誰可問法者　發衆菩提基
爾時舍利弗即白佛言世尊此是何女人忽
今來至此復説如是法偈言得餘食佛告舍
利弗言此是長者女復問曰從何而來何因
至此佛告舍利弗此女不從遠來只在此室
雖有父母眷屬其夫不在以自誠敬順夫因
緣故不從父母輕爾出遊現於大衆爾時舍
利弗白佛言是女以何善因故生此長者家
其容若此復以何因緣故得如是士夫禁約
若此不能自由見佛及僧佛即告舍利弗汝

自問之時舍利弗問其女曰汝以何因緣生此長者家復以何因緣得如是人爲夫禁戒若此不能自由見佛及僧其女菴提遮以偈答曰

我以不惡生　生此長者家　又不執女相
得是清淨夫　我在內室中　以爲自在竟
是分未曾越　聖知賜我餘　嗚呼今大德
不知眞實由　絲毫不負越　故名大自在
我雖內室中　尊如目前現　仁稱阿羅漢
常隨不能見　大聖非是色　亦不離色身
聲聞見波旬　謂是大力人　嗚呼今大德
隨聖少方便　不知本元由　於我生倒見

爾時舍利弗默然而止私自念言此是何女人其辯若此我所不及佛即知其意而告之曰勿退於問答生於異心是女人已經值無量諸佛所說是法藥勿疑之也爾時文殊師利問菴提遮曰汝今知生死義耶答曰以佛力故知又問曰若知者生以何爲義答曰生以不生生爲生義又問曰云何不生生爲義耶答曰若能明知地水火風四緣畢竟未曾自得有所和合而能隨其所宜有所說者以爲生義又問曰若知地水火風畢竟不自得有所和合爲生義者即應無有生相將何爲生義答曰雖在生處而無生者是爲正生故說有義文殊又問曰死以何爲義耶答曰死以不死死爲死義又問曰云何以不死死爲死義耶答曰若能明知地水火風畢竟不自得有所散而能隨其所宜有所說者是爲死義又問曰若知地水火風畢竟不自得有所散者即無死相將何爲死義答曰雖在死處

其心不亡者是爲正死故説有義文殊師利又問曰常以何爲義答曰若能明知諸法畢竟生滅變易無定如幻相而能隨其所宜有所説者是爲常義又問曰若知諸法畢竟生滅無定如幻相者即是無常義云何將爲常義耶答曰諸法生而不自得生滅而不自得滅乃至變易亦復如是以不自得故説爲常義也又問曰無常以何爲義答曰若知諸法畢竟不生不滅隨如是相而能隨其所宜有所説者是爲無常義又問曰若知諸法畢竟不生不滅者即是常義云何説爲無常義耶答曰但以諸法自在變易無定相不自得隨如是知者故説有無常義又問曰空以何爲義答曰若能知諸法相未曾自空不壞今有而能不空空不有有者故説有空義又問曰若不空空不有有者即無有事將何爲空義耶其女菴提遮則以偈答曰

嗚呼眞大德　不知眞空義　色無有自性
豈非如空也　空若自有空　則不能容色
空不自空故　衆色從是生

爾時文殊師利又問曰頗有明知生而不生相爲生所留者不答曰有雖自明見其力未充而爲生所留者是也又問曰頗有無知不識生性而畢竟不爲生所留者不答曰無所以者何若不見生性雖因調伏少得安處其不安之相常爲對治若能見生性者雖在不安之處而安相常現前若不如是知者雖有種種勝辯談説甚深典籍而即是生滅心説彼實相密要之言如盲辯色因他語故説得青黄赤白黒而不能自見色之正相今不能

見諸法者亦復如是但今爲生所生爲死所死者而有所説者乃於其人即無生死之義耶若爲常無常所繫者亦復如是當知大德空者亦不自得空故説有空義耶爾時佛告文殊師利如是如是如菴提遮所説眞實無異曰可令冷月可令熱是菴提遮所説不可移易時舍利弗復問其女曰汝之智慧辯才若此佛所稱歎我等聲聞之所不及云何不能離是女身色相也其女答曰我欲問大德即隨意答我大德今現是男不舍利弗言我雖色是男而心非男也其女言大德我亦如是如大德所言雖在女相其心即非女也舍利弗言汝今現爲夫所拘執何能如此其女答曰大德能自信巳之所言不舍利弗言我之自言云何不自信其女答曰若自信者大德前言説我色是男而心非男者即心與色有所二用也若大德自信此言者即於我所不生有夫之惡見大德自男故生我女相以我女色故壞大德心也而以自男見彼女者則不能於法生實信也舍利弗言我於汝所不敢生於惡見其女答曰但以對世尊故不敢非是實言也若實不生惡見者云何説我言汝今現爲夫所拘執耶是言從何而來舍利弗言我以久離習故有此之言非實心也其女問曰大德我今問者隨意答我大德既言久離男女相者大德色久離耶心久離耶時舍利弗默然不答爾時菴提遮以偈頌曰

若心得久離　畢竟不生見　誰爲作女人
於色起不淨　若論色久離　法本不自有
畢竟不曾汙　將何爲作惡　嗚呼今大德

徒學不能知　自男生我女　豈非妄想非
悔過於大衆　於法勿生疑　我上所言說
是佛神力持

時菴提遮說是偈已其比丘比丘尼優婆塞優婆夷諸天及人一千餘人得阿耨多羅三藐三菩提心有五千衆於中得無生法忍者得法眼淨者又得心解脫者其無量聲聞衆而於佛法自生慙恥者無量爾時佛告舍利弗是女人非是凡也已值無量諸佛常能說如是師子吼了義經利益無量諸衆生我亦自與是女人同事無量諸佛已是女人不久當成正覺是諸衆中於是女人所說法要即能生實信者皆已久聞是女人所說法故今則能生正信是故應當諦受是師子吼了義經勿疑之也佛告阿難言汝當受持此長者女菴提遮以師子吼說了義問答經章句次第付囑於汝汝當諦受阿難白佛言唯然世尊今悉受已爾時大衆聞女菴提遮說法已心大歡喜踊悅無量各自如說修行

佛說長者女菴提遮師子吼了義經

佛說一切智光明仙人慈心因緣不食肉經

大乘單本失譯人名

如是我聞一時佛住摩伽提國寂滅道場彌加女村自在天寺精舍時有迦波利婆羅門子名彌勒軀體金色三十二相八十種好放銀光明黃金校飾如白銀山威光無量來至佛所爾時世尊與千二百五十比丘經行林中又有結髮梵志五百人等遥見彌勒威儀庠序相好清淨五體投地如銀山崩成金花聚衆寶間厠金華金臺七寶爲果於臺閣中有妙音聲而說偈言

我見牟尼尊　面貌常清淨　百福相奇特
世間無倫匹　煩惱垢永盡　智慧悉成滿
一向常歸命　身心無疲倦　故我以五體
欲得勝安樂　脱苦無所畏　敬禮釋迦文

時諸梵志見聞此事白佛言世尊如此童子威儀庠序光明無量與佛無異於何佛所初發道心受持誰經唯願天尊爲我解說佛告式乾梵志汝今諦聽善思念之吾當爲汝分別解說令汝歡喜乃往過去無量無邊阿僧祇劫時有世界名勝華敷佛號彌勒恒以慈心四無量法教化一切彼佛說經名慈三昧光大悲海雲若有聞者即得超越百億萬劫生死之罪必得成佛無有疑慮時彼國中有大婆羅門名一切智光明聰慧多智廣博衆經世間技藝六十四能無不綜練聞佛出世說慈三昧光大悲海雲經即以世間一切議論難詰彼佛盡其辭辯而不能屈即便信伏爲佛弟子尋發阿耨多羅三藐三菩提心而作是言我今於佛法中誦持大慈三昧光大

悲海雲經以此功德願於未來過筭數劫必得成佛而號彌勒於是捨家即入深山長髮爲相修行梵行八千歲中少欲無事乞食自活誦持是經一心除亂彼時世間有兩星現國王淫荒彗星横流連雨不止洪水暴長仙人端坐不得乞食經歷七日時彼林中有五百白兔有一兔王母子二獸見於仙人七日不食而作是言今此仙人爲佛道故不食多日命不云遠法幢將崩法海將竭我今當爲無上大法令得久住不惜身命即告諸兔一切諸行皆悉無常衆生愛身空生空死未曾爲法我今欲爲一切衆生作大橋梁令法久住供養法師爾時兔王即爲羣兔而說偈言

若有畜生類　得聞諸佛名　永離三惡道
不生八難處　若聞法奉行　生處常值佛
信法無疑惑　歸依賢聖僧　隨順諸戒行
如是疾得佛　必至大涅槃　常受無上樂

爾時兔王說此偈已告諸兔言我今以身欲供養法汝等宜當各各隨喜所以者何我從多劫喪身無數三毒所使爲鳥獸形唐生唐死未曾爲法吾今欲爲無上法故棄捨身命供養法師時山樹神即積香薪以火然之兔王母子圍遶仙人足滿七帀白言大師我今爲法供養尊者仙人告言汝是畜生雖有慈心何緣能辦兔白仙人我自以身供養仁者爲法久住令諸衆生得饒益故作此語已即語其子汝可隨意求覓水草繫心思惟正念三寶爾時兔子聞母所說跪白母言如尊所說無上大法欲供養者我亦願樂作此語已自投火中母隨後入當於菩薩捨身之時天

地大動乃至色界及以諸天皆雨天花持用
供養肉熟之後時山樹神白仙人言兔王毋
子爲供養故投身火中今肉已熟汝可食之
時彼仙人聞樹神語悲不能言以所誦經書
置樹葉又說偈言

寧當然身破眼目　不忍行殺食衆生
諸佛所說慈悲經　彼經中說行慈者
寧破骨髓出頭腦　不忍噉肉食衆生
如佛所說食肉者　此人行慈不滿足
當受多病短命身　迷没生死不成佛

時彼仙人說此偈已因發誓言願我世世不
起殺想恒不噉肉入白光明慈三昧乃至成
佛制斷肉戒作此語已自投火坑與兔併命
是時天地六種震動天神力故樹放光明金
色晃耀照千國土時彼國中諸人民等見金
色光從山樹出尋光來至既見仙人及以二
兔死在火中見所說偈并得佛經持還上王
王聞此法傳告共宣今聞此者皆發無上正
眞道心佛告式乾汝今當知爾時白兔王者
今現我身釋迦牟尼佛是時兔兒者今羅睺
羅是時誦經仙人者今此衆中婆羅門子彌
勒菩薩摩訶薩是我涅槃後五十六億萬歲
當於攘佉轉輪聖王國界華林園中金剛座
處龍華菩提樹下得成佛道轉妙法輪時五
百羣兔者今摩訶迦葉等五百比丘是時二
百五十山樹神者舍利弗目揵連等二百五
十比丘是時千國王䟦陀婆羅等千菩薩是
彼王國土諸人民等得聞經者從我出世乃
至樓至於其中間受法弟子得道者是佛告
式乾菩薩求法勤苦歷劫不惜身命雖復從

報受畜生身常能爲法不惜軀命投於火坑以身供養便得超越九百萬億劫生死之罪於是得在恒河沙等無量諸佛先亦先彌勒前得成佛道汝等云何不勤爲法佛説是語時式乾等五百梵志求佛出家佛言善來鬚髮自落即成沙門佛爲説法豁然意解成阿羅漢八萬諸天亦發阿耨多羅三藐三菩提心時會大衆聞佛所説各各稱讃菩薩所行舍利弗白佛言時彼仙人投火坑已爲生何處佛告舍利弗時彼仙人投火坑已生於梵世普爲一切説大梵法乃至成佛轉大梵輪所説經典亦名慈三昧光大悲海雲所制波羅提木叉不行慈者名犯禁人其食肉者犯於重禁後身生處常飲熱銅至彼仙人得作佛時如彌勒菩薩下生經説尊者阿難聞佛所説即從座起偏袒右肩右膝著地合掌向佛叉手長跪而白佛言世尊彌勒成佛所説戒法乃以慈心制不食肉爲犯重禁甚音甚特時會大衆異口同音皆共稱讃彼國衆生不食肉戒願生彼國世尊悉記當得往生尊者阿難復白佛言當何名此經云何受持之佛告阿難此法之要名白兔王菩薩不惜身命爲無上道亦名一切智光明仙人慈心因緣不食肉經如是受持尊者阿難及諸比丘聞佛所説歡喜奉行

佛説一切智光明仙人慈心因緣不食肉經

音釋

罣（古賣切胃也）舋（許覲切隙也）鴹（徐羊切與翔同）⿰女適（施隻切婦人謂嫁曰⿰女適）彗（徐醉切妖星也）

大方等陀羅尼經

北涼沙門釋法衆譯

清刻龍藏佛說法變相圖

大方等陀羅尼經卷第一

北涼沙門釋法衆譯

初分第一

如是我聞一時佛在舍衛國祇陀林中與五百大弟子俱爾時文殊師利法王子從王舍城與九十二億菩薩摩訶薩衆俱其名曰文殊師利法王子慈王法王子大目法王子梵音法王子妙色法王子栴檀林法王子師子吼音法王子妙聲法王子妙色形貌法王子種種莊嚴法王子釋幢法王子頂生法王子如是等九十二億到祇陀林中見佛世尊遶佛三帀頭面禮足却住一面勸請世尊轉乎法輪大王波斯匿將五百王子其名曰乾提羅王子長生王子眞如法王子法形王子如是等五百王子到祇陀林中遶佛三帀頭面

禮足却住一面勸請世尊轉乎法輪舍衛城中郁伽恒佉優婆塞將六百優婆塞其名曰郁伽帝優婆塞妙聲優婆塞諸相莊嚴優婆塞好嚴心優婆塞須達多優婆塞如是等六百優婆塞到祇陀林中遶佛三帀頭面禮足却住一面勸請世尊轉乎法輪復有五百篤信優婆夷其名曰毗舍佉優婆夷空妙相優婆夷華異妓女優婆夷鶱那羅優婆夷禪提伽優婆夷摩訶男優婆夷如是五百優婆夷到祇陀林中遶佛三帀頭面禮足却住一面勸請世尊轉乎法輪復有郁伽長者子與五百長者子俱其名曰須達多長者子臚如達多長者子栴檀林長者子妙色形貌長者子如是五百長者子到祇陀林中遶佛三帀頭面禮足却住一面勸請世尊轉乎法輪爾時

文殊師利即從座起偏袒右肩右膝著地合掌恭敬目不暫捨而白佛言世尊如來前後所說說諸陀羅尼門一切世間爲最又正法中爲最又諸天中爲最衆生於此以最勝法入諸陀羅尼門觀佛境界世尊以慈悲力爲無量無邊衆生故敷演解說陀羅尼名字佛告文殊師利善哉善哉善男子汝爲無量苦惱衆生故請問陀羅尼門善男子汝今諦聽吾當爲汝略說諸陀羅尼名字善男子有陀羅尼名摩訶袒持有陀羅尼名摩訶離婆帝有陀羅尼名寶幢有陀羅尼名寶燄有陀羅尼名寶蓋有陀羅尼名金剛蓋有陀羅尼名金剛曜有陀羅尼名諸色莊嚴有陀羅尼名金剛色身有陀羅尼名種種莊嚴有陀羅尼名跋睺陀羅有陀羅尼名毗伽陀羅有陀羅

尼名水光有陀羅尼名三昧有陀羅尼名華聚有陀羅尼名決定有陀羅尼名常住有陀羅尼名衆華香有陀羅尼名種種光明善男子如是陀羅尼者有九十二億恒河沙門一一陀羅尼復有九十二億恒河沙門如是次第智者應三品而說說此諸陀羅尼名時文殊師利所將九十二億菩薩住無生法忍六百優婆塞住辟支佛心五百優婆夷遠塵離垢得法眼淨五百長者子發三菩提心波斯匿王所將諸王子等於如來前求索出家佛告諸王子善哉善哉能於我法中求索出家今正是時佛告諸王子善來比丘時諸王子鬚髮自落法服著身即成沙門戒行具足爾時世尊為諸比丘說諸四諦法時諸比丘具足三明及六神通時諸比丘勸請世尊轉乎

法輪爾時世尊默然印可便入諸陀羅尼門放大光明照於東方無量億千那由他三千大千世界由乾陀羅山後放此光已有無量億千那由他夜叉南西北方及以四維下至迦陀難世界上至接識十方世界亦復如是各有無量億千那由他夜叉之衆覩斯光已即時尋光來詣娑婆世界到祇陀林中見釋迦牟尼如來入諸陀羅尼門及見文殊師利法王子在佛左右欲請世尊轉乎法輪爾時無量億千那由他夜叉之衆及文殊師利諸菩薩摩訶薩及五百大弟子優婆塞優婆夷居士居士子各各從佛入諸陀羅尼門爾時衆中有一比丘名曰雷音即從座起往至林中入禪三昧時虛空中有諸魔衆爾時衆中有一魔王名曰袒荼羅於虛空中作是思惟

向者釋迦牟尼佛與無量大衆前後圍遶而爲說法獲大善利今此比丘復入禪定三昧我若不壞此比丘善根因緣此比丘必當於賢劫成阿耨多羅三藐三菩提成一切智獲大善利我今將諸眷屬壞此比丘善根因緣爾時魔王即將九十二億眷屬往到祇陀林中掩蔽此比丘善根因緣爾時雷音比丘甚大愁慼大聲叫言南無十方三世無量諸佛南無十方三世無量諸法南無十方少分足人如是唱已爾時十方諸佛同聲唱言當以何法救彼比丘爾時寶王佛舉手而言是菩薩衆中頗有菩薩能救彼比丘苦不爾時衆中有一菩薩名曰華聚即從座起偏袒右肩右膝著地合掌向佛而白佛言當以何法勑彼袒荼羅爾時佛告華聚菩薩摩訶薩汝不知耶我以諸佛祕法勑彼袒荼羅爾時佛告華聚菩薩摩訶薩我當以摩訶袒持陀羅尼章句伏此波旬增彼比丘善根汝今諦聽當爲汝說諸佛祕法華聚白佛唯然世尊願樂欲聞如是妙法佛告華聚我今語汝莫妄宣傳如是妙法當以神明爲證何以故名爲神明善男子如是當有十二夢王見此一王者乃可爲說爾時世尊即說陀羅尼章句

南無崛崛[口*絰]寫一[口*帶]提易勤二那伽耶彌三莎呵四

哆[口*絰]咃一蒲耆廩婆二鬱波多毗耶三蒲耆廩婆四劣破羅五阿兔那多[口*絰]咃六阿兔那多[口*絰]咃七復得究追八蒲耆廩婆九莎訶十

說此法時有八萬四千菩薩住少分足地有二十六萬比丘住辟支佛地復有三萬四千

比丘得阿羅漢果有七萬優婆塞發阿耨多羅三藐三菩提心有五百優婆夷遠塵離垢得法眼淨爾時華聚菩薩即讃佛言

世尊身色如金山　猶如日光照世間
能拔一切諸苦惱　我今稽首大法王
世尊身相如大山　大慈無量護一切
我等受教成種智　除去慳貪離諸著
世主法王甚希有　如是妙法復過是
難見難聞亦難遇　若有覩者成正覺
世尊法力力中力　過於三界覩衆生
若有衆生至心聽　無有一人不得明
旣謂明者成正覺　度諸衆生無邊際
獨至道場爲天師　然後說法究竟樂

是時華聚菩薩旣讃佛已忽然不現即往西方娑婆世界到祇陀林中見雷音比丘爲九十二億天魔波旬所蔽爾時華聚菩薩語袒荼羅言汝今云何欲壞此比丘善根因緣耶

世尊威力甚無量　能壞一切諸外道
能破一切諸惡賊　能立一切諸善法

爾時魔王聞此語已甚大恐怖心驚毛竪即時報言

吾爲世王於世自在　能壞一切諸善智慧

爾時華聚菩薩報魔王言

世尊智慧如虛空　能蓋一切諸惡法
我當伏汝如頻婆　汝若不信今當知

爾時華聚菩薩語雷音言汝今善聽當爲汝說伏諸惡趣我當伏此波旬汝今因此當得證知諸佛方便爾時華聚菩薩即說陀羅尼章句

南無㖔㖔[口*經]寫一[口*帶]提易勤二那伽耶彌三

莎訶四
說此法時有六百魔王禮菩薩足恭敬合掌白菩薩言有陀羅尼名曰自誓我等欲立如是陀羅尼唯願聽許華聚言小住袒荼羅說時未至爾時華聚復說陀羅尼句
哆噝哋一蒲耆廩婆二鬱波多毗耶三蒲耆廩婆四劣破羅五阿嵬那多噝哋六阿嵬那多噝哋七復得究追八蒲耆廩婆九莎訶十
說是法時有六百萬魔王波旬同嘷而叫此何苦哉受苦如是當云何離如是等苦爾時華聚即告魔王言汝若欲離如是苦者可發阿耨多羅三藐三菩提心唯然大士我等發三菩提心華聚言善哉善哉時諸魔王即說陀羅尼言
南無摩訶浮陀呵一南無摩訶離婆浮陀呵二南無華聚陀羅尼三毗舍闍室收四郁伽林五檀吒林六窮伽林七恒伽噤八阿鵌九那鵌十那羅鵌十一莎訶十二
爾時華聚讚魔王言善哉善哉佛子乃能受持摩訶袒持陀羅尼章句當大利益無量魔衆爾時魔王歡喜踊躍即脫身上劫波育衣以用供養爾時諸衣積如須彌以用供養華聚菩薩摩訶薩既供養已復白華聚言我等十二大王當受持是摩訶袒持陀羅尼章句復當供養受持經者如是人等若遭苦厄應當稱我十二神王爾時華聚告魔王言其名云何魔王言王名袒荼羅王名斤提羅王名茂持羅王名乾基羅王名多林羅王名波林羅王名檀林羅王名禪多林羅王名窮伽林羅王名迦林羅王名窮伽林羅王名婆林羅

如是等王各各唱言我等當受持讀誦陀羅尼經攝救行者令其堅固三菩提心令獲善利爾時華聚讃魔王言善哉善哉汝等今日發大勇猛汝能受持擁護陀羅尼典及以行者不久當得成等正覺時諸魔王歡喜踊躍得未曾有即從座起禮菩薩足前後圍遶歡喜奉行陀羅尼典爾時雷音即從座起合掌恭敬白華聚言善哉衆法聚士持此大方等陀羅尼來以救我令我增壽法中生心譬如死者死已還生我今亦復如是汝今即是法中雄猛是諸法母令我堅固法心生身華聚言我非是諸法母如是陀羅尼乃可爲母亦可爲父汝當受持此陀羅尼爾時雷音白華聚言我向來時世尊與無量大衆前後圍遶而爲説法爾時華聚問雷音言其名云何答曰名釋迦牟尼慈悲普覆無量衆生如汝無異也大慈無量亦喻於汝救攝一切地獄之尼與無量樂我等二人可共至彼供養世尊當獲善利作是語時虛空中有八十二億忉利諸天作天妓樂燒香散華供養華聚爾時虛空衆中有一天王名摩訶伽賴耆告諸天衆此二大士欲興大法我等往彼可得正聞諸佛甘露時二大士即從座起整衣服已與諸魔衆及諸天人涉路而去爾時諸天即從二人往詣祇洹爾時世尊遥聞天樂從禪定起告阿難言往至外聽此爲何聲爾時阿難奉世尊教即往外聽見有二人與無量大衆前後圍遶猶如金山來詣祇洹爾時阿難還祇洹中長跪合掌而白佛言外有二人身如金山微妙無比喻如日光能照一切内外

明徹爾時阿難所言未訖華聚菩薩放大光明普照十方無量世界靡不周徧覩斯光者無不解脱爾時華聚每自思惟以何爲證作是念已爾時婆藪從地獄出將九十二億諸罪人輩尋光來詣娑婆世界十方世界各將九十二億諸罪人輩亦復如是尋光來至娑婆世界爾時無量無邊大衆前後圍遶到祇洹中見釋迦牟尼佛及以見此二大賢士在佛左右爾時舍利弗見是大衆心中有疑五百大弟子及諸大衆心各有疑爾時舍利弗知衆心疑自亦未了即從座起偏袒右肩右膝著地而白佛言世尊如是大衆從何方來忽然到此祇洹林中世尊如是菩薩昔所未見而今見之如是天人昔所未見而今見之如是魔王昔所未見而今見之如是罪人昔所未見而今見之如是菩薩天人魔王地獄之人今從何方忽來到此爾時世尊默然不答爾時文殊師利語舍利弗言善男子如是大衆我今當説汝今諦聽是菩薩者名曰華聚了達方便從東方來來詣佛所是諸天等即是此界忉利諸天來到佛所是諸魔衆即是此界諸魔衆也是諸方罪人第一首者名曰婆藪汝今當知世尊未出世時此人造不善行入於地獄經歷受苦汝不聞耶此華聚菩薩摩訶薩放大悲光因此光明得從阿鼻大地獄出而來至此舍利弗言此婆藪仙人久聞佛説作不善行入於地獄云何今説婆藪仙人出於地獄得值如來至眞等正覺及與他方諸罪衆生來詣此間況婆藪耶佛説一人作不善行令衆多人出於地獄此事難

信是義云何文殊師利唯願少說可得令我離諸疑惑佛告舍利弗善哉善哉善問是事諦聽諦聽當爲汝說舍利弗言唯然世尊願樂欲聞佛告舍利弗善男子莫作是說如是大衆皆有因緣來詣我所略有三事第一衆者非思議菩薩魔衆欲令我說大方等陀羅尼故欲令我顯未曾有方便故故來蔽此雷音比丘雷音比丘善根因緣我今當說汝等諦聽舍利弗言唯然世尊願樂欲聞善男子第二衆者華聚菩薩及忉利天所以來詣我所欲顯此陀羅尼威神力故又欲顯揚十方諸佛神通力故以是因緣來詣我所善男子第三衆者爲欲破一切衆生定受果報故如是諸衆以是因緣來詣我所善男子莫作是說婆藪仙人是地獄人也何以故汝今諦聽

善男子婆者言天藪者言慧故言婆藪如是天慧之人云何究竟受地獄苦終無是事復次善男子婆者言廣藪者言通廣通一切法者云何究竟入於地獄終無是事復次善男子婆者言高藪者言妙於一切方便中此人高妙高妙之人云何究竟受地獄苦終無是事復次善男子婆者言離藪者言斷離斷一切諸苦惱者云何當受地獄苦也終無是事復次善男子婆者言善藪者言知如是善知一切法者云何當受地獄苦耶終無是事復次善男子婆者言剛藪者言柔剛柔之人云何究竟受地獄苦終無是事復次善男子婆者言慈藪者言悲如是慈悲之人云何究竟受地獄苦終無是事復次善男子婆者言力藪者言善力善之人云何究竟受地獄苦終

無是事復次善男子婆者言神藪者言通神通之人云何究竟入於地獄經歷受苦終無是事復次善男子婆者言相藪者言好有相好者云何究竟入於地獄終無是事復次善男子婆者言總藪者言持總持方便者云何入於地獄究竟受苦舍利弗此事衆多吾今略說說有十事婆藪因緣若當廣說二字名號此義衆多窮劫不盡善男子莫作是說婆藪仙人而在地獄究竟受苦善男子作是說者則爲謗此上陀羅尼及謗金剛色身乃至謗彼寶王如來及謗此華聚菩薩摩訶薩及謗十方三世諸佛是人必入地獄無疑何以故謗上陀羅尼故謗一切諸佛故必入地獄而無疑也善男子莫作是說婆藪仙人而在地獄爾時舍利弗白佛言世尊曾聞佛說婆藪仙人入於地獄終無出期所以敢發如斯問耳世尊婆藪仙人何時入於地獄願佛解說善男子我昔在於兜率天上此婆藪仙人在閻浮提與六百二十萬賈客爲作商主將諸人等入海採寶往到海所乘彼海船漸漸深入而取珍寶得諸寶已載以海船欲還本國於其中路值摩竭魚難水波之難大風之難又值夜叉之難如是六百二十萬人即時各許摩醯首羅天人各一牲爾時諸人便離四難還到本國到本國已即各牽一羊欲往天寺爾時婆藪默作是念我今云何作衆商主教諸商人作不善事我今當設方便濟是羊命即化作二人一者古出家沙門二者在家婆羅門時婆羅門於衆人中作是唱言天主與六百二十萬人欲往天寺爾時沙門於

其中路逢見此婆羅門沙門問言汝與是大衆欲往何方在家人言我欲往天寺而求大利沙門言吾觀汝等欲得大衰云何大利如是次第諍訟不止爾時衆人問婆羅門言此是何人形貌如是婆羅門言此名古時沙門諸人問言沙門何言婆羅門言彼作是說殺生祠天當得大罪衆人語婆羅門言此癡沙門何用是言速往天寺當得大利爾時婆羅門言我等大師今在天寺無事不達可共請問爾時諸人可言善哉沙門與婆羅門及諸人等前後圍遶到大仙所爾時沙門問大仙言殺羊祠天當得生天入地獄乎大仙答言何癡沙門殺生祠天而墮地獄沙門答言不墮耶婆藪言不也沙門言若不墮者汝當證知爾時婆藪即時陷身入阿鼻地獄爾時諸人見是事已嗚呼禍哉有如是事大仙聰智今已磨滅入於地獄況復我等而得不入於地獄耶爾時衆人各放諸羊退走四方到諸山中推覓諸仙既得仙已而受仙法二十一年各各命終生閻浮提我於爾時從兜率天下生閻浮提白淨王家爾時六百二十萬人生舍衛國得受人身汝不知耶我於昔時始到舍衛國所降伏六百二十萬人令其出家發三菩提心豈異人乎即往昔賈客等是也善男子婆藪仙人有如是威神之力化如是諸人來至我所云何言是地獄人耶復次善男子婆藪仙人入地獄已至於十方大地獄中化諸極苦衆生等類令發善心發善心已求出地獄華聚菩薩從東方來至此娑婆世界放大光明是諸罪人尋光來至娑婆世界

得值於我因本善心故來至我所爾時文殊師利讃婆藪仙人言善哉善哉大士有大方便能化如是受苦衆生來至我所不久當離一切諸患爾時五百大弟子遠離疑惑歡喜奉行爾時雷音即從座起偏袒右肩右膝著地叉手合掌而白佛言世尊我向往至林中每自思惟世尊往昔難行苦行入諸禪定修大悲心得悲心已救諸衆生令出三有而得涅槃我今亦應入諸禪定應修慈悲四無量心亦應遠離諸煩惱賊亦應遠離一切世間諸難作是念已欲入陀羅尼門此衆魔王來覆蔽我如是思惟令我不得正念嗥吼而吽吽已未久時華聚菩薩忽來我所我亦不覺如是菩薩來到我所降魔怨已我即忽然顧視四方見華聚菩薩在我前立復見十方諸

佛各乘七寶蓮華在虛空中見諸魔王叉手合掌恭敬圍遶華聚菩薩我於爾時謂是魔王聞空中聲而謂我言汝今云何不知恭敬如是大士雷音言我聞此語已即從座起頂禮足下欲視其目見虛空中有諸天王以種種名華而以供養爾時諸天即以種種名華持以與我我得華已即以供養華聚菩薩摩訶薩我即白言祇洹有佛名釋迦牟尼我等二人可共供養而得大利聞此語已答言善哉我等即從座起與此二衆來至佛所世尊此事衆多我今略說世尊證知唯願世尊敷演解說此菩薩所來方土有何因緣來已救我爾時佛告雷音善男子如是菩薩者是汝往昔善知識也供養十方恒沙諸佛於諸佛所了達方便深入諸陀羅尼門能深觀察諸

佛境界知衆生性根之利鈍善男子東方有佛名曰寶王世界名衆香離此世界二十萬億佛土此菩薩而從彼方來至此間欲令我顯往昔大方便故汝今諦聽當爲汝說善男子過去有佛名栴檀華如來無所著至眞等正覺彼佛去世甚大久遠不可思議我於彼時如汝無異復次善男子時有一菩薩名曰上首作一乞士入城乞食食時有一比丘名曰恒伽謂乞士言汝從何來答言吾從眞實中來恒伽問言何謂爲實曰寂滅相故名爲眞實曰寂滅相中有所求耶無所求耶上首答言無有所求曰無所求者當何用求上首答言無所求中吾故求之曰無所求中何用求爲答言有所求者一切皆空得者亦空著者亦空實者亦空來者亦空語者亦空問者亦空寂滅涅槃亦復皆空一切虛空分界亦復皆空吾爲如是次第空法而求眞實恒伽曰實何用求汝言一切萬法亦復皆空何用求爲答曰以空空故爲實問曰菩薩今當於何而求實法答言當於六波羅蜜中求問曰何謂爲六所謂檀波羅蜜尸波羅蜜羼提波羅蜜毗梨耶波羅蜜禪波羅蜜般若波羅蜜上首說已爾時恒伽歡喜踊躍即時頭面敬禮上首足下而便問言當以何食供養此人上首答言當以須陀味供養此人爾時恒伽即詣都市而自唱言吾欲賣身誰欲須者爾時衆中有一居士名毗奴律即來問我言吾欲買之汝索何等恒伽報言索須陀那羅曰當索幾枚恒伽報言欲須五枚爾時居士即數五錢買此道人以充供使爾時恒伽白大

家言我身屬汝假我七日欲供養上首比丘爾時居士告恒伽言吾當將汝示於宅舍放汝令還爾時恒伽見舍宅已涉路而還見此上首乞食未得即將上首到都市中買百味飲食既買食已將到一寺寺名四王設施種種牀座種種香華供養上首復設種種飲食而以供養或以種種妙供而供養之爾時上首告恒伽言善男子今正是時汝今諦聽當爲汝說一切諸佛受行實法爾時上首廣爲恒伽說受行實法應受如是陀羅尼章句

哆經吔一蒲耆廩婆二鬱波多毗耶三蒲耆廩婆四劣破羅五阿𥦗那哆囉吔六阿𥦗那多經吔七復得究追八蒲耆廩婆九莎訶十

南無喔喔經寫一嗗提易勤二那伽耶彌三莎訶四

南無摩訶浮陀呵一南無摩訶離婆浮陀呵二南無華聚陀羅尼三毗舍闍窒收四郁伽林五袒咤林六窮伽林七恒伽噤八阿鉢九那鉢十那羅鉢十一莎訶十二

爾時恒伽歡喜踊躍而問之言云何奉持諸佛實法爾時上首告恒伽言若有善男子善女人願欲聞者汝當夢中住其人前當現汝身是人若見汝身汝當教行如是實法問曰當云何行耶答恒伽言若欲行時七日長齋日日三時洗浴著淨潔衣坐佛形像作五色蓋誦此章句百二十徧遶百二十帀如是作已却坐思惟思惟訖已復更誦此章句如是七日爾時恒伽即問上首當用何日善男子要用月八日十五日行此法時若衆生犯五逆罪身有白癩若不除差無有是處若優婆

蹇犯三自歸至於六重若不還生無有是處若菩薩二十四戒沙彌十戒式叉沙彌尼戒比丘戒比丘尼戒如是諸戒若犯一一諸戒當一心懺悔若不還生無有是處除不至心復次善男子爾時上首廣爲恒伽說二十四重戒名若有菩薩饑餓衆生來詣其所求飲食卧具不隨意者名犯第一重戒若有菩薩婬欲無度不擇禽獸者是名犯第二重戒若有菩薩見有比丘畜於妻子隨意說過者是名犯第三重戒若有菩薩若見有人憂愁不樂欲自喪身更以已意增他瞋恚敗他命根猶若有人以火增火悉燒一切物者是名犯第四重戒若有菩薩出於精舍到於曠路得值財寶隨意取者是名犯第五重戒若有菩薩見他瞋恚欲害他命更以美言讚他瞋恚者是名犯第六重戒若有菩薩見他瞋恚若聞瞋恚欲燒僧坊若不盡心諫彼惡人者是名犯第七重戒若有菩薩若見有人若聞有人犯於重罪若是菩薩應密呼彼人來詣其所我有良藥溉汝戒根能令還生彼若不來汝應三呼若不至三是名犯第八重戒若有菩薩見聞有人犯於五逆應往彼所作如是言此非正法汝非梵行莫作是行若不爾者是名犯第九重戒若有菩薩見聞他人欲興大善事更起瞋恚壞他善慧者是名犯第十重戒若有菩薩見有他人耽飲嗜酒當以已情叱呵他人除自因緣此非梵行是名犯第十一重戒若有菩薩見聞有人婬他婦女往他正夫所作如是言此人犯汝汝可視之者是名犯第十二重戒若有菩薩視他怨家作

怨家想者是名犯第十三重戒若有菩薩見他視怨如赤子想往彼人所作如是言何以故視此人如赤子此非吉相是名犯第十四重戒若有菩薩見他聚鬬往至其所佐助氣力撾打諸人者是名犯第十五重戒若有菩薩見有他人伏匿之事發舒俳說語諸四輩彼人不喜使他瞋恚者是名犯第十六重戒若有菩薩見聞他善事云都不得作是言者是名犯第十七重戒若有菩薩行於曠路見有他人營諸塔廟若復有人營諸精舍若有不佐助者是名犯第十八重戒若有菩薩見聞有人離善知識親近惡友終不讚言汝爲善吉離彼惡友親近善友者是名犯第十九重戒若有菩薩於旃陀羅處若惡人處若惡狗處聲聞二乘人處如是諸難悉不得往除

已急事是名犯第二十重戒若有菩薩見聞疑殺即自思惟食此肉者斷大慈種當獲大罪言不見聞疑殺食都無患者是名犯第二十一重戒若有菩薩見聞疑殺作不見聞疑殺若不食此肉者即違三世諸佛寶藏亦違三世諸佛之恩以此人爲尊者是名犯第二十二重戒若有菩薩解於方便知衆生根若謂不說當獲罪報者是名犯第二十三重戒若有菩薩持此戒時若見華聚若見虛空藏若見觀世音若見一一諸菩薩者如是見不見等及餘諸見悉不得向人說我見如是法王子等若言見者此人現身得障道法得白癩病或時愚癡或時青盲或時目眩妄想分別諸佛法要得遇疾病謗此戒者殃負如是持此戒時若口言向外宣傳我見此事若不

言者於七日中其餘巳外亦不得言善男子是名菩薩摩訶薩二十四戒善男子在在處處莫妄宣說諸佛祕法善男子一切諸佛悉由此戒成等正覺過去諸佛亦因此戒成等正覺未來諸佛亦復如是爾時恒伽白上首言若有剎利婆羅門毗舍首陀得受此戒不上首答言如是諸姓得受此戒恒伽白言當云何受如是妙戒上首言受此戒時應請一比丘解此戒相者請諸衆僧隨意堪任不問多少復應請二十四形像若多無妨作種種餚饍飲食供養衆僧及此比丘五體著地在形像前及諸尊僧至心禮敬唱如是言

諸佛色藏諸衆僧　我今歸命受尊戒
衆僧弘慈當證知

復更唱言

法中雄猛微妙尊　聽我演說受此戒

爾時此人應自口說了知戒已而更三請

而已淳熟此戒性　盡性形段而受持
諦聽諦受而莫犯　持此戒者隨意生

恒伽盡菩提性菩薩摩訶薩自聞此戒受此戒時法應如是

大方等陀羅尼經卷第一

音釋

臚凌如切　袒徒旱切　睺胡鉤切　啒方兀切　咥音姪　嚔直例切　咃音他　藪蘇斤切　嘷乎刀切咆也　噤巨錦切　溉古代切灌也　眩黃絹切目無常主也

大方等陀羅尼經卷第二

北涼沙門釋法衆譯

初分餘

善男子汝若未了此事當更爲汝略説往昔因緣本事善男子爾時上首重告恒伽言過去有佛號栴檀華至眞等正覺國名栴檀香彼佛於中成等正覺國王名寶栴檀其王有弟名曰林果爾時大王有九百九十九子是諸王子治世暴惡不順律行其王大吉常以諸善順化衆生得究竟樂爾持大王及弟林果即坐思惟曾從九十二億恒河沙諸佛受此妙戒今我復應持此妙戒攝我諸子使得正見作是念時十方無量億千那由他恒河沙等諸佛異口同音而讚大王善哉善哉大王及弟林果乃能受持如是妙戒欲攝受諸子爾時大王及弟林果聞諸佛聲即從座起顧視四方既見諸佛即前禮足却住一面即召諸子爾時諸子往到父所見諸佛已各禮佛足却住一面即白父言欲何所勅爾時大王與弟林果告諸子言汝等知不我有妙戒曾從無量億千那由他諸佛受是妙戒汝等今能受此戒不爾時諸子歡喜踊躍頂禮父足叉手合掌瞻仰父目而報父言唯然慈父我等能受如是妙戒爾時大王及弟林果現其神力令諸子等得見十方無量億千那由他恒河沙等諸佛住在虚空爾時諸子各禮佛足求受妙戒爾時諸佛默然許之是時諸子如是第二第三請已爾時諸子各自燒身經八萬四千劫供養諸佛已復從地起瞻仰諸佛求受妙戒爾時諸佛即授諸子如上妙

戒善男子爾時上首告恒伽言欲知爾時諸王子最上首者今則我是欲知諸王子中第二者豈異人乎今則汝是也善男子爾時上首說此法時時虛空中有九十二億諸天得住無生法忍復次善男子爾時上首廣爲恒伽演說如是大利益法爾時恒伽歡喜踊躍受是妙戒善男子如是等人是汝往昔善知識也是故我今當爲汝說善男子爾時上首者今則華聚菩薩是欲知爾時恒伽者豈異人乎則汝身是爾時梅檀王者今東方寶王佛是欲知爾時林果者則我身是欲知爾時諸子者今賢劫千佛是爾時九十二億諸天者豈異人乎今此九十二億諸魔王是善男子如是諸魔王欲令汝憶念本所修行善業力故又欲令我說往因緣故故來嬈汝又欲令我說大方等陀羅尼經救攝當來苦惱衆生故以是因緣故來嬈汝爾時五百大弟子菩薩摩訶薩衆優婆塞優婆夷居士居士子天人魔王婆藪大士及以夜叉如是大衆歡喜踊躍頂戴奉行爾時佛告阿難汝聞諸佛實法以不唯然世尊今日乃聞如是章句甚深法藏甚爲希有能離一切地獄餓鬼諸天人等一切衆生無不解脫能滅一切諸罪業報爾時佛告阿難善男子快說是語如汝所言眞實不虛此經若我在世若去世後此經在閻浮提猶如日光照明世間衆生遭恩得見四方又如諸山須彌最高若居其頂即皆得見四方之事此陀羅尼經亦復如是諸法中高見諸法相又如大海而無邊底此陀羅尼經亦復如是而無邊底所得功德亦無邊

底善男子吾以如是無邊法藏付囑於汝汝可護念修行受持爾時阿難白佛言世尊若如是者我不堪任修行受持如是經典何以故此法甚深無邊際故此經最高如須彌故非是聲聞之所能持何以故難得邊際故非我知故以是因緣我不堪任受持修行如是經典爾時佛告阿難於汝意云何假使有天名矜恒伽居非想非非想上身長一由旬若二由旬至於九十由旬若八百由旬如是等天而無一善唯有諸惡圍遶此身若以頭髮牙齒爪皮毛孔一一出火能燒一切善男子此天假使下閻浮提若到山谷叢林若到泉源河池之處城邑聚落是天惡力身中出火能燒一切三千大千世界善男子假使當有如是等事寧可畏不阿難白言甚可畏也世

尊假使有如是苦常云何滅耶善男子汝今若畏如是苦者汝當修行受持讀誦大方等陀羅尼經假使當有如是諸火變成種種七寶蓮華善男子以是因緣當知此經有大威神功德之力能滅如是無量惡咎復次善男子且置此事若有一象一身十頭頭有二牙身有四足如是等象世間暴惡日日食時而不擇處於其日日食中有四生衆生如是惡象悉皆食噉其中衆生若有覺者跳騰突走而永得脫若當不覺此惡象者必爲所食善男子如是等象寧可畏不阿難白佛可畏世尊若有衆生能壞如是惡象心不佛言有阿難言何人是也善男子若有修行此陀羅尼者即其人也若有受持讀誦即是其人復次善男子假使有蛇受性甚惡此蛇所至到處

若值衆人一切有命之屬若聞其臭亦能害命若見其形亦能害命若到泉源叢林浴池諸產乳處能悉枯涸若衆生類若聞此名口瘂不言善男子如是等事寧可畏不阿難白言可畏世尊頗有四生衆生能滅如是等苦不佛告阿難善男子有阿難白言何人是也佛告阿難若有善男子善女人修行受持讀誦此陀羅尼者即其人也復次善男子若復有龍居在世間此龍受性極大暴惡若見人類若畜生類及以樹木五穀叢林濕生卵生等如上惡龍若見如是一一諸事橫生瞋恚又能吐火又能吐水頗有人能滅是上諸惡不善男子若國邑聚落但有一人已曾受持讀誦修行陀羅尼典如上諸事悉皆消滅無量衆生遭此人恩而得安隱善男子以是因緣當知此經有無量威神功德之力以是因緣我今語汝受持此經我去世後此經若在閻浮提內即是衆生大珍寶也若能修行受持讀誦當知是人全用寶者若復有人但能讀誦當知是人得中分寶若以種種塗香末香華繒旛蓋而供養者當知是人得下分寶善男子吾今爲汝說下分寶因緣之相善男子若有一人神通無量如文殊師利亦喻於我辯才無礙喻我二人於一劫中常以辯才能爲無量無邊衆生說法令住一生補處菩薩摩訶薩復盡神通以種種衣服臥具飲食湯藥供養是諸菩薩是人福報寧爲多不阿難白言甚多世尊善男子若復有人以塗香末香華繒旛蓋以用供養此經典中一四句偈又若供養讀誦之者此人功德復過於我

二人所作何況盡形修行受持讀誦者耶此人功德不可稱計若筭師若筭師弟子筭數盡計百千萬分不能知一善男子且置此事假使有諸菩薩一生當得作佛若百千萬億恒河沙是諸菩薩盡神通力又盡辯才若一劫乃至百千萬劫同入禪定如是無量菩薩欲思惟修行受持讀誦此大方等陀羅尼經者百千萬分不及其一善男子當知是經有大威神功德之力又是國中之大寶藏一切衆生之所歸向以是因緣吾今語汝受持此經在閻浮提廣宣流布爲衆生說令諸衆生得究竟樂爾時阿難及五百大弟子無量大衆即從座起偏袒右肩右膝著地頂禮佛足歡喜奉行

授記分第二

爾時雷音即從座起偏袒右肩合掌向佛而作是言善哉世尊巧說行業因緣往昔所作今已說竟以此大方等陀羅尼經付囑阿難流布於後無量衆生當於此法獲大善利快哉世尊大慈悲王佛告雷音善男子如汝所言吾所應說今已說竟諸未說者吾今當說眞汝所宜善男子汝於賢劫當得作佛名雷音寶王如來應供正遍知明行足善逝世間解無上士調御丈夫天人師佛世尊國名普威清淨無比純諸菩薩而集其中是諸菩薩辯才無礙神通無量了達方便一一菩薩有大光明能照八十萬億恒河沙刹土覩斯光者即得總持神通無量如諸菩薩而無異也彼國所有莊嚴之事世界無比汝於此界而得作佛壽六百二十萬歲正法像法亦復如

是爾時聲聞五百大弟子衆即從座起整衣服頂禮佛足却住一面同聲讃言

世尊智慧如虚空　悉知衆生去來相

十方一切皆見聞　我當稽首衆寶王

爾時佛告五百大弟子衆汝等亦當各各作佛俱同一號號寶月王如來無所著至眞等正覺爾時佛授五百大弟子記時十方三千大千世界所有枯竭泉源池水諸樹木等悉皆還生爾時三千大千世界六變震動諸梵天王及諸帝釋見此相已各共思量有何因緣現此瑞應爲大德天生爲授諸菩薩摩訶薩阿耨多羅三藐三菩提記耶爾時所有一切諸天即往娑婆世界往見釋迦牟尼佛已授諸聲聞大弟子記即時頭面禮世尊足禮已却住一面同聲讃言

世尊智慧甚深妙　能潤一切諸敗種

猶如蓮華眞妙色　不著世間如虚空

爾時諸天説偈讃已佛告諸大子汝等不久亦當得阿耨多羅三藐三菩提成一切智是時佛告東方天子汝今諦聽當爲汝説成佛因緣東方有世界名曰離垢汝於此界當得阿耨多羅三藐三菩提成一切智佛告南方天子南方有世界名曰淤色汝於此界當得阿耨多羅三藐三菩提成一切智佛告西方天子西方有世界名曰妙色汝於此界當得阿耨多羅三藐三菩提成一切智佛告北方天子北方有世界名曰衆難汝於此界當得阿耨多羅三藐三菩提成一切智天子白佛言世界何故名曰衆難佛言彼界昔來未有佛故故名衆難佛告下方天子下方有世界

名曰衆聲汝於此界當得阿耨多羅三藐三菩提成一切智佛告上方天子上方有世界名曰衆妙汝於此界當得阿耨多羅三藐三菩提成一切智佛告十方世界一切諸天子汝等亦當各各作佛爾時世尊授諸天子記時放大光明普照十方界大小鐵圍山爾時大小鐵圍山間所有餓鬼阿脩羅等無量億千見此光明一一光頭各有化佛時諸化佛呼諸餓鬼汝等苦人可往閻浮提可服良藥是時餓鬼遥見釋迦牟尼佛坐師子座授諸天人阿耨多羅三藐三菩提記爾時衆中有一阿脩羅即上高山呼諸餓鬼汝等苦人可往閻浮提得聞諸佛甘露法味爾時諸鬼即從此人往閻浮提見釋迦牟尼佛與無量大衆前後圍遶而爲說法爾時阿脩羅見諸大衆同曜金色悉有三十二相八十種好是時阿脩羅而自念言何者是佛爾時世尊知其心念踊在虛空高七多羅樹坐寶蓮華時阿脩羅以偈讚佛

世尊面目如月王　能破一切諸黒闇
今復拔濟於我等　我等歸命天中尊

爾時世尊告諸餓鬼汝等在此經於幾時時阿脩羅而白佛言我等遥聞九十二億諸佛已過今日乃得值天中王爾時世尊爲諸餓鬼説十二因緣爲阿脩羅説六波羅蜜説此法時阿脩羅等發阿耨多羅三藐三菩提心時諸餓鬼即時脱身求索出家爾時世尊告善男子能於我法求索出家時諸善男子即成沙門戒行具足爾時世尊爲諸比丘説摩訶袒持陀羅尼章句時諸比丘得阿羅漢三

明六通具八解脱爾時舍利弗白佛言世尊此經如是神力無量能使一切天人阿脩羅地獄餓鬼集至道場經力如是能救一切受持經人功德云何爾時佛告舍利弗吾向語汝何用問爲爾時舍利弗白佛言世尊受持此經者當以何供而供養之佛告舍利弗若有一人持頭目身體妻子婦兒象馬七珍以供養我不如有人能一禮拜此經卷者若復有人持四天下以積珍寶至于梵天以供於我不如有人與彼受持經者一食充軀若復有人於三千大千世界積於珍寶至於倒立世界以供於我不如有人持此章句一日一夜何況盡形受持如是章句功德無量若復有人積於珍寶遍至十方微塵等世界上至豎立世界盡供於我不如有人持一四句偈轉教他人功德無量無邊佛告舍利弗一切聲聞辟支佛等上至十住菩薩筭數譬喻不能知彼受持經者少分功德爾時佛告阿難汝聞如是功德聚不唯然世尊我向已聞且置此事吾今當更語汝阿難汝今諦聽當爲汝說此經功德於汝意云何一切十方所有蠅蝱之類若有一人解種種語是諸衆生而以化之上至禽獸諸衆生類令得人身復能令其信於三世是人功德寧爲多不阿難白佛甚多世尊阿難若復有人書持此經一四句偈此人功德復過於上百千萬分乃至筭數譬喻不能到邊阿難且置此事若復有人於此經中聞於一偈不驚不怖不生誹謗此人功德復過於上二分所作亦以筭數譬喻所不到邊阿難且置此事若復有人聞經歡

喜若自書寫若使人寫若見他寫若聞他寫心生歡喜此人功德復過於上三分所作阿難且置此事若復有人辯才無礙如文殊師利法王之子化於一佛世界衆生令其出家悉皆獲得四沙門果復更有人如文殊師利復化百六十世界衆生或出家者或得阿羅漢者或得辟支佛者或發阿耨多羅三藐三菩提心者於汝意云何是二人功德寧爲多不阿難白佛甚多世尊不可稱計不可度量阿難若有一人得聞此經歡喜踊躍至於道場修行七日此人功德復過於上一切所作一切波旬所不能伏阿難白佛言我與大衆歡喜奉行爾時文殊師利法王子菩薩摩訶薩在大衆中作是念言釋迦如來與無量大衆前後圍遶說此大方等陀羅尼經我今不知是義所趣今當請問所以者何天中尊王唯有如來乃能爲我解說是義作是念已即從座起偏袒右肩右膝著地恭敬合掌目不暫捨白佛言世尊如前所說先於王舍大城授諸聲聞記今復於舍衛國祇陀林中復授聲聞記昔於波羅柰授諸聲聞大弟子記世尊我今少有疑惑欲請問如來惟佛聽許爾時舍利弗問文殊師利法王子言世尊弘慈無量授我等聲聞大弟子記已不久當得阿耨多羅三藐三菩提成一切智各於世界如今世尊攝諸衆生常在道場世尊不虛所言眞實故能第二第三授我等聲聞大弟子記我等必當如釋迦牟尼如來決定不虛無有疑也文殊師利於汝意云何我等當得阿耨多羅三藐三菩提不文殊師利語舍利弗於

汝意云何猶如枯樹更生枝不猶如山水還本處不猶如析石還可合不如焦穀種更生芽不如堆滷中可種子不如是諸事爲可得不舍利弗言不也文殊師利如上諸事實不可得文殊師利言若不可得者汝云何問我當得阿耨多羅三藐三菩提記心生歡喜是授記法無有形相無有言語無有去來無有喜悅無有得相乃無言語無有妄想分別諸法於授記法應作如是相可得如性夫授記法如虛空無色亦如虛空無形如浮雲無實如風無體如空以聞聲不見其形如水聚沫無有實處如野馬燄乾闥婆城當知如是諸法無有實處夫菩薩摩訶薩授記法應如是觀諸法相若能如是觀者乃名受阿耨多羅三藐三菩提記舍利弗問文殊師利言若一切法性空者如來以何法授我等阿耨多羅三藐三菩提記耶文殊師利答舍利弗言如來以如如性授汝等記舍利弗言如文殊師利所說中無有如性汝今語我如來以如如性授汝等記文殊師利答舍利弗言如來授記不即是如不離是如舍利弗言如上所說無有形相而今此法有形相無文殊師利言不有不無不離一不離二不離色不即色舍利弗言且置此事我近問汝文殊師利如來三十二相有形相無文殊師利言不即是形相復不離形相是三十二相舍利弗言如來授我等三菩提記寧虛妄乎文殊師利言不即是虛妄不離是虛妄舍利弗言當云何求文殊師利言如如性中求舍利弗言此如如性當於何求文殊師利言於如來眞諦中求

舍利弗言如來眞諦當於何求文殊師利言於如如性中求舍利弗言即是如乎不即如乎文殊師利言不即不離即是如性舍利弗言即是如乎不即如乎文殊師利言即亦是如不即亦如不即不離是名如性爾時舍利弗不識是何言不知以何答默然而去詣本坐處爾時佛告文殊師利法王子言善哉善哉佛子快說是語如授記法夫授記者應如是觀是法性名爲授記時舍利弗在於佛前而自歎說捨於聲聞辟支佛心還至本業佛告舍利弗善哉善哉善男子乃能除捨聲聞辟支佛心還至本業而不取著諸法性相不久當得阿耨多羅三藐三菩提說此法時無量億千那由他大衆皆發阿耨多羅三藐三菩提心爾時五百大弟子即從座起頭面禮足而白佛言世尊如佛所說行此法時當有波旬來壞是人善根因緣云何而知爾時佛告五百大弟子衆此魔來時凡有四十萬億來至人所發大惡聲梁棟搖動放大惡風或時放火或時放水欲殺其人或時夢中立其人前校拔其舌或時吐火噴人面上或時擎山欲壓其人此人應答汝來甚善作是語時應默心中誦摩訶袒持陀羅尼章句復應稱言南無釋迦牟尼佛南無文殊師利法王子虛空藏法王子觀世音法王子毗沙門法王子虛空法王子破闇法王子普聞法王子妙形法王子大空法王子眞如法王子如是菩薩摩訶薩應念其名如是諸法王必往其所擁護是人令此人等身得安樂無諸苦惱是諸比丘若值諸難應如是念諸王名字爾時

阿難白佛言世尊行者如是爲諸波旬如是恐怖諸王大慈能救彼人當以何供供養諸王爾時佛告阿難波旬去已應作種種香華塗香末香供養諸王作種種香泥塗其室內彩畫畫之異口同音讚諸法王爾時觀世音即入其室若作道人若作沙彌式叉沙彌尼若作優婆塞若作乞士若作餓狗來入其室若作僑客來入其室至於此宿若作國王王子來入其室若作常見之人來入其室爾時阿難白佛言世尊行此法時得衆多人不佛告阿難十人已還阿難白佛言世尊行此法時得營作及語笑不佛告阿難但得一心念摩訶袒持陀羅尼句尚不容語笑諸惡穢念況得務耶佛告阿難若有善男子善女人修行此經者若眼見無量壽佛釋迦牟尼佛維衛佛式棄佛隨葉佛拘樓秦佛拘那含牟尼佛迦葉佛過去雲雷音宿王佛秘法藏佛是諸佛前至心懺悔當滅九十二億生死之罪此人於三途永無有分生死漏盡即時得見現前諸佛復更懺悔以種種香華旛蓋而供養之塗香末香亦用供養如是供養已即見十方妙樂世界如是見者慎莫語人若言見者尚不得福況出生死還墮三途經百千萬劫苦痛難處此人現身得白癩病又狂聾瘂癡不知鹹淡不別好醜欲求聰明反得愚癡報阿難白佛此行人者辭家出時當作何言佛告阿難此人出時應如是語我欲修行陀羅尼典父母聽不若言聽者我當出去如是語已心中默自念言我亦欲捨婦兒家屬修行陀羅尼典趣向道場應如比丘法修行淨

行具於三衣楊枝澡水食器坐具行者如是應畜至於道場如比丘法又復亦應受於六重如優婆塞法捨惡律儀又受食時莫視女色但自念言我心中毒箭當云何拔用視女色爲我從無始已來坐視女色墮於三途無有出期應作是念觀諸六塵亦應如是我諸弟子不應著此如是諸賊喪人善功阿難吾故語汝勅我弟子莫共六賊而作朋友唐喪其功阿難白佛言世尊世尊向者所説謂爲放者若有父母妻子不放此人至於道場當服何藥趣向道場佛告阿難此人應父母前燒種種香長跪合掌應作是言我今欲至道場哀愍聽許亦應種種諫曉亦應隨宜説法亦應三請若不聽者此人應於舍宅默自思惟誦此經典阿難白佛當云何行佛告阿難

此人行時當淨其舍内燒香供養阿難白佛此人行處女人得到不佛告阿難到無所苦阿難白佛復得捉此衣不佛告阿難捉衣無苦但語我弟子勿著女色繫心莫放逸亦如道場人法若能如是作淨行者於七日中觀世音菩薩現其人前而爲説法若於夢中若寤寐時現其人前道場無異若如是者應一心憶念陀羅尼典若以散亂心者欲求人天得地獄報受苦萬端無有出期假使得出爲人奴婢人所憎嫉衣食不供常困飢渴無所不思今至心作若不至心後悔無及阿難白佛此人辭家出時剃除鬚髮不佛言不也阿難白佛若不除者云何語言具於三衣佛告阿難言三衣者一名單縫二名俗服阿難白佛言世尊向説一出家衣二在家服若在家者

用三種不佛告阿難一出家衣者作三世諸佛法式二俗服者欲令我弟子趣道場時當著一服常隨逐身寸尺不離若離此衣即得障道罪第三衣者具於俗服將至道場常用坐起其名如是汝當受持阿難白佛言若有善男子善女人若有不受六重戒者得趣道場不佛告阿難隨意堪任至於道場阿難白佛若有受者盡形受分段受乎佛告阿難亦如上法隨意堪任受諸戒律阿難白佛如向所說審爲爾不爾時七佛即現其身住阿難前語阿難言莫以聲聞小乘小智意隨諸衆生起斷滅見過去諸佛都由此門成阿耨多羅三藐三菩提此法是一切諸佛法門三世諸佛都由此門成阿耨多羅三藐三菩提諸佛說已忽然不現阿難自念向有七佛今在何所佛知其意即時答言今在東方阿難以汝起斷滅見故故來證汝阿難白佛審定能除而無疑也佛告阿難如汝所言必定無疑阿難白佛如是同行者有無見等有至心者乃能除此無量諸罪若不至心當名何人佛告阿難是人名爲少分得者阿難白佛此人命終當生何處佛告阿難隨意所生阿難白佛隨意所生爲大方等陀羅尼力也爲三界尊力耶佛告阿難非是我力乃是摩訶袒持陀羅尼威神德力能致衆生到安樂國阿難白佛言若謂爾者我不堪任如是更問佛告阿難若我在世若去世後其有誹謗此陀羅尼者汝今諦聽善思念之吾當爲汝分別解說謗經因緣阿難一切十方世界破諸世界抹爲微塵可知其數無有能知此人罪報若

比丘比丘尼優婆塞優婆夷諸修行佛法者入我法中欲求種種人天果報欲求他方妙樂世界返得衆苦患所以者何坐謗方等陀羅尼經故欲求種智返得愚報欲求人天勝妙快樂返墮地獄究竟苦報欲求尊王返得下賤欲求聰明返得闇鈍欲得天眼返得盲報欲求子息返得獨報欲求身香潔返得大臭弊惡之身欲求端正三十二相返得三十二醜而自莊嚴欲求他方妙樂世界返得他方極苦地獄欲求大富返得貧報阿難以是因緣我故語汝莫謗此經我今略說如上罪報汝今諦聽當爲汝說更有罪報若有善男子善女人不解如來所說方等義於此法中橫生誹謗而以妄想分別諸法或重生瞋此人命終入於東方阿鼻地獄經歷受苦八萬

四千劫次第而受謗經罪報從地獄出已復有八萬四千鬲子而以圍遶阿鼻大地獄爾時此人從地獄出入諸鬲子亦經八萬四千劫一一鬲子復以十六鬲子而以圍遶亦復如是次第而入東南方南方西南方西方西北方北方東北方如是諸地獄一一而增劫數次第而受上至諸佛中至少分足人下至辟支佛聲聞人如是諸大士力所不救從此出已當生世間餓鬼畜生蟲蟻蠅虱水蟲蚚蚪魚鼈之屬無一不遍假使爲人疥癩癰疽貧窮短命常生下賤眼目[illegible]瞎身體疱惡諸根不具人所惡見假使來生豪族之處語言吃瘂促命不壽人所呵叱說其形貌過狀諸惡人所惡見常以呪詛令其早喪或時生世五根不具阿難此人先世皆由誹謗方等經

故受業如是雖得人身諸根不完假使不遇善知識者如上所說次第還入是諸地獄如是地獄是其舍宅如是醜報是其衣服阿難當知是業不可以己情妄相而作令其精神受諸苦報阿難我故語汝無信人中莫說此經

大方等陀羅尼經卷第二

音釋

滷 籠五切鹹地也
憍 巨消切旅寓也
蝌蚪 蝌苦禾切蚪當口切蝌蚪蝦蟇子也
疥 古隘切
癩 落蓋切
[目孝]瞎 [目孝]呼交切瞎也瞎許鎋切一目盲也
疱 匹貌切

大方等陀羅尼經卷第三

北涼沙門釋法衆譯

夢行分第三

爾時佛告文殊師利法王子若我在世若去世後若有善男子善女人來詣汝所欲求陀羅尼經者汝當教求十二夢王若得見一王者汝當教授七日行法文殊師利白佛言云何名爲十二夢王云何名曰七日行法佛告文殊師利善男子若有善男子善女人於其夢中修通能飛懸繒旛蓋從此人後如是見者即名祖荼羅若有善男子善女人於其夢中若見形像舍利塔廟大衆僧聚如是見者即是斤提羅若有善男子善女人於其夢中見國王大臣者淨潔衣單乘白馬如是見者即是茂持羅若有善男子善女人於其夢中若見乘象渡於大江如是見者即是乾基羅若有善男子善女人於其夢中乘於駱駝上於高山如是見者即是多林羅若有比丘欲求此法於其夢中夢上高座轉于般若如是見者即是波林羅若有比丘於其夢中到一樹下上於戒壇受具足戒如是見者即是檀林羅若有比丘於其夢中坐佛形像請召衆僧施設供具如是見者即是禪多林羅若有比丘於其夢中見有一樹華果茂盛於其樹下入禪三昧如是見者即是窮伽林羅若有大王於其夢中帶持刀劒遊於四方如是見者即是迦林羅若有大臣於其夢中見有諸人持諸水瓶洗浴其身坌種種香著淨潔衣如是見者即是窮伽林羅若有夫人於其夢中乘於羊車入於深水於其水中有諸毒蛇

如是見者即是婆林羅如是見者乃可爲說善男子若見如是一一事者乃可爲說七日行法爾時文殊師利白佛言世尊云何名爲七日行法云何受持云何修行如是等法爾時佛告文殊師利法王子言若有善男子善女人於初日分中至於道場應以塗香末香栴檀沉水熏陸海渚岸香應以供養摩訶袒持陀羅尼經爾時華聚菩薩觀世音菩薩來在道場爾時二士異口同音而讚道場行者善哉善哉善男子善女人等能於釋迦牟尼如來法中修行摩訶袒持陀羅尼經爾時觀世音華聚菩薩在虛空中乘寶蓮華與無量大衆前後圍遶文殊師利我故語汝語諸衆生受持修行摩訶袒持陀羅尼經展轉相授用出三界隨意得願若有清信士清信女應於初日分勸請諸衆生趣於道場燒種種香懸繒幡蓋若有善男子善女人欲求現在未來諸願者可以求之爾時二士隨其根量與其現在未來諸願文殊師利如是行者若有至心見此二士踊在虛空若不至心而悉不見文殊師利若不見者謂不至心是名初日分陀羅尼經復次文殊師利若有善男子善女人於第二日分中在於道場應燒種種香塗香末香懸繒幡蓋而以供養摩訶袒持陀羅尼經爾時復次寶王如來及與我身從靈鷲山與無量那由他大衆前後圍遶來至道場一一大衆各乘七寶蓮華種種音聲各各讚歎道場行者善哉善哉善男子善女人等乃能於我去世之後受持讀誦陀羅尼經即自惟念我能修行受持此經又時惟念十方

三世諸佛如來受持此經我當隨學文殊師利我去世後如是來至道場行者我當隨其限量差別而爲說法又有聞者有不聞者又見我形者有不見者不見不聞者除不至心而不見耳是名摩訶袒持陀羅尼經行分第二復次文殊師利若有善男子善女人於第三日分中在於道場而以懸繒旛蓋在於道場應以塗香末香栴檀沉水熏陸海渚岸香而以供養摩訶袒持陀羅尼經爾時當有維衛佛虛空藏菩薩摩訶薩於第三日分中來至道場與無量大衆前後圍遶在虛空中亦復各各乘寶蓮華在虛空中或高七多羅樹放大光明普照十方所有佛土其中行者覩斯光已皆發阿耨多羅三藐三菩提心他方所有賢聖之人皆悉尋光來至道場爾時道場行者隨其根力或有覩者或不覩者有見形者有不見者隨其根量分別行力爾時此人聞佛所說如是行者歡喜踊躍得未曾有文殊師利是名摩訶袒持陀羅尼經行分第三復次文殊師利若有善男子善女人於第四日分中在於道場讀誦修行摩訶袒持陀羅尼經懸繒旛蓋都以雜色嚴此道場燒種種香塗香末香栴檀沉水熏陸海渚岸香而以供養摩訶袒持陀羅尼經爾時復次式佛與無量大衆前後圍遶來至道場在於虛空高七多羅樹放大光明亦照十方微塵等世界其中衆生覩斯光者無不了達而諸法性爾時道場之人不諂僞者今世及過去世未曾犯根本罪者了見式佛在虛空中乘寶蓮華爾時行人見式佛已頂禮足下爾時式佛

即以右手摩其人頂作如是言善男子善女人汝等不久趣菩提樹破諸魔怨伏諸外道當獲總持與我無異文殊師利是名摩訶袒持陀羅尼經行分第四文殊師利若有善男子善女人於第五日分中在於道場受持讀誦摩訶袒持陀羅尼經莊嚴道場懸繒旛蓋燒種種香塗香末香栴檀沉水熏陸海渚岸香如是諸香而以供養摩訶袒持陀羅尼經又無餘念我當何時得隨陀羅尼門我當何時離三惡有我當何時離於五蓋我當何時離於十纏我當何時離諸慢憍及諸愚習如是等難何時當離如是等苦若作是念時爾時隨葉佛在於虛空乘寶蓮華爲無量大衆說諸法要爾時道場行者了了聞佛所說章句了不忘失悉在心懷爾時道場行者若有

覩者及無覩者乃至七日覩者乃至二七日不覩者乃至三七日覩者及不覩者衆生此業以不定故皆由先世罪業深淺文殊師利是名陀羅尼經行分第五復次文殊師利若有善男子善女人於第六日分中在於道場受持讀誦摩訶袒持陀羅尼經燒種種香塗香末香栴檀沉水熏陸海渚岸香如是諸香而以供養摩訶袒持陀羅尼經復次當有拘那含牟尼佛與無量大衆前後圍遶從餘四天下來至道場爾時行人了見拘那含牟尼佛及見七佛在於虛空一一諸佛各乘七寶蓮華座一一華座縱廣正等八萬四千由旬其華離地亦八萬四千由旬爾時行人見是事已得未曾有歡喜踊躍爾時諸佛異口同音而讚行人善哉善哉釋迦如來弟子能於

遺法受持讀誦摩訶袒持陀羅尼經至於道場不久當離三惡道分救攝衆生在於人天究竟快樂文殊師利我去世後此摩訶袒持陀羅尼經當於閻浮提饒益衆生文殊師利是名摩訶袒持陀羅尼經行分第六復次文殊師利若有善男子善女人於第七日分中在於道場至心禮敬摩訶袒持陀羅尼經莫作餘念但當志心諦聽諦受莫念妻子象馬七珍莫以妄想亂其善心令一生空過無所得也唐喪其功不離諸苦文殊師利夫於行者但應志心作如上念爾時當有十方一切諸佛在於虛空一一諸佛或將一恒河沙者或將二恒河沙者或將三恒河沙者或一萬恒河沙者或二萬恒河沙者或三萬恒河沙者或十萬恒河沙者或二十萬恒河沙者或三十萬恒河沙者或六十七十八十九十乃至一百二百三百四百五百六百七百八百九百乃至不可計不可數大衆集在道場爾時大衆互相而視皆有三十二相身如閻浮檀金一一佛土各現其前以種種珍寶間錯莊嚴一切諸國未有所得如文殊師利法王子者在於虛空皆自驚疑每自思惟何緣諸佛悉現如是清淨世界作是念時我與文殊師利及無量大衆前後圍遶往至道場隨其根量而爲說法令其行人了見我身加其威神令其得見虛空法座及清淨國界見清淨國界已歡喜踊躍得未曾有即發阿耨多羅三藐三菩提心而不退轉於七日中便隨意生文殊師利是名摩訶袒持陀羅尼經行分第七爾時華聚菩薩即從座起偏袒右肩

右膝著地恭敬合掌而白佛言世尊我從東方妙樂世界爲佛所遣來至救此雷音比丘令住堅固心如佛所說不久當得成等正覺度諸衆生無有邊際令得究竟住常定心我以憶念昔所造行故來詣此娑婆世界聽聞演說陀羅尼經復聞授諸聲聞五百大弟子記十方天子各現在前世尊自了何爲用說爲十方一切而見聞耶唯願聽我立大誓願護持此經佛告華聚善哉善哉善男子聽汝自恣立大誓願爾時華聚菩薩即於佛前而自立誓作如是言世尊若有善男子善女人受持讀誦陀羅尼經者我從今日晝夜不離擁護是人令無惱患色力名譽皆悉具足世尊若賜我此願者我乃當取成等正覺若有衆生遭苦厄者我若不往救彼衆生令得本心我終不取成等正覺若復有人修持此經至於道場若遭苦患稱我名字我不往救我終不取成等正覺若有衆生憶念我名日夜六時念念不絶求生妙樂世界若不往生者我終不取成等正覺若有衆生行陀羅尼者我當晝夜爲彼人說法令得歡喜若欲命終之日必定自知生妙樂世界無有疑也或令彼人遥見妙樂世界如觀掌中阿摩勒果所有一切好醜之事悉皆明達世尊若令一切衆生生妙樂世界者我乃當取成等正覺若不往生於三途分不永斷者我終不取成等正覺既生妙樂世界不離愚癡憍慢因緣習者我終不取成等正覺天中尊王若有衆生從生至老但作一念我當書寫陀羅尼經受持讀誦然後得生若謂得書若不得書若得

讀誦若不得讀誦臨終之日我必往彼人所拔其精神令生妙樂世界世尊除二種人我所不攝一者謗方等經二者用僧祇物乃至一比丘物若用如是之物不得往生妙樂世界若有衆生被於官事愁憂不樂爲他所逼將向王所若在大火大水師子虎狼軍陣交戰迷在山谷不知道路若值如上諸難處者應當讀誦陀羅尼經百二十遍復更百二十遍稱我名字南無華聚菩薩大士應如是唱我時與無量大威德諸天前後圍遶詣彼人所破彼諸難令無所患世尊若與我如上諸願者我乃當取阿耨多羅三藐三菩提若不聽許我終不取成等正覺爾時佛告華聚菩薩善哉善哉善男子汝慈悲無量欲以慈悲門攝取衆生示諸方便令無惱患隨意得生諸安樂國土爾時毗沙門天王即從座起偏袒右肩右膝著地合掌向佛而白佛言世尊我爲鬼神將軍攝諸鬼神猶如世尊盡攝我等世尊今聽我等護持陀羅尼經不爾時佛告毗沙門天王快哉鬼神大王欲護陀羅尼經者即是三世諸佛之子即報三世諸佛之恩爾時毗沙門天王即於佛前而自立願世尊若有善男子善女人持陀羅尼經者有諸惡人爲起衰患令其行人意散心亂不得讀誦修行陀羅尼經我於爾時往彼人所令其惡人復得衰耗或令水火盜賊縣官枉橫之事來逼其身或時致死若不死者如是惡人若事仕宦不得高遷或令惡夢麻油塗身宛轉土中或時於其夢中脫衣裸走牙齒墮落頭白面皺眼孔睇瞎世尊我令其夢中 醒寤

見如是事世尊我於爾時遣諸鬼神惱其舍宅令其惡人得大重病或時致死世尊聽我如是護此經不爾時世尊默然不答爾時華聚語毗沙門言世尊默然即爲可汝如上所言爾時阿難語華聚言我今問汝可以答我莫如世尊默然可也爾時華聚語阿難言隨意所問當以答汝爾時阿難語華聚言世尊何故不默然授諸聲聞記所以者何默然是印可性者以何因緣言語方便授諸聲聞弟子記耶爾時華聚語阿難言如來有默然授諸聲聞記時或以言語方便而以授之阿難如來授記不唯一途所以者何如來諸法不定故方便衆多故智慧無量故世界無邊故衆生行無邊故是故世尊更以方便授諸大弟子記爾時阿難語華聚言若爲諸法不定者十方諸佛亦應不定諸佛不定者十方世界亦復不定乎爾時華聚即以右手接取西方妙樂世界舉著虛空猶如大士取阿摩勒果著於右掌無所妨礙爾時大衆遥見西方妙樂世界河池華樹莊嚴之事無不明了爾時大衆歡喜踊躍至心禮敬無量壽佛各各求生妙樂世界爾時華聚語阿難言於意云何諸法如是有定性無阿難答華聚言諸法如是無有定性我不敢問諸法定相爾時佛告阿難汝等二大士不須紛紜諍如是事何以故阿難於汝意云何三果之人入地獄不阿羅漢人受餓鬼形不乃至受畜生身不及邊地邪見諸難處不阿難白佛言不也世尊何以故阿羅漢人名離一切究竟患難若不離一切究竟患者不名阿羅漢耶善男子汝

云何言一切法是不定相阿羅漢人永更不受如是等苦豈不定乎阿難白佛言世尊阿羅漢人得盡定智慧不佛言不也何以故阿羅漢分段般涅槃是故以不得究竟盡慧善男子夫於學者觀一切法住平等性不離有不離無不離有邊不離無邊不即是邊不離是邊不即是我不離於我不即是色不離於色不即是受不離於受一切法者不可言定不可言無定若無定者應無三尊究竟解脱處當知是法即有定性者若謂無者上無諸佛下無衆生是無定相雖復如是然不可言無不可言有若菩薩觀一切法著有著無相即菩薩累若見衆生而生著相是菩薩累若離衆生亦菩薩累若著衆生行是菩薩累若離衆生行亦菩薩累若著我行是菩薩累若離我行亦菩薩累何以故菩薩常應如是住中道心得菩薩究竟慧善男子阿羅漢人都無是事無是事故不名究竟慧善男子所謂菩薩住中道心汝今諦聽當爲汝説菩薩觀虚空如地觀地如虚空觀金如土觀土如金觀衆生非衆生觀非衆生而是衆生觀法而是非法觀於非法而是正法而是正法無有差别觀諸持戒與破戒等觀諸破戒如具戒相離於二邊住平等相破戒持戒應等心觀之上中下性亦應等心觀之觀有爲無爲法亦應等心觀之不讃大乘不毁小乘豪貴卑賤妙好醜陋諸根完具及與殘缺聰黠愚闇悉不讃毁善男子夫爲菩薩供養之法亦不選擇上諸事等是名菩薩住中道心究竟智慧善男子聲聞之人無如是事故無究竟慧

亦非究竟涅槃何以故未了法性故而不得究竟涅槃復次善男子我於往昔作一居士受性憍恣而不推求出世之典時有比丘執持應器來詣我所而從我乞濟身之具時我答言沙門釋子汝從何方來詣我所執鉢住此欲求索何復更而問汝何種姓爲上姓中姓下姓乎復更而問汝以五法常學何律汝於十二部經法常以學何復更而問汝以名何受性何如汝於三業中常修何業欲求何處上中下乘汝何乘所攝求究竟乎求分段也如是次第而問身便得患而即命終以是因緣今故語汝若以施時莫擇上中下姓實相世諦於有無法而不應問若謂問者即名菩薩著我人壽者亦著行者不名菩薩住中道心得究竟慧善男子我今復更略說往昔因緣我於往昔作一比丘時有居士設大施會請沙門婆羅門貧窮下賤須衣與衣須食與食須珍寶與珍寶我時極大貧而無所有我時望得財賄故往詣會所於其中路見有大橋於其橋上見衆多人忽忽往來時諸人中有一智者我以愚意問此人言此橋何人所作此河從何所來今向何流復問此木何林所生何人所斫何象所載青乎白乎黒乎何日所作此木松也栢也柳也曲也直也有節無節也破此木斧何冶所出何匠所作此水鹹也苦也甜也深也淺也何用作此橋也善男子我於爾時次第而作七千八百問已爾時智者便答我言咄癡沙門居士請汝汝但涉路至於會所可得悅意後不生悔汝今捨問如是等事於身無利何用問爲如是等

木何野所生何人所造何斧所斫咄沙門汝今速去還已語汝我時聞此語已涉路而去便到會所所食蕩盡財寶無餘我時見已懊惱結恨嘷聲叫言是何苦哉心口所失值如是苦還到橋上見所向人時人問言沙門汝云何憔悴如是多不吉也我時答言以貧窮故往詣會所欲求衣服飲食所須之具於其中間以見於汝徒問無益之言使我不值飲食所須財賄以是因緣我心生惱爾時智者而答我言夫爲比丘於身無利而不應問何用問爲善士比丘汝以一誤失現在利從今已往於身無益而莫生問應觀諸法於身利者而應生問何謂爲利觀有爲法應以遠離此即爲利觀世平等法而應親近此即爲利不讃已不毁他此則爲利自以了達教他了達此即爲利自以厭離世樂亦教他離此即爲利自知於問無利者亦教他莫問此則爲利我向了達知問無利我故語汝速往會所善男子爾時智者說此法時忉利諸天九十二億在虛空中聽智者所說即發阿耨多羅三藐三菩提心時五百居士遠塵離垢得法眼淨我於爾時便入陀羅尼門善男子我因是已來得入究竟慧住中道心阿羅漢都無是事云何而得究竟慧也而毁大乘讃諸小乘是故不得究竟慧耳爾時阿難白佛言世尊如是人者今何所在受是果報經幾劫乎佛名云何劫名何等其王名何佛告阿難善男子吾今可以譬喻語汝設有一人身力無量抹三千大千世界盡爲微塵善男子且置是事此人復即取十方微塵等三千大千世

界亦抹爲塵如是次第十方恒沙世界亦抹爲塵可知其數不阿難白佛言世尊一世界乃至百世界尚不可數況微塵數也善男子如是世界可知其數彼佛去世後復過於是佛號栴檀華如來至眞等正覺國名尊帝劫名淨持王名栴檀果栴檀華佛生彼王宮成等正覺而取涅槃次後有佛名釋迦牟尼如是次第二萬億釋迦牟尼佛吾悉供養最初佛者今我堅固陀羅尼豈異人乎今則文殊師利法王子是爾時居士設法會者今華聚菩薩摩訶薩是爾時五百居士者今則五百大弟子是爾時王子菩薩居士優婆塞優婆夷天龍夜叉乾闥婆阿脩羅五百大弟子無量大衆及與阿難歡喜奉行

大方等陀羅尼經卷第三

音釋

坌（蒲悶切塵坋也）皺（側救切謂皮細起也）懊（烏皓切恨也）

大方等陀羅尼經卷第四

北涼沙門釋法衆譯

護戒分第四

爾時文殊師利即從座起偏袒右肩右膝著地白佛言世尊若有比丘世尊去世之後若毀四重若比丘尼毀犯八重若菩薩若沙彌沙彌尼優婆塞優婆夷若毀如是一一諸戒所犯重罪當云何滅佛言善哉善哉文殊師利乃能請問如是等事汝慈悲勝故能發是問汝若不發是問我終不說彼惡世比丘所犯之過善哉善哉文殊師利汝今諦聽當爲汝說我去世後若有惡律儀比丘毀四重禁默然而受檀越供養而不改悔當知是比丘必受地獄苦而無疑也我今當出良藥救彼比丘重病我去世後毀四重禁羞不發露汝今諦聽當爲汝說

離婆離婆帝 仇呵仇呵帝 陀羅離帝
尼呵羅帝 毗摩離帝 莎訶

文殊師利此陀羅尼是過去七佛之所宣說如是七七亦不可數亦不可計說此陀羅尼救攝衆生現在十方不可計不可數七佛亦宣說此陀羅尼救攝衆生未來不可計不可數七佛亦宣說此陀羅尼救攝衆生汝今請問陀羅尼義我已說竟以此陀羅尼經救攝未來世惡律儀比丘令其堅固住清淨地善男子若有比丘毀四重禁至心憶念此陀羅尼經誦一千四百遍誦一千四百遍已乃一懺悔請一比丘爲作證人自陳其罪向形像前如是次第經八十七日勤懺悔已是諸戒根若不還生終無是處彼人能於八十七日

勤懺悔已若不堅固阿耨多羅三藐三菩提心亦無是處又文殊師利云何當知得清淨戒善男子若其夢中見有師長手摩其頭若父母婆羅門耆舊有德如是等人若與飲食衣服卧具湯藥當知是人住清淨戒若見如是一一相者應向師説如法除滅如是罪咎復次善男子所謂比丘尼毀八重禁者若欲除滅八重禁罪先請一比丘了知内外律者陳其罪咎向彼比丘比丘應如法而教此内外律所謂

阿隸鄔婆其羅帝一羅帝婆二摩羅帝三阿摩羅帝四莎訶五

善男子此陀羅尼若有讀誦受持如法修行九十七日日誦四十九遍乃一懺悔隨師修行是諸惡業若不除滅終無是處善男子汝若不信吾今爲汝略説我昔愚行業因緣故十方虛空法界及大地土山河叢林盡末爲籌大如微塵尚可知數除諸佛等無人能知我所犯戒十方無邊我所犯戒亦復無邊微塵無數我所犯戒亦復無數衆生無邊我所犯戒亦復無邊方便無邊我所犯戒亦復無邊法性無邊我所犯戒亦復無邊善男子我觀如是等業甚爲可畏上至菩薩下至聲聞不能救我如是等苦我即思惟如是事已便推求此陀羅尼典得已修行九十七日讀誦四十九遍聞空有聲而謂我言善哉善哉善男子乃能推求此陀羅尼典我時聞已顧視四方見有諸佛羅列在前一一諸佛手摩我頭聽我悔過善男子以是因緣我去世後若有比丘尼犯八重禁應當求此陀羅尼典讀

誦修行若於夢中見如上事知彼比丘尼住清淨地具清淨戒復次善男子若有菩薩受八重禁然後毀壞狂亂心熱欲自陳說無所歸趣無能滅者如是罪咎僧以和合令出境界應大怖懼此人應住一空靜室塗治内外極令鮮淨請一比丘了知内外一部律者應自陳過向此比丘作如是言僧今擯我來至此間我今請師亦來此間此師應教淨律之法所謂

婆羅隸　仇那羅隸　阿那羅隸　其那羅隸　伽那隸　阿隸那隸　阿帝那隸　阿帝那隸　莎訶

善男子如是陀羅尼者即是三世諸佛之所護持亦是三世諸佛之所祕藏善男子吾昔未說今已說之昔所未作今日已作昔所未聞今日已聞聞此三因方便已令諸衆生遇此三因方便者速出三界如盲者見日如嬰兒得母如鳥出㲉如飢人得食如縛者得脫如寒者得火如裸者得衣如迷者得路如渴者得水善男子我此法味亦復如是若久住世間若一劫若減一劫爲諸衆生受持讀誦解說其義爲愚者說當知是人與我無異住清淨地是人應於我生難遭之想自陳罪咎若罪不滅終無是處文殊師利白佛言世尊此陀羅尼者應讀幾遍修行幾日乃當止耶佛言善男子此陀羅尼應誦六百遍乃一懺悔當懺悔時應請一比丘在其前立口自陳罪必令得聞如是次第經六十七日占其夢想如上所說更無有異若得是相知是菩薩住清淨地具清淨戒復次善男子若有沙彌

沙彌尼優婆塞優婆夷毀諸禁者亦應請一比丘了知內外律者向形像前若尊經般若前自陳其過向此比丘此比丘應教淨律之法所謂

伊伽羅帝　慕伽羅帝　阿帝摩羅帝　郁伽羅帝　婆羅帝婆　座羅竭帝　座羅竭帝　豆羅奢竭帝　毗奢竭帝　離婆竭帝　婆羅隸阿隸　其羅隸阿隸　持羅隸阿隸　其蘭隸阿隸　提蘭隸阿隸　毗羅阿隸　莎訶

善男子如是陀羅尼者我為慈愍一切衆生故說此陀羅尼若有下劣沙彌沙彌尼優婆塞優婆夷亦應讀誦修行此陀羅尼誦四百遍乃一懺悔如是次第四十七日當懺悔時應自陳過令彼了聞如是次第四十七日已如上所說夢中所見一一事者當知是沙彌沙彌尼優婆塞優婆夷住清淨地具清淨戒爾時文殊師利及五百弟子心少有疑佛知其意即時告言如汝所念行者應修五事持諸戒性所謂不犯陀羅尼義不謗方等經不見他過不讚大乘不毀小乘不離善友常說衆生妙行如是五事是行者業不犯戒性復次善男子不說上界所見亦不說已所行好醜之事亦應日日三時塗地亦應日誦一遍日一懺悔如是五事是行者業不犯戒性復次善男子復有五事若有比丘行此法者及與白衣不得祭祀鬼神亦復不得輕於鬼神亦復不得破鬼神廟假使有人祭祀鬼神亦不得輕亦不得與彼人往來如是五事是行者業護戒境界復次善男子復有五事不得

與謗方等經家往來不得與破戒比丘往來破五戒優婆塞亦不得往來不得與獵師家往來不得與常說比丘過人往來如是五事是行者業護戒境界復次善男子復有五事不得與腦皮家往來不得與藍染家往來不得與養蠶家往來不得與壓油家往來不得與掘鼠藏家往來如是五事是行者業護戒境界復次善男子復有五事不得與劫人家往來不得與偷盜家往來不得與燒僧坊人家往來不得與偷僧祇物人往來不得與乃至偷一比丘物人往來如是五事是行者業護戒境界復次善男子復有五事不得與畜猪羊雞狗家往來不得與觀星曆家往來不得與淫女家往來不得與寡婦家往來不得與酤酒家往來如是五事是行者業護戒境界善男子如是七科五事行者應深了觀根源然後捨離其餘諸事亦復如是復次善男子行有二種一者出世人行二者在世人行出世人行者不禁如上諸事在世人行者吾以禁之何以故譬如嬰兒始能行時其母護持不聽遠行假使遠者或絕乳而死或墮水火故死或爲虎狼師子之所食噉或爲蛺蠑鵄鴞所傷如是嬰兒母常將護不令暴害然後長大若有所作必能成辦善男子我亦如是爲一切母一切衆生即是我子常爲護助令不遭横速出三界能有所辦若不如是制諸弟子云何當得阿耨多羅三藐三菩提耶如彼女人不制其兒云何長大能有所辦復次善男子我諸弟子若見如上諸惡律儀不善人輩占相吉凶治生販賣一不如法諸惡

之事捨我法已而更貪著惡律儀法然後命終受無量苦我時見已心生慈愍爲諸衆生設是方便令諸衆生乘是方便出三界苦得究竟樂吾今所以設諸方便救攝衆生令得究竟寂滅涅槃爾時文殊師利及五百大弟子無量大衆歡喜奉行

不思議蓮華分第五

爾時祇陀林中無量億千那由他大衆之中有寶蓮華從地湧出高七多羅樹其華有八十萬恒河沙重一一重中各有一佛與無量大衆前後圍遶爲說陀羅尼義如是次第八十萬恒河沙諸佛各說陀羅尼義而此華中放大光明遍至三千大千世界爾時大衆見此瑞已得未曾有不知爲以何緣忽有此相爾時大衆各有疑惑如來何緣示現如是妙寶蓮華其中諸佛說妙法藏各各相謂今當問誰爾時文殊師利知大衆心疑即從座起偏袒右肩右膝著地而白佛言世尊五百大弟子及一切大衆心有疑惑我亦未了此華名何爲以何緣忽來到此此華不可思議復有諸佛而在其中與無量大衆說妙法藏此事不可思議復有光明普照十方微塵世界此事亦爲不可思議此華復有三十二種微妙莊嚴亦不可思議此華有如是四不可思議此華名何其中諸佛光明重數而從何方忽來在此以何因緣而現此相爾時佛告文殊師利善男子此華者名優曇鉢羅羅闍其中諸佛名釋迦牟尼俱同一字是諸佛等我乃久遠常以供養於諸佛所深入法性汝等大衆亦應供養爾時無量大衆即從座起各

各奉華供養諸佛到已頭面禮足華供養已瞻仰諸佛目不暫捨爾時舍利弗念欲供養是諸佛故即修神通遶此華王經八十七日百千萬分不周其一即大號泣涉路而還到大衆中而白佛言我定失神通而無疑也何以故向與無量大衆往詣佛所念欲供養是諸佛故我即修通欲循觀此華經八十七日百千萬分不周其一以是因緣我今定知必失神足而無疑也爾時佛告舍利弗假使鳥飛疾於電光百千萬倍有阿羅漢復過於是百千萬倍復有菩薩復過億倍復有菩薩復過萬萬倍假使百千萬億劫猶尚不周況八十七日汝能周耶咄善男子汝不失通譬如有鹽大如微塵此鹽自謂世間鹹者更無過我世有智者而便取之投之於海唐失其身鹹何所在汝等聲聞亦復如是神通大小如彼鹽耳法味多少如彼鹹味云何欲知此華邊際爾時世尊即從座起到蓮華所以華供養是諸佛等華供養已即說陀羅尼曰

婆呵羅帝一婆帝羅毗留賴多二唭呵帝莎呵三呵呵棃呵咥知阿醯四蒱醯呵鬱呵蛇醯五蒱醯蛇醯槃蛇醯六阿毙蛇醯七阿毙蛇醯醯蛇八復蛇醯醯蛇九蒱蛇醯醯蛇十復蛇醯醯蛇十一蒱蛇醯醯蛇十二復蛇槃復蛇槃咥知十三莎訶十四

爾時諸佛各各說陀羅尼已爾時世尊即從座起語諸佛言今此大方等陀羅尼經當囑授誰耶爾時會中有八十萬恒河沙法身大士即從座起恭敬合掌白佛言世尊我等從今日若佛在世若去世後若有善男子善女

人能修行解其義者若城邑聚落淨處若山林樹下神仙居處修行此經解其義者我等八十萬恒河沙菩薩必往彼人所擁護此人令不遭横身無疲倦常得色力名譽等利此人所至到處我等菩薩往彼人所作種種宫殿飲食卧具隨意供給令無所乏以此陀羅尼故如是供給令其不失上妙之心爾時諸佛語諸菩薩善哉善哉舊住娑婆土者能受持修行陀羅尼典及以供養持此典者即爲供養十方諸佛汝等不久當得阿耨多羅三藐三菩提何以故此經有無量威神力故汝等受持此經有無量方便汝等受持此經有無量慈悲汝等受持此經有無量神通汝等受持此經神力如是云何不得阿耨多羅三藐三菩提爾時諸佛告諸菩薩善男子若諸佛在世若去世後若有衆生來詣汝等一一菩薩者若欲發問何者當先得阿耨多羅三藐三菩提汝等應示能修行解其義者或有問者何人先入總持陀羅尼門汝等應示能修行解其義者或有問言何者能知十方世界莊嚴之事汝等應示能修行解其義者或有問者何人當生嚴淨世界汝等應示能修行解其義者或有問言何人來世作轉輪王汝等應示能修行解其義者或有問者何人當於來世能廣化衆生令堅住阿耨多羅三藐三菩提心汝等應示能修行解其義者或有問者何人當於來世爲諸佛所讃汝等應示能修行解其義者或有問者何人能知十方世界有邊際無邊際耶汝等應示能修行解其義者或有問者何人能遠離六賊汝等

應示能修行解其義者或有問者何人能離諸煩惱賊汝等應示能修行解其義者或有問者何人能離十二食也汝等應示能修行解其義者或有問者何人能離十纏汝等應示能修行解其義者或有問者何人能離三種甜食汝等應示能修行解其義者或有問者何人能離毒害汝等應示能修行解其義者或有問者何人能離四毒汝等應示能修行解其義者或有問者何人能離一詐親者汝等應示能修行解其義者或有問者何人能離世惡知識汝等應示能修行解其義者或有問者何人不爲三愛所牽汝等應示能修行解其義者或有問者何人能於今世後世不謗方等經汝等應示能修行解其義者或有問者何人能知十方世界幾許衆生發三菩提心幾許衆生發聲聞緣覺心汝等應示能修行解其義者或有問者何人能分別十方諸佛説法之聲緣覺聲聲聞聲具住菩薩聲不具住菩薩聲轉輪王聲諸天聲婆羅門聲大臣聲富聲貧聲樂聲苦聲夜叉聲餓鬼聲地獄聲畜生聲劫數苦報聲非劫數苦報聲汝等應示能修行解其義者或有問者何人能別世間諸香海渚彼岸香多摩羅伽香頻婆伽羅婆香婆音伽羅香熏陸伽香蘇曼陀香婆師伽香塗香末香雞舌香沉水香常在世香非常在世香佛菩提香菩薩究竟香聲聞分段香緣覺限際香初果人香非初果人香究竟涅槃香非究竟涅槃香分際香非分際香轉輪王香粟散王香大臣香婆羅門香居士香童男香童女香非童男童女香

地獄餓鬼畜生香十方世界香非十方世界香汝等應示能修行解其義者復次善男子若諸佛在世若去世後若有衆生得遇此陀羅尼者當知是人去佛不遠譬如巧木作家往趣林野到諸山中先見不木必定自知吾今得木而無疑也若使諸佛去世之後若有衆生遇此陀羅尼者當知是人去佛不遠如人趣河遥聞水聲必定自知吾今得水而無疑也若使諸佛去世之後若有衆生得遇此經當知是人去佛不遠譬如迷人還得正路必定自知去舍不遠必無疑也若佛去世後若有衆生得遇此經當知是人去佛不遠而無疑也如掘井家漸見濕土必定自知去水不遠而無疑也若使諸佛去世之後若有衆生得遇此經當知是人去佛不遠爾時諸佛告諸菩薩當來有劫名妙音聲汝等菩薩當生此劫劫中有國名妙音幢華彼界有城名無染行城中有王名曰嚴身此嚴身王常以十善教化衆生汝等菩薩當生此王家出家學道次第成佛俱號釋迦牟尼爾時此華從地出已在於虚空放大光明於此光中有種種妙聲讚諸菩薩善哉善哉諸菩薩等汝等不久實當得於阿耨多羅三藐三菩提如諸佛語而無疑也汝等必當堅固阿耨多羅三藐三菩提得常樂我淨是時此華於虚空中忽然不現爾時五百大弟子心有疑惑作如是唱言嗚呼異哉以何因緣有如是事此大蓮華無有邊際在於虚空忽然不現今何所在不知歸趣此華中有無量諸佛今亦隨無爾時佛知衆會心念告諸大衆我今所說陀

羅尼典今亦當無如彼華相一切諸法如幻如化如虛空雲一切諸法亦復如是假使有法過於是華亦如幻化而無定相善男子不須驚疑如是等事非汝聲聞之所思議向所出華是陀羅尼力今還無者亦陀羅尼力欲說陀羅尼故此華從地涌出今已說竟此華還無非汝聲聞之所議也諸法興故相貌亦興諸法衰故相貌亦衰陀羅尼興故諸華亦興說陀羅尼竟故諸華衰滅善男子汝不見乎我向初轉法輪之時無量無邊大衆人天阿脩羅等前後圍遶是名法興我已說竟名諸法衰天人阿脩羅隨意所往當知諸法如幻化相譬如人生至於五十常趣衰路我所說法亦復如是初始說時已有盡性非說已而有此盡性也此華初出必有去性無有疑也法性常爾何所疑耶爾時佛告阿難汝當受持此陀羅尼經我今出世已三轉此陀羅尼經初始說時付囑於汝救攝衆生病苦之尼第二說時救護我法令諸波旬不得毀亂今第三說者皆爲救攝一切衆生置於涅槃是故一法方便三說度諸衆生以此三法付囑於汝譬如長者有三方便常用行身心方便念眼方便視手方便作如是三事和合成一我此陀羅尼亦復如是初說喻心二說喻眼三說喻手雖有三名其實是一一佛菩提如彼居士臨欲終時唯有一子以此三事付囑於子子已受教然後修行常得高位善男子我即汝父汝是我子修我三因大方便者然後得作天中尊王如居士子而順父教然後高貴若不順父教云何而貴汝若不順我

此教者云何而得天中尊王復次善男子譬如大河在於大谷於意云何谷大耶河大耶阿難言世尊谷能盛河非河盛谷谷必大也佛言善哉善哉善男子快說是語谷喻於我河喻於汝谷涌大水展轉而流到於大海若復有水而不循谷漫墮滷土爲滷所滲而失其身善男子復有一水住在谷中而不肯出善男子谷喻大海用喻於我水喻菩薩住喻聲聞滷喻緣覺雖入滷中展轉而行入於大海雖住谷中展轉所推亦入大海善男子如是三事都歸大海我今所說陀羅尼義初說救病二說護法三說護身雖三名說其實是一復次善男子譬如大樹因地而生頭有二岐於意云何樹因地生地因樹生耶阿難言世尊樹因地生非樹生地善男子快說是語地喻於我樹喻菩薩岐喻聲聞緣覺善男子如是三事可言非類不阿難言一類所生不可異也何以故一大地生故一根長故不可言非類也佛言善哉善男子我所說陀羅尼義亦復如是而無有異何以故一金剛身故一意生故一口說故以是因緣而無餘雜我今以三說陀羅尼以付囑汝一佛菩提乘亦付於汝汝今諦聽受持愼莫忘失此陀羅尼若我去世汝當流布此陀羅尼又告阿難譬如國王髻中明珠愛之甚重若臨終時授與所愛之子我今爲諸法王此經即如髻中明珠汝如我子今以此大方等陀羅尼經授與於汝譬如此王以髻明珠授與其子又告阿難譬如大王領一切國臨欲終時國正之事付囑於子我今亦復如是爲一切諸法中之

王而得自在大小乘典付囑於汝譬如此王好醜之事付囑於子阿難我今以此大方等陀羅尼經付囑於汝若有衆生來詣汝所欲求此經如上十二夢王汝當善爲說其事相前人所可爲說境界之事於一會中莫爲多說譬如賈客周旋四方若到一國若賣寶時都不示人汝今亦應如是少少而說又復阿難譬如女人而有一子作諸飲食置舍宅中都不示子如是諸食都爲其子終不頓與悉令盡也汝今亦應如是不應一會悉爲衆生盡說境界之事復次阿難此陀羅尼者不得用呪方道病乾陀鬼病狂亂鬼病不語鬼病不開眼鬼病吸人精氣鬼病啞人鬼病視人鬼病食膿血鬼病藥水火鬼病魑魅鬼病迷人鬼病食髮鬼病能令人無心識鬼病食人心鬼病大瘦鬼病若有如是諸病悉不得用除自憶念大方等陀羅尼經何以故非對治故善男子於汝意云何若有善男子善女人磨大地土而用作食供四大身日日常食得活身不阿難白佛言不也世尊如是等土非本所食云何活身佛告阿難善哉善哉善男子實語不虛土定不中食我今此法定不中用治下世病何以故此陀羅尼非對治故阿難我今已說大方等陀羅尼所應受持者而已受持所應化者而已受化所應說者我已說竟所應持者菩薩持竟聲聞所持而未應也阿難於汝意云何受持如是章句不阿難白佛言世尊我當受持如是章句若佛去世之後若有比丘比丘尼優婆塞優婆夷婆羅門婆羅門子居士居士子天龍夜叉摩睺羅

伽等若來詣我所推問陀羅尼義我當爲說如佛世尊願賜聽不佛告阿難善哉善哉眞我弟子眞用我行出三界苦善哉善哉阿難衆生不能受持如是經典違犯重戒毀謗正法逆害聖人快害羅漢快殺父母阿難以是因緣我今重以此經付囑於汝當爲衆生除滅重罪爾時阿難及五百大弟子文殊師利及諸菩薩波斯匿王及五百比丘優婆塞優婆夷居士居士子及與十方天子婆藪大士及諸罪人八十萬億恒河沙諸菩薩九十二億諸天子及諸天人阿脩羅無量大衆歡喜奉行各禮佛足頂戴信受

大方等陀羅尼經卷第四

音釋

擯 必刃切斥也
轂 苦角切
螏蟍 螏才一切蟍呂支切螏蟍蜈蚣也
鵄鵂 鵄赤脂切鵂許嬌切鵄鵂怪鳥也
咥 音姪
𠰷 音知
不 五割切與蘖同斫木餘也
滲 所禁切